चरितानि राजगोंडानाम्

चरितानि राजगोंडानाम्

शिवकुमार तिवारी

राजकमल प्रकाशन

ISBN : 978-81-267-1548-0

मूल्य : ₹995

पहला संस्करण : 2008
आवृत्ति : 2026

प्रकाशक : राजकमल प्रकाशन प्रा.लि.
1-बी, नेताजी सुभाष मार्ग, दरियागंज
नई दिल्ली-110 002

शाखाएँ : अशोक राजपथ, साइंस कॉलेज के सामने, पटना-800 006
पहली मंजिल, दरबारी बिल्डिंग, महात्मा गांधी मार्ग, प्रयागराज-211 001
1, अनमोल सोराबजी संतुक लेन, धोबी तलाव, मरीन लाइंस, मुम्बई-400 002
वेबसाइट : www.rajkamalprakashan.com
ई-मेल : info@rajkamalprakashan.com

मुद्रक : बी.के. ऑफसेट
नवीन शाहदरा, दिल्ली-110 032

CHARITANI RAJGONDANAAM
by Shivkumar Tiwari

प्राक्कथन

'चरितानि राजगोंडानाम्' नर्मदा घाटी के गोंड राजाओं के जीवन प्रसंगों के कथ्य का संकलन है। 'चरितानि राजगोंडानाम्' में नर्मदा घाटी के जनजातीय गोंड राजाओं के जीवन के कुछ रोचक और प्रेरणादाई प्रसंगों की कथाएँ हैं जो राजगोंड राजाओं को विश्व इतिहास के किसी भी कालखंड में अनुपम साबित करती हैं। वनों में शिकार एवं संचयन करके जीवनयापन करनेवाले इन धरती पुत्रों ने जमीन से उठकर किस तरह विश्व का अनूठा जनजातीय साम्राज्य बनाया और किस तरह समकालीन धार्मिक, राजनैतिक और सामाजिक व्यवस्थाओं को आत्मसात् किया, यही सब कुछ राजगोंड राजाओं के जीवन की कहानी है।

विश्व इतिहास में राजगोंडों की जिजीविषा अद्वितीय है। उनकी समकालीन महान जनजातीय सभ्यताएँ जहाँ दक्षिण और मध्य अमेरिका में इंका सभ्यताओं के रूप में यूरोप के कुछ थोड़े से घुड़सवारों के आक्रमण के झंझावात् में जहाँ समूल नष्ट होकर इतिहास के गर्त में विलीन हो जाती हैं वहाँ राजगोंड राज्य के शासक अपने समय के विश्व के सबसे शक्तिशाली साम्राज्य मुगल साम्राज्य के प्रचंड दावानल में भी स्वयं के अस्तित्व को बचाए रखने का सफल प्रयास करते हैं। अस्तित्त्व के इस संकट की घड़ी की अवधि दो चार या दस वर्ष नहीं है, वह है लगभग पाँच शताब्दियों लम्बी अर्थात् मुगल साम्राज्य स्थापित होने के पहले से लेकर उसके अन्त होने तक। नर्मदा तट पर राजगोंडों द्वारा बसाए गए रामनगर के शिलालेख पर यदि हम विश्वास करें तो इस अवधि में पचास से अधिक राजाओं ने पीढ़ी दर पीढ़ी राज्य किया। यदि आधुनिक इतिहासकारों की बात मानें जो मुगल लेखकों के लिखे गए दस्तावेजों के आधार पर राजगोंडों के राज्य और राजाओं की घटनाओं की तथ्यात्मकता को स्वीकार करते हैं तब भी गोंड राजाओं के अखंड राज्य की अवधि चौदहवीं सदी से अठारहवीं सदी तक तो है ही जिसमें पच्चीस से अधिक पीढ़ियों तक इन जनजातीय राजाओं ने आधुनिक यूरोपीय देशों यथा स्वीडन, नार्वे, स्विटजरलैंड या पुर्तगाल की तुलना में बड़े भौगोलिक क्षेत्र पर राज्य किया। इसके साथ एक विस्मयकारक तथ्य यह भी है कि इस जनजातीय राज्य में तत्कालीन अनेक यूरोपीय राष्ट्रों की तुलना में आर्थिक, धार्मिक और सामाजिक चेतना भी कहीं कम न थी।

'चरितानि राजगोंडानाम्' में इतिहास सम्मत् गोंड राजाओं में से उन कुछ प्रारम्भिक पीढ़ियों के राजाओं की कथाएँ हैं, जिन्होंने लगभग 100 वर्ष की अवधि तक ऊपरी

नर्मदा घाटी में अमरकंटक से मालवाँचल के पश्चिमी छोर तक राज्य किया। ये सभी शासक स्वतन्त्र राजा थे।

इस तथ्य पर इतिहासकार आश्वस्त हैं कि इनके पूर्व भी अनेक पीढ़ियाँ हुईं और उनके भी रोचक इतिवृत्त हैं परन्तु इन पीढ़ियों का काल निर्धारण इतिहासकारों की समस्या है। साहित्य में सामान्यतः साहित्यकार कभी एकदम सीधे तो कभी परोक्ष रूप से अपनी ही बात कहता है। कविता, तथा गद्य दोनों ही उसकी अभिव्यक्ति के माध्यम हैं परन्तु ऐतिहासिक रचनाओं में साहित्यकार को अपनी बात कहने की स्वतन्त्रता एक सीमा तक ही है, वह मुख्य पात्रों के चरित्रों को अपनी कल्पना के अनुसार ढाले यह साधारण तौर पर सुधी पाठकों को ग्राह्य नहीं होता क्योंकि इन पात्रों की अपनी एक छवि पहले से ही होती है जिसका निर्धारण इतिहास की घटनाएँ कर चुकी होती हैं। जो गोंड राजा हमारे चरित नायक हैं, लोक साहित्य में एवं क्षेत्रीय मानस में उनकी विशिष्ट छवि है, हमने उस छवि को अक्षुण्ण बनाए रखने का प्रयास किया है। अनेक बार धर्म, सम्प्रदाय या विचारधारा से प्रभावित हो इन नायकों के चरित्र को इतिहासकारों ने अपने ढंग से चित्रित किया है, कभी-कभी ऐसा चित्रण उन साधारण-सी घटनाओं के घटित हो जाने के कारण भी होता है जो इतिहास की दृष्टि से भले ही महत्त्व की न हो पर मानवीय संवेदनाओं की दृष्टि से महत्त्वपूर्ण होती है। इन छोटी घटनाओं को जनमानस लोककथाओं और लोकगीतों के रूपों में याद रखता है। गोंड राजाओं के यहाँ अन्य हिन्दू राजाओं की भाँति समकालीन मुसलमान शासकों के समान वेतन भोगी दिनचर्या लिखनेवालों की परम्परा नहीं रही। बाद में मुसलमान शासकों का यही दिनचर्या विवरण इतिहास का विश्वसनीय और आधारभूत रिकार्ड बना; फलतः यदि कभी किन्हीं सन्दर्भों में ऐसे रिकार्ड में गोंड राजाओं का जिक्र हुआ भी तो वह तत्कालीन साम्प्रदायिक मानसिकता के चलते जिस प्रकार के होने की अपेक्षा की जाती है वैसा ही हुआ। साहित्य में जब इन शासकों की सामाजिक परिस्थितियों का उल्लेख किया जाता है तब व्यक्तियों के तौर उनके व्यक्तित्व के अनेक अनछुए पहलू सामने आते हैं जिन्हें इतिहासकार जानबूझकर या अनजाने में नजरअन्दाज करता है। इसका प्रतिफल यह है कि गोंड राजाओं का इतिहास मुसलमान सुलतानों और बादशाहों के यशोगान के महाकाव्य के फुटनोट से अधिक कुछ भी नहीं है। व्यक्ति के रूप में वहाँ भी वे कुटिल-कुपाटी-काफिर ही हैं।

मुझे लगा कि अकादमीय विवरण गोंड राजाओं के मानवीय पक्ष को उजागर कर पाने में समर्थ नहीं है, अतः मैंने लिखने की ठानी। लिखा हुआ कितना साहित्य है या कि कितना इतिहास यह तो समीक्षकों का विषय है परन्तु मेरा प्रयास यही रहा है कि यदि इस प्रस्तुति में कहीं कोई वैयक्तिकता दिखलाई देती है तो वह मेरी स्वयं की नहीं अपितु वह सामूहिक 'वैयक्तिकता' है। क्षेत्रीयता है नर्मदा घाटी की।

इसे मैं कुछ और अधिक स्पष्ट करना चाहूँगा। कुछ ऐतिहासिक मान्यताएँ जो भारत के अन्य क्षेत्रों में व्याप्त हैं उनका नर्मदा की ऊपरी घाटी की जनकथाओं या लोकगीतों

में महत्त्व नहीं है। जैसे 'इतिहास सम्मत' होने पर भी इस क्षेत्र में संग्रामशाह धूर्त शासक नहीं माने जाते और न ही मालवा के बाजबहादुर भोले प्रेमी। रेखांकित करना चाहूँगा कि अबुल फज्ल संग्रामशाह को (इतिहासकार बेवरिज के अनूदित 'अकबरनामा' में) धूर्त कहता है। मध्यभारत में महान प्रेमी के रूप में मशहूर बाजबहादुर इस क्षेत्र में एक लालची लुटेरे के रूप में जाने जाते हैं जिन्होंने एक सदाचारी और सुयोग्य विधवा दुर्गावती के राज्य पर दो बार आक्रमण किए। ऐसी बहुत-सी ही बातें इतिहासकारों ने अपने ढंग से कही हैं। इन सभी को कथाओं के प्रवाह में लाना मुझसे सम्भव नहीं हुआ, शायद इसलिए कि मैं लेखन को यथाशक्ति अतिविश्लेषणात्मक होने से बचाना चाहता था इसलिए प्रत्येक सर्ग में मैंने एक ही राजा के जीवन की कुछ इतिहास सम्मत घटनाओं को कथानकों का रूप दिया, अन्य विवरणों के लिए मैंने प्रत्येक राजा के परिचय हेतु कथानक पूर्व एक संक्षिप्त पीठिका लिखी तथा पुस्तक के अन्त में महत्त्वपूर्ण ऐतिहासिक बिन्दुओं पर टिप्पणियाँ लिखीं। मैंने यथाशक्ति राजगोंडों के नायकों की ऐतिहासिकता को बरकरार बनाए रखने का प्रयास किया।

साहित्यकारों ने रानी दुर्गावती से सम्बन्धित अवश्य ही कुछ कविताएँ एवं नाटक लिखे हैं परन्तु इतिहास में गोंड राज्य को स्थान दिलाने वाले गोरक्षदास, अर्जुनदास, संग्रामशाह और यहाँ तक कि दुर्गावती के पति दलपतिशाह और उनके पुत्र वीर नारायण के सम्बन्ध में भी बहुत ही सीमित साहित्य लिखा गया। इसका कारण यह भी है कि दुर्गावती हर दृष्टि से भारत की ही नहीं विश्व की महानतम् नारियों में से एक थीं और उनके गुणों के प्रकाश के सामने दूसरे बड़े प्रकाशपुंज भी निस्तेज से दिखलाई देते रहे हैं। भारतीय ही नहीं विदेशी इतिहासकारों ने भी दुर्गावती पर आक्रमण करने के कारण अकबर की महानता पर प्रश्नचिह्न लगाने में तनिक भी संकोच नहीं किया, शायद इसलिए भी कि तब भारत में 'धर्म निरपेक्षता' और 'साम्प्रदायिकता' के परिभाषाकारों ने देश की विभूतियों को दो अलग राजनैतिक ध्रुवों से नहीं जोड़ दिया था।

'चरितानि राजगोंडानाम्' में राजगोंड राजाओं के जीवन की घटनाओं का चयन करते समय यह पूरा ध्यान रखा गया कि ये घटनाएँ सुनिश्चित रूप से ऐतिहासिक हों। इन घटनाओं को कथानकों में बदलने में न्यूनतम कल्पना की उड़ान भरी गई है। यथाशक्य प्रयास यह रहा है कि सामान्य पात्रों के नाम भी कल्पित न हों। आटविक या वनवासी गोंड भारतीय ग्रामीण तथा नगरीय सभ्यता में एकमात्र समाज नहीं थे। यह सिलसिला सदियों से चला आ रहा है परन्तु बीसवीं सदी में पश्चिमी विचारकों की भ्रान्त अवधारणाओं ने उन्हें हर तरह से गैर भारतीय साबित करना चाहा है।

इक्कीसवीं सदी में भारत भले ही तकनीकी और व्यवसायिकी में उन पुराने पश्चिमी सिद्धान्तों को गलत साबित कर चुका हो जिनमें भारतीयों को जाहिल, गँवार, रूढ़िवादी और वैज्ञानिक चिन्तन और समझ से हीन माना जाता था, परन्तु अभी भी भारतीय मानस बीसवीं सदी के तथाकथित उन वैज्ञानिक सिद्धान्तों की जकड़न में जकड़ा हुआ है जो मानव विज्ञान और समाज विज्ञान से सम्बन्धित हैं जिनके सहारे यूरोपीय शासक

भारतीय मूल की स्वतन्त्र विचारधारा को नियन्त्रित करते थे। इन्हीं में से एक 'प्रजातीय सिद्धान्त' ने भारत में जनजातीय समाजों को लेकर अनेक भ्रान्तियों को सुचारु रूप से आम आदमी के दिमाग में बैठा दिया। जिसके अनुसार भारतीय जनजातीय समाज को गैर भारतीय मानने की प्रथा चली।

राजगोंड राजा भारत में अल्पज्ञात शासक रहे हैं।

'चरितानि राजगोंडानाम्' के राजगोंड राजाओं के जीवन की कहानियाँ तत्कालीन भारतीय समाज की ही कहानियाँ हैं जिनमें मानवीय संवेदना, ज्ञानपिपासा तथा चारित्रिक दृढ़ता के रंगों के साथ समकालीन विश्वास, रूढ़ियाँ और रुचियों के भी रंग हैं।

हम राजकमल प्रकाशन के अत्यन्त आभारी हैं जिन्होंने गोंड राजाओं की अनकही कहानियों को जनसाधारण तक पहुँचाने का सराहनीय कार्य किया।

जबलपुर
7-7-2007

–शिवकुमार तिवारी

अनुक्रम

चतुर्थ सर्ग
दुर्गावती प्रजावत्सला

पंचम् सर्ग
वीर नारायण

परिशिष्ट

प्रथम सर्ग

गोरक्षदास का उत्तराधिकार

श्री गणेशायनमः। श्री सुन्दर चित्रकर्मा जयति।
.... ।।1।।

राजसिंहस्सुतोऽस्यासीत् दादीराय-स्ततऽजनि।
गोरक्षदासः पुत्रेऽस्याज्र्जुनसिंहमसूतयः।।13।।

अर्थ : श्री गणेशाय नमः जिनके कर्म विचित्र और सुन्दर हैं (उन गणेशजी की) जय हो...(1) उसका पुत्र राजसिंह था। उससे दादीराय उत्पन्न हुआ। उनसे गोरक्षदास और इनसे अर्जुनसिंह हुए।।13।।

गोरक्षदास

लोक परम्परा के अनुसार राजगोंडों का प्रथम राजा मंडला का धानूपंडा था परन्तु वंश परम्परा प्रारम्भ हुई धानूपंडा के जमाता यादोराय (जाधवराय या यादवराय) से। यादोराय को गढ़ा कटंगा के राजसिंहासन पर नियति ने बैठा दिया था। धानूपंडा हों या कि यादोराय प्रारम्भिक गोंड राजाओं के सम्बन्ध में गोंडवाना के सम्बन्ध में गोंडवाना में अनेक जनश्रुतियाँ प्रचलित हैं।

यादोराय की अनेक पीढ़ियों के पश्चात् गोरक्षदास या गोरखदास नाम का राजा हुआ। गढ़ा कटंगा के राजाओं की अनेक पीढ़ियों पश्चात् एक ऐसा राजा हुआ जिसने ऊपरी नर्मदा घाटी में बिखरी हुई गोंड शक्ति को एक सूत्र में जोड़ने की पहल की। परम्परा के अनुसार गोरक्षदास के अन्य नाम सुखनदास एवं संगनिदास भी थे परन्तु कुछ आधुनिक इतिहासकार सुखनदास या संगनिदास को गोरक्षदास का पुत्र मानते हैं। गोरक्षदास खरजी का पुत्र था जिसका उल्लेख 'अकबरनामा' में किया गया है। गोरक्षदास को दादीराय (अन्य नाम खरजी) का पुत्र रामनगर के शिलालेख (13वाँ श्लोक) में भी माना गया है :

'राजसिंहस्सुतोऽस्यासीत् दादीरायस्ततोऽजनि।
गोरक्षदासः पुत्रेऽस्यार्ज्जुनसिंहमसूत यः।।

(अर्थ : उसका पुत्र राजसिंह था उससे दादीराय उत्पन्न हुआ। उनसे गोरक्षदास इनसे अर्जुनसिंह हुए)

रामनगर का शिलालेख गोरक्षदास के वंशजों ने कुछ पीढ़ियों बाद बनवाया था। शिलालेख में उल्लिखित वंशावली के उन राजाओं के नामों के बारे में इतिहासकारों में मतभेद हैं। जिनके नाम किसी मुगलकालीन दस्तावेज में नहीं मिलते। मुगलकाल के दस्तावेजों में उल्लिखित गोंड राजाओं और शिलालेख में वर्णित राजाओं के नामों में या गोंड राजाओं की वंशावली में कोई अन्तर नहीं है। गढ़ा कटंगा गोंड राज्य के अधिकतर अध्येता जैसे मैथिल श्री रूपनाथ, स्लीमैन और पंडित गणेशदत्त पाठक भी शिलालेख में दी गई वंश परम्परा के अनुसार गोरक्षदास को दादीराय का पुत्र एवं अर्जुनसिंह का पिता मानते हैं, अतः राजगोंडों की इन पीढ़ियों का क्रम इसी तरह माना जाना चाहिए।

अर्जुनसिंह गद्‌दी पर कब बैठा इस पर काफी मतभेद हैं परन्तु वह अपने पुत्र आम्हणदास द्वारा मारा गया था, इस विषय पर इतिहासकारों में मतैक्य है। अर्जुनसिंह कब मारे गए, यह ठीक ज्ञात नहीं है परन्तु अर्जुनसिंह के समकालीन राजाओं में रीवा के राजा वीरसिंह थे जिनका शासनकाल 1500 से 1540 ई. तक था। यह भी सुनिश्चित है कि अर्जुनसिंह का पुत्र संग्रामसिंह वीरसिंह के शासनकाल में ही राजगद्‌दी पर बैठा।

इतिहासकार इस तिथि को 1501 ईस्वी से लेकर 1510 ईस्वी तक मानते हैं। इतिहासकारों में यह मतान्तर इसलिए है कि कुछ लोग मानते हैं कि युवा आम्हणदास या संग्रामशाह ने वीरसिंह का विश्वास जीतने में एक वर्ष लगाया होगा तो दूसरे इस अवधि को 10 वर्ष तक खींचने में विश्वास रखते हैं। अर्जुनसिंह की मृत्यु के समय तथा आम्हणदास के राज्याभिषेक के समय रतनपुर में हैहयवंशी (कलचुरी) राजा पुरुषोत्तम सहाय का राज्य था जो 1547 ई. से वहाँ शासन कर रहा था।

इस प्रकार हमने गोंडवंश के जिन राजाओं का चरित्र लिखने का उपक्रम किया है उनका काल पन्द्रहवी शताब्दी के मध्य से प्रारम्भ हो जाता है।

युगारम्भ

15वीं शताब्दी के अन्तिम दशक

नर्मदा नदी की ऊपरी घाटी

नर्मदा घाटी के प्राचीन कलचुरी साम्राज्य का सूर्यास्त हो चुका है, जहाँ विशाल मन्दिरों और खाली किलों के रूप में उसकी यादें ही अवशिष्ट हैं। उस विशाल साम्राज्य के भग्नावशेषों पर अनेक क्षेत्रीय राज्यों का उदय हो चुका है। नर्मदा के उद्‌गम से लेकर उसके उत्तरी विशाल पर्वतीय क्षेत्र जिस पर विन्ध्य पर्वत का ऊपरी भाग प्रशस्त है। अब बघेल राजपूतों की तलवार के नीचे सुरक्षिल है। समूची ऊपरी नर्मदा घाटी अब बघेल राजाओं के नाम पर बघेल खंड के नाम से जानी जाती है। प्रतापी बघेल राजाओं के अनेक गढ़ों में से एक गढ़ भाठ में है, जहाँ से वे शोणभद्र के उपजाऊ मैदानों के कृषि क्षेत्र में बसे अपने अन्न के भण्डार की रक्षा में सन्नद्ध रहते हैं। उनकी नजर अपनी दक्षिणी सीमा पर पूर्व से पश्चिम की ओर सतत् प्रवहमान रेवा पर रहती है। किसी समय नर्मदा घाटी सम्पन्नता की पर्याय थी परन्तु कलचुरियों के अस्तंगत होने पर नर्मदा घाटी से मानो लक्ष्मी ने नाता ही तोड़ लिया है। नर्मदा घाटी पहले भी महाकान्तार में दुर्लंघ्य थी परन्तु अब तो यह दुर्लंघ्यता और भी अधिक विषम हो गई है। कलचुरी साम्राज्य के विशाल प्रासादों के नष्ट हो चुकने पर सघन वनों के बीच अब सत्ता के नए केन्द्रों के रूप में छोटे-छोटे रजवाड़ों के किले या गढ़ स्थापित होने लगे हैं।

इन रजवाड़ों के नए मालिक या राजा अब क्षेत्रीय अरण्यवासी गोंड सरदार हैं। दूसरे अरण्यवासिगों की तुलना में ये बनों गें कग और ग्रामों में अधिक रहते हैं। इन्होंने पीढ़ियों पहले ही ग्रामों में रहना सीख लिया था। खेती के साथ ये कलचुरियों की सेना में भी काम करते रहे हैं। किलों की रखवाली करने में बेजोड़ इन गोंडों को राजकाज की भी कामचलाऊ समझ थी अतः समय बदलते रजवाड़ों में इनकी प्रभुता स्थापित हो गई। अब ये राजगोंड कहलाने लगे। राजाओं के समान इनके वंशजों के विरुद भर लिखे जाने शेष थे। कलचुरी राजाओं के अन्तिम शासकों के समय के ब्राह्मण गोंडों को चातुर्वर्ण के अन्तर्गत तो न मानते थे पर उन्हें अन्त्यज भी नहीं माना जाता था।

कलचुरियों के बाद नर्मदा घाटी में व्याप्त शक्ति शून्यता को गोंड सरदारों ने भरा, फलतः गोंडों के राज्य की प्राचीन राजधानी गढ़ा बनी। प्राचीन 'गढ़ा' और 'कटंगा' नाम

के दो ग्राम गोंड राजाओं के प्रधान अधिवास थे, दोनों को मिलाकर गढ़ा कटंगा का राज्य कहलाते थे। गोंडों के इस राज्य में प्राचीन सभ्यताओं के अवशेष अब भी फैले हुए थे।

ऊपरी नर्मदा घाटी के वनांचल के इस नए राज्य की लगातार सीमाएँ बढ़ रही हैं, वह दिनोदिन और अधिक समृद्ध होता जा रहा है। यह एक आरण्यक या जनजातीय राज्य है जिसे गढ़ा कटंगा या गढ़ा-मंडला का गोंड राज्य भी कहा जाने लगा है। गढ़ा नगर राज्य की राजधानी है परन्तु तीन कोस दूर स्थित कटंगा नगर राजधानी का उपनगर है, यद्यपि दोनों नगरों के बीच सघन वन हैं परन्तु यह क्षेत्र निर्जन नहीं है, दिन भर बैलगाड़ियों से यातायात होता रहता है। मंडला नर्मदा नदी के तट पर लगभग पचास कोस दूर बसा हुआ है। यह राज्य का घुर पूर्वी नगर है। पीढ़ियों से दोनों नगरों का राजा एक ही रहा है अतः इस गोंड राज्य को गढ़ा-मंडला राज्य भी कहा जाता है।

गढ़ा गोंडों की बहुत समय से राजधानी थी पर वर्षों तक राजधानी होते हुए भी गढ़ा एक छोटा-सा गाँव ही था। अब वह एक बड़ा नगर है। यद्यपि आज गढ़ा के राजसिंहासन पर अर्जुनदास विराजमान हैं, परन्तु इस नगर के विकास की प्रक्रिया इनके दादा खरजी के समय से ही प्रारम्भ हो गई थी। खरजी के समय नर्मदा घाटी के व्यापारियों को समुचित राजसुरक्षा का सुख मिला था और वीराने से गढ़ा में समृद्धि के लक्षण दिखने लगे थे परन्तु यदि गढ़ा को राजा खरजी[1] के होनहार पुत्र गोरक्षदास का शासन न मिलता तो शायद इसकी उन्नति सीमित ही रहती। ऐसा नहीं था कि अब गढ़ा भारत के प्रसिद्ध नगरों की प्रथम पंक्ति में आ गया था परन्तु गोरक्षदास के लम्बे राज्य काल में गढ़ा भारत की दूसरी पंक्ति के नगरों में अवश्य परिगणित होने लगा था।

गोरक्षदास दूरदर्शी राजा था। बांधवेश से उसके मैत्रीपूर्ण सम्बन्ध थे। गोरक्षदास ने अपने लम्बे राज्यकाल में बांधवेश से इतने मधुर सम्बन्ध कर लिए थे कि दोनों राज्यों में आपसी सहयोग बना रहे। बघेल वंश के राजा जो शोणभद्र की उपजाऊ घाटी के शासक थे स्वयं को बांधवेश या भगवान श्री राम के अनुज लक्ष्मण के वंशज मानते थे। बघेल राज्य का प्रत्येक राजा 'बांधवेश' की उपाधि से भूषित था।

कलचुरियों के अवसान के पश्चात् गोंडों ने पीढ़ी दर पीढ़ी महाकान्तार की सुरक्षा अपने हाथों में रखी और इस तरह वे महाकान्तार के राजा भी रहे परन्तु उनमें नगरीय राजाओं की भाँति राज्य करने की आदत न थी, यह अलग बात है कि कलचुरियों के जमाने से ही उन्हें धन और सामरिक शक्ति दोनों की जानकारी थी। उन्हें राज्य की सीमाओं की ठीक जानकारी थी, यदि ऐसा न होता तो गोरक्षदास अपने राज्य की उत्तरी सीमा को निष्कंटक बनाने में क्यों रुचि लेता। वह लगातार अपनी सेना बढ़ा रहा था परन्तु समय-समय पर वन्य उपहार भेजकर बांधवेश को यह भी परोक्ष सन्देश भेजता रहता कि उसकी शक्ति महाकान्तार की रक्षा के लिए है। गोरक्षदास को जब भी किसी राजनैतिक गुत्थी को हल करना होता तो वह तुरन्त ही अपने चर को भेजकर बांधवेश की सलाह लेता। बांधवेश भी गोंडराजा को उचित सलाह देते क्योंकि मात्र व्यवहार कुशलता से उनके राज्य की दक्षिणी सीमा सुरक्षित थी।

गोरक्षदास अपने जीवनकाल में सदैव ही अपने पुत्र को भी प्रेरित करता रहा था कि वह बांधवेश से मधुर सम्बन्ध रखे। गोरक्षदास के पुत्र अर्जुनसिंह को अपने पिता की बात माननी ही थी क्योंकि यह बात नीतियुक्त थी। अर्जुनसिंह अपने क्षेत्र में अर्जुनदास नाम से भी जाना जाता था।

अर्जुनदास का पिता गोरक्षदास या संगनिदास महत्त्वाकांक्षी और योग्य प्रशासक होने के अतिरिक्त दूरदर्शी भी था। उन दिनों एक ही व्यक्ति अनेक नाम रख लिया करते थे, यही कारण है कि गोरक्षदास के अन्य नाम संगनिदास और सुखनदास भी थे। संगनिदास ने अपने पास-पड़ोस के प्रतापी राजपूत राजाओं से जहाँ मधुर सम्बन्ध बनाए वहीं उसने क्षेत्र के छोटे और निर्बल राज्यों को रौंद डाला। संगनिदास ने समीपवर्ती बघेल राज्य से जो आत्मीय सम्बन्ध बनाए उसका लाभ अर्जुनदास को मिला था। वह अपने राज्य की उत्तरी पश्चिमी सीमा पर किसी भी आक्रमण से निश्चिन्त था। संगनिदास ने पहली बार शानदार अश्वारोही सेना का गठन किया जिसमें पाँच सौ सैनिक थे, उसकी पदाति सेना विशाल थी, इसमें तीस हजार गोंड धनुर्धर थे जिन्हें युद्ध हेतु पहली बार प्रशिक्षित किया गया था–वे अब तलवार और भाला चलाने में निपुण थे।

संगनिदास ने कलचुरियों के उन अवशिष्ट राजघरानों के लोगों को राज्य के उच्च पद प्रदान किए, जिनका कभी सम्पूर्ण नर्मदा घाटी में साम्राज्य था, पर जो अब बदलते हुए कालचक्र में शक्तिक्षीण होकर साधारण जमींदार ही रह गए थे, वे स्वयं को 'करचुली' कहकर अपना परिचय देते। सामाजिक और सांस्कृतिक ह्रास के साथ बहुधा ऐसा होता है कि मनुष्य अपनी साधारण पहिचान भी खो देता है। बघेल राजाओं में प्रतिहारी राजपूत जो वस्तुतः सेवक वर्ग के थे समय के साथ 'परिहार' कहलाने लगे। अब ये सामाजिक रूप से अधिक शक्तिशाली हो चुके थे। राजगोंडों द्वारा दिया गया सम्मान उन्हें बहुत भाया, वे संगनिदास के मित्र हो गए।

संगनिदास अपने पिता के समय से ही राजकार्य में सक्रिय रुचि ले रहा था इसीलिए शासन के सभी क्षेत्रों में उसका ज्ञान बहुत ही सटीक था। संगनिदास का जब राज्यारोहण हुआ (1480 ई.) तब ही उसका पुत्र अर्जुनदास किशोरावस्था को प्राप्त हो चुका था।

अर्जुनदास ने अपने पितामह खरजी को देखा था कि वह अपने पुत्र संगनिदास को कितना अधिक स्नेह करते हैं। संगनिदास को स्नेहवश 'सुखन' या 'सुखनदास' भी कहते थे। उनके पिता ने अपने पिता को सुख देने में कभी कोई कोर कसर न रखी थी। अर्जुनदास वयस्क हो गया था, उसे एक ही चीज हमेशा खलती, वह यह कि न तो उसके पितामह और न ही उसके पिता उसे राज्य के ऐसे कोई कार्य का भार देते जिससे उसे अपनी प्रतिभा दिखलाने का अवसर मिले। परन्तु उसे यह अवसर कभी नहीं मिला।

जब तक अर्जुनदास के पितामह और पिता जीवित थे तब तक अर्जुनदास के पास कुल एक ही काम था, वह यह कि वह अपने राज्य के दूरदराज वन्य क्षेत्रों के जनजातीय कबीलों के उत्सवों में सम्मिलित होता रहे। उसे यह काम उसके पिता ने दे रखा था, ऐसा नहीं था कि रात-रात भर चल रहे नृत्यों और महुआ की तेज मदिरा में उसकी कोई

रुचि न थी पर जब वह खूब पी लेता तब उसकी बुद्धि के द्वार खुल जाते और वह चिल्ला-चिल्लाकर कहने लगता कि उसे उसके पिता युद्ध के मैदान में भेजने योग्य नहीं समझते। उसके संगी-साथी बहुत समझाते कि उसके पिता और पितामह उसे बहुत अधिक स्नेह करते हैं इसीलिए उसे किसी युद्ध में नहीं जाने देते। वैसे तो वह खुद भी युद्ध में जाने के लिए कभी लालायित नहीं रहा और औरों के सामने उसे सेना के साथ कहीं न भेजे जाने में अपनी हेठी दिखलाई पड़ती, इससे वह मन ही मन और भी क्रोधित हो जाता।

गोरक्षदास को अपने पुत्र की मनोदशा की कोई विशेष चिन्ता नहीं थी। पुत्र या परिवार के अन्य सदस्य क्या सोचते हैं कि शिक्षा या परम्परा गोरक्षदास की नहीं थी फिर भी उसने अपने जीवित रहते ही अपनी सुविधा के लिए अर्जुनदास को राजा घोषित कर दिया था। इस तरह अर्जुनदास वर्षों तक नाममात्र के राजा रहे। पहले पितामह और बाद में पिता की मृत्यु के पश्चात् उन्हें राजसुख की पहली वास्तविक अनुभूति हुई।

राजसुख में लीन अर्जुनदास ने अपने पुत्रों पर विशेष ध्यान रखने की आवश्यकता कभी नहीं समझी।

अर्जुनदास के दोनों पुत्रों की आयु में यद्यपि अधिक अन्तर न था फिर भी उनकी अभिरुचियों में बड़ा अन्तर था। जनजातीय समाज में पैदा होने के कारण यद्यपि दोनों ही कठिन शारीरिक श्रम करने में समर्थ थे परन्तु जहाँ बड़े पुत्र आम्हणदास ने कम उम्र में ही शस्त्र चलाने में और शिकार करने में अद्वितीय दक्षता प्राप्त कर ली थी वहीं जोगीदास को हिंसा से घृणा थी। जब जोगीदास के समवयस्क मद्य में मस्त होकर रात-रात भर मांदल की थापों में नृत्य करते तब जोगीदास या तो एकान्त में बैठकर विचार करता अथवा जितना भी उसे अक्षरज्ञान था उसके सहारे उपलब्ध ग्रन्थों को पढ़ने का प्रयास करता। अर्जुनदास न तो विद्याव्यसनी था और न ही उसने विद्वानों को अपने राज्य में कोई विशिष्ट पद दे रखे थे। हाँ, इतना अवश्य था कि उसने अपने दोनों पुत्रों को अपने समय की आवश्यकतानुसार शिक्षा देने वाले शिक्षकों से दोनों राजकुमारों को सामान्य शिक्षा दिलवा दी थी। अर्जुनदास के दोनों पुत्र तीक्ष्ण बुद्धि थे, इसकी प्रशंसा उनके शिक्षक भी करते पर अर्जुनदास को मनुष्य का यह गुण विचार योग्य भी न लगता क्योंकि अर्जुनदास स्वयं को गोंडवाने का अब तक का सर्वश्रेष्ठ राजा मानता था। दरअसल अपने पूर्वजों से उसे इतना कुछ मिल चुका था कि वह अपने आप को परम विशिष्ट व्यक्ति मानने लगा था।

अर्जुनदास के दम्भ को यदि किसी ने सही समय पर पहिचान लिया था तो वह थे उसके पिता गोरक्षदास, उन्हें अपने पुत्र की क्षमताओं का सही अन्दाजा था। गोरक्षदास को आशंका थी कि अर्जुनदास अपने दम्भ के कारण राज्य का अहित कर सकता है और सबसे अहित राजा का तभी होता है जब राज्य का प्रशासन कुशल हाथों में न हो। अकुशल प्रशासन से सारी समस्याएँ जन्म लेती हैं। गोरक्षदास ने अपनी बढ़ी हुई सेना की कमान को छोटे-छोटे समूहों में बाँटकर अपने उन गोंड रिश्तेदारों के आधीन

कर दी जो उनके परिवार के प्रति वफादार थे परन्तु नागरिक प्रशासन कठिन काम था वो भी उस समय जब गढ़ा कटंगा राज्य में कुछ समृद्धि साफ तौर पर दिखने लगी थी। राजा गोरक्षदास जब कभी धार्मिक या सामाजिक निर्णय लेते तब राजवंश के सलाहकार जागेश्वर पाठक की बात अवश्य सुनते, परन्तु अर्जुनदास जागेश्वर पाठक की बात कितनी सुनेगा इस पर गोरक्षदास आश्वस्त न थे इसीलिए उन्होंने एक बार जब अपने राज्य के वनों में सफेद रीछ का शिकार किया तब उसका चमड़ा बांधवेश को भेंट करते समय उन्होंने उनसे यह भी प्रार्थना की वे अपने राज्य से कोई सुयोग्य प्रशासक गढ़ा कटंगा के राज्य के लिए भेज दें, जिसे पर्याप्त वेतन और रहने की सुविधा प्रदान की जाएगी।

बांधवेश ने राजा गोरक्षदास की बात का मान रखते हुए अपने राज्य के दीवान के भतीजे राघवेन्द्र सिंह को परिवार सहित गढ़ा कटंगा राज्य की सेवा में भेज दिया।

गोरक्षदास से अर्जुनदास तक के राज्यकाल में प्रतिवर्ष गढ़ा कटंगा राज्य में कुछ न कुछ उन्नति होती ही रही है। गोरक्षदास ने तो गढ़ा कटंगा मार्ग में एक नया ग्राम गोरखपुर बसा दिया ताकि बैलगाड़ियों को रुकने का एक और ठौर मिल जाए।

परम्परा के प्रहरी

गढ़ा नगर भी पिछले कुछ वर्षों में काफी कुछ बदल गया है, अब यहाँ पर पहले की तुलना में बड़े भवन बन गए हैं। सराफा में सराफ अब सोने और चाँदी के ढेर सारे आभूषण रखते हैं। वस्त्रों की दुकानों में रेशमी वस्त्र भी अब ग्राहकों को मिल सकते हैं। यही स्थिति पंसारियों की दुकानों की है जहाँ अब व्यापारी दूर-दूर से मेवे तक मँगाकर रखने लगे हैं। रोजमर्रा का सामान भी दुकानों में भरा पड़ा है, पूरे बाजार में भीड़भाड़ दिखती है। इसी भीड़भाड़ भरे बाजार से कुछ दूर गढ़ा कटंगा के नवनियुक्त अधिकारी राघवेन्द्र सिंह का मकान है।

अपने आवास में राघवेन्द्र सिंह पूजा के पश्चात् राजपुरोहित जागेश्वर पाठक की राह देख रहे हैं, वे आते ही होंगे। इसी बीच उनके सामने वे दृश्य घूमने लगते हैं जब उन्होंने इस राजा के प्रशासनिक अधिकारी के पद की शपथ राजा अर्जुनसिंह के सामने जागेश्वर पाठक ने दिलाई थी। राजदरबार में यह सब कुछ किस साधारण तरीके से हुआ था, वे आज भी नहीं भूल पा रहे हैं। राजदरबार भी क्या था राजा की कोठी का एक बड़ा-सा बरामदा जिसमें सभी लोग जमीन पर बिछी हुई दरी पर बैठे थे, कहाँ रीवा महाराज का भव्य दरबार और कहाँ गढ़ा कटंगा का यह दरबार, पर राजाज्ञा थी और स्वयं में कुछ नया करने की इच्छा, इसलिए गढ़ा कटंगा में सफलतापूर्वक कार्य किए। यश मिला, समृद्धि मिली, सभी कुछ मिला और साथ ही मिला जागेश्वर पाठक का साथ, एक ऐसे व्यक्ति का जिसकी पीढ़ियों ने राजगोंडों का साथ दिया और जो स्वयं भी बिना किसी लोभ-लालच या पारितोषिक की इच्छा के बिना भी राज्य का हितचिन्तक है। इसी व्यक्ति ने तो सब मूलभूत बातें बतलाई थीं। जिनको जानने के बाद वह राजा, राज्य और राज्य की प्रजा को ठीक ढंग से समझ सका था। उन्हें याद आए अपने वे प्रश्न जो उन्होंने जागेश्वर पाठक से कभी पूछे थे और याद आए वे उत्तर भी जो उन्होंने दिए थे। ऐसे ही प्रश्नोत्तर उनके मानसपटल पर आना प्रारम्भ हो गए। प्रतीक्षा में ऐसा ही होता है।

''पाठक जी, गोंड राज्य से आपका पीढ़ियों पुराना सम्बन्ध है, परन्तु ये राजा किस वंश के क्षत्रिय हैं? यदि इस राज्य के होने वाले प्रशासक के नाते मुझे कुछ ज्ञात हो सके तो मैं समझता हूँ कि उससे मुझे राजा को समझने में अधिक सुविधा होगी।'' राघवेन्द्र सिंह ने पाठक जी से पहला प्रश्न पूछा था।

जागेश्वर पाठक : "अवश्य, राज्य के उत्तरदायी पद पर प्रतिष्ठित होने के कारण आपको यह सब जानना उचित होगा।" कुछ सोचते हुए जागेश्वर पाठक बोले : "राघवेन्द्र जी, आपने बाणभट्ट की कादम्बरी को अवश्य पढ़ा होगा। इस ग्रन्थ के लेखक संस्कृत के प्रकाण्ड विद्वान् सुकवि बाणभट्ट भले ही आज से सैकड़ों वर्ष पहले पैदा हुए हों पर थे तो आपके ही क्षेत्र के?" जागेश्वर पाठक ने उत्तर दिया था।

फिर चल पड़ी थी प्रश्नोत्तरों की कड़ी।

राघवेन्द्र सिंह : "अवश्य पढ़ी है, पाठक जी और उस ग्रन्थ के शबर वर्णन के फलस्वरूप ही कहीं मन में यह शंका जागी कि कहाँ फलमूल एकत्रित करनेवाले तथा शिकार करनेवाले शबर और कहाँ क्षत्रिय गोंड? क्या सम्बन्ध हो सकता है इनमें?"

जागेश्वर पाठक : "सम्बन्ध है राघवेन्द्र जी, हमारे यहाँ आरण्यकों को अनेक नामों से पुकारा गया है जिसमें शबर भी एक नाम है। उनके जीवन का वर्णन, जो बाणभट्ट ने किया है वह भी अक्षरशः सत्य है। प्राचीनकाल से ही अर्थात् भगवान श्री राम के काल से ही सभी आरण्यकों को जाति वर्ग से अलग रखा गया था।"

राघवेन्द्र सिंह : (कुछ उत्सुकता से) "वह क्यों?"

जागेश्वर पाठक : "वह इसलिए कि शबर चारों वर्णों के लिए नियत कोई भी कार्य नहीं करते थे। वे न तो वेदपाठी ब्राह्मण थे, न ही संगठित होकर युद्धभूमि में जानेवाले क्षत्रिय थे, न ही व्यापार करनेवाले वैश्य थे और न ही सेवा करनेवाले शूद्र। वे अपने आरण्यक समाज की आवश्यकताओं के अनुसार चारों वर्णों के कार्य कर लेते थे, यह प्रथा अब भी है, इसलिए ब्राह्मण नीतिकारों ने उन्हें विशिष्ट वर्ग प्रदान किया।"

राघवेन्द्र सिंह : "परन्तु क्षत्रियों से इनका क्या और कैसा सम्बन्ध?"

जागेश्वर पाठक : "महाराज रामचन्द्र जी के काल से ही शबर, वनों की देखरेख या राज्य करते हैं, क्षत्रिय का कार्य भी यही है और इसीलिए भगवान श्री राम ने निषाद राज को गले लगाया। महाभारत काल में भी अनेक शबर, निषाद और पुलिन्द राजाओं का उल्लेख मिलता है, अतः भले ही ये सूर्यवंशी, चन्द्रवंशी या अग्निवंशी क्षत्रिय न हों पर वर्णाश्रम धर्म के अनुसार जब उन्होंने आरण्यक सभ्यता से ग्रामीण और नगरीय सभ्यता में प्रवेश किया तो उन्हें क्षत्रिय मानना ही उचित माना गया।"

राघवेन्द्र सिंह : "ग्रामीण, नगरीय और आरण्यक सभ्यताओं में क्या भेद है?"

जागेश्वर पाठक : "मूलरूप से कोई विशेष भेद नहीं, परन्तु आरण्यकों के पास जहाँ सबसे कम भौतिक सामग्री होती है वहाँ ग्रामीणों के पास उससे कुछ अधिक और नागरिकों के पास सर्वाधिक, इसी भौतिक सम्पत्ति की व्यवस्था के कारण वर्णाश्रम की आवश्यकता हुई और वर्णाश्रम बनने के पश्चात् तीनों स्तरों में आध्यात्मिक और धार्मिक चिन्तन और अनुष्ठानों के रूप निर्धारित हुए।"

राघवेन्द्र सिंह : (कुछ आश्चर्य से) "वह कैसे?"

जागेश्वर पाठक : "मैं एक उदाहरण द्वारा इसे बतलाना चाहूँगा। राजगोंडों के मुख्य देवता बड़ा देव हैं जिसकी पत्थर के एक टुकड़े के रूप में प्रतिष्ठा है। एक आरण्यक

और क्या करेगा, वह शिल्पी तो है नहीं कि पत्थर को छील, तराशकर मूर्ति बनाए। उसके पास बगीचा भी नहीं है कि उस पर वह पुष्प और जल चढ़ाए। अतएव बड़ा देव की आस्था में वे एक छोटे पत्थर का कैसा भी टुकड़ा चढ़ा देते हैं, यही सम्भव है उनके लिए, दूसरी ओर ग्रामों में किसानों के अलावा साधारण कार्य कर सकने की क्षमता वाले शिल्पी होते हैं; अतः वे किसी भी पत्थर को गोल छीलकर और सुगढ़ बनाकर उसी बड़ा देव को महादेव की पिंडी या शिवलिंग के रूप में तैयार कर देते हैं। नगरों में जहाँ श्रेष्ठ शिल्पियों की कमी नहीं होती वहाँ शिवलिंग सर्वाधिक कलात्मकता के साथ बनाए जाते हैं। आपने स्वयं अपने क्षेत्र में एक मुख या बहुमुख शिवलिंग देखे होंगे, वैसे तो शिव पंचानन या पाँच मुखवाले देवता कहे जाते हैं परन्तु नचना में चतुर्मख शिव का लिंग है। कहने का आशय यह कि बड़ा देव, बूढ़ा देव या महादेव की आराधना आरण्यक, ग्रामीण और नगरीय अपने-अपने साधनों के हिसाब से करते हैं। ऐसी ही श्रद्धा देवियों के प्रति भी देखने को मिलती है। इस तरह धर्मपालन में और श्रद्धा भक्ति में हम सभी एक हैं।'' राघवेन्द्र सिंह : ''किन्तु यदि राजगोंड सूर्यवंशी, चन्द्रवंशी या अग्निवंशी नहीं हैं तो इनकी वंश परम्परा क्या है?''

जागेश्वर पाठक : ''पुराणों में वंश परम्परा का प्रारम्भ प्रजापतियों से माना गया है और यह साधारण सी बात है कि सभी व्यक्ति अन्ततोगत्वा प्रजापति की सन्तान है। प्रजापतियों से उत्पत्ति के पश्चात् ही वंशों के क्रमों का निर्धारण हुआ माना जाता है। यही कारण है कि प्राचीन वंशों में नागवंश बड़ा महत्त्वपूर्ण रहा है। भारत के अनेक राजा इस वंश में पैदा हुए थे। राजगोंडों की उत्पत्ति में भी नागवंश महत्त्वपूर्ण रहा है और यदि प्रजापतियों की बात करें तो इनके आदि पुरुष पुलस्त्य वंश से सम्बन्ध रखते हैं, जिसमें जगद्विजयी रावण के अतिरिक्त दिक्पाल कुबेर भी पैदा हुए थे।''

राघवेन्द्र सिंह : ''पाठक जी, गढ़ा का राजवंश कितना प्राचीन है?''

जागेश्वर पाठक : ''बहुत प्राचीन है परन्तु राजवंश के प्राचीन राजा बहुत सम्पन्न या बड़े क्षेत्र के राजा नहीं थे। यह राजवंश सीमित अर्थों में राजवंश था अर्थात् राजगोंड प्राचीन समय से ही समकालीन राजाओं से सम्बन्ध रखते आ रहे हैं।''

राघवेन्द्र सिंह : ''तब तो वे जागीरदार स्तर के राजा ही रहे होंगे?''

जागेश्वर पाठक : ''हाँ, यह सम्भव है।''

राघवेन्द्र सिंह : ''जिस प्रकार बांधवेश की कुल परम्परा महाराज व्याघ्रदेव से मानी जाती है वैसी ही गोंड राजाओं की भी कुल परम्परा तो अवश्य होगी?''

जागेश्वर पाठक : ''गढ़ा कटंगा या गढ़ा मंडला के गोंड राजाओं के आदि पुरुषों में दो व्यक्ति महत्त्वपूर्ण हैं—धानूपंडा और यादवराय। मंडला के प्रथम गोंड राजा धानूपंडा थे, ये नागवंश के कहे जाते हैं। धानूपंडा के कोई पुत्र नहीं था। केवल एक पुत्री थी जिसका विवाह यादवराय से हुआ। धानूपंडा तीन भाई थे। अतः प्राचीन राज्य तीन भागों में बाँटा गया। धानूपंडा के हिस्से में गढ़ा कटंगा आया और इस राज्य के सिंहासन पर यादवराय बैठे। धानूपंडा और यादवराय के सम्बन्ध में सारे गोंडवाने में

अनेक दन्तकथाएँ और लोकगीत आज भी गाए जाते हैं। वर्तमान महाराज यादवराय के वंशज हैं।''

राघवेन्द्र सिंह : ''पाठक जी, आपने मेरे सारे प्रश्नों का उत्तर देकर मुझे उपकृत किया है।''

जागेश्वर पाठक : ''यह तो मेरा कर्त्तव्य था, मेरा विश्वास है कि इस जानकारी के पश्चात् आप और अधिक रुचि के साथ राजकाज को देख सकेंगे तथा यहाँ के लोगों में आप भी वैसे ही घुल-मिल जाएँगे जैसे दूध में शक्कर।'' अपनी बात पूरी कर पाठक जी चुप हो गए थे।

फिर पाठक जी ने राघवेन्द्र सिंह से विदा ली, राघवेन्द्र सिंह को पाठक जी का व्यक्तित्व बहुत भाया। पाठक जी की कही हुई बातें सार्थक थीं और तब से लेकर आज तक उनके निजी सम्बन्धों में उत्तरोत्तर बढ़ोत्तरी होती गई।

परम्परा के प्रहरियों की आशंका

गढ़ा के एक सम्भ्रान्त परिवार के घर में आज एक धार्मिक आयोजन था। घर क्या है, शानदार कोठी है।

हवन-पूजन समाप्त हो चुका है, प्रसाद वितरण के पश्चात् सभी लोग अपने-अपने घरों को लौट चुके हैं परन्तु राघवेन्द्र सिंह अपने निजी कक्ष में आज इस अवसर पर आए एक विशिष्ट अतिथि को ले जाकर बैठा रहे हैं। ऐसा तभी होता है जब मन्त्रणा विशेष हो। विशिष्ट अतिथि जागेश्वर पाठक हैं। पाठक जी पीढ़ियों से गढ़ा में रह रहे हैं। गढ़ा राजदरबार में उनका बड़ा मान-सम्मान है क्योंकि ऐसा कहा जाता है कि उनके पूर्वजों ने गोंड राज्य को गढ़ा में स्थापित करने में केन्द्रीय भूमिका निबाही थी। पाठक जी गढ़ा महाराज के मुख्य सलाहकार हैं, यह अलग बात है कि वे कभी-कभार ही राजा को सलाह देते हैं। गढ़ा की प्रजा को मालूम है कि राजा कभी भी उनकी बात को नहीं टालते। पाठक जी वैसे तो बहुत कम घर से बाहर जाते हैं पर जब बाहर जाते हैं तो निश्चित ही कोई विशेष बात अतिविशिष्ट हो जाती है।

राघवेन्द्र सिंह एवं जागेश्वर पाठक ने ताम्बूल लेने के पश्चात् चर्चा प्रारम्भ की।

राघवेन्द्र सिंह : "पाठक जी, मैं पिछले तीस वर्षों से गढ़ा राज्य की सेवा में हूँ, महाराज गोरक्षदास के काल में मैंने कितने उतार और चढ़ाव नहीं देखे थे, उससे अधिक वर्तमान महाराज के समय में देखने को मिल चुके हैं। महाराज की स्वभावगत विचित्रताएँ प्रशासन को जितना दिग्भ्रान्त कर देती हैं उससे अधिक शायद जनमानस को।"

जागेश्वर पाठक : "स्पष्ट कहें, मैं समझा नहीं।"

राघवेन्द्र सिंह : "महाराज श्री अपनी निजी पसन्द को सामान्य जनता के सामने जिस तरह प्रकट कर रहे हैं, मैं तो उससे आशंकित हो उठता हूँ। अपने दोनों पुत्रों के सम्बन्ध में उनका जो भी व्यक्तिगत मत है, मेरे हिसाब से उसे उन्हें स्वयं तक ही सीमित रखना चाहिए, किन्तु वह जब तब सामान्य जनता में स्पष्ट होता रहता है, और यदि यह मत स्नेह या प्रशंसा मूलक हो तब तो किसी चिन्ता की बात न थी परन्तु यह एक ओर भयंकर घृणा का परिचायक है तो दूसरी ओर विचित्र से पुत्र प्रेम का।"

जागेश्वर पाठक : "हाँ, महाराज अपने ज्येष्ठ पुत्र से घृणा करते हैं, वे आम्हणदास को समाज विरोधी, घमंडी और अविश्वसनीय कह चुके हैं जबकि वे कनिष्ठ पुत्र जोगीदास को न्यायप्रिय और सुलक्षण मानते हैं, शायद इसीलिए उन्होंने कुछ

न्यायाधिकार भी प्रदान कर दिए हैं, जोगीदास ने महाराज के विश्वास को जीता है, वह जनता में लोकप्रिय है। मेरी दृष्टि में महाराज के इस व्यक्तिगत दृष्टिकोण का ही हमें समर्थन करना चाहिए।''

राघवेन्द्र सिंह : ''पाठक जी, महाराज की आज्ञा तो हमारा नैतिक कर्त्तव्य और दायित्व दोनों ही हैं इसमें कहीं कोई सन्देह नहीं है परन्तु महाराज के दृष्टिकोण का दूसरा पहलू भी हमें ज्ञात होना चाहिए, भले ही वह कैसा भी क्यों न हो। इसी सम्बन्ध में आपको सूचित करना मैं अपना दायित्व समझता हूँ।''

जागेश्वर पाठक : (कुछ आश्चर्य से) ''ऐसा क्या है राघवेन्द्र जी?''

राघवेन्द्र सिंह : ''राज परिवार में क्या हो रहा है इस पर हमें व्यक्तिगत रुचि नहीं है, राज परिवार के सदस्यों का आपस में किस तरह के सम्बन्ध हैं इस पर भी हमारी रुचि नहीं है परन्तु जब यही सम्बन्ध राज्य के लिए प्रश्नचिह्न खड़े करने वाले हों तब यदि हम उन पर विचार नहीं करते हैं तो हमारी जागरुकता पर अवश्य ही एक बड़ा प्रश्नचिह्न होगा?''

जागेश्वर पाठक : ''राघवेन्द्र जी, पर महाराज ने अभी कुछ ऐसा किया तो नहीं है जो चिन्ता का विषय हो?''

राघवेन्द्र सिंह : ''जी हाँ, किया तो नहीं है, पर वे जो कुछ कर सकते हैं वह तो स्पष्ट रूप से दिखलाई देने लगा है?''

जागेश्वर पाठक : ''राघवेन्द्र जी, ऐसा क्या घटित हो सकता है, जो आप जैसे दूरदर्शी प्रशासक को भी चिन्तित कर रहा है?''

राघवेन्द्र सिंह : ''पाठक जी, महाराज अब तक अनेक बार सार्वजनिक तौर पर यह कह चुके हैं कि वे अपने कनिष्ठ पुत्र जोगीदास को अपना उत्तराधिकारी बनाना अधिक पसन्द करेंगे, मेरी दृष्टि से इस प्रकार की बातों से आम्हणदास, जो कि उनका बड़ा पुत्र है और इस नाते उनके राजसिंहासन का उत्तराधिकारी भी क्या अप्रसन्न न होता होगा? महाराज की इच्छा के विरुद्ध छुट-पुट कार्य करते रहना क्या उसकी स्वाभाविक प्रतिक्रिया नहीं है? और यदि झमेला बढ़ा तो क्या राजसिंहासन के लिए द्वन्द नहीं मचेगा? ऐसी स्थिति को किसी भी राज्य या राजा के लिए शुभ संकेत तो नहीं है।''

जागेश्वर पाठक : ''राघवेन्द्र जी, आम्हणदास भले ही ज्येष्ठ पुत्र हैं परन्तु है तो बड़ा उद्दंड ही और फिर ऐसे पुत्र को सजा देना उसके पिता जो कि राजा भी हैं, को अधिकार तो है।''

राघवेन्द्र सिंह : ''पुत्र को सजा देना पिता का अधिकार है, राजा को विपरीत आचरणकर्ता को दंड देने का पूरा अधिकार है परन्तु एक पिता का कर्त्तव्य तो यह भी है कि वह अपने पुत्र को सुधारने का पूरा प्रयास करे, उसी तरह एक राजा पहले यह भी देखे कि तथाकथित विपरीत आचरण है क्या?''

जागेश्वर पाठक : ''हाँ, यह भी सही है।''

राघवेन्द्र सिंह : "पाठक जी, मेरी जानकारी के अनुसार इसी उद्दंड आम्हणदास ने बांधवेश का विश्वास जीत लिया है। बघेल महाराज उसे पुत्रवत् मानते हैं। और तो और वे अपने पुत्र वीरभानु को भी आम्हणदास के जिम्मे छोड़कर स्वयं को निश्चिन्त महसूस करते हैं। जब आम्हणदास अपने राज्य से बाहर इतना आज्ञाकारी और विश्वासपात्र हो सकता है तब अपने राज्य में अपने पिता के प्रति वह सामान्य व्यवहार क्यों नहीं रखता, यह प्रश्न विचारणीय है।"

जागेश्वर पाठक : "यह तो वास्तव में आश्चर्यजनक है।"

राघवेन्द्र सिंह : "दूसरी बात आम्हणदास के प्रतिकूल आचरण की है तो उसमें सन्दिग्ध वैधानिकता ही है। आम्हणदास ने शक्ति स्पर्धाओं में यदि महाराज के कुछ अतिप्रिय लोगों को सबक सिखा दिया तो वह अक्षम्य अपराध तो नहीं हुआ।"

जागेश्वर पाठक : "राघवेन्द्र जी, आम्हणदास की चारित्रिक विशेषताओं से अधिक चिन्ता मुझे उसके व्यवहार की है।"

राघवेन्द्र सिंह : "पाठक जी, वास्तविकता तो यह है कि आम्हणदास और जोगीदास में आपसी प्रेम बहुत गहरा है। मुझे यह भी जानकारी है कि आम्हणदास ने अपने प्राणों की बाजी लगाकर भी जोगीदास की कुछ अवसरों पर रक्षा की है। परन्तु यह भी उतना ही सच है कि वह महाराज को आदर नहीं देता, इस तरह वह दुर्विनीत तो है।"

"यदि जोगीदास को महाराज ने अपना उत्तराधिकारी घोषित कर ही दिया तब क्या हो सकता है?" जागेश्वर पाठक ने चिन्तित होते हुए राघवेन्द्र सिंह से पूछा।

राघवेन्द्र सिंह : "पाठक जी, यह तो आप ही अधिक ठीक ढंग से बतला सकते हैं क्योंकि आप ज्योतिषी हैं, मैं तो केवल अनुमान ही लगा सकता हूँ।"

जागेश्वर पाठक : "ज्योतिष में भी तो अनुमान ही है, तर्क और अनुभव भी अनुमान का ही सहारा लेते हैं, यदि ज्योतिष से सही अनुमान लग जाए तो क्या होगा, प्रतिक्रियाओं का प्रतिफल चाहे वह ग्रहों का हो या व्यक्तियों का, सभी को भोगना पड़ेगा।"

राघवेन्द्र सिंह : "पाठक जी, आप सही कह रहे हैं, देखिए यदि महाराज जोगीदास को अपना उत्तराधिकारी घोषित करते हैं तो आम्हणदास, जोगीदास और प्रजा तीनों की प्रतिक्रिया मेरी दृष्टि से तीन प्रकार की होगी। आम्हणदास इस निर्णय को किसी हालत में स्वीकार न करेगा क्योंकि वह महत्त्वाकांक्षी है, वीर है और उसमें राजनैतिक चतुराई भी। बांधवेश के दरबार में रहते उसे दो वर्ष होने को आए और मुझे जो सूचनाएँ मिली हैं उनके आधार पर मैं यह कह सकता हूँ कि वह अब साधारण युवक नहीं वरन् कूटनीतिज्ञ राजपुत्र है। यदि उसे उसका हक नहीं मिला तो वह किस सीमा तक जाएगा, कुछ कहा नहीं जा सकता। जहाँ तक जोगीदास का सम्बन्ध है, मैं उससे लगभग रोज ही मिलता हूँ। वह सन्तहृदय युवक है। इतनी कम उम्र में इतने प्रबुद्ध व्यक्ति से मिलना वस्तुतः आश्चर्यजनक रूप से सुखद है। वह जन्मजात ज्ञानी व्यक्ति लगता है। शायद इसलिए जहाँ उसकी न्यायप्रियता से सारी प्रजा प्रसन्न है वहीं वह निर्लिप्त भाव से

प्रशंसकों से दूरी बनाए रखता है। उसे इस कम उम्र में भी विद्वानों और साधुपुरुषों का साथ बहुत पसन्द है। वह सत्संग के लिए अपनी व्यस्त दिनचर्या में से भी समय निकाल लेता है। वह प्रतिदिन योगासन और ध्यान करता है। उस व्यक्ति की आध्यात्मिक चेतना प्रशंसनीय है।''

जागेश्वर पाठक : ''अब ऐसे श्रेष्ठ युवक को यदि महाराज अपना उत्तराधिकारी घोषित करना चाहते हैं तो आम्हणदास को इसे स्वीकारना चाहिए, आखिर जोगीदास प्रजा में इतना लोकप्रिय भी तो है।''

राघवेन्द्र : ''पाठक जी, ऊपरी तौर से मुझे भी ऐसा ही लगता है परन्तु आम्हणदास को उनकी योग्यता दिखलाने का मौका देना तो दूर उस दिशा में सोचना भी उचित नहीं समझा जाता। यह भी तो विडम्बना ही है।''

जागेश्वर पाठक : ''राघवेन्द्र जी क्या किया जाए, हमें तो राजाज्ञा माननी ही है। हमें राजघराने के सदस्यों की निजी जिन्दगी की अनदेखी करनी ही पड़ेगी।''

राघवेन्द्र सिंह : ''पाठक जी, आपका कथन ठीक है, हमारी अपनी सीमाएँ हैं न तो हम महाराज से इस सम्बन्ध में कुछ कहने का अधिकार रखते हैं और न ही राजकुमारों से। हाँ, यह अवश्य है कि राजघराने का यह पारस्परिक द्वेष समाज के लिए ठीक नहीं है। ईश्वर न करे हमें कहीं किसी अप्रिय स्थिति का सामना करना पड़ जाए।''

जागेश्वर पाठक : ''ईश्वर ने जो रच रखा है वही सब कुछ होगा, हमें बुद्धि और विवेक के साथ व्यवहार करना चाहिए, जिसकी प्रतिबद्धता हममें असन्दिग्ध रूप से है।''

जागेश्वर पाठक घर जाने के लिए उठे और दार्शनिक अन्दाज में राघवेन्द्र सिंह से विदा लेते हुए गीता के एक वाक्य के साथ विदा ली क्योंकि उनको बुलाने के लिए उनका नाती वासुदेव, जो वैसे तो काशी में पढ़ता है, आ गया। वासुदेव एक सप्ताह पूर्व ही ननिहाल आया है। वह अवकाश में ननिहाल आता रहता है।

राघवेन्द्र सिंह पाठक जी के द्वारा कहे गए गीता के वाक्य 'वर्तमानेन कालेन यः चरति स पण्डितः' के अर्थ को वर्तमान सन्दर्भों में मन ही मन विश्लेषित कर रहे थे।

राजसिंहासन का परित्याग

पिछले एक सप्ताह से जोगीदास घर से निकलने के पूर्व अपने बड़े भाई की याद करता, वह केवल याद ही तो कर सकता था क्योंकि आम्हणदास बिना किसी को बतलाए महल से बाहर चला गया था। राजा अर्जुनदास को अपने बड़े पुत्र के इस तरह चले जाने पर कोई न तो आश्चर्य था और न ही खेद क्योंकि इसके पहले भी वह महल से कुछ दिनों के लिए चले जाने का अब आदी हो चुका था। अर्जुनसिंह को आम्हणदास की बदतमीजी जरा भी पसन्द न थी। वे यह कभी पसन्द न करते थे कि कोई भी व्यक्ति उनकी इच्छा के बगैर तथा बिना आज्ञा लिए कहीं भी जाए।

जोगीदास ऐसी घटना के अन्त को अनेक बार देख चुके थे। ये घटनाएँ सुखान्त नहीं थीं। जिनमें पिता और पुत्र 'वियोग' के बाद प्रेम से मिलें। वस्तुतः जब भी पिता को बिना बताए आम्हणदास जाता तब सारे महल में अजब-सी सनसनी हो जाती। एक-दो दिन में पिता को पता चल ही जाता कि पिता की हुक्मउदूली फिर से हो गई है। पिता गुस्से से उबलते रहते और जब भी आम्हणदास उन्हें दिखलाई देता तो उस पर अपशब्दों की बौछार होने लगती। आम्हणदास पिता से बोलता तो कुछ नहीं था पर वह शीघ्र ही कुछ न कुछ ऐसा कर डालता जो पिता की क्रोधाग्नि में घी का काम करता।

जोगीदास के पास ऐसी घटनाओं की लम्बी फेहरिस्त थी जब आम्हणदास ने पिता को चिढ़ाने के लिए कोई न कोई बहाना निकालकर या तो पिता के निर्णयों की खिल्ली उड़ाई या उनके किसी राजकार्य में खोट साबित की।

जोगीदास की विडम्बना यह थी कि एक ओर उसे पिता का स्नेह प्राप्त था तो दूसरे ओर अपने अग्रज आम्हणदास का भी न केवल प्रियपात्र था वरन् उसका परम विश्वस्त भी था। जोगीदास कभी-कभी दोनों के स्वभावों की तुलना करता, दोनों ही युद्धप्रिय थे, वीर थे। दोनों ही महत्त्वाकांक्षी थे, दोनों घोर परिश्रमी भी थे। परन्तु इतने सारे गुणों के समान होने पर भी दोनों दो अलग-अलग ध्रुवों के समान थे। पिता की जुबान सदैव ही आग उगलती रहती थी। आम्हणदास वाचाल नहीं था पर वह कुछ ऐसा करता जो असामान्य लगता। अपने असामान्य क्रिया-कलापों से उसने कुछ ऐसे भी कार्य किए जिन्हें यदि ठंडे दिमाग से सोचा जाए तो वे नैतिक दृष्टि से सही भी थे, जैसे उसने राजाज्ञा को ताक में रखकर एक दुर्गपति को कठोर दण्ड दे डाला। दुर्गपति अत्याचारी था परन्तु पिता जी का प्रियपात्र था; अतः पिता जी ने राजकार्य में इस दखलन्दाजी पर

आम्हणदास को उद्‌दंड करार कर दिया।

महल के वातावरण में जोगीदास का दम घुटने लगता और वह प्रतिदिन प्रातः नर्मदा तट की राह पकड़ता। अर्जुन सिंह को उसके जाने न जाने से कोई फर्क नहीं पड़ता था क्योंकि वह सुबह से शाम तक राजकार्यों में लिप्त रहने वाले व्यक्ति थे। थोड़ा मद्यपान कर कर्मचारियों और प्रजा की खैर खबर लेते। सभी उनके सामने जाने से डरते, उनके कठोर निर्णयों से कवियों ने लोकोक्तियाँ बना डाली थीं।

जोगीदास नित्य ही नर्मदा तट पर जाते परन्तु वे अपने साथ कभी भी किसी सेवक को न रखते, स्वभावतः वे शस्त्रादि रखना पसन्द नहीं करते थे और न ही राजसी वस्त्रों में उन्हें कोई रुचि थी, यद्यपि जब भी बड़े भाई आम्हणदास के साथ जाना पड़ता, फिर चाहे वह सामान्य भ्रमण ही क्यों न हो, उन्हें अस्त्र-शस्त्र रखना ही पड़ता। नर्मदा तट में जोगीदास अनेक साधु सन्तों से भेंट करते, भले ही उन्हें तट से एकाध कोस दूर भी जाना क्यों न पड़े। इस तरह वे अनेक सन्तों के सम्पर्क में आए। एक अघोरी ने उन्हें देखा और कहा कि वह कुछ दिनों तक प्रत्येक अमावस्या व पूर्णिमा की प्रातः और रात्रि को उससे मिले, परन्तु इसकी खबर किसी को न हो। अब जोगीदास प्रति अमावस्या व पूर्णिमा एक अघोरी से मिलते। पहले तो अघोरी ने उन्हें कुछ साधनाएँ सिखाईं, परन्तु जोगीदास के व्यक्तित्व में कुछ ऐसा था कि उस अघोरी ने जोगीदास को तन्त्र विद्या की गूढ़ शिक्षा देनी प्रारम्भ कर दी। यह शिक्षा पूरी तरह से गोपनीय थी। जोगीदास कुछ मन्त्रों का जाप करते, कुछ विचित्र क्रियाओं को अघोरी के सामने करते। अघोरी बबूल के काँटों में इस तरह लेट जाता मानो शैय्या में पुष्प बिछे हों, वह शरीर के किसी भी भाग में नुकीला त्रिशूल भेद लेता और उसे कोई कष्ट नहीं होता।

जोगीदास को उसने ऐसी विद्या की शिक्षा दी कि जोगीदास को न ठंड का पता चलता न गर्मी का। और तो और एक बार उसने अलाव जलाकर जोगीदास को उसमें लेट जाने को कहा। जोगीदास उसकी आज्ञा पाकर उसमें लेटने को बढ़े पर उसी समय उसने उन्हें रोक दिया और स्वयं उस दहकते अलाव में लेट गया। जब वह उठा तो उसे कोई दर्द नहीं था। शरीर अवश्य जल गया था पर उसकी उसे फिक्र नहीं थी।

जोगीदास विस्मित हो गया और उसने अघोरी से पूछा : "क्या आग ने अपना गुण धर्म खो दिया है?"

अघोरी : "आग अपना गुण धर्म क्यों खोएगी, मैंने अपना शरीर का गुण धर्म बदल लिया है।"

जोगीदास : "तो क्या, आग से शरीर जला नहीं है? देखने से तो लग रहा है कि सारे शरीर में जल जाने के स्पष्ट निशान हैं।"

अघोरी : "अरे, जड़ तो जलेगा ही, चेतन तो मैं हूँ, मेरी चेतना में कहीं कोई कष्ट नहीं, दुख नहीं। यह सत्य है कि अग्नि ने शरीर को जलाया पर उतना बड़ा सत्य यह भी है कि मुझे उससे कोई कष्ट नहीं। मैं चाहूँ तो इस जले शरीर को छोड़ दूँ, अथवा इसे पुनः स्वस्थ कर दूँ।"

जोगीदास : "तो क्या आपको अब कष्ट नहीं होगा, और आप ठीक भी हो सकेंगे।"

अघोरी : "मैं ही नहीं, तू भी, तुझे भी मैंने यह विद्या सिखा दी है पर तुझे यह नहीं बतलाया कि तू उसे जान चुका है, ले अनुभव कर।"

अघोरी ने जोगीदास से कहा : "मैंने तुझे पूर्णिमा की रात्रि में जिस मन्त्र की सिद्धि कराई उसका स्मरण कर!"

जोगीदास मन्त्र का स्मरण कर रहा था, उसके हाथ फैले हुए थे। वह मन्त्र पढ़ते हुए नेत्र बन्द किए था कितना समय बीत गया उसे पता ही नहीं चला कि वह किस लोक में है। उसका अस्तित्त्व शून्य में विलीन हो गया था।

अघोरी ने जब अपने स्पर्श से उसके ध्यान को भंग किया तो उसने देखा कि उसके हाथ में दहकते हुए अंगारे रखे हैं। लेकिन जोगीदास को लग रहा था मानो दो कमलपुष्प उसके हाथों में हों। अघोरी ने वे अंगारे उससे ले लिए। जोगी ने अब अपने हाथों को देखा, वे जल गए थे पर कोई दर्द या पीड़ा का अहसास उसे अब भी न था।

सब कुछ गोपनीय था, किन्तु यह कुछ महीनों में ही घटित हुआ। अघोरी से एक दिन जोगीदास ने पूछ ही लिया कि क्या वे उसे पूरी तरह से इस मार्ग में आने का आशीर्वाद देंगे।

अघोरी हँसा, बोला : "जा, और जगह जा, जहाँ पता लगेगा कि तुझे कहाँ जाना है।"

जोगीदास ने आश्चर्य से उसे देखा और पूछा : "कहाँ?" अघोरी फिर हँसा, कहने लगा : "मैंने तुझे इस विद्या को क्यों दिया, क्या इसलिए कि तू राजा का बेटा है? या तू कोई विशेष योग्यता वाला मेरा शिष्य है। अरे नहीं, यह तो नियति है। किसे कहाँ जाना है, और कैसे जाना है, इसका भी विधान है जो तुझे वक्त पर समझ में आ जाएगा।

जोगीदास समझदार व्यक्ति था, उसे उलटबाँसियों का मर्म ज्ञात था, उसे मालूम था अघोरियों, योगियों और सिद्धों की बातें असम्बद्ध प्रलाप नहीं होते।

जब अगली पूर्णिमा को जोगीदास रात्रि में अघोरी के आश्रम में पहुँचा तो वहाँ सन्नाटा था, इधर-उधर बहुत ढूँढ़ा पर सब व्यर्थ, हारकर वह महल पहुँच गया। रात्रि में सोने की चेष्टा की। बहुत प्रयास के बाद नींद आई। कुछ और दिन बीते।

जोगीदास प्रातः अपने कक्ष से तैयार होकर बाहर जाने की तैयारी कर रहा था कि महाराज के निजी सेवक ने आकर जोगीदास से महाराज का सन्देश सुनाया। महाराज ने उसे अपने कक्ष में बुलाया था।

जोगीदास सोच-विचार करता हुआ पिता के कक्ष पर पहुँचा, परन्तु पिता को आश्वस्त देखकर चैन की साँस ली। पिता ने बुलाकर उससे राजकाज में हाथ बँटाने की बात कही। बात कहना क्या थी, राजाज्ञा थी, उसे शिरोधार्य करना ही था। राजा ने पुत्र को न्याय विभाग सौंप दिया, केवल बहुत ही संगीन मामलों को छोड़कर सभी मामलों

पर जोगीदास निर्णय लेता। वैसे यह कार्य सदैव ज्येष्ठ युवराज को दिया जाता है पर वर्तमान में यह कार्य कनिष्ठ पुत्र जोगीदास कर रहा था।

जोगीदास को जबसे न्यायपति बनाया गया तबसे सारी जनता जोगीदास के गुण गाने लगी। कारण यह था कि जोगीदास बिना पक्षपात के न्याय करता फिर वह चाहे गरीब के हक में हो या कि अमीर के, पंडित के हक में या कि किसी अपढ़ के। यह प्रतिभा जोगीदास में क्यों थी, इसका उत्तर शायद यही था कि वह जन्मजात सत्यान्वेशी था। वह इस बात से भी काफी असन्तुष्ट था कि उसके पिता स्वयं ही सभी राजकार्यों में अन्तिम निर्णय लेते हैं। आज जब वह स्वयं राजा था तब उसने अपने जीवन में घटे इस अनुभव से सीख लेनी चाही थी और अपने कनिष्ठ पुत्र को राज्य का न्यायाधिकारी बना दिया था।

अर्जुनसिंह अपने इस निर्णय पर बहुत प्रसन्न था। उसकी प्रसन्नता तब और बढ़ जाती जब वह सुनता कि प्रजा का हर वर्ग उसके पुत्र के न्याय से सन्तुष्ट ही नहीं प्रसन्न भी है।

अर्जुनसिंह और गोंडवाना की प्रजा अपने-अपने कारणों से प्रसन्न थी। अर्जुनसिंह ने अपने अहम् की सन्तुष्टि दो प्रकार से की थी। वह मन ही मन अपने पिता से स्वयं को और अधिक उदार साबित कर सका था पर साथ ही वह अपने उद्दंड पुत्र आम्हणदास को भी सबक देना चाहता था। वह यह कि ज्येष्ठ होने मात्र से उसे सिंहासन का गौरव मिल सकेगा ऐसा न तो अनिवार्य है और न ही आवश्यक। सिंहासन पर पूरा अधिकार राजा का होता है और उसका उत्तराधिकारी चुनने का पूरा अधिकार भी उसी का होता है।

साधारण जनता राजा की मानसिकता से अनभिज्ञ थी। उसे तो कठोर दंड विधान की जगह बुद्धिसम्मत न्याय मिलने लगा था, अतः वह जोगीदास का जय-जयकार करने लगी थी।

निस्पृह जोगीदास केवल अपना कर्त्तव्य कर रहा था परन्तु उसे यह बुरा लगता था कि उसका बड़ा भाई राज्य से बाहर रहे।

राजकार्य से फुरसत पाकर अपने विश्राम कक्ष में जोगीदास आराम करने जा ही रहा था कि परिचारक ने खबर दी कि उसके एक बाल्य मित्र देवीसिंह गोंड उनसे मिलना चाहते हैं।

जोगीदास ने अपने इस पुराने मित्र देवीसिंह गोंड को बुलाया और प्रेम से अपने कक्ष में ले जाकर बात करने लगे।

जोगीदास : "मित्र, कहाँ रहे? बहुत समय बाद मिलना हुआ।"

देवीसिंह : (बहुत धीमे से) "मैं बड़े भैया (आम्हणदास) के साथ भाठ में हूँ।"

जोगीदास : (प्रसन्नता के साथ) "अरे पिछले दो माह से उनका कोई अता पता नहीं है, हम तो बहुत चिन्तित हैं, उनसे कहो कि इतने दिनों बाहर रहना ठीक नहीं है। पिताजी से उनकी नहीं बनती, तो क्या हम लोगों को भी वे ऐसा ही छोड़ देंगे। कहाँ हैं वे?"

देवीसिंह : "अरे नहीं, बड़े भैया को यहाँ की सब खबर रहती है। वे 'भाठ' में ही तो हैं। महाराज वीरसिंह तो उन्हें पुत्रवत चाहते हैं, क्या तुम जानते हो, महाराज जब दिल्ली गए तब वीरभानु को उन्हीं की देखभाल में छोड़ गए थे।"

जोगीदास : "वीरभानु कौन?"

"अरे, महाराज वीरसिंह देव का पुत्र, भाठ का राजकुमार। महाराज बड़े भैया पर अपने परिवार के लोगों से भी अधिक विश्वास करते हैं।" देवीसिंह ने गर्व से कहा।

जोगीदास सोचने लगा कि विश्वास भी क्या चीज है, जिस व्यक्ति पर उसका पिता विश्वास नहीं करता वह दूसरों का कितना विश्वास जीत सकता है? यह आश्चर्य नहीं तो और क्या है।

प्रकट में जोगीदास ने कहा : "भैया को कोई भी आवश्यकता हो तो मुझसे कहना, मेरा सर्वस्व हाजिर है उनके लिए।"

देवीसिंह : "अरे जोगी, तू क्या सोचता है, तेरे बड़े भैया क्या तुझे कम चाहते हैं? वे तो कहते हैं कि जब वे गढ़ा के राजा बनेंगे तब वे अपने प्यारे जोगी को इतना सुख देंगे, इतनी निश्चिन्तता देंगे कि वह अपनी सारी इच्छाएँ पूरी कर सके। तेरे भैया को मालूम है कि तू बहुत पढ़ना चाहता है, अतः उन्होंने बहुत-सी पुस्तकें अपने पास इकठ्ठा की हैं केवल तेरे लिए, उन्हें तो पढ़ने की फुरसत ही नहीं मिलती।"

जोगीदास "तुम यहाँ कब तक रुकोगे।"

देवीसिंह : "मैं तो केवल एक सप्ताह के लिए आया था फिर लौटकर बड़े भैया के पास ही रहूँगा।"

जोगीदास : "बड़े भैया से मेरी ओर से यह आग्रह जरूर करना कि वे यहाँ आ जाएँ, उनके यहाँ न रहने पर पिता जी को अनेक प्रकार की बातें करने का अवसर मिलता है। सामने रहने पर बात का बतंगड़ नहीं बनता परन्तु सामने न रहने पर बात का बतंगड़ बनने में देर नहीं लगती।"

कुछ दिनों बाद देवीसिंह ने विदा ली और भाठ चला गया।

अर्जुनसिंह अपने सलाहकारों से बातें कर रहा था। उसे राजकार्य में व्यस्त रहने का नशा-सा था, वह इसलिए कि उसके मन में यह भावना घर कर गई थी कि उसका अधिकांश जीवन व्यर्थ ही चला गया और उसे अपनी प्रतिभा दिखाने का मौका ही नहीं मिला। इसके पीछे का सत्य यह था कि वह युवावस्था से प्रौढ़ावस्था की ओर वर्ष प्रतिवर्ष बढ़ता चला गया पर राजसिंहासन पर उसका पिता संगनिदास आरूढ़ रहा। संगनिदास स्वयं ही सभी राजकार्य देखता था और वह अर्जुनसिंह से स्पष्ट ही बोल चुका था कि उसे राजनैतिक परिपक्वता और वैचारिक गम्भीरता विकसित करनी होगी पर मानो अर्जुनसिंह की आकांक्षाओं के पंख फड़फड़ाते और थककर रुक जाते। वह अपने पिता से कहता भी क्या, सभी तो उनका लोहा मानते थे।

एक वर्ष, दो वर्ष, एक दशक, अरे नहीं, दो दशक का लम्बा समय बीत गया। जवानी के बीस वर्ष उसने राजसिंहासन के नीचे बिछे आसन पर बिता दिए थे। एक

महत्त्वाकांक्षी व्यक्ति के लिए जहाँ एक दिन बिताना मुश्किल होता है वहाँ अर्जुनसिंह ने बीस वर्ष की आयु में जो सपना पाला था वह पूरा हुआ, जब वह चालीस वर्ष का प्रौढ़ हो चुका था। वैसे तो चालीस वर्ष की आयु किसी भी राजा के लिए अधिक नहीं मानी जाती थी परन्तु अर्जुनसिंह जैसी मानसिकता वाले व्यक्ति के लिए तो वह निश्चय ही बहुत अधिक थी।

अर्जुनसिंह का क्रोधाधिक्य यदि सम्पूर्ण राज्य में विख्यात था तो उसका परिवार उससे अछूता कैसे रहता। चालीस वर्ष की आयु में राज्य पाने के बाद वह हर व्यक्ति से जिस प्रकार हुक्म की तामीली की आशा करता उसे लोकव्यवहार में निर्दयता ही माना जाता। उसके दोनों पुत्र आज्ञाकारी थे परन्तु आम्हणदास ने एक बार उसकी आज्ञा पर प्रश्नचिह्न लगा दिया। फिर क्या था आव देखा न ताव अर्जुनसिंह ने अपने ज्येष्ठ पुत्र को भी नहीं बक्शा और उसे कुछ दिनों के लिए बन्दी बनाकर कारागार में डाल दिया।

कारागार से निकलने के बाद आम्हणदास के मन में पिता के प्रति कोई श्रद्धा न रही। छोटे भाई जोगीदास की बात तो वह सुन लेता पर उसके मन में पिता के प्रति कभी न खुल सकने वाली गाँठ बँध चुकी थी।

अर्जुनसिंह के राज्य में गुरु नानक दो बार आए, दोनों बार जोगीदास उनके दर्शन करने को गया। जोगीदास यद्यपि उम्र में छोटा ही था पर उसने गुरुवाणी का अमृत चाहा। जोगीदास ने सत्संग की महिमा को जाना था और इसीलिए वह तत्कालीन सभी पन्थों के सन्तों के दर्शन करने जाता और भक्तिपूर्वक उनके प्रवचन सुनता।

जोगीदास को जब भी समय मिलता वह महान श्रमण तारण तरण स्वामी के वचनामृत अवश्य ही प्राप्त करता। इसके लिए उसे राजधानी से लगभग पाँच कोस दूर के वनांचल में जाना पड़ता। सन्त तारण तरण प्रखर विद्वान व पहुँचे हुए जैन सन्त थे।

दिन बीतते गए। आम्हणदास को गए लगभग दो वर्ष बीत गए। भाठ के महाराज वीरसिंह देव का अब वह पूर्ण कृपा पात्र था। जोगीदास को जब तब उसके सम्बन्ध में पता चलता रहता। दिनोदिन जोगीदास की लोकप्रियता बढ़ती जा रही थी। बहुत समय बाद लोगों ने एक निस्पृह प्रशासक पाया था। पिछले जन्मदिन पर जब अर्जुनसिंह ने उसे स्वर्णमुद्राएँ भेंट में दीं तो उसने अपने पिता से आज्ञा लेकर उनसे राज्य भर में गरीबों के लिए सदावर्त प्रारम्भ कर दिए। अर्जुनसिंह इसके लिए तैयार तो न थे परन्तु कुछ विचारकर पुत्र के कार्य को स्वीकृति प्रदान कर दी। गोंडवाने में इस प्रकार का समाज कल्याण बहुत समय से सुना भी नहीं गया था। राजकुमार की इस दयालुता की प्रजा कायल हो गई।

अर्जुनसिंह को निष्कंटक राज्य करते अनेक वर्ष हो गए थे, वह पचास वर्ष का हो चुका था, परन्तु उसकी इच्छाओं का अन्त नहीं था। उसने जोगीदास की विनम्रता, सदाशयता और न्यायप्रियता को देखकर यह सोचा कि क्यों न इसी कनिष्ठ राजपुत्र को

राजसिंहासन का उत्तराधिकारी घोषित कर दिया जाए, इससे दुष्ट बड़े पुत्र को दण्ड भी मिल जाएगा और वह स्वयं मनचाहे समय तक राज्य सुख भोग सकेगा। अर्जुनसिंह मन में कहीं न कहीं यह भय खाता था कि जिस दिन आम्हणदास को उसने अपना उत्तराधिकारी घोषित किया उसी दिन वह राजा के सारे अधिकार हथिया लेगा। छोटे पुत्र से ऐसे किसी भी डर की दूर-दूर तक आशंका नहीं थी।

अर्जुनसिंह ने एक दिन जोगीदास को बुलाकर बड़े प्रेम से पास बैठाया और कहा : "जोगी, तुम्हारा बड़ा भाई दुष्टता और शिष्टता की सारी सीमाएँ लाँघकर महीनों से राज्य के बाहर है, मैं वृद्ध हो रहा हूँ, मैं चाहता हूँ कि मैं तुम्हें अपनी राजसभा में अपना उत्तराधिकारी घोषित कर दूँ।"

जोगीदास वस्तुस्थिति की वास्तविकता को ठीक ढंग से जानता था। उसे मालूम था कि उसके पिता का अपना वृद्धत्व जताना दिखावा है, उन्हें राजसुख से कहीं कोई तृप्ति नहीं है।

जोगीदास ने प्रकट में कहा : "पिताजी, उत्तराधिकार का हक केवल बड़े भाई आम्हणदास को है। यदि मैं आपका उत्तराधिकारी बनता हूँ तो यह नीति विरुद्ध होगा। हिन्दू राजघरानों की यह परम्परा नहीं है, मैं जहाँ तक समझता हूँ, भय के कारण भले ही कुछ लोग आपकी बात का समर्थन करें पर यह कार्य धर्म और नीति विरोधी होगा, इसमें कहीं कोई संशय नहीं है।"

अर्जुनसिंह ने दिखावटी प्रेम दिखलाते हुए कहा : "ऐसा कुछ नहीं है, प्राचीनकाल में ऐसे बहुत से उदाहरण मिलते हैं जब प्रजा-कल्याण हेतु परम्पराओं को तोड़ना आवश्यक हो गया था और कनिष्ठ पुत्र को राज्य दिया गया। भीष्म जैसे पुत्र ने तो ज्येष्ठ पुत्र होकर भी छोटे भाइयों के हेतु सदैव के लिए राज्य त्याग दिया था। यद्यपि यह तुलना ठीक नहीं है परन्तु परम्परा तो सदैव से ही टूटती आई है।"

जोगीदास ने हाथ जोड़कर कहा : "मैं आपसे वाद-प्रतिवाद करूँ, इस योग्य मैं नहीं हूँ। हाँ, मैं भीष्म को मानवीय आदर्श का एक चमकदार उदाहरण मानता हूँ और आपके सामने यह कह सकता हूँ कि मुझे बड़े भाई के रहते किसी भी राज्याधिकार की इच्छा नहीं है। मैं दाशरथि भरत का अनुसरण करना चाहूँगा जिन्होंने अपने बड़े भाई श्री राम के रहते कभी भी सिंहासन पर बैठने की कल्पना से भी स्वंय को विरत रखा।"

अर्जुनसिंह मन ही मन क्रोधित हो चला था परन्तु उसने जोगीदास से प्रकट में कहा : "पुत्र, राजा का यह भी कर्त्तव्य होता है कि वह प्रजा के लिए हितकारी शासन प्रदान करे। अतः कल मैं निश्चित रूप से राजसभा में तुझे अपना उत्तराधिकारी घोषित कर दूँगा।"

जोगीदास सिर नीचा किए हुए पिता के कक्ष से बाहर चला गया। शाम होते ही वह अपने अश्व पर आरूढ़ होकर घर से जो निकला तो वह तब तक नहीं थमा जब तक भोर होते अश्व ही बुरी तरह थककर गिरने को न हो गया। जोगीदास की तन्द्रा टूटी। वह राजमहल से कोसों दूर सघन वनों में भटक चुका था। जोगीदास वैसे भी

राजचिह्न धारण नहीं करता था अतः जब प्रातः एक साधु की कुटिया में पहुँचा, तब उसे साधु ने नहीं पहिचाना। वहाँ रुककर उसने घोड़े को विश्राम दिया और साधु के सत्कार को ग्रहण किया। साधु के पूछने पर भी उसने अपना सही परिचय न दिया।

साधु की कुटिया में रहते हुए उसे एक सप्ताह बीत गया। साधु जोगीदास के ज्ञान भरी चर्चा से आश्यर्चचकित था। साधु ने उसे फल-मूल-कन्द देकर उसकी देखरेख की। साधु के लिए यह एक विलक्षण पुरुष था।

चौथे दिन साधु के कुछ शिष्य साधु के लिए अन्न और फल लाए। घोड़ा चरते हुए कुछ दूर निकल गया था और जोगीदास कुटिया के भीतर ध्यानस्थ था। साधु प्रातःकाल के सभी कार्यों से निवृत्त हो कुटिया के बाहर बैठा धूनी ताप रहा था। आए हुए शिष्यों को उसने बाहर ही बैठाया और साथ दी गई वस्तुओं को पास रखी टोकरी में रख लिया। साधु और आगन्तुक ग्रामीणों में वार्तालाप प्रारम्भ हुई, कुटिया के भीतर ध्यानस्थ जोगीदास के कान में वार्ता के शब्द न चाहते हुए भी प्रवेश कर रहे थे।

साधु : "राजधानी में सब कुशल तो है?"

पहला ग्रामीण : "क्या खाक कुशल है, राज्य का बंटाधार हो रहा है।"

"अरे, क्या हो गया" साधु ने किंचित उत्सुकता के साथ पूछा।

दूसरा ग्रामीण : "राजदरबार में एक सप्ताह पहले राजा अर्जुनसिंह ने अपना उत्तराधिकारी घोषित कर दिया था।"

"तो इसमें क्या बुराई हुई" साधु ने कहा।

"इसी में तो सारी बुराई हुई।" तीसरे ग्रामीण ने कहा।

इसके बाद ग्रामीणों ने साधु को बतलाया कि महाराज अर्जुनसिंह ने अपने बड़े पुत्र आम्हणदास के स्थान पर जोगीदास को उत्तराधिकारी घोषित कर दिया। उस समय आम्हणदास भाठ में था। भाठ के राजा दिल्ली गए थे। गढ़ा में जोगीदास इस निर्णय के विरुद्ध था इसलिए वह किसी अनजान जगह चला गया। आम्हणदास को जब यह खबर मिली तो वह गढ़ा आकर अपनी माँ के यहाँ छुप गया। सुना है कि माँ के यहाँ उसकी मुलाकात महाराज से हुई और दोनों में कहासुनी हुई। पता नहीं क्या हुआ, जब आम्हणदास महल से निकला तब महाराजा का खून हो चुका था।

जोगीदास ने ध्यान करते समय जब यह सुना तो मानों उसकी नसें फटने लगीं। सोचने लगा कि मनुष्य की लिप्साएँ किस सीमा तक उसका अधःपतन करती हैं। परन्तु अभी वह और भी ऐसा कुछ सुन रहा था जो कि हृदय विदारक था। ग्रामीण कहे जा रहे थे, "आम्हणदास ने स्वयं को राजा घोषित कर दिया, उसके स्वयं को राजा घोषित करते ही राजदरबार के कुछ समर्थक और उसके कुछ मित्र उसके साथ हो गए परन्तु राजा की हत्या से क्या सैनिक और क्या प्रजा सभी क्रोधित हो गई। सेना ने शासन अपने हाथ में ले लिया और रात आम्हणदास और उसके साथियों को कारागार में डाल दिया।"

साधु : "क्या भारी रक्तपात हुआ?"

ग्रामीण : "नहीं, विद्रोहियों की संख्या गिनी चुनी ही थी।"

साधु : "तो क्या सेनापति ही राजा बनने वाला है?"

ग्रामीण : "नहीं, सेनापति ने तो राजप्रमुखों एवं नगर के प्रतिष्ठित लोगों की सलाह पर ही यह कार्य किया था, सभी लोग छोटे राजकुमार जोगीदास को राजा बनाना चाहते हैं, चारों ओर सैनिकों के दस्ते उन्हें ढूँढ़ रहे हैं किन्तु उनका अब तक पता नहीं चल पा रहा है, सुना है, वे स्वर्गीय महाराज की किसी बात से अप्रसन्न होकर कहीं चले गए हैं।"

ग्रामीण अपना वाक्य पूरा ही कर पाए कि उन्हें एक ओर कोलाहल सुनाई दिया। उस ओर से एक घोड़े की लगाम पकड़े हुए एक सैनिक आगे बढ़ रहा था। घोड़े पर कोई नहीं बैठा था किन्तु चारों ओर सशस्त्र घुड़सवारों का एक जत्था था।

जोगीदास को ढूँढ़ने निकले घुड़सवारों के जत्थे ने एक घोड़े को कुटिया से कुछ दूर चरते देखा था। जत्थे के नायक ने इस घोड़े को पहिचान लिया, यह राजकुमार जोगीदास का ही घोड़ा था। सैनिकों ने कुटिया और ग्रामीणों को घेर लिया। सैनिकों के नायक ने साधु से पूछा कि यह घोड़ा यहाँ तक कैसे पहुँचा?

साधु को उत्तर देने की आवश्यकता नहीं पड़ी, स्वयं जोगीदास कुटिया से बाहर आ गया। नायक ने अभिवादन कर सारी बात जोगीदास को बतलाई और प्रशासन से मिला पत्र उन्हें सौंप दिया, साथ ही उससे साथ चलने की प्रार्थना की।

साधु और ग्रामीण भयभीत और चकित थे। जोगीदास ने पत्र की सत्यता परखी जिस पर राज्य के प्रमुख प्रशासक राघवेन्द्र सिंह और राज सलाहकार जागेश्वर पाठक के हस्ताक्षर थे। पत्र में जोगीदास से राज्य सँभालने के लिए आग्रह किया गया था।

कुटिया में एकत्रित ग्रामीण और साधु जोगीदास को पहिचान भाव-विह्वल हो गए, उन सभी को जोगीदास के लोककल्याणकारी कार्यों की जानकारी थी। ग्रामीणों ने जोगीदास के पैर पकड़ लिए और कहा कि उनके राजा बनने से चारों ओर प्रसन्नता का वातावरण निर्मित होगा।

सभी लोग कुटिया के बाहर बैठ गए, जोगीदास विचार मग्न हो गए, तब तक ग्रामीण सैनिकों के लिए भोजन पानी के प्रबन्ध करने गाँव चले गए। उन्हें शीघ्र ही लौटना भी था। सैनिकों ने अपने घोड़े खोल दिए। नायक जोगीदास को साथ ले जाने के लिए व्यग्र था।

जोगीदास के मन में भयंकर अन्तर्द्वन्द्व था। वह टहलता हुआ नदी के किनारे तक चला गया, नदी के कगार पर एक विशाल वृक्ष था जो एक दम सूख चुका था। ग्रामीण उसकी सूखी डालों को काटकर ईंधन के रूप में प्रयोग कर रहे थे। इसी वृक्ष की सूखी लकड़ी को साधु भी बीनकर ले आता और अपनी धूनी जलाता। जोगीदास सोच रहा था कि जब यही वृक्ष अन्य वृक्षों की तरह हरा भरा था, तब कितने प्रकार के जीव जन्तुओं और पक्षियों को वह शरण देता था परन्तु उसके सूखते ही सब कुछ बदल गया।

अब न उस पर चहचहाने वाले पक्षी हैं और न ही उसकी पुष्पों से लदी हरी भरी डालियों से छूकर निकली हुई ठंडी बयार। मनुष्य का जीवन भी क्या ऐसा ही नहीं है, जब तक जीवन है, जीवन का मधु है, सभी उसका उपभोग करना चाहते हैं, परन्तु यदि जीवन नहीं है तब भी प्रकृति का चक्र तो चल ही रहा है। जब तक यह वृक्ष जीवित था सोचता होगा कि उस पर आश्रित लाखों चीटियाँ, हजारों कीट भृंग, सैकड़ों पक्षी उसकी जड़ों, तने, डालियों, पुष्प और फलों के कारण ही जीवित हैं। मनुष्य भी तो ऐसा ही सोचता है और मनुष्य यदि राजा हुआ तो यह अहम् का बोध और अधिक विस्तार कर लेता है। सेना, प्रशासन, प्रजा और न जाने कौन-कौन उस पर आश्रित हैं यह प्रतीति कितनी गहरी है सत्ता प्राप्त व्यक्ति में। वह स्वयं की नश्वरता को भूलकर किस दुनिया में चला जाता है।

जोगीदास अपने विचारों में खोया उस शुष्क वृक्ष के सामने खड़ा था कि पीछे से ग्रामीणों ने उसकी विचारतन्द्रा भंग कर दी। वे सभी उसे कुटिया तक चलने का आग्रह कर रहे थे, जहाँ भोजन तैयार था।

जोगीदास ग्रामीणों सहित पुनः कुटिया में पहुँच गए। जोगीदास ने भोजन समाप्त किया, तभी दूर से किसी घुड़सवार की पदचाप उन्हें सुनाई दी। थोड़ी ही देर में घुड़सवार पास आ गया और वह सीधे जाकर अश्वारोही दस्ते के नायक से मिला, दोनों में कुछ बात हुई।

वस्तुतः गढ़ा से अश्वारोही दस्तों को विभिन्न दिशाओं में राजकुमार जोगीदास को ढूँढ़ने जब भेजा गया तभी यह भी व्यवस्था कर दी गई थी कि राजधानी में होने वाली उथल-पुथल के समाचार सैनिक दस्तों के पास पहुँचते रहें ताकि अनजाने में कोई अप्रिय स्थिति पैदा न हो।

अश्वारोही के दस्ते के नायक ने हरकारे से समाचार प्राप्त कर जोगीदास को अभिवादन कर समाचार सुनाया। समाचार यह था कि राजकुमार जोगीदास को खोजने वाले दस्ते के निकलने के बाद राजधानी गढ़ा में बड़ी उथल-पुथल हो रही है। आम्हणदास को प्रजा एवं सेना ने राजमाता के कहने पर सशर्त कारागार से मुक्त करना पड़ा क्योंकि स्वर्गीय महाराज का अन्तिम संस्कार होना था। संस्कार के पश्चात आम्हणदास ने अपने कुछ साथियों सहित एक छोटी सैनिक टुकड़ी लेकर राजमहल पर अपना अधिकार घोषित कर दिया। राजमाता उसके साथ हैं। राजमाता ने उसे सिंहासन पर बैठाकर उसे राजा घोषित कर दिया है। यह सब पिता के संस्कार के पश्चात कुछ ही घंटों में हुआ। दूसरी ओर सम्पूर्ण सेना एक ओर है और नगर दो अधिकार क्षेत्रों में बँटा है। राजकीय सेना की कमान अब सेनापति, राज्य के प्रमुख प्रशासक एवं राजसलाहकार की संयुक्त समिति के पास है। संयुक्त समिति ने यह निर्णय लिया है कि अब गढ़ा कटंगा राज्य के राजा जोगीदास हैं। यह कहकर अश्वारोही नायक के दस्ते ने हरकारे से प्राप्त पत्र को जोगीदास को सौंप दिया।

जोगीदास ने पत्र पढ़ा, पत्र में लिखा था :

"गढ़ा कटंगा के महाराज श्री अर्जुनसिंह के दुर्भाग्यपूर्ण देहावसान के पश्चात् गढ़ा राज्य की प्रजा ने निर्णय लिया है कि राजकुमार श्री जोगीदास गढ़ा की राजगद्दी सँभालें तथा महाराज श्री अर्जुनसिंह के कातिल आम्हणदास को मृत्युदंड देकर राज्य की व्यवस्था को पुनः बहाल करें।"

पत्र के अन्त में राजमुद्रा अंकित थी।

जोगीदास कुछ कहना ही चाह रहे थे कि नायक ने कुछ और बातें भी बतलाने की आज्ञा माँगी।

नायक : "महाराज, गढ़ा की प्रजा के कहने पर श्री जोगेश्वर पाठक और राघवेन्द्र सिंह ने बांधवेश महाराज वीरसिंह देव को सम्पूर्ण घटना के सम्बन्ध में पत्र लिखा, जो बांधवेश को मिल चुका है और वे शीघ्र ही सेना सहित गढ़ा आने वाले हैं।"

बात साफ थी कि सेना तथा प्रजाजन आम्हणदास के कृत्य से क्षुब्ध तो थे पर वे राजकुमार से युद्ध नहीं करना चाहते थे साथ ही उन्होंने उसे राजसिंहासन पर बैठने से भी नहीं रोका पर वे इस प्रकरण को इस तरह यहीं पर नहीं समाप्त होते देखना चाहते थे। बांधवेश से शिकायत करने का अर्थ गढ़ा राज्य पर अब एक निर्णायक आक्रमण था। गढ़ा की सेना के तटस्थ होने के कारण आम्हणदास एक क्षण भी गढ़ा में नहीं रह पाएगा यह बहुत स्पष्ट था।

जोगीदास सोचने लगा कि परिस्थितियों ने उसे अब वही जघन्य कृत्य करने को विवश कर दिया है जो उसके भाई आम्हणदास ने किया है, अर्थात् अपने परिजन की हत्या। आम्हणदास ने पिता जी की हत्या क्यों की, यह ऊपरी तौर पर तो राजलिप्सा के कारण ही है परन्तु जब मैं अपने भाई की हत्या की आज्ञा दूँगा तब क्या वह राज्य लिप्सा नहीं होगी? यह ठीक है कि पिता कभी भी आम्हणदास को नहीं चाहते थे और उसे उसके वाजिब अधिकार से भी वंचित कर रहे थे, पर राजसिंहासन पर मेरा तो नैतिक अधिकार कभी भी नहीं रहा। मैं राजकुल का ज्येष्ठ पुत्र कभी नहीं रहा, फिर आम्हणदास मेरा बड़ा भाई होकर भी मुझे सदा ही प्राणों से अधिक प्रेम करता रहा है, अब राज्य प्राप्ति के लिए उसके प्राण ले लूँ? यह कौन-सा सामाजिक धर्म है? समाज चाहता है कि मैं अपने पिता के हत्यारे की हत्या करूँ, पर समाज के चाहने मात्र से मनुष्य को अपना स्वत्व खो देना चाहिए। तब वह क्या करे, हजारों व्यक्तियों की निष्ठा को कुचल दे जो उसे नैतिक और धर्मप्राण मानते हैं? क्या वह अपने भाई के प्रेम बर्ताव को सर्वोच्च मानते हुए स्वयं मोहग्रस्त होकर उसकी शरण में जा बैठे। कितना घृणित है यह सब कुछ।

वह सोचता रहा। क्यों न प्रकृति को वैसा ही चलने दिया जाए जैसी वह चलना चाहती है, यदि बांधवेश आक्रमण करते हैं तो करने दो, मैं भी तो उन्हें रोक नहीं पाऊँगा, जनता का निर्णय है। मुझे भी तो नियति ने एक कठपुतली ही बना दिया है। कितना हास्यास्पद है राजा बनना और उसके बाद अपनी आत्मा की आवाज न सुनते हुए वह सब सुनना और करना जो दूसरे कराना चाहते हैं।

परन्तु अब निर्णय की घड़ी तो आ चुकी है, कुछ न कुछ निर्णय लेना है।

जोगीदास ने नायक से कहा : "सभी अश्वारोही शीघ्र तैयारी कर लें। उन्हें तुरन्त लौटना है और राजपरिषद को मेरे निर्णय की सूचना देना है।"

शीघ्र ही अश्वारोही सैनिक तैयार हो गए। नायक उत्तर की प्रतीक्षा में खड़ा हो गया। पास ही गाँव के सारे लोग आ चुके थे, साधु इस घटनाक्रम को देखकर विस्मित था। सघनवन प्रान्तर में बनी उसकी कुटिया गढ़ा कटंगा राज्य की सबसे महत्त्वपूर्ण घटना की गवाह हो गई।

जोगीदास ने खड़े होकर सभी को सुनाते हुए कहा : "सभी उपस्थित लोगो, ध्यान से सुनो, मैं राजकुमार जोगीदास राज्य सम्बन्धी सारे अधिकार आज अभी यहीं त्यागता हूँ और इसीलिए अब मैं जैसा कि प्रजा के द्वारा चाहा गया है, अपने भाई आम्हणदास को मृत्युदंड नहीं दूँगा लेकिन इसके साथ ही अब मेरा राजकुल से भी कोई सम्बन्ध नहीं रहेगा अर्थात् अब कभी भी अपने पितृघन भाई के सामने नहीं जाऊँगा।"

इतना कहकर राजकुमार जोगीदास ने अपनी राजमुद्रा से सबको यह कहकर चुप करा दिया कि सभी लोग अपने-अपने काम में लग जाएँ और जो हो रहा है उस पर विवाद न करें।

नायक ने राजकुमार को अभिवादन किया और कुछ ही समय में अश्वारोही दल देखते ही देखते दूर चला गया। अब केवल साधु, ग्रामीण जन और राजकुमार कुटिया के सामने खड़े थे। धूनी की आग मद्धिम पड़ रही थी अतः एक ग्रामीण ने उसमें ईंधन डालकर और अधिक प्रज्ज्वलित कर दिया।

दूसरे दिन प्रातः जब साधु सोकर उठा तब उसने देखा कि राजकुमार न जाने कहाँ जा चुके थे, वह पास के गाँव में गया, वहाँ जाकर उसने गाँववालों से राजकुमार जोगीदास के बारे में पूछा पर उन्हें कुछ भी पता न था।

इस घटना के बाद साधु या गाँव वालों को ही क्या गढ़ा कटंगा राज्य के किसी भी व्यक्ति को कभी भी यह पता न लगा कि राजकुमार जोगीदास सदा-सदा के लिए कहाँ चले गए।

राजधानी गढ़ा में सारी प्रजा और राजपुरुष यह सुनकर अवाक् रह गए कि राजकुमार जोगीदास ने सर्वस्व त्याग दिया है। तभी बांधवेश वीरसिंह देव की विशाल सेना ने गढ़ा राज्य में प्रवेश किया।

आक्रमण की खबर सुनकर आम्हणदास घने वनों की ओर भाग गया, वह अपने पिता तुल्य बांधवेश का सामना कैसे करता। काफी समय गढ़ा में रुककर बांधवेश ने गढ़ा राज्य की व्यवस्था को सुचारू कर दिया और जब वे सेना सहित भाठ लौट रहे थे तब रास्ते में निःशस्त्र आम्हणदास उनसे विनत होकर मिला। पिता के साथ हुई दुर्भाग्यपूर्ण घटना को उसने आकस्मिक अनचाही और अनपेक्षित कहा। उसने बांधवेश से कहा कि उन्होंने उसे वर्षों तक पुत्र के समान स्नेह दिया है। यह सुनकर बांधवेश ने उसे क्षमा कर दिया और धर्मपूर्वक राज्य करने की सलाह देकर उसे गढ़ा

का राज्य सौंप दिया। बांधवेश को यह दुखद समाचार पहले ही मिल चुका था कि स्वर्गीय अर्जुनसिंह अपने जिस कनिष्ठ पुत्र को राज्याधिकार देना चाहते थे उसने राज्य त्यागकर संन्यास ग्रहण कर लिया है। बांधवेश के सामने अब कोई विकल्प भी तो न था।

पितृहन्ता आम्हणदास का अर्जुनसिंह का उत्तराधिकारी होना मानो नियति का एक खेल था।

द्वितीय सर्ग

प्रबल पराक्रमी संग्रामशाह

आसीत्सूनस्य संग्राम साहि
विद्विट् तूलस्तोम कल्पात वह्निः
विश्वव्याप्ते यत्प्रताप प्रकाशे
मध्याह्नार्को विस्फुलिंगी बभूव

(रामनगर शिलालेख का 14वाँ श्लोक)

अर्थ : उसका (अर्जुनसिंह का) पुत्र संग्रामसाहि था। उसके शत्रु कपास के पुंज के समान थे। वह उनके लिए प्रलयकारी अग्नि के समान था। उसके प्रताप के प्रकाश के विश्व में व्याप्त होने के कारण दोपहर का सूर्य भी निस्तेज सा हो गया।

संग्रामशाह

संग्रामशाह को अन्य क्षेत्रीय नामों से भी पुकारा जाता था, ये नाम थे—आम्हणदास, अमानदास, आमनदास या आमणदास। आम्हणदास या संग्रामसाहि की अनेक पीढ़ियों ने ऊपरी नर्मदा घाटी में राज्य किया।

वह अपने काल का प्रबल पराक्रमी राजा ही नहीं था वरन् ज्ञानपिपासु एवं दूरदर्शी शासक भी था। भारतीय इतिहास में संग्रामशाह का महत्त्व दो कारणों से है, पहला यह कि वह भारतीय सामाजिक एवं सांस्कृतिक धारा के उस तथ्य को निरूपित करता है जिसके अनुसार भारतीय समाज प्राचीनकाल से मध्यकाल तक नगरीय, ग्राम्य तथा आरण्यक या आटविक धाराओं का समाज था जिनमें से प्रत्येक धारा का व्यक्ति कभी भी एक धारा से दूसरी धारा में जा सकता था और उस धारा में सर्वोच्च स्थान प्राप्त कर सकता था। दूसरा यह कि आटविक या आरण्यक समाज हिन्दू समाज का ही एक अंग सदैव से रहा है भले ही उसे कोई जाति विशेष का सम्बोधन न दिया गया हो। संग्रामशाह से पूर्व में भी अनेक आटविकों के समूहों ने क्षत्रियत्व प्राप्त किया था। संग्रामशाह के पूर्वज भी क्षेत्र के 'एकाकी' समाज नहीं थे, वे अपनी अर्थव्यवस्था और समाज व्यवस्था में क्षेत्र के अन्य लोगों के साथ जुड़े हुए लोग थे।

संग्रामशाह ने जब अपने राज्य की मुद्रा चलाई या बाजपेय यज्ञ में सहायता दी तब वह और अधिक सुसंस्कृत हुआ पर उसका 'संस्कृतिकरण' नहीं किया गया था।

संग्रामशाह ने बावनगढ़ जीते थे, वह अपने जीवन में कभी भी पराजित नहीं हुआ था। उसने लगभग सत्तर वर्ष की आयु पाई थी। लोक मान्यताओं के अनुसार उसे अपराजेय होने का वर भैरव ने दिया था।

राजधर्म का प्रथम अध्याय

अमानदास ने परिस्थितियों वश या कि कहीं अपनी छुपी हुई महत्त्वकांक्षा के चलते अपने गुस्सैल पिता का वध कर दिया था परन्तु उसके बाद जो कुछ हुआ या जो कुछ उसे प्राप्त हुआ उससे वह स्वयं बहुत प्रसन्न नहीं था।

पश्चाद्वर्ती घटनाओं से वह जान चुका था कि केवल शक्तिशाली होने से ही वह अपने लोगों का प्रियपात्र नहीं बन सकेगा। उसकी समझ में यह तो आ चुका था कि शक्तिशाली राजा बनने के अतिरिक्त देश या समाज में सबसे अधिक महत्त्वपूर्ण व्यक्ति बनने का मार्ग और कोई नहीं है पर क्या वह ऐसा महत्त्वपूर्ण व्यक्ति भी बन सकता है जो समाज में लोकप्रिय भी हो। वह जानता था कि शक्ति से दिखावटी प्रतिष्ठा तो प्राप्त हो सकती है पर वह स्थाई नहीं रहेगी। तभी उसे बांधवेश महाराज की सलाह याद आई। सलाह थी धर्म से राज्य चलाकर प्रतिष्ठित होने की।

परन्तु उसे अपने समाज का धर्म ज्ञात था, सीधा-साधा, जो जैसा करे उसे वैसा ही फल दो, आँख के बदले आँख और प्राण के बदले प्राण। उसका छोटा भाई शायद उससे अधिक धर्म जानता था जिसने पिता की आज्ञा नहीं मानी। फिर क्या पिता की आज्ञा मानना धर्म था, या न मानना या कि अनुज जोगीदास की भाँति राज्य को त्याग देना ही धर्म था। फिर यदि राजपुत्र होकर राज्य त्याग देने का धर्म अपनाया जाए तो क्या यह राज्य के प्रति अधर्म नहीं होगा, सारी बातें सोचते-सोचते अमानदास का सिर घूमने लगता। जोगीदास की धर्मपरायणता अजीब थी, राज्य की जनता उसके साथ थी परन्तु फिर भी उसने अपने बड़े भाई का सम्मान रखा। उसने स्वयं राजा बनने के स्थान पर वन गमन कर साधु बनना उचित समझा। अमानदारा धर्म के इस रूप की कल्पना भी नहीं कर सकता था, फिर भी विपरीत परिस्थितियों में उसने राजकार्य सँभाला। यह राजा का धर्म था।

कभी-कभी अमानदास सोचता कि क्यों न धर्म के जाननेवालों को राजसभा में नियुक्त कर दिया जाए ताकि धर्म के अनुसार राज्य चलाया जा सके। उसने अपने चार निकटतम मित्रों से कहा कि वे किसी ऐसे व्यक्ति को ले आएँ जो धर्मपूर्वक राज्य चलाने में उसकी सहायता कर सके। पर उसके समझदार मित्रों ने सलाह दी कि किसी भी एक व्यक्ति पर राजा को आश्रित नहीं होना चाहिए। फिर धर्म के नाम पर व्याप्त पाखंड भी तो जगजाहिर है। अमानदास इस बात से सहमत था।

यद्यपि अमानदास अपने पिता या पूर्ववर्ती राजाओं की भाँति महल में बैठकर मद्य पीने वाला राजा नहीं था, वह अपने इस छोटे से राज्य की स्वयं देखरेख करता और प्रयास करता कि कहीं से अवाँछित तत्त्व आतंक न फैला सकें। उसके इस प्रयास से बहुत से ऐसे लोग चिन्तित थे जिन्हें अब अपना स्वार्थ पूरा होने में कठिनाई दिखलाई दे रही थी। अमानदास अपने विरोधियों से निपटने में भी सक्षम था परन्तु उसकी मूलभूत समस्या था प्रजा में उसकी स्वीकार्यता। अमानदास अब भी प्रजा में पूरी तरह स्वीकार्य न था इसीलिए वह अपना शासन अपने गिने-चुने मित्रों की सहायता से चला रहा था। वह अपना अधिकांश समय गढ़ा स्थित राजमहल में न बिताकर एक कोस दूर पहाड़ी पर बने लगभग ऐकान्तिक सैनिक चौकी मदनमहल में बिताता। उसके सभी साथी वहीं से राजाज्ञा प्राप्त करते थे। अमानदास यह मानता था कि यदि उसे प्रजा धर्मज्ञ मान ले तो वह सफल शासक हो सकता है। प्रजा उसकी पितृहन्ता को नहीं भुला पाई थी।

अमानदास के साथी राज्य के सभी प्रमुख व्यक्तियों पर नजर रखते थे। उन्हें अमानदास के धर्मप्रेम पर कुतूहल था। उन्होंने राज्य के तीन परमधार्मिक व्यक्तियों दाऊबैगा, निर्मलचन्द्र देव और योगी विकाल को राज्य के सबसे अधिक धार्मिक व्यक्ति बतलाया। अमानदास तीनों से परिचित था वह इस बात पर भी सहमत था कि वे तीनों उसके राज्य में धर्मों के बड़े जानकार माने जाते हैं। उनके विचारों को उसने दो एक बार सुना भी था पर सन्तुष्ट न था।

अमानदास धर्म के वैसे जानकार की तलाश में था जैसे उसने बघेल महाराज के दरबार में देखे थे, जिन्हें सुनने स्वयं वघेल महाराज भी उत्सुक दिखाई देते थे। ऐसे व्यक्ति जो संसार की विद्याओं के समुद्र हों। अमानदास जानता था कि ऐसे विद्वान काशी के विद्यापीठों से ही निकलते हैं। वे यहाँ कैसे मिलेंगे। प्रकट में उसने अपने मित्रों से तीन विद्वानों को अगली राजसभा में राजा की ओर से निमन्त्रित करने का अधिकार दे दिया। अमानदास का परम् मित्र नरपत था जो अब तक चुप था। उसने अमानदास से कहा कि गढ़ा राज्य के पुराने हितैषी जागेश्वर पाठक परिवार का एक सदस्य उसका बाल्यकाल का मित्र है। वह रहता तो मिथिला में है पर जब तब यहाँ अपने नाना के यहाँ आता रहा है, उसका नाम वासुदेव है, उसने काशी में वर्षों रहकर अध्ययन किया है, वह अभी फिर आया है। यदि आप चाहें तो उसे आपसे मिलाता हूँ, हो सकता है वह धर्म के बारे में कुछ जानता हो। अमानदास ने उसे सभा में लाने के पूर्व परखना उचित समझा और उससे मिलने की इच्छा प्रकट की।

दो दिनों के बाद

गढ़ा कटंगा का राजा अब एक युवक है उसका वास्तविक नाम तो आम्हणदास देव है पर लोग अपनी-अपनी क्षेत्रीय बोली के हिसाब से उसे कभी आमणदास और कभी अमानदास कहते हैं। अपने पिता का वध कर वह राजा बना, ऐसा जन विश्वास है।

"मेरे मित्र अमानदास में शेर की-सी फुर्ती है और उसका पैर तो मानो कहीं थमता

ही नहीं है, वह कब किसे कहाँ मिलेगा कुछ कहा नहीं जा सकता, उसकी नजर से कोई बच नहीं सकता।" एक गोंड युवक साथ में चल रहे एक दूसरे युवक को बतला रहा है।

दोनों ही नर्मदा से चार कोस दूर एक रास्ते से जा रहे हैं। दोनों ओर पहाड़ियाँ हैं। उनका गन्तव्य गढ़ा का महल है। गढ़ा का महल क्या है गढ़ी ही है। दूसरा युवक अपने भाल पर त्रिपुंड लगाए है तथा उसके सिर पर गाय के खुर जैसी शिखा है। इस लम्बे युवक के लिए यह स्थान नया नहीं है। यह उसकी ननिहाल है। वह वर्षों से यहाँ आता रहा है, तब से जब वह छोटा-सा बालक था। नाना गोंड राजाओं के राजपुरोहित थे। साथ ही बड़ी कृषि भूमि के मालगुजार भी थे। साथ वाले युवक से अन्तिम बार वह तब मिला था जब उसे काशी में उच्च अध्ययन के लिए जाना था।

यहाँ गढ़ा में इन वर्षों में उसके बाल्यकाल का गोंड मित्र नरपत गोंड राजा अमानदास का विश्वस्त साथी हो गया है। नरपत ने बतलाया कि महाराज शायद बघेल राजाओं की तरह धर्म परिषद का गठन करना चाहते हैं, हो सकता है सनातन धर्म का प्रतिनिधि भी राजा चुनना चाह रहे हों। नरपत ने कहा कि वह अपनी पुरानी मित्रता के कारण ही नहीं वरन् उसे उसके बाल्यकाल के आचरण और तीक्ष्ण बुद्धि के कारण महाराज से मिलवाना चाहता है। काशी में उच्च शिक्षित होने के कारण वह सनातन धर्म का सही प्रतिनिधि भी तो है। दूसरे युवक को अपने भविष्य की भी चिन्ता थी। नाना ने पढ़ा-लिखाकर पैरों पर खड़ा कर दिया था, अब आजीविका तो उसे स्वयं ही ढूँढ़नी थी।

दोनों युवक एक तालाब के पास पहुँचते हैं और तभी आसपास के घने जंगलों से दो गोंड सैनिक सामने आते हैं और गोंड युवक तथा उसके साथी को मदनमहल पहुँचने का आवश्यक सन्देश देते हैं।

दोनों युवक पहाड़ी पर चढ़ने लगे। मदनमहल में न तो मदन या कामदेव हैं और न ही वह कोई महल है। वह तो ऊँची पहाड़ी पर बनी हुई एक सुरक्षा चौकी है।

मदनमहल में पहुँचते ही पता चलता है कि महाराज उन दोनों की प्रतीक्षा कर रहे हैं। गोंड युवक मुस्कुराता है। साथ वाले ब्राह्मण युवक से कहता है कि महाराज गढ़ा महल से दूर सम्भवतः तुम्हारी परीक्षा लेना चाहते हैं, पता नहीं इस कम उम्र में ही महाराज को धर्म जानने में इतनी रुचि क्यों पैदा हो गई है। ब्राह्मण युवक को 'महाराज' शब्द विचित्र लगता है क्योंकि उसकी दृष्टि से गढ़ा कटंगा के शासकों के लिए 'राजा' शब्द भी पर्याप्त था, फिर भी लोक-व्यवहार का अपना अलग महत्त्व है, यह वह अच्छी तरह जानता था। वह स्वयं भी तो अब साधारण बटुक से 'आचार्य' हो गया था।

मदनमहल के कक्ष में

महाराज कक्ष में अकेले ही बैठे हैं। आगन्तुक ने पहुँचकर अभिवादन किया, उसे बैठने का संकेत मिला। महाराज ने सारी औपचारिक जानकारी शिक्षा-दीक्षा इत्यादि के सम्बन्ध

में पूछने के बाद कहा : "आचार्य वासुदेव, मुझे तुम्हारे ननिहाल के सम्बन्ध में पूरी जानकारी है। यह परिवार गोंडों का सबसे अधिक विश्वस्त परिवार है, अतः तुम्हारी गोंडों के प्रति निष्ठा में मुझे सन्देह नहीं है। मैं कुछ निजी बातें जो धर्म से सम्बन्धित भी हैं, तुमसे करना चाहता हूँ। विगत एक-दो वर्षों से एक प्रश्न मेरे मन को सालता रहता है, कुछ समझ नहीं आता किससे कहूँ, यद्यपि समस्या का निवारण हो चुका है पर चाहकर भी प्रश्न को भूल नहीं पाता। आपने धर्मशास्त्र पढ़ा है और मेरा प्रश्न भी कहीं न कहीं धर्मशास्त्र से जुड़ा है।"

"ऐसा कौन-सा प्रश्न जुड़ा है राजन्?" आचार्य वासुदेव ने प्रति प्रश्न किया।

"पितृहत्या का, चाहते न चाहते स्थितियाँ ऐसी बनी कि पिता का वध हो गया। समाज तो उसे कभी भूल नहीं पाएगा, भले ही प्रकट में कुछ न कहे। इस कृत्य के लिए धर्मशास्त्र क्या कहेगा, कभी-कभी मैं इस पर विचार करता हूँ।" अमानदास ने अपना प्रश्न रखा।

"राजन्, धर्म और शास्त्र अलग-अलग हैं। शास्त्र बुद्धिजन्म धर्म की व्याख्या है परन्तु परिस्थितियों की जटिलता से उत्पन्न कार्यों की व्याख्या सामान्य शास्त्री सही ढंग से नहीं कर पाते, वे प्रायः रूढ़ निर्णय देते हैं। राजन्, आपके सन्दर्भ में ध्यान रखना होगा कि जीवन शास्त्र से बड़ा है, यदि आप स्वयं ही अपनी रक्षा न कर पाते तो आपका अन्त निश्चय था, तब शास्त्र का आपके सन्दर्भ में क्या अर्थ रह जाता। यदि स्थितियों को देखें तो शास्त्र के वचन का अनुसरण आपके पिता को करना था। शास्त्र के अनुसार तो उन्हें अपने ज्येष्ठ पुत्र अर्थात् आपका राज्याभिषेक करना था, परन्तु उन्होंने वैसा नहीं किया। वे ययाति की भाँति और अधिक समय तक अधिकारों का सुख भोगना चाहते थे, ऐसी स्थिति में उनका पुत्र आज्ञाकारी ही हो यह आवश्यक नहीं है। उनकी आज्ञा का सम्मान न आपके अनुज ने किया और न आपने। विग्रह की स्थिति आपाद् स्थिति थी, जिसमें आप या आपके पिता में से एक को परिदृश्य से हटना ही था। धर्म व्यर्थ का आत्मबलिदान देने को नहीं कहता।"

"हमारे यहाँ गुरु परम्परा नहीं है पर हम अपने कुल या समाज के सबसे वृद्ध और अनुभवी व्यक्तियों को वही सम्मान देते हैं जो नगरवासियों में गुरु को दिया जाता है। हमारे यहाँ कुल का वृद्ध ही समाज का मार्गनिर्देशक भी है। मनुष्य की हत्या सर्वत्र ही निन्दित है पर हमारे समाज में बलि और आत्म-रक्षा में हत्या का समर्थन किया गया है।" अमानदास ने कहा।

"राजन्, आप का कथन सत्य है, फर्क इतना है कि जहाँ आपके समाज ने वागाडम्बर का आश्रय अभी नहीं लिया है वहीं दूसरे समाजों ने धर्म, कर्त्तव्य या सामाजिक सुरक्षा के लिए मानव हत्या का न केवल समर्थन किया है वरन् उसे आवश्यक माना है। अरण्यवासी सीधे और सच्चे न्याय पर विश्वास रखते हैं परन्तु वह भी सामान्य मनुष्य ही हैं। उनमें यदि सच्चाई और भोलापन जैसे सद्गुण हैं तो अदूरदर्शिता जैसे दुर्गुण भी हैं।" आचार्य वासुदेव का उत्तर था।

"मेरी शंका का निवारण कीजिए" अमानदास ने प्रश्न को बढ़ाया, 'मैं अपने पिता के हत्यारे के रूप में सारे समाज में विख्यात हो गया हूँ, यह ठीक है जब मैंने पितृतुल्य बघेल राजाधिराज से सारी स्थितियाँ बतलाईं तो उन्होंने मुझ पर न केवल विश्वास किया अपितु मुझे शेष जीवन धर्माचरण से चलने का निर्देश भी दिया। मेरी पहली शंका यह है कि यदि मैं धर्माचरण से चलनेवाला व्यक्ति हो भी जाऊँ तो क्या मैं बृहत्तर समाज के लिए स्वीकार्य होऊँगा? क्या मुझसे पितृहन्ता का दोष मिट जाएगा? दूसरा उससे बड़ा प्रश्न मेरे लिए यह है कि मैं कौन-सा धर्माचरण अपनाऊँ—अपने कुल का, इन ग्रामीणों का या नगरवासियों का? मेरे छोटे भाई ने भी धर्म निभाया था। उसने पिता की आज्ञा को धर्म नहीं माना, जबकि मेरे पिता मेरे स्थान पर उसे राजा बनाना चाहते थे। मेरे भाई ने युवावस्था में वनगमन जाना अपना धर्म माना, जबकि मैं उसे कभी भी उसके वन में संन्यासी बनकर तपस्या के पक्ष में न था। एक वृक्ष की खोह में बैठकर चिन्तन करना कौन-सा धर्म है?"

आचार्य वासुदेव बोले : "महाराज, धर्म का रास्ता कठिन अवश्य है पर इतना कठिन भी नहीं है कि उस पर चलना असम्भव हो क्योंकि धर्म का रास्ता मनुष्यों के लिए ही बनाया गया है फिर चाहे वह, राजा हो या रंक। यह अवश्य है कि बहुत बार रास्ता बतलानेवाले या तो स्वयं भटके हुए व्यक्ति होते हैं, वे स्वयं धर्म का पन्थ ठीक नहीं जानते या कि जानते हुए भी किसी आग्रह से युक्त होते हैं। आपके अनुज ने पन्थ को धर्म समझ लिया, हमारे इस रेवाँचल में तपस्वियों की जमातों का कहीं कोई अन्त नहीं है। उन्हीं में से कुछ साधु 'बिलवासी' हैं जो गुफाओं में रहने को धर्म मानते हैं। दूसरे 'रूक्खवासी' हैं जो वृक्षों के कोटरों में रहकर तथा वृक्षों में चढ़कर समय बिताने को धर्म कहते हैं, किन्तु यह धर्म नहीं है।"

आचार्य कुछ रुके और फिर बोले : "राजन्, यहाँ पर अनेक परिव्राजक मुनियों के अलग-अलग पन्थ हैं। नर्मदा तट के आश्रम में भागवत्, पौराणिक, पाँचरात्रिक, साप्त तन्तव, औपनिषद, ऐश्वरकाणिक, आर्हत, मस्करी, केशलुंचक, वर्णी, कणाद, कपिल, और लोकायतिक तो हैं ही, अनेक ऐसे पन्थ हैं जो इन पन्थों के मिश्रण से बन गए हैं। कुछ अहिंसक हैं तो कुछ घोर हिंसक, बहुतों ने क्षेत्रीय गिरिजनों के विश्वासों को अपने पन्थ में जगह दे दी है, परन्तु पन्थों के इस जंगल में धर्म का रास्ता बहुत ही स्पष्ट है, वह है शुद्ध आचरण और बुद्धि तथा मानवीय कल्याण का सतत् कर्त्तव्य। इसे समझने लिए न तो किसी ग्रन्थ विशेष के अध्ययन की आवश्यकता है और न ही किसी चिन्तन की। क्योंकि वह सभी मानव कल्याणकारी ग्रन्थों में समान रूप से मिल जाता है।"

अमानदास ने कहा : "किन्तु धर्म के असली और नकली रूप में भेद जानना तो आवश्यक है। बांधवेश ने मुझसे राजधर्म के पालन की सलाह दी थी। राजधर्म क्या धर्मपरायणता का कोई विशेष रूप है?"

आचार्य वासुदेव का उत्तर था : "राजन्, यदि शुद्ध बुद्धि का प्रयोग किया जाए

तो हर व्यक्ति में क्षीर नीर विवेक होता है। राजधर्म में प्रजाहित में लिए गए त्वरित निर्णय का सर्वाधिक महत्त्व है। राजधर्म का पालन करना ही तो राजा की धर्मपरायणता है।"

अमानदास ने सेवक को बुलाया और आचार्य वासुदेव से कहा : "कल राजसभा में हमने कुछ और धर्माचार्यों को बुलाया है, उन सभी से मैं पहले भी व्यक्तिगत तौर पर मिल चुका हूँ पर आपसे नहीं मिला था अतः यहाँ बुलवा लिया। अब आप सेवक के साथ घर जाकर विश्राम करें। कल भेंट होगी।"

अमानदास का राजदरबार

गढ़ी के बाहर आज काफी कोलाहल है। बाहर के मैदान में बैलगाड़ियों की एकतरफ कतार लगी है तो दूसरी तरफ कुछ घोड़े बँधे हैं, कुछ और दूर अमराई में चार हाथी बँधे हैं। महावत और गाड़ीवान आपस में चर्चा कर रहे हैं, घोड़ों की सुरक्षा के लिए राज्य के कुछ कर्मचारी नियुक्त हैं। सुबह से इन वाहनों का दूरदराज के ग्रामों से आना प्रारम्भ हो गया था, इन वाहनों से गाँवों के मुखिया और अन्य व्यापारी लोग थे। मैदान में कनातें लगाई गईं थी ताकि लोग यात्रा से आकर विश्राम कर सकें।

पिछले एक सप्ताह से गाँव-गाँव में मुनादी पिटवा दी गई थी कि राजा अमानदास का दरबार कार्तिक पूर्णिमा को लगने वाला है। सभी ग्राम प्रमुख और व्यापारी दरबार में पहुँचे।

सुबह से दोपहर तक गढ़ी के दरवाजे से लोग लगातार आते जा रहे थे। दरवाजे पर खड़े आदिवासी, दस सशस्त्र सैनिकों के साथ एक राजकर्मचारी, हर भीतर जानेवाले की पहिचान कर भीतर जाने की आज्ञा दे रहा था।

गढ़ी के भीतर एक विशाल चौकोर आँगन था, जिसके चारों ओर बरामदे थे। इन बरामदों में पूर्वाभिमुख बरामदा सबसे अधिक चौड़ा और सबसे ऊँचा था जिसके पीछे महल का दरवाजा था, नीचे कुछ सीढ़ियाँ थीं। इसके सामनेवाले बरामदे के पीछे अंगरक्षकों के रहने के लिए आवास बने थे। मुख्य बरामदे में राजा का सिंहासन रखा था। उसके नीचे गलीचे बिछाए गए थे। सिंहासन से हटकर दोनों ओर तीन बड़ी चौकियाँ रखी थीं।

मध्याह्न होने के कुछ ही समय पूर्व गढ़ी के ऊपर से तुरही का नाद हुआ। उद्घोषक ने सभी को दो घड़ी में महाराज के आने की सूचना दी। सामनेवाले बरामदे में सैनिक आ खड़े हुए, सभी के हाथों में चमचमाते भाले थे, कुछ लोगों ने तीर-कमान भी कन्धे में टाँग रखे थे। सामनेवाले बरामदे में से कुछ सैनिक निकलकर दोनों बरामदों के सामने जहाँ तहाँ खड़े हो गए।

महाराज के आने के साथ ही फिर तुरही बजी, कोलाहल बढ़ गया। सैनिक सावधान हो गए। अमानदास यद्यपि राजा थे पर उन्हें महाराज के विरुद से नवाजा जाने लगा था। महाराज के वस्त्र तथा दरबार प्रमुखों के वस्त्र साधारण थे, केवल बड़ी पगड़ी सभी

बाँधे हुए थे। जनजातीय समाज में इतने वस्त्र धारण करना भी आभिजात्य की निशानी थी। महाराज के गले और हाथ में सोने के आभूषण थे। महाराज के बैठते ही उद्घोषक ने राजसभा के आयोजन का प्रयोजन बतलाया। जिसमें कहा गया था कि आज की सभा में राज्य के सभी धर्मों के प्रमुखों को आमन्त्रित किया गया है। महाराज का विचार है कि विशेष प्रकरणों में धर्म प्रमुखों की सलाह ली जाएगी ताकि प्रजा को धर्म-सम्मत न्याय मिल सके।

महाराज ने सेवकों को इशारा किया और वे जाकर विशिष्ट लोगोंवाले बरामदे में से बैठे हुए चार व्यक्तियों को लेकर महाराज के पास ले आए। महामन्त्री ने आदर सहित चारों को महाराज के पास रखी हुई चार चौकियों पर जिन पर, व्याघ्रचर्म बिछा हुआ था, बैठाया।

उन चार में से एक गोंड समाज का वयोवृद्ध व्यक्ति था, जो गोंड समाज में दाऊबैगा के सम्बोधन से सम्बोधित किया जाता था, इन्हें जादू और जड़ी-बूटियों का अच्छा ज्ञान था। समाज के सभी बड़े झगड़ों को वे ही निपटाते थे।

दूसरे वयोवृद्ध सज्जन निर्मलचन्द्र देव, राज्य के महाजन परिवार के थे, वे अब विरक्त तपस्वी का जीवन व्यतीत कर रहे थे, अपने युवाकाल में उन्होंने दुनिया देखी थी, अहिंसा में उनकी पूरी आस्था थी।

तीसरा व्यक्ति सिद्ध विकाल तीस-पैंतीस वर्ष का सुगठित बलिष्ठ शरीर का पुरुष था। वह कौपीन लगाए था और गले में अनेक रुद्राक्ष तथा अन्य मालाएँ पहिने था। शरीर के ऊपरी भाग में उसने व्याघ्रचर्म लपेट रखा था तथा पूरे मुख पर भस्म मली हुई थी। एक हाथ में वह कमंडल लिए था। दूसरे हाथ का त्रिशूल सैनिकों ने उससे लेकर अलग रख दिया था, जिसे वह छोड़ना नहीं चाह रहा था।

चौथा व्यक्ति मिथिला से आया हुआ पच्चीस-छब्बीस वर्ष का गौरवर्ण का गम्भीर युवक वासुदेव था, जिसका शरीर बलिष्ठ था। इसने अनेक वर्ष काशी में अध्ययन किया था, परन्तु वह बचपन से ही इस क्षेत्र में आता जाता रहा है क्योंकि उसके नाना गोंडों के पूर्ववर्ती राजाओं के राजपुरोहित रहे हैं। इसने काशी में अध्ययन कर आचार्य की उपाधि पाई है। उसका आत्म-विश्वास उसके चेहरे पर झलक रहा था।

महाराज के सलाहकारों ने महाराज को चारों के सम्बन्ध में पूरी सूचना दे रखी थी।

चारों ने अपने स्थान ग्रहण करने के साथ ही राजा को नमस्कार किया। चारों ओर लोग उत्सुकता से इन चार सलाहकारों को देख रहे थे।

महाराज के इशारे पर महामन्त्री ने चारों को एक-एक शाल और श्रीफल देकर सम्मानित किया और उपस्थित लोगों की ओर उन्मुख होकर बोलना प्रारम्भ किया। महामन्त्री के लम्बे भाषण में सब कुछ था। महाराज की प्रशंसा, राज्य की उन्नति के कार्य, भविष्य की योजनाएँ तथा राज्य के संकट। महामन्त्री कितना बोलते कोई नहीं जानता परन्तु इतने में सेनापति ने आकर सभा के बीच में ही महाराज से आज्ञा माँगी

कि कुछ बाहरी लोग महाराज से इसी समय मिलना चाहते हैं अतः आज्ञा दी जाए। महामन्त्री ने अपना भाषण बन्द किया और महाराज से आज्ञा पाकर महामन्त्री से आगन्तुकों को पेश करने के लिए कहा।

सेनापति ने कुछ सैनिकों को बाहर भेजा, और जब वे लौटे तो उनके साथ पाँच व्यक्ति थे। पाँचों व्यक्ति पहिरावे से अत्यन्त सम्पन्न दिख रहे थे। उन पर आभिजात्य झलक रहा था। अपनी वेशभूषा से वे मुसलमान थे, इसे समझने में किसी को समय न लगा।

पाँचों में से एक ने आगे बढ़कर महाराज का इस्तकबाल किया और पारसी भाषा में कुछ कहा जिसे सभा में दो चार लोग ही समझ पाए। महाराज की समझ में सब कुछ आया, उनके इशारे पर एक दरबारी ने जो पारसी भाषा को समझता था, ऊँचे स्वर से सभासदों और जनता को सुनाते हुए कहा :

"सभा में उपस्थित सभी प्रजाजन और धर्म का ज्ञान रखने वाले चारों धर्मगुरु ध्यान से सुनें, आज यहाँ पर आए हुए ये पाँच लोग साधारण लोग नहीं हैं, इनका ताल्लुक दिल्ली के सुलतान से है। इनका मुखिया कोई साधारण व्यक्ति नहीं है वरन् वह दिल्ली के सुलतान इब्राहीम का भाई जलाल खाँ है। यहाँ शरण माँगने के पहले ये मालवा गए थे किन्तु वहाँ के शाह महमूद खलजी ने उन्हें कोई सहायता नहीं दी क्योंकि सुलतान इन्हें अपराधी मानता है और अब ये हमारे राज्य में हमारी शरण में आए हैं। महाराज सभी से यह जानना चाहते हैं कि अब हमें क्या करना है? आपकी सलाह पर महाराज अन्तिम निर्णय लेंगे।"

भीड़ में सन्नाटा छा गया। दिल्ली के सुलतान से विद्रोह कर भागे हुए लोग उनके सामने थे। तभी साधारण जनों की भीड़ से दो व्यक्ति निकले और उनके साथ ही भद्रजनों की भीड़ से भी तीन व्यक्ति निकले, उन्होंने आगे आकर झुककर राजा से प्रार्थना की कि इस कठिन मसले पर वे सब राजा के निर्णय के साथ हैं पर निर्णय लेने का अधिकार मात्र राजा को है। जनता के इस निर्णय को सुनने के पश्चात् राजसभा के सभी सदस्यों ने भी यही बात दुहरा दी।

मन्त्री ने हाथ जोड़कर अमानदास से कहा : "महाराज, सारी प्रजा, सारे सभासद और सारी सेना केवल आपकी आज्ञा चाहती है। आप जो ठीक समझें निर्देश करें।"

अमानदास तख्त से उठे और खड़े होकर लोगों को सम्बोधित करने लगे : "प्रजाजन का हम पर विश्वास हमारी शक्ति है, यह भी सही है कि इसी शक्ति के आधार पर हम अपना निर्णय लेंगे, पर इस समय हम अपनी नवगठित धर्मसभा के सारे सदस्यों से उनका मन्तव्य संक्षेप में सुनना चाहेंगे।"

सबसे पहले उठे दाऊबैगा, बोले : "हमारे समाज में भगोड़ों को जगह देने की परम्परा नहीं है और फिर ये अविश्वसनीय भगोड़े मुसलमान कल कौन-सी मुश्किल पैदा करें, किसी को नहीं मालूम। हमारा मत तो यह है कि इन्हें हम अपने यहाँ बन्धक बनाकर रखें और जिसे भी इसकी जरूरत हो उससे शुल्क लेकर उसे सौंप दें, यदि इस

प्रश्न पर और अधिक विचार करना हो तो बघेल महाराज से चर्चा करें और उनके परामर्श के अनुसार कार्य करें।'' यह कहकर दाऊबैगा बैठ गए।

दूसरे वक्ता निर्मलचन्द्र देव वयोवृद्ध सज्जन थे, धीरे-धीरे संयत भाषा में बोले : ''व्यक्ति कोई कार्य करता है तब वह दृष्टिकोण के हिसाब से सही और गलत हो जाता है, हमें तटस्थ रहकर ऐसे व्यक्ति की बात सुननी चाहिए और यदि वह मानव कल्याण में अपना शेष जीवन देना चाहता है तो उसे प्रेम और दया के साथ इस राज्य में निवास करने की आज्ञा दे दी जानी चाहिए। मानव कल्याण, अहिंसा और प्रेम जैसी शक्तियाँ ही मनुष्य को देवतुल्य बनाती हैं। प्रत्येक व्यक्ति में देवता और राक्षस दोनों ही होते हैं। हमें मनुष्य को सन्मार्ग की ओर ले जाने का प्रयास करना चाहिए।'' उनका वक्तव्य पूरा हुआ।

तीसरे वक्ता अघोर सम्प्रदाय के प्रसिद्ध व्यक्ति सिद्ध योगी विकाल थे। लगभग गर्जना करते हुए बोले : ''क्षत्रियों का कर्त्तव्य प्रत्येक अशरण को शरण देना है, यह धर्मसम्मत है, इसमें सोचना क्या है। मर्यादा पुरुषोत्तम श्री राम से लेकर नरपुंगव पृथ्वीराज चौहान ने शरणागति प्रदान कर धर्म की रक्षा की थी। ये यवन शरणागत अपने साथ विपुल धन भी लाए हैं, उससे राज्य की उन्नति ही होगी, उनके अनुभवों से हम अपनी व्यवस्था को बेहतर कर सकते हैं।'' यह कहकर वे बैठ गए।

अन्त में बारी आई अपेक्षाकृत कम वय के वासुदेव आचार्य की जो उम्र में अमानदास से भी कम थे, खड़े होकर हाथ जोड़कर राजा की ओर देखकर बोले : ''महाराज, राजा का कर्त्तव्य या धर्म अपनी प्रजा या देश की भलाई है। उसकी व्यक्तिगत इच्छा का कोई अर्थ नहीं है। जहाँ तक मैं देख पा रहा हूँ, शरणागत यवनों से इस देश या समाज को कहीं किसी प्रकार का कोई लाभ नहीं है, यदि कुछ सम्भावित है तो केवल भविष्य के दुष्चक्र, युद्ध और नरसंहार। अतः मेरी स्पष्ट राय है कि इन्हें शरण न दी जाए।''

अमानदास चिन्तित हो उठे, मत विभाजन था। धर्म का पथ भी एक नहीं था। उठे और मन्त्रणा कक्ष की ओर चले। अमानदास ने जाते-जाते मन्त्री से कुछ कहा, मन्त्री के इशारे पर यवनों को सैनिक बाहर ले गए। सभा विसर्जित कर दी गई।

गढ़ी से आते लोगों की भिन्न-भिन्न प्रतिक्रियाएँ थीं, बहुत से लोग उनके कीमती वस्त्र से ही प्रभवित थे। लोगों को अब तक पता चल गया था कि दिल्ली के सुलतान के इन भगोड़े सम्बन्धियों को कड़े पहरे के भीतर एक सुरक्षित महल में रखा गया है। पूरा महल क्षेत्र दूर-दूर तक प्रतिबन्धित क्षेत्र घोषित कर दिया गया था।

मन्त्रणा कक्ष में पहुँचकर अमानदास ने मन्त्री और सेनापति को बैठने के लिए कहा और निजी सेवक को वासुदेव आचार्य को साथ लेकर आने को कहा। अमानदास की तीव्र बुद्धि ने यह शीघ्र ही समझ लिया था कि तीन अन्य धर्माचार्यों की तुलना में यह नवयुवक अधिक विश्वसनीय और विद्वान है।

वासुदेव आचार्य को सेनापति और मन्त्री के समकक्ष ही बैठने को जगह दी गई।

अमानदास ने बिना लाग लपेट वासुदेव आचार्य से पूछना प्रारम्भ किया।

"आचार्य, आपने जो कहा वह हमने सुना पर जो अन्य धर्माचार्यों ने कहा वह आपके कथन से मेल नहीं खाता अतः आप हमारी शंकाओं का निवारण कीजिए।"

"जैसी आज्ञा महाराज, मैं अपने ज्ञान, बुद्धि और अनुभव के आधार पर आपकी शंकाओं का निवारण करने का यत्न करूँगा।" आचार्य ने कहा।

"दाऊबैगा ने बघेल महाराज वीरसिंह देव से परामर्श लेने की सलाह दी है। साथ ही यवनों को बन्धक बनाकर शुल्क लेने की बात कही है, इस पर आपका क्या कहना है।" राजा ने पूछा।

"महाराज, दाऊबैगा आपके आदरणीय हैं अतः उनका समुचित आदर हो, उनकी सलाह भूतकाल में राज्य और राज्याध्यक्ष की स्थिति पर आधारित है जबकि हम भविष्य की ओर बढ़ रहे हैं। यवन प्रकरण हमारे भविष्य को प्रभावित करेगा। किसी भी समाज की बन्धक बनाने की प्रथा उसकी परम्परा हो सकती है पर वह वृहत्तर समाज द्वारा स्वीकृत कार्य नहीं है, उस कृत्य की भविष्य में निन्दा होगी ही अतः वह धर्माचरण नहीं है। हमारा आदर बांधवेश बघेलनृपति को भी है जिन्होंने आपका मार्गदर्शन किया है परन्तु वर्तमान परिस्थितियों में जब वे स्वयं ही यवनों से त्रस्त हैं तब वे हमें कितनी उपयोगी सलाह दे सकेंगे यह विचारणीय है।"

कुछ सोचकर वासुदेव आचार्य फिर बोले : "राजन्, आप क्षमा करें, देश का परिदृश्य तेजी से बदल रहा है। आप जैसे युवा शासक को अब अपने महत्त्वपूर्ण निर्णय स्वयम् लेने होंगे क्योंकि अपने राज्य की स्थितियों को जितना आप समझते हैं उतना अन्य कोई नहीं, भले ही वह आपका कितना भी बड़ा हितैषी क्यों न हो।"

अमानदास ने कुछ विचारते हुए तुरन्त दूसरा प्रश्न किया : "सिद्धयोगी ने तो हर हालत में शरण देने की व्यवस्था को धर्म कहा है, उन्होंने श्री रामचन्द्र जी एवं पृथ्वीराज चौहान का भी उदाहरण दिया है। उनकी व्यवस्था में तो विकल्प है ही नहीं। इसे आप कैसे समझाएँगे।"

"महाराज, सिद्धयोगी धर्माचरण की व्याख्या को अपने दृष्टिकोण से कर रहे हैं, उनके दिए गए उदाहरण भी सामयिक परिस्थितियों पर लागू नहीं होते। यदि मर्यादा पुरुषोत्तम श्री राम की परम्परा की बात करें तो ध्यान रखना होगा कि श्री राम ने विभीषण को शरणागति दी थी जो राक्षस तो था पर दुष्ट नहीं था, उसने हनुमान को सीता की खोज में सहायता दी थी। अतः श्री राम को पूर्ण विश्वास था कि विभीषण को शरणागति देना उचित है। यह तो हुई राजा राम की बात और यदि श्री राम को हम ईश्वर मानें तब तो शरणागति का प्रश्न ही नहीं उठता क्योंकि ईश्वर सभी का त्राता है चाहे वह दुष्ट हो या कि सज्जन। दूसरा उदाहरण वीर शिरोमणि पृथ्वीराज चौहान का है, वे कितने भी वीर रहे हों पर इतिहास उन्हें अदूरदर्शी सम्राट के रूप में मान्यता देगा। उनका तथाकथित धर्म सारे आर्यावर्त को ले डूबा।" आचार्य का उत्तर था।

अमानदास ने वासुदेव आचार्य को गहरी दृष्टि से देखकर पूछा : "निर्मलचन्द्र देव, की सहमति पर आपकी क्या प्रतिक्रिया है।"

"महाराज, अहिंसा और प्रेम उन लोगों को सुधारता है जो रास्ते से भटक गए हैं। उन लोगों को नहीं जो जानबूझकर उस रास्ते पर चलने वाले हैं, जहाँ दूसरों की श्रद्धा, भावना और धर्म का कोई अर्थ नहीं है। ये यवन आपकी शरण में अन्य सभी रास्ते बन्द होने पर ही आए हैं। इनकी संस्कृति में पश्चाताप शब्द नहीं है तथा काफिरों के लिए तो और भी नहीं। मेरा मत है कि ये केवल शरीर से मनुष्य हैं, आचरण या आत्मा से नहीं। मैंने आपकी आज्ञा का पालन करते हुए अपना मत कहा किन्तु अन्तिम निर्णय आपके हाथ में है, मुझे विश्वास है वह व्यक्ति कल्याण के स्थान पर जनकल्याण में होगा।"

मन्त्रणा समाप्त हुई और सब अपने-अपने भवनों की ओर चले गए।

एक माह बाद अमानदास का मन्त्रणा-कक्ष

अमानदास के मन्त्रणा कक्ष में राज्य के केवल अतिविशिष्ट व्यक्तियों को आमन्त्रित किया गया था, मन्त्री, कोषाध्यक्ष, सेनापति तथा अमानदास के गिने-चुने मित्रों और सहायकों के अतिरिक्त वासुदेव आचार्य को भी बुलाया गया था, वे अपने बुलाए जाने पर आश्चर्यचकित थे। अमानदास के परम मित्र नरपत ने सूचना दी कि दिल्ली के सुलतान की ओर से महाराज के लिए पिछली सन्ध्या एक पत्र आया था जिसे महाराज ने दरबार में पढ़ने के बजाय आज मन्त्रणा कक्ष में प्रस्तुत करने का निर्णय लिया है। सभी को महाराज के आने की उत्सुकता थी।

अमानदास के आते ही कक्ष में सब उठ खड़े हुए। बैठने के साथ ही महाराज ने दुभाषिए को पत्र पढ़ने को दिया। पत्र की एक-एक पंक्ति लोगों ने दम साधकर सुनी और अन्तिम वाक्य सुनकर तो लोगों ने महाराज की जय-जयकार से कक्ष को गुँजा दिया। सबके चेहरे पर प्रसन्नता की साफ झलक थी। महाराज मन्द-मन्द मुस्कुराते रहे। उन्होंने भीतर से ताम्बूल के बीड़े लाने का आदेश दिया। चाँदी की तश्तरी पर आए बीड़ों को महाराज ने स्वयं अपने हाथ से सबको दिया। यह सभी के लिए बहुत बड़ा सम्मान था।

पत्र फारसी में था, जिसका मन्तव्य यह था कि "अमानदास ने सुलतान के दुश्मनों को उनके हवाले कर दोस्ती का इज़हार किया है इसलिए सुलतान अमानदास के शुक्रगुजार हैं और खुश होकर तोहफे के रूप में उसे भेंट करते हैं 'संग्रामशाह' की पदवी और उसके राज्य को उसके जीवनकाल और उसके बाद तक भी दिल्ली सल्तनत का मित्र राज्य का दर्जा दिया जाता है, उसे अब से अपनी सियासत में अपनी हुकूमत चलाने का हक भी सुलतान ने दिया।

अमानंदास की राजपरिषद ने आनन-फानन में राजा के सिंहासन पर बैठने की चौथी वर्षगाँठ मनाने का निर्णय लिया। अमानदास पूरे राज्य में एक कुशल प्रशासक के रूप में विख्यात हो चुका था। नियत तिथि पर धूमधाम से अमानदास पहली बार चाँदी के सिंहासन पर बैठा, ब्राह्मणों ने मंगलोच्चार किया और वे सारी रस्में निभाई गईं

जो किसी भी मान्य राजा के तिलकोत्सव पर होती हैं। तिलकोत्सव पर बघेलनृपति का भी आशीर्वाद आया जिससे अवसर की गरिमा और बढ़ गई।

सिंहासन पर बैठते ही अमानदास अब संग्रामशाह हो गया, जहाँ अमानदास अपने खाली समय में शिकार किया करता था संग्रामशाह होते ही उसमें नया आत्मबल आ गया, उसके सिर से असुरक्षा का बोझ अचानक ही नियति ने उतार दिया था। उसके राज्य का दक्षिणी भाग घनघोर वनों से पूर्ण था जिसमें आज तक कोई बड़ी सेना कहीं से प्रवेश नहीं कर सकी थी। वनों में घूमने वाले धनुर्धर उसके अपने समाज के लोग थे। उसने उन्हें संगठित करना प्रारम्भ कर दिया था। प्रत्येक वनग्राम के युवाओं की जानकारी सैन्याधिकारी के पास थी और वह कभी भी उन्हें बुलाने के लिए अधिकृत था। उत्तरी पूर्वी राज्य की सीमाएँ मित्र बघेल राज्य से संरक्षित थीं केवल उत्तर पश्चिमी और पश्चिमी सीमा में अब तक चहल-पहल देखी जाती थी परन्तु सुलतान के आदेश से उत्तरी सीमा भी संरक्षित हो गई। निकट भविष्य में यवनों से भय न था। पश्चिम में भी राज्यों की उथल-पुथल थी पर इसका फायदा दूरदर्शी संग्रामशाह को दिखा। वह सोचने लगा कि किस प्रकार नर्मदा घाटी के पश्चिमी शस्यश्यामला भूमि तक राज्य की सीमा बढ़ाई जाए। यद्यपि राज्य का विस्तार क्षेत्र के हिसाब से विस्तृत था। सभी जगह गोंडों की उपस्थिति भी थी परन्तु स्थायित्व की कमी सभी जगह थी अतः संग्रामशाह ने नर्मदा की सहायक नदियों जैसे हिरण, शेर तथा गंजाल के किनारों पर तथा कैमोर भांडेर तथा अन्य पर्वतों पर बने प्राचीन किलों पर अधिकार करना प्रारम्भ किया, जल्दी ही ये किले उसके अधिकार में आ गए। अब समस्या थी इन टूटे-फूटे प्राचीन किलों की मरम्मत की और इसके लिए आवश्यकता हुई बड़ी मात्रा में धन की।

वासुदेव आचार्य को आश्चर्य था कि संग्रामशाह ने राजधर्म के पहले अध्याय को बिना किसी पोथी के पढ़े ही हृदयंगम कर लिया था।

उत्कर्ष का सफल प्रयास

संग्रामशाह ने धन उगाहने की युक्तियाँ सोचीं पर प्रचलित युक्तियों से थोड़ा बहुत ही धन एकत्रित हो सकता था। उसके राज्य के अधिकतर निवासी अरण्यवासी थे। कृषि उपज अत्यल्प थी, सेठों और साहूकारों की गिनती उँगलियों पर की जा सकती थी, वे अभी भी अपनी आय का काफी हिस्सा राजा को कर के रूप में दे रहे थे। कोषाध्यक्ष की भी समझ सीमित थी, न उन्होंने विशाल कोष देखे थे और न वे धन का आर्थिक उपयोग जानते थे।

वासुदेव आचार्य को गोंड राज्य में रहने की जगह मिल गई थी। आजीविका का बड़ा प्रश्न इस तरह हल हो जाएगा यह उन्हें भी आशा न थी। संग्रामशाह ने वासुदेव आचार्य की प्रतिभा को पहिचाना था, आचार्य के तर्कों से प्रभावित होकर ही उसने सुलतान के भगोड़ों को कैदकर वापस दिल्ली भेज दिया था। यह एक राजनैतिक प्रश्न था जो कि एक धार्मिक व्यक्ति की सलाह से हल किया गया था।

आज फिर वासुदेव आचार्य को महाराज ने मन्त्रणा कक्ष में बुलाया। युवा आचार्य परेशान हो गए। राजा की मित्रता भी दो धारी ही होती है, यह उन्होंने पढ़ रखा था। नियत समय पर आचार्य महाराज के कक्ष तक प्रहरियों की देखरेख में पहुँच गए।

आज का माहौल कुछ अलग था। महाराज संग्रामशाह प्रसन्न मुद्रा में थे केवल कोषाध्यक्ष एवं उनके दो परम मित्र ही वहाँ मौजूद थे। यहाँ तक कि सेनापति और मन्त्री महोदय भी वहाँ नहीं थे। आचार्य को समझते देर न लगी कि मसला गैर राजनैतिक होते हुए भी महत्त्व का है। महाराज को आचार्य ने नमन किया ही था कि संग्रामशाह महाराज ने उन्हें पास में रखी चौकी पर बैठने को कहा। ताम्बूल का बीड़ा महाराज ने तश्तरी से स्वयं उठाया और उनसे भी ग्रहण करने को कहा।

महाराज ने बिना समय खोए कोषाध्यक्ष की ओर देखते हुए हँसकर कहा : "आचार्य, हमारे कोषाध्यक्ष का विश्वास है कि आपके पास धन की देवी लक्ष्मी को प्रसन्न करने का मन्त्र है, यदि ऐसा है तो हमारे राज्य में भी लक्ष्मी का वास हो, यह हम चाहते हैं। हमने सुना है कुछ पीढ़ियों पहले इस त्रिपुरी क्षेत्र में खूब सम्पत्ति थी पर अब कहीं कुछ नहीं है। लक्ष्मी जी रूठकर क्यों चली गईं, क्या हम उन्हें वापस ला सकेंगे? हमारे कोषाध्यक्ष जी ने तो गुनियों और तान्त्रिकों को बुलाकर काफी धन खर्च

कराकर अनेक जगह खुदाई करवाई पर सर्वत्र भवनों के खण्डहरों और मूर्तियों के अवशेषों के अतिरिक्त कुछ भी न मिला जबकि ये तान्त्रिक स्वर्ण सिक्कों से भरे हुए घड़ों की बात करते हुए थकते न थे।''

आचार्य वासुदेव ने भी हँसते हुए कहा : ''राजन् सत्य है हमने काशी से यहाँ आते समय लक्ष्मी के मार्ग को देखा है पर उसमें लक्ष्मी चलती रहें, यह सब कुछ सम्भव है आपकी इच्छा पर।''

यद्यपि बात हास्य में कही गई थी पर संग्रामशाह ने उसे गम्भीरता से लिया। उसने कहा : ''आचार्य, अपनी बात को और अधिक स्पष्ट करें।''

आचार्य वासुदेव ने कहा : ''महाराज, आपकी प्रजा के नाते मैं भी क्षेत्र की विपन्नता को समझने का प्रयास कर रहा हूँ। विपन्नता का एक कारण तो अरण्यवासियों की जीवनपद्धति है जिसमें धन या धनसंग्रह को कोई स्थान प्राप्त नहीं है परन्तु दूसरा तथ्य ऐतिहासिक है कि अरण्यवासियों की ही इस भूमि पर कुछ पीढ़ियों पहले तक बहुत अधिक धन संग्रहित था, अर्थात् सामान्य अरण्यवासियों की सीधी प्रतिभागिता के अभाव में भी यहाँ सम्पन्नता थी।''

''महाराज'' अपना कथन जारी रखते हुए आचार्य ने कहा : ''इस धन की सम्पूर्ति का माध्यम कुछ और था, मेरी समझ में यह अन्य स्रोत केवल व्यापार ही हो सकता है क्योंकि धन की प्राप्ति या तो कृषि की उन्नति पर निर्भर होती है या कि व्यापार पर।''

''पर किस वस्तु का व्यापार! यहाँ तो कोई ऐसी वस्तु पैदा नहीं होती जिससे स्वर्ण मिल सके, फिर दूसरा प्रश्न यह भी है यदि व्यापार इसका मूल है तो वह लुप्त क्यों हो गया?'' महाराज ने प्रश्न किया।

''राजन्, मैं समझता हूँ हम ठीक निष्कर्ष पर पहुँच रहे हैं। व्यापार इसलिए लुप्त हुआ क्योंकि व्यापार का सुरक्षा तन्त्र ही नष्ट हो गया था फिर व्यापार के लिए क्षेत्र में किसी वस्तु के पैदा होने की अनिवार्यता की शर्त लागू नहीं होती। कुछ पीढ़ियों के पहले तक गंगा के मैदान से कलिंजर होते हुए त्रिपुरी तक का एक प्रसिद्ध व्यापारिक मार्ग था जो पूरी नर्मदा घाटी के व्यापार को उत्तर में गंगा-यमुना के मैदान के महानगरों तक और पश्चिम में समुद्र तट तक जाता था। इसी तरह इसी त्रिपुरी से गंगा-यमुना के मैदान की वस्तुएँ दक्षिण भारत तक भी भेजी जाती थीं। अतः दोनों मार्गों का देश में अच्छा खासा व्यापारिक महत्त्व था।''

''अब उस महत्त्व का क्या हुआ'' संग्रामशाह ने पूछा।

''वह महत्त्व अब सुदूर मालवा से जानेवाले मार्ग को प्राप्त हो गया है क्योंकि वह इस मार्ग से अपेक्षाकृत अधिक सुरक्षित है। परन्तु यदि महाराज योजना बनाकर कार्य करें तो पुनः त्रिपुरी का यह मार्ग व्यापारियों की माल से भरी बैलगाड़ियों से भर जाएगा। व्यापारी को चाहिए ही क्या, माल की सुरक्षा तथा कम कर में यात्रा की सुविधा। किसी जमाने में यात्रा की सुरक्षा पुराने राजवंश का कर्त्तव्य था और अब यह आपका कर्त्तव्य है, यदि आप रास्तों को निर्विघ्न कर दें तो लक्ष्मी को चलकर आने में कितनी देर

लगेगी।" वासुदेव आचार्य ने राजा से पूछा।

उसके बाद जो कुछ हुआ वह स्वप्नवत ही था। स्वयं संग्रामशाह ने प्रमुख मार्गों की चौकियों को गोंड सैनिकों की निरन्तर चौकसी में रखना प्रारम्भ किया, सख्त हिदायत दी कि व्यापारियों को हर चौकी पर सुरक्षा के साथ पीने के पानी की सुविधा हो। ठहरने के लिए अमराईयों को निष्कंटक किया गया। चोर-लुटेरों का नाम सुनते ही गोंड सैनिकों के जत्थे पूरे रास्ते में कहीं भी किसी भी क्षण पहुँच जाते, स्वयं संग्रामशाह घोड़े पर सवार होकर अचानक कहीं भी जा पहुँचता। धीरे-धीरे सुव्यवस्था की कीर्ति चारों ओर पहुँची। पुरानी त्रिपुरी या नया गढ़ा अब पूरे शिशिर काल से लेकर ग्रीष्मकाल तक बैलगाड़ियों से भरा पड़ा रहता। देश के हर प्रकार के सामान को यहाँ व्यापारी आपस में विनिमय करते तथा पश्चिम की ओर ले जाते।

गढ़ा राज्य के राजकोष में जैसे स्वर्ण वर्षा ही होने लगी। इस राज्य के निवासी मेहनती और थोड़े में प्रसन्न रहनेवाले पहले से ही थे। श्री वृद्धि ने मजदूरों, दस्तकारों को तो काम दिया ही, कृषि क्षेत्र भी काफी कुछ बढ़ गया। चारों दिशाओं में संग्रामशाह की जय-जयकार होने लगी।

तीन वर्षों के पश्चात् अब संग्रामशाह पहले से अधिक गम्भीर और विचारशील हो गए। उन्होंने वासुदेव आचार्य की सहायता से संस्कृत में रुचि लेना प्रारम्भ कर दिया था। बुद्धिमान संग्रामशाह ने साधारण संस्कृत का प्रयोग सीख लिया। लगातार समृद्धि बढ़ने पर दूर देशों से आए पढ़े-लिखे लोग जिनमें व्यापारी, विद्वान और राजनीतिज्ञ होते थे, गढा आकर एक अरण्यवासी राजा की गुणग्राहकता, विद्वता एवं असाधारण समझ से प्रभावित हुए बिना न लौटते। संग्रामशाह नर्मदा घाटी का नए युग का सफल शासक माना जाने लगा। संस्कृत अध्ययन ने उसे साहित्य की गहराई में जाने को जहाँ एक ओर प्रेरित किया वहाँ अब वह आसपास के सांस्कृतिक स्थलों की सच्चाई को भी जानने का प्रयास करने लगा।

वासुदेव आचार्य को सभी सुख-सुविधाएँ प्राप्त थीं पर वे सदैव यह सोचते कि उनकी ही वय का राजा उनकी तुलना में कितना अधिक सक्रिय व्यक्ति है। उसकी जितनी अध्ययन में रुचि है, उतनी ही राजनीति में पर उससे भी अधिक वह जागरूक सैनिक है। एक ओर जहाँ राजा ने संस्कृत सीखने में सफलता पाई वहीं दूसरी ओर उन्होंने हाथियों की एक छोटी-सी सेना भी तैयार कर ली है। प्रशिक्षित हाथी इस दुर्गम पर्वतीय प्रदेश में आसानी से कहीं भी पहुँच जाते हैं। हाथियों पर बैठे धनुर्धरों को व्याघ्रों से भरे वनों में कहीं कोई डर नहीं और सँकरे पथों पर डकैतों और लुटेरों के घुड़सवारों को वे घड़ी भर में धूल चटा देते हैं। वासुदेव आचार्य को लगा कि संग्रामशाह तो कर्मठता की प्रतिमूर्ति हैं। साथ ही यह आरण्यक राजा मन से इतना भोला भी है कि मन की गुत्थियों को उससे कह सकता है जिस पर वह विश्वास कर लेता है, हालाँकि उसका विश्वास जीतना भी टेढ़ी खीर है, पर जिसमें उसे इतनी सफलता मिल चुकी, जिसकी उसे कभी आशा न थी।

आचार्य वासुदेव अपने पर्यक पर लेटे हुए राजा संग्रामशाह के बारे में सोच ही रहे थे कि राजा का बुलावा आ गया। आचार्य शीघ्र ही तैयार होकर महल पहुँचे। अब आचार्य को राजा से मिलाने के लिए बहुत ही कम औपचारिकताओं को निबाहना होता था, पर वे सदैव ध्यान रखते कि उनका व्यवहार संयत और सन्तुलित रहे। राजसम्मान को पाने से बढ़कर बनाए रखने में है।

महाराज ने आज वासुदेव आचार्य से राजधर्म के सम्बन्ध में जानकारी लेने का मन बनाया था।

महाराज बोले : "आचार्य, हमारे राज्य के तीन धर्म प्रमुखों से मैं पहले भी मिला हूँ पर मुझे ऐसा लगता है कि वे धर्म के कर्मकाण्ड के सम्बन्ध में अधिक जानते हैं, धर्म के तत्त्व के बारे में कम।"

वासुदेव आचार्य : "महाराज, धर्म के सम्बन्ध में आपने भले ही पोथियाँ न पढ़ी हों पर आप अपना राजधर्म भली-भाँति समझ चुके हैं और उसका निर्वाह भी कर रहे हैं।"

संग्रामशाह के पास इसका उत्तर न था।

पन्थों के अरण्य में धर्म की पगडंडी

वासुदेव आचार्य संग्रामशाह के साथ उनके निजी कक्ष में बैठे हुए वार्तालाप कर रहे हैं।

वासुदेव आचार्य ने नम्रता के साथ कहा, "महाराज, आपने संस्कृत भाषा को शीघ्रता से सीखा है। मैं आपसे जानना चाहता हूँ कि 'कर्मकाण्ड' शब्द का आपने क्या आज से पहले भी प्रयोग किया है।"

संग्रामशाह ने हँसकर उत्तर दिया : "आचार्य, आपके ही कहने पर मैंने संस्कृत का अभ्यास करना प्रारम्भ कर दिया था। अब तो दो-चार पक्तियाँ भी लिख लेता हूँ। शब्द और अर्थ के ज्ञान से लगता है सोचने का पूरा परिदृश्य ही बदल जाता है। मुझे अपने समाज के धार्मिक कृत्य, जिनमें मुर्गों की बलि चढ़ाई जाती है और जिसे दाऊबैगा धर्म मानते हैं, उसमें और अन्य लोगों के पक्वान्न चढ़ाने में कोई विशेष अन्तर नहीं दीख पड़ता। यदि किसी के लिए नहाकर पूजा करना धर्म है तो दूसरे के लिए बगैर नहाए ध्यान करना धर्म है। धर्म के रूप कर्मकाण्ड नहीं तो और क्या हैं, परन्तु मैं इनसे अधिक कुछ जानना चाहता हूँ। इन देवियों के बारे में जिन्हें लोग इतनी श्रद्धा करते हैं, हमारे अरण्य समाज में वे माताएँ है, नगरीय और ग्रामीण समाज में उनकी मूर्तियाँ भी देखने को मिलती हैं, यह सब क्या है?"

तभी भृत्य ने सूचना दी कि बाहर हाथी तैयार है। आचार्य वासुदेव ने महाराज की तरफ कुछ न समझते हुए देखा। महाराज ने कहा कि धर्म के जिस रूप को मैं और अधिक जानना चाहता हूँ उसके लिए हम दोनों हाथी पर बैठकर गोलकी मठ चलेंगे। मध्याह्न भोजन भी वहीं होगा। वहाँ सैनिक पहुँच चुके हैं। तब तक रास्ते में धर्म चर्चा जारी रहेगी।

आचार्य महाराज के साथ एक विशाल हाथी पर सवार हो गए, सोचने लगे कि महाराज कितने जिज्ञासु हैं कि उन्होंने मुझे दूसरे हाथी पर बैठकर चलने को नहीं कहा क्योंकि चर्चा तो वहाँ भी हो सकती थी। तभी महाराज ने महावत को कुछ निर्देश दिए।

महल से कुछ दूर जाने के पश्चात् वन प्रारम्भ हो गया और महाराज ने ही चर्चा प्रारम्भ की।

उन्होंने पूछा : "आचार्य, शक्ति को मातृरूप में कब से देखा जा रहा है?"

आचार्य वासुदेव : "महाराज, रेवातट ही नहीं वरन् सम्पूर्ण आर्यावर्त के अरण्यवासी समाजों में शक्तियों को देवी का रूप मानने की प्रथा बहुत पुरानी है। आदिवासियों के लिए मातृशक्ति की उपासना जीवन का अनिवार्य कर्त्तव्य रहा है। जनजातियों में मातृशक्ति के विविध रूप देखने को मिलते हैं और ये रूप चराचर जगत में सर्वत्र विद्यमान माने जाते हैं। सर्वमान्य मातृशक्ति तो पृथ्वी या भूदेवी ही है जिसमें हल चलाना आदिवासियों के लिए धर्मविरोधी कार्य है। उनके इस कार्य से भूदेवी पीड़ित हो जाती है। अतः प्राचीन काल से 'छिटका' कृषि विधि ही आदिवासी कृषि पद्धति रही है। इस पद्धति से कभी भी प्रचुर अन्न पैदा नहीं हो सकता था अतः अन्य महाशक्तियों की अर्चना प्रारम्भ हुई। सभी मातृशक्तियाँ भूदेवी की भाँति भोजन उपलब्ध करा सकने की दैवीय क्षमताओं से सम्पन्न मानी जाती रहीं। धीरे-धीरे ग्राम्य समाज के प्रभाव में आने पर इन मातृदेवियों की शक्ति क्षमताओं की कल्पना में वृद्धि हुई और जनजातीय देवियों के स्वरूपों में विचित्रताओं का समावेश हुआ। जनजातीय समुदायों ने अपने-अपने प्रतीक चिह्नों के अनुसार अनेक रूप और रंगों की अपनी आराध्याएँ बना डालीं। उनकी ये माताएँ उन्हीं जैसी थीं जिनमें तर्क या विवेचना की कहीं कोई गुंजाइश न थी, वे सभी शक्तिपुंज और इसलिए क्रूर कर्मा हो गईं। मातृशक्ति होते हुए भी उन्हें मातृत्व की कोमलता से दूर रखा गया और न जाने कितने प्रकार के बलिदान और हिंस्र अनुष्ठान इनसे जोड़ दिए गए। न तो जनजातीय समुदायों को पुस्तकों या धर्म ग्रन्थों से कोई मतलब था और न ही आराधक जनपुरोहितों को किसी मान्य धर्म विधितन्त्र की आवश्यकता थी। किसी साक्ष्य या तर्क की कहीं कोई गुंजाइश नहीं। उनके नैतिक नियम उनके अपने थे।"

"शैव भागवत् बौद्ध और जैन धर्म के सम्पर्क में यह जनजातीय विश्वास सम्पर्क में आया तब किसने किसको कितना प्रभावित किया इसका लेखा जोखा करना सम्भव नहीं। तन्त्र, सिद्ध, हठयोग और वज्रयान के साथ विकसित होने लगी योगिनियों की पूजा। कहीं ये देवी हो गई तो कहीं यक्षी तो कहीं कुछ और।"

संग्रामशाह : "आपने जो कहा उसे हमने भी अनुभव किया है। हमारे कुलों में देवियों की विविध रूप पूजा प्रचलित है। सभी देवियों को बलि चढ़ाने का विधान हमारी परम्परा है, हम अपनी परम्परा को कैसे त्याग सकते हैं।"

आचार्य वासुदेव : "महाराज, परम्परा बनाने से बनती है, सुधारने से सुधरती है। पशुबलि का विधान सभी समाजों में रहा है परन्तु यह मनुष्य के चिन्तन की विकास यात्रा का आरम्भ था, जब वह प्रकृति को माँ रूप में मानते हुए उसे बलि के द्वारा तुष्ट करना चाहता था। यह तो तर्क की बात थी कि लोगों ने पशुबलि में भी बलि पशुओं की संख्या में वृद्धि कर; ये समझना प्रारम्भ कर दिया कि इस तरह प्रकृति देवी और अधिक प्रसन्न होगी, फिर दूसरा तर्क तो आना ही था। प्रिय वस्तु की बलि अर्थात प्रकृति देवी की प्रसन्नता के लिए पशुओं के पश्चात् मनुष्यों का क्रम आ गया। कतिपय धर्मों में अपने पुत्र, पत्नी और प्रियजनों की बलि की प्रथा चली तो कुछ में शक्तिशाली व्यक्तियों की बलि भी।

हमारे अपने इस क्षेत्र में भी भाँति-भाँति की नरबलियों की प्रथाओं से आप अपरिचित न होंगे राजन्।''

संग्रामशाह : ''आदि शक्ति को व्यक्ति कितने रूपों में पूजता है, शायद उसका अन्त नहीं, पुरोहितों ने न जाने कितनी देवियों के स्वरूपों को प्रतिष्ठित कर दिया, क्यों एक ही स्वरूप या मान्यता पर बल नहीं दिया गया?''

आचार्य वासुदेव : ''महाराज, धर्माचार्यों का आशय शक्तिपूजा में विश्वास बनाए रखने के साथ यह भी था कि समाजों और व्यक्तियों की निजी आस्था को चोट न लगे। धर्माचार्यों ने नर्मदा के महाकान्तार में बसे अनेक समाजों की शक्ति उपासनाओं को यक्षणी, योगिनी या देवियों का रूप देकर उन्हें शाक्तपन्थ में जगह दी है।''

संग्रामशाह : ''हमारे राज्य के गोलकी मठ में पूजित चारों ओर रखी देवी प्रतिमाएँ अरण्यवासी समुदाय की पूजित मातृशक्तियाँ कैसे हो सकती हैं क्योंकि अरण्यवासियों के जब स्वयं के पक्के मकान नहीं है तब ये मन्दिर और देव प्रतिमाएँ उनकी कैसे होंगी?''

आचार्य वासुदेव : ''महाराज, आपके प्रश्न में ही आपके प्रश्न का उत्तर भी है। जब तक व्यक्ति या समाज विपन्न है अथवा अपनी इच्छा से अरण्यवासी है तब तक वह भौतिकता से दूर रहता है, फिर चाहे वह अरण्यवासी एकाकी साधु हो या कि आखेटक परिवार। भौतिक सम्पन्नता उसे अपनी कल्पना को साकार करने में सहायक होती है और यह तथ्य धर्म पर भी लागू होता है। प्राचीनकाल से ही जब अरण्यवासी आखेटक संगठित होकर ग्रामीण और नगरवासी हो गए तब उन्होंने अन्य समाजों का अनुकरण कर अपनी भक्ति को भी शिल्पित करना प्रारम्भ कर दिया। इस तरह ये अनेक देवियाँ मूलरूप से आरण्यक सभ्यता की ही देन हैं। हाँ, इनका शिल्पांकन चतुर शिल्पियों द्वारा हुआ है।''

''वैसे तो हम इस क्षेत्र में अनेक बार आए हैं पर अविश्वसनीय किंवदन्तियों के सिवा हमें कुछ और सुनने को नहीं मिलता, कभी विश्वास होता है तो कभी अविश्वास। ये मठ और मूर्तियाँ कब बनाई गईं?'' महाराज ने प्रश्न किया।

''राजन्, आप जैसा जिज्ञासु पुरुष ही इस प्रकार की बात कर सकता है। साधारण दर्शक को न तो इतिहास से मतलब होता है और न ही कला से।''

आचार्य ने कहना जारी रखा।

''मेरी जानकारी के अनुसार इस भेड़ाघाट स्थित चौंसठ योगिनी के मठ जिसे अब गोलकी मठ के नाम से जाना जाता है, का निर्माण कलचुरी राजा युवराज देव प्रथम के शासन काल में हुआ था। योगिनियों के मठ तान्त्रिक उपासना के केन्द्र हुआ करते थे। भेड़ाघाट का चौंसठ योगिनी मठ भी विशेष तान्त्रिक साधना के उद्‌देश्य से ही बनवाया गया था। सामान्यतः योगिनी मठों में चौंसठ प्रतिमाओं की स्थापना कराई जाती थी परन्तु राजाओं के लिए इक्यासी प्रतिमाओं के विधान की भी बात कही गई है। योगनियों के मठ नर्मदा की ऊपरी घाटी के अतिरिक्त महानदी घाटी में भी हैं। दोनों

ही क्षेत्र जनजाति प्रधान क्षेत्र हैं। योगिनी पूजा के साथ ही शैवों का वाममार्ग भी इस पूजा के साथ जोड़ दिया गया और इस तरह गोलकी मठ बनने के कुछ दशकों बाद मठ के प्रांगण में गौरीशंकर का मन्दिर स्थापित कर दिया गया। ये योगिनी प्रतिमाएँ छह शताब्दी से अधिक प्राचीन होंगी जबकि शिव मन्दिर भी पाँच शताब्दियों पुराना होगा।

मेरी जानकारी के अनुसार गोलकी मठ के प्रथम महन्त सद्भाव सिन्धु माने जाते हैं। ये शैवों की अनेक शाखाओं में से एक कालमुख शैव मार्ग के साधक थे। कहा जाता है कि इस मत के अनुयायी अघोर पन्थ में विश्वास करते हैं। शिव का भैरव रूप उन्हें अभीष्ट होता है।''

''इन योगनियों का शरीर तो सुन्दर नारियों का है परन्तु इनमें से बहुतों के मुख पशु विशेष के हैं ऐसा क्यों? संग्रामशाह ने प्रश्न किया।

''राजन्, ठीक तो नहीं कह सकता परन्तु ऐसा प्रतीत होता है, साथ ही वे मातृदेवियों को भी मानते हैं परन्तु अरण्यवासी होने के कारण उनमें शिल्प गढ़ने की चतुराई नहीं होती। इन अरण्यवासी समाजों की शक्तिरूपा देवियों और कुलगोत्र के पवित्र चिह्नों को सम्भवतः एकीकृत करने से जो स्वरूप बनेगा वह कुछ ऐसा ही होगा। पुराने आचार्यों ने इस तरह प्राचीन समाजों के विश्वास का मान रखा परन्तु उन्हें नए और सुन्दर रूप में ढालने का काम चतुर शिल्पियों को सौंप दिया। आचार्यों का विश्वास था कि मातृरूपा योगनियाँ मानव कल्याण को सन्देश देंगी परन्तु वाममार्गियों की परम्परा ने उनका दामन न छोड़ा और आज हम अनेक प्रकार की बलियाँ और अनुष्ठान यहाँ पर देखते हैं जिन्हें देखकर साधारण ग्रामीण या नागरिक तो डरकर हाथ जोड़ लेता है। वाममार्गियों की प्रतिष्ठा इसी डर पर आधारित है।''

''इन योगिनी मूर्तियों का क्या आप परिचय करा सकेंगे?''

''राजन्, सभी योगनियों के बारे में मैं नहीं जानता परन्तु अनेक के बारे में पढ़ रखा है। बहुतों के नाम मूर्तियों की चौकी में भी खुदे हैं। मैं एक-एक करके पढ़ देता हूँ। चलिए एक ओर से इनके दर्शन किए जाएँ–

पहली योगिनी का नाम है–छत्रसांवरा, दूसरी हैं–अजिता, तीसरी हैं–चंडिका चौथी हैं–आवल्य, पाँचवीं हैं–एंगिनी, छठवीं हैं–ब्रह्माणी, सातवीं हैं–महेश्वरी, आठवीं हैं–टंकारी, नवीं हैं–जयनी, दसवीं हैं–पद्मण, ग्यारहवीं हैं–हंसिनी, बारहवीं, तेरहवीं और चौदहवीं देवियों को मैं पहिचान नहीं पा रहा हूँ, पन्द्रहवीं–ईश्वरी, सोलहवीं कौन-सी देवी हैं? ठीक याद नहीं आ रहा परन्तु सत्रहवीं–इन्द्रजाली, अठारहवीं हैं–एहिनी, उन्नीसवीं और बीसवीं देवियों की पहिचान मुश्किल है, इक्कीसवीं–एंगिनी, बाईसवीं–उत्ताला, तेईसवीं–नालनी, चौबीसवीं–लम्पटा, पच्चीसवीं–दुर्दरी, छब्बीसवीं–झथामाला, सत्ताईसवीं–गान्धारी, अट्ठाईसवीं–जाह्नवी, उन्तीसवीं–डाकिनी, तीसवीं–बघनी, एकतीसवीं–दर्पहारी, बत्तीसवीं–नाम अस्पष्ट, तैंतीसवीं–लुंगिनी, चौंतीसवीं–

जहा, पैंतीसवीं–शाकिनी, छत्तीसवीं–घंटाली, सैंतीसवीं–ठट्टरी, अड़तीसवीं देवी अज्ञात हैं, उनचालीसवीं–वैष्णवी, चालीसवीं–भीषणी, इक्तालीसवीं–सवरा, बयालीसवीं–क्षत्रधर्मिणी, तैंतालीसवीं देवी अज्ञात हैं, चौवालीसवीं–फणेन्द्री, पैंतालीसवीं–वीरेन्द्रा, छियालीसवीं–ठकिनी, सैंतालीसवीं–सिंहसिंहा, अड़तालीसवीं–झाषिणी, उन्नचासवीं–कामदा, पचासवीं–रणाजिरा, इक्यावनवीं–अन्तकारी, बावनवीं देवी को मैं पहिचान नहीं पा रहा हूँ पर त्रेपनवीं देवी एकदा हैं, चौवनवीं–नन्दिनी, पचपनवीं–वीभत्सा, छप्पनवीं–बाराही, सन्तावनवीं–मन्दोदरी, अठावनवीं–सव्वलोमुखी, उनसठवीं–चिरचिता, साठवीं–खुमखी, इकसठवीं–जाम्बंती, बासठवीं देवी का मुझे पता नहीं पर त्रैसठवीं ओंतारा हैं, चौंसठवीं देवी की पहिचान मुश्किल है, पैंसठवीं–यमुना, छियासठवीं और सढ़सठवीं मूर्ति को मैं नहीं पहिचानता, अड़सठवीं–पांडवा, उनहत्तरवीं–नीलाम्बरा, सत्तरवीं देवी का मुझे पता नहीं पर इकहत्तरवीं–तेरमवा हैं, बहत्तरवीं-पद्मिनी, तिहत्तरवीं–पिंगला, चौहत्तरवीं–अहखला, पचहत्तरहवीं और छिहत्तरवीं देवी की पहिचान कठिन है, पर सतहत्तरवीं–जठरावादेवी है, अठहत्तरवीं देवी को भी मैं नहीं पहिचान पा रहा हूँ, पर उन्यासीवीं रिघालादेवी हैं।''

महाराज आचार्य के ज्ञान से प्रसन्न हुए और बोले : ''आचार्य, क्या कोई ऐसी विधि है जिससे हम धर्म के अलग-अलग अंगों को समझ सकें तथा यह भी जान सकें कि प्रत्येक अंग का क्या विशिष्ट प्रयोजन है।''

वासुदेव आचार्य : ''राजन्, धर्म का उद्देश्य तो सदैव ही मानव कल्याण रहा है। पूजा साधना या कर्मकाण्ड मूलतः मनुष्य की पाशविक प्रवृत्तियों पर अंकुश लगाने के लिए विधान हैं, पर मनुष्य तो मनुष्य है, जब उसे अपनी किसी कामना की पूर्ति करनी होती है तब वह धर्म को भी अपनी इच्छा के अनुसार परिभाषित करने लगता है, तब साधनाएँ, पूजा-पद्धति और नियम संयम सभी दूषित हो जाते हैं।''

मध्याह्न का समय हो चला, सेवकों ने महाराज और आचार्य को भोजन कराया। भोजन के उपरान्त आचार्य वासुदेव आराम करने चले गए। उनके लिए एक शिविर बना दिया गया था। महाराज संग्रामशाह ने भोजन के तुरन्त बाद ही क्षेत्र रक्षकों के नायक को बुलाया और क्षेत्र सम्बन्धी जानकारी देने को कहा।

नायक ने कहा : ''पिछले कुछ माह से पश्चिम की ओर से अनेक योगी इस क्षेत्र में साधना करने आ गए हैं, हिसाब लगाते हुए उसने कहा कि इन आश्रमों की संख्या पचास से अधिक है, प्रत्येक आश्रम में त्रिशूल धारी दो से पाँच की संख्या में युवक हैं। रात्रि में आसपास के ग्रामों से कुछ औरतें भी इन आश्रमों में कभी-कभी पहुँचती हैं। पूछने पर पता चला कि कुछ अनुष्ठान कर रहे हैं ये सब योगी।''

महाराज बुदबुदाए 'अनुष्ठान' और नायक को कुछ हिदायतें दे विदा किया।

महाराज दूसरे अधिकारियों से बातें करते रहे, और शाम हो गई। शाम को स्वल्पाहार के समय महाराज ने आचार्य वासुदेव को बुलाया, और बातों का सिलसिला चालू हो गया।

महाराज ने पूछा : "आचार्य, योगियों का अनुष्ठान क्या है?"

आचार्य : "महाराज, योगी साधना को ही अनुष्ठान मानते हैं। योगिनी साधना में प्रवृत्त योगी अनेक स्थितियों में से होकर गुजरता है। उनकी अन्तिम स्थिति महायति या त्रिदण्डी योगी की होती है, इसमें वाग्दण्ड, कर्मदण्ड एवं मनोदण्ड ये तीनों उसके अधीन होते हैं।

साधनाओं के आधार मन्त्र और तन्त्र हैं। तान्त्रिक साधनाओं के भेद संप्रदायों के आधार पर भी किए जाते हैं। जिस प्रकार मन्त्र का मूल मनन है उसी प्रकार तन्त्र शब्द 'तत' धातु से बना है जिसका शाब्दिक अर्थ 'विस्तार' या 'ज्ञान का विस्तार' है। इस आशय में तन्त्र किसी भी ज्ञान का सांगोपांग वर्णन या विधि है। तान्त्रिकों के अनुसार तन्त्र एक साधना पद्धति है जिसका दूसरा नाम आगम है। तन्त्र शक्ति के ज्ञाता पराशक्ति को नाम, रूप, क्रिया (जीव), जगत् और परम तत्त्व का पर्याय मानते हैं और उसे साधना में प्राप्त करने का प्रयास करते हैं। वाममार्गी मद्य को धरातीर्थ, मांस को शुद्धि या पुष्प, मछली को तृतीया या जलतुम्बिका, मुद्रा को चतुर्थी तथा मैथुन को पंचमी कहते हैं।

वाममार्गी कौल, आर्दवीर, शाम्भव और गण के नाम से भी जाने जाते हैं।

प्राचीन काल में सम्पूर्ण नर्मदा घाटी विभिन्न प्रकार के वाममार्गी सम्प्रदायों से भरी पड़ी थी। वनों में न जाने कितने केन्द्र थे जिनमें ये वामाचारी शाक्त और शैव सम्प्रदाय के साधक भैरवी चक्र बनाकर भैरव सिद्धि का प्रयास करते रहते थे।

भैरवी चक्र में वाममार्गी साधक भूमि पर एक बिन्दु बनाकर, चारों ओर एक वृत्त बनाकर उसमें मद्य का घड़ा रखकर उसकी पूजा करते। उस समय जिस मन्त्र का उच्चारण किया जाता उसका अर्थ था कि 'हे मद्य, तू ब्रह्मा आदि देवताओं के शाप से रहित है।' उसके बाद वहाँ एकत्रित वाममार्गी एक स्त्री और एक पुरुष को चुनते जो पूर्ण दिगम्बर होते थे तदन्तर दिगम्बर पुरुष की पूजा स्त्रियाँ करतीं और दिगम्बर स्त्री की पूजा पुरुष करते। समुदाय का आचार्य एक मद्यपात्र से भैरवोऽहम् कहते हुए मद्यपान करता और शेष मद्य प्रसाद के रूप में साधकों को छककर पिलाया जाता। उन्मत होकर वे आपस में समागम करते और कभी-कभी आपस में खूब झगड़ते। उड्डीश तन्त्र के अनुसार मद्य पीने की चरम सीमा को पार करने वाला मोक्ष या निर्वाण प्राप्त कर लेता। तन्त्र शक्ति में कितनी वास्तविकता थी इसे तो शायद कोई नहीं जानता पर इस पर गुह्य साहित्य लिखा गया और तान्त्रिकों के अनोखे करतबों को अन्ध श्रद्धालुओं की श्रद्धा ने भयमिश्रित सामाजिक स्वीकृति दे दी। स्थिति यह बनी कि उस काल में प्रतापी राजा भी इन अघोरी साधकों से सीधी बात करने में मन ही मन भय खाते रहे तथा समाज और अधिक इन प्रपंचियों के जाल में उलझता चला गया।

सबसे बड़ी बात तो यह थी कि उस काल में तर्क आधारित पन्थ से किसी न किसी रूप में तान्त्रिकों की जकड़न में जकड़ लिए गए।

जब व्यभिचार की अति हो गई तब आदि शंकराचार्य ने इन पाखंडियों के विरुद्ध आवाज उठाई और जो काम बड़ी-बड़ी सेना रखने वाले राजा न कर सके, वह एक अल्पवयस्क निहत्थे संन्यासी शंकराचार्य ने कर दिखाया। कहा जाता है नर्मदा तट पर ओंकारेश्वर के पास दीक्षित होने के बाद शंकराचार्य बौद्ध पंडितों को शास्त्रार्थ में पराजित करते हुए पूर्व की ओर बढ़े। उन्होंने नर्मदा तट पर वर्तमान सांकलघाट के पास घोर सात्विक साधना की और उससे प्राप्त सिद्धियों के बल पर जब वे तान्त्रिकों के मठाधीशों को एक के बाद एक करके पराजित कर रहे थे तभी तान्त्रिकों ने एक चाल चली और इस तरह एक भैरवी अनुष्ठान में वे शंकराचार्य की बलि देना ही चाहते थे कि उनके शिष्यों में दिव्यशक्ति का प्रवेश हुआ जिसने शंकराचार्य को बलि चढ़ने से पहले ही बचा लिया।

आदि शंकराचार्य ने वेदपरक शैवमत की स्थापना की परन्तु शंकराचार्य के पश्चात् परवर्ती शंकराचार्य पुरानी मान्यताओं को फिर से उठने से न रोक पाए, यद्यपि नए शाक्त और शैव ठीक वैसे ही न थे परन्तु इनमें भी वामाचार के नए कर्मकांड जुड़ गए।"

"योगनियों एवं भैरवी पूजा से ये साधक क्या प्राप्त करना चाहते हैं?" संग्रामशाह ने पूछा।

"राजन्, वाममार्ग की सभी साधनाओं का एक ही हेतु है–सिद्धियों को प्राप्त करना। वाममार्ग के पन्थों के नाम अलग हो सकते हैं पर साधना पद्धति में साधारण अन्तर ही हैं।"

"शाक्तों, शैवों, बौद्धों तथा अन्य पन्थों के अनेक साधक सिद्धियों को प्राप्त करने के लिए योगिनियों की आराधना करते हैं जिसे शैव भैरवी पूजा भी कहते हैं। इन साधकों का विश्वास है कि वे अघोर साधना से अष्ट सिद्धियाँ प्राप्त कर सकते हैं। ये अष्ट सिद्धियाँ अणिमा, लहिमा, महिमा, प्राप्ति, प्राकाम्य, ईशित्व, वशित्व, गरिमा हैं।"

"अणिमा में साधक सूक्ष्म रूप धारण कर सकता है, लहिमा सिद्धी प्राप्त कर साधक बहुत समय लेनेवाले कार्य को अत्यन्त शीघ्र सम्पन्न कर लेता है। महिमा जबकि सिद्धि मनुष्य को समाज में उच्च स्थान दिला देती है और साधक सर्वपूज्य हो जाता है। इसी भाँति प्राप्ति सिद्धि के प्राप्त होने पर कोई भी सांसारिक वस्तु अप्राप्य नहीं रह जाती। प्राकाम्य सिद्धि के द्वारा मनुष्य की सार्वत्र गति हो जाती है तथा ईशित्व सिद्धि मनुष्य को सभी सांसारिक कार्यों में समर्थ बनाती है। वशित्व, यह वशीकरण शक्ति प्राप्त करने की सिद्धि है एवं गरिमा सिद्धि को पाने पर मनुष्य कहीं भी रहकर किसी अन्य स्थान के कार्य सम्पादित कर सकता है।" आचार्य ने उत्तर दिया।

"क्या, इन सिद्धियों से वास्तव में दैवीय शक्तियाँ प्राप्त हो जाती हैं?" संग्रामशाह ने पूछा।

"राजन्, मनुष्य के कर्मक्षेत्र में इनका कोई महत्त्व नहीं है, ये सत्य हैं अथवा असत्य

हैं इसका भी विशेष अर्थ नहीं है क्योंकि विश्व की गतिविधियाँ मनुष्य के श्रम और बाहुबल से चलती हैं न कि किन्हीं एन्द्रजालिक या जादुई शक्तियों से। श्रमिक, किसान, वैश्य, दस्तकार, पंडित या राजा सभी को सफलता अपने क्षेत्र के ज्ञान की दक्षता में पाने पर ही मिलती है और यही विश्व को चलाते हैं।"

"फिर, इनका अस्तित्व आज तक क्यों है, क्यों लोग इन पर श्रद्धा रखते हैं? हमारे समाज में ओझाओं का बड़ा सम्मान है उनकी बातों को नकारना मुश्किल होता है।" महाराज ने पूछा।

"राजन्, अज्ञान, मनुष्य की डर की भावना और लोभ इनके अस्तित्त्व को बनाए रखने में सबसे प्रमुख तत्त्व है बाकी सभी कुछ गौंण हैं।"

संग्रामशाह ने वासुदेव आचार्य से कहा : "मुझे लगता है कि मनुष्य इन शक्तियों को केवल धार्मिक या आध्यात्मिक सन्तुष्टि के लिए ही नहीं प्राप्त करना चाहता। कुछ ऋषियों, मुनियों में जनकल्याण के लिए इन शक्तियों की उपासना की आकांक्षा हो सकती है परन्तु अधिकतर साधकों का लक्ष्य तो पृथ्वी पर ज्ञात सुखों को ही प्राप्त करना होगा, शायद इसीलिए इस मार्ग के लोगों में अब पन्थ विशेष के लिए भी विशेष आग्रह नहीं है।"

दोनों अब काफी थक चुके थे। संग्रामशाह ने अब अपनी धर्म-चर्चा को विराम दिया और दोनों आराम करने के लिए अपने-अपने कक्षों की ओर चल दिए।

अघोरी के अनुष्ठान का रहस्य

महाराज संग्रामशाह को प्रातःकाल ही उनके गुप्तचरों ने सूचना दी कि अघोरी सिद्ध विकाल पिछले कुछ दिनों से रोज रात्रि में गढ़ा नगर के बाहर के जंगलों में जाते हैं जहाँ अनेक स्थानों पर कापालिकों के डेरे लगे हुए हैं। सभी के पास विशाल त्रिशूल हैं, रात्रि भर महुआ की शराब का पान होता है। अघोरी सिद्ध कभी-कभी तो सारी रात वहाँ बिता देते हैं और भोर में ही अपने आश्रम लौटते हैं। पूछने पर कहते हैं कि महाराज की उन्नति कामना के लिए जगह-जगह सारी रात तान्त्रिक अनुष्ठान किए जा रहे हैं। महाराज के पूछने पर गुप्तचरों ने अनुमान बतलाया कि कुल मिलाकर चौंसठ या इससे अधिक डेरे हैं और प्रत्येक डेरे में कम से कम चार या पाँच लोग हैं, पर हैं सभी हट्टे-कट्टे। आस-पास के गाँव के लोगों से वे महुए की शराब के अलावा अन्न भी लेते हैं और उसका पूरा पैसा भी देते हैं। महाराज ने उन पर और अधिक कड़ी नजर रखने को कहकर उन्हें जाने की आज्ञा दी।

कापालिकों की उपस्थिति तो संग्रामशाह को उसी दिन से पता चल गई थी जिस दिन से उन्होंने डेरा जमाना प्रारम्भ किया था। उन्होंने प्रत्येक डेरे पर अपने विश्वस्त आदमी, साधारण ग्रामीणों के भेस में लगा रखे थे, जिन्होंने महाराज को सूचित कर रखा था कि सभी कापालिक पश्चिम से, उज्जयनी से यहाँ आए हुए हैं, उनमें से एक प्रौढ़ कापालिक पास के भैरव मन्दिर में साधना करता है, वह प्रतिदिन एक बलि चढ़ाता है और घन्टों जाप करता रहता है। राज्य के कुछ लोग वहाँ जाकर उसकी पूजा करते हैं और उसे बड़ा सिद्ध मानते हैं। सबसे अधिक जानेवालों में गढ़ा राज्य के सबसे जाने माने अघोरी सिद्ध विकाल हैं।

संग्रामशाह ने गुप्तचरों के जाने के पश्चात् तुरन्त अपने प्रिय मित्र नरपत को याद किया। जिसे उन्होंने न जाने कितने आवश्यक कामों में लगा रखा था। नरपत को भी इन सारी गतिविधियों की भनक तो थी पर विशेष कुछ पता न था।

कुछ ही देर में नरपत राजा के मन्त्रणा कक्ष में पहुँच गया, साधारण औपचारिकता के बाद संग्रामशाह ने नरपत से पूछा : "मित्र, यह कापालिकों का जमावड़ा राज्य में किसलिए है, मैंने सुना है कि वे मेरी उन्नति के लिए कुछ अनुष्ठान कर रहे हैं, यह सब क्या है?"

नरपत ने उत्तर दिया : "महाराज, मैंने स्वयं रात-रात भर जागकर उनके अनुष्ठानों

को देखा है, पर समझ में कुछ नहीं आता। हाँ, सिद्धयोगी विकाल इनसे क्यों मिलते हैं। वे भैरव मन्दिर के हारीतेश्वर से भी क्यों मिलते हैं जबकि वह किसी से बात भी नहीं करता। कहते हैं कि प्रसन्न होकर उसने कुछ लोगों को सोने के सिक्के दिए हैं। और कहा जाता है कि वह यदि नाराज हो तो किसी को भी अन्धा, लंगड़ा या लूला कर सकता है, प्राण भी ले सकता है, लोग बहुत डरते हैं उससे फिर भी जाते हैं। कुछ ऐसा है जो समझ में नहीं आ रहा है।"

संग्रामशाह के मुख पर एक कुटिल मुस्कान आई और उन्होंने नरपत से पूछा : "जैसा कि ये कहते हैं कि ये मेरी उन्नति की कामना से ही अनुष्ठान कर रहे हैं इसे कैसे परखा जा सकता है?"

नरपत ने तुरन्त उत्तर दिया : "महाराज, क्यों न दाऊबैगा से इस सम्बन्ध में पूछा जाए।"

महाराज ने कहा : "ठीक है, दाऊबैगा से समय लेकर मुझे बतलाओ कि इन सब के पीछे सच्चाई क्या है?"

दाऊबैगा ने महाराज और नरपत से किले के एकान्त स्थल पर रात्रि में मिलने को कहा जहाँ और कोई न हो।

अर्धरात्रि का समय

आधी रात में किले के एक सुनसान स्थल पर केवल तीन लोग थे। दाऊबैगा ने एक दीया जलाया, बलि दी और सिन्दूर इत्यादि चढ़ाकर कुछ बुदबुदाना प्रारम्भ किया और थोड़ी ही देर में उसके चेहरे का रंग बदल गया और जोर-जोर से कूदने लगा, न जाने किस भाषा में बोलने लगा दाऊबैगा, फिर उसने गोंडी बोली में नरपत से पूछा : "पूछ, क्या पूछना है?"

नरपत ने बिना समय गँवाए उछलते हुए दाऊबैगा से पूछा : "महाराज का समय कैसा है, ये चारों दिशाओं में जोगी क्या कर रहे हैं?"

दाऊबैगा ठठाकर हँसा और जोर से बोला : "अमावस की रात अंधेरी है हमेशा-हमेशा के लिए अँधेरा छा सकता है। गँड़ासा काट सकता है! अँधेरा केवल गँड़ासा।" यह कहकर दाऊबैगा बेहोश हो गए। जब उठे तब थके हुए क्लान्त थे, सब धीरे-धीरे अपने-अपने घरों को चले गए।

महाराज अपने महल में पहुँचकर भी क्लान्त थे। रात के दो पहर अभी भी शेष थे। कुछ समझ नहीं आ रहा था बैगा के कथन का अर्थ जबकि अमावस्या के लिए केवल दो दिन और बचे थे।

दूसरे दिन महाराज रात्रि भर सो न सके थे इसलिए सुबह होते-होते नींद का एक झोंका आया। जब तक उठे तब तक सुबह बीत चुकी थी। स्नानादि से निवृत्त होकर अपने खास विशिष्ट कक्ष में बैठे ही थे कि परिचारक ने सूचना दी कि अघोर विकाल उनसे मिलना चाहते हैं। अघोर विकाल ने आते ही महाराज को आशीर्वाद दिया और

एकान्त में बात करने की आज्ञा माँगी। महाराज ने अपने अंगरक्षकों को दूर हट जाने के लिए कहा।

अघोर विकाल आज अत्यन्त विनीत स्वर में महाराज से बहुत ही धीमे स्वर में बोले : "महाराज की जय हो, हमारे सम्प्रदाय के योगी पिछले एक माह से प्रत्येक रात्रि में लगातार साधनाएँ कर रहे हैं। चौंसठ सिद्धयोगी अपने-अपने शिविरों में एक-एक मातृका से आपके सदैव विजयी होने की कामना लेकर अनुष्ठान पूरा कर चुके हैं, मुख्य अनुष्ठान भैरव मन्दिर में हो रहा है जहाँ हारीतेश्वर दिन-रात साधना रत हैं। अमावस्या की रात को सभी चौंसठ सिद्धयोगी अपना-अपना सिद्ध सोम हारीतेश्वर को भेंट करेंगे जिसे वे महाभैरव की सेवा में अर्पित करेंगे परन्तु यह अर्पण आपके सामने आधी रात को होगा। मन्दिर में केवल आप रहेंगे। इस अनुष्ठान के पूरा होते ही आप अजेय हो जाएँगे। सभी योगियों ने बड़ी निष्ठा से अपने-अपने अनुष्ठान पूरे किए हैं।"

संग्रामशाह ने टोकते हुए पूछा : "हमारा पहला प्रश्न है, ये चौंसठ योगी कौन हैं? कहाँ से आए हैं? और किसने उनकी योगसाधना की व्यवस्था की तथा उन पर कितना खर्च आया? किसने खर्च उठाया? दूसरी बात यह कि जब हमारी उन्नति के लिए यह अनुष्ठान किया जा रहा है तब क्या केवल मैं और हारीतेश्वर मन्दिर में रहेंगे, बाकी लोग कहाँ रहेंगे? यह एकान्तिकता क्यों?"

अघोर विकाल हँसा : "महाराज, सभी चौंसठ योगी हारीतेश्वर के शिष्य हैं। हारीतेश्वर मेरे गुरुभाई हैं। उन्हें अनेक सिद्धियाँ प्राप्त हैं। वे उज्जयनी में रहते हैं, उन्होंने इस अनुष्ठान का सुझाव मुझे दिया था और कहा था कि इस पर खर्च वह व्यक्ति नहीं कर सकता जिसके लिए वह किया जाना है, अघोर पन्थ में अनुष्ठान क्रय नहीं किए जाते, मैं तो आपका शुभेच्छु हूँ इसलिए मैंने ही इसका व्यय इस ढंग से उठाया कि मुझ जैसे वीतराग को द्रव्य की माया में न उलझना पड़े और सब कुछ सम्पन्न भी हो जाए।" उसने रुककर कुछ और धीमे से कहा : "महाराज, अघोर अनुष्ठानों की प्रक्रिया में एकान्तिकता बहुत महत्त्वपूर्ण है। अर्धरात्रि में आपका मन्दिर में अकेले जाना ही पूर्ण सिद्धि की प्राप्ति के लिए आवश्यक है, यदि आपके साथ आधे कोस की दूरी पर भी कोई रहा तो सिद्धि का फल बँट जाएगा। अतः मेरी हाथ जोड़कर प्रार्थना है कि भैरव मन्दिर से आधे कोस की दूरी तक कोई भी न रहे। इस सिद्धि के प्राप्त होने पर साधक आजीवन अजेय रहता है, वह कालभैरव की कृपा का पात्र हो जाता है।"

विकाल ने चलने की आज्ञा ली और शीघ्रता से बाहर निकल गया।

दोपहर का समय, संग्रामशाह का मन्त्रणा कक्ष

संग्रामशाह के मन्त्रणा कक्ष में महाराज, नरपत सिंह और वासुदेव आचार्य मन्त्रणा कर रहे हैं। किसी को भी कक्ष में आने की मनाही है।

संग्रामशाह ने पूछा : "आचार्य, कल रात्रि के दाऊबैगा के कथन का क्या अर्थ है,

मैंने आपको योगी विकाल की पूरी वार्ता भी शब्दशः सुना दी है, आपका क्या सोचना है, इस अनुष्ठान के सम्बन्ध में?"

आचार्य वासुदेव : "महाराज, दाऊबैगा के कथन का अर्थ तो में शायद ठीक न बतला पाऊँ पर लगता है वे अमावस्या की रात्रि को आप पर कोई संकट देख रहे हैं किन्तु दूसरी बात समझने के लिए मुझे हारीतेश्वर के सम्बन्ध में और अधिक जानकारी चाहिए, तभी किसी निष्कर्ष तक पहुँच पाऊँगा।"

महाराज ने नरपत की ओर देखा

"महाराज, हारीतेश्वर के सम्बन्ध में कुछ और जानकारियाँ मिली हैं, कितनी सच हैं यह ठीक नहीं कह सकता। यह अघोरी यहाँ रहकर कई दिनों से रोज एक भैंसे की बलि चढ़ा रहा है, इस उम्र में भी यह इतना शक्तिशाली है कि तलवार के एक वार से ही भैंसे की गर्दन दूर जा छिटकती है। यह भी कहते हुए सुना गया है कि भैरव की प्रसन्नता के लिए तो वह किसी की भी बलि चढ़ा सकता है, सुना है कि वह मानवबलि चढ़ा चुका है, पर कब, कहाँ यह ज्ञात नहीं है। राज्य के कुछ सेठ और जमींदारों ने जब उसे अपनी मनौती पूरी करने के लिए उसे सोने की दीनारें दीं तो उसने कहा था कि उन्हें एक-एक सिक्के के बदले शीघ्र ही सौ-सौ दीनारें मिलेंगी, उन्हें केवल उस पर अनन्य श्रद्धा रखनी होगी। यह भी सुना है कि यह कापालिक मूलरूप से किसी राजघराने का है पर अब उसके पूर्वजों का राजपाट चौपट हो जाने से इसे कुछ नहीं मिला।"

महाराज ने नरपत से फिर पूछा :

"अपने राज्य के विकाल से इसका क्या सम्बन्ध है, क्या कुछ पता लगा?"

"महाराज, विकाल योगी को तो मैं बरसों से जानता हूँ। वह अपने राज्य में ही जादू टोना करता रहता है। वह भीतर ही भीतर दाऊबैगा से जलता है, वह मात्र एक बार कुछ दिनों के लिए उज्जैन गया था वह भी कुछ महीनों पहले, पर जब से लौटकर आया है उसके रंग-ढंग बदल गए हैं। उसका आश्रम कुछ महीनों में ही शानदार हो गया है। मुझे नगरसेठ के मुनीम से पता चला है कि उसने बहुत-सा सोना सेठ के पास जमा कराया है, यह सब कुछ गुप्त तरीके से किया गया है। मुनीम तो काफी डरा हुआ है उसका कहना है यह सब सोना उसे योगिनी सिद्धि से प्राप्त हुआ है और यदि किसी को यह पता चला कि यह सिद्ध सोना कहाँ है तो उसका घोर अनिष्ट होगा।" यह कहकर नरपत चुप हो गया।

महाराज ने फिर आचार्य की ओर देखा, आचार्य अब तक सभी बातें ध्यान से सुन रहे थे, विचारते हुए बोले : "महाराज, इस अनुष्ठान में षड़यन्त्र दिखलाई दे रहा है पर उसमें हारीतेश्वर, विकाल और चौंसठ कापालिकों में से कौन कितना लिप्त है यह ठीक समझ में नहीं आ रहा है, यदि कोई चीज समझ में आ रही है तो वह कुल इतनी कि हमें सावधानी से हर कदम उठाना होगा।"

महाराज ने नरपत की ओर देखा, नरपत ने कहा : "यदि आचार्य ऐसा सोचते

हैं तो हमें तुरन्त ही सभी को बन्दी बना लेना चाहिए। किसी भी आकस्मिक चुनौती से बिना मतलब क्यों जूझा जाए, आप आज्ञा दें। मैं सेनापति और नगर कोतवाल को आज्ञा को तत्काल अमल करने को कहता हूँ। किसी भी आशंका को क्यों मन में रखा जाए।''

महाराज ने दोनों से पूछा : ''क्या सिद्धियों का अस्तित्त्व वास्तव में है?''

''महाराज, हमारे दाऊबैगा ने जो आपसे कहा वह सिद्धि के बल पर ही तो कहा, हो सकता है यह अनुष्ठान सिद्धिदायक हो।'' इतना कहकर नरपत चुप हो गया।

अब आचार्य की बारी थी, वे बोले : ''मैंने व्यक्तिगत तौर पर तो न कभी सिद्धियाँ देखी हैं और न ही मुझे इन पर अधिक विश्वास है क्योंकि मैं तर्क पर विश्वास रखता हूँ परन्तु हमारे पुराणों में सिद्धों और सिद्धियों की कथाएँ भरी पड़ी हैं तथा मैंने ऐसे लोगों को भी देखा है जो अपना पूरा जीवन तन्त्र-मन्त्र की सिद्धियों में लगा देते हैं। महाराज, सिद्धियों, योगियों, योगिनियों तथा एतद् विषयक बहुत-सी चर्चा हम गोलकी मठ में भी कर चुके हैं और मैंने अपना मत तब भी प्रकट किया था।''

संग्राम सिंह ने दोनों को और बैठने के लिए कहा क्योंकि आज रात की पूरी रूपरेखा शीघ्र ही बनानी थी। सेवकों को आज्ञा दी गई कि वे शेष तीन मित्रों गनेश सिंह, महेश सिंह और हरखू ठाकुर को तुरन्त बुलाकर लाएँ।

जब तक सेवक महाराजा के तीनों मित्रों को बुलाने गए तब तक कक्ष में उपस्थित सभी ने स्वल्पाहार का आनन्द लिया। महाराजा के तीनों मित्र अब उनके निजी सचिव ही तो थे तथा नरपत सिंह मुख्य सचिव था। थोड़ी ही देर में तीनों मित्र आ गए, सभी अपने-अपने घरों में थे। महाराज के अचानक बुलावे पर उनके चेहरों पर थोड़ी हैरानी अवश्य थी। तीनों ही चुस्त-दुरुस्त युवक थे जो सभी अस्त्र-शस्त्र चलाने में पारंगत थे और महाराज के इतने प्रेमी कि उनकी किसी भी बात पर जान लगा देने को तैयार थे। पिछले कुछ महीनों में वासुदेव आचार्य से भी सभी की मैत्री हो गई थी। आते ही उन्होंने महाराज और आचार्य को प्रणाम किया। महाराज ने उन्हें बैठने को कहा, तब तक ताम्बूल आ चुके थे। गहाराज ने सभी को ताम्बूल दे अपना स्नेह प्रकट किया।

आचार्य ने सारी बात संक्षेप में तीनों को सुनाई। अब सभी उपस्थित महाराज की आज्ञा की प्रतीक्षा कर रहे थे।

महाराज ने कहा : ''हमारे राज्य में हमारी उन्नति के लिए हमारे राज्य से बाहर का एक योगी हमसे बिना पूछे अनुष्ठान कर रहा है। आज रात्रि में मुझे वहाँ पहुँचना है, वह भी बिना किसी सहायक के, यह स्थिति सामान्य नहीं है परन्तु अनुष्ठान भी तो असामान्य ही है। यदि मैं वहाँ नहीं पहुँचता हूँ तो मैं कायर समझा जाऊँगा। यदि सभी को बन्दी बना लूँ तो धर्म विरोधी और अविचारी समझा

जाऊँगा किन्तु यदि वहाँ वास्तव में बिना पूरी तैयारी के पहुँचता हूँ और यदि किसी प्रकार की विपरीत परिस्थिति बनती है तो मैं मूर्ख समझा जाऊँगा। अतः मैंने कुछ निर्णय लिए हैं उनका आपको पालन करना है। मैं जानता हूँ आप पाँचों मुझे अकेला जाने की सलाह नहीं देंगे पर मुझे राजा के रूप में न सही एक योद्धा के रूप में वहाँ पहुँचना चाहिए।"

महाराज ने सबसे पहले नरपत से कहा कि वह हाथी सेना के प्रमुख को मेरी आज्ञा सुनाए कि चौंसठ हाथियों पर तीन-तीन कोस दूर घेरा बनाकर रखे, ध्यान रहे कि चौंसठ योगी जब मन्दिर आ रहे हों तब उन्हें पास के जंगलों में छिपे हाथी सवारों का पता भी न चले किन्तु जैसे ही सारे योगी रात्रि में मन्दिर से लौटें उन्हें रास्ते में रोक लिया जाए।

संग्राम सिंह ने गनेश सिंह से कहा : "मैंने सुना है प्रत्येक डेरे में 2 से 5 लोग और भी हैं अतः जब योगी अपने डेरों को छोड़कर आगे बढ़नेवाले हों तभी एक-एक घुड़सवार और पाँच आदमियों का दस्ता हर डेरे में पहुँच जाए और उनसे कहे कि वे उनकी सुरक्षा के लिए भेजे गए हैं और उनमें से कोई डेरे से बाहर तब तक न जाए जब तक योगी फिर से लौटकर वहाँ पहुँच नहीं जाते। पैदल सेना की टुकड़ियों के नायकों को तथा घुड़सवारों की सेना के नायकों को तुरन्त तैयार किया जाए।

महाराज ने हाथी सेना के प्रमुख, अश्वसेना प्रमुख एवं पैदल सेना के प्रमुखों के लिए आज्ञा पत्र तैयार करने का आदेश भी दे दिया। महेश सिंह अपने लिए आज्ञा की प्रतीक्षा कर रहा था, महाराज ने उससे कहा कि तुम्हारा मुख्य काम यह है कि इस सारी गतिविधि को गोपनीय रखा जाए। तुम वह प्रत्येक कार्य करो ताकि इस पूरे अभियान की किसी को कानोकान खबर न हो।

हरखू ठाकुर को संग्राम सिंह ने एक आज्ञा पत्र लिखकर दिया जिसके द्वारा नगर कोतवाल को यह अधिकार दिया गया कि विकाल योगी और उनका कोई भी चेला शाम के बाद आश्रम से बाहर न जा सके।

महाराज ने सभी को यह बतला दिया कि आज सायँकाल से आधी रात तक महल में आचार्य वासुदेव श्रीमद्भागवत् का प्रवचन करेंगे जिससे नगर के सभी प्रमुख लोगों को यहाँ एकत्रित होने का आमन्त्रण होगा तथा सैनिकों की गश्त सारे शहर में होगी। नगर के सभी प्रमुख लोगों को मेरा व्यक्तिगत निमन्त्रण भेजा जाए।

महाराज के आदेश पत्र मिलते हैं नरपत सिंह और उसके तीनों साथी तुरन्त रवाना हो गए। महाराज के चारों मित्र इतनी मुस्तैदी से काम करते कि कहीं किसी भी काम में कोर कसर न रहती।

चारों के जाने के बाद महाराज ने आचार्य वासुदेव से कहा : "संध्या वन्दना के उपरान्त श्रीमद्भागवत् कथा पर आप प्रवचन देंगे। नगर के सारे प्रमुख लोग आपके पास रहेंगे, और अन्य लोगों पर कड़ी निगरानी का पूरा प्रबन्ध है, आप मध्यरात्रि तक जब तक मैं न लौटूँ प्रवचन जारी रखिए। मैं स्वयं काफी समय तक आपके सामने

उपस्थित रहूँगा परन्तु प्रमुख यजमान की हैसियत से नहीं बैठूँगा। बीच में उठकर भैरव मन्दिर जाऊँगा और फिर स्वयं ही देखूँगा कि क्या करना है।"

रात्रि प्रारम्भ होते ही सभी कार्य योजनानुसार प्रारम्भ हो गए। आधी रात से दो घड़ी पहले संग्रामशाह अपने घोड़े पर चढ़कर भैरव मन्दिर पहुँचे। यों तो साथ में दूर-दूर तक कोई नहीं था परन्तु महाराज के अंगरक्षक दल के सैनिक और गुप्तचर दल ने मन्दिर के चारों ओर घेरा डाल रखा था हालाँकि बाहर देखने पर मन्दिर के आस-पास का वन्य क्षेत्र पूरी तौर से निर्जन था।

अमावस्या की रात घोर अन्धकारमय थी। भैरव की मूर्ति एक बड़े चबूतरे पर प्रतिष्ठित थी। चारों ओर लकड़ी की बाड़ बनी थी। ऊपर एक छप्पर था, यही था भैरव मन्दिर। न कोई गर्भगृह और न ही कोई गुम्बद और न कोई दरवाजा। दूर से मन्दिर का भीतरी भाग दीपकों के उजाले से आलोकित था।

चबूतरे पर ज्यों ही संग्रामशाह चढ़ा वैसे ही ध्यानस्थ कापालिक हारीतेश्वर ने आँखें खोलीं और उठकर खड़ा हो गया।

संग्रामशाह ने मध्यम वय के इस आदमी को ध्यान से देखा। ऊँचाई में वह उससे कुछ अधिक लम्बा था। देहयष्टि सुगठित थी और सिर की जटाएँ बढ़ी हुई थीं किन्तु मूँछें और दाढ़ी उस अनुपात में बढ़ी नहीं थीं। गले में वह तरह-तरह की मालाएँ पहने था। उसका पूरा शरीर बिना वस्त्र का था सिवा एक कौपीन के। उसकी आँखों में एक विचित्र-सी ज्योति थी जैसी बाघ की आँखों में होती है।

उसने संग्रामशाह का स्वागत करते हुए कहा : "राजन्, आपका स्वागत है।" उसकी आवाज क्या थी मानो बादल गरज रहा हो।

संग्रामशाह को उसने भैरवमूर्ति के सामने व्याघ्र चर्म पर बैठने का निर्देश दिया। संग्रामशाह की तेज नजर ने चारों ओर देखा, कहीं कोई व्यक्ति छिपा तो नहीं है पर वहाँ कोई तीसरा नहीं था। भैरव मूर्ति पर रक्तचन्दन और पुष्प चढ़े हुए थे। पास ही चौंसठ छोटे-छोटे घरों में कुछ रखा था, एक ओर अग्नि जल रही थी। भैरव मूर्ति के सामने एक विशाल पत्थर रखा था जो बहुत साफ करने पर भी साफ नहीं था। उस पर रक्त के निशान अब भी थे। संग्रामशाह ने और नजर दौड़ाई तो देखा चबूतरे के एक कोने पर एक भारी भरकम फरसा रखा है, एकदम चमचमाती धारवाला। संग्रामशाह ने जानबूझकर बैठने में देरी की ताकि चबूतरे की कोई वस्तु नजर से छुपी न रह जाए।

तभी कापालिक की गम्भीर आवाज सुनाई दी : "राजन्, भैरवपूजा के विधान में शस्त्र रखना वर्जित है, उसे दूर रख दें।" संग्रामशाह ने वैसा ही किया।

कापालिक बोला : "राजन्, मेरे शिष्यों ने दिन-रात साधना कर योगनियों को प्रसन्न किया है। वे शिष्य इन घरों में योगनियों का वह देय लाए हैं जिसे आपको भैरव को अर्पित करना है।"

संग्रामसिंह ने कापालिक के कथन के अनुसार चौंसठ घरों का मद्य भैरव को अर्पित किया। प्रत्येक घर के अर्पण के पहले कापालिक एक मन्त्र बोलता और एक हाथ से पास में प्रज्वलित अग्नि में द्रव्य डालता। इस तान्त्रिक क्रिया के समाप्त होते-होते अर्धरात्रि हो गई। चारों ओर श्रृगालों का स्वर चीख उठा। राजा प्रकृति की इस काल निर्देशिका आवाज से भलीभाँति परिचित था।

सारे कर्मकाण्ड की अवधि में जहाँ कापालिक अर्धनिमीलित नेत्रों से मन्त्रपाठ करने में तल्लीन दिखाई दे रहा था वहीं संग्रामशाह भक्तिभाव प्रदर्शित करते हुए भी बेहद सतर्क था। कापालिक कुछ और मन्त्र पढ़कर हवन कर रहा था, तभी भैरव के सामने रखे सबसे बड़े दीपक की लौ अचानक जोर-जोर से कम्पित होने लगी जैसे कोई उसे सायास बुझा रहा हो। राजा ने महसूस किया कहीं कोई हवा का वेग भी नहीं था। शेष चौंसठ दीपकों की लौ एकदम कम हो गई जैसे अँधेरा होनेवाला हो तभी उसे कान में दाऊबैगा की आवाज गूँजी "गँड़ासा काट सकता है, केवल गँड़ासा।" दाऊबैगा की आवाज की स्मृति ने उन्होंने झँकझोर दिया।

कापालिक संग्रामशाह से आदेशात्मक स्वर में कह रहा था : "राजन्, ये पुष्प लो और भैरव को अर्पित करो।" संग्रामशाह ने सीधे तनकर बैठे ही बैठे वे पुष्प भैरव की मूर्ति के समक्ष अर्पित कर दिए।

कापालिक ठठाकर हँसा : "राजन् आपको पराजित करनेवाला विश्व में कोई नहीं रह जाएगा, बस भैरव मूर्ति के सामने प्रणतिपात होकर उनका ध्यान करें। भैरव ने हमारे अनुष्ठान को स्वीकार कर लिया है।"

संग्रामशाह को प्रणाम न करते देख कापालिक फिर बोला : "राजन्, धर्माचरण में देर क्यों, देवता के सम्मुख प्रणतिपात हो जाओ।"

संग्रामशाह ने कापालिक से कहा : "हे दैवज्ञ, यह साधारण पूजा तो है नहीं। इस अनुष्ठान की प्रत्येक क्रिया की विशिष्ट विधि है, यदि आप स्वयं प्रणतिपात होकर मुझे बतला दें तो मैं उस क्रिया को दुहरा दूँगा।"

कापालिक ने कहा : "ठीक है, किनारे हो जाओ।" इसके बाद सब कुछ क्षणमात्र में घटित हो गया। कापालिक ने भैरवमूर्ति के सामने ज्योंही साष्टांग प्रणाम किया त्यों ही संग्रामशाह ने पास में रखे परशु से कापालिक की गर्दन पर भीषण प्रहार किया कि रक्त-रंजित सिर कटकर दूर जा गिरा।

फिर जो कुछ हुआ वह स्वप्न था या सत्य संग्रामशाह को याद नहीं। संग्रामशाह को लगा कि एक प्रकाश निकलकर भैरवमूर्ति के चरणों में समा गया और तभी हवन से निकले हुए धुएँ में एक आकृति दिखी जैसे धुएँ ने एक धुँधली-सी मानव आकृति बना दी हो। वह चाहकर भी ठीक ढंग से देख नहीं पा रहा था। वह आकृति भयानक काले रंग की थी। राजा को लगा वह कह रही थी—"आम्हणदास, तुझे मैं अजेय होने का वर देता हूँ, नियति ने एक दुष्ट द्वारा तेरे लिए कठिन साधनाएँ सम्पन्न करा दी हैं, जा धर्मपूर्वक शासन कर और युद्धों में विजयी होकर यशस्वी बन। मेरी बात पर

विश्वास कर, इस हेतु में कुछ देर के लिए अपने गण को यहाँ छोड़ता हूँ।" यह कहकर वह धुएँ में दिखनेवाली आकृति लुप्त हो गई।

संग्रामशाह समझ नहीं पा रहा था यह सब कैसे और क्या हुआ परन्तु कापालिक का रक्त से लथपथ शव पास ही पड़ा था। उसके हाथ से गिरा फरसा भी पास ही पड़ा था। उसने धुएँ में क्या देखा था सपना, अपना डर या कुछ और परन्तु तभी एक विशाल काले रंग का कुत्ता चबूतरे पर चढ़ आया। उसके आते ही चबूतरे पर रखा शंख जोर से बजने लगा, पूरा चबूतरा मानो आलोकित हो गया, बुझ रहे दीपकों में सौ गुनी अधिक रोशनी आ गई।

चमत्कार हो चुका था, जब तक राजा प्रकृतिस्थ हो तब तक न कुत्ते का पता था और न ही तीव्र प्रकाश का। यह अवश्य हुआ कि कुछ दूर छिपे राजा के अंगरक्षक वहाँ आ पहुँचे, उन्होंने शंख ध्वनि सुनी थी। संग्रामशाह उनके साथ वापस महल पहुँच गया।

महल में श्रीमद्भागवत् के प्रवचन का अन्तिम चरण चल रहा था। आचार्य ने राजा को देख चैन की सांस ली।

इसके पश्चात् एक सप्ताह की अवधि में

सारी गतिविधियों की समीक्षा के उपरान्त पता चला कि विकाल और हारीतेश्वर उज्जयनी में वर्षों पहले गुरुभाई थे। वर्षों बाद उज्जयनी जाने पर विकाल अपने गुरुकुल गया। हारीतेश्वर अब अघोर योगी तो बन चुका था परन्तु उसके पास पैतृक स्वर्ण भी था जिसे वह कहीं किसी विश्वसनीय व्यक्ति के पास रखना चाहता था। साथ ही योग साधना के बाद भी वह राजा बनना चाहता था, जब उसने विकाल से गढ़ा की सम्पन्नता की बात सुनी तो उसने संग्रामशाह को मारने के लिए एक जाल बिछाया। चौंसठ योगियों को भी उसकी योजना नहीं मालूम थी, किन्तु वे उसके शिष्य थे।

संग्रामशाह और वासुदेव आचार्य सारी बातों को समझ चुके थे। संग्रामशाह ने सभी योगियों को एवं विकाल को क्षमादान दे दिया था। योगियों का समूह अब विकाल का अनुगामी था। विकाल ने हारीतेश्वर से प्राप्त सभी स्वर्णमुद्राएँ संग्रामशाह को देनी चाही परन्तु संग्रामशाह ने उस धन को वापस करते हुए उस धन से योगियों के भरण-पोषण की व्यवस्था का जिम्मा विकाल पर ही सौंप दिया। विकाल के ये नए शिष्य अब अघोर पन्थ छोड़कर राज्य की नई पाठशालाओं में शिक्षक हो गए, जहाँ संस्कृत के अतिरिक्त युद्ध विद्याएँ भी सिखाई जातीं। विकाल पूरी तौर से बदल चुका था, अब वह अपना अधिकतर समय शास्त्रों के अध्ययन में लगाने लगा।

एक दिन वासुदेव आचार्य ने महाराज संग्रामशाह से पूछ लिया : "महाराज, यह तो ईश्वर की कृपा थी कि आप मृत्यु से बाल-बाल बचे परन्तु वह प्रमाण क्या था जिससे आपको मन्दिर में अपने ऊपर निश्चित संकट दिखा?"

संग्रामशाह भीतर गए और उन्होंने एक मंजूषा से एक मुद्रांकित पत्र दिखलाया जिसमें गोंड राज्य के एक प्रबल विरोधी सीमावर्ती राजा ने हारीतेश्वर को गढ़ा कटंगा के राजा बनने पर पूरी सहायता देने का वचन दिया था। आचार्य अवाक् रह गए। पूछने लगे यह पत्र उन्हें कब और कैसे मिला। संग्रामशाह ने हँसकर कहा : "उसकी लम्बी कहानी है, फिर कभी।" यह सुनकर वासुदेव आचार्य संग्रामशाह के गुप्तचर तन्त्र की प्रशंसा करते घर लौट गए।

सुयश की कामना

गढ़ा कटंगा राज्य की सीमाओं के विस्तार के साथ ही राज्य में अनेक पदों का पहली बार निर्माण हुआ और उन पर महाराज द्वारा उच्चाधिकारियों की नियुक्ति की गई। महाराज संग्रामशाह इन नियुक्तियों के पूर्व स्वयं सम्बन्धित व्यक्ति की राजनिष्ठा को परखते। संग्रामशाह ने अब तक बावन गढ़ों पर विजय प्राप्त की थी। उनमें से अनेक गढ़ों पर उनके पूर्व शासक ही करद राजा थे। इन गढ़ा के शासकों से मिलने-जुलने के अतिरिक्त राजस्व एकत्रित करनेवाले उच्च अधिकारियों की आवश्यकता को समझते हुए महाराज ने दीवान तथा मन्त्रिपरिषद के अध्यक्ष के पदों को बनाया। गढ़ा कटंगा राज्य के दीवान पद पर अब भोजसिंह कायस्थ थे जो उम्र में महाराज से काफी कम थे। यही हाल माधव जी का था वे राज्य की मन्त्रिपरिषद के अध्यक्ष थे।

महाराज संग्रामशाह ने अब प्रशासन की काफी जिम्मेदारी भोजसिंह कायस्थ और माधव जी को सौंप दी थी और वे अपना कुछ अधिक समय भाषा ज्ञान बढ़ाने और साहित्य पठन में भी देने लगे थे। कुशाग्र बुद्धि राजा ने शीघ्र ही संस्कृत भाषा पर असाधारण अधिकार जमा लिया था। श्रेष्ठ ग्रन्थों के पठन और मनन से उनमें चिन्तन की शक्ति का विकास हो रहा था। अपने बौद्धिक चिन्तन से उपजे प्रश्नों का हल वे स्वयं ढूँढ़ते या कि वासुदेव आचार्य से उनका हल पूँछते।

संग्रामशाह : "आचार्य, आप हमारे प्रमुख सलाहकार से अधिक हमारे मित्र हैं। आपने षड्दर्शनों का अध्ययन किया है अतः निश्चित ही किसी भी प्रश्न के उत्तर आप मात्र भावना या लोकाचार के अनुसार नहीं देते वरन् गूढ़ विचार के पश्चात् ही उसका उत्तर देते हैं। अतः मैंने इस प्रश्न को राजपुरोहित या मन्त्री की तुलना में आपसे पूछना उचित समझा। मेरा प्रश्न है कि किसी भी राजा के लिए सबसे अभीप्सित क्या होना चाहिए?"

आचार्य वासुदेव : "महाराज, आपका प्रश्न है कि किसी भी राजा को जीवन में सर्वाधिक किस वस्तु को पाने की इच्छा होनी चाहिए, एक बड़ा ही महत्त्वपूर्ण प्रश्न है। यह प्रश्न राजा ही क्यों किसी भी मनुष्य के जीवन का सबसे महत्त्वपूर्ण प्रश्न होना चाहिए। आपने मुझसे यह प्रश्न पूछकर मेरा मान बढाया है। जहाँ तक मैं सोचता हूँ राजपुरोहित आपसे और अधिक धार्मिक कार्यों में प्रवृत्त होने को कहते तथा उनके धर्मनिष्ठ कार्यों का अर्थ नाना प्रकार के अनुष्ठान एवं मन्दिरों का निर्माण

ही हो सकता है। प्रधानमन्त्री भी सम्भवतः आपको और अधिक विजय अभियानों की ओर प्रवृत्त करते।''

संग्रामशाह : ''आपने ठीक कहा, पिछले कुछ दिनों से पुरोहित ऐसे ही दो कार्यों के लिए मुझसे प्रार्थना कर चुके हैं, पहला कार्य तो अब तक पूरा हो भी चुका है।''

आचार्य वासुदेव : ''हाँ, जैसा कि मैं अनुमान करता हूँ कि भैरव मन्दिर का जीर्णोद्धार।''

संग्रामशाह : ''हाँ, आपने ठीक ही अनुमान लगाया। मन्दिर का स्वरूप बदल चुका है परन्तु मूर्ति पुरानी ही है। अब वहाँ के पुजारी ने उसे भैरव मन्दिर या भैरव स्थान की जगह बज्रायण मठ कहना प्रारम्भ कर दिया है। साधारण जन भी अब इसी स्थान से उसे पहिचानते हैं। राज्य के दूसरे मन्दिरों का भी जीर्णोद्धार हो चुका है। किन्तु पुरोहितों द्वारा किए गए बाजपेय यज्ञ के आग्रह को मैं अब तक टालता आया हूँ।''

आचार्य : ''महाराज, आपने भारतवर्ष के हृदय स्थल पर अपना वर्चस्व कायम किया है। प्रजा आपको 'बावन्‌गढ़ाधिपति' के नाम से सम्बोधित करने में गर्व का अनुभव करती है। आपने प्रजा के हित के लिए अनेक हितकारी कार्य किए हैं, परन्तु संग्रामसागर बनवाकर तो आपने वस्तुतः प्रजा का मन ही जीत लिया है। आपने राज्य में लगातार विकास एवं राज्य की मजबूती के कार्य किए हैं, और कर रहे हैं।''

संग्रामशाह : ''हाँ आचार्य, परन्तु इन कार्यों का अन्त नहीं दिखता। मदनमहल की चौकी को अब मजबूत सैन्य छावनी के रूप में परिवर्तित कर दिया है। अब वहाँ पर पर्याप्त संख्या में अश्वारोही सैनिक रह सकते हैं। सिंह गज दुर्ग (सिंगोरगढ़) तो अब राज्य का शानदार दुर्ग बन चुका है। उसमें नए महल भी बनवा दिए गए हैं। यही कुछ चौगान (चौरागढ़) का है, उसकी प्राचीरों को अभेद्य बनाने का प्रयास किया है। मैं जानता हूँ कि मनुष्य के लिए अभेद्य कुछ भी नहीं है फिर भी उस दुर्ग को विशिष्ट मजबूती प्रदान की गई है।''

आचार्य वासुदेव : ''महाराज, आपने इतने अधिक कार्य किए हैं जो कि व्यक्ति तो क्या मनुष्य की पीढ़ियों द्वारा भी सम्भव नहीं होते। आपने अपने पुरुषार्थ से सभी सुख और वैभव भी अर्जित कर लिए हैं, फिर भी क्या आप सन्तुष्ट नहीं, इसलिए राजा के अभीप्सित को पूछ रहे हैं।''

संग्रामशाह : ''आचार्य, प्रश्न न तो सन्तुष्टि का है और न ही असन्तुष्टि का। मैं अच्छी तरह जानता हूँ कि एक राजा कितने अधिक राज्य जीत सकता है, वह चक्रवर्ती भी हो सकता है। भारतवर्ष या विश्व का शासक बनना भी सम्भवतः उसकी सीमा नहीं है। इसी तरह पुरोहितों द्वारा बतलाए गए धर्म, अनुष्ठान या दान देने की भी सीमाएँ अनन्त हैं। मैं तो कुल इतना पूछना चाहूँगा कि सामान्य रूप से वह ऐसी कौन-सी वस्तु है जो राजाओं या जैसा कि आपने कहा कि मनुष्य को उसे प्राप्त करने की इच्छा करनी चाहिए।''

आचार्य वासुदेव : (कुछ सोचते हुए) ''राजन्, मनुष्य का सर्वोच्च प्राप्य तो सम्भवतः

सम्पूर्ण मनुष्यत्व प्राप्त करना ही है परन्तु वह स्थिति विदेह की स्थिति होगी उसमें प्राप्ति इच्छा नहीं रहेगी, वह मनुष्य का चरम विकास होगा परन्तु यदि इच्छा रखनी है तो मेरी समझ में वह 'सुयश' की होनी चाहिए। 'सुयश' प्राप्ति के सभी रास्ते या विधान मनुष्य के व्यक्तित्व को सर्वोच्च ऊँचाई प्रदान करते हैं। राजा को सुयश प्रजा को पुत्र के समान पालने में मिलता है। वह आप कर ही रहे हैं परन्तु आप एक व्यक्ति के तौर पर भी लोक में सुयश के पात्र बन सकते हैं। भगवान कृष्ण ने सुयश के लिए प्रयत्नशील होने का निर्देश दिया है इसीलिए उन्होंने मनुष्यमात्र को 'यशोलभस्व' का मन्त्र दिया है।"

आचार्य वासुदेव : "जिस तरह आपने अपने रणचातुर्य और बाहुबल से सारे भारत में नाम कमाया है उसी तरह कुछ और भी ऐसे कार्य हैं जिनमें मैं आपकी निपुणता देख चुका हूँ, उन्हें विकसित कीजिए।"

संग्रामशाह : (कुछ आश्चर्य से) "आचार्य अपनी बात तनिक अधिक स्पष्ट करें।"

आचार्य वासुदेव : "आप में संस्कृत भाषा सीखने की अद्‌भुत क्षमता को मैं देख चुका हूँ, यदि आप अपनी सीखी हुई भाषा को साहित्य के रूप में ढालें तो आप एक शक्तिशाली नृपति के साथ-साथ एक विद्वान् व्यक्ति के रूप में भी सर्वत्र आदर के पात्र होंगे। यदि आप मेरे सुझाव को विचार योग्य माने तो मैं अपने कुछ विद्वान मित्रों को गढ़ा बुला सकता हूँ, उनका साथ आपकी सर्जनात्मक प्रतिभा को निखार देगा।"

संग्रामशाह : "आचार्य, आप तो स्वयं संस्कृत के प्रकाण्ड विद्वान हैं फिर अन्य व्यक्तियों को बुलाने की क्या आवश्यकता।"

आचार्य वासुदेव : (मुस्कुराते हुए) "राजन्, संस्कृत भाषा है अतः उसमें अनेक विधाओं के विद्वान हैं। धर्मशास्त्र से लेकर धनुर्वेद तक। मुझे दर्शन, धर्मशास्त्र और नीतिशास्त्र में रुचि थी, मैंने इन्हीं विषयों का अध्ययन किया है पर आपकी प्रतिभा निखारने के लिए काव्य शास्त्रियों की आवश्यकता होगी एवं जनमानस में प्रतिष्ठित होने के लिए आपको आनुष्ठानिक विद्वानों की आवश्यकता होगी।"

संग्रामशाह : "आपकी सलाह उचित है, आप विभिन्न विधाओं के विद्वानों को बुलवाइए ताकि हम अपना कार्य प्रारम्भ करें।"

आचार्य वासुदेव ने काशी और मिथिला से काव्य शास्त्रियों तथा यज्ञों को सम्पन्न करानेवाले पुरोहितों को राज्य में बुलाया। संग्रामशाह ने सभी को आदरपूर्वक अपने राज्य में रखा। इसका परिणाम शीघ्र ही प्रतिफलित हुआ। संग्रामशाह के राज्य में शान्ति और व्यवस्था के कारण और अधिक विद्वानों का आना प्रारम्भ हो गया। संग्रामशाह के दरबार में श्रेष्ठ कवियों, भाष्यकारों और यज्ञादि कर्मों में निष्णात लोगों की संख्या में वृद्धि हुई। संग्रामशाह राजदरबार में इनसे प्रतिदिन वार्तालाप करते, विचारों का आदान-प्रदान बढ़ा और साथ ही और अधिक विकसित हुई संग्रामशाह की साहित्यिक प्रतिभा।

कुछ वर्षों पश्चात्

महाराज संग्रामशाह द्वारा रचित उनके ग्रन्थ 'रसरत्नमाला' का आज विमोचन होना था।

विमोचन हेतु अमरकंटक से प्रसिद्ध सन्त षण्मुख स्वामी पधारे थे। राजप्रासाद के सामने एक विशाल मैदान में आयोजन था। महाराज आज राजा की वेशभूषा में न होकर साधारण व्यक्ति की वेशभूषा में पधारे थे। पूरा मैदान खचाखच भरा हुआ था। सभी राजपुरुषों के अतिरिक्त सैकड़ों विद्वज्जन भी आमन्त्रित किए गए थे। औपचारिकताओं के पश्चात् सरस्वती वन्दना हुई और फिर ग्रन्थ का विमोचन हुआ। आचार्य वासुदेव ने ग्रन्थ के पाठ का आदेश दिया।

ग्रन्थ का पाठ प्रारम्भ हुआ। देवस्तुतियों के पश्चात् कवि संग्रामशाह ने अपना परिचय देने के पूर्व अपनी वंश परम्परा का वर्णन किया। वंश परम्परा के इस वर्णन में कवि ने कल्पना को मुक्ति रूप से दौड़ाया था।

सभी श्रोता आश्चर्य मिश्रित कौतूहल से सुन रहे थे। वंश की उत्पत्ति में ब्रह्मा, मनु, ध्रुव, वेणु, निषाद, एकलव्य, खटूंग (या सूर्यमल्ल), दलसिंह एवं श्री हंस के पश्चात संग्रामशाह का नाम था।

सभी जानते थे कि संग्रामशाह के पिता का नाम अर्जुनसिंह (अर्जुनदास) था एवं पितामह का नाम गोरक्षदास था; फिर यह वंश परम्परा कैसी?

सभी को यह इतिहास भी मालूम था कि संग्रामशाह की अपने पिता अर्जुनसिंह से नहीं पटती थी तथा किसी विवाद में पुत्र द्वारा पिता की हत्या जाने या अनजाने में हो गई थी, अतः सम्भव है कि इसी कारण महाराज ने अपने पूर्वजों के नामोल्लेख में पिता अर्जुनसिंह का नाम न लिखा हो। पंडितों में कुछ कानाफूसी होने लगी।

महाराज संग्रामशाह ने आचार्य वासुदेव की ओर देखा जो राजसभा में महाराज के प्रमुख सलाहकार के पद पर विराजमान थे।

आचार्य वासुदेव ने महाराज का इशारा समझा और वे अपने स्थान पर खड़े होकर बोले : ''विज्ञजन, आज की राजसभा काव्यचर्चा के लिए आयोजित है, अतः काव्यपाठ में काव्यगत अथवा कथ्यगत कोई भी दोष आपमें से किसी को भी प्रतीत होता हो तो उसे स्पष्ट रूप से कहें, ऐसा महाराज का आग्रह है। उस दोष को दूर किया जाएगा अथवा यदि वह शंका मात्र है तो उसका निवारण होगा। चूँकि इस काव्य के प्रणेता महाराज स्वयं ही हैं इसलिए कोई अपनी शंका को मन में ही दबाकर रखे यह उचित न होगा। महाराज ने आश्वासन दिया है कि काव्य में शंका प्रकट करने वाले को 'दोषी' नहीं वरन् 'हितेषी' माना जाएगा, क्योंकि शंकाओं को दूर करने से साहित्य और अधिक निर्मल तथा बुद्धि ग्राह्य हो जाता है।''

यह कहकर वासुदेव आचार्य बैठ गए।

अधिकांश उपस्थित विद्वानों और सामान्य श्रोताओं के मन में शंका तो थी पर खड़े होकर पूछने की हिम्मत न थी।

परन्तु कुछ देर बाद उज्जयनी से आए एक पंडित आशुतोष ने कानाफूसी सुनकर हिम्मत कर अपनी बात रखी, वे संग्रामशाह के वंश का ठीक इतिहास नहीं जानते थे।

''महाराज, हमारे यहाँ उज्जयनी में राजा भी उच्चकोटि के कवि होते रहे हैं और

राजदरबार में जब भी उनकी कविताएँ पढ़ी जाती थीं तब वे स्वयं उनकी समालोचना के लिए विद्वज्जनों को आमन्त्रित करते रहे हैं इसलिए मैं यह पूछने की धृष्टता कर रहा हूँ कि आपके इस काव्य में ज्ञात राजवंश के स्थान पर कल्पित राजवंश का इतिहास क्यों समाविष्ट किया गया?"

पंडित के बैठते ही मिथिला से आए हुए अनेक दरबारी कवियों ने या तो काव्य की शब्द योजना या फिर धार्मिक या मिथक श्रुतियों की महत्ता के आधार पर महाराज के कथ्य को सही ठहराने में कोई कसर न छोड़ी।

वस्तुतः पिछले कई दिनों से इन सभी कवियों को उनकी कविताओं के लिए, जो कई बार साधारण श्रेणी की ही होतीं, महाराज उदारता पूर्वक पुरस्कृत कर चुके थे। इन मैथिल कवियों को अपनी मातृभूमि में रहकर जीवनभर में जो न मिल पाता, गढ़ा कटंगा में स्वर्णमुद्राओं के रूप में मिल चुका था। महाराज संग्रामशाह कवियों के लिए अत्यन्त उदार व्यक्ति थे।

अपने-अपने तर्कों को विस्तारपूर्वक रखकर सभी दरबारी कवि शक्ति भर महाराज की नमक हलाली कर प्रसन्नता का अनुभव कर रहे थे।

परन्तु, महाराज संग्रामशाह के चेहरे की प्रसन्न्ता उड़ी-सी दीख पड़ रही थी। इसे परिलक्षित कर आचार्य वासुदेव को यह समझते देर न लगी कि महाराज को चापलूसी पूर्ण पंडितों का शंका समाधान पसन्द नहीं आया।

अतः आचार्य वासुदेव स्वयं ही खड़े हुए और उन्होंने उज्जयनी के पंडित की ओर से देखकर बोलना प्रारम्भ किया : "पंडितवर, मैं आपकी शंका समाधान हेतु इस सम्बन्ध में यह कहना चाहूँगा कि प्रथमतः संस्कृत काव्य की मर्यादा के अनुकूल 'रसरत्नमाला' में कवि ने अपने वंश के विवरण को गौण महत्त्व दिया है क्योंकि वह विवेच्य विषय नहीं है। 'रसरत्नमाला' कृति में अन्य विषय ही महत्त्वपूर्ण हैं। इसीलिए इसे ब्रह्मा, जो चराचर के आदि पुरुष और सृष्टिकर्ता हैं, के पश्चात् कुछ चुने हुए वंश के विशिष्ट पुरुषों का ही नामोल्लेख किया। सभी का वर्णन करने पर एक दूसरी कृति का संयोजन हो जाता, उसकी विषय-वस्तु तब वंश वर्णन हो जाती।

वस्तुतः कवि ने काव्य विधान की औपचारिकता के लिए ही अपने वंश का इतना भी वर्णन दिया है। मैं समझता हूँ कि प्रच्छक पंडित वर का शंका समाधान हो चुका होगा किन्तु यदि न हुआ हो तो उनसे इस सम्बन्ध में दूसरा प्रश्न आमन्त्रित है।"

उज्जयनी के पंडित आशुतोष की शंका समाधान यद्यपि आचार्य वासुदेव ने कर दिया था परन्तु उनके मन में एक और प्रश्न उठा और उन्होंने पूछा : "आचार्यवर, बात तथ्यों की है। कविकुलगुरु कालिदास ने महाकाव्य रघुवंशम् में रघु के पुत्र अज, अज के पुत्र दिलीप तथा उनके पुत्र दशरथ एवं ऐतिहासिक यथार्थता के साथ जब लिखा तब 'रसरत्नमाला' में भी ऐसा ही कुछ क्या अपेक्षित नहीं था? भले ही रघुवंशम् में रघु का वंश विवेच्य विषय रहा हो।"

आचार्य वासुदेव : "यदि काव्य को इतिहास मानकर पढ़ेंगे तो अवश्य भ्रान्ति होगी,

अन्यथा नहीं। यह ठीक है कि यदि काव्य में व्यक्तियों के चरित्रों की चर्चा की जाए तब पिता पुत्रादि के सम्बन्ध में इतिहास सम्मत जानकारी ही होनी चाहिए अन्यथा सन्दर्भहीन इतिवृत्त को बढ़ाने से क्या लाभ। संस्कृत साहित्य में ऐसे अनेक प्रयोग हैं जिनमें काव्यात्मक वर्णनों में ऐतिहासिकता को महत्त्व नहीं दिया गया है।"

उज्जयनी के पंडित आशुतोष ने तत्परता से पूछा : "आचार्य, यदि तथ्य को उदाहरण द्वारा प्रस्तुत करें तो उचित होगा।"

आचार्य वासुदेव : "आपके द्वारा उद्धृत राजा रघु के उदाहरण से ही बात को स्पष्ट करना चाहूँगा। आप सभी जानते हैं कि 'नन्दन' शब्द का वास्तविक अर्थ तो आनन्दित करनेवाला है परन्तु लोकव्यवहार में साधारणजन उसे पुत्र का पर्याय मानते हैं अतः संस्कृत साहित्य में जब ऐतिहासिकता अपेक्षित होती है तब श्रीराम को दशरथनन्दन कहा जाता है परन्तु जहाँ उसकी आवश्यकता नहीं है वहाँ उन्हें रघुनन्दन भी कहा जाता है। यदि शाब्दिक अर्थ को भी लिया जाए तो यह बात तर्क दृष्टि से ठीक नहीं है। श्री राम रघु को आनन्द पहुँचाने वाले नहीं हो सकते थे वह इसलिए कि रघु जो राम के प्रपितामह थे वे राम के जन्म के बहुत समय पहले ही स्वर्गवासी हो चुके थे अतः उनका पार्थिव शरीर तो प्रसन्न हो नहीं सकता था, परन्तु हमारा पारम्परिक विश्वास यश शरीर तथा आत्मा की चिरजीविता में है अतः रघु की अविनाशी आत्मा और यश शरीर को ही श्री राम को आनन्द देनेवाले थे और इसीलिए उन्हीं अर्थों में उन्हें रघुनन्दन कहा गया है।

अनेक आख्यानों में श्री राम को रघुनन्दन कहकर कथा को आगे बढ़ाया जाता है। उनमें दशरथ और अज का नामोल्लेख नहीं होता, जबकि ये दोनों भी अत्यन्त गुणी एवं प्रतापी राजा थे।

निष्कर्ष यह कि कवि को इतनी छूट मिलनी ही चाहिए कि वह विषय के अनुसार अपने विवरणों को चुने।"

उज्जयनी के पंडित ने खड़े होकर कहा : "आचार्यवर, आपके माध्यम से हमें अपनी काव्य परम्परा की एक विशिष्टता का परिचय मिला, इसके लिए हमारा आपको साधुवाद।"

आचार्य वासुदेव ने वार्ता बढ़ाते हुए 'रसरत्नमाला' के एक श्लोक के अंश को उच्च स्वर में पढ़ा :

'तत्सूनुः शरदिन्दु सुन्दर रुचिः संग्रामसाहिर्नृपो
वामे हेमवती समान सुमति श्री साहिमत्या सुतः'

इसे पढ़ने के पश्चात् उन्होंने कहा : "मैं इस पद्य में उल्लखित एक बात और स्पष्ट करना चाहता हूँ कि इतिहासान्वेषी इसमें भी शंका पैदा कर सकते हैं। इसमें महाराज की दो पत्नियों 'हेमवती' और 'सुमति' के नामों का उल्लेख है, जबकि सभी जानते हैं कि दोनों महारानियों के नाम क्रमशः पद्मावती देवी और सुमति देवी हैं फिर 'हेमवती'

कौन है? विज्ञजनों, हेमवती पद्मावती देवी का ही दूसरा नाम है। इस पर भी प्रश्न उठ सकता है, यदि पद्मावती देवी के दूसरे नाम का उल्लेख हैं तब सुमति देवी के दूसरे नाम का उल्लेख क्यों नहीं है। इस पर हमें लोकव्यवहार को जानना आवश्यक होगा। पद्मावती देवी जिस क्षेत्र के राजकुल की कन्या हैं, वहाँ यह लोकरीति है कि विवाह के पश्चात् श्वसुर गृह में कन्या का नाम परिवर्तित कर दिया जाता है। इस परिवर्तन के फलस्वरूप उनका श्वसुर गृह का नाम हेमवती हो गया, परन्तु सुमति देवी के मातृगृह में ऐसी परम्परा नहीं है अतः उनका नाम यथावत रखा गया। प्रशंसा की जानी चाहिए गोंड राजवंश की उदारता की जिससे अन्य क्षेत्रीय लोकरीतियों का मान रह सका।''

आचार्य ने फिर एक सन्दर्भ पर बोलते हुए कहा : ''जहाँ तक काव्यात्मक उक्तियों का प्रश्न है उस पर मुझे कुछ नहीं कहना है, जैसा कि इस काव्य में उल्लिखित है कि शास्त्रों के रूप में कवि का एक तीसरा नेत्र भी है। भौतिक शरीर में मनुष्य के तीसरा नेत्र नहीं होता पर काव्य में ऐसा प्रयोग उत्तम कहा जाएगा।'' यह कहकर आचार्य बैठ गए।

तदुनन्तर काव्य पाठ जारी रहा। सभी श्रोता कवि की दूरदृष्टि की मन ही मन प्रशंसा करते रहे।

सभी विद्वानों ने पाया कि इस ग्रन्थ में महाराज ने हिन्दू धर्म के सभी प्रमुख देवताओं का उल्लेख किया है। यह उल्लेख सीधा सपाट वर्णन न होकर विशिष्ट प्रयोजन युक्त है :

'श्री वंद्यद्विजराजरंजितशिरः शास्त्रर्थनेत्रधिको
भूत्याभाति विशेषभूषणधरो रुदावतारी भुवि।।6।।
येनाकारि सुरत्नकोशत इयं सद्रत्नमालामला
या कण्ठे विनिधायराजसदने देवेन्द्रवद्राजते।
सद्विधारहितोऽपि रंजनकला कोशल्यहीनो नरो
भारत्या विभवात्कवित्व रचना सामर्थ्य सम्पादकाः।।7।।'

प्रजा को महाराज के संस्कृत प्रेम से स्पष्ट हो गया था कि समकालीन यवनाक्रांत भारत में गोंड राज्य हिन्दू धर्म के चिन्तकों के भी केन्द्र है और उन्होंने श्रीकृष्णभक्ति के महत्त्व को इस क्षेत्र में प्रतिष्ठित कर दिया है। वे कृष्णभक्ति को जनकल्याणकारी मानते हैं इसलिए भैरव के अनन्य उपासक महाराज अन्य देवताओं का नमन करते हुए भगवान श्रीकृष्ण में अपनी अटूट भक्ति प्रकट करते हुए कहते हैं :

'इति श्रीमत्प्रचण्ड दोर्दण्डवलखण्डिता शेषप्रत्यर्थिकुल
सकलदिं मुख विन्यस्तोज्जवल कीर्तिकलापाखिल
वीरूदावलिविराज मानोन्नति प्रध्वसि श्री नन्द नन्दन
चरणारविन्द मकरन्दास्वादलुब्ध मधुप श्री राजाधिराज
श्री संग्रामसाह विरचिता रसरत्नमाला सम्पूर्णा।'

सभी ने महाराज के इस पद की प्रशंसा की जिसमें उन्होंने स्वयं को श्री नन्द नन्दन भगवान कृष्ण के चरण रूपी मकरन्द के स्वाद का लोभी भँवरा कहा है और अपनी कृति को उनके चरणों में अर्पित किया है।

इस ग्रन्थ में दो सौ तैंतीस श्लोक लिखे गए। यह ग्रन्थ जैसा कि राजा संग्रामशाह से अपेक्षित था राजनीति विषय पर लिखा गया। इस ग्रन्थ में राजाओं और राजपुरुषों को राजनीति की बारीकियाँ समझाई गईं क्योंकि इस ग्रन्थ का पाठक वर्ग प्रमुख रूप से राजपुरुष ही होंगे यह संग्रामशाह ने सोचा था परन्तु अन्य समकालीन विषयों को शामिल कर उन्होंने ग्रन्थ को एक विश्वकोश का रूप देने की भी कोशिश की।

यह ग्रन्थ समकालीन राजनैतिक चिन्तन, धर्मचिन्तन और काव्य चिन्तन का दर्पण कहा गया। शीघ्र ही अपनी इस रचना के कारण संग्रामशाह का नाम विद्वज्जनों के बीच में लोकप्रिय हो गया।

विद्वज्जन इस पुस्तक के काव्य पर विचार-विमर्श करते क्योंकि इस ग्रन्थ की विषय वस्तु अत्यन्त विस्तृत थी। विद्वज्जनों को इस पुस्तक में वर्णित काव्य के नौ रस, भाव, नायिका भेद, आचार संहिता, अस्त्र-शस्त्रों की प्रयोग विधि, उत्तम राजा के गुण, राज्य शासन की बारीकियाँ तथा प्रबन्धन के तत्त्व, देश, विदेश, भाषा, विज्ञान एवं दर्शन आदि विषयों का विवेचन बहुत भाया।

महाबली का सिक्का

महाराज संग्रामशाह का दरबार लगा हुआ है। पिछले कुछ वर्षों में काफी कुछ बदल चुका है। दरबार की शानशौकत पहले से कई गुनी बढ़ चुकी है। अब दरबार में कीमती गलीचे बिछे हैं तथा रेशमी पर्दे झूल रहे हैं। सैनिकों की पोशाकों में सुधार आ चुका है। नए अस्त्र-शस्त्र लिए सैनिक घूम रहे हैं। दरबार में औपचारिकता भी काफी बढ़ गई है। सबसे बड़ी बात यह है कि अब भारत के दूरस्थ राज्यों से व्यापारी गोंड राज्य में से निकलना पसन्द कर रहे हैं। व्यापारियों की मंडियाँ नगर के चारों ओर बन गई हैं। संग्रामशाह के कड़े अनुशासन के चलते और गोंडों की सरल सहज प्रवृत्ति के रहते व्यापारी प्रसन्न हैं स्वयं ही इतना कर देते हैं कि राजकोष लबालब भर गया है।

सारी औपचारिकताओं के पश्चात् राजसभा प्रारम्भ होती है। महाराज सभा को सम्बोधित करते हुए कहते हैं कि आज वे वासुदेव आचार्य को जागीर देकर सम्मानित करते हैं क्योंकि उन्होंने राज्य की उन्नति के लिए जिस लक्ष्मी मन्त्र को हमें दिया था उसका हम और हमारा समाज प्रभाव देख रहा है। उपस्थित सभासदों में से कुछ ने राजा की बात समझी, कुछ ने नहीं पर सभी ने राजा के द्वारा दिए गए दान की प्रशंसा की। आचार्य वासुदेव ने भी खड़े होकर राजा की उदारता को सराहा।

इसके बाद राजा ने खुली जनसभा में राजकोष में संचित धन को सार्वजनिक उपयोग के लिए जनता से सलाह चाही। जनजातीय राजा ने समाज से सलाह लेने की जनजातीय परम्परा को जीवित रखा था।

दरबार में उपस्थित बहुत से लोगों ने नगर के समीप एक विशाल तालाब की आवश्यकता पर जोर दिया। इस तालाब की स्थिति पर भी लोगों ने सलाह दी। यह एक स्थान था जिसमें वर्षा का बेकार बह जानेवाला जल संरक्षित हो सकता था। किसानों और राज्य से निकलने वाली व्यापारियों की बैलगाड़ियों को ग्रीष्मकाल में इस तालाब के खुद जाने पर बड़ी सुविधा होगी यह सभी का मत था। महाराज ने इसकी तुरन्त स्वीकृति दे दी, तथा स्वयं भी तालाब के स्थल को देखने का कार्यक्रम घोषित किया। महाराज ने उपस्थित लोगों को यह भी बतलाया कि मन्त्रिपरिषद ने यह सुझाव दिया है कि गढ़ा-कटंगा राज्य की अपनी एक स्वर्ण मुद्रा हो क्योंकि अब तक राज्य में अलाउद्दीन खलजी के सिक्कों को चलाकर ही काम चलाया जा रहा है, यह भी स्पष्ट किया गया कि सभी प्रकार के स्वर्ण सिक्कों की मान्यता जारी रहेगी। महाराज ने पहली

बार स्वर्ण सिक्के के सम्बन्ध में सभी सूचनाएँ जनता को दीं। व्यापारी वर्ग में इस घोषणा का बड़ा स्वागत हुआ। गढ़ा-कटंगा ऊपरी नर्मदा घाटी का सबसे सम्पन्न राज्य हो चुका था। अब वह पूरे भारत में अपनी सम्पन्नता के लिए जाना जाएगा ऐसा सभी का विश्वास था।

महाराज ने दक्षिण भारत के कुछ बढ़िया कारीगरों को बुलाया था जो सिक्के ढालने में निष्णात थे। सिक्कों पर क्या लिखा जाए इसकी जिम्मेवारी जब वासुदेव आचार्य को सौंपी गई तब उन्होंने महाराज से कहा :

''सिक्कों में महाराज का नाम होगा, उसके साथ में स्वस्ति श्री शब्द जोड़ना चाहूँगा तथा विरुद भी। यह सब तो तय है परन्तु मुद्रा में किस प्रतीक चिह्न का उपयोग किया जाए यह मैं आपसे ही पूछना चाहूँगा?''

संग्रामशाह : ''हमारे राजवंश की परम्परा में नाग या नागिन का बड़ा महत्त्व है। अकेला नाग या कि नाग युगल को राजचिह्न में स्थान देना एक विकल्प है परन्तु हमारा राजचिह्न गजशार्दूल का है अतः उसका भी महत्त्व कम नहीं किया जा सकता, जहाँ तक मेरी तथा मेरे परिवार की दैवीय निष्ठा का प्रश्न है, वह सदैव ही प्रलंयकर शिव के प्रहरी भैरव के साथ हैं। यह मैं आपसे इसलिए कह रहा हूँ कि इसी क्षेत्र के पूर्ववर्ती राजा असन्दिग्ध रूप से शैव रहे हैं और इसीलिए उनमें से अनेक ने शिव के वाहन नन्दी को अपनी मुद्रा में स्थान दिया। अब ठीक तो यही होगा कि आप इस पर स्वयं विचार कर मुझे सलाह दें ताकि मैं निर्णय लूँ एवं आन्ध्र से आए कारीगर अपना कार्य प्रारम्भ कर सकें।''

आचार्य वासुदेव : ''महाराज, आपके द्वारा सुझाए गए तीनों विकल्प तर्क तथा परम्परा की कसौटी पर खरे उतरते हैं और उनमें से किसी भी एक को मुद्रा में स्थान देना उचित होगा।''

संग्रामशाह : ''फिर क्या कठिनाई है? हाँ, परमेश्वर शिव के वाहन वृषभ के स्थान पर यदि हम भैरव वाहन श्वान को रखें, तब यदि वह हमारे परिवार को स्वीकार्य भी हो तो क्या जनसाधारण को स्वीकार्य होगा? क्योंकि श्वान की पवित्र पशु के रूप में स्वीकृति समाज में एक-सी नहीं है। हमारे आरण्यक समाज में उसका स्थान अन्य पशुओं की तुलना में न तो हीन है और न ही उच्चतर, किन्तु पान्थिकों में श्वान को अपवित्र मानने का प्रचलन अधिक है।''

आचार्य वासुदेव : ''आपका कथन सत्य है। भारत में अहिंसा के प्रचार के साथ श्वान की स्थिति में परिवर्तन आया है। पिछली कुछ शताब्दियों में श्वान शिकारियों का प्रिय पशु रहा है। शिकार में उसकी उपादेयता निर्विवाद रही है, परन्तु अब उसे हिंसा का वाहक ही मान लिया गया है। एक बार जनमानस किसी प्रकार का पूर्वाग्रह बना ले तब उसका प्रतिकार कठिन हो जाता है। इस पूर्वाग्रह के पीछे एक इतिहास भी छिपा है। पूर्व काल के एक सम्प्रदाय के कुक्कुरव्रतिक लोग कुत्ते के जीवन जैसा व्रत लेकर उसी प्रकार की चेष्टाएँ करते थे। बौद्धों के ग्रन्थ मज्झिम निकाय के कुक्कुरव्रतिक सूत्र

की संख्या 51 में कहा गया है सेनीय अचेल नामक व्यक्ति कुक्कुरव्रतिक था। ऐसे लोगों पर टिप्पणी करते हुए बुद्ध घोष ने पपंचसूदनी में लिखा है :

कुक्कुरव्रति कोटि समादिप्पकुक्करवतो
सब्बं सुनक कियं करोति

ऐसे जनविश्वासों को और अधिक धर्मों को बुद्ध ने तिरिच्छाविजा और मिथ्याजीवा कहकर जनता को सावधान किया और उनका खण्डन करके मानवीय दृष्टिकोण समझाने का प्रयत्न किया। दूसरी ओर भगवतों ने अपनी युक्ति से इसी महाव्याधि का समाधान करने का प्रयास किया। कृष्ण भक्तों या भागवतों ने किसी भी मत या पन्थ का निराकरण करने की आवश्यकता नहीं समझी वरन् उनके सूत्रों को उच्च धार्मिक प्रेरणा के साथ जोड़ने की आवश्यकता मानी। श्वान के साथ इन्द्रियलोलुपता एवं अन्धी स्वामिभक्ति जैसे गुणों को जोड़ दिया गया है। तर्क की कसौटी पर श्वान के साथ जोड़े गए अनेक विश्लेषण मात्र पूर्वाग्रह ही साबित होते हैं। प्राणिजगत के सभी पशु पक्षियों का प्रकृति में अपना स्थान है अतः उन्हें समान दृष्टि से देखा जाना चाहिए। भगवान कृष्ण ने इसीलिए गीता में कहा भी है, 'शुनि चैव श्वपा के च पण्डिताः समदर्शिनः।''

संग्रामशाह : ''परन्तु, जनसाधारण न तो पण्डित और न ही समदर्शी हैं, अतएव मैं अपनी व्यक्तिगत आस्था को इस सन्दर्भ में बहुत महत्त्व नहीं देना चाहता।''

आचार्य वासुदेव : ''महाराज, आपने निश्चित ही उदारता का परिचय दिया है अन्यथा विश्व में ऐसे अनेक उदाहरण हैं जिनमें राजाओं की व्यक्तिगत आकांक्षाओं का ही सिक्कों में प्रदर्शन किया गया है।''

संग्रामशाह : ''मैं समझता हूँ नागों अथवा गजशार्दूल में से ही एक चिह्न हमें मुद्रा के लिए चुनना चाहिए।''

आचार्य वासुदेव : ''दोनों ही श्रेष्ठ चिह्न हैं परन्तु जहाँ तक मुझे ज्ञात है—नागों से अपना उद्भव माननेवाले अनेक राजवंश हैं। यद्यपि नागों का प्राचीन साहित्य में भव्य वर्णन है। वे समृद्धि सूचक माने गए हैं। शेष नाग तो पृथ्वी के धारक ही माने जाते हैं परन्तु जनमानस में उनके विषदन्त का भय सदैव ही व्याप्त रहता है। नागों को विष के साथ ही जोड़कर देखा जाता है। इस स्थिति में महाराज के कुल ही आद्य परम्परा धूमिल-सी हो जाती है, फिर महाराज का राज्यकाल तो अमृतवर्षा का काल है उसे विष या विषधर से अनजाने में भी क्यों जोड़ा जाए।''

संग्रामशाह : ''आचार्यवर, आप बिना किसी हिचक के राजमुद्रा के सिंह या शार्दूल को मुद्रा में स्थान दे दें।''

आचार्य वासुदेव : ''यही उचित होगा, यद्यपि राजमुद्रा में सिंह या शार्दूल वामन गज को दबोचे हुए दिखलाया जाता है पर सिक्के में गज को दिखलाने की कोई बाध्यता नहीं।''

संग्रामशाह : "आपका विचार उत्तम है, इसे उचित रूपाकार देकर कार्य प्रारम्भ करें।"

आचार्य : "सिक्के में सिंह का चित्र आपके आराध्य भगवान कृष्ण के प्रति भी निष्ठा प्रकट करेगा, क्योंकि गीता में भगवान कृष्ण ने स्वयं को 'मृगाणां च मृगोन्द्रोऽहं' कहा है। भगवान कृष्ण के इस कथन के पीछे यह ऐतिहासिक तथ्य भी रहा है कि उन्होंने प्राचीनकाल के सारे पन्थों के पवित्र पशुओं में अपनी प्रतिच्छवि दिखलाई और उन्हें परमेश्वर का ही रूप समझने की सलाह दी।"

ये सिक्के सोने चाँदी और ताम्बें की धातुओं के उपयोग से बनाए गए। इनमें संवत् एवं महाराज संग्रामशाह का नाम अंकित हुआ। महाराज के नाम के साथ 'शाह' के स्थान पर 'साहि' शब्द को स्वीकृति दी गई। इस तरह सिक्के के एक ओर नागरी लिपि में यदि 'पुलस्त्यवंश श्री संग्रामसाहि' लिखा गया तो दूसरी ओर तेलगू में 'पुलस्त्य वंश श्री संग्रामदेव' अंकित किया गया।

जब सबसे पहली बार स्वर्ण के सिक्के प्रचलन के लिए तैयार होकर आए तब महाराज के बड़े पुत्र दलपतिशाह बालक ही थे। संग्रामशाह ने पूजार्चन के पश्चात् दलपतिशाह को गोद में उठाकर उनके नन्हें हाथों में किरणें-सी बिखेरती नई चमचमाती मुद्राएँ दान देने हेतु रखीं। नन्हें दलपतिशाह ने इन मुद्राओं को पहली बार देखते हुए अनेक जिज्ञासाएँ अपने पिता के सामने रखीं। महाराज ने राजकुमार की वय की समझ के अनुसार मुद्रा के अर्थ को समझाने का प्रयास किया।

धीरे-धीरे दलपतिशाह बड़े होने लगे, मुद्राओं में भी कुछ फेर बदल किए गए, पर साधारण ही। दूसरी बार की मुद्रा में 'श्री संग्राम साहि' या 'स्वस्ति श्री संग्राम साहि' अंकित किया गया।

किशोर होते-होते दलपतिशाह को राजकीय अर्थव्यवस्था ठीक ढंग से समझने के लिए राज्य के कोषाधिकारी के साथ दलपतिशाह को कुछ समय तक विशिष्ट कार्यभार सौंपा गया ताकि वे राजकार्य के इस पक्ष को ठीक ढंग से समझ सकें। किशोर दलपतिशाह ने राजमुद्रा की उपयोगिता को लेकर जो प्रश्न कोषाध्यक्ष से पूछे उनके उत्तर तो कोषाध्यक्ष ने उन्हें विस्तार से दिए। दलपतिशाह को उनके उत्तर समझने में कठिनाई न हुई क्योंकि उनके शिक्षकों ने इस सम्बन्ध में पहले भी जानकारी दी थी।

राजकुमार दलपतिशाह को बचपन से ही गढ़ा कटंगा के सिक्कों के सम्बन्ध में मानो जन्मजात लगाव था।

दलपतिशाह को याद आया कि बचपन में पिताजी उसके प्रश्नों को सुनकर कितना आनन्दित होते थे। उसने उपनयन संस्कार के समय राजकीय मुद्रा के सम्बन्ध में पिताजी से जो प्रश्न पूछे थे, वे प्रश्न उम्र के साथ बढ़ते चले गए और जब वह काफी वर्षों तक अध्ययन कर चुका था तब फिर उसने उन्हीं प्रश्नों को राजपुरोहित महेश ठक्कुर से पूछा था।

राजपुरोहित प्रसन्न होते हुए उससे बोले थे : "राजकुमार, तुम्हारे इतनी कम आयु

में भी इतने गूढ़ प्रश्नों की जिज्ञासा मुझे आश्वस्त करती है कि तुम महाराज संग्रामशाह के यशस्वी उत्तराधिकारी बनोगे। तुमने एक साथ ही अनेक प्रश्न पूछ डाले हैं अतः मैं एक-एक प्रश्न का उत्तर देना चाहूँगा।"

राजपुरोहित ने कहा : "हमारे गोंड राज्य में महाराज संग्रामशाह के तीन धातुओं के सिक्के चल रहे हैं। इनमें से सबसे कीमती सिक्के सोने के हैं जिन्हें हमारी क्षेत्रीय भाषा में 'पुतरी' कहते हैं, इनके अतिरिक्त महाराज द्वारा चलाए गए चाँदी और ताँबे के सिक्के भी चल रहे हैं। महाराज संग्रामशाह गोंडवंश के प्रथम यशस्वी राजा हैं जिन्होंने अपनी मुद्रा चलवाई। मुद्रा अथवा सिक्कों को चलानेवाले राजा सदैव ही विशिष्ट और विजेता होते रहे हैं।"

"महाराज ने ये सिक्के कब चलवाए, हम अपने राज्य में कुछ दूसरे सिक्कों को भी देखते हैं, वे कब से चल रहे हैं?" दलपतिशाह ने उत्सुकतावश पूछा।

"राजकुमार, विशाल राज्यों में अनेक सिक्के चलते रहते हैं। ये सिक्के साधारणतौर पर पूर्ववर्ती राजाओं के होते हैं। राज्य का सारा कारोबार तथा व्यापार मानक सिक्कों द्वारा ही चलता है, अतः राज्य में महाराज के सिक्कों के अतिरिक्त अन्य सिक्के भी प्रचलन में हैं। ये व्यापारियों अथवा अधीनस्थ राजाओं के द्वारा गढ़ा-कटंगा राज्य को कर के रूप में प्राप्त हुए हैं। महाराज ने राज्याभिषेक के अवसर पर सोने, चाँदी और ताँबे के सिक्के चलवाए थे। ये सिक्के विभिन्न धातुओं को ढालकर बनाए गए थे। इन्हें बनाने के लिए आन्ध्र देश से कारीगर बुलाए गए थे, उन्हें तीनों प्रकार की धातुएँ दी गईं और उन्होंने सिक्के ढाले।" राजपुरोहित ने बतलाया।

"आचार्य, इन सिक्कों पर लिखी गई इबारत और चिह्न का क्या अर्थ है? महाराज का नाम तो समझ में आता है परन्तु कुछ और भी लिखा है जो मैं ठीक नहीं समझ पा रहा हूँ।" दलपतिशाह ने पूछा।

"राजकुमार, सभी ज्ञात सिक्कों में यह विशेषता होती है कि उससे यह पता चल सके कि उसको चलानेवाला कौन है। केवल नाम ही इसके लिए यथेष्ट नहीं है फिर भी सिक्के में अधिक स्थान तो होता नहीं अतः सीमित स्थान पर इतना कुछ विवरण दे दिया जाता है कि राजा की विशेषताएँ पता चल सकें।"

दलपतिशाह ने आगे पूछा : "आचार्य, यह तो रोचक विषय है। क्या इस पर कुछ और प्रकाश डालेंगे?"

"हाँ, हाँ, क्यों नहीं, राज्य में प्रचलित अन्य सिक्कों में सबसे अधिक सिक्के दिल्ली के यवन बादशाह अलाउद्दीन के हैं। वह वर्षों पहले शासन करता था। उसने भारत के अधिकांश राज्यों को जीत लिया था। इस्लाम धर्मावलम्बी होने के कारण उसके सिक्कों में हिजरी संवत् अंकित है। यवन राजाओं के समकालीन अथवा पूर्ववर्ती अनेक राजाओं के सिक्के भी अपने राज्य में प्रचलित हैं, यद्यपि उनकी संख्या कम है। ये सभी राजा कलचुरी या हैहयवंश के थे तथा सभी परम्शैव थे अतः इनके सिक्कों में वृषभ, जो भगवान शंकर का वाहन है, वह अधिकता से उत्कीर्ण किया गया है। परन्तु इसका

यह अर्थ नहीं कि सभी हैहयवंशीय राजाओं के सिक्कों में वृषभ ही अंकित हो, वस्तुतः एक ही कुल के तथा एक ही धर्म के उपासक शैव राजाओं ने अन्य बहुत से चिह्न चुने, इनमें कुछ राजचिह्न थे तथा कुछ अपने इष्ट देव से सम्बन्धित चिह्न थे।'' राजपुरोहित ने कहा।

''परन्तु, आचार्य हमारे सिक्के में जो यह व्याघ्र का निशान है वह तो कुछ विचित्र-सा ही है! उसके कन्धे पर घोड़े जैसे बाल हैं तथा वह एक पंजा ऊपर उठाए हुए है। हमारे राज्य के व्याघ्रों के कंधों पर हमने कभी ऐसे बाल नहीं देखे?' दलपतिशाह ने पूछा।

''राजकुमार, तुमने ठीक ही पूछा। मैं तुम्हारी सूक्ष्म दृष्टि की प्रशंसा करता हूँ कि तुमने इस कम उम्र में भी व्याघ्र का वह भेद देखा जो वयस्क भी नहीं देख पाते हैं। हमारे राज्य के सिक्के में बना हुआ व्याघ्र वस्तुतः व्याघ्र न होकर सिंह या शार्दूल है। तुमको रघुवंश की कथा सुनाते हुए तुम्हारे शिक्षक ने सिंह की चर्चा अवश्य की होगी। जिसने राजा दिलीप की संरक्षिता नन्दिनी गाय पर आक्रमण कर दिया था। उसी तरह तुमने भगवान् विष्णु के नृसिंहावतार की भी कथा सुनी होगी, जिसमें भगवान का सिर सिंह का था और शेष शरीर मनुष्य का। तुमने नृसिंहावतार विष्णु की मूर्तियाँ भी देखी हैं। वस्तुतः शेर और सिंह में विशेष अन्तर नहीं है। दूर से दोनों ही एक से दिखाई देते हैं केवल साधारण-सा फर्क है तो सिंह के केशों में।

''आचार्य, मैं ऐसे व्याघ्र या सिंह को अवश्य देखना चाहूँगा जिसे हमारी मुद्रा में स्थान मिला है। आप मुझे क्या ऐसा स्थान बतला सकते हैं जब उसे मैं देख सकूँ।' दलपति शाह ने पूछा।

''हाँ, क्यों नहीं, सिंह तो रेवातट के उत्तरी क्षेत्र के वनों में पाए जाते हैं। जहाँ नर्मदा समुद्र में मिलती है। उस क्षेत्र में सिंहों की संख्या अधिक है। हमारे राज्य की भी पश्चिमी सीमा के अन्त में उत्तर की ओर मात्र पच्चीस योजन की दूरी में सिंह देखने को मिल जाते हैं। अद्भुत शक्तिशाली प्राणी है यह और अत्यन्त सुन्दर भी। सिंह को तो पराक्रम का पर्याय ही माना गया है और इसीलिए केवल राजा को सिंहासन पर बैठने का अधिकार है।'' राजपुरोहित ने कहा।

''परन्तु सिंह को ही हमारी मुद्रा में स्थान क्यों मिला? मुझे लगता है कि मैं यह ठीक से समझ नहीं पाया, क्योंकि यदि केवल शक्ति सम्पन्नता का गुण ही प्रमुख था तब हमारी मुद्रा में व्याघ्र का चित्र होना चाहिए था।'' दलपतिशाह ने अपनी शंका को अधिक स्पष्ट रूप से रखा।

''तुम्हारा कथन ठीक है राजकुमार, यद्यपि सिंह और शेर दोनों में ही कोई विशेष अन्तर नहीं है फिर भी भारत के सभी धर्मों में सिंह को शक्ति का स्वरूप मानने की परम्परा है। वैदिक धर्म के अतिरिक्त बौद्ध धर्म में जिन पशुओं को पवित्र माना गया है उनमें सिंह सर्वोपरि है। उसी तरह 'अहिंसा परमोधर्मः' के अनुयायी जैनों के चौबीसवें तीर्थंकर भगवान महावीर का चिह्न भी सिंह ही है। बौद्ध मत में सिंह को अपना एक

पंजा ऊपर उठाए हुए चित्रित करने की दो हजार वर्ष पुरानी परम्परा है। महाराज ने अपना चिह्न चुनते हुए सम्भवतः सभी महान धर्मों की परम्पराओं का ध्यान रखा था। यह भी सम्भव है कि नर्मदा घाटी के प्राचीन राजकुलों के स्थापत्य में बहुतायत से अंकित पंजा उठाए सिंह की आकृति ने उन्हें कहीं प्रभावित किया हो, वह भी हमारी परम्परा ही है।'' राजपुरोहित ने राजचिह्न का विवरण देते हुए आगे कहा : ''भारत के विविध पन्थों में सिंह को विशिष्ट शक्तियों से मानने की भी परम्परा है और इसीलिए सिंह के स्वरूप को विविध रूपों में शिल्पित करने की परम्परा चल पड़ी। यही कारण है कि जहाँ शार्दूल शब्द का अर्थ सिंह है, वहीं उसका अर्थ सिंह से इतर अधिभौतिक प्राणी से भी है जो सिंह से मिलते-जुलते स्वरूप का है।''

दलपतिशाह को राजचिह्न से सम्बन्धित जानकारी सुनकर बड़ी प्रसन्नता हुई। परन्तु उसके मन में मुद्रा में अंकित दो भाषाओं की अलग-अलग लिपियों में महाराज संग्रामशाह के नाम के अंकन के सम्बन्ध में अभी भी जिज्ञासा थी, अतः उसने अगले प्रश्न में इसका कारण जानना चाहा।

राजपुरोहित महेश ने कहा : ''यह ठीक है कि सिक्कों में एक ही भाषा या लिपि का प्रयोग साधारणतः होता है। भारतवर्ष में इस नियम का पालन होते सभी जगह देखा जा सकता है। पुराने समय में जब संस्कृत ही राजभाषा थी तब सिक्कों में उसी भाषा का प्रयोग होता था किन्तु अब परिस्थितियाँ बदली हैं, आधुनिक भाषाओं का प्रचार-प्रसार बढ़ा है। महाराज ने सिक्के बनानेवाले कारीगर आन्ध्र से बुलाए थे, उन्होंने महाराज को सलाह दी कि भारत के मध्यवर्ती क्षेत्र में अर्थात् नर्मदा से लेकर गोदावरी तक के विस्तृत क्षेत्र में महाराज की मुद्रा का प्रचलन होगा ऐसी स्थिति में यदि एक से अधिक भाषा में महाराज का नाम अंकित किया जाए तो महाराज के यश में वृद्धि ही होगी। यही कारण है कि महाराज ने आन्ध्र के कारीगरों की बात मानते हुए तेलगू भाषा में भी अपना नाम अंकित करने की स्वीकृति प्रदान कर दी। आन्ध्र के ये कारीगर सिंहाचलम् क्षेत्र में नृसिंह भगवान के दर्शन करने जाते थे। उनके लिए सिंह विष्णु का स्वरूप था। सिंहाचलम की वार्ता करते हुए उन्होंने बतलाया कि किस प्रकार वर्ष में कुछ विशिष्ट त्योहारों में नृसिंह की मूर्ति पर लगा हुआ मनों चन्दन का लेप साफ कर उनके विग्रह के दर्शन कराए जाते हैं। चैत्र में यह दर्शन करना विशेष पुण्यदायक माना जाता है।

मुद्रा में उल्लिखित शब्द 'पौलस्त्य' का अर्थ पुलस्त्यवंशी होना है। ऋषि पुलस्त्य प्राचीन भारत के महान व्यक्ति थे। जगद्विजयी दशानन रावण उन्हीं का वंशज था। रावण की मृत्यु के पश्चात् लंका का सम्राट विभीषण भी पौलस्त्य था। यद्यपि रावण को साधारण तौर पर श्री राम से विरोध करने के कारण सारे दुर्गणों की खान और दुष्ट मान लिया गया था, परन्तु पढ़े लिखे वर्ग में रावण की विद्वता तथा कुछ विशिष्ट गुणों की अब भी प्रशंसा की जाती थी। जनजातीय समाज में रावण अब भी लोक नायक था। सम्पूर्ण नर्मदा घाटी में उसकी कहानियाँ प्रचलित थीं। रावण ही नहीं उसके अन्य

सम्बन्धी भी किसी न किसी रूप में आरण्यक समाज में अब भी प्रतिष्ठित थे। यही कारण है कि संग्रामशाह के एक पूर्वज का नाम खरजी था। यही नाम रावण के दो क्षत्रियों खर और दूषण में से एक का था।''

दलपतिशाह को राजपुरोहित ने विस्तार से सिक्कों के वजन के सम्बन्ध में बतलाया। यह भी बतलाया कि इस कार्य में कितना स्वर्ण, रजत और ताम्र की आवश्यकता होती है।

राजपुरोहित ने दलपतिशाह से पूछकर यह सुनिश्चित किया कि वह मुद्रा की उपयोगिता और उसके सामाजिक और आर्थिक महत्त्व से भलीभाँति तो परिचित हैं। वस्तुतः राजकुमार दलपतिशाह को उनके शिक्षकों ने मुद्रा से सम्बन्धी सभी पक्षों से अवगत करा दिया था। दलपतिशाह जानते थे कि उनके राज्य में यद्यपि अधिकतर व्यापार अन्न के बदले हो जाता है पर फिर भी सैनिकों और राजकर्मचारियों को तो उनके पदों के अनुरूप वेतन देना होता है जिसके लिए मुद्रा की आवश्यकता होती है। वह यह भी जानता था कि गोंडवाना के बहुसंख्य सैनिक मुख्यतः खेतिहर किसान थे और उन्हें राजकोष से अल्पकालिक वेतन ही मिलता था।

महेश ठक्कुर ने मेरी जिज्ञासाओं का सांगोपांग वर्णन जब मेरी ही उपस्थिति में मेरी माता को सुनाया तो मैं लज्जित हुआ क्योंकि पुरोहित जी ने अपनी प्रशंसा सुनने को अच्छा नहीं बतलाया था। मेरी माता तो मानो मेरी बौद्धिक क्षमता की चर्चा सुनकर प्रसन्नता से फूल उठीं और उन्होंने महाराज से सारी बातें कहीं, साथ ही यह भी कहा कि पुत्र की योग्यता बढ़ाने में महेश ठक्कुर को अवश्य ही पुरस्कृत किया जाए।

महाराज ने हँसते हुए माता की बात मानी और जब मेरा अध्ययन काल समाप्त हुआ तब मेरी माता ने अपने संकल्प के अनुरूप राजपुरोहित को विष्णुपुर नाम का गाँव दान में दे दिया।

बाजपेय यज्ञ

महाराज संग्रामशाह नित्य प्रति प्रातःकाल अपने अश्व पर भ्रमण करने निकलते। आज भ्रमण करते हुए वे आचार्य वासुदेव के निवास स्थान पर पहुँचे। आचार्य अपने घर के बाहर के विशाल उपवन में बैठे हवन कर रहे थे। चारों ओर यज्ञ का धुँआ उड़ रहा था। आचार्य की पूजा-अर्चना संध्यावन्दन सभी सूर्योदय से कुछ पहले प्रारम्भ होता और कुछ समय पश्चात् पूरा हो जाता।

महाराज ने आचार्य को देखा कि वे सामने जलते हुए यज्ञकुण्ड में आहुति डालकर, खड़े होकर हाथ जोड़कर आँखें बन्द कर जोर-जोर से यह कहते हुए अग्नि को प्रणाम कर रहे हैं।

अग्ने व्रतपते व्रतं चारिष्यामि तच्छके यम
इदमहमनृतात सत्यमुपैमि।।

राजा ने अश्व को उपवन के वृक्ष में बाँध दिया और उनके समीप पहुँच गए। आचार्य ने ज्योंहि आँखें खोलीं तो एकदम विस्मित हो गए। राजा को सत्कार सहित उन्होंने बैठाया और आने का कारण जानना चाहा। संग्रामशाह ने कहा कि वे प्रातःभ्रमण में आज इस ओर निकल आए और बाहर यज्ञ सम्पन्न होते देख पास आने का लोभ संवरण न कर सके।

आचार्य : "हमारे लिए तो यह बड़ी प्रसन्नता की बात हुई।"

संग्रामशाह : "और हमारे लिए भी, मैं यज्ञ के सम्बन्ध में आपसे पूछना चाहता था परन्तु आपको स्वयं करते देख सोचा कल के लिए पूछना क्यों टालूँ, हाँ, तो आप आहुति देने के पश्चात् किस मन्त्र का पाठ कर रहे थे।"

आचार्य : "यजुर्वेद मन्त्र का, जिसका आशय है—हे व्रतों के पति अग्निदेवता! मैं अनृत को छोड़कर सत्य को प्राप्त करना चाहता हूँ, तुम्हारे अनुग्रह से पूरा कर सकूँ, यही मेरा व्रत है।"

संग्रामशाह : "परन्तु इसमें आपने देवता से कोई वर तो माँगा ही नहीं।"

आचार्य : "वैदिक मन्त्र आत्मोन्नयन के लिए हैं, यज्ञ उसका विधान है।"

संग्रामशाह : "तो क्या आप नित्य यज्ञ करते हैं।"

आचार्य : "हाँ।"

संग्रामशाह : "परन्तु यज्ञ तो शुरू से ही बहुत बड़े और खर्चीले आयोजन रहे हैं?"

आचार्य : "नहीं, प्रारम्भ में वे व्यक्तिगत धार्मिक कृत्य ही रहे, बाद में भी रहे पर विद्वानों के एक वर्ग ने वैदिक काल में ही यज्ञों का विस्तार इतना अधिक बढ़ा दिया था कि उनमें प्रायः अनेक ऋत्विजों की आवश्यकता पड़ने लगी, वे सप्ताहों तथा कभी-कभी वर्षों तक चलनेवाले हो गए। यज्ञ नित्य प्रति होनेवाले व्यक्तिगत धार्मिक कार्य से बढ़कर व्यय साध्य कार्य हो गए। उनको सम्पन्न कराने के लिए प्रचुर धन की आवश्यकता पड़ने लगी, दूसरे शब्दों में जहाँ यज्ञ कर्म करना हर व्यक्ति का धर्म था धीरे-धीरे वह सम्पन्न वर्ग का अनुष्ठान बन गया।"

संग्रामशाह : "आचार्य, आप से एक सलाह लेनी थी, आप तो जानते ही हैं कि सर्वे पाठक हमारे राजवंश के पूर्वपुरुषों में पूज्य रहे हैं। उनके वंशजों में से एक कालिंकर पाठक के दो पुत्र हमारे राज्य में यज्ञ कराना चाहते हैं। मैं तो भैरव का उपासक हूँ और मेरी भक्ति श्री कृष्ण में है परन्तु हमने सुना है कि यज्ञ से सभी देवता प्रसन्न होते हैं, क्या मुझे इस सम्बन्ध में बतलाएँगे?"

वासुदेव आचार्य : "राजन, यज्ञ में आहुतियों द्वारा देवताओं को प्रसन्न करने का उद्देश्य निहित है। वैदिक देवताओं का मूल स्वभाव परस्परोन्नायक हैं, वे एक-दूसरे के प्रति अवरोधी हैं। देवता चराचर जगत के नैतिक तथा भौतिक शाश्वत नियमों के अनुसार 'सत्य' और 'त्रहत' का पालन करते हुए अपना अपना कार्य करते हैं। वैदिक देवताओं की आध्यात्मिक एकता ऋग्वेद में इस मन्त्र में वर्णित है :

इन्द्रं मित्रं वरुणमग्निमाहुरयो दिव्यः स सुपर्णो गुरुत्मान्।
एकं सद्विप्रा बहुधा बदन्त्यग्निं यमं मातरिश्वानमाहुः।।

अर्थात् तत्त्वदर्शी इन्द्र, मित्र, वरुण, अग्नि, यम, मातरिश्वा, आदित्य, वायु, चन्द्रमा, ब्रह्म, आपः, प्रजापति आदि नामों को एक ही आध्यात्म तत्त्व से जोड़ते हैं, सभी नाम एक ही सत्ता के पर्याय हैं।

इस प्रकार वैदिक आचार जिसमें यज्ञ प्रधान है; मनुष्य को देवताओं पर आस्था रखने को प्रेरित करता है। ऐसे देवता जो एक ही शक्ति के प्रतीक हैं साथ ही ऐसे देवता जो अलग-अलग होकर भी एक हैं। मनुष्य के आध्यात्मिक चिन्तन का भी लक्ष्य यही है कि वह सारी मनुष्य जाति को एक ही मनुष्य या स्वयं जैसा ही माने। वैदिक धर्म में देवता सत्याचरण के स्वरूप माने गए हैं। शतपथ ब्राह्मण में इसीलिए 'सत्यमेव देवाः' कहा गया है, किन्तु शतपथ ब्राह्मण में ही मनुष्य को मनुष्य अनृताचरण वाला माना गया है। इस वैदिक उक्ति के अनुसार वह अपनी मानव स्वभाव सुलभ त्रुटियों और दुर्बलताओं को अच्छी तरह समझता है, फिर भी उसको दैवीय श्रेष्ठ आदर्शों में विश्वास है और वह इसीलिए उन आदर्शों की प्रतिमूर्ति रूप देवताओं के अनुरूप स्वयं को ढालना चाहता है।"

आचार्य कुछ रुककर फिर बोले : "मैं कालिंकर पाठक को जानता हूँ। उनका

कौण्डिन्य गोत्र है, उनके पुत्रों ने पौरोहित्य की समुचित शिक्षा ली है, मैं उनके दोनों पुत्रों से भी मिला हूँ, माधव पाठक और गुसाईंदास पाठक नाम है उनका। यदि यज्ञ कर्म में उनकी रुचि है तथा वे इस राज्य में यज्ञ के प्रति जनसामान्य की रुचि बढ़ाना चाहते हैं तो आप उनकी प्रार्थना अवश्य सुनें।"

संग्रामशाह : "आचार्यवर, यदि कर्म से मनुष्य को आध्यात्मिक उच्चता प्राप्त होती थी तो जनसाधारण में यज्ञ कर्म क्यों विलुप्त हो गया।"

वासुदेव आचार्य : "पुरोहितों ने यज्ञकर्म को विस्तार देकर उसे बहुत अधिक महँगा बना दिया, यही कारण है कि महाभारत काल में महाभारत के अनुशासन पर्व में युधिष्ठिर कहते हैं, 'हे पितामह, यज्ञों में बड़े साधन और तैयारी की आवश्यकता होती है, उनको राजा या राजापुत्र ही कर सकते हैं। जिनके पास धनादि सामग्री का अभाव है, जिनके सहायक नहीं हैं, जो बेचारे निःसहाय और दरिद्र हैं, वैदिक यज्ञों का करना उनकी शक्ति के बाहर है।'"

न ते शक्या दरिद्रेण यज्ञाः प्राप्तुं पितामह।
बहूपकरणा यज्ञा नानासम्भार विस्तराः।।2।।
पर्थिवे राजपुत्रैर्वा शक्याः प्राप्तुं पितामह।
नार्थन्यूनैर गुणैरेकात्मभिर संहतैः।।3।।

संग्रामशाह : "यदि जैसा कि महाभारत में कहा गया है कि यज्ञ बहुत अधिक व्यय साध्य है तब जनसाधारण में उसके प्रति अभिरुचि जगाने से भी क्या लाभ होगा।"

आचार्य वासुदेव : "लाभ होगा राजन्, यज्ञ किसी देवता के विरोध में किया गया अनुष्ठान नहीं है, देवता को प्रसन्न करने का अनुष्ठान है। अतः राजा-प्रजा जो भी जिस देवता में विश्वास रखते हैं उसे यज्ञ में सम्मिलित होने में प्रसन्नता होगी। यह अवश्य है कि वैदिक देवताओं की पुरानी मान्यताओं और आधुनिक मान्यताओं में अब आसमान और जमीन का अन्तर है। इतने पर भी आधुनिक समय में यज्ञों की पवित्रता पर जनसाधारण की आस्था बनी हुई है, यही क्या कम है।"

संग्रामशाह : "परन्तु जब मेरे इष्ट भैरव हैं और मैं उनकी विधिवत पूजा करता हूँ तब क्या मुझे यज्ञ कार्य में अपना योगदान देना चाहिए?"

आचार्य वासुदेव : "अवश्य देना चाहिए, जब आपके इष्ट भैरव हैं तब आपके आदर्श भगवान वासुदेव हैं, यदि ऐसा सम्भव है तो इन पर आस्था रखते हुए यज्ञ कार्य में सहायक होना भी उतना ही अच्छा होगा।"

संग्रामशाह : "जहाँ तक मैंने सुना है कि यज्ञ के पुण्य का फल यज्ञ करानेवाले को मिलता है, पाठक बन्धुओं के यज्ञ कराने से राज्य को या मुझे क्या लाभ, लोकव्यवहार की दृष्टि से मुझे राज्य का धन इस यज्ञ पर क्यों खर्च करना चाहिए?"

वासुदेव आचार्य : "साधारण तौर पर यज्ञों के विधान में यज्ञ करनेवाला ही पुण्य का भागी होता है। पाठक बन्धुओं के द्वारा यज्ञ कराए जाने पर उन्हें पुण्य प्राप्त होगा

यह भी तर्कयुक्त है परन्तु यज्ञ सम्बन्धी अन्य स्थितियों पर भी विचार कीजिए। दशरथि श्री राम ने महर्षि विश्वामित्र के यज्ञों की रक्षा की। राक्षसों का सामना करने में राजा दशरथ ने धन से कहीं कई गुनी बहुमूल्य वस्तु अपने पुत्र को ही यज्ञ की रक्षा हेतु भेज दिया था, यदि पुण्य लाभ की ही बात है तो उस पर न तो श्री दशरथ ने कोई विचार किया था और न ही श्री राम ने। इसी तरह और भी अनेक उदाहरण हैं जहाँ लोककल्याण हेतु राजाओं ने यज्ञ कराए, कहीं भी उनका व्यक्तिगत स्वार्थ नहीं था। अतः यदि आप पाठक बन्धुओं के यज्ञ को सम्पन्न कराते हैं तो आप कम से कम अपने राजधर्म का तो निर्वहन कर ही रहे हैं।''

संग्रामशाह : ''आचार्यवर, ये पाठक बन्धु कैसा यज्ञ करा रहे हैं। क्योंकि मैंने सुना है इनके भी अनेक भेद-उपभेद हैं।''

वासुदेव आचार्य : ''कालक्रम में यज्ञों के अनेक भेद-उपभेद होना असामान्य नहीं है, जहाँ तक मेरी जानकारी है वे बाजपेय यज्ञ ही कराना चाहेंगे।''

संग्रामशाह : ''वह क्यों?''

वासुदेव आचार्य : ''वह तीन कारणों से, पहला कारण यह कि बाजपेय यज्ञ-यज्ञों में सबसे श्रेष्ठ अश्वमेघ यज्ञ के बराबर माना जाता है। 'बाजपेय' शब्द 'वाजिन्' से बना हुआ है जिसका अर्थ भी अश्व ही है। लोगों में एक इच्छा साधारण तौर पर पाई जाती है, वह यह कि वे सर्वोच्च, सर्वोत्कृष्ट या सर्वमान्य कुछ कर दिखाएँ, पाठक बन्धु भी ऐसा कुछ सोच सकते हैं। वे अच्छे यज्ञकर्ता हैं अतः श्रेष्ठतम यज्ञ सम्पन्न कर वे स्वयं की प्रतिभा को सम्पूर्ण रूप से प्रदर्शित करना चाहते हैं। यद्यपि यह यज्ञों के आदर्श के अनुरूप नहीं है। यदि मनुष्य में लोकोपयोगी अथवा धार्मिक कृत्य करने में भी अहम् जाग्रत होता है तो ऐसे कार्य रूढ़ कर्मकाण्ड से बढ़कर कुछ नहीं रह जाते। मुण्डकोपनिषद में कहा भी गया है :

प्लवा होते अदृढ़ा यज्ञरूपा
आष्टादशोक्तमवरं येषु कर्म
एतच्छेयो येऽभिनन्दति मूढा
जरा मृत्युं ते पुनरेवाणियन्ति।।

अर्थात् आदर्शहीन यज्ञादि कर्मकाण्ड अदृढ़ नौका के समान है। कहने का अर्थ यह है कि यदि वे सामान्य भाव से यह यज्ञ कर रहे हैं तब तो ठीक है परन्तु यदि यह केवल दिखावे के लिए है तो उससे किसी का कोई आध्यात्मिक उन्नयन नहीं होनेवाला। दूसरा कारण भी इससे कुछ अलग नहीं है। बाजपेय यज्ञ के पश्चात् इस परिवार को बाजपेई की उपाधि मिल जाएगी जिससे उनका मान-सम्मान और बढ़ेगा। इस स्थिति में भी मैं यही कहना चाहूँगा कि यदि उनका हेतु यज्ञ द्वारा बाजपेई उपाधि को प्राप्त करना है तो यह ठीक नहीं है परन्तु यदि वे इसे महत्त्वपूर्ण नहीं मानते हुए भी यज्ञ के प्रति समर्पित हैं तो उनका कार्य श्लाघनीय है। तीसरी बात यह भी हो सकती है कि पाठक बन्धुओं

ने सोचा हो कि जब नर्मदा घाटी के सबसे शक्तिशाली और सम्पन्न राजा से कुछ याचना ही करनी है तो छोटी-मोटी याचना क्यों की जाए? परन्तु मैं यह भी कह देना चाहूँगा कि पाठक बन्धुओं के मन में क्या है, इसे मैं नहीं जानता। हाँ, सम्भावनाओं पर हमें विचार करना चाहिए।''

संग्रामशाह : ''आचार्यवर, आपने जो बातें कहीं उससे मुझे मेरे प्रश्न का पूरी तरह से उत्तर नहीं मिला, यद्यपि वह अनुत्तरित हो ऐसा भी नहीं है।''

वासुदेव आचार्य : ''महाराज, बात बहुत साफ है। जहाँ आपने प्रजा के लिए तालाब, बगीचे, मन्दिर, मठ, घाट इत्यादि बनवाए, वहाँ आप एक यज्ञ के लिए भी स्वीकृति दे दें तो आपके यश में वृद्धि ही होगी, यही एक ऐसा कार्य है जो आपके शासनकाल में अब तक सम्पन्न नहीं हुआ है।''

वासुदेव आचांर्य की बात संग्रामशाह ने मानी। बाजपेय यज्ञ सफलतापूर्वक सम्पन्न हुआ। इस यज्ञ के दौरान महाराज संग्राम सिंह ने पाया कि दोनों पाठक बन्धुओं में समर्पण, एकाग्रता एवं सुरुचिपूर्वक कार्य करने की क्षमता है। यज्ञ के पश्चात् संग्रामशाह ने माधव को राज्य में उच्चाधिकारी बना दिया। दोनों भाइयों के परिवार के सदस्यों को भी गोंड राज्य की उच्च सेवाओं में स्थान मिला।

यज्ञ सम्पन्न होने के कुछ दिनों पश्चात् महाराज संग्रामशाह के मन्त्रणा कक्ष में।

महाराज संग्रामशाह : ''आचार्यवर, मुझे तो यह देखकर प्रसन्नता हुई कि पाठक बन्धुओं ने कठोर व्रत रखकर यज्ञ को सम्पन्न किया। उनके धार्मिक आचरण का जनसामान्य पर बहुत ही अनुकूल प्रभाव पड़ा है। आपने भी पूरे यज्ञ को देखा है, आपकी दृष्टि से जनसामान्य पर इस यज्ञ का कितना प्रभाव पड़ा?''

आचार्य वासुदेव : ''सबसे बड़ा प्रभाव तो मुझे गो पालन के रूप स्पष्ट दिखलाई दे रहा है। जहाँ हमारे गोंड बन्धु गो पालन के प्रति सदैव उदासीन ही रहे हैं तथा गो रस के प्रति भी उनकी कोई रुचि नहीं रही है वह अब स्पष्ट तौर पर बढ़ी है। यज्ञ में शारीरिक पवित्रता के महत्त्व को जिस प्रकार महत्त्व दिया गया वह भी लोगों के लिए अनुकरणीय रहा।''

महाराज संग्रामशाह : ''और आध्यात्मिकता पर?''

आचार्य वासुदेव : ''जनसामान्य की आध्यात्मिकता समष्टिगत होती है। धार्मिक कृत्यों में वह उन कृत्यों को चुन लेती है जिससे उसे कोई भौतिक लाभ दिखलाई देता है।''

महाराज संग्रामशाह : ''क्या पाठक बन्धु और भी यज्ञ सम्पन्न कराने की सोच रहे होंगे?''

आचार्य वासुदेव : ''सम्भवतः नहीं, क्योंकि इस यज्ञ में आपने जिस प्रकार खुले हाथ से यज्ञ के लिए उन्हें द्रव्य दिया है, उससे वे सन्तुष्ट हैं, ये दोनों भाई यज्ञों की आध्यात्मिकता से भी परिचित हैं। अतः वे अपने इस कार्य में अब पूर्ण सन्तुष्ट हैं। परन्तु इस विशाल आयोजन की सफलता से महाराज का गृह अवश्य ही अधिक उत्साहित है?''

महाराज संग्रामशाह : (कुछ आश्चर्य से) "वह कैसे?"

आचार्य वासुदेव : "महाराज, कुमार दलपतिशाह यद्यपि अभी वयस्क नहीं हैं परन्तु उन्होंने याज्ञिकों की जो प्रशंसा की है उससे तो यही लगता है कि गढ़ा कटंगा में अब यज्ञों की शुरुआत हो चुकी है।"

महाराज संग्रामशाह : (मुस्कुराते हुए) "आचार्यवर, यज्ञ के द्वारा ही सही, यदि राजकुमार में धर्म का भाव जाग्रत होता है तो अच्छा ही है।"

आचार्य वासुदेव : "निश्चित रूप से यह शुभ संकेत है, परन्तु हम यह भी आशा रखें कि यज्ञ यज्ञ ही रहें वे किसी प्रकार का दिखावा न बन जाएँ।"

संग्रामशाह : "आचार्य, यही तो कठिनाई है, जब कोई भी पवित्र कार्य किसी विधि विधान की परिधि में बाँधा जाता है तो वह आयोजन अधिक और कल्याण का मार्ग कम रह जाता है।"

आचार्य वासुदेव : "सत्य है महाराज, परन्तु जब किसी पवित्र कार्य को निःसीम रखा जाता है तब वह किस प्रकार की स्वतन्त्रता ग्रहण कर ले कोई नहीं जानता।"

संग्रामशाह : "हाँ, शायद इसीलिए यज्ञ इतने महँगे और श्रमसाध्य हो गए?"

आचार्य वासुदेव : "इतना ही नहीं, यज्ञों का अर्थ भी खूब तोड़ा मरोड़ा गया, जिसका फायदा यज्ञ विरोधियों ने खूब उठाया।"

संग्रामशाह : "वह कैसे?"

आचार्य वासुदेव : "यज्ञ की मूलभावना में देवत्व प्राप्त करने की आकांक्षा थी परन्तु बाद में यह देवत्व सुख साधन सम्पन्न्ता का पर्याय बना और अन्त में सबसे अधिक सुख सम्पन्नता के अधिकारी को देवराज कहा गया तथा इन्द्र उसकी पदवी हो गई। इसके भी आगे यह कहा गया कि सौ यज्ञों का कर्ता शतक्रतु होकर इन्द्र की पदवी प्राप्त कर लेगा। इस तरह वेदों में वर्णित ज्ञानी इन्द्र को पौराणिकों ने विलासी इन्द्र बना दिया और जब यज्ञ 'देवराज' बनने का साधन घोषित किए गए तब यज्ञों को जटिल और आडम्बरपूर्ण बना दिया गया।"

संग्रामशाह : "फिर भी यज्ञ हो रहे हैं, चाहे वे आपके द्वारा निजी स्तर के यज्ञ हों या कि पाठक बन्धुओं द्वारा हमारी सहायता से किए गए सामूहिक भव्य यज्ञ।"

आचार्य वासुदेव : "बात फिर जहाँ से प्रारम्भ हुई थी वहीं पहुँच गई। यज्ञ ही नहीं, किसी भी धर्म कार्य में व्यक्तिगत और समाजगत पक्ष होते हैं। व्यक्तिगत पहलू में दार्शनिकता और श्रद्धा प्रमुख है, समाजगत पक्ष में सामाजिक कल्याण की भावना।"

संग्रामशाह : "आचार्य, आपका व्यक्तिगत यज्ञ का क्या वैचारिक आधार है।"

आचार्य : "मैं जानता हूँ कि यज्ञ में बोले जानेवाले प्रत्येक मन्त्र के लौकिक, भौतिक और आध्यात्मिक अर्थ होते हैं। जैसे बाजपेय यज्ञ के वाजिन या घोड़े शब्द का इन तीनों अर्थों में क्या प्रयोजन है, मैं उसे समझता हूँ, उसके लिए चिन्तन की आवश्यकता है। अन्य नासमझ लोग या तो अन्धानुकरण करते हैं या खंडन करते हैं। सभी को सभी कुछ न तो समझाया जा सकता है न सभी को सब कुछ समझने की आशंका ही होती है।"

संग्रामशाह : "यह तो ठीक है, व्यक्ति को विचारशील होने का प्रयास तो करना चाहिए पर हर व्यक्ति की बौद्धिक क्षमताएँ अलग होती हैं और इसीलिए धर्म के तत्त्वों को वह सही ढंग से ग्रहण करे यह सदा सम्भव नहीं होता। यज्ञ के सम्बन्ध में जनसाधारण की क्या सोच हो, यह तो आप बतला ही सकते हैं।"

वासुदेव आचार्य : "राजन यज्ञ का अर्थ केवल हवन ही नहीं है अपितु अपने और दूसरों के हित में किया गया प्रत्येक कार्य का संकल्प भी हवन ही है। मनुस्मृति में यज्ञ की इसी परिभाषा को मान्यता दी गई है :

'संकल्पमूलो कामो वै यज्ञः संकल्पसम्भवः।
व्रतानि यमधर्माश्च सर्वे संकल्पजाः स्मृताः।।'"

संग्रामशाह : "आचार्य, आपने यज्ञ कर्म की सुन्दर व्याख्या की। मैं भी चाहूँगा कि यज्ञों से हम सभी आध्यात्मिक उन्नति प्राप्त करें।"

वासुदेव आचार्य : "राजन, प्रजापालन में आप सदैव ही तत्पर हैं, आपके सुराज के कारण ही प्रजा भी प्रसन्न और सुखी है और हो भी क्यों न, 'यथा राजा तथा प्रजा' का सिद्धान्त तो पुराना है। यज्ञ के सन्दर्भ में पुरोहित और राजा, जिसका धन यज्ञ में खर्च होता है, दोनों के सामाजिक चिन्तन को एक प्राचीन कथा में कहा गया है। मैं समझता हूँ उससे काफी बात स्पष्ट हो जाती है।"

संग्रामशाह : "कैसी कथा है, वह?"

वासुदेव आचार्य : "प्राचीनकाल में अश्वपति नाम के एक राजा ने वैश्वान्तर नामक यज्ञ का आयोजन किया, उसी समय राजा के यहाँ पाँच ऋषि पहुँचे, राजा ने उन्हें यज्ञ कराने हेतु आमन्त्रित किया, परन्तु उन्होंने इस कार्य को हाथ में लेने से मना कर दिया। राजा समझ गए कि इन ऋषियों के मन में यह शंका है कि यज्ञ में प्रयोज्य धन कहीं अनुचित ढंग से कमाया हुआ तो नहीं है, अतः राजा ने कहा :

न मे स्तेनो जनपये न कदर्यो न मद्यपः।
नानाहिताग्निर्निना विद्वान् न स्वैरी स्वैरिणा कुतः।।

अर्थात् राजा को यह कहना पड़ा कि उसके राज्य में वह स्वयं तो क्या उसकी प्रजा का कोई भी वर्ग दुराचारी नहीं है अर्थात् उसका द्रव्य तो पवित्र है। यहाँ पर यह भी ध्यान देने योग्य है कि यज्ञों को सम्पन्न करानेवाले ऋषि भी यज्ञों में प्रयोज्य धन की पूछ परख करते थे। यदि भविष्य में पुरोहित लालची न हों और यज्ञ कर्म को निष्ठापूर्वक कराएँ तो समाज में आध्यात्मिक उन्नति निश्चित रूप से होगी।"

संग्रामशाह : "भविष्य को कौन देखकर आया है, आचार्यवर? हाँ, इतना अवश्य है कि दलपति यज्ञ में रुचि लेता है तो वह हमारे समाज के लिए शुभ संकेत है। कालंकर पाठक के दोनों पुत्र योग्य व्यक्ति हैं, मैं उन्हें राज्य की सेवा का अवसर दूँगा।"

महाराज संग्रामशाह के दीवान भोजसिंह कायस्थ थे जिनकी सलाह लेकर ही महाराज संग्राम सिंह राजकोष से धन व्यय करते थे, अतः राज्य के कोष से कभी भी अनपेक्षित धन का व्यय नहीं होता था फिर चाहे वह धार्मिक कार्यों में ही क्यों न हो। कालान्तर में संग्रामशाह के पुत्र दलपतिशाह ने अनेक यज्ञ कराए और ब्राह्मणों को भरपूर दक्षिणा दी। आशीर्वाद स्वरूप मैथिल ब्राह्मणों ने उसे 'महाराज' की पदवी दी। महाराज संग्रामशाह के पश्चात् भी गढ़ा कटंगा के राजकोष में निरंतर वृद्धि हुई अतः दलपतिशाह को यज्ञों में धन खर्च करने में कोई कठिनाई न थी। यज्ञ करानेवाले ब्राह्मण परदेस से धन कमाने ही आए थे अतः जब उन्हें दक्षिणा में उनकी आशा से अधिक धन मिला तो उन्होंने नए राजा की प्रशंसा की झड़ी लगा दी।

बावनगढ़ का राज्य

सायंकाल के समय वासुदेव आचार्य अपनी कोठी में बैठे थे कि उनका पुराना परिचित सकतू गोंड आचार्य से मिलने आ गया। सकतू गोंड आचार्य की खेतिहर जमीन की देखभाल करता था, आचार्य और सकतू की खेतिहर जमीनें एक-दूसरे से लगी हुई थीं। सकतू सम्पन्न गोंड था परन्तु हिसाब-किताब वह आचार्य से ही कराता, हालाँकि उसे थोड़ी बहुत विद्या आती थी जो अपने समय के हिसाब से कम न थी।

वासुदेव आचार्य : "कहो सकतू, इस बार की फसल से सालभर का अन्न रखने के बाद तुम्हारे पास बेचने को कितना अन्न बचेगा?"

सकतू : "पंडित जी, आप ही हिसाब लगा लें।" यह कहकर उसने मिट्टी के बंडों (बर्तनों) की संख्या बतलाई जिसमें अन्न भरकर रखा हुआ था।

आचार्य वासुदेव : "तुम्हारा कहना है सात-सात बंडे छह जगह रखे हुए हैं।"

सकतू : "हाँ पंडित जी, आपका अनाज भी इतना ही है। आपके खेतों का अनाज भी हमने भरवाकर रखवा दिया है। आप जितना कहें यहाँ भिजवा दूँ, अन्यथा जिस भी व्यापारी को आप कहेंगे उसे मैं अपना और आपका अन्न भिजवा दूँगा। मूल्य आप ही रख लीजिए, मुझे जब आवश्यकता होगी ले लूँगा।"

आचार्य वासुदेव : "मुझे तो वर्ष भर अन्नदान मिलता ही रहता है अतः बीज को बचाकर पूरा अन्न बेचना चाहूँगा।"

सकतू : "इस वर्ष फसल अच्छी हुई है परन्तु मुझे विरादरी को भोजन देना है इसलिए मैं एक तिहाई फसल रखूँगा। बीज के लिए भी तो बचाना है फिर पूरा साल काटना है।"

आचार्य वासुदेव : "अर्थात् तुम अट्ठाइस बंडा अनाज बेचना चाहते हो?"

सकतू : "मैं यह क्या जानू, आप तो हमें हमारी तरह बतलाएँ आचार्य वासुदेव।"

आचार्य वासुदेव : (हँसते हुए) "भई, तुम्हें कितनी बार समझाया कि सात संख्या को इकाई मानने की जगह दस को इकाई मानो, पर तुम लोग उसे मानते ही नहीं हो।"

सकतू : "हम क्यों माने पंडित जी, सप्ताह के सात दिन होते हैं, हमारे सबसे अधिक देवता भी सात हैं और फिर सात सबसे बड़ी संख्या न होती तो शादी में सात फेरे या सात पद क्यों चलते। आप भी तो कहते हैं कि आपके सबसे ज्ञानी सात ऋषि

थे जो तारे के रूप में हैं।

अब इससे बढ़कर क्या प्रमाण हो सकता है कि सात की संख्या ही सबसे बड़ी है।''

आचार्य वासुदेव : ''वह तो ठीक है, परन्तु गणना के लिए दस की इकाई बहुत अधिक उपयुक्त है। अब बेचने में कोई गणित नहीं लगाना है मात्र चार जगह रखे हुए सात बंडों को तुम्हें बेचना है, अच्छा धन मिल जाएगा इस वर्ष, इतना अनाज बहुत होता है।''

सकतू : ''अब बड़े बाबा की कृपा है, जो इस साल फसल इतनी अच्छी रही, हम तो कभी सोच भी नहीं सकते थे कि हम कभी भी सात-सात बंडे अनाज चार जगह रखेंगे।''

आचार्य वासुदेव : ''अरे सोचने में क्या है, मैं तो चाहता हूँ अगली फसल में तुम्हारे पास इतना अन्न पैदा हो जितने महाराज ने किले जीते हैं।''

सकतू : ''पंडित जी, तब कितने बंडे अनाज बेच पाऊँगा।''

आचार्य वासुदेव : ''सात जगह रखे सात-सात बंडे अनाज और इसके अतिरिक्त दो बंडे और।''

सकतू : ''तब तो जमीन का दूसरा छोर भी मिल गया होगा महाराज को।'' सकतू यह संख्या सुनकर आश्चर्यचकित था।

आचार्य वासुदेव ने सकतू की बात का मर्म समझा। आरण्यक व्यक्ति ही क्या आरण्यक समाज के लिए यह कल्पनातीत उपलब्धि थी। सकतू केवल गढ़ों की संख्या से ही चमत्कृत था किन्तु महाराज संग्रामशाह ने जिस वीरता और कौशल के साथ इतने युद्ध जीते थे वह तो ये सीधे-साधे लोगों की बुद्धि के बाहर हैं। इन्हें क्या पता इन विजयों से महाराज के कोष में कितना स्वर्ण है। महाराज ने स्वर्ण मुद्रा ही चला दी है। इसका अर्थ तो ये शायद कभी भी न समझें। प्रतिवर्ष अतिरिक्त अन्न बेचकर इन्हें जहाँ कुछ रजत सिक्के मिल रहे हैं उसी से उन्हें उनका स्वर्ग मिल चुका है। इससे अधिक न तो उनकी कल्पना है और न उसकी आकांक्षा।

सकतू तो चला गया परन्तु आचार्य के मन में एक बात कौंधने लगी, क्यों न इतने प्रतापी और यशस्वी राजा के चरित्र को लिखा जाए। बाणभट्ट ने भी तो यही किया था, यहाँ भी विद्वान लेखक हैं। यदि एक लेखक न लिख सके तो भी 'राजतरंगिणी' की तर्ज पर क्यों न एक से अधिक लेखकों को यह काम सौंपा जाए।

महाराज संग्रामशाह के इस निर्णय से वासुदेव आचार्य विशेष रूप से प्रसन्न थे कि उन्होंने कालिंकर पाठक के दोनों पुत्रों माधव और गुसाईंदास को राज्य में उच्च पद दे दिया था। वस्तुतः काफी दिनों से आचार्य ऐसे व्यक्तियों को ढूँढ़ रहे थे जो विद्वान और राज्य के धन के प्रति निष्ठावान हों। महाराज ने स्वयं ही देखा था कि दोनों भाइयों ने बड़े मनोयोग से बाजपेय यज्ञ सम्पन्न किया था, परन्तु आचार्य को

जो बात सबसे अधिक रुचिकर लगी थी वह यह कि दोनों पाठक बन्धुओं को राज्य से विपुल धन मिलने पर भी उन्होंने स्वयं के लिए धन नहीं बचाया था, यद्यपि वे बाहर से आए हुए पुरोहितों की अतिरिक्त धन की माँग को अस्वीकार भी न कर पाए थे। उनके कर्त्तव्य से इतना तो निश्चित था कि दोनों भाई कर्त्तव्य के प्रति निष्ठावान हैं परन्तु स्वयं का निर्णय लेने में वे शायद बहुत सक्षम नहीं हैं। यज्ञ का कार्य होता भी एकरस है। उसकी प्रक्रिया को न तो बदला जा सकता है न उसमें कुछ जोड़ा या घटाया जा सकता है, परन्तु फिर भी ऐसे एकरस काम के लिए विद्वान व्यक्ति की आवश्यकता होती है, यह भी एक सत्य है।

वासुदेव आचार्य ने मन ही मन इन दोनों पाठक भाइयों को महाराज संग्रामशाह की विजयों और राज्य व्यवस्था के वर्णन के लेखन के लिए चुना था परन्तु इस विषय पर महाराज की स्वीकृति आवश्यक थी। आचार्य ने एक दिन अवसर पाकर महाराज से अपना मन्तव्य कहा।

महाराज संग्राम सिंह ने आचार्य की बात ध्यान से सुनकर कहा : "आचार्य, मेरी विजय गाथाओं या प्रशासनिक व्यवस्था का लेखन का कार्य यदि पाठक बन्धुओं को दे भी दिया जाए तो मुझे नहीं लगता कि वे कोई ऐसा लेखन कर पाएँगे, क्योंकि विद्वता एक गुण है और इतिवृत्त लेखन एक एकदम अलग गुण। दूसरी बात यह कि भारत में अनेक सम्राट हुए हैं उनमें से किसी ने भी इस प्रकार के ग्रन्थ लिखने की परम्परा डाली हो, मुझे तो कम से कम ज्ञात नहीं है।"

आचार्य वासुदेव : "आपका कथन यथार्थ है, हमारे यहाँ साहित्य मर्मज्ञों ने साहित्य की सर्जना लोकोत्तर चरितों के लिए ही सीमित कर दी है, इससे जनसामान्य का यथार्थ बोध सीमित हो गया है किन्तु फिर भी बाणभट्ट जैसे कुछ कवियों ने ऐसे ग्रन्थ लिखे हैं।"

संग्रामशाह : "मैंने ऐसे ग्रन्थों को नहीं पढ़ा है फिर मुझे तो नीति, न्याय या काव्य सम्बन्धी साहित्य ही रुचिकर लगता है।"

आचार्य वासुदेव : "महाराज लोकनायकों के सम्बन्ध में एक नवीन ग्रन्थ 'राजतरंगिणी' है जिसमें काश्मीर क्षेत्र के राजाओं की पीढ़ियों का वर्णन है।"

संग्रामशाह : "यदि आप चाहते हैं तो इस दिशा में प्रयास करें। पाठक बन्धुओं को जो राजकार्य सौंपा गया है उसे करते हुए अतिरिक्त समय में यदि वे ऐसा कुछ लिख सकें जैसा कि आप चाहते हैं तो मुझे कोई आपत्ति नहीं है, धन की कमी नहीं होगी।"

आचार्य वासुदेव : "यह सम्भव है कुछ विवरणों के लिए लेखक आपसे बात करना चाहें?"

संग्रामशाह : "आचार्य, आप मेरी व्यस्तता को तो देख रहे हैं। मैं शायद समय न दे पाऊँगा, हाँ, दीवान भोजसिंह कायस्थ या सेनापति से वे इस सम्बन्ध में जानकारियाँ प्राप्त कर लें, मैं उन्हें निर्देश दे दूँगा।"

आचार्य वासुदेव : "फिर भी यदि इस विषय पर आप स्वयं ही रुचि लेते तब बात और थी?"

संग्रामशाह : (हँसते हुए) "वह तो ठीक है, परन्तु इस प्रकार के लेखन का विचार आपके मन में कैसे आया?"

आचार्य वासुदेव : "पिछली बार जब मैं तीर्थ यात्रा के लिए द्वारिका गया था, तब मेरी मुलाकात वहाँ पर कुछ विद्वान यवनों से हुई थी, उन्होंने बतलाया था कि भारत वर्ष की उत्तरी सीमा के परवर्ती देशों के राजा अपने समय के कथानकों को लिखवाने में बड़ी रुचि लेते हैं। ऐसी रचना के द्वारा उन्होंने बादशाहनामा नामक एक ग्रन्थ के बारे में विस्तार से बतलाया। मुझे लगता है इस तरह एक कालखंड का विश्वसनीय इतिहास का लेखन हो जाता है। यही सब सोचकर मैंने आपसे यह प्रार्थना की थी।"

संग्रामशाह : "आचार्यवर, आपने यह नहीं बतलाया था कि आप 'बादशाहनामा' के कथानक से अधिक प्रभावित हुए अथवा 'राजतरंगणी' से?"

आचार्य वासुदेव : "सम्भवतः दोनों से।"

संग्रामशाह : "राज्याश्रित लेखक आश्रयदाता की कमजोरियों और कारगुजारियों को जिस ढंग से लिखेंगे वह मैं समझ सकता हूँ। उसमें इतिहास का सत्य तो शायद ही दिखेगा। हमारे दरबारी कवियों का भी तो यही प्रयत्न रहता है कि कुछ ऐसा लिखें जिससे आश्रयदाता आत्मविभोर होकर अपनी वास्तविकता को भूल जाएँ। कभी भी कोई दरबारी लेखक निरपेक्ष भाव से कुछ लिख सकता है इसकी मुझे कम सम्भावना है।"

आचार्य वासुदेव : "महाराज आप जो कह रहे हैं वह पूर्ण सत्य है परन्तु फिर भी यदि शब्दों के जाल में तथा प्रशंसा के आवरण में ही सही यदि आनेवाली पीढ़ियों को झूठ की राख में दबी हुई ही सही सत्य की चिंगारी देखने को मिल जाए तो क्या बुरा है?"

महाराज संग्रामशाह की आधेमन से ही सही सहमति प्राप्त कर आचार्य वासुदेव ने माधव और गुसाईंदास को यह काम सौंपने के लिए बुलाया। आचार्य वासुदेव ने इस कार्य से सम्भावित सारे प्रश्नों के हल सोच रखे थे। दोनों पाठक बन्धु आचार्य के घर पधारे। सामान्य औपचारिकता के पश्चात् वार्ता प्रारम्भ हुई।

आचार्य वासुदेव ने पहले सम्पूर्ण लेखन की योजना बतलाई और फिर कहा : "पाठक बन्धुओं, आप दोनों ही यद्यपि प्रशासनिक कार्यों में व्यस्त रहते हैं परन्तु समय निकालकर आपको महाराज संग्रामशाह के जीवन-काल की सभी प्रमुख घटनाओं के विवरण को संकलित कर उन्हें भाषाबद्ध करना है।"

माधव : "यह कार्य किस विशिष्ट घटना के विवरण से प्रारम्भ करना है?"

आचार्य वासुदेव : (कुछ सोचते हुए) "क्यों न हम सर्वप्रथम महाराज श्री दिग्विजय को ले लें।"

गुसाईंदास : "महाराज के राज्य में बावनगढ़ हैं, यह तो मुझे ज्ञात है, परन्तु वे गढ़ा

राज्य में कब सम्मिलित किए गए तथा उनमें से कितनों में महाराज के प्रतिनिधि हैं और कितनों में पूर्व राजाओं के वारिसों को ही राजकाज करने दिया जा रहा है, यह कैसे पता चलेगा?''

आचार्य वासुदेव : ''इसकी जानकारी दीवान भोजसिंह कायस्थ से मिल सकेगी वैसे मेरे पास भी बावन गढ़ों की सूची है। आप यदि सूची देखकर कोई प्रश्न मुझसे भी पूछना चाहें तो पूछ सकते हैं।''

आचार्य ने माधव को सूची देकर पढ़ने को कहा।

माधव : (सूची लेते हुए) ''सुना है इनमें से कुछ गढ़ तो बहुत प्राचीन हैं जिनका महाराज ने पुनरुद्धार कराया है।''

आचार्य वासुदेव : ''हाँ, उन गढ़ों में सिंहगज दुर्ग (सिंगौरगढ़) है और चौरागढ़ भी है।''

माधव दुर्गों के नाम उच्च स्वर में पढ़ते हैं :

''पहला गढ़ा, दूसरा माड़ोताल, तीसरा पचेलगढ़, चौथा सिंगोरगढ़, पाँचवाँ अमोदा, छठवाँ कनौजा, सातवाँ बाघमाड़, आठवाँ टीपागढ़, नवाँ रायगढ़, दसवाँ परताबगढ़, ग्यारहवाँ अमरगढ़, बारहवाँ देवहारगढ़, तेरहवाँ पाटनगढ़, चौदहवाँ फतहपुर, पन्द्रहवाँ नेमुआगढ़, सोलहवाँ भंवरगढ़, सत्रहवाँ बरगी, डोंगरताल, इक्कीसवाँ करवागढ़, बाइसवाँ भंजनगढ़, तेईसवाँ लाफागढ़, चौबीसवाँ सन्तागढ़, पच्चीसवाँ दियागढ़, छब्बीसवाँ बांकागढ़, सत्ताइसवाँ पवई, अट्ठाइसवाँ शाहनगर, उन्नतीसवाँ धामोनी, तीसवाँ हरा, इकत्तीसवाँ मड़िया दौ, बत्तीसवाँ गढ़ाकोटा, तैंतीसवाँ शाहगढ़, चौंतीसवाँ गढ़पहरा, पैंतीसवाँ दमोह, छत्तीसवाँ रहली, सैतीसवाँ इटावा, अड़तीसवाँ खिमलासा, उन्तालीसवाँ गन्नौर, चालीसवाँ बारी, इकतालीसवाँ चौकीगढ़, बयालीसवाँ राहतगढ़, तैतालीसवाँ माकराही, चवालीसवाँ कारुबाग, पैंतालीसवाँ कुखई, छिआलीसवाँ रायसेन, सैंतालीसवाँ भौंरासो, अड़तालीसवाँ भोपाल, उनचासवाँ ओपदगढ़, पचासवाँ पूनागढ़, इक्यावनवाँ देवरी, एवं बावनवाँ गौरझामर।''

माधव ने बावन दुर्गों के नाम पढ़ने के पश्चात् आचार्य वासुदेव की ओर प्रश्नवाचक दृष्टि से देखा।

आचार्य वासुदेव : ''मैं तुम्हारी शंका को समझता हूँ जो तुमने बिना कुछ बोले ही व्यक्त की है, वह यह कि रायसेन तथा कुछ अन्य गढ़ों पर महाराज ने कभी आक्रमण नहीं किया फिर ये गढ़ उनके अधिकार में कैसे बतलाए जाते हैं। उस सम्बन्ध में स्पष्ट करना चाहूँगा। मालव क्षेत्र के अनेक गढ़ों के प्रशासन क्षेत्र की सीमाओं को महाराज ने अपनी विजय यात्रा में पददलित किया था। अनेक दुर्गों को उन्होंने बिना जीते ही छोड़ दिया था परन्तु गढ़ा कटंगा की परम्परा में वे क्षेत्र शामिल कर लिए गए, इससे भ्रम पैदा हो जाता है।''

आचार्य ने कुछ रुककर दोनों से पूछा : ''आप दोनों ने इन दुर्गों में से कितने दुर्गों को देखा है?''

माधव : "आचार्य, हम दोनों गोंड राज्य की सेवा में नए ही हैं। हमें जो भी कार्य मिला है उसमें गढ़ा से बाहर जाने की आवश्यकता बहुत ही कम पड़ती है।"

आचार्य वासुदेव : (कुछ सोचते हुए) "तब तो आप दोनों को प्रमुख गढ़ों की भी व्यक्तिगत रूप से जानकारी नहीं है।"

माधव : "नहीं, नहीं, ऐसा नहीं है आचार्य, हमें कुछ प्रमुख गढ़ों की व्यक्तिगत रूप से जानकारी है।"

गुसाईंदास : "आचार्य, कुछ प्रमुख गढ़ों तक महाराज ने हमें राजकार्य से भेजा था परन्तु इनकी संख्या बहुत कम है।"

आचार्य वासुदेव : "मैं महाराज से कहकर आप दोनों को सारे गढ़ों को देखने का अवसर दिलवा दूँगा तब तक आप चाहें तो जिन गढ़ों के सम्बन्ध में आपको ज्ञात है उनके बारे में उपलब्ध सामग्री से लिखना प्रारम्भ कर सकते हैं।"

माधव : "उपलब्ध सामग्री?"

आचार्य वासुदेव : "हाँ, राजधानी में सभी गढ़ों से प्रतिवर्ष कर एकत्रित होता है। इस कर की राशि प्रत्येक गढ़ से गढ़पतियों के विशिष्ट व्यक्ति लाते हैं जिन्हें अपने गढ़ की यथेष्ट जानकारी होती है, यह आधिकारिक जानकारी होगी।"

माधव : (कुछ सोचते हुए) "आचार्य, कुछ प्रमुख गढ़ों जैसे सिंह गज दुर्ग में महाराज ने गोसाईं को दो बार भेजा था। वह एक सुन्दर गढ़ है उसके सम्बन्ध में वह कुछ लिख सकता है, यह कहते हुए उसने गुसाईंदास की ओर देखा।"

गोसाईदास : "मैं अपनी ओर से प्रयास करूँगा और शीघ्र ही आपको अपना आलेख दिखलाऊँगा।"

आचार्य वासुदेव : "वार्धक्य शरीर का सबसे बड़ा रोग है, मेरी स्वयं उत्कट इच्छा थी कि महाराज के सम्पूर्ण राज्य में भ्रमण कर उनका योगदान करूँ, पर मैं तो हाथी पर चढ़कर भी सम्पूर्ण राज्य का भ्रमण नहीं कर सकता।"

गुसाईंदास : (उत्सुकता से) "कितनी यात्रा करनी पड़े यदि इस संकल्प को लिया जाए?"

आचार्य वासुदेव : "हिसाब-किताब लगाना तुम्हारा काम है। गढ़ा कटंगा राज्य का प्रत्येक कोस का क्षेत्र दुर्लंघ्य पार्वत्य है। विशाल पर्वत शृंखलाओं, तीव्र प्रवहमान सरिताओं को पार करना कठिन है। ऐसे क्षेत्र में राज्य का विस्तार अनन्त प्रतीत होता है। पूर्व से पश्चिम की ओर महानाग के फन की आकार में फैला यह राज्य साढ़े तीन सौ कोस से भी अधिक लम्बाई में प्रशस्त है, इसकी चौड़ाई भी तीन सौ कोस से कुछ कम ही होगी। अब यदि इतने विशाल राज्य में उपलब्ध सर्वश्रेष्ठ अश्व की भी सवारी कर यात्रा की जाए तो उसे केवल श्रेष्ठ अश्वरोही ही अधिकतम बीस कोस प्रतिदिन की गति से पार कर सकता है। इस तरह उसे भी पूरे राज्य की लम्बाई मापने में ही बीस दिन लग जाएँगे, साधारण अश्वारोही को एक माह से अधिक समय

लगेगा। यही स्थिति राज्य की चौड़ाई में चलने पर होगी, परन्तु मुझ जैसा व्यक्ति यदि हाथी पर भी यात्रा करे तो उसे दो माह राज्य की लम्बाई और दो माह राज्य की चौड़ाई तय करने में लग जाएँगे, फिर अकेले यात्रा तो करनी नहीं है, बैठकर कुछ लिखना-पढ़ना भी होगा। अतः इस अवस्था में तो यह काम मेरे लिए अशक्य ही है, इसीलिए तुम दोनों को इस कार्य में प्रवृत्त करने का मैंने मन बनाया है।"

माधव : "आचार्य, हम तो अपनी क्षमता भर कार्य करने के लिए तैयार हैं परन्तु यदि आप अन्यथा न माने तो हम अपने मन की बात आपसे कहना चाहते हैं, यद्यपि कहने में कभी कोई संकोच नहीं किया।"

आचार्य वासुदेव : "कहो, विश्वासपूर्वक कहो।"

माधव : "राज्य में महेश ठक्कुर जैसे प्रकांड पंडित मौजूद हैं। उनके रहते हम लोगों जैसे साधारण व्यक्तियों से इतने महत्त्वपूर्ण विषय पर लेखन की अपेक्षा क्या उनकी मेधा का अवमूल्यन या हमारी सीमित क्षमताओं का अतिमूल्यांकन नहीं है?"

आचार्य वासुदेव : "उम्र बढ़ने के साथ शायद हम व्यक्ति के भीतर तक झाँक पाने की शक्ति पा लेते हैं। अनुभव ही इसका मूल कारण है जो हमने इतने वर्षों में प्राप्त किया है। मैंने पूत के पाँव पालने में ही निरख लिए हैं। महेश ठक्कुर को राजमाता से विष्णुपुर ग्राम दान में क्या मिला अब वे और अधिक दान के आकांक्षी हो गए हैं? यद्यपि उन्होंने प्रकट में कुछ नहीं कहा है पर वे राज्य द्वारा दी गई सम्पत्ति को अपना अधिकार मानने लगे हैं जो उन्होंने अपनी प्रकांड विद्वता के द्वारा प्राप्त किया। विष्णुपुर का दान उनके लिए 'दान' नहीं है। यद्यपि उन्होंने अपने कुछ पद्यों के पाठ सार्वजनिक नहीं किए हैं परन्तु वे आत्मश्लाघा से प्रेरित होकर लिखे जा रहे हैं, यथा वे अपने वंश की प्रशस्ति में लिखते हैं :

'विंशाब्दे जयदेव पण्डितकवेस्तर्काब्धिः पारंगतः
श्री मानैष भगीरथः समजनि श्री चन्द्र पत्यात्मजः।
श्री धीरातनएन तेन रचिता श्री मन्महेशाग्रजः
श्री दामोदर पूर्वजेन जयतादा चन्द्रमेषाकृतिः।।
माधव 'पूरा वंश परिचय है, आचार्य।'"

माधव : "वह तो है परन्तु विद्वान महेश ठ्क्कुर आवश्यक नहीं इस प्रकार के श्लोकों को अभी सार्वजनिक करें।"

आचार्य वासुदेव : "ऐसी रचना से यह तो निश्चित है कि वे अपना यश बढ़ाने की इच्छा से भविष्य में कैसे भी ग्रन्थों की रचना करें। उनके द्वारा गढ़ा कटंगा राज्य के सम्बन्ध में आगामी पीढ़ियों को कुछ मिल सकेगा इसमें सन्देह है, परन्तु वे समय-समय पर छोटी-मोटी रचनाओं से या अपने कुछ कार्यों से ऐसा प्रकट करते रहेंगे कि राजघराने के निष्ठावान सेवक हैं, ताकि दक्षिणा की राशि निरन्तर बढ़ती रहे।"

माधव : "हम दोनों बन्धु अपनी क्षमता भर इस विषय पर लिखने का प्रयास करेंगे।"

आचार्य वासुदेव : "प्रथम चरण में जिन गढ़ों के सम्बन्ध में विवरण मिलता है उसे संकलित कर लें, साथ ही यदि राज्य के अन्य विद्वानों या नागरिकों में किसी ने भी इस विषय पर लेखनी उठाई हो तो उसे भी अपने संकलन में ले लें।"

माधव : "अवश्य, आचार्य।"

यह कहकर दोनों बन्धुओं ने आचार्य से विदा ली।

कुछ समय पश्चात् कालिंकर पाठक के दोनों पुत्र माधव और गुसाईंदास आचार्य वासुदेव के पास पहुँचे, उनके पास दो पांडुलिपियाँ थीं। एक पांडुलिपि एक नागरिक द्वारा माधव को प्रदान की गई थी। इस नागरिक ने स्वप्रेरणा से महाराज संग्रामशाह के शौर्य और व्यवस्था पर अपने विचार व्यक्त किए थे। आचार्य वासुदेव ने प्रसन्नता से इस पांडुलिपि को ग्रहण किया। दूसरी पांडुलिपि गुसाईंदास द्वारा स्वयं तैयार की गई थी। आचार्य वासुदेव ने गुसाईंदास द्वारा लिखी पांडुलिपि को पढ़ना प्रारम्भ किया।

"महाराज संग्रामशाह ने राजधानी गढ़ा से चौदह कोस उत्तर में भांडेर पर्वतमालाओं की क्रोड़ में स्थित एक विशाल दुर्ग पर अधिकार किया। यह दुर्ग मूल रूप से चंदेलों का था। किवदन्तियों के अनुसार इसे चन्देल राजा बिल्व या बेल ने बनवाया था परन्तु कुछ पीढ़ियों बाद चन्देलों के सेवकों प्रतिहारियों ने उस पर अधिकार कर लिया। समय बदलते प्रतिहार राजा बन चुके थे, अब वे 'परिहार' भी कहलाते थे। इन्हीं परिहारों के एक वंशज इस दुर्ग के अधिपति थे। दुर्ग के अधिपति ने बिना युद्ध लड़े ही महाराज को आत्मसमर्पण कर दिया था। दुर्गपति प्रतिहार क्षत्रिय था। महाराज संग्रामशाह के लिए इस दुर्ग पर अधिकार करना इसलिए आवश्यक था क्योंकि इस दुर्ग के द्वारा ही महाराज गढ़ा कटंगा के उत्तर पश्चिमी क्षेत्र का नियन्त्रण प्रभावी रूप से कर सकते थे। यह दुर्ग व्यारमा नदी के उपजाऊ क्षेत्र की सुरक्षा कवच था। व्यारमा का उपजाऊ क्षेत्र गोंड राजाओं के पहले से ही समृद्ध था। यही कारण है कि व्यारमा के समीप ही हैहयवंशीय क्षत्रियों ने, जो परवर्ती काल में कलचुरी कहलाए, इस क्षेत्र के आर्थिक और सामाजिक महत्त्व को समझा था तथा उन्होंने नवहाटक नामक ग्राम के पास नोहलेश्वर नाम से विख्यात् शिवमन्दिर बनवाया था। यह मन्दिर महाराज के इस क्षेत्र के शासक बनने के लगभग आधसहस्रवर्ष पूर्व बनवाया गया था। महाराज ने इस दुर्ग की सुरक्षा का भार पूर्व दुर्गपति के पास सैनिकों के स्थान पर नए गोंड सैनिकों को नियुक्त किया। महाराज ने इस दुर्ग के समीप एक नया नगर भी बसाया जो महाराज के नाम पर संग्रामपुर कहलाता है। यह नगर दिनोदिन प्रगति कर रहा है क्योंकि महाराज ने दुर्ग के भीतरी स्वरूप को आमूल-चूल बदलने का निर्णय लिया है।

ऐसा सुना जाता है कि यह दुर्ग प्रारम्भिक काल से लेकर लगातार कालिंजर के शासकों की सम्पत्ति रहा है। विक्रम संवत् 1357 से विक्रम संवत् 1366 तक सिंगौरगढ़

का स्वामी व्याघ्रदेव था जो मुख्यरूप से कुम्हारी का राजा था तथा जो कालिंजर के महाराजा हम्मीरवर्मनदेव के दरबार का करद राजा था। व्याघ्रदेव को शिलालेखों में महाराजकुमार के नाम से सम्बोधित किया गया है। उस समय यह दुर्ग 'गजसिंह दुर्ग' के नाम से विख्यात् था। परन्तु महाराज जब विक्रमासंवत् 1570 में इस दुर्ग को नया रूप देने में व्यस्त थे तब यह दुर्ग 'श्री गढ़गौरी विषय दुर्ग' हो गया। इस तरह यदि इस दुर्ग के नामों के विकास के सम्बन्ध में विचार करें तो इसका वास्तविक नाम गजसिंह दुर्ग था, जो कुछ दिनों बाद लोकव्यवहार में 'सिंह दुर्ग' रह गया। महाराज की विजय के पश्चात् यह दुर्ग 'श्री गढ़ गौरी' या 'श्री गौरीगढ़' हो चुका है।

वर्तमान में सिंगौरगढ़ से दमोह, हटा तथा अन्य अनेक बहुत से गढ़ों पर प्रभावी नियन्त्रण रखा जा रहा है। महाराज संग्रामशाह ने इस दुर्ग को लगभग नया रूप ही दे डाला है, यहाँ पर महीनों रहकर राजमिस्त्रियों ने भव्य महलों का निर्माण किया है। तालाब का पुनर्निर्माण किया है तथा प्राचीरों को अत्यधिक मजबूती दी है।

महलों के निर्माण में बेल, गुड़ और चूना का प्रयोग किया गया है ताकि भवन सुदृढ़ और सुन्दर रहें।

महाराज ने दुर्ग के भीतर स्थित तालाब के एक किनारे पर एक मन्दिर की स्थापना भी की है जिसमें प्राचीन हैहयवंशीय युग की श्रेष्ठ प्रस्तर प्रतिमाओं को स्थापित किया गया है। इन प्रतिमाओं में से एक प्रतिमा महिषमुखी योगिनी की है, समझा जाता है कि इसी देवी के कारण किसी समय यह क्षेत्र महिषमंडल के रूप में विख्यात था।"

आचार्य वासुदेव ने प्रसन्नतापूर्वक पढ़कर पांडुलिपि गुसाईंदास को लौटाते हुए कहा : "यदि आप इस पांडुलिपि में दुर्ग के सम्बन्ध में अन्य जानकारियाँ, जैसे सैन्य व्यवस्था तथा राज्य के व्यापार में इस दुर्ग के महत्त्व को भी यदि जोड़ दें तो यह आलेख राज्य का महत्त्वपूर्ण परिपत्र हो जाएगा।"

इसके पश्चात् माधव ने आचार्य को दूसरी पांडुलिपि भेंट की। इसका कथ्य राज्य के एक नागरिक ने गोंड सेना के एक सैनिक के कथन के आधार पर तैयार किया था, यह सैनिक महाराज के सैन्य अभियान में युद्धस्थल तक गया था।

माड़ोगढ़ का युद्ध

जब महाराज संग्रामशाह को पता चला कि माड़ोगढ़ के सुलतान ने गढ़ा कटंगा राज्य की सीमा के भीतर एक विशाल तालाब बँधवाने की योजना बनाई है तथा उस योजना के तहत उसने तालाब को बाँधने के लिए हजारों मजदूरों को पत्थर काटने के काम में लगा दिया है, इस तरह परोक्ष रूप से उसने गढ़ा राज्य को सीमित रखने की चाल चल दी है। तालाब के एक ओर उसने आम के वृक्ष लगवाना भी प्रारम्भ कर दिए हैं तथा तालाब के जल के अतिरिक्त आसपास की

उपजाऊ भूमि को अपने कब्जे में लेने के षड़यन्त्र का पासा सुलतान फेंक चुका है। तब महाराज संग्रामशाह ने अपने राज्य के इस सीमान्त क्षेत्र को सुलतान के प्रभाव क्षेत्र बनने से बचाने के लिए गोंड़ सेना भेजी। युद्ध आरम्भ हुआ, गोंड सैनिकों ने अपने सेनापति के नेतृत्व में लड़ना जारी रखा। कभी सुलतान की सेना गढ़ा कटंगा की सीमा के भीतर तक घुस आती तो कभी गोंड सैनिक सुलतान के राज्य की सरहद पार कर जाते पर युद्ध अनिर्णयात्मक ही चलता रहा। धीरे-धीरे समय बीतता गया और महीनों निकल गए। संग्रामशाह राज्य के दक्षिणी सीमा पर स्वयं युद्धरत थे। अतः वे माड़ोगढ़ पहुँच नहीं पा रहे थे। अपनी व्यस्तता में भी उनको राज्य के पश्चिमी छोर पर अपनी सेना भेजनी पड़ी थी ताकि सुलतान सीमान्त क्षेत्र पर मजबूती से पैर न जमा सके।

दक्षिण के क्षेत्र को विजय करने पर जब महाराज संग्रामशाह वापस गढ़ा लौटे तब दीवान भोजसिंह कायस्थ ने महाराज से निवेदन किया कि महाराज, राज्य की पश्चिमी सीमा पर युद्ध लम्बा खिंच चुका है, इसकी शीघ्र समाप्ति आवश्यक है। इस पर महाराज संग्रामशाह ने कहा, वहाँ पर पर्याप्त सेना भेजी गई है और सैनिकों की वीरता भी असन्दिग्ध है फिर यह देर क्यों? इस पर दीवान भोजसिंह कायस्थ ने उत्तर दिया कि महाराज, युद्ध क्षेत्र से जो समाचार मिले हैं उससे यह प्रतीत होता है कि आप सीमान्त क्षेत्र पर प्रभावी आक्रमण कभी नहीं करेंगे। गुप्तचरों से यह भी ज्ञात हुआ कि सुलतान को यह भी विश्वास है कि गोंडों में पैदल सेना की प्रधानता है अतः सुलतान की सेना को किसी भी हालात में दो दिशाओं से एक साथ आक्रमण का भय नहीं है, वह निश्चिन्त है।

इस बात को महाराज संग्रामशाह ने ध्यान से सुना और युद्ध की एक नई योजना बनाई। महाराज संग्रामशाह ने स्वयं भैरव के मन्दिर में जाकर पूजा की और सैनिकों को बतलाया कि भैरव बाबा ने उसे विजयी होने का आशीर्वाद की बात से सैनिकों में दुगना जोश आ गया।

महाराज संग्रामशाह का रणकौशल दुनिया में प्रसिद्ध है। वह केवल एक हजार घुड़सवारों को लेकर सीमा क्षेत्र में पहुँचे। वहाँ पर युद्धरत सेना को उन्होंने दो भागों में बाँटा और दूसरे दिन प्रातःकाल जब सुलतान की सेना सोकर उठ भी न पाई थी कि उस पर तीन ओर से आक्रमण हो गया। आँखें मलती हुई सुलतान की विशाल सेना ने फुर्ती से शस्त्र सम्हाले पर तब तक तीन ओर से महाराज संग्रामशाह के घुड़सवारों के साए में भीषण आक्रमण हो चुका था। सुलतान की विशाल किन्तु अस्त-व्यस्त सेना ने एक घड़ी मुकाबला किया और सुलतान के वफादार सैनिक सुलतान को युद्ध क्षेत्र से लेकर पीछे भागने में सफल हो गए, सुलतान की अश्वसेना को मुकाबला करने का समय ही न मिला और इस तरह संग्रामशाह की सेना ने गोंडों के हजारों घोड़ों को अपने कब्जे में कर लिया।

सुलतान भागते समय अपना ध्वज और अन्य राजचिह्न भी न ले जा पाया था, इन्हें

गढ़ा राज्य में प्रदर्शन के लिए रख दिया गया।

आचार्य ने जब माधव से पूछा : "इसमें न तो तिथि और न ही सुलतान के नाम का पता है। महाराज ने बहुत से यवन अधिपतियों को युद्ध में धूल चटाई है, यह युद्ध किस विशेष क्षेत्र का है, वर्णन से स्पष्ट नहीं होता।"

इस पर माधव ने कहा : "आचार्य सैनिक पढ़ा-लिखा तो नहीं, जो उसने कहा वह लेखक ने लिख दिया।"

आगे चलकर यह वृतान्त संग्रामशाह की एक बड़ी विजय का विवरण बना। सुलतान को युद्ध से भागने को विवश करना, उस युग में अलौकिक कार्य समझा गया। सर्वत्र यह विश्वास फैल गया कि महाराज संग्रामशाह जब भी युद्ध करने जाते हैं तो साक्षात् काल भैरव उनका साथ देते हैं। इस युद्ध में बहुत-सी किवदन्तियाँ जुड़ गईं। पहली तो यह कि जब संग्रामशाह ने आक्रमण किया तो भैरव की कृपा से शत्रु को चारों ओर से विशाल सेनाएँ दिखने लगीं और इससे उनका मनोबल टूट गया।

तृतीय सर्ग

धीरोदात्त दलपतिशाह

दलपति नृपतिर्वभूवतस्य
क्षितिपमणेस्तनयः पवित्रकीर्तिः।
अभिलषति मुखानि यस्य
कीर्तिचिरमुपगातु मियन्ति नागनाथः।। 16।।

(रामनगर शिलालेख का 16वाँ श्लोक)

अर्थ : उन पृथ्वीरत्न के पुत्र दलपति नाम के पवित्र कीर्ति वाले राजा हुए। जिनकी कीर्ति को सदैव गाने के लिए शेषनाग भी इतने ही मुखों की अभिलाषा करते हैं।। 16।।

दलपतिशाह

दलपतिशाह संग्रामशाह के ज्येष्ठ पुत्र थे। वे संग्रामशाह के निधन के बाद गढ़ा कटंगा राज्य के राजा हुए। संग्रामशाह के जीवनकाल में ही दलपतिशाह का विवाह दुर्गावती से हुआ था जिसका वर्णन 'गढेशनृपवर्णनम्' में कुछ इस प्रकार है।

अब्देष्टाश्वतिथौ युते दलपतिनिर्मिध्य स्वारोधकान्।
श्री चन्देलसुतां जहार बलवान् दुर्गावतीं श्रीमतीम्।।

(अर्थात् संवत् 1778 (सन् 1521) में बलवान दलपति ने अपने रोकने वालों का मन्थन कर चन्देल राजपुत्री दुर्गावती का हरण किया)

दलपतिशाह एक सुन्दर एवं शालीन व्यक्तित्व का धनी राजा था। वह विद्वानों और सन्तों का आदर करता था। उसने अपने राज्य में जहाँ हिन्दू धर्म के अनेक पन्थों के सन्तों को प्रश्रय दिया था वहीं उसने अपने राज्य में बाबा कपूर नामक एक प्रसिद्ध मुस्लिम फकीर और उनके अनुयायियों को सादर प्रतिष्ठित किया था। उसके दानपत्रों से ज्ञात होता है कि वह एक अत्यन्त सहिष्णु व्यक्ति था। उसने सनातनी ब्राह्मणों, श्रमणों और मुसलमान फकीरों को दान देने में कभी कोई अन्तर नहीं रखा।

रामनगर का शिलालेख (श्लोक 17) उनकी दानशीलता का वर्णन इन शब्दों में करता है :

वितरण वारिमिर्नियत-मार्द्रकरस्य
हरिस्मरण-परायणस्य शरणस्य वंशी भवताम्।
निरुपधि-पालित-प्रकृतिकस्य हि यस्य
सदा चरण रजो रजोगुण जुषोऽपि जनाजगृहुः।।

अर्थात् जिसके चरणों के रजों की रजोगुण वाले लोगों ने भी सदैव ग्रहण किया। उसने प्रजा का छलरहित पालन किया। उसके हाथ देने के जल के कारण सदैव गीले रहते थे। वह राजा दलपति हरिस्मरण परायण था। जो उसके वश में आते थे उनको वह शरण देता था।

दलपतिशाह का दरबार विद्वानों से भरा हुआ था। प्रसिद्ध मैथिल विद्वान महेश ठक्कुर ने दलपतिशाह की छत्रछाया में तिथितत्त्व चिन्तामणि, सिद्धान्तसुधा, प्रायश्चित प्रकाश, शुद्धतत्त्व परिच्छेद जैसे अनेक ग्रन्थों का प्रणयन किया था। इनके दरबार में ही केशव लौगाक्षि नामक एक अन्य विद्वान थे जिनकी प्रसिद्ध रचनाएँ नृसिंह चम्पू, मीमांसार्थ प्रकाश तथा न्यायचन्द्रिका इत्यादि हैं। दलपतिशाह ने मात्र सात वर्ष राज्य किया। उनकी असमय मृत्यु हो गई थी।

विरासत

संग्रामशाह का बड़ा पुत्र दलपतिशाह अब पूर्ण युवा हो चुका था। महाराज संग्रामशाह उसे राजकाज में निपुण बनाने के उद्देश्य से सदैव ही राज्य के किसी न किसी गढ़ तक भेजते रहते थे ताकि राज्य के प्रत्येक स्थान और प्रत्येक प्रमुख व्यक्ति से उसका सम्बन्ध स्थापित हो। किसी भी सफल शासक के लिए यह आवश्यक है। दलपतिशाह राजकार्य से, राजधानी से दूर राज्य की सीमावर्ती गढ़ी में विश्राम कर रहा था। उसके पिता महाराज संग्रामशाह को गुप्तचरों ने खबर दी थी कि पश्चिमी सीमा पर अनजाने घुड़सवारों का जमाव जब तब दिखलाई दे जाता है। प्रकट में तो कहीं कोई आक्रमण नहीं हुआ है, पर इस प्रकार की गतिविधियाँ शंकाओं को तो जन्म देती ही हैं। संग्रामशाह अब वृद्ध हो चले थे। दलपतिशाह पिता की दूर दृष्टि से बखूबी परिचित था, उसने एक सप्ताह के भीतर ही यह पता लगा लिया था कि सीमा पार जब तब दिखने वाले सैनिक यवन सैनिक हैं। उनके दिखने का कारण यह था कि पश्चिमोत्तर भारत के यवन शासकों में भी जब तब युद्ध हो रहे थे तथा पराजित सेना के घुड़सवार अपनी प्राण रक्षा के लिए वनों की ओर भाग निकलते थे। ऐसी स्थिति में वे ग्रामों को लूट लेते और जब तक भोजन की समस्या हल होती रहती तब तक वे वनों में डेरा डाले रहते। कई बार ये सैनिक सीमावर्ती राजाओं की सेवा में चले जाते। उन पर प्राणों का संकट था अतएव वे कभी-कभी निर्दयता की सीमा को भी लाँघ जाते थे। संग्रामशाह की वीरता का डंका समूची नर्मदा घाटी में बजता था। सभी पड़ोसी राजाओं और उनके देशों की प्रजाओं को पता था कि संग्रामशाह के राज्य में घुसने का दंड क्या होता है। युवा दलपतिशाह ने अपनी आँखों से राष्ट्रद्रोहियों और घुसपैठियों के दंड को देखा था। संग्रामशाह को ऐसे दंड देने की बहुत ही कम आवश्यकता होती थी क्योंकि दंड विधान की प्रसिद्धि ने घुसपैठियों के हौसले पस्त कर दिए थे। फिर भी घुसपैठियों की सीमा तक पहुँचने की हिम्मत बढ़ने का कारण यह था कि अब सभी को पता लग चुका था कि संग्रामशाह अब युवा नहीं हैं। दलपतिशाह सदैव यह सोचता कि क्या वह अपने पिता के समान बनकर राज्य को अपने नियन्त्रण में ले सकेगा।

दलपतिशाह आज सीमान्त तक तैनात टुकड़ी का निरीक्षण कर गढ़ी में बैठा दुर्गपति झबरसिंह से विचार-विमर्श कर रहा था, तभी राजधानी गढ़ा से आए चर ने दलपतिशाह से मुलाकात की। चर ने आते ही दलपतिशाह की जयकार की और साथ

लाए पत्र को दलपतिशाह को सौंप दिया। दलपतिशाह ने पत्र पढ़ा और चिन्तित हो गए। झबरसिंह दलपतिशाह के चिन्तायुक्त मुख को देखकर आशंकित होने लगा। उसने पूछ ही लिया : "कुँअर जी, क्या समाचार है? सब कुशल तो है?"

दलपतिशाह : "महाराज का पत्र है, तुरन्त बुलाया है, परन्तु कुछ और नहीं लिखा है।"

दलपतिशाह ने लगभग स्वगत भाषण करते हुए दुर्गपति को बतलाया : "विगत कुछ दिनों से महाराज का स्वास्थ्य ठीक नहीं है, पर वे तो मानो विश्राम करना जानते ही नहीं हैं।"

दुर्गपति : "कुँअर जी, महाराज दीर्घायु हों, उनकी महानता तो इसी में है कि वे राज्य के चप्पे-चप्पे की खबर रखते हैं।"

दलपतिशाह : "झबरसिंह, मैं तुरन्त ही राजधानी रवाना होना चाहता हूँ, हाथी तैयार करो।"

और दलपतिशाह अपने हाथी में बैठकर राजधानी की ओर चल पड़े, उनके साथ अश्वारोहियों की एक टुकड़ी थी।

दलपतिशाह का हाथी विन्ध्याचल के सघन वनों को चीरता हुआ आगे बढ़ रहा था। घुड़सवार चारों ओर से हाथी को घेर हुए आगे बढ़ रहे थे। सभी को मालूम था कि शीघ्र चलने पर भी दो दिन तो लग ही जाएँगे।

दलपतिशाह के हौदे में उसका अंगरक्षक सतर्कता से बैठा था। महावत हाथी को ठीक ढंग से चला रहा था। दलपतिशाह अपनी यात्रा में सुरक्षित था परन्तु वह किसी से बात नहीं कर सकता था पर उनसे भी दलपतिशाह क्या बात करता? उनसे मन में चल रही उथल-पुथल या विचार शृंखला से तो वह उन्हें अवगत भी न करा सकता था? वे सब आत्मीय होते हुए भी मातहत थे।

दलपतिशाह को हौदे में बैठे-बैठे अपना बचपन याद आ गया और वह पुरानी यादों में खो गया।

जब वह पाँच वर्ष का था तब उसके पिता संग्रामशाह ने उसके उपनयन संस्कार के अवसर पर तुलादान किए थे। सैकड़ों ब्राह्मणों को अनेक प्रकार के दान दिए गए थे। उसने अपनी छोटी-छोटी मुठ्ठियों में सोने के सिक्के लेकर ब्राह्मणों को दान दिया था। संस्कार के पश्चात् जब वह अपने पिता की गोद में बैठा था तब भी उसके एक ओर एक मंजूषा में स्वर्ण के सिक्के भरे हुए रखे थे।

दलपतिशाह को याद आया कि उसने बाल सुलभ जिज्ञासा से एक सिक्का उठाकर अपने पिता से पूछा था कि इस सिक्के में क्या लिखा है, और उसमें किसका चित्र बना है।

पिता जी ने बड़े प्रेम से सिक्के की इबारत पढ़ते हुए कहा था : "पुत्र देखो, इस पुतरी (सिक्के) के एक ओर दो भाषाओं में एक ही नाम लिखा है, देवनागरी लिपि में लिखा है 'पुलस्त्यवंश श्री संग्राम साहि' और तेलगू लिपि में लिखा है : 'पुलस्त्यवंश श्री

संग्राम देव'।" इसके बाद पिता जी ने सिक्के का दूसरा पृष्ठ दिखलाते हुए कहा था कि "देखो, यह केसरी है, हमारा राजचिह्न।"

मैंने पूछा था : "इतना सारा इसमें क्यों लिखा गया है?"

इस पर हँसते हुए पिता जी ने कहा था : "यही सब समझाने के लिए तो तुम्हारा उपनयन संस्कार किया गया है। तुम पढ़ोगे, लिखोगे और जानोगे कि मुद्रा क्या होती है, उस पर कुछ क्यों लिखा जाता है तथा राजचिह्न का क्या अभिप्राय है। उपनयन संस्कार के पश्चात् की शिक्षा तुम्हें अक्षर ज्ञान के साथ ही सही अर्थों में जानकर भी बनाएगी। तुम अभी छोटे हो परन्तु तुमने इन प्रश्नों को पूछकर मुझे आनन्दित कर दिया।"

दलपतिशाह अतीत में खोया हुआ था कि अचानक उसने सुना, "अन्नदाता, आज की रात्रि हमें इसी पास वाले गाँव में काटनी होगी।" महावत ने निवेदन किया।

दलपतिशाह मानो सोते से जागे। वे भूल ही गए थे कि वे हाथी पर सवार होकर गढ़ा जा रहे हैं। अश्वारोही टुकड़ी के नायक छत्तर सिंह ने महावत से कब हाथी रोकने को कहा यह भी उन्होंने नहीं सुना था।

दलपतिशाह हाथी से उतरे और उन्होंने आश्चर्य से देखा कि पास ही के गाँव के सारे लोग उनकी अगुआई के लिए खड़े हैं। गाँव का एक अपेक्षाकृत बड़े मकान को रात्रि विश्राम के लिए चुना गया था। यह व्यवस्था राजा या राजकुमार के प्रस्थान से पूर्व अग्रिम समाचार वाहक की होती है, जो लगभग एक घड़ी पहले ही इस गाँव में पहुँच चुका था।

दिन भर की यात्रा के उपरान्त गाँववालों की आवभगत से दलपतिशाह की थकान उतर गई। भोजन के उपरान्त नृत्य के आयोजन पर सहमति नहीं दी, यद्यपि पूरा गाँव राजकुमार के आगमन पर अपनी प्रसन्नता जाहिर करना चाहता था। दलपतिशाह जानता था कि यदि नृत्य-संगीत की आज्ञा दी तो वह सम्पूर्ण रात्रि चलेगा, जबकि उसे एकदम सुबह ही प्रस्थान करना है।

दलपतिशाह ने छत्तर सिंह को बुलाया और कहा : "रात्रि में न तो कोई आयोजन किया जाए और प्रातः पौ फूटने के साथ यात्रा प्रारम्भ की जाए, सभी तैयारियाँ सोने के पूर्व ही पूरी हो जानी चाहिए।"

छत्तरसिंह : "जो आज्ञा, अन्नदाता।" कहकर चला गया।

दलपतिशाह अपने पर्यंक पर लेटा हुआ सोने का प्रयास कर रहा था। सामने एक बड़ा दीपक जल रहा था परन्तु थकावट के बावजूद वह फिर कहीं विचारों में खो गया।

उसे याद आया कि गढ़ा में शिक्षा पूर्ण होने तक किस प्रकार उसका आनन्दपूर्वक समय कटता था। वह आज अकेले ही राज्य के दूरस्थ स्थानों की खोजखबर लेने के लिए भेजा जाता है।

वह अपने छात्र जीवन की याद कर रहा था जब उसे शास्त्र पढ़ने के उपरान्त शस्त्र सीखने के लिए राजकीय अखाड़े में जाना पड़ता जहाँ उसे तलवार, भाला और मल्लयुद्ध

सिखलाया जाता। चन्द्र को शास्त्र से अधिक शस्त्र विद्या में लगाव था परन्तु हम दोनों भाइयों को सायंकाल घुड़सवारी और हाथी की सवारी के साथ-साथ धनुष-बाण चलाने का अभ्यास करना अनिवार्य था। धुनष-बाण चलाने का प्रशिक्षण हमारे कुल के ही फग्गन सिंह से हमें प्राप्त होता था। फग्गन सिंह का निशाना रात के अँधेरे में भी अचूक था। वे महाराज के वर्षों तक अंगरक्षक रहे हैं।

जंगलों में उसे पैदल चलने और दौड़ने का अभ्यास भी फग्गन सिंह ही कराते थे। उनके साथ चलते, फिरते और दौड़ते उसे वनों की जड़ी-बूटियों एवं जंगली जानवरों के बारे में जितनी जानकारी हो गई थी कि उसे जब वह अपनी माता को सुनाता तो वे आश्चर्य से सुनतीं। उन्हें विश्वास ही न होता कि मैं जंगली पशुओं से भरे सघन वनों में मीलों दूर तक दौड़ सकता हूँ, उन्हें भय की प्रतीति होती, परन्तु पिता यह सुनकर सन्तुष्ट होते।

दलपतिशाह का बाल्यकाल सारी राजसी सुविधाओं में बीता उसकी माता पदमावती अत्यन्त रूपसी स्त्री थीं। वे प्राचीन कलचुरी वंश में पैदा हुई थीं। उनकी विमाता का कुल राजगोंडों का ही था। उनके पिता संग्रामशाह दोनों पत्नियों से समान प्रेम करते थे तथा उनकी सन्तानों को भी समान रूप से स्नेह देते थे। दलपतिशाह और चन्द्रशाह की शिक्षा-दीक्षा एक ही गुरु द्वारा दी गई तथा उन्हें एक-सी सुविधाएँ प्राप्त थीं। दोनों माताओं ने अपने पुत्रों में प्रेम बढ़ाने का सदैव ही प्रयास किया और इसमें वे सफल भी रहीं। दोनों माताओं ने किसी भी पुत्र को विमाता होने का अहसास नहीं होने दिया। दलपतिशाह और चन्द्रशाह महेश ठक्कुर के व्यक्तित्व से प्रभावित थे। राजकुमारों को गोविन्ददास कछवाह के घर में जाने की अनुमति थी, वे महाराज के सेवक होते हुए भी निजी मित्र थे। आचार्य वासुदेव ने दलपतिशाह को राजनीति और राजव्यवस्था की बारीकियाँ समझाईं थीं। दलपतिशाह को पास-पड़ोस के राज्यों के बारे में सम्यक् जानकारी रहे इसका पूरा प्रबन्ध आचार्य वासुदेव ने किया था। शासन प्रबन्ध के अतिरिक्त राज्य के विशिष्ट जनों से औपचारिक सम्बन्ध और व्यवहार की शिक्षा भी दलपतिशाह को आचार्य वासुदेव से मिली थी।

दो दिनों की अनवरत यात्रा के पश्चात् दलपतिशाह सायँकाल से दो घड़ी पहले राजधानी पहुँचा। राजधानी में घुसते ही उसका स्वागत हुआ, परन्तु उसे लगा मानो कहीं कुछ असामान्य है। उसके मित्रों ने अभिवादन किया, किन्तु मानो कुछ चाहकर भी कुछ कह पाने में असमर्थ दिखलाई दिए। तभी राज्य के महामन्त्री सामने दिखलाई दिए। उसका हाथी राजमहल के सामने खड़ा था और महावत हाथी को बैठने का निर्देश दे रहा था। हौदे पर बैठे अंगरक्षकों ने दलपतिशाह से हाथी से उतरने का आग्रह किया।

दलपतिशाह शीघ्रता से हाथी के हौदे से नीचे उतरे और महामन्त्री से औपचारिक अभिवादन का आदान-प्रदान किया। उन्होंने तुरन्त ही बिना किसी और बात किए व्यग्रता से महाराज की कुशलक्षेम पूछी। महामन्त्री ने महाराज की जयकार करते हुए राजकुमार को आश्वस्त किया कि महाराज पूर्ण स्वस्थ हैं, किन्तु वे अतिशीघ्र ही उनसे

मिलना चाह रहे हैं।

दलपतिशाह लम्बे कदमों से महाराज संग्रामशाह के कक्ष में पहुँचे। संग्रामशाह के पास ही दलपतिशाह की माता भी बैठी थीं। दोनों ही व्यग्रता से पुत्र का इन्तजार कर रहे थे। दलपतिशाह ने देखा कि सदैव दृढ़ दिखनेवाले उनके पिता का मुख कुछ म्लान है। संग्रामशाह अपने पुत्र को अत्यन्त स्नेह से देख रहे थे, पर प्रसन्नता कहीं गायब थी फिर भी उन्होंने उनके सिर पर हाथ फेरा।

लम्बी यात्रा से आए पुत्र को माता हाथ पकड़कर भीतर ले गई, वह अपने पिता की मनःस्थिति के सम्बन्ध में माता से पूछना चाहता था परन्तु माता ने उसे शीघ्रता से तैयार होकर कुछ भोजन लेने का आग्रह किया और उससे कहा कि उसके पिता उसकी प्रतीक्षा में हैं और वे उसे लेकर तुरन्त ही कहीं जाना चाहते हैं।

दलपतिशाह को तैयार होने में केवल कुछ क्षण ही लगे, वह अपने पिता को भला कैसे प्रतीक्षारत छोड़ सकता था। तैयार होकर वह तुरन्त महाराज की सेवा में उपस्थित हुआ।

दलपतिशाह : "महाराज, मुझे आज्ञा दें।"

संग्रामशाह : "पुत्र, आज्ञा नहीं, चाहता हूँ, तुम मेरे साथ इसी क्षण चलो। मैं कब से तुम्हारा इन्तजार कर रहा हूँ। ईश्वर की कृपा से तुम सही समय पर आ गए।"

संग्रामशाह के साथ ही दलपतिशाह हाथी में बैठकर चल पड़ा। महाराज के साथ सदैव चलनेवाले अंगरक्षक अश्वारोही साथ हो लिए।

महाराज संग्रामशाह न जाने कहाँ खो गए थे, उनकी चुप्पी दलपतिशाह को साल रही थी, वह चाहकर भी प्रश्न न कर पा रहा था।

परन्तु इस यात्रा का अन्त इतनी शीघ्रता से होगा उसे इसकी कल्पना भी न थी। दलपतिशाह महाराज संग्रामशाह के साथ उनके परम मित्र गोविन्द दास कछवाह के दरवाजे के सामने खड़े थे। यह क्या? परिवार के लोगों ने महाराज की अगुआई तो की पर जैसे सभी कुछ यन्त्रवत हो रहा था। वह इस घर में अनेक बार आया, जब भी आता सम्पूर्ण घर मानो प्रसन्नता से भर उठता। महाराज के मित्र गोविन्ददास कछवाह को वह आदर से चाचा कहता था। आज उनके स्थान पर उनके सम्बन्धी महाराज को भीतर चलने के लिए आदरपूर्वक कह रहे थे। दलपतिशाह का मन अनिष्ट की आशंका से भर उठा।

दलपतिशाह की आशंका निर्मूल न थी, जैसे ही वह हवेली के भीतर गया स्थिति स्पष्ट हो गई। गोविन्ददास कछवाह एक पलंग पर मरणासन्न अवस्था में लेटे थे। वृद्ध गोविन्ददास अपनी अन्तिम घड़ियाँ गिन रहे थे। वे कुछ दिनों से गम्भीर रूप से अस्वस्थ थे। महाराज संग्रामशाह ने राज्य के सर्वश्रेष्ठ वैद्य रोगी की चिकित्सा कर रहे थे, पर सब व्यर्थ। गोविन्ददास कछवाह ने अपने मित्र और स्वामी महाराज संग्रामशाह से मृत्यु पूर्व दलपतिशाह को देखने की इच्छा प्रकट की थी। महाराज ने अपने प्रिय मित्र की अन्तिम इच्छा को पूरा किया।

दलपतिशाह को देखकर मृत्युशैया में पड़े गोविन्ददास कछवाह की जीवन

ज्योति मानो अन्तिम बार कुछ देर के लिए स्थिर हो गई। दलपतिशाह ने उनके दोनों हाथों को थाम लिया। कछवाह के नेत्रों से अश्रु गिरने लगे। मुख पर म्लान मुस्कान आई। दलपतिशाह को आशीर्वाद देना चाहा पर कमजोरी के कारण ऐसा कुछ न कर सके। उनके मुख पर सन्तुष्टि के भाव देखकर उपस्थित सारे लोगों को भी सन्तोष हुआ।

महाराज संग्रामशाह भरे मन से वापस लौट गए। उनके जाने से पहले राजकुमार दलपतिशाह ने कछवाह परिवार के साथ रात्रि व्यतीत करने के लिए महाराज से आज्ञा माँगी, यह एक असामान्य बात थी। जब साम्राज्य के उत्तराधिकारी की यह इच्छा हो कि वह एक पारिवारिक मित्र के यहाँ जब वह मरणासन्न हो तब उसके यहाँ रुकना चाहे उतनी ही असामान्य बात यह थी कि महाराज ने इसकी स्वीकृति दे दी।

भोर होने के पहले ही गोविन्ददास कछवाह की मृत्यु हो गई। उनके परिवार ने उनके अन्तिम संस्कार किए।

किन्तु राजपरिवार के निकटस्थ कुछ लोगों में कुछ प्रश्न कहीं गहरे घर कर गए थे। यथा कछवाह के प्राण दलपतिशाह को देखने के लिए क्यों अटक रहे। महाराज संग्रामशाह ने असामान्य सौहार्द्र दिखलाते हुए राजकुमार को कछवाह के यहाँ रात्रि में रहने की अनुमति क्यों दे दी?

सभी के अपने-अपने कयास थे। महाराज के अनन्य मित्र एवं राजपुरोहित वासुदेव आचार्य को भी इस सम्बन्ध में आश्चर्य हुआ पर वे महाराज के स्वभाव को जानते थे, जो अनेक रहस्यों को रहस्य ही बने रहने देने में विश्वास रखते थे।

राजपुरोहित सोचने लगे। उन्हें याद आया, उनकी पत्नी प्रभावती ने वर्षों पहले एक बार उनसे कहा था कि जब महारानी प्रसूता थीं तभी गोविन्ददास कछवाह की प्रसूता पत्नी भी राजभवन में रही थी, परन्तु कछवाह की पत्नी ने मृत बालिका को जन्म दिया था और लगभग उन्हीं दिनों महारानी ने राजकुमार दलपतिशाह को जन्म दिया था। दो वर्ष बाद महारानी ने जब दूसरे राजकुमार चन्द्रशाह को जन्म दिया था तब प्रभावती ने धीरे से उनके कान में फुसफुसाकर पूछा था : "स्वामी, रामायण में यह तो पढ़ा था कि दशरथ जी के चार पुत्रों में दो श्यामवर्ण के थे और दो गौरांग थे, हमारे महाराज के यहाँ तो गजब ही हुआ है, उनका बड़ा पुत्र तो गौरांग है पर छोटा श्याम वर्ण का है, ऐसा क्यों?"

राजपुरोहित राजपरिवार की मर्यादाओं और औपचारिकताओं से भली भाँति परिचित थे, बोले : "प्रभा, एक सलाह देना चाहूँगा, ध्यान से सुनो। तुम इस विषय पर आज के बाद स्वयं से भी बात न करना।"

प्रभावती अपने पति की सलाह का अर्थ जानती थी। यह पति की आज्ञा थी, जिसका अर्थ था जीवन भर इस प्रसंग पर मुँह न खोलना।

प्रभावती ने तो इस विषय पर अपना मुँह कभी नहीं खोला परन्तु धीरे-धीरे जब

दोनों राजकुमार बड़े हुए दोनों के रंग रूप में स्पष्ट अन्तर दिखलाई देने लगा। प्रजा भी दबी जुबान में इस अन्तर पर आश्चर्य प्रकट करती रही।

वासुदेव आचार्य सोचने लगे दोनों राजकुमारों के आचरण बुद्धि और व्यवहार में विशेष अन्तर कभी भी न था। आचार्य को स्वयं पर आश्चर्य हुआ कि उन्होंने इतने स्पष्ट से अन्तर को क्यों कभी महत्त्व नहीं दिया?

आचार्य की तीव्र मेधा ने विस्मृत-सी सारी घटनाओं के तार जोड़ने प्रारम्भ किए। सबसे पहला तार था गोविन्ददास कछवाह की अन्तिम इच्छा। उनकी बुद्धि यह स्वीकार करने को तैयार न थी कि मृत्यु-शैय्या में पड़ा हुआ कोई भी व्यक्ति किसी भी 'राजकुमार' को अपने अन्तिम समय में देखना चाहेगा। राजकुमार दलपतिशाह का रंगरूप वैसा ही उज्जवल है जैसा राजपूतों का होता है। ठीक गोविन्ददास कछवाह जैसा। गोविन्ददास कछवाह की पत्नी ने जो प्रसव किया था, कहीं उसी का प्रतिफल तो नहीं है दलपतिशाह क्योंकि कछवाह की तथाक़थित मृत पुत्री को तो किसी ने देखा भी नहीं था, फिर वह मृत पुत्री संग्रामशाह की पत्नी की भी तो हो सकती है। आचार्य को याद आया कि उन दिनों काफी उम्र हो जाने पर भी पुत्र न होने के कारण संग्रामशाह कितने चिन्तित रहते थे। संग्रामशाह ने ही अपने मित्र और मातहत गोविन्ददास कछवाह से यह वचन लिया होगा कि यदि उसकी पत्नी पुत्र को जन्म देती है तो महाराज उसे अपना पुत्र घोषित कर देंगे। शायद हुआ भी यही किन्तु भाग्य ने दो वर्ष बाद ही उन्हें उनका ही पुत्र दे दिया। ऐसी स्थिति में महाराज क्या करते, ठीक वही जो हम देख रहे हैं।

आचार्य वासुदेव गोंडों की विरासत की विचित्रता पर आश्चर्यचकित थे। आचार्य घटनाओं की जिन कड़ियों को अपनी तर्क बुद्धि के जरिए जोड़ने का प्रयास कर रहे थे, उन घटनाओं को राजमहल की एक वृद्धा धाय ने अपने मरने से पहले प्रभावती को सविस्तार अपने ढंग से कुछ दिनों पूर्व ही बतला दिया था।

आचार्य वासुदेव को सारे तर्कों पर विचार करने पर कहीं यह भी लगता कि दलपतिशाह की माँ पदमावती तो गौरवर्ण की परमसुन्दरी महिला हैं और यह भी तो सम्भव है कि दलपतिशाह को गौरवर्ण और तीखे नाक नक्श अपनी माता से ही विरासत में मिले हों।

परिणय

महाराज संग्रामशाह अपनी ज्येष्ठ पत्नी पद्मावती के साथ रनिवास में बैठे हुए हैं। प्रातःकाल का समय है। महाराज स्वल्पाहार करने के पश्चात् राजदरबार जानेवाले हैं। अतः महल में सभी सेवक-सेविकाएँ अपने-अपने कार्यों को शीघ्रता से सम्पन्न कर रहे हैं।

महाराज पिछले कुछ दिनों से पूर्ण स्वस्थ्य नहीं हैं। दवाओं का सेवन करना आवश्यक है, विश्राम भी, इस बात को गिने-चुने लोग ही जानते हैं।

महाराज संग्रामशाह का महल

महाराज संग्रामशाह : ''महारानी, कल दरबार में कुछ बाहर से आए जौहरियों एवं सराफों ने भेंट में स्वर्ण दिया था वह तो राजकोष में जमा करा दिया गया था, परन्तु उन्हीं में से एक सराफ लक्ष्मीप्रसाद ने बड़ी अनुनय की थी कि वह साथ लाए आभूषणों को महारानी को दिखलाना चाहता है। पक्का व्यापारी है, बहुत वर्षों से हमारे राज्य में आ रहा है, विश्वसनीय व्यक्ति है इसलिए हमने आज मध्याह्न का समय उसके लिए निश्चित कर दिया है।

महारानी पद्मावती : ''धन्यभाग, कम से कम इस बहाने तो आप हमारे साथ रहेंगे, यही हमारे लिए प्रसन्नता की बात है वरना महाराज को घर बैठने की फुरसत कहाँ। परन्तु महाराज आभूषणों की हमारे यहाँ क्या कमी है, और फिर अब तो हमें अपनी पुत्रवधू के लिए आभूषण चुनना चाहिए क्योंकि हमारी पसन्द के आभूषण तो अब पुराने हो रहे हैं।''

महाराज संग्रामशाह : ''महारानी, हमारी समझ में महिलाओं की उम्र और आभूषणों के प्रति प्रेम की मात्रा में कोई सम्बन्ध नहीं है। आभूषण तो सभी उम्र की महिलाओं की पसन्द हैं, हाँ, यदि आपने पुत्रवधू खोज रखी हो तो उसके लिए भी कुछ आभूषण पसन्द कर लें। दूसरी बात यह कि मैं आभूषण के चुनाव में तुम्हारा साथ न दे सकूँगा क्योंकि दक्षिणी राज्य का एक राजदूत मुझसे मिलना चाहता है अतः मुझे मन्त्रणा कक्ष में जाना होगा, परन्तु मेरे स्थान पर तुम्हारा लाड़ला दलपत होगा क्योंकि मैंने उसे यहाँ बुला रखा है, उसे भी बाहर जाना है अतः वह भी व्यस्त है, परन्तु अभी वह आता ही होगा।''

तभी परिचारिका ने आकर निवेदन किया : "महाराज, बड़े राजकुमार आ रहे हैं।"

महाराज ने स्वीकृति में सिर हिलाया।

दलपतिशाह ने आकर पिता और माता के चरण-स्पर्श किए और आसन ग्रहण किया।

दलपतिशाह : "महाराज, मुझे सम्भवतः कुछ विलम्ब हुआ क्योंकि जाने की तैयारी में कुछ सैनिकों का चुनाव करना था पर वे सभी मेरे साथ जाना चाहते थे, पूरी फौज तो ले नहीं जानी थी अतः सैनिकों की एक ऐसी टुकड़ी चुनी जो एक से अधिक शस्त्र चलाने में पारंगत हों।"

महारानी कमलावती : "पुत्र, तुम तो कभी राजधानी में अधिक दिनों तक रुक ही नहीं पाते, अब ऐसा कौन-सा आवश्यक कार्य आ गया कि मैं तुमसे तुम्हारे भविष्य की बातें भी आराम से न कर सकूँ, अरे इस निरन्तर भ्रमण करते रहने से कहीं तू आदत से ही घुमन्तू न हो जाए, यदि ऐसा हुआ तो तू परिवार कैसे बसाएगा।"

दलपतिशाह चुप रहा परन्तु उसकी नजरें महाराज संग्रामशाह की ओर उठीं, जो उठकर जाने का उपक्रम कर रहे थे।

महाराज ने खड़े होते-होते हँसकर कहा : "महारानी, जल्दी ही पुत्रवधू लाने के लिए अपने पुत्र को प्रेरित कीजिए, वरना उसे घूमना तो पसन्द है ही। दलपति ने मुझसे दो एक बार राजमुद्रा में अंकित सिंह देखने की इच्छा प्रकट की थी। यह एक संयोग ही है कि हमारे राज्य के उत्तर पश्चिमी क्षेत्र में इन दिनों काफी उथल-पुथल मची है। वहाँ के हिन्दू-मुसलमान शासक कभी आपस में और कभी एक-दूसरे से युद्ध कर रहे हैं। मैंने सोचा दलपति को मनियागढ़ बिना तामझाम के भेज दूँ ताकि वह वस्तु-स्थिति का पता लगा ले। वहाँ के वनों में सम्भव है राजमुद्रा में अंकित सिंह भी उसे देखने को मिल जाए। वहाँ मनिया देवी के दर्शन का लाभ भी वह उठा सकेगा।"

महारानी : "महाराज, हमने अपने राज्य में तो राजचिह्न में अंकित सिंह कभी नहीं देखा, फिर आपने उसे कहाँ देखा?"

महाराज संग्रामशाह : "महारानी, युवावस्था में मैं एक बार बांधवेश के साथ उनके राज्य के उत्तर पश्चिमी वनों में शिकार खेलने गया था। वहाँ मैंने सिंह को देखा था परन्तु हमने उस पर शस्त्र नहीं चलाया, कितना भव्य और सुन्दर होता है वनराज?"

महाराज के खड़े होते ही राजकुमार दलपतिशाह और महारानी भी खड़ी हो गईं। महाराज संग्रामशाह ने मन्त्रणा कक्ष की ओर जाते-जाते दलपतिशाह से कहा : "दलपति, तुम मनियागढ़ में मनिया देवी के दर्शन करने जाते समय यह ध्यान रखना कि तुम्हारी सेना मन्दिर से दूर रहे। जहाँ तक सम्भव हो मन्दिर जाते समय कम से कम सैनिक साथ में हों तो अच्छा होगा। सेना की टुकड़ी को गढ़ा में सतर्क रहना चाहिए क्योंकि मनियागढ़ हमारा सीमान्त क्षेत्र है। वहाँ का दुर्गनायक

विश्वस्त व्यक्ति है, तुम्हारे वहाँ पहुँचने की उसे सूचना मिल चुकी है अतः वह अतिरिक्त सावधान रहेगा।"

महाराज संग्रामशाह कुछ रुककर बोले : "मनियादेवी उस क्षेत्र के राज्यों के राजाओं और निवासियों की भी आराध्या हैं अतः वहाँ पर राजाओं का अपने परिवारों सहित आना जाना लगा रहता है। इसे सीमा का अतिक्रमण मत समझना क्योंकि मैंने दर्शन के लिए हमारी सीमा में प्रवेश करने के अधिकार मनियागढ़ के दुर्गनायक को दे रखे हैं, सीमा क्षेत्रों में सावधानी और समझदारी दोनों की आवश्यकता होती है।" इतने में परिचारिका ने आकर बतलाया कि महल के अतिथि कक्ष में सेवकों ने सराफ लक्ष्मी प्रसाद को बैठा दिया है। वे प्रतीक्षा कर रहे हैं।

महाराज संग्रामशाह महल के दूसरे रास्ते से मन्त्रणा कक्ष की ओर चले गए। महारानी पद्मावती और दलपतिशाह महल के अतिथि कक्ष की ओर बढ़े। चलते-चलते दलपतिशाह ने माता से कहा : "माँ, मैं उस सराफ से क्या बातें करूँगा? मुझे आप क्यों ले चल रही हैं? मुझे आभूषणों के बारे में तो कुछ पता भी नहीं है? क्या आप नहीं सोचतीं कि मेरी जगह आपके साथ यहाँ सुन्दरता की पारखी नजरों वाली महिलाएँ होनी चाहिए, जो महल में अनेक हैं।"

पद्मावती : "तू ठीक कहता है, आज तक जब भी मैं आभूषण का चयन करती थी तब सदैव ही वे मेरे साथ रहती थीं, परन्तु इस बार मैं अपने लिए नहीं अपनी भावी पुत्रवधू के लिए आभूषणों का चयन करना चाहती हूँ।"

दलपतिशाह : (शरारत से) "तो मुझे भी दिखलाइए न, कहाँ है आपकी पुत्रवधू।"

पद्मावती : "हमारे खानदान में माता या पिता के स्थान पर यदि पुत्र स्वयं अपनी वधू चुनकर लाए तो अच्छा माना जाता है। राजपूती परम्परा में भी स्वयंवर श्रेष्ठ माना गया है।"

दलपतिशाह : "हाँ, स्वंयवरों के बारे में मैंने भी सुना है परन्तु यह भी सुना है कि यदि कोई राजकुमारी अपने मन का वर चुन भी लेती है तब भी उसके परिजन उसका विवाह सीधे तौर पर नहीं कर देते हैं। यदि सब कुछ ठीक है तो ऊँच-नीच का भेद तो लड़ने के लिए पर्याप्त होता ही है।"

पद्मावती : "हाँ, यह सही है राय पिथौरा के समय से आज तक की स्थितियों में विशेष अन्तर नहीं आया है। नर्मदा के उत्तरी राज्यों के राजपूत घरानों में कहीं यह बात गहरे घर चुकी है कि उनका घराना ही सर्वश्रेष्ठ है और इसलिए वे किसी अन्य घराने के पुरुष के पैर पूजने में हेठी समझते हैं।"

"पैर पूजना क्या है, माता?" दलपतिशाह ने पूछा।

"यह एक लोक व्यवहार की प्रथा है, जिसमें विवाह होने की रस्म के बीच लड़की के माता-पिता अपने दामाद के पैर पूजते हैं। इस तरह दामाद का कुल स्वयमेव उनके कुल से उच्च हो जाता है, ऐसी मान्यता है।" महारानी ने उत्तर दिया।

"परन्तु नर्मदा के दक्षिणी राज्यों में तो यह प्रथा नहीं है। हमारे यहाँ भी ऐसा नहीं

है।'' दलपतिशाह ने कहा।

''सत्य है, ऐसा ही है परन्तु जो लोग जिस प्रथा को मानते हैं उसे क्या किया जाए। अनेक बार जब दो अलग परम्पराओं के समाजों में विवाह होते हैं तब प्रथा पालन बन जाता है। उस समय वे समस्याएँ पुरुषों को अपने ढंग से निपटानी होती हैं फिर वह ढंग प्रिय हों या अप्रिय। समाज के लिए हितकारी हो या कि अहितकारी।'' महारानी ने कहा।

दलपतिशाह ने देखा कि छोटी-सी बात उलझती जा रही है अतः उसने कहा : ''माता, फिर आप लोगों का इस स्थिति में क्या कर्त्तव्य होता है।''

रानी पद्मावती समझ गईं कि बात खत्म होनी चाहिए। क्योंकि अब वे अतिथि कक्ष तक पहुँच ही चुके थे अतः बोलीं : ''कर्त्तव्य भी और इच्छा भी, हर माँ की इच्छा यही होती है कि जब भी पुत्रवधू घर आए, उसका रत्नाभूषणों से प्रेमपूर्ण स्वागत करे।''

महारानी प्रभावती और राजकुमार दलपतिशाह ने अतिथि कक्ष में जैसे ही प्रवेश किया, सेठ लक्ष्मीप्रसाद अपने सेवक सहित उठकर खड़े हो गए और दोनों की जय जयकार की।

सभी अपने-अपने आसनों पर बैठ गए और चला सिलसिला आभूषण दिखलाने का। एक से एक बहुमूल्य रत्नजटित स्वर्ण आभूषण, साथ ही बातों का सिलसिला भी।

सेठ लक्ष्मीप्रसाद : ''महारानी जी, आज सात-आठ वर्ष पहले जब छोटे महाराज को देखा था, तब वे किशोर ही थे, मेरे मन में उनकी वही छवि थी, यदि आपके साथ यहाँ न देखता तो पहिचान पाना मुश्किल होता।''

''अब तो देख लिया, अब भूलेगा तो नहीं।'' महारानी ने किंचित परिहास से कहा।

''महारानी साहिबा, छोटे महाराज को मैं तो क्या, जो भी देखेगा वह नहीं भूल सकता।'' सेठ लक्ष्मीप्रसाद ने कहा।

''वह क्यों?'' महारानी ने कौतुकवश पूछा।

सेठ लक्ष्मीप्रसाद : ''महारानी साहिबा, मैं दूर-दूर तक देश-विदेशों में घूमता हूँ। मालवा हो या बघेलों का राज्य या कि दक्षिण में आन्ध्र तक जितने भी राज्यों के राजघरानों में मैं आभूषण देता हूँ उतने में तो कहीं भी छोटे महाराज जैसा सजीला राजकुमार या राजघराने का कोई भी युवक मैंने अब तक नहीं देखा।''

महारानी ने गर्वपूर्ण नजर पास बैठे राजकुमार पर डाली, जो सामने की जा रही प्रशंसा से लजा गए थे। महारानी ने एक रत्नजटित कण्ठहार देखा। विशाल श्वेत आभायुक्त हीरे के चारों ओर गहरे लाल रंग के रत्न जड़े थे। अद्वितीय था यह हार। महारानी ने इस हार को पसन्द किया। लक्ष्मीप्रसाद ने रानी की पसन्द की तारीफ करते हुए कहा कि महारानी की पसन्द निःसन्देह अत्यन्त उच्चकोटि की है।

परन्तु महारानी ने हार हाथ में लेते हुए कहा : ''सेठ, यह हार मैं अपने लिए नहीं, अपनी भावी पुत्रवधू के लिए रखना चाहती हूँ।''

सेठ लक्ष्मीप्रसाद : ''महारानी जी, क्षमा करें, मुझे ज्ञात नहीं था कि आपने अपनी

पुत्रवधू खोज ली है। कहाँ विवाह होने जा रहा है छोटे महाराज का?"

महारानी ने हँसते हुए कहा : "अब तक तो मुझे भी ज्ञात नहीं क्योंकि मैंने न तो अब तक अपने पुत्र योग्य सुन्दर और गुणवती कन्या को देखा है और न ही अब तक किसी ऐसी कन्या के सम्बन्ध में सुना है। हाँ, तुमने तो जहाँ इतने सारे राजकुमार देखे हैं वहाँ राजकन्याएँ भी देखी ही होंगी क्योंकि तुम्हारी पहुँच महलों तक है। अगर कोई ऐसी कन्या तुमने देखी हो तो हमें भी बतलाओ।"

सेठ लक्ष्मीप्रसाद : (कुछ हिचकिचाते हुए) "महारानी साहिबा, कन्या तो है, उसके गुणों और सुन्दरता का क्या कहना, मानो लक्ष्मी और दुर्गा ने मिलकर अवतार ले लिया हो पर (यह कहकर सेठ चुप हो गया)।"

महारानी (उत्सुकता से) : "चुप क्यों हो गए सेठ?"

"महारानी जी क्षमा करें। वह चन्देल वंश की कन्या है दुर्गावती। कालिंजर दुर्ग के अधिपति की पुत्री हैं, वह।" सेठ लक्ष्मीप्रसाद ने उत्तर दिया।

महारानी ने स्वगत भाषण करते हुए कहा : "चन्देल, हाँ, अन्य राजकुलों की भाँति उन्हें भी अपनी वंश परम्परा का बड़ा मान है, दूसरे कुलों में पुत्री देते समय उनकी आन अक्सर आड़े आती है।"

परन्तु सेठ लक्ष्मीप्रसाद ने दुनिया देखी थी, बिना समय खोए उसने कहना प्रारम्भ कर दिया : "महारानी जी, क्षमा करें, हमारे छोटे महाराज को पाकर कौन धन्यभाग्य न होगा! इस समय सारे भारत में राजनैतिक उथल-पुथल मची है। कब कौन-सा राजवंश यवनों की बाढ़ में सदा के लिए बह जाए, कोई नहीं जानता। वह तो महाराज संग्रामशाह का प्रताप है कि किसी आतताई की उनके राज्य की ओर देखने की हिम्मत भी नहीं है। मेरा तो कहना है कि ऐसे प्रतापी कुल में अपनी कन्या को देना धर्म तो है ही, फायदे का सौदा भी। कमजोर और अधीन राजा जब कुलों की श्रेष्ठता का बखान करते हैं तब मुझे वह पाखंड प्रलाप के अलावा और कुछ नहीं लगता, छोटे महाराज में वे सभी गुण हैं जिनसे गढ़ा कटंगा के राज्य को शान्ति और स्थायित्व मिलेगा।"

महारानी पद्मावती और दलपतिशाह उठ खड़े हुए, परिचारिका रत्नहार लेकर भीतर चली गई। सेठ लक्ष्मीप्रसाद व्यापारी था, उसे अच्छा लाभ हो चुका था। उसने भी प्रणाम करते हुए अपनी राह पकड़ी।

मनियागढ़ के दुर्ग में

दलपतिशाह अपनी सेना की टुकड़ी सहित एक सप्ताह से भी कम समय में मनियागढ़ पहुँच गया। दुर्ग नायक गरुलसिंह ने दलपतिशाह का स्वागत किया और सेना की टुकड़ी के सैनिकों को भी गढ़ी के भीतर ही रुकने का इन्तजाम किया। गरुलसिंह बहुत ही योग्य व्यक्ति था और इसीलिए महाराज संग्रामशाह का कृपापात्र भी उसकी राजनिष्ठा असन्दिग्ध थी और यही कारण था कि राजपूत होते हुए भी वह गोंडों का प्रिय पात्र था। गरुलसिंह के निकट सम्बन्धी कालिंजर, बान्दा तथा महोबा में थे।

रात्रि में गरुलसिंह ने राजकुमार का भोज गढ़ी में स्थित अपने आवास में ही रखा ताकि राजकाज की बातें एकान्त में की जा सकें।

भोजन करते समय दलपतसिंह को दूर कहीं से तुरहियों की आवाज सुनाई दी, लगा कोई सेना कूच कर रही हो।

दलपतिशाह चौंक गए, पूछा : "यह सेना संचालन जैसी आवाज कैसी?"

गरुलसिंह : "छोटे सरकार, आपको भोजन के उपरान्त इस सम्बन्ध में बतलाने ही वाला था, दरअसल कालिंजर राजघराने से कुछ लोग मनिया देवी के दर्शन को यहाँ कल ही आए हैं। कालिंजर दुर्ग से इस सम्बन्ध में हमें जानकारी दी गई थी तथा हमने भी औपचारिक रूप से उन्हें गढ़ी में ही रुकने का आमन्त्रण भी दिया था। परन्तु सभी जानते हैं कि यह हमारी औपचारिकता ही है। राजे-महाराजे लश्कर के साथ आते हैं तो मनियादेवी के मन्दिर के पास के मैदान में ही अपना डेरा जमाते हैं। अब चूँकि रात हो चुकी है और जंगल शान्त है इसीलिए उतनी दूर की आवाज यहाँ तक सुनाई दे रही है यह आवाज तीन कोस दूर की है।"

दलपतिशाह : "कालिंजर वहाँ से कितनी दूर होगा?"

गरुलसिंह : "कोई बीस कोस।"

राजकुमार दलपतिशाह भोजन के उपरान्त बैठक में बैठकर ताम्बूल सेवन करने लगे। सामने की चौकी पर गरुलसिंह बैठकर बातें करने लगा। इतने में गरुलसिंह का युवा पुत्र धनंजय जो मनियागढ़ की देवी के दर्शन के लिए आए लाव लश्कर की गुप्त रूप से खोज खबर लेने गया था, आज्ञा लेकर कक्ष में प्रविष्ट हुआ।

गरुलसिंह : "धनंजय, क्या खबर है कालिंजर वालों की?" धनंजय ने राजकुमार और पिता गरुलसिंह को प्रणाम किया और कहने लगा : "कालिंजर दुर्ग से घुड़सवारों की एक छोटी सेना ने मन्दिर से कुछ दूर पर पड़ाव डाला है। महोबा और राठ के पास की जमींदारियों के दो राजकुमार हैं–सेना के घुड़सवार, पैदल सैनिक तथा अन्य सभी लोग कुल मिलाकर दो सौ लोग होंगे।"

गरुलसिंह : "वे कब आए और कब तक रुकेंगे?"

धनंजय : "उनके हरकारे ने हमारे यहाँ जो पत्र भेजा था उसके अनुसार ही उनका आना हुआ और वे तीन दिनों तक रुकेंगे।"

गरुलसिंह : "तीनं दिनों तक क्या करेंगे जंगल में?"

धनंजय : "पता चला है कि आज रात शिकार भी करेंगे।"

गरुलसिंह : "बड़े जानवर तो अब झरने के इस ओर ही हैं। उस ओर के शिकार तो अब काफी कम हैं। झरने के किनारे अवश्य जंगली सुअरों के बहुत से दल घूमते रहते हैं।"

धनंजय : "हाँ, यह तो सच है, परन्तु मैंने पिछले सप्ताह में एक बबर शेर देखा था जो झरने में पानी पीने आया था।"

गरुलसिंह : "आश्चर्य, मैंने तो पिछले कई सालों में दो एक बार ही बबर शेर देखे

हैं, पर वे पहाड़ों पर कभी नहीं दिखे, यहाँ तो बाघ ही दिखते हैं।"

दलपतिसिंह टोकते हुए : "तो क्या दोनों राजकुमार सिंहों का शिकार करेंगे?"

धनंजय : (शरारत भरी मुस्कान के साथ) "छोटे महाराज, दोनों राजकुमारों, इन्द्रजीत और रणवीर को मैं खूब जानता हूँ, बबर शेर के सामने जाना कोई हँसी खेल नहीं है। हाँ, जैसा कि मैंने सुना है कि कालिंजर के दुर्गपति कीरतसिंह की पुत्री दुर्गावती शायद शिकार के लिए निकलेंगी, यदि वह शिकार पर निकलती हैं, तो बात और है। उनके जैसा शिकारी इस क्षेत्र में कोई दूसरा नहीं।"

दलपतिशाह मन ही मन आश्चर्य से—"दुर्गावती की अद्वितीय सुन्दरता के बारे में तो सुना था पर किसी नारी में इतनी निर्भीकता और वीरता कि वह सेना के साथ शिकार पर निकल सके, अतिशयोक्ति ही लगती है!"

दलपतिशाह को आश्चर्यचकित देखकर गरुलसिंह बोला : "राजकुमार, आश्चर्य न करें। राजकुमारी दुर्गावती वह सत्य है जिसके सामने कल्पना भी फीकी पड़ जाए और उसकी तलवार की धार के सामने बिजली की चमक भी फीकी पड़ जाए।"

दलपतिशाह : "तो ऐसी है, दुर्गावती!"

गरुलसिंह : "हमने तो बड़े महाराज से विनती भी की थी कि दुर्गावती को हमारे राज्य की भावी महारानी बनाइए, हमने और महाराज के पुराने मित्र खुमानसिंह जी ने कीरतसिंह से बात जरूर की थी, पर उन्होंने क्या सोचा कुछ कहा नहीं जा सकता।"

दलपतिशाह सुन तो रहे थे गरुलसिंह की बात परन्तु मन ही मन तेजी से योजना बना रहे थे दुर्गावती को देखने की, अतः गरुलसिंह से बोले : "जैसा कि धनंजय ने बतलाया कि बबर शेर झरने के पास तक आता है, अतः मैं सोचता हूँ क्यों न मैं भी बबर शेर को देख लूँ, फिर कब आऊँगा निश्चित नहीं और जैसा कि तुमने कहा कि वह कभी कभार ही दिखता है अतः मैं मौका नहीं छोड़ना चाहूँगा।"

गरुलसिंह : "जैसी आज्ञा, छोटे सरकार। आपके साथ धनंजय रहेगा, और सेना की टुकड़ी भी साथ लगा देते हैं ताकि शिकार में सुविधा हो।"

दलपतिशाह : "नहीं, नहीं, महाराज ने ऐसे किसी भी कार्य को करने से रोका है, जिसकी आवश्यकता न हो। सिंह तो हमारा राजचिह्न है, उसे केवल देखना ही चाहता हूँ, केवल धनंजय ही साथ में रहेगा।"

धनंजय : "छोटे महाराज, दो घड़ी विश्राम कर लें, मैं आपको जगा दूँगा क्योंकि बबर शेर खूब सबेरे ही पानी पीने निकलेगा।"

मनिया देवी के मन्दिर परिसर में

कालिंजर से आई सैन्य टुकड़ी के अश्वारोही दस्ते के सैनिकों ने मन्दिरों से कुछ दूर चारों ओर तम्बुओं का विशाल घेरा बना दिया था। मनिया देवी के मन्दिर से पश्चिम की ओर समीप की पहाड़ी से दुर्गम वन प्रारम्भ हो जाता है, इन पहाड़ियों में चढ़ना आसान नहीं है। इन पहाड़ियों पर गोंडों का राज्य है। मनिया देवी मन्दिर यद्यपि चारों ओर वनों से

घिरा है परन्तु दक्षिण पश्चिमी को छोड़कर शेष तीनों ओर मैदानी वन हैं जो सघन नहीं है। मन्दिर के पास से एक झरना बहता है, जिसके निर्मल जल से स्नान कर इसी जल से देवी पर भी जल चढ़ाते हैं।

शिविर के चारों ओर सैनिकों की कड़ा पहरा है। शिविर के मध्य का तम्बू सबसे विशाल है। इसके चारों ओर विशेष पहरा है। इसके भीतर कालिंजर की राजकुमारी दुर्गावती और उसकी सहेली रामचेरी बात कर रही हैं।

रामचेरी : "राजकुमारी, आज जल्दी शयन करें यदि कल शिकार पर जाना हो तो रात के तीसरे पहर पर ही निकलना होगा क्योंकि सूर्योदय के पहिले ही सभी जानवर मन्दिर के पास के झरने में पानी पीने पहुँचते हैं।"

दुर्गावती : "हम कल प्रातः ही यहाँ पहुँच गए थे उसके बाद जितने समय में शिविर लगता रहा हमने देवी के दर्शन कर लिए थे फिर किया ही क्या था? दिन भर आराम ही आराम तो रहा।"

रामचेरी : "दिन भर में राजकुमारी जी आपने दसियों बार इन्द्रजीत और रणवीर की मनुहारों को नजर अन्दाज किया है, इस पर क्या ध्यान दिया है आपने। उन्होंने कितनी बार तो आपसे जलपान, भोजन के लिए स्वयं आकर पूछा। शिविर में आपको कोई कष्ट न हो, यह भी उन्होंने बराबर ध्यान रखा। पिता जी ने बड़े सोच समझकर आपके साथ इन्हें यहाँ भेजा है। दोनों ही सुन्दर सजीले युवक हैं और फिर खानदानी भी। दोनों ने अब तक अपने को एक-दूसरे से ज्यादा काबिल सिद्ध करने में कहीं कोई कोर कसर बाकी नहीं रखी है।"

दुर्गावती : "सो तो है।"

रामचेरी : "महाराज भी क्या करें, अब तक पचीस सम्बन्ध तो मैंने ही गिने हैं। सब एक से बढ़कर एक, पर आपकी बेरुखी से महाराज परेशान हैं, ऊपर से कुछ कहते नहीं है पर चाहते जरूर हैं कि कहीं न कहीं राजकुमारी 'हाँ' कर दें, इसीलिए इन दोनों को साथ कर दिया है, शायद किसी का भाग्य खुले।"

दुर्गावती : "इनका भाग्य है ही क्या, जब बड़े-बड़े हिन्दू राज्य मुसलमानों के आक्रमणों की आँधी में वृक्षों की भाँति टूटकर गिर चुके हैं तब इन छोटे-मोटे रजवाड़ों की बिसात ही क्या है। इन सभी को दम्भ है अपने वंशों का, उसी की कहानियाँ सुनकर और सुनाकर ये जीवन की सच्चाई से स्वयं को तथा दूसरों को धोखे में रखना चाहते हैं।"

"यह तो सही है राजकुमारी, मुसलमानों के एक साधारण से आक्रमण के सामने इनकी सारी वीरता का दम्भ धरा का धरा रह जाएगा, इनकी गति है ही क्या या तो ये बिना किसी प्रतिकार के स्वयम् को आक्रान्ताओं के सामने समर्पित कर देंगे या फिर बहुत हुआ तो आपसी द्वेष और अहंकार में जकड़े हुए शत्रु का आधा अधूरा सामना करेंगे, गति क्या होगी, किसी से छिपी नहीं है।" रामचेरी ने कहा।

"जब तू इतना सब कुछ समझती है, तब इस सम्बन्ध में चर्चा ही क्यों करती हैं।"

दुर्गावती ने कहा।

"क्योंकि बिना चर्चा के कभी कोई हल नहीं निकलता फिर चाहे वह विवाह विषय ही क्यों न हो। अब देखिए न राजकुमारी जी, जब गोंडवाना के महाराज संग्रामशाह के मित्र खुमानसिंह ने महाराज के सामने उनके पुत्र दलपतिशाह के लिए आपका हाथ माँगा तब महाराज ने खुमानसिंह से यह कहकर कि राजगोंडों का कुल नीचा है, चर्चा के सभी द्वार बन्द कर दिए।" रामचेरी ने कहा।

"खुमानसिंह महाराज के भी शुभचिन्तक हैं, वे जानते हैं कि वर्तमान परिस्थिति में गढ़ा कटंगा का राज्य हमारे क्षेत्र का सबसे शक्तिशाली है, परन्तु उन्होंने जब यह बात कही तब महाराज के समीप हमारे मामा श्री तथा उनके कुछ और सम्बन्धी भी बैठे थे, वे सभी उच्च राजपूत कुलों की मानसिकता वाले व्यक्ति थे। महाराज के सामने विचारने का भी वक्त नहीं था क्योंकि उन्हीं लोगों ने राजकुमार इन्द्रजीत और राजकुमार रणवीर की तारीफों के पुल बाँधे, आखिर ये उनके सगे सम्बन्धी भी तो हैं। पर सबसे बड़ी बात यह है कि महाराज़ मुसलमानों के आक्रमण से संशकित हैं, अब तक का अभेद्य किला कालिंजर, हिन्दुओं की मान प्रतिष्ठा का पर्याय रहा है। मुसलमान आक्रमणकर्ताओं के पास अब नए आधुनिक शस्त्र हैं। दूर मार करनेवाली तोपें हैं। महाराज चाहते हैं कि हमारे पास भी ये शस्त्र हों, साथ ही पड़ोसी राजाओं की एकजुटता भी हो। लगता है इसी उधेड़बुन में वे शीघ्रता में कुछ ऐसा कह गए जो सम्भव है उनकी निजी इच्छा न हो।" दुर्गावती ने कहा।

"यह तो ठीक है राजकुमारी जी, परन्तु इस सम्बन्ध में जब आप भी निर्णय लेंगी तब वह केवल राजनैतिक परिस्थितियों के आधार पर लिया गया निर्णय तो होगा नहीं क्योंकि किसी भी नारी को जब वर चुनना है तब वह एक 'पुरुष' को भी चुनेगी। 'पुरुष' की सुन्दरता, शौर्य, बुद्धि और विवेक का, नारी के लिए बहुत अधिक महत्त्व है क्योंकि किसी श्रेष्ठ व्यक्तित्ववाले पुरुष के साथ ही जीवन का अर्थ है।" रामचेरी ने कहा।

दुर्गावती ने उत्तर दिया : "रामचेरी, मैं तुम्हारी शंका को समझ पा रही हूँ। एक ओर राजकुमार इन्द्रजीत और रणवीर हैं, दोनों ही सुदर्शन और शालीन व्यक्ति हैं। राजपूत हैं तो वीर होंगे ही। दूसरी ओर तुम्हारी आशंका दलपतिशाह के व्यक्तित्व को लेकर है, वह आधारहीन नहीं है। गोंड वंशोत्पन्न होने के कारण उनका रंग श्याम हो सकता है, कद-काठी कैसी है इस पर खुमानसिंह के वर्णन पर विश्वास करना जरा मुश्किल है। उन्होंने तो उसे शाल जैसा लम्बा और कामदेव जैसा सुन्दर युवक बतलाया है।"

रामचेरी : "दुनिया में असम्भव कुछ नहीं है, अगर हमारी राजकुमारी अद्वितीय सुन्दर नारी होने के बावजूद परमवीर हो सकती हैं तो इस सम्भावना को खारिज मत कीजिए कि गढ़ा कटंगा का राजकुमार वीर दलपतिशाह भी सुदर्शन हो सकता है।"

दुर्गावती : "मुझे तो तेरी बातें सुनकर विश्वास हो गया है कि तू अपने विवाह के लिए व्याकुल है। मेरा कर्त्तव्य बनता है कि परोक्ष में ही सही मैं तेरी कही गई बातों का

सही अर्थ लगाऊँ और तेरे लिए वर ढूँढू। तू कालिंजर लौटते ही अपनी जन्मपत्री मुझे दे देना।''

रामचेरी अपने कान पकड़ते हुए : ''राजकुमारी, ऐसा न कहें, मैं तो सारी जिन्दगी आपकी सेवा में काटूँगी। मेरी जन्मपत्री की स्वामिनी तो आप हैं।''

दुर्गावती : ''जन्मपत्री का स्वामी कोई व्यक्ति नहीं,—सुना है आकाश के ग्रह होते हैं। मेरी जन्मपत्री तो पिताजी ने भी छुपाकर रखी है। बचपन में जब मैं बहुत छोटी थी तब एक पंडित ने यह बतलाया था कि कुंडली के ग्रह मुझे यशस्वी, निर्भीक, दृढ़ निश्चयी और वीर बनाएँगे पर जब पिताजी ने पारिवारिक सुख-सुविधा से सम्बन्धित प्रश्न पूछे तब वह कुछ ऐसा बोले जो मेरी समझ में तो नहीं आया, शायद पिताजी की समझ में भी ऐसा कुछ आया कि उन्होंने मेरी पत्रिका भेजनी ही बन्द कर दी। अब सबको सुविधा है अपने ढंग से पत्रिका बनाने और मिलवाने की।

रामचेरी : ''राजकुमारी जी, अब देखिए न इन गोंड राजाओं में कौन-सी कुंडली मिलाई जाती है, सुना है वे इस पर विश्वास ही नहीं करते। उनके यहाँ तो युवक और युवतियाँ ही आपस में एक-दूसरे को पसन्द कर शादी कर लेते हैं।''

दुर्गावती : ''किसी हद तक इसमें क्या बुराई है। हमारे समाज में माँ, पिता और भाई, सभी दैवयोग से मिलते हैं। एक पत्नी या पति ही तो ऐसा सम्बन्ध है जिसे मनुष्य चुन सकता है, स्वयंवर प्रथा के निर्धारकों ने यही कुछ तो सोचा होगा।''

रामचेरी : ''राजकुमारी जी, परन्तु स्वयंवर प्रथा में भी तो कितने दोष आ गए हैं।''

दुर्गावती : ''प्रथाएँ सदैव ही मनुष्य की सुविधा के लिए निर्धारित की जाती हैं परन्तु यदि उनमें दोष आता है तो वह दोष मनुष्य के अपने स्वभाव के कारण होता है।''

इसी तरह बतियाते रात्रि के तीन पहर बीत गए, कुछ पता ही न चला। युवावस्था में जीवनसाथी की चर्चा से रुचिकर और कोई चर्चा नहीं होती।

दुर्गावती ने साथ आई सेना की टुकड़ी के नायक को तो यह बतला दिया था कि वह भोर होने के पहले शिकार के लिए जाएगी क्योंकि उसने सुन रखा था कि इस क्षेत्र में भेड़िए अब तक दस से भी अधिक ग्रामीण बच्चों को उठा ले जा चुके हैं। भेड़ियों का इतना आतंक है कि बहुत सवेरे ग्रामीण भी खेतों में जाना पसन्द नहीं करते। मनियागढ़ के इस क्षेत्र में विस्तृत वन हैं पर यह विरल हैं। घास काफी ऊँची है। यहाँ पर कृष्णमृग, नीलगायों की भी अधिकता है पर साम्भर कम ही दिखलाई देते हैं। रामचेरी को भी दुर्गावती ने यह हिदायत दे रखी थी कि इन्द्रजीत और रणवीर को शिकार का कार्यक्रम बतलाकर उनकी निद्रा खराब न की जाए, वैसे भी दोनों राजकुमार की सुबह उठने की आदत न थी। पौ फूटने को अभी भी काफी देर थी। राजकुमारी के अंगरक्षकों को शिकार का कार्यक्रम ज्ञात था अतः वे समय पर उपस्थित हो गए। चूँकि शिकार मचान पर से नहीं किया जाना था न ही हाँकेवाले साथ में थे, अतः राजकुमारी ने अंगरक्षकों को साथ ले जाने से मना किया पर वे राजा कीरतसिंह के प्रति उत्तरदाई थे, अतः उन्होंने भी जिद ठान ली। अन्त में तय यह हुआ कि वे राजकुमारी के साथ

वन में चलेंगे और राजकुमारी और रामचेरी जिस वृक्ष पर बैठेंगी उससे काफी दूर के वृक्षों में वे बैठकर अपने कर्त्तव्य का पालन करेंगे।

अभी अँधेरा ही था कि दुर्गावती, रामचेरी और तीन अंगरक्षकों ने तेजी से कदम बढ़ाते हुए वन में प्रवेश कर लिया। वहाँ दुर्गावती ने एक बड़े वृक्ष पर तीनों अंगरक्षकों से चढ़ जाने को कहा और कहा समीप के ही वृक्ष में वे और रामचेरी चढ़ जाएँगे।

दुर्गावती को वह वृक्ष पसन्द नहीं आया जो अंगरक्षकों के वृक्ष के समीप था अतः वे कुछ और दूर चले गए।

कुछ दूर जाने पर उन्हें तीन चार बड़े वृक्षों का समूह मिला। वृक्ष सघन थे, काफी ऊँचे भी। दुर्गावती ने रामचेरी से एक वृक्ष में चढ़ जाने को कहा। रामचेरी वृक्ष की पहली डाली पर बैठ गई, उसे नीचे का दृश्य बहुत साफ दिखलाई दे रहा था। दुर्गावती को भी नीचे कुछ दूर तक दिखलाई दे रहा था परन्तु उतना साफ नहीं। कारण यह था कि यह क्षेत्र एक छोटी कगार थी जिसके नीचे झरना बह रहा था। रामचेरी ठीक ढंग से बैठ भी नहीं पाई थी कि उसने लगभग चीखकर कहा : "राजकुमारी, शीघ्रता करें, झरने के पास एक बड़ा नीलगाय भागता आ रहा है और उसके पीछे भेड़िए दौड़ रहे हैं। उन्होंने उसे चारों ओर से लगभग घेर ही लिया है, आप शीघ्रता से यहाँ हमारे पास वृक्ष पर चढ़ जाएँ।"

दुर्गावती ने रामचेरी की ओर देखा और तुरन्त कुछ सोचा। इसके साथ ही वह कगार में शीघ्रता से कुछ नीचे उतरीं, उनका पूरा शरीर काँस में छिप रहा था, यहाँ काँस ऊगे हुए थे।

सभी कुछ, कुछ क्षणों में ही हुआ। दुर्गावती ने धनुष उठाया और निशाना साधा। भेड़ियों के झुंड में सात भेड़िए थे। सबसे विशाल भेड़िए ने ज्योंही हाँफती हुई नीलगाय की गर्दन पकड़ने के लिए छलाँग लगाई तभी सर्र से आता हुआ एक तीर भेड़िए के गले में गहरा घुस गया और वह बीच में ही गिर गया। दो अन्य भेड़िए, जो नीलगाय की दोनों पिछली टाँगों को अपने मुँह से पकड़कर उसे गिराना ही चाहते थे कि उनकी कनपटियों में घातक तीर घुस गए, शेष चार भेड़िए पीछे थे, वे एक क्षण को ठिठके तब तक थककर चूर नील गाय भी काँपती हुई खड़ी होकर भेड़ियों की ओर देखने लगी। शेष चारों भेड़ियों ने नीलगाय को चारों ओर से घेर लिया, किन्तु तभी मानो बाणों की वृष्टि ही हो गई परन्तु बाणों की उस वृष्टि से जहाँ नीलगाय को पुनर्जीवन मिल गया वहीं चारों भेड़ियों को चिरनिद्रा।

दुर्गावती कुछ सोच पाती तभी उसने देखा कि लगभग दौड़ता हुआ एक लम्बा युवक उसके पास पहुँचकर खड़ा हो गया। दुर्गावती स्मरण करने का प्रयास कर रही थी कि क्या वह उसके सैनिकों में से एक है परन्तु उसके शरीर पर पड़े आभूषण से उसे समझते देर न लगी कि वह राजघराने का युवक है। पर कौन? दुर्गावती ने इतना सजीला और सुन्दर युवक कभी पहले देखा हो ऐसा उसे याद नहीं।

वह युवक कोई और नहीं दलपतिशाह था। उसने सामने खड़ी एक ऐसी युवती को

देखा जिसे देखते वह सुध-बुध खो बैठा, सुन्दरता की साक्षात् मूर्ति!

दोनों कुछ देर तक ठगे एक-दूसरे को देखते रह गए। उगते हुए सूर्य की किरणें दोनों पर पड़ रही थीं अतः पता नहीं चल पा रहा था कि दोनों के कपोल आरक्त क्यों हो गए, दोनों की वाणी क्यों अवरुद्ध हो गई।

कुछ देर बाद दलपतिशाह ने कहा : "देवि, आप कौन हैं? मैं वन में यहाँ से निकल रहा था कि दूर से मैंने आपका शर सन्धान देखा, अद्भुद लक्ष्यभेद है आपका! बड़े से बड़ा धनुर्धर भी इतनी दूर से भागते हुए शिकार पर इस प्रकार लक्ष्यभेद नहीं कर सकता, जिसमें बचाए जा रहे प्राणी को चोट भी न आए। दुर्गावती भी अब प्रकृतिस्थ हो गई परन्तु शरारत से बोली : "चलिए, हमारे शर सन्धान का कोई प्रशंसक तो मिला।"

दलपतिशाह : "लज्जित न करें देवि, शर सन्धान ही नहीं वह सभी कुछ तो है आपमें जिसकी प्रशंसा मैं तो क्या जिसने कभी भी आपको देखा होगा वह अपने जीवन भर करेगा। पर मुझे तो लग रहा है कि मैं भी कहीं भीतर तक आपके किसी शर से विद्ध हो चुका हूँ।'

तभी कुछ दूर से आवाज आई : "राजकुमार, आप कहाँ है?"

यह आवाज धनंजय की थी।

मनियागढ़ दुर्ग में भोजन के उपरान्त शयनकक्ष में दलपतिशाह को रात भर नींद न आई थी, उन्हें जब से यह पता चला था कि दुर्गावती शिकार करने जाएगी तभी उन्होंने धनंजय के साथ रात्रि के तीसरे पहर में निकलने का निर्णय ले लिया था। धनंजय दलपतिशाह के साथ-साथ ही चल रहा था कि धनंजय और दलपतिशाह को कुछ वन्य पशुओं की आहट मिली। धनंजय की तुलना में बहुत अधिक वेग से दलपतिशाह दौड़कर उस स्थान के पास ही पहुँच गए जहाँ से दुर्गावती शर सन्धान कर रही थी। दलपतिशाह ने शिकार का पूरा दृश्य देखा था।

दुर्गावती ने जैसे ही राजकुमार शब्द का सम्बोधन सुना तो वह किंचित चौंक गई, परन्तु तब तक उसने दूसरी आवाज सुनी, यह सम्बोधक शब्द 'राजकुमारी' था। दुर्गावती के लिए यह आवाज जानी पहचानी थी। कगार के ऊपर से रामचेरी दुर्गावती को ढूँढ़ रही थी।

दुर्गावती और दलपतिशाह दोनों को एक दूसरे का सामान्य परिचय मिल चुका था, फिर भी दलपतिशाह ने अपना परिचय दिया और दुर्गावती ने भी। न तो दलपतिशाह और न ही दुर्गावती एक-दूसरे से दूर जाना चाहते थे परन्तु दोनों को मालूम था कि उन्हें तुरन्त ही लौटना पड़ेगा क्योंकि एक ओर से धनंजय और दूसरी ओर से रामचेरी उनके पास आते दिखलाई दिए।

कगार पर अब चार व्यक्ति थे—दुर्गावती, दलपतिशाह, धनंजय और रामचेरी। धनंजय दुर्गावती को पहले भी एक बार देख चुका था अतः उसने आदर सहित दलपतिशाह का परिचय दुर्गावती को दिया। रामचेरी दलपतिशाह को देखकर आश्चर्यचकित थी। कितना सुन्दर और शालीन पुरुष था दलपतिशाह। ठीक वैसा ही

जैसा कि उसकी स्वामिनी के पति को होना चाहिए।

सूर्य की किरणें अभी भी पूरी तौर से फूट नहीं पाई थीं कि सभी को लगा मानों बादल गरज रहे हों, आसमान साफ था। आसपास के पक्षी तेजी से उड़ गए। धनंजय ने सभी को निःशब्द रहने के लिए मुँह पर अंगुली रखी, तभी सभी ने देखा एक ओर से एक सिंह और सिंहनी का जोड़ा झूमते हुए चला आ रहा है। झरने के इस ओर सात भेड़ियों के मृत शरीर पड़े थे, नीलगाय कब की नौ दो ग्यारह हो चुकी थी। वनराज झरने के दूसरी ओर थे। सिंह और सिंहनी ने झरने का जल पिया और फिर दहाड़ मारी, फिर से सारा जंगल गूँज उठा।

सिंह ने गर्जना करने के उपरान्त ऊपर की ओर अपना मुँह उठाया उसके विशाल केसर ऐसा प्रतीत हुए मानो वनराज ने सिर पर मुकुट के अतिरिक्त कन्धे पर मालाएँ पहन रखी हों। दलपतिशाह के मुँह से निकला 'अतिसुन्दर'। दुर्गावती ने आश्चर्य से दलपतिशाह की ओर देखा जो सिंह के भव्य रूप को अपलक देख रहा था। धीरे-धीरे सिंह और सिंहनी समीपवर्ती वनों की ऊँची झाड़ियों में खो गए।

सिंह और सिंहनी के जाने के बाद दुर्गावती ने दलपतिशाह से पूछा : "आप भी क्या शिकार के लिए वन में आए थे?"

दलपतिशाह : (कुछ मुस्कुराते हुए) "अब ठीक तो नहीं कह सकता कि शिकार करने आया था या शिकार होने।"

तभी कुछ सुन्दर चीतलों का झुंड झरने में पानी पीने के लिए आ गया। चमचमाता पीला रंग और उस पर सफेद बिन्दियाँ मानों सोने के पत्र में मोती जड़ दिए गए हों।

धनंजय बोला : "महाराज शिकार!"

दलपतिशाह ने कहा : "राजकुमारी जी, शिकार के लिए तीर चलाएँ", परन्तु रामचेरी ने टोककर कहा : "राजकुमार जी, हमारी राजकुमारी निरीह जीवों का शिकार नहीं करतीं।"

धनंजय भी वैसे चुप रहता, लेकिन उसने कहा : "हमारे छोटे महाराज भी केवल हिंसक पशुओं को अपना निशाना बनाते हैं।"

रामचेरी मौका नहीं छोड़ना चाहती थी, छेड़ते हुए बोली : "फिर वह सिंह और सिंहनी तो बेचारे बच ही गए?"

दुर्गावती रामचेरी को चुप करना चाहती थीं, अतः उस ओर आज्ञा-सूचक दृष्टि से देखा जिसे रामचेरी खूब समझती थी।

परन्तु दलपतिशाह ने दुर्गावती से कहा : "राजकुमारी जी, सिंह हमारी मुद्रा का राजकीय चिह्न है, हमने अपने राज्य में इसका चित्र ही देखा था। हमने सुना था कि इस क्षेत्र में ये कभी-कभार दिख जाते हैं। मेरा सौभाग्य था कि मुझे सिंह के साथ सिंहनी के भी दर्शन हो गए।" दलपतिशाह ने 'सिंहनी' शब्द पर जोर देते हुए कहा।

दुर्गावती : "नहीं, शौर्य की साक्षात् प्रतिरूप।"

दलपतिशाह और दुर्गावती को पहली मुलाकात में इतनी बात करते देख रामचेरी

और धनंजय भी बहुत कुछ समझ पा रहे थे, वे भी युवा थे। दोनों ने नजरों से कुछ कहा, सुना और फिर दोनों ही ने राजकुमारी और राजकुमार से यह कहकर आज्ञा माँगी कि वे शीघ्र ही राजकुमारी के उन अंगरक्षकों से मिलकर आ रहे हैं जो वृक्ष में बैठे प्रतीक्षारत होंगे, शायद वे परेशान भी होंगे क्योंकि उन्होंने भी वनराज की दहाड़ सुनी होगी।

इतना कहकर दोनों तुरन्त पीछे मुड़े और जंगल में लुप्त हो गए।

यहाँ दुर्गावती और दलपतिशाह को और अधिक बातें करने का अवसर मिल गया।

दलपतिशाह : ''राजकुमारी जी, यदि आप हमारा आतिथ्य ग्रहण करें तो हमें बड़ी प्रसन्नता होगी।''

दुर्गावती : ''इस वन में?''

दलपतिशाह : ''नहीं, नहीं, पास ही मनियागढ़ की गढ़ी में, वह हमारे ही राज्य की गढ़ी है?''

दुर्गावती : ''यदि हम वहाँ जाते हैं तब तो हम दुर्ग पति के अतिथि होंगे।''

दलपतिशाह कुछ भोलेपन से : ''नहीं, नहीं, आपकी सेविका रामचेरी के साथ जो युवक धनंजय गया है वह दुर्ग पति का ही ज्येष्ठ पुत्र है। वह अथवा दुर्गपति आपके आतिथ्य में कोई कोर कसर नहीं रखेंगे।''

दुर्गावती बनावटी गम्भीरता से : ''राजकुमार, तुम्हारे दुर्गपति का पुत्र तो मैं अब देख ही रही हूँ, रामचेरी के आतिथ्य में लीन हो गया है।'' दोनों खुलकर हँसे।

दलपतिशाह : ''राजकुमारी जी क्षमा करें, मैंने तुरन्त कहने का साहस नहीं किया, हम आपका स्वागत अपनी राजधानी में करना चाहते हैं, केवल आपकी सहमति आवश्यक है।''

दुर्गावती : ''तब तो आपको तैयारी करनी पड़ेगी, क्षत्राणियाँ तलवारों के साए में ही किसी पुरुष के साथ जाती हैं।''

दलपतिशाह कमर में लटकी म्यान से तलवार निकालते हुए : ''राजकुमारी, चलिए मेरे साथ, मैं आपको विश्वास दिलाता हूँ कि यदि साक्षात् यम भी मुझसे तुम्हें अलग करना चाहेगा तो उसे भी मुझसे दो-दो हाथ करने होंगे।''

दुर्गावती : ''राजकुमार, यदि ऐसा है तो आप सबके सामने मेरा वरण कीजिए। मैं जहाँ ठहरी हूँ वह स्थान आपको ज्ञात ही होगा, मेरे साथ सैन्य बल है, पिताजी के भेजे हुए दो राजपूत राजकुमार योद्धा भी हैं, उनके सामने से मुझे ले जाइए, मैं प्रतीक्षा करूँगी।''

दलपतिशाह : ''राजकुमारी जी, मेरे कितने जन्मों का पुण्य है, यह मैं नहीं कह सकता, जिसके कारण मुझे तुमने इस योग्य समझा कि तुम्हारे वरण करने के योग्य हूँ।''

दुर्गावती दलपतिशाह की बात के अर्थ को समझ रही थी। वह जानती थी कि विशाल साम्राज्य के राजकुमार होने के बाद भी राजकुमार उसे अपने से उच्च कुल का मान रहा था। किन्तु क्या यह राजकुमार का भोलापन नहीं है?

दुर्गावती ने इस बात को न बढ़ने देने की इच्छा से सीधी ही बात करनी उचित समझी।

दुर्गावती : "हम लोग कल पुनः कालिंजर लौट सकते हैं, आज सायँकाल मनिया देवी के मन्दिर में हम सभी दर्शन करने आ रहे हैं।"

तभी दूर से आ रहे धनंजय और रामचेरी की आवाज सुनाई दी, दोनों जानबूझकर जोर-जोर से बातें करते हुए आ रहे थे।

पास आकर रामचेरी और धनंजय ने अपने-अपने गन्तव्यों की ओर चलने के लिए राजकुमारी और राजकुमार से कहा। दिन चढ़ आया था। दुर्गावती और रामचेरी को अंगरक्षक प्रतीक्षा करते मिल गए। वे वृक्ष से नीचे उतर आए थे। रामचेरी ने ध्यान दिया कि दुर्गावती कुछ खोई हुई सी हैं।

शिविर में पहुँचते ही उन्होंने देखा कि इन्द्रजीत नायक को तेज आवाज में कुछ कह रहा है। बात साफ थी कि दुर्गावती को प्रातः शिविर से बाहर गया सुन इन्द्रजीत बहुत नाराज था, परन्तु जैसे ही उसने दुर्गावती और रामचेरी को देखा, उसने शान्त होने का स्वाँग किया मानो कुछ हुआ ही न था क्योंकि उसने दुर्गावती के स्वभाव के सम्बन्ध में सुन रखा था कि वह अपने पिता के अतिरिक्त किसी की बात को कोई महत्त्व न देती थी। दुर्गावती किसी भी व्यक्ति से, यहाँ तक कि साथ आए दोनों राजकुमारों से भी बात न करती यद्यपि वे दोनों सदैव ही इस फिराक में रहते कि जैसे भी हो उन्हें राजकुमारी से बात करने का अवसर मिल जाए।

दुर्गावती और रामचेरी अपने तम्बू में जाकर एक घंटे क्या बातें करती रहीं किसी को पता नहीं, इस बीच बाहर खड़े अंगरक्षक ने भीतर जाने पर पूर्णतः रोक लगा रखी थी।

राजकुमार इन्द्रजीत और उनके साथी को विश्वास ही नहीं हो रहा था कि दुर्गावती ने उन्हें अपने तम्बू में विचार-विमर्श करने के लिए बुलाया है। आनन फानन में दोनों ने अपने श्रेष्ठतम वस्त्र पहने और पहुँच गए दुर्गावती से विचार-विमर्श करने। रामचेरी ने दोनों का स्वागत किया और आदर के साथ पीढ़ों पर बैठाया।

दुर्गावती : "आप दोनों से कहना चाहूँगी कि यदि हम आज सन्ध्यापूर्व देवी दर्शन कर सामूहिक रूप से देवी की आरती उतारें तो कैसा रहेगा।"

दोनों राजकुमार : "अति उत्तम, परन्तु उस स्थिति में क्या यह उचित नहीं रहेगा कि हमारे सैनिक भी वहाँ पर शस्त्रों सहित मौजूद रहें।"

दुर्गावती : "हाँ, यह ठीक रहेगा, मैं तो चाहूँगी कि आप दोनों भी अपने शस्त्रों से सज्जित रहें।"

दोनों राजकुमार : "घुड़सवारों का क्या होगा? मन्दिर तो पहाड़ी ढाल पर है, वहाँ घोड़े तो चढ़ नहीं सकते अतएव उनकी सुरक्षा के लिए कुछ सैनिक छोड़ दिए जाएँ तथा शेष सभी साथ चलें।"

दुर्गावती : "हाँ, यही उत्तम होगा, हमें कहीं भी अशक्त होकर नहीं जाना चाहिए।"

दुर्गावती और रामचेरी ने दो पोटलियों में कुछ आवश्यक सामान बाँधे। दिन कैसे बीतने लगा समझ ही नहीं पड़ा। शाम को दोनों राजकुमार अपने-अपने घोड़ों पर बैठकर आए। दुर्गावती और रामचेरी के लिए उनके अपने घोड़े भी आ गए। राजकुमारों ने कुछ थोड़े से अश्वारोही सैनिकों को बुलवा लिया था ताकि वे मन्दिर के नीचे तक साथ चलें। राजकुमारों ने दुर्गावती और रामचेरी के साथ दो पोटलियों को देखा तो उनका माथा ठनका पर वे पूछ भी नहीं सकते थे, सोचा, पूजा की सामग्री होगी।

देखते ही देखते सभी लोग मनिया देवी मन्दिर की पहाड़ी के नीचे पहुँच गए।

दलपतिशाह के मन में भारी उथल-पुथल मची थी, वह दुर्गावती को अपना मन दे चुका था। दुर्गावती ने भी उसके प्रति अपने प्रेम को छिपाया नहीं था परन्तु उसने यह भी स्पष्ट ही कह दिया था कि उसका हाथ पाने के लिए उसे क्षत्रिय धर्म का पालन करना होगा। दलपतिशाह उसे पाने के लिए किसी से भी युद्ध करने को तैयार था परन्तु वह यह भी जानता था कि अकेले उसकी वीरता से काम नहीं चलनेवाला था। उसके पास अधिक समय नहीं था, यह तो अच्छा हुआ कि धनंजय साथ था। वह समझदार है। वह भी रामचेरी के प्रति आकर्षित है। दलपतिशाह बिना समय गवाँए गढ़ी में जैसे ही प्रविष्ट हुआ, उसने धनंजय को आज्ञा दी कि वह अपने पिता से मिलकर गढ़ी के सैनिकों एवं उसके साथ आए सैनिकों की संयुक्त सेना बनाए तथा चन्देल शिविर पर आक्रमण की तुरन्त योजना तैयार करें ताकि आक्रमण किया जा सके।

दलपतिशाह गढ़ी में अपने कक्ष में बैठकर अपनी सेना तथा कीरतसिंह की सेना की शक्ति का आकलन कर रहा था, तभी धनंजय ने आकर दलपतिशाह का ध्यान भंग किया।

धनंजय : "राजकुमार जी, पिताजी मनियागढ़ में उपलब्ध सारे सैनिकों को एकत्रित कर रहे हैं, आपके साथ आए हुए सैनिकों को नायक ने तुरन्त तैयारी का आदेश दिया है।"

दलपतिशाह : "क्या हमारे पास कालिंजर के अश्वारोहियों का सामना करने के लिए पर्याप्त अश्वारोही हैं।"

धनंजय : "हमारे पास अश्वारोही तो हैं परन्तु उतने नहीं जितने कालिंजर की सेना टुकड़ी में हैं। हमारे अश्वारोही सम्भवतः उतने प्रशिक्षित भी नहीं हैं जितने कालिंजर सैन्य के हैं। परन्तु हमारे पास विशेष बल के रूप में इस समय ग्यारह हाथी अवश्य हैं।"

दलपतिशाह : "परन्तु जब मैं आया था तब मैंने वे हाथी नहीं देखे।"

धनंजय : "वे हाथी महाराज ने गढ़ा से भेजे हैं, उनके साथ हथियारों से लैस एक छोटी टुकड़ी भी है। हाथी सेना के नायक ने बतलाया कि वे राजकुमार के गढ़ा के प्रस्थान होने से कुछ दिन पहले ही वहाँ से चल पड़े थे। महाराज ने यह पहले ही बता दिया था कि हाथी दल को राजकुमार के मनियागढ़ पहुँचने के पूर्व पहुँचना है और वे वस्तुतः आपके आने के कुछ ही पहले यहाँ पहुँच पाए थे। आप उन्हें इसलिए नहीं देख पाए क्योंकि उन्हें मनियागढ़ के दूसरे छोर पर ठहराया गया था।

दलपतिशाह मन में सोचने लगा : "कहीं महाराज ने मुझे मात्र सिंह देखने की इच्छा के बहाने किसी कार्य योजना के तहत तो यहाँ नहीं भेजा था? वह सोचने लगा, महाराज को राज्य की जब छोटी से छोटी बात की समय पर खबर दी जाती है तब कालिंजर के राजघराने की मनिया देवी दर्शन की बात तो उन्हें पता चल ही गई होगी, पर क्या इसका दुर्गावती से सम्बन्ध है? इसका क्या भरोसा! यह सोचना तो दूर की कौड़ी है। खैर, हाथी आ गए पर उनका इस युद्ध में क्या उपयोग है?"

दलपतिशाह ने प्रकट में कहा : "धनंजय, इस युद्ध में दोनों पक्ष के काफी सैनिक मारे जा सकते हैं, परन्तु यदि कालिंजर राजघराने की आज की दिनचर्या का पता लग जाए तो यह हानि काफी कम हो जाएगी।"

धनंजय कुछ शर्माते हुए : "राजकुमार, हमें उनकी आज की सारी दिनचर्या की पूरी और सही जानकारी है।"

दलपतिशाह : (कुछ आश्चर्य से) "वह कैसे?"

धनंजय : "हम जब रामचेरी से मिले तभी हमने सारी योजना बना डाली थी, जिसके तहत आज शाम को राजकुमार और राजघराने के सारे सदस्य अपनी काफी सेना के साथ मन्दिर में आरती के लिए जाएँगे, परन्तु चूँकि मन्दिर एक छोटी पहाड़ी पर स्थित है, वहाँ तक घुड़सवार नहीं जा सकेंगे। थोड़े से घुड़सवार अवश्य पहाड़ी के नीचे रहेंगे पर लगभग समूची घुड़सवारों की टुकड़ी शिविर में ही रहेगी।

"मन्दिर की पहाड़ी से लगी हुई दूसरी ऊँची पहाड़ी है। यह घने वनों में आच्छादित है और इस पर तो पैदल चढ़ना भी मुश्किल है, परन्तु हम अपनी योजना के अनुसार इसी तीव्र ढालवाली पहाड़ी से अपनी सेना उतारेंगे। इससे दूर किसी को हमारी उपस्थिति का पता भी न चलेगा।

"मन्दिर परिसर में हमारे सैनिक साधारण वेश भूषा में दर्शनार्थी के रूप में उनके हाथों में देवी के चढ़ानेवाले त्रिशूल रहेंगे जिनमें दिखावटी पूजा के लिए नीबू काटकर लगा दिए जाएँगे।"

दलपतिशाह प्रसन्नता से : "अरे, तुमने तो पूरी योजना ही बना डाली।"

धनंजय : "राजकुमार जी, अकेले मैंने नहीं, मैंने और रामचेरी ने मिलकर।"

दलपतिशाह : "ठीक है, योजनानुसार सैनिकों को तैनात कर दो।"

शाम होने के कुछ पहिले मनिया देवी का मन्दिर जो अक्सर वीरान-सा रहता है, अचानक श्रद्धालुओं से भर गया। श्रद्धालुओं के हाथ में त्रिशूल थे जिनमें सिन्दूर और नीबू लगा हुआ था।

इन्द्रजीत के नेतृत्व में जब कालिंजर राजघराने का दल दर्शन करने पहुँचा तो वह इतने सारे श्रद्धालुओं को देखकर हैरान हो गया क्योंकि जब वे इसके पहले प्रातः काल देवी के दर्शन को पहुँचे थे तब वहाँ पुजारी और इक्के-दुक्के श्रद्धालुओं को छोड़कर और कोई दूर-दूर तक दिखलाई नहीं दे रहा था। इन्द्रजीत का माथा ठनका, जैसे ही वह सीढ़ियाँ चढ़ने लगा उसने मन्दिर में घंटियों और शंख की आवाज सुनी। वह समझ गया

कि उसके वहाँ पहुँचने के पहले आरती प्रारम्भ हो चुकी थी। यह अप्रत्याशित था क्योंकि उसने सूर्य की ओर देखा, अब भी उसे अस्त होने में काफी समय था अतः वह आरती के लिए विलम्ब से निश्चित रूप से नहीं पहुँचा था।

इन्द्रजीत को राजकीय कार्यों का पर्याप्त अनुभव था अतः उसने नायक को बुलाकर आदेश दिया कि सेना व्यूह बनाकर मन्दिर को घेर लें तथा साथ आए घुड़सवारों को पैदल सैनिकों की सुरक्षा के लिए और अधिक सतर्क होने को कहा। इन्द्रजीत सारे काफिले का नेतृत्व कर रहा था। दूसरा राजकुमार दुर्गावती के साथ ही था। दुर्गावती मन्दिर कीं पहाड़ी के नीचे पालकी से उतरी। उसके साथ एक गठरी थी, जिसे रामचेरी ने उठा लिया। रामचेरी और दुर्गावती की गठरियों को उनका अंगरक्षक लेकर सीढ़ियों से ऊपर चढ़ने लगा। दुर्गावती और रामचेरी ने भी आरती के वाद्यों को सुना।

दो एक सीढ़ियाँ ही वे चढ़ पाई होंगी कि एक युवक ने दुर्गावती और रामचेरी का झुककर अभिवादन किया। यह व्यक्ति पुरोहित जैसे कपड़े पहने था। रामचेरी ने अंगरक्षक से कहा कि देवी को चढ़ाने के लिए लाई गई सामग्री की पोटलियाँ दे दी जाएँ। अंगरक्षक ने वैसा ही किया।

मन्दिर के भीतर थोड़ी-सी जगह थी। यहाँ प्रकाश भी कम था केवल दीपकों और आरती के प्रकाश से ही मन्दिर का गर्भगृह प्रकाशित था। यह सम्भव नहीं था कि सभी लोग भीतर एक साथ चले जाएँ। अतः राजकुमार इन्द्रजीत ने दुर्गावती को भीतर जाने को कहा ताकि वह साथ लाई गई आरती से देवी की पूजा कर सके। परन्तु भीतर आरती कर रहे लम्बे गौर वर्ण के युवक ने अपनी आरती दुर्गावती को दे दी और वह आरती करने लगी। राजकुमार इन्द्रजीत यह देखकर झुंझला गया परन्तु करता भी क्या।

आरती समाप्त हुई, इसके पश्चात् मन्दिर में देवी को चढ़ाए जानेवाले सिन्दूर की डिबिया को हाथ में लेकर युवक ने सिन्दूर को दुर्गावती के भाल में लगा दिया एवं पास ही रखी एक माला को उसे पहिना दिया।

जब तक इन्द्रजीत समझ पाए, तब तक पुरोहित बने हुए धनंजय ने उच्च स्वर में घोषणा की : "गढ़ा-कटंगा के महाराज श्री संग्रामशाह के पुत्र महाराज कुमार श्री दलपतिशाह ने आज मनिया देवी के आशीर्वाद से कालिंजर दुर्गपति श्री कीरतसिंह की सुपुत्री सौभाग्यकांक्षिणी दुर्गावती का पाणिग्रहण किया।"

इतना सुनना था कि इन्द्रजीत आपे से बाहर हो गया और उसने तलवार खींच दलपतिशाह को युद्ध के लिए ललकारा। दलपतिशाह पहले से ही तैयार था। देखते ही देखते मन्दिर परिसर और उसके चारों ओर तलवारें बजने लगीं। श्रद्धालुओं के रूप में मौजूद सैनिकों ने त्रिशूलों से लड़ना प्रारम्भ ही किया था कि मन्दिर के पीछे की पहाड़ी से नंगी तलवारें लिए सैनिकों का एक बड़ा दल कालिंजर के सैनिकों से भिड़ गया।

दुर्गावती के आश्चर्य का ठिकाना न रहा जब उसने देखा कि दलपतिशाह के कृपाण कौशल के सामने राजकुमार इन्द्रजीत देर तक न टिक सका। किन्तु राजपूतों की आन रखते हुए उसने घायल होकर गिरते दम तक युद्ध किया।

दलपतिशाह ने दुर्गावती का हाथ पकड़ा तथा गोंड सैनिकों के साथ मन्दिर के पीछे वाले वनों से युक्त पहाड़ी में चढ़ने लगे।

दुर्गावती दलपतिशाह का हाथ थामे जब पहाड़ी के ऊपर पहुँच गई तब उसने नीचे मन्दिर की ओर देखा, युद्ध अब भी चल रहा था। गोंड धनुर्धर पहाड़ी से वाणों की वर्षा कर रहे थे और कालिंजर की सेना उससे बचने के लिए पीछे हट रही थी।

दलपतिशाह ने कहा : "राजकुमारी, आगे देखिए हमारी प्रतीक्षा में दुर्ग नायक खड़े हैं।"

दुर्ग नायक ने दुर्गावती को चिन्तित देख कहा : "राजकुमारी जी, चिन्तित न हों, रामचेरी को धनंजय के सैनिक अभी-अभी दूसरे रास्ते से यहाँ पहुँचा गए हैं। युद्ध भी समाप्त होने को है क्योंकि रात्रि होनेवाली है। कालिंजर के सैनिक इस ओर चाहकर भी नहीं आ सकते। जंगल में घुसना उनके लिए प्राणघातक है, यह वे जानते हैं।"

कुछ दूर चलने पर समतल जगह मिली। वहाँ रामचेरी कुछ और गोंड सैनिकों की सुरक्षा में खड़ी दुर्गावती की प्रतीक्षा कर रही थी। दोनों दौड़कर एक-दूसरे के गले मिलकर मानो एक-दूसरे से एकाकार हो गईं। दोनों ही यहाँ पुत्रियाँ थीं केवल पुत्रियाँ, जिन्होंने अपने माता-पिता और परिजनों को छोड़, एक अनजान राह चुन ली थीं।

तभी उन्हें दूर से एक चिंघाड़ सुनाई दी, यह चिंघाड़ एक विशाल गजराज की थी, जिसे महावत उसी ओर ला रहा था।

दुर्गपति ने दलपतिशाह और दुर्गावती से हाथी में बैठने को कहा, दुर्गावती ने रामचेरी का हाथ पकड़कर उसे अपने पास ही हौदे में बैठा लिया।

लगभग एक प्रहर बाद जब दुर्ग के एक प्रकोष्ठ में दलपतिशाह, दुर्गावती और रामचेरी गुपचुप से बैठे हुए थे तभी धनंजय ने प्रवेश किया और राजकुमार तथा राजकुमारी को प्रणाम कर युद्ध का विवरण सुनाने लगा। उसे भी साधारण चोट लगी थी। सारे युद्ध में घुड़सवार कुछ भी न कर सके थे। गढ़ा कटंगा की सेना ने अपनी कार्य सिद्धि के पश्चात् सभी सैनिकों को वापस बुला लिया था। घायलों का उपचार गढ़ी में प्रारम्भ हो गया था। धनंजय ने यह भी बतलाया कि राजकुमार इन्द्रजीत भी घायल हैं। उन्होंने अपनी सेना को तुरन्त कालिंजर लौटने की आज्ञा दे दी है।

दर्पदलन

मध्य युग के सामन्तवादी भारत में राजाओं के यहाँ पुत्री के जन्म होने का अर्थ था एक जटिल सामाजिक समस्या की उत्पत्ति। इस समस्या की जटिलता से राजा, महाराजे ही नहीं रजवाड़ों के छोटे-मोटे जागीरदार और जमींदार भी जकड़े हुए थे। समस्या के मूल में केवल जातीय एवं वंशगत श्रेष्ठता का दम्भ और अहंकार था जिसके चलते किसी भी क्षत्रिय पिता को अपने स्तर का वंश ढूँढे न मिलता था। क्षत्रिय समाज इतना अधिक आत्मकेन्द्रित था कि वधूपक्ष, वरपक्ष में कहीं-न-कहीं खोट निकाल देता, इसका परिणाम अधिकतर युद्ध होता। तलवार के साए में वधुओं की डोलियाँ उठाई जातीं।

दलपतिशाह और दुर्गावती को विवाह के सूत्र में बँधने के लिए परम्पराएँ तोड़नी पड़ीं।

दुर्गावती ने विवाह के पश्चात् गढ़ा के राजमहल में अपने पति के साथ प्रवेश किया था तब उसके मन में दलपतिशाह के परिवार को लेकर अनेक आशंकाएँ थीं परन्तु जैसे ही उसने श्वसुर गृह में पहला कदम रखा उनकी सारी आकांक्षाएँ उसी तरह घुल गईं जैसे काँच पर पानी पड़ने से उसकी धूल साफ हो जाती है। राजगोंडों के प्रताप का उसने जो वर्णन सुना था उससे उसके मन में अपने क्षेत्र के आनबान में डूबे राजा, रानियों की छवि उतरी थी, जो किस बात पर क्रोधित हो जाए या किस बात को अपनी प्रतिष्ठा का प्रश्न मानकर तलवारें खींच ले, कोई नहीं जानता था। पर यहाँ तो सब कुछ अलग था। अपने श्वसुर संग्रामशाह को जब उसने अपनी दोनों सासों के साथ दरवाजे पर स्वयं आकर जिस सहजता और उल्लास के साथ दलपति और उसका स्वागत किया तो वह आत्मविभोर हो गई। उसे कहीं लगा ही नहीं कि वह प्रबल पराक्रमी संग्रामशाह के सामने खड़ी है जिसके सामने आने पर बड़े-बड़े सूरमा भी थर्राते हैं। माताएँ भी ऐसी मानो सरलता की प्रतिमूर्ति हों।

दुर्गावती को लगा ही नहीं कि वे अन्य परिवार में आ गई हैं। राजमाता ने नववधू दुर्गावती की जिस स्नेह और प्रेम से वधू प्रवेश की सारे रस्में पूरी कीं उसने दुर्गावती को कहीं भीतर तक छू लिया। दुर्गावती ने राजमाता पद्मावती के कक्ष में रात्रि विश्राम किया।

दूसरे दिन प्रातः जब वह शयन कर उठीं तब उसे पता चला, विवाह की सारी तैयारियाँ हो चुकी हैं। सम्पूर्ण राजधानी को सजाया गया था। उत्तम मुहूर्त में राजपुरोहित ने परम्परागत रूप से राजकुमार दलपतिशाह और राजकुमारी दुर्गावती का विवाह सम्पन्न

कराया। इस जोड़े के साथ ही दुर्गावती की प्रिय सहेली रामचेरी जो उनके साथ ही आई थी का शुभ-विवाह भी मनियागढ़ के दुर्गपति के पुत्र धनंजय के साथ सम्पन्न कराया गया।

मनियागढ़ के दुर्गपति ने चन्देलों के आक्रमण की आशंका के चलते वहीं रहना उचित समझा था, किन्तु उसने अपने पुत्र को राजकुमार और राजकुमारी के साथ राजधानी विदा कर दिया था।

विवाह के पश्चात् नव वर-वधू ने महाराज संग्रामशाह एवं दोनों माताओं का आशीर्वाद ग्रहण किया।

अपने प्रकोष्ठ में ले जाकर राजमाता ने वह बेशकीमती हार स्वयं अपने हाथों से दुर्गावती के गले में पहिनाया और फिर दुर्गावती के अनिंद्य सौन्दर्य को देखकर ठगी-सी रह गईं। दुर्गावती कुछ क्षण के लिए उन बातों को स्मरण करने का प्रयास करने लगीं जो मनियागढ़ से गढ़ा के रास्ते में दलपतिशाह ने बड़े प्रेम से सुनाई थीं। तो यह वह हार था जिसने दुर्गावती को इस परिवार का सदस्य बनाने में एक प्रमुख भूमिका अदा की थी। सेठ लक्ष्मीप्रसाद का संग्रामशाह से मिलना फिर दलपतिशाह एवं राजमाता के साथ वार्तालाप करना, यही सब तो हुआ था कुछ ही दिनों पहले, फिर क्या महाराज संग्रामशाह ने सम्पूर्ण योजना रची थी या कि उसके भाग्य ने, दुर्गावती निर्णय न कर सकी।

किन्तु तभी उनकी विचार श्रृंखला टूटी। बाँदिया उसे राजकुमार के कक्ष की ओर ले जाने के लिए आ चुकी थीं। महाराज संग्रामशाह अपने पुत्रों को बहुत अधिक स्नेह करते थे और इसीलिए उन्होंने अपने बड़े पुत्र के परिवार के निवास के लिए प्रकृति की सुन्दर गोद में बसे एक सुरम्य स्थान को चुन रखा था। वे चाहते थे कि नवदम्पती एक दूसरे को निकटता से समझ सकें। दुर्गावती की विद्या, सूझबूझ, प्रबन्धपटुता और सर्वोपरि उनके अनुपम सौन्दर्य से दलपतिशाह इतने अनुरक्त थे कि उनके लिए दुर्गावती का साहचर्य, उनके जीवन का सबसे बड़ा सुख बन चुका था। पिता संग्रामशाह ने उनके लिए गजसिंह दुर्ग (सिंगोरगढ़) भव्य प्रासादों का निर्माण कराया था। सिंगोरगढ़ 'वन दुर्ग' था। चारों ओर दूर-दूर तक सघनवन, जिसमें विशाल सागौन एवं बाँसों के वृक्ष थे। चारों ओर की पहाड़ियों में सघन झाड़ियाँ थीं। इस दुर्ग में एक विशाल सरोवर था, जिसमें सौ हाथियों और हजार सैनिकों के लिए ज्येष्ठ की भयानक गर्मी में भी आवश्यकता से अधिक जल रहता था। वस्तुतः इस वन दुर्ग के आसपास अनेक पहाड़ी झरने थे जिनसे सम्पूर्ण वन प्रान्तर हरा-भरा रहता था। दलपतिशाह और दुर्गावती इन झरनों के किनारे बैठकर अन्तहीन बातें करते।

दुर्गावती को सिंगौरगढ़ बहुत अधिक भाया। यहाँ समय मानो थम-सा गया था। उसे याद आया कि सिंगौरगढ़ में कुछ दिनों रहने के बाद जब वह और दलपति पुनः गढ़ा पहुँचे तब उनकी सास ने उनसे कहा था कि गढ़ा की अपेक्षा सिंगोरगढ़ में अधिक सुख-सुविधा युक्त महल हैं अतः उन्हें जल्दी-जल्दी गढ़ा आना आवश्यक नहीं है। वहाँ

महाराज ने भी अपनी अस्वस्थता के चलते चन्द्रशाह को गढ़ा में रखा ही था। चन्द्रशाह को राजकार्य में अधिक रुचि नहीं थी इसलिए महाराज उसे कुछ न कुछ कार्य देकर उसे निष्क्रिय होने से रोकने का प्रयास करते थे। यह तभी सम्भव था जब दलपतिशाह दूर रहें अन्यथा वे अकेले ही सारे राजकार्य करने में जुट जाते। वे पिता को और अधिक श्रम नहीं करने देना चाहते थे। महाराज भी यद्यपि अब सत्तर वर्ष की आयु प्राप्त कर चुके थे परन्तु वे आज भी बेहद सतर्क और कर्मठ व्यक्ति थे। शिथिलता तो मानो उन्हें छू भी न पाई थी।

दलपतिशाह और दुर्गावती को सिंगौरगढ़ इतना रास आया कि वे अपना समय वहीं काटने लगे।

किन्तु एक दिन दलपतिशाह को खबर मिली कि महाराज संग्रामशाह गम्भीर रूप से अस्वस्थ हैं। दलपतिशाह ने तुरन्त ही सिंगौरगढ़ से गढ़ा जाने की तैयारी की। वह मानसिक रूप से अशान्त थे क्योंकि उन्हें महाराज के जीवन पर स्पष्ट संकट का आभास था। दुर्गावती को जैसे ही यह समाचार मिला वह भी दलपतिशाह के साथ ही चलने को तैयार हुईं। दलपतिशाह ने दुर्गावती के लिए तीव्रता से दौड़नेवाले बैलों की बैलगाड़ी तैयार कराई। उन दिनों राजघराने की महिलाएँ शीघ्रता होने पर ऐसी ही बैलगाड़ियों में बैठकर यात्रा करतीं। इस क्षेत्र में जुते हुए घोड़ोंवाले रथों का प्रचलन पीढ़ियों पहले बन्द हो गया था। शकट में जुते हुए बैल छरहरे शरीर के तथा कम उम्र के 'नटवे' होते थे और ये तेजी से भाग सकते थे। प्रत्येक 10 कोस पर इन्हें बदल दिया जाता था क्योंकि दस कोस पर दूसरी छावनी में ऐसे बैल पहले से तैयार रखे जाते थे। दूसरे सभी वाहनों की तुलना में ये शकट कम कष्टप्रद थे।

दुर्गावती ने ऐसे शकट पर बैठने से मना कर दिया और उसने भी पुरुष वेश में तेज घोड़े पर यात्रा करने का निश्चय किया।

दलपतिशाह चूँकि स्वयं भी अतिशीघ्र पिता के पास पहुँचना चाहते थे अतः न चाहते हुए भी उसने दुर्गावती की अश्वारूढ़ होकर साथ चलने की जिद मान ली। दलपतिशाह को दुर्गावती के अश्वारोहण की क्षमता ज्ञात थी क्योंकि गजसिंह दुर्ग से अनेक बार वे घोड़ों और हाथियों पर अलग-अलग बैठकर अपने राज्य की सीमाओं तक यात्राएँ कर चुके थे। फिर दलपतिशाह के साथ एक पूरी की पूरी अश्वारोही सैन्य टुकड़ी भी साथ में थी।

गढ़ा राज्य में पहुँचकर जब वे महल की ओर बढ़े तब उन्हें चारों ओर के माहौल ने उद्विग्न कर दिया। हर ओर निस्तब्धता थी। सैकड़ों पुरुष-स्त्री आ जा रहे थे पर सर्वत्र चुप्पी थी।

जब दलपतिशाह महल में पहुँचे तब वहाँ उनकी माता और विमाता के अतिरिक्त भोजसिंह कायस्थ, माधव जी तथा वैद्यों और झाड़फूँक करनेवाले ओझाओं की हताश पंक्ति बैठी थी। सभी चुपचाप थे।

दलपतिशाह ने व्यग्रता से माता की ओर देखा। राजमाता पद्‌मावती ने अश्रु-भरे

कंठ से कहा : "महाराज विगत दो दिनों से अन्न जल नहीं ले पा रहे हैं।"

तभी महाराज संग्रामशाह ने अन्तिम बार आँखें खोलीं सामने दलपतिशाह को देखकर उनके मुख पर म्लान मुसकान आई। उनकी आँखें बन्द होने लगीं। अर्धनिमीलित आँखों से महाराज कुछ देर तक पुत्र को देखते रहे, मानो कुछ और बोलना चाहते हों। तभी दुर्गावती ने पास जाकर उनको प्रणाम किया, पिछले दो दिनों से आँखें बन्द कर लेटे हुए महाराज ने दुबारा नेत्र खोले, इस बार उनके नेत्रों में जीवन की अन्तिम चमक, मानो वे पुत्र और पुत्रवधू को देखने के लिए ही अपनी साँसों को बन्द होने से रोके हुए थे।

महाराज के स्वर्गवासी होने पर सारे राज्य में शोक छा गया। महाराज की अन्त्येष्टि से लेकर अन्य सारे मृतक संस्कारों को विधि विधान से पूरा किया गया।

राजकीय परम्परा के अनुसार बिना समय खोए शुभ मुहुर्त में दलपतिशाह को गढ़ा कटंगा राज्य के राजसिंहासन पर बैठाया गया। सभी करद राजा उपस्थित हुए। गढ़ा कटंगा की प्रजा को दलपतिशाह की योग्यता पर पूरा भरोसा था।

लगभग छह माह पश्चात्

महाराज दलपतिशाह अपने दरबार में बैठे राजकार्य का संचालन कर रहे थे तभी दीवान भोजसिंह कायस्थ ने महाराज से कुछ कहने की अनुमति माँगी। महाराज ने अनुमति प्रदान की।

दीवान : "महाराज, सूचित करना चाहूँगा कि राज्य के लगभग सभी अधीनस्थ राजाओं ने अपना वार्षिक कर भिजवा दिया है।"

दलपतिशाह : "लगभग सभी अर्थात् क्या कुछ ऐसे भी हैं जिन्होंने अब तक कर नहीं पहुँचाया?"

दीवान : "हाँ महाराज, पंडरिया के लोधी जमींदार ने अब तक अपनी जमींदारी का कर राज्य को अदा नहीं किया है।"

दलपतिशाह : "इसकी वजह क्या जमींदार से पूछी गई?"

दीवान : "जी महाराज, कर समय पर न आने पर उसके पास हरकारा भेजा गया था। दो बार तो उसने उससे मिलने से इनकार कर दिया था।"

दलपतिशाह : "उसने मिलने से क्यों मना किया, उसकी जमींदारी में इस वर्ष कोई प्राकृतिक विपदा आई थी या फसल की पैदावार ठीक नहीं हुई?"

दीवान : "नहीं, ऐसा कुछ भी नहीं।"

दलपतिशाह : "फिर उसने हरकारे से मिलने में क्यों आना कानी की?"

दीवान : "महराज, बेहतर होगा कि यह आप हरकारे के मुँह से ही सुनें?"

दलपतिशाह : "हरकारे को हाजिर किया जाए।"

हरकारा पहले से ही राजदरबार के एक कोने में खड़ा था। दीवान ने उसे बुला रखा था अतः वह सीधे दरबार के बीच में खड़ा हो गया, और उसने महाराज को प्रणाम किया। दलपतिशाह ने उसे जो कुछ भी वार्ता हुई उसे शब्दशः कहने का आदेश दिया।

हरकारा : ''महाराज, मुझे माफी दें, मैं जैसा हुआ वैसा ही राजसभा में बोल रहा हूँ।''

महाराज : ''माफी दी जाती है।''

हरकारा : ''महाराज, राज्य के नियमानुसार पंडरिया पहुँचकर जब मैंने दरवानों से दो बार जमींदार से मिलने का समय माँगा तो मुझे उनके आदमियों ने कोठी में घुसने ही नहीं दिया, मुझे दो दिनों तक गाँव के बाहर एक पेड़ के नीचे रहने को मजबूर किया गया। तीसरी बार जब मैं जमींदार की ड्योढ़ी में पहुँचा तब बड़ी कठिनाई से उन्होंने मुझे कोठी के भीतर आने दिया। जब मैं उनसे मिला तो उन्होंने मेरे आने का कारण पूछा। मैंने कहा कि आपके ग्रामों का राजस्व अब तक खजाने में जमा नहीं हुआ अतः आप उसे शीघ्रता से जमा करा दें। मैं इस आशय का कोषाध्यक्ष का मुद्रायुक्त पत्र भी ले गया था जो मैंने उन्हें दिया।'' यह कहकर हरकारा चुप हो गया।

दलपतिशाह ने उससे पूछा : ''तुम घबराओ नहीं, यह बतलाओ फिर क्या हुआ?''

हरकारा : ''पत्र लेकर उन्होंने ठहाका लगाया और कहा, अरे जब गढ़ा कटंगा का राजा ही स्वर्गवासी हो गया तब हम राजस्व क्या स्वर्ग भेज दें।''

हरकारा : ''महाराज, जमींदार ने यह बड़ी बेशर्मी से कहा फिर भी मैंने हिम्मत न हारी और कहा कि राज्याभिषेक के बाद अब सभी आज्ञा-पत्र हमारे नए महाराज के नाम से निकलते हैं। राज्यों की यह सामान्य प्रक्रिया है। इस पर उन्होंने मुझे बड़बोला कहते हुए मेरी पीठ पर चार कोड़े लगवाए और कहा कि राज्य के अधिकार पिता के बाद पुत्र को यों ही नहीं मिल जाते, उसके लिए अपने को राजा साबित करना पड़ता है।''

यह कहकर हरकारे ने अपनी पीठ पर लगे चार कोड़ों के निशान दिखलाए। हरकारे को बेइज्जत कर जमींदारी से बाहर भगा दिया गया था और इस तरह जमींदार ने गढ़ा कटंगा राज्य के प्रति विद्रोह कर दिया था। यह बात साफ हो गई। दलपतिशाह ने राजदरबार में बागी जमींदार को सबक सिखलाने की घोषणा कर दी और साथ ही युद्ध की तैयारियाँ प्रारम्भ हो गईं।

मध्य युग के राज्यों में ऐसी घटना अप्रत्याशित न थी। प्रतापी राजा के स्वर्गवास होने पर क्षत्रप स्वयं ही राजा बनने का प्रयास करने लगते और यह प्रयास सबसे पहले राजस्व बन्द कर देने का कार्य होता। दरअसल यह विद्रोह का डंका बजाना ही होता था। ऐसी घटनाओं का राज्यव्यापी प्रभाव होता था, यदि तुरन्त ही विद्रोह को नहीं दबाया गया तो अन्य विद्रोही पैदा हो जाते।

एक सप्ताह बाद

गढ़ा राज्य के सैन्य मुख्यालय में आज काफी चहल-पहल थी। सैनिकों को अपने शस्त्रों सहित यहाँ पहुँचने के लिए सूचना दे दी गई थी।

आज की बैठक में, पैदल सेना, अश्वारोही सेना और गजसेना के प्रमुखों को बुलाया गया और इस बात पर निर्णय लिए गए कि पंडरिया के जमींदार को सबक सिखाने के

लिए प्रत्येक सेना से कितने सैनिक भेजे जाएँ। तय करने के पूर्व पंडरिया के जमींदार की सेना की ताकत का भी जायजा लिया गया। उस स्थिति पर भी चर्चा की गई कि क्या वह अन्य किसी जमींदार से सैनिक सहायता प्राप्त कर सकता है। सभी सम्भावनाओं और आशंकाओं पर चर्चा की गई और आक्रमण की व्यूह रचना स्वयं दलपतिशाह ने की। युद्ध की रणभेरी बज उठी। दूसरे दिन प्रातःकाल ही सेना को प्रस्थान करना था।

रात्रि में दलपतिशाह दुर्गावती के पास बैठकर बात कर रहे हैं।

दलपतिशाह : "महारानी, कल भोर में ही हमारी सेना पंडरिया के लिए कूच करेगी, कितने दिन में लौटूँ कुछ तय नहीं।"

दुर्गावती : "आप कितने दिनों में लौटेंगे इसका क्या अर्थ है? मैं भी साथ चलूँगी, हम साथ ही लौटेंगे।"

दलपतिशाह : "विनोद न करें देवि, युद्ध है, उसे हल्के से नहीं लिया जा सकता।"

दुर्गावती : "महाराज, यह ठिठोली का वक्त नहीं है, मैं गम्भीरता से कह रही हूँ कि मैं भी आपका साथ दूँगी।"

दलपतिशाह : (आश्चर्य से) "महारानी, युद्ध में आपका क्या काम। युद्ध तो हमें लड़ना है, आपके साथ चलने से हमें आपके लिए अतिरिक्त सुविधा जुटानी होगी तथा सैन्यदल को अतिरिक्त सावधानी और सतर्कता रखनी होगी।"

दुर्गावती : "महाराज, कहना चाहूँगी कि यदि मैं स्वयं यह सोचती कि मैं इस अभियान में बोझ स्वरूप हूँ तो मैं आपके साथ चलने का प्रस्ताव ही नहीं रखती।"

दलपतिशाह : (कुछ संकोच से) "महारानी, आपसे अब मैं क्या कहूँ, शायद कहने की आवश्यकता भी नहीं। आप जानती ही हैं कि युद्ध में कब किसे कौन-सा घात लग जाए।"

दुर्गावती : "समझती हूँ और खूब समझती हूँ। मैंने अपने बाल्यकाल से घात प्रतिघातों से खेलना सीखा है। इतना कह सकती हूँ, आवश्यकता पड़ने पर मेरे द्वारा किए गए प्रतिघात से शत्रु बच नहीं सकता।"

दलपतिशाह : "महारानी, मैंने आपके शस्त्र चालन को देखा है परन्तु युद्ध में आप मेरे रहते भाग लें, यह उचित नहीं होगा। लोग आपको युद्ध करते देख क्या कहेंगे?"

दुर्गावती : "जो भी कहेगा उसे मैं उचित उत्तर दूँगी। हाँ, यदि आप न चाहें तो मैं युद्ध न करूँगी, परन्तु यदि आप रणक्षेत्र में जा रहे हों और मैं न जाऊँ यह उचित न होगा।"

दलपतिशाह : "चलिए, हम आपकी बात मान लेते हैं पर कल सुबह तैयार हो जाइए चलने के लिए एवं पूछे जानेवाले प्रश्नों के लिए भी।" रात्रि बीती।

सुबह तूर्यनाद हुआ। दुर्ग के बाहर सेना के दस्ते कूच करने को तैयार थे। महाराज योद्धावेश में राजप्रासाद के द्वार में जब पहुँचे तब उनके साथ पुरुषवेश में दुर्गावती भी थीं। राजाप्रासाद के द्वार में राजमाताएँ और राजपुरोहित पहले ही पहुँच चुके थे।

दोनों राजमाताएँ आश्चर्य से दुर्गावती को देखती रह गईं। तभी राजपुरोहित ने उच्च स्वर में मन्त्रोच्चार करते हुए महाराज दलपतिशाह की दाहिनी भुजा में रक्षासूत्र बाँधा और आशीर्वाद दिया फिर महारानी को पुरुषवेश में देखकर उन्होंने उनसे पूछा : "देवि, आप सद्यः विवाहित राजवंश की कुलवधू हैं, आप ने पुरुष वस्त्रों को क्यों धारण किया है?"

दुर्गावती : "पुरोहित जी, पति के साथ युद्धस्थल में जाने के लिए।"

राजपुरोहित : "देवि, स्त्रियों का युद्धस्थल में जाना धर्मविहित नहीं है।"

दुर्गावती : "पुरोहित जी, यदि ऐसा है तो महाराज दशरथ की पत्नी युद्ध में क्यों गईं थीं? और जहाँ तक मेरी जानकारी है, उन्होंने अपने पति की युद्ध में मदद की थी।"

राजपुरोहित : "देवि, वह त्रेता की बात है, साथ ही उस घटना में लोकोत्तर चरित के व्यक्ति थे, हम सब साधारण व्यक्ति हैं।"

दुर्गावती : "यह तो आश्चर्य की बात है, जहाँ पति के लिए बलिदान की बात हो, जहाँ पति के लिए जीवन-संघर्ष का सबसे कठिन क्षण हो, वहाँ पर नारी पति का साथ न दे, हम अपने लोकोत्तर चरित्रों का अनुसरण न करें, यह कौन-सा धर्म है? पत्नी को तो पति के लिए साक्षात् यम का भी सामना करना चाहिए। महाराज, मैंने तो यह सुना है।"

राजपुरोहित ने दुनिया देखी थी अतः उन्होंने तुरन्त ही अपना वक्तव्य बदलते हुए कहा : "महारानी, राज्य के हित में सदैव कार्य करना मेरा भी धर्म है और मैंने उस धर्म के नाते इस राज्य की महारानी को यथाशक्ति युद्ध के खतरे से बचाने हेतु ही अपना मन्तव्य दिया, किन्तु उसे मानना या न मानना आपकी इच्छा पर निर्भर करता है।"

दोनों राजमाताओं और उपस्थित राजपुरुषों ने दुर्गावती का दृढ़ निर्णय तो सुना ही साथ ही सबको यह भी महसूस हो गया कि दुर्गावती के लिए खतरे का कोई अर्थ नहीं है।

दुर्गावती युद्धक हाथी पर शस्त्रों सहित सवार हुईं। दलपतिशाह एक दूसरे हाथी पर सवार हुए। गढ़ा कटंगा की सेना ने पंडरिया की ओर प्रस्थान किया। सीमा पर पंडरिया का जमींदार अपनी सैन्य शक्ति के साथ युद्ध के लिए तैयार था परन्तु मुश्किल से एक घड़ी युद्ध हुआ। लोधी जमींदार खेत रहा और उसकी सेना ने शस्त्र डाल दिए। इस युद्ध में शामचन्द्र गोंड ने वीरता के साथ युद्ध किया। वह राजगोंड सेना की पदाति टुकड़ी का नायक था। दलपतिशाह ने युद्ध के उपरान्त पंडरिया की जमींदारी शामचन्द्र को सौंप दी।

अप्रत्याशित

महाराज दलपतिशाह पिछले काफी दिनों से गढ़ा में थे। राज्य में सभी कुछ सामान्य था अतः वे सिंगौरगढ़ चलने के लिए उद्यत हुए। महामन्त्री ने जाते समय सलाह दी, चूँकि सिंगौरगढ़ गढ़ा की अपेक्षा राज्य की उत्तर पश्चिमी सीमा के अधिक निकट है अतः वहाँ पर सुरक्षा की दृष्टि से और अधिक सैन्य बल बढ़ा दिया जाए परन्तु दलपतिशाह इससे सहमत न हुए। उनका विचार था कि सिंगौरगढ़ का किला चूँकि पूर्णरूप से सुरक्षित है तथा उसमें से निकलने का गुप्त रास्ता पूर्णतः सुरक्षित है अतः गोंड राज्य की प्रमुख सेना गढ़ा में ही रहनी चाहिए। सिंगौरगढ़ में गजसेना की मात्र एक छोटी टुकड़ी रहती थी, जिसमें सात हाथी थे। गजसेना की यह टुकड़ी भी महाराज के साथ ही आती जाती रहती थी। सिंगौरगढ़ में अश्वसेना भी नाममात्र की ही थी, उसका कारण यह था कि गढ़ा में नियमित अश्वसेना की जगह अश्वारोही सैनिकों की टुकड़ियाँ थीं जिसका मुख्य कारण गढ़ा, मंडला चौरागढ़ और सिंगौरगढ़ के मार्गों को सुरक्षित बनाए रखना था। अश्वसेना के इस विकेन्द्रीकरण से कुछ लाभ भी थे और कुछ हानियाँ भी। लाभ यह था कि संग्रामशाह के जमाने से अब तक राज्य के किसी भी प्रमुख मार्ग में लूटपाट की घटना सुनने को भी नहीं मिली। गढ़ा राज्य के मार्गों में व्यापारी सुरक्षित थे। कुछ अवसरों पर जब लुटेरों ने अधिक संख्या में संगठित होकर आक्रमण करना चाहा तो यही अश्वारोही सैनिक राजधानी गढ़ा या प्रमुख नगर मंडला से हाथियों के दस्तों को बुला लाते। सघन वनोंवाले, ऊबड़-खाबड़ पठारीवाले इस देश में सैकड़ों नाले बहते रहते थे, जहाँ पर अश्वसेना की सीमित उपादेयता थी। यहाँ पर सपाट मैदानों की कमी थी, जिसमें घोड़े सरपट दौड़ सकें। परन्तु अश्वसेना राज्य पर आक्रमण कर दे तो उसे तुरन्त आगे बढ़ने से नहीं रोका जा सकता था। हाँ, यदि पहले से किसी आक्रमण की प्रत्याशा हो तो गजसेना द्वारा व्यूह का निर्माण हो सकता था।

दलपतिशाह ने पंडरिया के जमींदार को करारी शिकस्त देकर यह जाहिर कर दिया था कि वे किसी भी राजनैतिक प्रतिद्वन्द्विता को सहन नहीं करेंगे।

इन सब बातों को भला महामन्त्री आधारसिंह कायस्थ से बेहतर कौन जानता था। अतः जब महाराज ने अपने साथ अतिरिक्त सेना ले जाने से मना कर दिया तो उस पर उसे आश्चर्य नहीं हुआ। सिंगौरगढ़ जाते समय दुर्गावती दलपतिशाह के साथ ही हाथी के हौदे में बैठीं।

रास्ते में दुर्गावती ने पूछा : "महाराज, आपने महामन्त्री के अतिरिक्त सैन्यबल रखने का प्रस्ताव क्यों टाल दिया।"

दलपतिशाह : "महारानी, सिंगौरगढ़ में हमारे पास दो हजार चुने हुए धनुर्धर योद्धा हैं, फिर हमारे पास हाथियों की यह टुकड़ी भी है, तब भय किस बात का?"

दुर्गावती : "भय की बात नहीं है, मैं तो बदलते हुए वक्त की बात कर रही हूँ।"

दलपतिशाह : "वह कैसे?"

दुर्गावती : "देखिए, जब तक बड़े महाराज थे, बात और थी। उस समय आप जब कहीं भी रहते थे उन्हें न केवल उसकी जानकारी रहती थी वरन् वे यह भी जानते थे कि कब कैसी आवश्यकता पड़ सकती है, अतः आप चाहें न चाहें बड़े महाराज की सहायता सभी जगह मानो पहले से ही उपलब्ध रहती थी।"

दलपतिशाह : "सो तो है, अब महाराज की सी दूरदृष्टि तो पीढ़ियों में एकाध व्यक्ति को मिलती है। सामान्य व्यक्ति को परिस्थितियों से गुजरने के बाद ही अनुभव होते हैं और वह उनका लाभ उठाता है। हमने भी गढ़ा में संचारतन्त्र को और अधिक प्रभावी बनाकर इस कमी को पूरा करने का प्रयास किया है। फिर अभी किसी आक्रमण का तो दूर-दूर तक अन्देशा नहीं है।"

दुर्गावती : "किन्तु गढ़ा में राजपरिषद की बैठक में भारत के उत्तरी राज्यों के महायुद्धों की चर्चा जब हो रही थी तब मेरा मन अज्ञात आशंका से न जाने क्यों भर गया!"

दलपतिशाह : (कुछ सोचते हुए) "हाँ, सम्पूर्ण उत्तरखण्ड यवनों के युद्ध से क्लान्त है। अफगान और मुगल लुटेरों ने गंगा-जमुना की शस्य श्यामला भूमि को रौंदकर रख दिया है। इन युद्धों का अगर सीधा असर हमारे वन राज्य पर भी न पड़े तो भी परोक्ष दुष्प्रभाव की आशंका को नकारा नहीं जा सकता।"

दुर्गावती : "स्वामी, हमारी जमीन कब तक इन लुटेरों से लूटी जाती रहेगी। हम तो राजपूतों के कुलों के दीपकों को बुझते देखने के शायद आदी हो गए हैं। ये लुटेरे अब इस देश के नायक कहलाने लगे हैं। गाँवों को उजाड़ने के लिए जिन लुटेरों ने हमारे देश में रास्ते बनाए, उन्हें इस देश के बुद्धिजीवी, पुरुषरत्न घोषित करते हुए थक नहीं रहे हैं।"

दलपतिशाह : "महारानी, मैं अफगानों से युद्ध करते हुए आपके पिता एवं परिजनों की देशभक्ति से अवगत हूँ। जिन्होंने दासता के स्थान पर युद्ध में अपने प्राण देना उचित समझा। देश ऐसे वीरों को याद रखेगा।"

दुर्गावती : (दुखी होकर) "महाराज, जन सामान्य की याददाश्त बहुत थोड़ी होती है। कब किसका वह जय-जयकार करने लगे, कहा नहीं जा सकता। निरंकुश राजा प्रलोभन देकर चाटुकार विद्वानों की विद्वता और मानवता दोनों ही क्रय कर लेते हैं, फिर जो यह लोग लिखते हैं वही सही इतिहास हो जाता है। प्रत्येक बर्बर लुटेरे के अपने-अपने इतिहासकार होते हैं।"

दलपतिशाह : ''महारानी, इतिहास तो बनता ही है युद्ध में जीतनेवालों का। समय यह पता लगाना मुश्किल कर देता है कि कौन-सी विजय मानवमूल्यों की रक्षा के लिए थी और कौन-सी मानवमूल्यों को नाश करनेवाली थी। पराजय में तो सभी कुछ नष्ट हो जाता है। पराजित व्यक्ति का पक्षधर कभी-कभी जनमानस अवश्य रहता है परन्तु उसकी वैधता को वेतनभोगी विद्वान सदैव ही पूरी शक्ति से नकार देते हैं।''

दुर्गावती : ''सुना है, विजय प्राप्त करने पर भी यवन जिस निर्दयता का परिचय देते हैं उससे मानवता थर्रा जाती है।''

दलपतिशाह : ''हाँ, अपनी निर्दयता को वे अपनी परम्परा कहते हैं। तैमूर के वंशज पराजित योद्धाओं के सिरों को काटकर मीनारें बनाते हैं।''

दुर्गावती : ''मैंने तो सुना है कि इन मीनारों में मृतकों के सिर भी काटकर रख दिए जाते हैं।''

दलपतिशाह : ''बड़ी लोमहर्षक परम्पराएँ हैं इनकी। हमारे यहाँ ऐसी पशुवत निर्दयता अपवाद हैं। हमारा समाज उसकी निन्दा करता है। उसे परम्परा नहीं बनाता।''

दुर्गावती : ''क्या करेंगे खंड-खंड में बँटे हमारे हिन्दू योद्धा।''

दलपतिशाह : ''संगठित होकर युद्ध करने के अतिरिक्त कोई रास्ता नहीं है। भावावेश में किए गए युद्धों के घातक परिणाम हुए हैं। अतः सोची समझी रणनीति भी आवश्यक है।''

दलपतिशाह और दुर्गावती सिंगौरगढ़ में पहुँचे। दिन भर की यात्रा से काफी थक चुके थे, अतः रात्रि में भोजन करने की इच्छा भी न थी फिर भी थोड़ा बहुत भोजन कर रात्रि में पलंग पर लेटे कि गहरी नींद आ गई।

सिंगौरगढ़ के किले के चारों ओर सघन वन होने के कारण सूर्योदय पूर्व ही वन्य पशुओं की आवाजें और चिड़ियों की चहचहाहट सुनाई देने लगती है। ठंडी मन्द बयार यहाँ की सुबह को अधिक आनन्ददाई बना देती है। रात्रि में शीघ्र शयन के कारण दुर्गावती की आँख बहुत सुबह ही खुल गई। देखा, महाराज भी उठने का उपक्रम कर रहे थे। किले में लगा खतरे का घंटा जोर-जोर से बजने लगा। दुर्गावती ने प्रश्नवाचक नजर से दलपतिशाह की ओर देखा, तब तक उन्होंने पलंग से उठकर फुर्ती से शयनकक्ष में रखी हुई तलवार को हाथ में ले लिया था। दरवाजे की ओर देखते हुए उन्होंने अपने वस्त्र ठीक किए। दोनों को दरवाजे के बाहर भारी पदचाप सुनाई दिए। महाराज ने गवाक्ष से देखा किले के गोंड प्रहरी ही थे। उन्होंने महाराज को बुलाने के लिए आवाज दी।

महाराज ने महारानी की ओर देखा। दुर्गावती ने अपने वस्त्र शीघ्रता से ठीक ढंग से धारण किए और महाराज के साथ आगे बढ़ीं।

सैनिकों ने महाराज को अभिवादन कर शीघ्रता से कहना प्रारम्भ किया।

नायक : ''महाराज की जय हो, राज्य की उत्तरी पश्चिमी सीमा पर गश्त लगानेवाली अश्वारोही टुकड़ी ने सूचना दी है कि एक यवन अश्वारोही सेना कल रात्रि

व्यारमा नदी के उत्तर तक पहुँच चुकी है। कल रात्रि आकस्मिक वर्षा हो जाने के कारण अश्वारोही तुरन्त नदी पार नहीं कर सके। वे नदी के उस पाट पर डेरा डाले हुए हैं और नदी के उतरते ही सिंगौरगढ़ पर आक्रमण करेंगे इसकी हमें पक्की सूचना मिल चुकी है। बे-मौसम की बरसात है अतः नदी में पानी उतरते देर नहीं लगेगी।"

दलपतिशाह : "किले के सिंहद्वार को बन्द कर दो किन्तु पहले संग्रामपुर के जो भी निवासी भीतर आना चाहें उन्हें भीतर आने दो, ध्यान रहे यवनों के हाथ न तो अन्न का एक दाना हाथ लगे और न ही कोई स्त्री।"

नायक : "जो आज्ञा महाराज। संग्रामपुर के सभी संपन्न निवासी, अपने अनाज भंडार और मूल्यवान वस्तुओं के साथ किले में शरण लेने के लिए मुख्य द्वार तक पहुँच चुके हैं। आसपास के ग्रामों के निवासियों और संग्रामपुर के उन निवासियों को जो पहाड़ी के जंगलों में जाना चाहते हैं, जंगलों में पहुँचाने में सैनिक मदद कर रहे हैं। ऊँची पहाड़ियों में अश्वसेना नहीं पहुँच पाएगी अतः वे वहाँ सुरक्षित रहेंगे।"

दलपतिशाह : "कितने सैनिक संग्रामपुर तथा आसपास के ग्रामों को खाली करने में लगे हैं?"

नायक : "कोई सौ सैनिक हैं महाराज, वे भी या तो संग्रामपुर या पास के ग्रामों के हैं। उन्हें यह कह दिया गया है कि वे ग्रामीणों के साथ दुर्गम पहाड़ियों की ओर भाग जाएँ। सभी को यह भी बतला दिया गया है कि वे अपने धनुष-बाण अवश्य साथ रखें और यदि इक्के-दुक्के अश्वारोही पहाड़ियों पर चढ़ने का प्रयास करें तो उन्हें जीवित न छोड़ें।"

दलपतिशाह : "हमारी अश्वारोही गश्ती टुकड़ी कहाँ है?"

नायक : "वह किले के भीतरी मैदान में आपकी आज्ञा की प्रतीक्षा कर रही है। खतरे की घंटी सुनकर सभी सैनिक भी मैदान में पहुँच चुके हैं। सेना के सातों हाथी भी सिंह द्वार पर रणसज्जा में खड़े हैं। बुर्जों में प्रहरी धनुर्धरों की संख्या चार गुनी अधिक बढ़ा दी गई है। दुर्गपाल जगतसिंह स्वयं सारी व्यवस्था देख रहे हैं।"

दलपतिशाह : (कुछ सन्तोष के साथ) "ठीक है, हम सैन्य निरीक्षण के लिए पहुँच रहे हैं।"

दलपतिशाह बिना समय खोए तैयार होते हैं, तब तक दुर्गावती भी तैयार होकर पति के पास पहुँच जाती हैं। दलपतिशाह (कुछ आश्चर्य से) : "महारानी, हमने आपको श्रम करने से मना किया है, आप विश्राम करें। आपकी अवस्था ऐसी नहीं है कि आप और अधिक श्रम करें। गढ़ा से सिंगौरगढ़ की यात्रा भी आपके लिए कष्टप्रद रही होगी, भले ही आपने हमसे एक शब्द भी न कहा हो।"

दुर्गावती : "महाराज, मैं कौन-सा युद्ध करने चल रही हूँ, केवल आपके द्वारा सैन्य निर्देश ही तो देखना चाहती हूँ।"

दलपतिशाह : "मैं तो इसके पक्ष में नहीं हूँ, फिर भी जैसी तुम्हारी मर्जी।"

दलपतिशाह जानते थे कि दुर्गावती ने जो ठान लिया सो ठान लिया।

वस्तुतः जब वें गढ़ा से संग्रामपुर आने के लिए निकले थे तभी राजमाता पद्मावती ने दलपतिशाह को बतला दिया था कि वे कुछ ही समय में पोते का मुँह देखनेवाली हैं परन्तु यह बात न तो उन्होंने सीधी कही थी और न ही दुर्गावती ने इसका आभास दिया था। कुछ नासमझी दलपतिशाह की भी थी, उन्हें उनके पिता बनने की ओर इशारा तो किया गया था पर वे इन इशारों की भाषा को समझ नहीं पाए थे। जैसे दुर्गावती ने गढ़ा में जब एक बार परिहास में उनसे यह कहा था कि बाबा कपूर ने तुम्हें मेरी और अधिक देखभाल करने के लिए कहा था, तो वे उसका निहितार्थ न समझ पाए थे और उन्होंने प्रत्युत्तर में जब विनोद पूर्वक पूछा था कि कैसी सेवा करूँ अपनी महारानी की? तब दुर्गावती ने पुनः परिहास में कहा था कि यह अपनी माता जी से पूछो। बात तो तब खुली जब माताजी ने पहले तो पुत्र और पुत्रवधू दोनों से ही कुछ महीने गढ़ा में ही रहने को कहा पर जब राजकार्य की विवशताएँ उन्होंने सुनीं तब उन्होंने केवल दुर्गावती को गढ़ा में छोड़कर जाने का प्रस्ताव किया उनके लिए यह कुछ अटपटी बात थी। अन्त में माताजी ने सब कुछ स्पष्ट ही कहा।

दलपतिशाह की प्रसन्नता का पारावार न रहा और उन्होंने माताजी की बात मान ही ली थी किन्तु तभी उन्होंने दुर्गावती की राय जाननी चाही। इस पर दुर्गावती ने परोक्ष रूप से सिंगौरगढ़ जाने की बात कही। महारानी ने भी राजवैद्य से सलाह ली। उनका कहना था कि अभी दुर्गावती यात्रा कर सकती हैं, साधारण श्रम भी कर सकती हैं केवल उन्हें गिरना नहीं चाहिए या किसी भी प्रकार का धक्का नहीं लगना चाहिए। प्रसव के लिए अभी पर्याप्त समय है फिर भी किसी तरह की लापरवाही ठीक नहीं होगी। राजवैद्य की सहमति के बाद ही राजमाता ने दुर्गावती को यात्रा की आज्ञा दी।

किन्तु यहाँ आते ही एक नया संकट आ गया। पूरी तरह से अप्रत्याशित। इसकी रणनीति बनानी थी, वह भी तुरन्त।

दलपतिशाह और दुर्गावती किले के विशाल प्रांगण में पहुँचे। वहाँ पर दुर्गावती के अतिरिक्त अन्य सैन्याधिकारी तथा धनंजय और रामचेरी भी उपस्थित थे। सैनिकों ने अस्त्र-शस्त्र धारण कर रखे थे। दलपतिशाह सैनिकों को सम्बोधित करने के लिए आगे बढ़े, तभी दुर्गावती ने अब तक किले में पूरी की जा चुकी सभी व्यवस्थाओं की जानकारी दी। दलपतिशाह ने सारी बातों को सुनकर सन्तोष की साँस ली।

जब दलपतिशाह दुर्गावती के साथ अपने विश्राम कक्ष से निकले तभी रामचेरी को भी महारानी के निकलने की सूचना दे दी गई थी अतः वह अपने पति के साथ, महारानी की सेवा हेतु पहले से ही पहुँच चुकी थी। रामचेरी ने दो परिचारिकाओं की भी जल एवं अन्य सामग्री के साथ महारानी की सेवा के लिए व्यवस्था कर रखी थी। उन्होंने महारानी दुर्गावती को एक सुन्दर आसन पर बैठाया एवं उनके ऊपर छत्र तान दिया।

महाराज दलपतिशाह ने सामने खड़े हुए सैन्य दल को सम्बोधित करना प्रारम्भ किया—"गढ़ा कटंगा के वीरों, हमें ज्ञात हुआ है कि यवनों की एक घुड़सवार सेना राज्य की उत्तर पश्चिमी सीमा व्यारमा नदी के उस पार तक पहुँच चुकी है, वे इस तेजी से

दमोह तक पहुँच गए कि हमें पता ही न चल सका। हमारे गश्ती घुड़सवारों की टोली को जैसे ही यह पता चला, उन्होंने हमें तुरन्त सूचना दी और इसीलिए हम संग्रामपुर को समय रहते खाली करा सकने में सफल हुए हैं। आसपास के 20 कोस तक ग्रामों में सूचना भेज दी गई है कि वहाँ के निवासी कैमूर तथा भांडेर पहाड़ियों के ऊँचे स्थानों में चढ़ जाएँ अश्वारोही उन तीव्र ढालानों पर नहीं चढ़ पाएँगे।''

हमें ज्ञात हुआ है कि अश्वारोही सैनिकों की संख्या पाँच सौ और छह सौ के बीच है। हमारी गजसेना के लिए इन्हें परास्त करना बहुत सरल है परन्तु इतनी अश्वसेना के लिए भी कम से कम दो सौ हाथियों की सेना की आवश्यकता होगी। हमारे पास इससे कहीं बहुत अधिक हाथी हैं। हमारी गजसेना किसी भी आक्रमण का मुकाबला भी कर सकती है परन्तु वह इस समय गढ़ा और मंडला में केन्द्रित है। साधारणतः कभी कोई युद्ध अकस्मात नहीं होते, उनके कुछ न कुछ कारण होते हैं और तदनुसार हम व्यूह रचना करते हैं परन्तु हम पर यह आक्रमण अकारण और आकस्मिक हुआ है, अतः इसका सफलतापूर्वक सामना करने के लिए हमें युद्धनीति का अनुसरण करना है। इस समय हमारा विकल्प यह है कि हम अभेद्य किले में स्वयं को सुरक्षित करें तथा हमारे धनुर्धर, जब भी शत्रु किले की दीवार के पास आए तब बाणों की वर्षा कर उसे रोकें।

हमने संग्रामपुर एवं आसपास के उन लोगों को, जो किले में शरण चाहते हैं, उन्हें पर्याप्त समय दिया है। अब सिंहद्वार बन्द करने की आज्ञा दी जाती है। गजसेना किले के भीतर ही रहेगी।

जिन नागरिकों ने परिवार सहित किले में शरण ली है उनकी व्यवस्था दुर्गपति ने समुचित ढंग से करा दी है।

अन्त में यह कहना चाहूँगा कि किसी भी सैनिक अथवा आश्रय में आए नागरिक, मन में किसी भी प्रकार का न तो भय लाएँ और न ही किसी प्रकार की कानाफूसी करें। हम इन आततायियों को मार भगाएँगे। इस पर विश्वास रखें।''

इसके पश्चात् दलपतिशाह के साथ सभी ने 'जय बड़ादेव, हर हर महादेव' का घोष किया।

देखते ही देखते सैन्य टुकड़ियाँ किले के मुख्य स्थानों पर तैनात हो गईं।

महाराज दलपतिशाह, दुर्गपति और नायक, व्यूह रचना और युद्ध सम्बन्धी विषयों पर विचार करते रहे। तभी एक सैनिक ने सूचना दी कि संग्रामपुर के एक सेठ ने, जिसने सपरिवार कुछ देर पहले ही दुर्ग में शरण ली थी, महाराज से वार्ता की अनुमति चाही है। सेठ को मिलने की अनुमति दे दी गई।

सेठ के आने पर महाराज ने उससे मिलने का आशय पूछा।

सेठ ने बतलाया कि वह कुछ दिनों पूर्व राज्य के उत्तर पश्चिमी क्षेत्र के ग्रामों में जब घूम रहा था तब गंगा-यमुना क्षेत्र से अनेक विस्थापित राज्य में आ रहे थे, ये सभी व्यापारी वर्ग के लोग थे अतः उनसे वार्ता करने पर उसे जो कुछ भी ज्ञात हुआ है वह महाराज से बतलाना चाहता है।

दलपतिशाह ने उसे बोलने की आज्ञा दी।

सेठ : "महाराज, मुझे बतलाया गया है कि दिल्ली से बनारस तक अफगानों और मुगलों की सेनाओं में जमकर लड़ाइयाँ चल रही हैं। ये लड़ाइयाँ शायद जल्दी न थमें क्योंकि दोनों ही तबके हिन्दुस्तान में पैर जमाने के लिए आर-पार की लड़ाइयाँ लड़ रहे हैं। इन लड़ाइयों में जब कोई सेना हार जाती है तो वह भाग खड़ी होती है और अपना खर्चा निकालने के लिए किसी भी नगर या गढ़ी को लूट का निशाना बनाती है। सुना है, शेरसिंह सूर के बाद अफगानों का अब कोई मुखिया नहीं बचा है। हो न हो उन्हीं अफगानों का एक लश्कर यहाँ लूट के लिए आ गया हो, वैसे उत्तरभारत के रुहेलखंड के उमरखाँ की बुन्देल खण्ड के उत्तरी भाग में लूटपाट की गतिविधियाँ सभी को मालूम है। सम्भव है इस बार उसने गढ़ा राज्य को लूट का निशाना बनाया हो।" यह कहकर सेठ चुप हो गया।

दलपतिशाह ने सबको सांत्वना देते हुए कहा : "उमरखाँ कितना भी बड़ा लुटेरा क्यों न हो, वह कभी गोंडवाना नहीं लूट पाएगा, उसे इस आक्रमण का जवाब दिया जाएगा।"

यह बात धीरे-धीरे सभी को ज्ञात हो गई, सभी सतर्क थे क्योंकि किसी भी क्षण आक्रमण हो सकता था।

सिंगौरगढ़ का प्राचीन नाम गजसिंह दुर्ग था। संग्रामशाह ने इसे अभेद्य बनाने के साथ इसमें सारी व्यवस्थाएँ की थीं जिनसे दुर्ग में लम्बी अवधि तक दुर्ग के द्वार बन्द कर सुरक्षित रहा जा सकता था। सिंगौरगढ़ में इतना विशाल तालाब बनवाया गया था कि वह भीषण गर्मी में भी पूरी सेना को पानी उपलब्ध करा सकता था। दुर्ग की तीन ओर सीधी खड़ी पहाड़ियाँ थीं और एक ओर विशाल प्राचीर और सुदृढ़ सिंहद्वार। द्वार से निकलते ही कुछ दूर से ही सघन वन प्रारम्भ हो जाता जो संग्रामपुर तक फैला था।

दुर्ग के सिंहद्वार से कुछ दूर ही बहुत से नाले बहते थे और क्षेत्र ऊबड़-खाबड़ था। दूर-दूर विशाल वृक्ष लगे थे।

सिंहद्वार के ऊपरी प्राचीरों पर सतर्क प्रहरी घूम रहे थे, तभी कुछ खच्चरों पर तथा चार-पाँच बैलगाड़ियों में सामान लादे कुछ लोग सिंह द्वार से कुछ दूर तक पहुँच गए। सिंहद्वार के ऊपर तैनात प्रहरियों ने उनका परिचय पूछा तो उन्होंने बतलाया कि वे व्यापारी हैं और उन्हें राज्य में घूम रहे लुटेरों से भय है अतः वे किले में शरण लेना चाहते हैं।

तभी जंगल में पक्षियों के बोलने की ध्वनि हुई, यह ध्वनि तीन बार हुई।

प्रहरियों ने उन्हें किले के दरवाजे के एकदम पास आने को कहा। बैलगाड़ियों और खच्चरों से उतरकर जैसे ही वे आगे बढ़े, किले की प्राचीर पर तैनात नायक ने शर सन्धान की आज्ञा दी और तभी क्षण भर में तीरों की बौछार ने उन बीस व्यापारियों को बुरी तरह से बींध दिया। कुछ दूर खड़े हुए खच्चर और बैलगाड़ियों को वहाँ पर रुके हुए लोगों ने वापस किया और वे भाग खड़े हुए।

बाण वर्षा हुई अवश्य, तीरों ने लक्ष्य भेद भी किया किन्तु अधिक दूरी होने के कारण जिन लोगों को तीर लगे वे किसी तरह जब उठकर लँगड़ाते और रक्त से लथपथ भागने लगे तब उनकी असलियत पता चल गई। ये सभी छद्मवेश में सैनिक थे, उन्होंने शाम के धुँधलके में धोखे से किले में घुसने की योजना बनाई थी।

बिजली की गति से इस झड़प का समाचार महाराज दलपतिशाह तक पहुँचा दिया गया।

दलपतिशाह ने दुर्गपति से कहा कि अब तुरन्त ही दूसरा बड़ा हमला होगा पूरी ताकत सिंहद्वार की रक्षा में लगा दी जाए।

"हाँ महाराज, शाम के धुँधलके में वे धोखा देकर दरवाजा खुलवाकर भीतर आना चाह रहे थे। उनकी सेना पीछे से घात लगाकर बैठी होगी।"

दलपतिशाह : 'परन्तु, इन बहुरूपियों को पहचाना कैसे?"

दुर्गपति : "वृक्षों पर गोंड गुप्तचर दूर-दूर तक छिपकर बैठे हैं और वे पक्षियों की आवाज में गुप्त रूप से जरूरी जानकारी दे रहे हैं।"

दलपतिशाह : "हमारे दुर्ग के चारों ओर सघन वन का होना इस दृष्टि से हमारे फायदे का है।"

दुर्गपति : "हाँ, महाराज।"

दलपतिशाह उठते हुए : "मैं भी प्राचीर तक चल रहा हूँ।"

दुर्गपति : "क्षमा करें महाराज, आपकी सेना दुर्ग में रहकर भी ऐसे आक्रमणों का मुकाबला करने में समर्थ है। महाराज का शत्रु के दृष्टिपथ में रहना राज्य के हित में नहीं है, कौन जाने उनके पास कौन से अस्त्र हैं।"

दलपतिशाह : "मेरा मन तो नहीं मानता पर मैं प्राचीर से बहुत दूर नहीं रहूँगा, आप मुझे हर घटना की तुरन्त जानकारी दें।"

दुर्गपति : "ठीक है महाराज।"

कुछ ही समय बाद, सायँकाल में सूर्यास्त के ठीक पहले दुर्ग के बाहर का वन घोड़ों की हिनहिनाहट से गूँज उठा—"अल्लाह हो अकबर" का गगनभेदी नारा लगा दोनों ओर से तीर चले। आक्रमणकर्ताओं के पास भी धनुर्धर थे। खूब हो हल्ला हुआ। आक्रमणकारियों में से कुछ ने भाले फेंके परन्तु सब व्यर्थ। दूर जंगल में कुछ घुड़सवारों के पास मशालें भी दिखीं पर जंगल के अँधेरे में सब कुछ डूबता दिखलाई दिया। प्राचीर पर तैनात गोंडों ने मशालें नहीं जलाईं। वे अँधेरे में ही जानबूझकर घूम-घूमकर बाण चलाते रहे।

जिस तरह कुछ देर बाद समुद्र में ज्वार उतर जाता है उसी तरह सभी घुड़सवार वापस लौट गए। रात्रि होते हुए भी वन में एक बार फिर चिड़ियाँ चहकीं।

नायक ने दौड़कर दलपतिशाह को सूचना दी : "महाराज लुटेरों के घुड़सवार रात्रि में आक्रमण करने में नाकाम रहे हैं और हमें कूट भाषा में यह पता चला है कि यहाँ से एक कोस की दूरी पर उन्होंने अपना शिविर बनाना प्रारम्भ कर दिया है।"

यह समाचार सुनकर भी प्राचीर की निगरानी में कहीं कोई कमी नहीं की गई।

दूसरे दिन प्रातःकाल से ही आक्रमण का अन्देशा था। रात्रि में किसी को नींद नहीं आई। सबसे अधिक खतरा एकदम भोर की बेला में था जब नींद शरीर को ढीला कर देती है परन्तु सम्भवतः आक्रमणकर्ता भी खूब थके हुए थे।

दोपहर में जब किले में अपनी स्थिति पर डटे हुए भोजन कर रहे थे तभी दूर कोलाहल सुनाई दिया। आक्रमणकर्ताओं ने संग्रामपुर ग्राम में आग लगा दी थी। उन्हें इस ग्राम से अन्न और धन मिलने की सम्भावना थी परन्तु वहाँ किसी को न पा उनका गुस्सा भड़क गया और उन्होंने सारे गाँव को आग के हवाले कर दिया था।

शाम को उन्हें एक दिन पूर्व देखी हुई बैलगाड़ियाँ और खच्चर दिखलाई दिए जिन पर आतताइयों ने उन बेकसूर लोगों की लाशें रखकर भिजवाईं थी जो किसी कारण पहाड़ों पर भाग नहीं पाए थे, इन बैलगाड़ियों और खच्चरों को हाँकनेवाला कोई नहीं था। उन पर लाशें लादकर उन्हें सिंहद्वार की ओर रवाना कर दिया था। बैलगाड़ियाँ और खच्चर संग्रामपुर वासियों के थे जिन्हें उनके मालिक छोड़कर भाग गए थे। रात्रि फिर किसी तरह कटी।

दूसरे दिन आक्रमणकारियों ने एक विशाल वृक्ष को लेकर दरवाजे पर आघात करने प्रारम्भ किए। पचास सैनिकों ने विशाल सागौन के वृक्ष को काटकर यह संघातक बनाया था। एक ओर पचास सैनिक पूरी शक्ति से आगे पीछे होते हुए दरवाजे पर जहाँ प्रहार कर रहे थे वहाँ उनको चारों ओर घेरकर उनकी सुरक्षा के लिए आक्रामक तीरन्दाज नीचे से ऊपर तीर छोड़ रहे थे। प्रत्युत्तर में प्राचीर से तीर, बड़े पाषाण खण्ड इत्यादि की अविरल वर्षा की जा रही थी। यह युद्ध देर तक नहीं चला क्योंकि इससे सिंहद्वार का तो बाल बाँका नहीं हुआ परन्तु आक्रामक सैनिकों को गम्भीर चोटें लगीं। जिस अश्व शक्ति के बल पर आक्रमण किया गया था वह यहाँ निरर्थक साबित हो रही थी। इसी तरह तीन दिन और बीत गए।

इस युद्धकाल में दुर्गावती के पास महाराज लगातार तो बैठ नहीं पाते परन्तु प्रत्येक प्रहर में उनसे अवश्य मिलते। महारानी दुर्गावती के पास रामचेरी छाया की भाँति रात-दिन सेवा में रत रहती। महारानी के बहुत आग्रह पर ही वह उस समय थोड़ा सो लेती जब दुर्गावती रात्रि में एकाध झपकी लेती।

एक-एक दिन कटना मुश्किल हो गया था। दिन भर आक्रमण की चिन्ता रहती, यद्यपि दुर्ग में सभी के लिए भोजन और जल पर्याप्त रूप से उपलब्ध था परन्तु सभी अन्न के एक दाने को भी व्यर्थ न फेंकते।

पाँचवे दिन दुर्गावती ने दलपतिशाह से पूछ लिया : "महाराज हम कितने दिन इस तरह युद्ध करते रहेंगे?"

दलपतिशाह ने कहा : "महारानी, युद्ध की कोई समय सीमा नहीं होती। वह तो हम जीतने के लिए ही लड़ रहे हैं फिर हमें जीत जैसे मिले।"

दुर्गावती : "तो क्या महाराज, हम अनिश्चितकाल तक यूँ ही दुर्ग में रहकर युद्ध

करते रहेंगे?''

दलपतिशाह : ''नहीं महारानी, युद्ध के प्रत्येक चरण की हमने योजना बना ली है। प्रथम चरण में हमने इस दुर्ग की सुरंग से गढ़ा को इस आक्रमण की सूचना भेज दी है। यदि युद्ध अधिक समय तक चलता है तो हमारी गजसेना हिरणनदी के उस पार मोर्चा सँभालेगी। वहाँ पर हम छह-सात सौ तो क्या दो हजार घुड़सवारों की सेना को परास्त कर देंगे।''

दुर्गावती : ''फिर गजसेना को यहाँ क्यों नहीं बुला लिया गया।''

दलपतिशाह : ''यद्यपि दुर्गपति चाहते थे कि हम गढ़ा से यहाँ दो सौ हाथियों का दस्ता बुला लें पर मेरी दृष्टि से यह उचित न होगा, बिना उचित व्यूह रचना के और उचित नेतृत्व के शत्रु उन्हें ऐसे स्थान पर घेर सकता है जहाँ वे प्रभावी न हों। दूसरी बात यह भी है कि यदि हम गजसेना को पठारी मार्ग से छुप-छुपाकर किले के पास तक बुला भी लें तो वह भीतर कैसे आएगी? बाहर तो शत्रु का घेरा है तथा जिस गुप्त मार्ग से हमारे सन्देशवाहक जाते हैं उन सुरंगों से हाथी क्या, अश्व भी नहीं जा सकता। वहाँ से तो पैदल व्यक्ति ही जाता है।''

दुर्गावती : ''फिर क्या करें?''

दलपतिशाह : ''एक कहावत के अनुसार—आपत्ति काल में धैर्य, धर्म, मित्रता और पत्नी की एकनिष्ठता की परीक्षा होती है, सो सब इस वक्त अपनी परीक्षा दे रहे हैं।''

दुर्गावती : ''महाराज, कब तक चलेगी यह परीक्षा की घड़ी? दिन पर दिन तो बीत रहे हैं।''

दलपतिशाह : ''शायद एकाध दो दिन और क्योंकि आक्रमणकर्ताओं के पास न तो अब खाने को अन्न है और न ही आसपास उसकी उपलब्धि, उन्हें भी दिन-रात यह आशंका है कि कहीं किसी रात चारों ओर से गढ़ा कटंगा की गजसेना उन्हें रौंदकर न रख दे।''

दलपतिशाह का आकलन सच निकला।

एक दिन सुबह खबर मिली कि अश्वारोही सैनिक जहाँ से आए थे, वहीं लौट गए।

अन्तहीन धनाशा

दलपतिशाह का राजदरबार अब अपने पूर्ववर्ती सभी गोंड राजाओं की तुलना में कहीं अधिक सुन्दर और भव्य था। दलपतिशाह के राज्य में मानो धन की वर्षा ही हो रही थी। पहली बार साम्राज्य के स्थायित्व बोध का आनन्द राजा और प्रजा को मिल रहा था। संग्रामशाह की डाली गई दरबार की परम्पराएँ और भी अधिक पुष्पित और पल्लवित होने लगी थीं। सम्पन्नता जहाँ अनेक गुणीजनों और सद्‌गुणों को विकसित करती है वहीं वह कठिन परिश्रम की क्षमता और सतर्कता की अनदेखी भी करती है।

दलपतिशाह के दरबार में अनेक नई प्रथाओं का अभ्युदय हुआ। यद्यपि गोंड समाज में पर्दा प्रथा पहले न थी परन्तु उत्तर भारत के राजपूतों में मुस्लिम प्रभाव से उसका प्रचलन वहाँ बढ़ चला था। दलपतिशाह के राजदरबार में दुर्गावती शालीन वेशभूषा में अपने पति के साथ ही सिंहासन के समीप ही बैठती तथा राजकाज में महाराज को स्वयं की सलाह भी देती।

राजदरबार में देश-विदेश से कवि, संगीतकार एवं अन्य कलाओं के मर्मज्ञ आते और वे अपनी प्रतिभा के अनुकूल अपना कौशल दिखलाकर यथेष्ट पारितोषिक पाते। दलपतिशाह ने अपने पिता के समान विद्वानों को पूरा सम्मान दिया। गढ़ा दरबार में दो व्यक्तियों का बहुत सम्मान था। एक थे दामोदर ठक्कुर और दूसरे थे महेश ठक्कुर। दोनों सहोदर भ्राता थे, परन्तु दोनों के स्वभाव में बड़ा अन्तर था। दामोदर ठक्कुर ज्ञानी व्यक्ति थे। सदैव विद्याध्यन में लीन रहते। कभी-कभार विशेष अवसरों पर दरबार में आते। स्वप्रशंसा से सदैव दूर रहते परन्तु महेश ठक्कुर को विद्या के अतिरिक्त सांसारिकता की भी जानकारी थी।

महेश ठक्कुर राजपुरोहित थे। उन्होंने दलपतिशाह को काव्यशास्त्र, धर्मशास्त्र और नीतिशास्त्र की शिक्षा दी थी अतः उनका दरबार में विशेष सम्मान था। दरबार में उच्च स्तरीय ज्ञान चर्चा को दलपतिशाह रुचि के साथ सुनते।

ऐसी ही एक विद्वत्‌सभा में अब आचार्य वासुदेव का स्थान रिक्त हो गया था क्योंकि महाराजा संग्रामशाह के स्वर्गवास के कुछ महीनों पश्चात् ही उन्होंने भी देह त्याग दी थी। दलपतिशाह का नीतिज्ञ सलाहकार कोई नहीं था, जो थे वे सभी वेतनभोगी विद्वान पुरुष थे। महेश ठक्कुर का कार्य महाराज के सामने अपने द्वारा लिखे गए ग्रन्थों

की यदि विवेचना करना था तो केशव लौंगाक्षि दरबारी कवि थे। इन सभी विद्वत्‌सभाओं में दुर्गावती भी दलपतिशाह के साथ बैठती।

एक दिन राजसभा में

महाराज दलपतिशाह : "राजदरबार में उपस्थित सभी लोगों को मैं यह सूचित करना चाहता हूँ कि हमारी राजसभा में ऐसे विद्वज्जन मौजूद हैं जिनकी उपस्थिति से विश्व की कोई भी राजसभा स्वयं को गौरवान्वित महसूस करेगी। उन विद्वानों के शिरोमणि हमारे राजपुरोहित श्री महेश ठक्कुर हैं। मैं चाहूँगा कि वे आज अपने उन ग्रन्थों के सम्बन्ध में कुछ विस्तार से बताएँ जिनकी रचना उन्होंने गढ़ा राज्य में रहते हुए की हैं। हम उन रचनाओं की प्रतिलिपियाँ कराकर राज्य के विद्वानों को भेंट करना चाहेंगे ताकि हमारे राज्य की गौरव सुरभि जनसाधारण तक पहुँचे।"

महेश ठक्कुर : "यह महाराज दलपतिशाह की मुझ पर असीम कृपा है कि उन्होंने मुझे इतना मान दिया। अनेक वर्ष पहले महाराज संग्रामशाह के समय से ही मेरा मुख्य कार्य तो पौरोहित्य ही रहा है तथा मेरा अधिकांश समय पूजा, अनुष्ठानों एवं यज्ञ कर्म सम्पन्न कराने में ही व्यतीत होता रहा है फिर भी अपने इन कर्त्तव्यों को पूरा करने के बाद जो समय मुझे मिला उसे मैंने काव्य रचना में लगाया। मेरा विभिन्न विषयों पर जो भी ज्ञान है उसे मैंने शब्दों का रूप देने का प्रयास किया है। जहाँ तक मेरे ग्रन्थों के परिचय की बात है वहाँ यह कहना चाहूँगा कि विद्वत्समाज मेरी सभी कृतियों यथा 'तिथितत्त्व चिंतामणि', 'अतिचार निर्णय', 'सिद्धान्त सुधा', 'दायसार','प्रायश्चित प्रकाश' तथा 'एकाग्नि विधान पद्धति' से सुपरिचित हैं। इन ग्रन्थों के अतिरिक्त मेरी लिखी गई पक्षधर मिश्र विरचित् नव्यन्याय के ग्रन्थ 'आलोक' की 'आलोक दर्पण' टीका भी नैयायिकों में बहुत लोकप्रिय है।"

महेश ठक्कुर कुछ रुककर फिर बोले : "यह मेरा सौभाग्य होगा कि राजकोष से सहायता देकर महाराज मेरे ग्रन्थों की प्रतिलिपियाँ तैयार कराना चाहते हैं। जहाँ तक मेरे ग्रन्थों की विषय-वस्तु का सम्बन्ध है, मैं सभा में उपस्थित विद्वज्जनों से निवेदन करूँगा कि जिन्हें मेरा जो ग्रन्थ अधिक रुचिकर और ग्राह्य लगा हो उस पर परिचयात्मक शब्द बोलकर राजसभा में अपनी गुण ग्राहकता का परिचय दें।"

राजसभा में अनेक विद्वानों में राजपुरोहित महेश ठक्कुर के ग्रन्थों के परिचय देने के लिए होड़ लगी। महाराज ने सभी को शान्त करते हुए केवल कुछ विद्वानों को बोलने की अनुमति दी। प्रत्येक वक्ता को एक-एक कृति का संक्षिप्त परिचय देना था।

सबसे पहले खड़े हुए पंडित महेश ठक्कुर के प्रिय शिष्य पंडित रामनरेश। उन्होंने कहना प्रारम्भ किया : "महेश ठक्कुर जी के प्रणीत ग्रन्थ 'तिथि तत्त्वचिंतामणि' में हमारे समकालीन समाज की तथ्यात्मक प्रतिच्छवि देखी जा सकती है। गोंड राज्य में धर्मानुशासन की जानकारी यह ग्रन्थ युगान्तर तक देता रहेगा।"

पंडित रामनरेश ने बोलना क्या प्रारम्भ किया वे भूल ही गए कि उनके बोलने की कोई समय सीमा है।

महेश ठक्कुर गदगद होकर सुन रहे थे।

पंडित रामनरेश के पश्चात् महेश ठक्कुर के अन्य शिष्यों ने शेष चार ग्रन्थों की प्रशंसा के पुल बाँध दिए। 'अतिचार निर्णय' में ग्रहों की स्थितियों के आधार पर धार्मिक क्रियाओं पर पड़नेवाले विपरीत प्रभावों का विशद वर्णन था। यह एक फलित ज्योतिष का ग्रन्थ था। उपस्थित अनेक पंडितों ने यह कहकर ग्रन्थ में वर्णित सिद्धान्तों की पुष्टि की कि उन्होंने सभी सिद्धान्तों के प्रतिफल स्वयं ही देखे परखे हैं। एक अन्य शिष्य ने 'सिद्धान्तसुधा' में वर्णित खगोल गणनाओं की सूक्ष्मता और सत्यता के सम्बन्ध में प्रभावी भाषण दिया। उनके एक अन्य ग्रन्थ 'दायसार' में हिन्दू धर्म के अनुसार उत्तराधिकार के नियमों की विवेचना की गई थी। पंडितों ने उनके धर्मशास्त्र विषयक ग्रन्थों 'प्रायश्चित प्रकाश,' और 'शुद्धतत्त्वपरिच्छेद' की प्रशंसा करते हुए उन्हें युगान्तकारी रचनाएँ निरुपित किया। राज्य के जो पंडित उस समय सभा में उपस्थित थे उन्होंने 'एकाग्निविधान पद्धति' नामक कर्मकाण्ड विषय में की जा रही समीक्षा का जोर-शोर से स्वागत किया। अन्त में एक शिष्य ने महाराज के सामने इस तथ्य को प्रभावी ढंग से रखा जिसके अनुसार महेश ठक्कुर का न केवल शास्त्रीय ज्ञान अगाध था वरन् वे अन्य सभी ज्ञात विद्याओं के भी आगार थे। उनका अन्य ग्रन्थ 'कीर्तिलता' उनकी सर्वतोमुखी प्रतिभा का प्रमाण था।

महाराज दलपतिशाह ने सभी ग्रन्थों की समीक्षा सुनने के पश्चात् उन सभी पंडितों को स्वर्णमुद्राएँ, शाल एवं श्रीफल प्रदान करने के आदेश दिए जिन्होंने महेश ठक्कुर के ग्रन्थों का परिचय दिया था।

सभा विसर्जन होने के पश्चात् महाराज दलपतिशाह के प्रकोष्ठ में। महाराज दलपतिशाह दुर्गावती से : "महारानी, क्या तुम्हें नहीं लगता कि महेश ठक्कुर जैसा अद्वितीय विद्वान हमारे राज्य का गौरव है।"

दुर्गावती : "महेश ठक्कुर, निःसन्देह विद्वान हैं परन्तु वे अद्वितीय विद्वान् हैं या कि राज्य के गौरव हैं यह मैं नहीं जानती?"

दलपतिशाह : "ऐसी शंका क्यों, महारानी?"

दुर्गावती : "शंका उनकी न तो विद्वता में है और न ही उनके पौरोहित्य कर्म की क्षमता में, परन्तु 'अद्वितीय' और राज्य के गौरव होने में मात्र उनमें देखे जानेवाले गुण पर्याप्त नहीं हैं।"

दलपतिशाह : "ऐसा क्यों सोचती हैं, आप?"

दुर्गावती : "अद्वितीय विद्वता उसे कहना उचित होगा जिसके लिखे गए ग्रन्थों की अन्य विद्वानों द्वारा तटस्थ समीक्षा हो तथा ग्रन्थों के अध्ययन से उत्पन्न मतान्तर पर समुचित शास्त्रार्थ हो।"

दलपतिशाह : "परन्तु जब कोई कृति अपने आप में पूर्ण हो तब मतान्तर का क्या अर्थ? फिर राज्य के शीर्ष विद्वानों ने उनके कृतित्त्व की भूरि-भूरि प्रशंसा की है।"

दुर्गावती : "महाराज क्षमा करें, विद्वत्सभा में अनेक विद्वान तो कृपाकांक्षी पढ़े-लिखे लोग थे, उन्होंने जो कुछ कहा वह पूर्वापेक्षित ही था अतः राजपुरोहित अद्वितीय तो निश्चित रूप से नहीं है?"

दलपतिशाह : "चलिए, आप की बात में यदि कहीं कुछ सत्यांश हो भी तब भी वे राज्य के गौरव क्यों कहलाए जाने योग्य नहीं हैं?"

दुर्गावती : "वह इसलिए कि व्यक्ति मात्र विद्वत्ता से, धन से, शारीरिक शक्ति से या किसी विशिष्ट क्षमता से राज्य के गौरव होने का अधिकारी नहीं है उसके लिए सबसे बड़ा गुण है राज्य के प्रति समर्पण का। हमारे राज्य में कब और कहाँ महेश ठक्कुर ने ऐसा समपर्ण दिखलाया है।"

दलपतिशाह : "यह तो परिस्थितियों के निर्मित होने पर पता चलता है।"

दुर्गावती : "आप सत्य कह रहे हैं, महाराज। यदि आप इसे चाहें तो कह सकते हैं कि महेश ठक्कुर 'अपरीक्षित' व्यक्ति हैं। क्या आपने अनुभव नहीं किया कि अब तक गढ़ा कटंगा राज्य ने उन्हें केवल दिया ही है, माँगा कभी कुछ नहीं और न ही उनसे अब तक कभी कोई अपेक्षा की।"

दलपतिशाह : "हमारी अपेक्षा तो केवल यही है कि वे पौरोहित्य धर्म का पालन करें, यशस्वी रचनाएँ लिखें और राज्य का नाम चतुर्दिक प्रकाशित करें।"

दुर्गावती : "वह तो उनकी आजीविका है, महाराज ध्यान दें, महेश ठक्कुर ने एक के बाद दूसरा यज्ञ कराने में सदैव ही विशेष रुचि ली है।"

दलपतिशाह : "वह तो उन्हें लेनी ही चाहिए, क्षत्रियों का कर्त्तव्य है कि वे अधिक से अधिक यज्ञ करें।"

दुर्गावती : "यज्ञ करना उचित है, परन्तु यज्ञों में विहित दक्षिणा से अधिक दक्षिणा प्राप्त करना न तो यज्ञ संस्कार के किसी विधान में है और न ही इससे धर्माचरण में कोई वृद्धि होती है।"

दलपतिशाह : "फिर भी वे हमारे परिवार के अभिन्न ही हैं।"

दुर्गावती : "अभिन्न तो शायद नहीं, परन्तु उसके प्रदर्शन में वे सफल व्यक्ति हैं।"

दलपतिशाह : "मैं तो विद्वानों, साधुओं और ज्ञानियों पर सहज विश्वास करता हूँ, मुझे ऐसा लगता हे कि इनके प्रति सद्व्यवहार रखकर हम अपनी आत्मा को और अधिक पवित्र बनाते हैं, इनको कुछ अधिक दान करने में क्या बुराई है?"

दुर्गावती : (हँसते हुए) "महाराज, विदेह जनक बनने से कलियुग में काम नहीं चलेगा, राजा को आचार्य विष्णुगुप्त की भी सलाह माननी चाहिए।"

दलपतिशाह : "जो हो, मुझे तो महेश ठक्कुर की वाणी में सरस्वती विराजी हुई लगती हैं। कितनी भाव प्रवणता से वे पुराण वाचन करते हैं, उनका पुराणवाचन तो काव्यपाठ का आनन्द प्रदान करता है। मुझे तो लगता है कि साहित्य के अमृत से जो आनन्दानुभूति होती है वही ईश्वर की अनुभूति भी है।"

दुर्गावती : "इसीलिए महाराज को एकान्त में कभी स्तोत्र तो कभी कविताएँ

गुनगुनाते हुए मुझे देखने का अवसर मिलता है।"

दलपतिशाह : "हाँ, परन्तु आज प्रातः जो कविता मैं गुनगुना रहा था वह अपने दरबार के ही कवि अनन्त दीक्षित की थी।"

दुर्गावती : "गुणग्राहकता तो कोई आपसे सीखे।"

राजदरबार से लौटते समय महेश ठक्कुर को आज घटित सभी कुछ अत्यन्त आह्लादकारी लगा। वे अपने शिष्य वक्ताओं की वाग्चातुर्य पर अत्यन्त प्रसन्न थे। किसी लेखक की कृतियों की यदि विद्वज्जन मुक्तकंठ से प्रशंसा करें तो कौन गद्गद् नहीं होगा। राजदरबार में ही महेश ठक्कुर के आनन्दाश्रु बह चले थे फिर भी उन्होंने खड़े होकर कहा था, "मेरी सारी रचनाएँ मात्र इसलिए साहित्य में महत्त्वपूर्ण हैं क्योंकि उन्हें राजसभा के धुरन्धर विद्वानों ने सराहा है। मैंने तो मात्र अपना लेखकीय कर्त्तव्य पूरा किया था।" महेश ठक्कुर ने सभी को आशीर्वाद दिया और जब वे पुनः अपनी पीठिका में बैठ गए तब महाराज दलपतिशाह स्वयं सिंहासन से उठे और उन्होंने भरी सभा में राजपुरोहित, महेश ठक्कुर को कौशेय उत्तरीय उढ़ाते हुए स्वर्णमुद्राओं का एक भरा हुआ कलश भेंट किया था। जो अब भी उनके हाथ में था।

सारी सभा ने महाराज के इस दान की हर्षध्वनि से प्रशंसा की थी, तालियों की गड़गड़ाहट गूँजती रही। विसर्जन के उसी गूँज की प्रतिध्वनि को मन में सँजोए महेश ठक्कुर अपने भवन में पहुँचे।

महेश ठक्कुर अपने घर पहुँच पाते उसके पहले ही उनके परिवार को यह खबर मिल चुकी थी कि राजपुरोहित का राजदरबार में विशेष सम्मान किया गया है। राजपुरोहित की पत्नी भी पुरोहित परिवार से थी। उनके पिता पंडित बलभद्र अपने विशिष्ट व्यक्तित्व के लिए विख्यात् थे। वे शुद्ध कर्मकाण्डी ब्राह्मण थे जो कर्मकाण्ड के अतिरिक्त केवल कथावाचन ही किया करते थे। उनकी दृष्टि में सभी यजमान बराबर थे और वे सभी यजमानों के घरों में समानरूप से पूजा-पाठ कराते एवं जो भी दक्षिणा प्राप्त होती उसे प्रसन्नता के साथ स्वीकार करते। उनमें पांडित्य की कमी न थी परन्तु विचारों की दृढ़ता और ईश्वर में अखंड विश्वास होने के कारण वे अनेक शास्त्रों को न मानते थे, उनमें ज्योतिषशास्त्र भी एक था। उनके गुणों का पूरा असर उनकी पुत्री सुमन पर भी पड़ा था। वह भी अच्छे अच्छों की बोलती बन्द कर देती थी परन्तु स्वभाव में वह बहुत सरल थी।

राजपुरोहित ने घर आकर स्वर्ण मुद्राओं से भरा हुआ कलश सुमन को सौंप दिया और प्रसन्न मन से राजदरबार में होनेवाली पूरी घटना को बतलाने लगे। आधी रात बीत गई तब जाकर सोने का उपक्रम हुआ।

सुमन तो पर्यंक में जाकर सो गई। उसे पता ही नहीं चला कि पतिदेव बैठक से कब उठे या उठे ही नहीं। परन्तु सूर्योदय के पहले रात्रि के अन्तिम प्रहर में जब अन्धकार छटने लगा था उस समय घर के कुल देवता के कक्ष से बन्द कपाट के बीच से और गवाक्ष से प्रकाश को आते देख उसका माथा ठनका। वह उठकर उस ओर गई और

गवाक्ष से झाँक कर देखा कि भीतर कक्ष में दीपक जल रहा है और पतिदेवता स्वर्ण गिन्नियों को गिन रहे हैं। पास ही अनेक पात्र खाली रखे हैं और सामने स्वर्ण गिन्नियों को गिन-गिनकर उनकी गड्डियाँ बना दी गई हैं। सुमन चुपचाप खड़े होकर यह दृश्य देखती रही। उसे वस्तुस्थिति को समझते देर न लगी। घर की सभी सम्पत्ति इसी कक्ष में रखी जाती थी। यह कक्ष शयनकक्ष के पास ही था परन्तु इसके भीतर परिवार के किसी सदस्य के प्रवेश पर पाबन्दी थी, हाँ, लक्ष्मी पूजा के अवसर पर सभी यहाँ बैठकर पूजा करते परन्तु किस पात्र में कितनी स्वर्ण मुद्राएँ हैं यह किसी को ज्ञात न हो पाता क्योंकि कभी भी इन मुद्राओं को परिवार के सामने गिना नहीं गया था।

शायद सुमन की असावधानी से राजपुरोहित को आहट लग चुकी थी परन्तु अब तक उनका कार्य भी पूरा हो चुका था। पास में रखे एक पत्र पर उन्होंने सारी गणनाएँ लिख ली थीं और एक लाल वस्त्र में वे उसे बाँधने का उपक्रम कर रहे थे। पुरोहित जी समझ चुके थे कि उनकी पत्नी दरवाजे पर खड़ी है अतः उन्होंने दरवाजा खोल दिया। प्रातःकाल बेला में सूर्योदय पूर्व का प्रकाश फैल रहा था। सुमन अपने पति को 'पुरोहित जी' सम्बोधन से सम्बोधित करती।

पुरोहित जी ने कहा : "सुमन क्या नींद जल्दी खुल गई।"

सुमन : "जी हाँ, यहाँ प्रकाश की किरण देखकर सामने आ गई।"

पुरोहित जी : "मैंने सोचा तुम्हारी नींद को क्यों नष्ट करूँ अतः कल रात सीधे यहीं आकर बैठ गया, बहुत दिनों से यह कार्य करना था, आज पूरा हो गया।"

सुमन : "क्या आपको यह भी पता नहीं था कि घर में कितना द्रव्य है?"

पुरोहित जी : "नहीं, नहीं, पता तो था पर वह भिन्न-भिन्न कलशों में था, अब ठीक ढंग से रख दिया गया है।"

सुमन : "अब तो आपके स्नान का समय हो गया है।"

पुरोहित जी के हवन-पूजन इत्यादि करने के पश्चात् सुमन ने कहा : "आप दोपहर में शयन कर लें, सारी रात जगे हैं।"

पुरोहित जी : "सुमन, स्वर्ण के स्पर्श के पश्चात् नींद कहाँ आती है। उसका स्पर्श इतना सुखद है कि तन और मन प्रसन्नता में डूब जाता है। अब तुम्हीं देखो सुमन, जहाँ स्वर्ण सोने की चाह को पूरा कर देता है वहाँ सोना स्वर्ण की चाह को पूरा नहीं कर सकता।"

सुमन : "यह तो अपने-अपने स्वभाव की बात है, दुनिया भर में सारे किसान, मजदूर तो क्या भिक्षाट करनेवाले लोग भी सूखी रोटी खाकर, ठंडा पानी पीकर सोने में जो सुख प्राप्त करते हैं वह सुख शायद बड़े-बड़े सेठों को भी प्राप्त नहीं होता।"

पुरोहित जी : "ये सब बातें कहने और सुनने में ही अच्छी लगती हैं।"

सुमन : "कहने की बात ही नहीं है वरना स्वर्ण की चाह तो आदमी को क्या-क्या नहीं करा देती।"

पुरोहित जी : "उसे तुम कह सकती हो कि स्वर्ण प्राप्ति और अधिक स्वर्ण प्राप्ति

के लिए प्रेरित करती है या कि समझो कि स्वर्ण पुरुषार्थ की वृद्धि का अपरिमेय साधन है।"

सुमन : "चलिए आपकी बात मान लेते हैं, आप ने इस गोंड राज्य में रहते प्रचुर स्वर्ण प्राप्त कर लिया है, अब कौन-सा पुरुषार्थ करेंगे?"

पुरोहित जी : "जब इस घोर अरण्य में इतना स्वर्ण मिल सकता है तो बाहर और अधिक मिलेगा, इसकी सम्भावना पर तो मैंने भी कभी पहले नहीं सोचा।"

सुमन : (आश्चर्य से) "तो क्या आप इस राज्य से बाहर जाने की भी सोच सकते हैं?"

पुरोहित जी : (कुछ विचारते हुए) "सोचा तो नहीं है, पर मुझे लगता है सोचने में क्या हर्ज है?"

सुमन : (और अधिक आश्चर्य से) "अरे, आप क्या कर रहे हैं? उन आरण्यक राजाओं को जिन्होंने अपना-अपना हृदय खोलकर रख दिया है, जो इतने सहज हैं कि उन्होंने यह कभी माना ही नहीं कि आप का कुल मिथिला से यहाँ धन कमाने के लिए आया है, जो धन देते समय अपना और पराया तक भूल जाते हैं, उन्हें छोड़कर कहाँ जाएँगे आप?"

पुरोहित जी : "सुमन मनुष्य का तो मूल धर्म ही चलना है, चलकर ही वह कुछ अर्जित करता है। आज यहाँ तो कल इससे अच्छी जगह जहाँ वह और अधिक अर्जित कर सके।"

सुमन : "तब तो आपको बांधवेश की शरण लेनी चाहिए।"

पुरोहित जी : "अब वहाँ भी क्या रखा है, बांधवेश तो स्वयं दिल्लीश्वर के करद हैं, बांधवेश के सभी गुणी जन दिल्ली जा रहे हैं।"

सुमन : "मैंने तो सुना है बांधवेश को मजबूर किया गया है अपने गुणीजनों को भेजने के लिए।"

पुरोहित जी : "क्या फर्क पड़ता है, जो लोग दिल्ली गए हैं न तो उनकी कोई शिला थी न ही उनके पास रत्न थे और न ही कोई सुन्दर स्त्री जिन्हें बलपूर्वक अपहरित किया गया हो। जब वे गए तो उन्हें अपने गुणों का प्रदर्शन तो करना ही था जो तभी सम्भव है जब मनुष्य प्रसन्न चित्त हो। हाँ, पुराने स्थान को छोड़ने में कुछ वैसा ही दुख हुआ जैसे किसी पुराने किन्तु प्रिय वस्त्र को छोड़ने में कभी-कभी होता है तो ये बात और है।"

सुमन के लिए कुछ और सुनना शेष नहीं रह गया था वह देख रही थी कि पति का लालच उन्हें कहीं भी ले जा सकता है फिर भी उसने यह जानते हुए भी कि पुरोहित जी का तर्क धन उपलब्धता की ओर ही रहेगा बोली : "ब्राह्मण होकर भी क्या दिल्ली के यवन दरबार में आप रहना पसन्द करेंगे, यदि आपको कोई आमन्त्रण मिलता है तो।"

पुरोहित जी : "अवश्य, यवन राज यदि गुण ग्राहक हैं तो उनकी सेवा में जाने में

निषेध क्यों होना चाहिए?"

सुमन : (कुछ क्रोधित होकर) "इसीलिए मेरे पिता से आपकी नहीं पटती जो राजसभाओं के पुरोहितों को चाटुकार कहते हैं।"

पुरोहित जी : (शान्तभाव से) "वे विद्वान हैं। मैं उनका आदर करता हूँ परन्तु राजदरबार में अन्तर क्यों? चाहे वह गोंड राजा का हो या यवन बादशाह का, तुम्हारे पिता कभी किसी राजदरबार में तो गए नहीं फिर उन्हें क्या पता कि विद्वानों को कहाँ जाना चाहिए और कहाँ नहीं जाना चाहिए?"

सुमन : (कुछ और अधिक क्रोध से) "पिताजी भले ही राजदरबार में न गए हों पर राजाश्रयी विद्वानों की कथनी करनी के अन्तर को वे खूब समझते हैं।"

पुरोहित जी : (कुछ अधिक प्रेम से) "अरे पिताजी को हमारे बीच में क्यों घसीट रही हो। कल क्या होगा किसने देखा है।"

यह कहकर राजपुरोहित उठ खड़े हुए।

राजपुरोहित मन ही मन खिन्न थे। उनकी समझ में नहीं आ रहा था कि उनके आगे बढ़ते हुए कदम को देखकर न तो कभी उनकी पत्नी प्रसन्न होती है और न ही उसके बड़े भाई दामोदर ठक्कुर। अन्तर कुल इतना है कि जहाँ उनकी पत्नी बोले बिना रह नहीं सकती, वहीं उनके भाई हर्ष, विषाद, उपलब्धि और सफलताओं में निर्विकार से रहते हैं।

कृष्णंवन्दे जगद्गुरुम्

दलपतिशाह का कक्ष

दलपतिशाह नित्यकर्म से निवृत्त होकर राजकार्य में प्रवृत्त होने से पूर्व दुर्गावती के साथ स्वल्पाहार करते हैं। यह वह समय होता जब व्यक्तिगत बातें भी हो जातीं। आज महाराज कुछ शीघ्र ही अपने कक्ष से निकलकर सुसज्जित बरामदे में आ चुके थे, परन्तु साथ के कक्ष से दुर्गावती नहीं आ पाई थीं अतः दलपतिशाह उनके कक्ष में जैसे ही भीतर जाने लगे वैसे ही दरवाजे पर नियुक्त परिचारिका ने बतलाया कि महारानी पूजा समाप्त कर रही हैं। महाराज ने कक्ष में प्रवेश करते समय दुर्गावती के मधुर कण्ठ से लगभग गाए जानेवाली शैली में यह श्लोक सुना :

भक्त्या त्वनन्य या शक्य अहमेवं विधोऽर्जुन।
ज्ञातुं द्रष्टुं च तत्वेन प्रवेष्टुं च परंतप।।
मत्कर्मकृन्तमत्परमो मद्भक्तः सङ्गवर्जितः।
निर्वैरः सर्वभूतेषु यः स मामेति पाण्डवः।।

दलपतिशाह जब भीतर पहुँचे तब श्लोक पाठ समाप्त हो चुका था अतः उन्होंने दुर्गावती के साथ भगवान कृष्ण की मूर्ति पर पुष्प चढ़ाए। महाराज इन श्लोकों से प्रभावित हुए और उन्होंने दुर्गावती से उनका अर्थ पूछा।

दुर्गावती : "महाराज, आपने श्रीमद्भगवद्गीता के ग्यारहवें अध्याय के अन्तिम श्लोकों को मुझसे सुना है, जिसमें भगवान श्रीकृष्ण कहते हैं कि–हे अर्जुन, एकाग्रचित्त भक्ति के द्वारा भक्त मुझे अनुभव कर सकता है तथा देख सकता है। वे यह भी कहते हैं कि जो चराचर के प्रति राग-द्वेष से मुक्त होकर, मुझ पर पूर्ण आश्रित होकर समर्पण भाव से कार्य करता है वह मुझे पा लेता है।" इतना कहकर दुर्गावती रुकी, फिर बोलीं : "परन्तु महाराज, आज कहीं चलना है क्या? जो आप इतने शीघ्र तैयार हो गए?"

"हाँ, बहुत दूर।" दलपतिशाह ने सहास्य कहा।

दुर्गावती : (आश्चर्य से) "किन्तु कल देर रात तक तो महेश ठक्कुर के सम्मान समारोह में हम आपके साथ थे तब तक भी क्या चलने का विचार मन में नहीं आया था?"

दलपतिशाह : "चलिए, पहले स्वल्पाहार किया जाए फिर मन की बात बतलाता हूँ।"

स्वल्पाहार के पश्चात् दलपतिशाह ने दुर्गावती से कहा : "कल रात्रि हुए सम्मान समारोह के पश्चात् ही मैंने तय कर लिया था कि आज हम प्रातः अपने अतिथि कक्ष में दामोदर ठक्कुर से तुम्हारे सामने कुछ चर्चा करेंगे। दोनों ठक्कुर बन्धु विद्वान व्यक्ति हैं परन्तु दोनों के दृष्टिकोण और स्वभाव में कितना अन्तर है, यह एक पहेली है। मुझे लगता है यह अन्तर तुम भी अवश्य देखना चाहोगी।"

दुर्गावती : "हैं तो दोनों सहोदर भ्राता अतः दोनों को शिक्षा-दीक्षा तो श्रेष्ठ मिली ही होगी अतः विद्वान भी होंगे, इसमें क्या नया हो सकता है?"

तभी परिचारक ने आकर सूचना दी कि माननीय दामोदर ठक्कुर आ चुके हैं और उन्हें सादर अतिथि कक्ष में बैठा दिया गया है।

दलपतिशाह : "महारानी, चलिए बहुत दूर चलना है, महल के अतिथि कक्ष तक।" दुर्गावती हँस पड़ती हैं।

दलपतिशाह और दुर्गावती दोनों ही अतिथि कक्ष में पहुँचे और दोनों ने दामोदर ठक्कुर को प्रणाम किया। दामोदर ठक्कुर ने आशीर्वाद देते हुए उनसे बैठने को कहा।

दुर्गावती ने देखा कि दामोदर ठक्कुर और महेश ठक्कुर के रंगरूप, कद काठी में विशेष अन्तर नहीं है सिवा उम्र के, जो इनके श्वेत केशों से अधिक उजागर है किन्तु जहाँ उन्हें कल की सभा में महेश ठक्कुर अपने कौशेय परिधान में ढँके एकदम आभिजात्य व्यक्ति लगे थे वहाँ दामोदर ठक्कुर उनकी अनुकृति होते हुए भी सहज सरल व्यक्ति लगे। दामोदर ठक्कुर साधारण किन्तु स्वच्छ सूती वस्त्र पहिने हुए थे। उनके आशीर्वचन में भी कहीं गुरु गम्भीर शब्द न थे। दुर्गावती को लगा कि वह नितान्त आत्मीय व्यक्ति के पास बैठी है। विद्या मार्तण्ड महेश ठक्कुर का सगा भाई इतना शान्त क्या उन्होंने अपने अनुज के समान न्याय और मीमांसा में अपना सिर नहीं खपाया? दुर्गावती सोचने लगी।

दामोदर ठक्कुर ने सहजभाव से पूछा : "महाराज ने किस हेतु इस ब्राह्मण को याद किया।"

दलपतिशाह : "महारानी ने कल के आयोजन में आपको न पाकर हमसे पूछा कि अपने अनुज के इस गरिमापूर्ण सत्कार के आयोजन में अग्रज के न पहुँचने में क्या कारण हो सकता है? आपकी कमी कल के आयोजन में मुझे खली तो अवश्य, परन्तु आयोजनों से दूर रहने के आपके स्वभाव से मैं भलीभाँति परिचित हूँ फिर भी मैंने अपनी ओर से कुछ कहने के स्थान पर आपको ही यहाँ बुला लिया, यह जानते हुए कि आप इसे अन्यथा न लेंगे। आपके यहाँ आने से हमको घर बैठे आपका आशीर्वाद मिल जाएगा।"

दामोदर ठक्कुर : (खुली हँसी हँसते हुए) "तू तो बड़ा नटखट है, दलपति, मैं तेरा

नटखटपन तब से जानता हूँ जब बहूरानी आई भी नहीं थीं। अब तूने शब्दों का जाल बुनकर दो प्रश्न पूछ ही लिए न कि राजा का निमन्त्रण क्यों नहीं स्वीकार किया और छोटे भाई की उपलब्धि पर क्यों उसे सबसे पहले बधाई नहीं दी। तूने बहूरानी को भी समझा दिया होगा कि एक उत्सव में दो लोगों को अर्थात् तुम्हें और महेश को सबसे पहले बधाई या आशिष देना मेरा कर्त्तव्य था। ठीक है, जैसा राजा सोचे वही सही माना जाता है। राजा का धर्म भी है सबको कर्त्तव्यबोध देना फिर चाहे मैं होऊँ या कोई और।''

दलपतिशाह : (बनावटी गम्भीरता से) ''नहीं, नहीं, बड़े पंडित जी, हम गोंड गँवार आपके प्रति ऐसा भाव कैसे रख सकते हैं?''

दामोदर ठक्कुर की आँखें भीग जाती हैं फिर धीमी आवाज में कहते हैं : ''दलपति, स्वयं को गँवार कहकर मुझे लज्जित न कर। तेरे स्वर्गीय पिता और तूने तो इस गोंडवाने को काशी और मथुरा की सी पवित्रता दी है। हिन्दू धर्म के सभी प्रमुख सम्प्रदायों के विशिष्ट आचार्य गढ़ा आकर वैसा ही अनुभव करते हैं जैसे दावानल से निकलकर शीतल धीर समीर में किसी व्यक्ति को आनन्द और शान्ति की अनुभूति होती है।''

दलपतिशाह : (धैर्य सा देते हुए) ''बड़े पंडित जी, आपको तो हमने केवल इसलिए बुलाया कि कभी हमारे बीच में हमें और हमारी भावनाओं को समझनेवाला कोई हो, पहले वासुदेव आचार्य थे पर वे अब नहीं रहे, आप हैं जिनसे हम अनौपचारिक रहकर चर्चा कर लेते हैं।''

दामोदर ठक्कुर : (दुर्गावती की ओर देखकर) ''बहूरानी, हम ब्राह्मणों का दरबार में क्या काम, हमारा काम तो केशव की भक्ति है। दरबार में वासुदेव आचार्य थे, उनकी बात और थी पर वैसे लोग अब कहाँ होते हैं? ठीक है, समय बदलता है और उसके साथ सामाजिक रुचियाँ और आवश्यकताएँ बदल जाती हैं।

अब कर्मकाण्ड का युग है अब निजी योग्यता को दुनिया के सामने अधिक से अधिक प्रदर्शित करने का युग है। विद्वान और योग्य व्यक्तियों से अब गम्भीरता की अपेक्षा नहीं की जाती। उसे समुद्र जैसा गम्भीर होने की आवश्यकता अब शायद समाज नहीं मानता। समाज को अब धावक विद्वान चाहिए जो दौड़ता रहे, एक गन्तव्य के बाद दूसरे और उसके बाद तीसरे गन्तव्य की ओर दौड़े। वह अन्तहीन गन्तव्यों की तरफ दौड़ता रहे।''

दुर्गावती : (दामोदर ठक्कुर की ओर देखते हुए कुछ संकोच से) ''आचार्यवर, क्या मैं भी आपको 'बड़े पंडित जी' कहकर सम्बोधित कर सकती हूँ।''

दामोदर ठक्कुर : ''हाँ बहूरानी, अवश्य परन्तु 'बड़े' शब्द का अर्थ यहाँ मात्र उम्र से है चूँकि मैं महेश का बड़ा भाई हूँ इसलिए ही बड़ा पंडित हूँ अन्यथा मैं तो साधारण पूजापाठ में विश्वास करनेवाला याचक ब्राह्मण हूँ।

आप यदि मुझसे कुछ कहना चाहती हैं तो अवश्य कहें।''

दुर्गावती : "आपने अभी वर्तमान के हिन्दू धर्म के अनेक पन्थों के सम्बन्ध में बात कही, उसे कुछ और विस्तार से कहें।"

दामोदर ठक्कुर : "मेरा आशय वर्तमान के वैष्णव सम्प्रदायों से था, जिन्हें जाने अनजाने में गोंडवाने में श्रद्धा के साथ देखा जाने लगा है और मुझे प्रतीत होता है कि निकट भविष्य में इन पन्थों को गोंडवाने में अधिक तत्परता के साथ स्वीकारा जाएगा।"

दुर्गावती : "जहाँ तक मैं समझती हूँ नारायण विष्णु ही श्रीकृष्ण हैं। श्रीकृष्ण तो महाभारत काल से ही जगद्आराध्य रहे हैं, जहाँ तक मैं जानती हूँ महाभारत के नारायणीयोपाख्यान में पाँचरात्र धर्म की शास्त्रीय मर्यादा स्थापित की गई है।"

दामोदर ठक्कुर : "'पांचरात्र' शब्द के सम्बन्ध में महाभारत में यह बताया गया है कि इस धर्म का नारायण ने श्रीमुख से गायन किया था। चारों वेदों और सांख्य योग के समावेश के कारण इसे पांचरात्र नाम उपलब्ध हुआ। नारद पांचरात्र के अनुसार 'रात्र' शब्द का अर्थ होता है 'ज्ञान'। 'रात्रं न ज्ञान वचनं, ज्ञानं पांचविधं स्मृतम्' परम तत्त्व, मुक्ति, मुक्ति योग तथा विषय (संसार) इन पाँच विषयों के निरुपण से इस तन्त्र का नाम पांचरात्र पड़ा।"

दुर्गावती : "पंडितजी, गीता महाभारत का अंश होते हुए भी भक्ति क्षेत्र का एक स्वतन्त्र चिन्तन भाष्य है। मेरी दृष्टि में गीता के अध्ययन से भगवान कृष्ण के प्रति पूर्ण समपर्ण की भावना अपने आप विकसित हो जाती है यदि आप मेरी बात से सहमत हैं तो यह बतलाने की कृपा करें कि वर्तमान वैष्णव पन्थ या पन्थों में नया क्या है?"

दामोदर ठक्कुर : "बहूरानी, फर्क कहीं कुछ भी नहीं है परन्तु समय के बदलने के साथ गीता में वर्णित विश्वास के तत्त्व को पुनः कुछ भक्तों ने पारिभाषित किया है। गीता में भगवान कृष्ण ने निष्काम कर्म की साधना के साथ-साथ भक्ति की श्रेष्ठता भी बतलाई है परन्तु हम जिस समकालीन भक्ति की बात कर रहे हैं उसके सम्बन्ध में जनश्रुति कहती है।

'भक्ती द्राविड़ ऊपजी लाए रामानन्द'

दक्षिण भारत में कुछ आचार्य कोटि के भक्त हुए हैं जिन्होंने नारायण भक्ति को तात्विक रूप दिया है। नाथ मुनि इनके प्रथम आचार्य कहे जाते हैं। इनकी परम्परा में पुंडरीकाक्ष, राममिश्र तथा यामुनाचार्ग का नाम आता है। श्री रामानुजाचार्य को विशिष्टाद्वैत की प्रेरणा देनेवाले यामुनाचार्य ही हैं। इस प्रकार यदि रामानुजाचार्य सर्वमान्य प्रथम आचार्य थे तो अन्य आचार्य निम्बार्क, विष्णुस्वामी और मध्वाचार्य थे। ये सभी आचार्य हमारी वर्तमान भक्ति परम्परा के मूल पुरुष हैं। इसी परम्परा को यदि हम अपने समय तक लाएँ तो हमें श्री रामानन्द, श्री वल्लभाचार्य, श्री कृष्ण चैतन्य, श्री हित हरिवंश तथा श्री स्वामी हरिदास जी को भी इसमें सम्मिलित करना होगा।"

दुर्गावती : "हमारे समय के कृष्ण भक्तों में से कौन हैं जिनके अनुयायियों के चरण

गोंडवाना को पवित्र करते रहते हैं।"

दामोदर ठक्कुर : "परम् श्रद्धेय वल्लभाचार्य जी के शिष्यों की गोंडवाने पर विशेष कृपा रही है।"

दुर्गावती : "वल्लभस्वामी के सम्बन्ध में हमने सुना तो अवश्य है परन्तु उनके द्वारा प्रतिपादित सिद्धान्त शायद हम गृहस्थों को समझना उतना ही कठिन होगा जितना कि पाणिनीय व्याकरण के सूत्र।"

दामोदर ठक्कुर : "नहीं कदापि नहीं, और तुम्हारे जैसी विदुषी के लिए तो और भी नहीं।"

दुर्गावती : "यदि उनके विचार हम गृहस्थों के लिए बुद्धिगम्य हैं तो संक्षेप में आप ही के द्वारा मैं उन्हें सुनना चाहूँगी।"

दामोदर ठक्कुर : "महाप्रभु वल्लभ के अनुसार ब्रह्म माया से अलिप्त है। माया से अलिप्त ब्रह्म अद्वैत है। ब्रह्म के तीन स्वरूप हैं परब्रह्म, अक्षरब्रह्म, और जगत्ब्रह्म इन्हीं को आधिदैविक, आध्यात्मिक और आधिभौतिक नाम से सम्बोधित किया जाता है। ब्रह्म अपनी सन्धिनी शक्ति द्वारा सत् का, संवित शक्ति द्वारा चित् का और ह्लादिनी शक्ति द्वारा आनन्द का आविर्भाव करता है। जीव नित्य है, उसकी उत्पत्ति नहीं होती। जीव अणु है, जीवात्मा ज्ञाता है। जीव तीन कोटि के होते हैं—शुद्ध जीव, संसारी जीव और मुक्त जीव। जड़ जगत् न उत्पन्न होता है और न नष्ट होता है केवल आविर्भाव और तिरोभाव होता है। महाप्रभु वल्लभ ने भगवत् प्राप्ति के लिए भक्ति को साधन माना है तथा भक्ति को ही मुक्ति का एकमात्र उपाय बतलाया है।"

दुर्गावती : "यह तो गीता में 'मामेकं शरणं व्रज' वाली ही भावना हुई इसमें कुछ और भी क्या वल्लभस्वामी ने जोड़ा है।"

दामोदर ठक्कुर : "नया तो नहीं परन्तु जैसा कि मैंने पूर्व में भी कहा, नए ढंग से बहुत-सी बातें कहीं जैसे वल्लभस्वामी ने राधा को श्रीकृष्ण की आत्मशक्ति के रूप में उससे अभिन्न स्वीकार किया पर इसके साथ ही उन्होंने श्रीकृष्ण के बालस्वरूप की उपासना पर भी बल दिया।"

दुर्गावती : "इसका अर्थ यह हुआ कि महाभारत के रणक्षेत्र में पाञ्चजन्य का नाद करनेवाले योगेश्वर कृष्ण के स्थान पर वल्लभस्वामी ने माखनचोर कृष्ण कन्हैया के स्वरूप की भक्ति पर अधिक बल दिया पर राधा जी को साथ में लेकर, ऐसा ही है न?"

दामोदर ठक्कुर : "ऐसा ही है, परन्तु यहाँ भगवान श्रीकृष्ण के विभिन्न रूपों में राधा की सेवा पूजा 'वागार्थाविव' सम्पृक्त मान ली गई। वल्लभस्वामी बालकृष्ण की अर्चना को सर्वोच्च मानते हुए भी राष्ट्र की स्थिति को पूरी तरह से जानते थे। उन्होंने अपने 'कृष्णाश्रय' ग्रन्थ में मुसलमानों के आक्रमणों से उपजी पीड़ा और व्यथा को व्यक्त किया है। उन्होंने तो सम्पूर्ण भारत देश को यवनाक्रान्त मानकर भगवान कृष्ण की शरण में जाने का निर्देश दिया :

'म्लेच्छाक्तान्तेषु देशेषु पापैक निलयेणु च।
सत्पीड़ा व्यग्रलोकेषु कृष्ण एव गतिर्मम्।।
गंगादि तीर्थ वर्येषु दुष्टरेवावृतेष्विह।
तिरोहिताधि देवेषु कृष्ण एव गतिर्मम्।।'

दुर्गावती : "आचार्यवर, आप हर अर्थ में हमारे लिए बड़े पंडित जी हैं, आपने हमारे अपने समय के मन्त्रदृष्टा ऋषि के सम्बन्ध में जो जानकारी दी उसे प्राप्त कर मैं धन्य हुई।"

दलपतिशाह : "बड़े पंडित जी, बहूरानी ने तो तत्त्व दर्शन की चर्चा कर ली अब हमें यह भी तो बतला दें कि वल्लभस्वामी के कौन से शिष्य हमारे राज्य में आते हैं एवं उनका स्थान कहाँ नियत है।"

दामोदर ठक्कुर : "उनके शिष्यों के पहले यह बतलाना चाहूँगा कि वल्लभस्वामी के दो पुत्र हैं गोपीनाथ और विट्टलनाथ। अभी तो दोनों ही छोटे हैं। सम्भव है जब वे बड़े हों तब यहाँ पधारें।"

दुर्गावती : "वह कैसे?"

दामोदर ठक्कुर : "यदि महान सन्त नानक गोंडवाना आ सकते हैं तो वल्लभस्वामी या उनके पुत्रों में से किसी के यहाँ चरण न पड़ें ऐसा नहीं होगा। मेरी यह भी मान्यता है कि जिस राज्य में दुर्गावती जैसी कृष्णभक्त देवी हो वहाँ कृष्णभक्ति के आचार्य न आएँ यह प्रकृति के नियम विरुद्ध होगा।"

दलपतिशाह : "बड़े पंडित जी, तब तो यह भी बतलाइए कि ऐसे महान कृष्णभक्तों के चरण हमारे राज्य में कब पड़ेंगे?"

दामोदर ठक्कुर : "चरण कब पड़ेंगे का क्या अर्थ, अब भी अनेक कृष्णभक्त राज्य में हैं, अनेक आते हैं और चले जाते हैं, वे राज्याश्रयी पंडित नहीं हैं जिन्हें दरबार की दरकार हो। परमात्मा के किसी भी स्वरूप में लीन भक्त तो सदैव अपने कृष्ण में ही रमे रहते हैं। एक बात और ध्यान रखने की है कि इन महात्माओं की वाणी का पीयूष तो हमें अपने राज्य में भी दूसरों के द्वारा ही सही निरन्तर प्राप्त हो रहा है।"

दुर्गावती : "याद आया, बाहर से आई भजनमंडलियों से हमने कुछ पद सुने थे। कृष्ण भगवान की बाललीला के सन्दर्भ में ये पद गाए जा रहे थे।"

दामोदर ठक्कुर : "हमारे राज्य में महाप्रभु वल्लभ के परम शिष्य सूरवारा जी द्वारा रचित कृष्ण भगवान की बाल छवि को दर्शानेवाले कुछ पद बहुत लोकप्रिय हैं, जैसे :

दूधदंत दुति कहि न जात अति, अद्भुत इक उपमाइ।
किलकत हँसत दुरत प्रगटत मनु, घन में विद्यु छपाई।।
खंडित बचन देत पूरनसुख, अल्प अल्प जलपाई।
घुटुरन चलत रेनु तन मंडित 'सूरदास' बलि जाई।।"

दलपतिशाह : "पंडित जी, यह पद सुनकर तो ऐसा लग रहा है कि भगवान बाल्य रूप में सामने ही खड़े हैं, पूरा चित्र कितना सजीव है।"

दामोदर ठक्कुर : "सूरदास जी ने एक से बढ़कर एक पद लिखे हैं जिनमें भक्ति और ज्ञान का अद्भुत मिश्रण है।"

दुर्गावती : "मुझे याद आया, भजन मंडली उद्धव गोपी चर्चा से सम्बन्धित यह पद गा रहे थे।"

"ऊधो, मन नाहीं दस बीस
एक हुतो सो गयो स्याम संग, को आराधै ईस?"

दामोदर ठक्कुर : "भगवान कृष्ण की लीला ही ऐसी है कि आप उसे जितना ध्यान करें उतना उसमें डूबते चले जाएँ। मैं भी अपना जन्म वृथा नहीं गँवाना चाहता, इसीलिए (मुस्कुराते हुए दलपतिशाह की ओर देखकर) न चाहते हुए भी कभी-कभी राजाज्ञा का पालन नहीं कर पाता और कभी अपने प्रिय अनुज महेश ठक्कुर की उपलब्धियों की प्रशंसा करने में कहीं पीछे पिछड़ जाता हूँ।"

इतना कहकर दामोदर ठक्कुर उठ खड़े हुए और दोनों से विदा माँगी। दुर्गावती ने बिना समय गँवाए दामोदर ठक्कुर को समुचित दक्षिणा दी जिसे उन्होंने निर्विकार भाव से ग्रहण किया। दामोदर ठक्कुर लौटकर अपने घर चले गए।

दुर्गावती से दलपतिशाह ने मुस्कुराकर पूछा : "महारानी, दोनों सहोदर भ्राता क्या एक से ही हैं? दोनों की शिक्षा-दीक्षा एक ही जगह हुई है?"

दुर्गावती : "नहीं, अद्भुत वंश है इनका, एक ऐसे वृक्ष की तरह जिसके पुष्पों के रंग अलग हैं, सुगन्ध अलग है। दोनों ही पंडित हैं। पंडित शब्द का अर्थ यद्यपि 'विद्वान' होता है पर देशज और साहित्यिक भाषा में उसका अर्थ अलग ढंग से लिया जाता है, यही अन्तर है दोनों भाईयों में।"

चतुर्थ सर्ग

दुर्गावती प्रजावत्सला

तुरंग मातंग सुवर्ण कोटि
निरन्तररोत्सर्ग मयाह्निका या।।
अशेषकीर्ति किलकामधेनोर्य
शोभिरुच्चैरधरी चकार।।21।।

(रामनगर शिलालेख का 21वाँ श्लोक)

अर्थ : वह (दुर्गावती) अपने नित्यकर्म में करोड़ों घोड़े, हाथी, स्वर्ण का निरन्तर उत्सर्ग करती। जिसमें (दुर्गावती) अपने ऊँचे यशों से कामधेनु की अशेष कीर्ति को निम्न कर डाला।

दुर्गावती

दुर्गावती भारतवर्ष के इतिहास में अद्वितीय नारी हैं। उनमें व्यक्ति में पाए जानेवाले शील, शक्ति और सौदर्न्य जैसे श्रेष्ठ मानवीय गुणों का अद्भुत विकास देखने को मिलता है। उन्होंने अनेक रूढ़ियाँ तोड़ीं परन्तु अपने प्रत्येक ऐसे कार्य से उन्होंने व्यक्ति की गरिमा को बढ़ाया। वे धर्मपरायणा के रूप में उतनी ही महनीय हैं जितनी कि रणचण्डिका के रूप में। अपने चौदह वर्षों से अधिक के राजत्वकाल में उन्होंने गढ़ा-कटंगा राज्य को समृद्धि के शिखर पर पहुँचा दिया यह उनकी महान प्रशासनिक क्षमता का द्योतक है।

दुर्गावती ने भारतीय नारी को हर दृष्टि से श्रद्धेय बनाया। उन्होंने आत्मसम्मान एवं राष्ट्रभक्ति से प्ररित होकर वीरतापूर्वक अनेक युद्ध किए। विजय प्राप्त की और अन्त में निर्भीकता से युद्ध करते हुए राष्ट्रहित में अपने प्राण भी दिए।

दुर्गावती ने अपने राजत्वकाल में राजधर्म का पूर्ण निष्ठा से पालन किया। दुर्गावती की प्रजावत्सलता पीढ़ियों तक लोककथाओं के रूप में जीवित रही, आज भी उनकी यशोगाथा अक्षुण्ण है। रामनगर के शिलालेख में उनकी प्रशस्ति परक यह श्लोकांश थोड़े से शब्दों में बहुत कुछ कहता है :

'सदा प्रजापालन सावधाना सा लोकपालान्विफलीचकार'

(अर्थात् वह प्रजापालन में सदा सावधान थीं (अतः) उसने लोकपालों को विफल कर दिया।)

दुर्गावती की कर्त्तव्यपरायणता के अनेक किस्से गोंडवाना में प्रचलित हैं जो उनके द्वारा प्रजा में धर्मपरायणता और शिक्षा प्रसार के कार्यों की सराहना करते हैं परन्तु वे कहीं भी यह रेखांकित नहीं करते हैं कि उन्होंने रक्तस्नात पन्थों को प्रश्रय नहीं दिया यद्यपि परम्परा से ऐसे पन्थों की जड़ें उनके क्षेत्र में कहीं बहुत गहरी थीं। उन्होंने विश्वप्रेम की पथप्रदर्शक कृष्णभक्ति को बढ़ावा दिया। साथ ही गीता की कर्त्तव्यनिष्ठा को भी जनसाधारण के चरित्र में ढालने का प्रयास किया। विद्वानों को आमन्त्रित करने में उन्होंने किसी भी क्षेत्रीय संकीर्णता से स्वयं को बहुत ऊपर रखा। प्रजापालन में सावधानी की प्रशंसा में तो अंग्रेजों ने भी कोताही नहीं की। स्लीमन लिखते हैं।

"Of all the soverigns of this dynasty, she lives most in the recollection of the people, she carried out many highly useful works in different parts of her kingdom."

नरहरि कवि का यह कथन दुर्गावती की इन्हीं गुणों के कारण बढ़ती हुई लोकप्रियता को दर्शाता है।

तेहि हत्थ मुकुत अरु भगति दोऊ, कह नरहरि तंह संचरिय।
दुर्गावती मात समत्थ कौ, कहु केहि विधि पटतर करिय।।

वीरांगना दुर्गावती ने अनेक युद्ध किए। प्रत्येक युद्ध का संचालन स्वयं किया। रामनगर का शिलालेख लिखता है :

स्वयं समारूह्य गजं रणेषु
बलाज्जयंती प्रबलान्विपक्षान्।

(अर्थात् वह युद्ध में स्वयं हाथी पर चढ़कर जाया करती थीं एवं बलप्रयोग करके बलवान शत्रुओं पर विजय प्राप्त किया करती थीं।

परन्तु जैसा कि भारत में सदैव ही होता रहा है, दुर्गावती भी तत्कालीन क्रूर कर्मा आतंक का शिकार हईं। अन्त तक उन्होंने आतंक और अन्याय से डटकर युद्ध किया और वीरगति पाई।

उत्तराधिकार पर निशाना

सन् 1550, ग्रीष्मकाल की दोपहर, गढ़ा का बाजार।

पिछले पन्द्रह दिनों से गढ़ा के मुख्य बाजार में सन्नाटा है। बाजार से किले जाने वाले मुख्य मार्ग में केवल सैनिक गश्त लगा रहे हैं। जिस बाजार में निकलना मुश्किल होता था वहाँ दूर-दूर तक आदमी नहीं दिखलाई दे रहा है। राज्य पर मानो वज्रपात हो गया है। आज से एक पखवाड़े पूर्व पैंतीस वर्षीय युवा महाराज दलपतिशाह के आकस्मिक निधन ने जनसामान्य को मानो झकझोर कर रख दिया है। लोग बन्द दरवाजों में अपने-अपने परिवारों के बीच सुनी सुनाई बातों को दुहरा रहे हैं। कोई ग्रीष्मकाल की लू को मृत्यु का कारण बतला रहा है तो कोई अनजाने तीव्र ज्वर से राजा की मृत्यु मान रहा था। कुछ ऐसे भी थे जिन्हें जादू-टोने पर सन्देह है, पर अनहोनी तो हो चुकी है। अब तो पन्द्रह दिन बीतने को हैं। राज प्रसाद में गंगाजली और ब्राह्मण भोज के साथ मृत्यु-संस्कार सम्पन्न हो चुके हैं पर अब भी सर्वत्र जनसामान्य शोकाकुल है। लोग इस बात का कयास लगा रहे हैं कि नया राजा अब कौन होगा? वीर नारायण राज्य के वारिस हैं पर वे केवल तीन वर्ष के हैं।

गढ़ा का राजमहल

रामचेरी तीन वर्षीय बालक वीर नारायण को गले से चिपकाए दुर्गावती के कक्ष के सामने की बारादरी में घूम रही है। बालक वीर नारायण सहमा हुआ सा सब देख रहा है। लोग आ जा रहे हैं। महिलाएँ उसके पास आकर दहाड़ मारकर रोने लगती हैं और माता तो जैसे चित्रवत होकर अपने कक्ष में बैठी रहती हैं। वे किसी से बात भी नहीं कर रही हैं। बहुत हुआ तो हाँ या न में जवाब दे देती हैं। राजमाता पद्मावती ने असमय में ही अपने पुत्र को खो दिया है, वे शोकाकुल होकर रो पड़ती हैं। वीर नारायण जब भी उनके पास पहुँचता है तो वे उसे हृदय से चिपटा लेती हैं, उनकी सिसकियाँ थम नहीं पा रही हैं। छोटी राजमाता सुमति बहुत ही सीधी महिला हैं। इस विकट समय में भी उन्होंने धैर्य नहीं खोया है और वे ही परिवार के सभी सदस्यों की देखभाल कर रही हैं। महाराज कुमार चन्द्रशाह ने जीवन में कभी कुछ देखा ही नहीं था। पिता संग्रामशाह के जीवित रहते उन्होंने कभी कोई राजकार्य तो क्या अपना निजी कार्य भी नहीं किया था। भाई दलपतिशाह के राजा बनते ही मानो वे अधिक मनमौजी हो गए थे।

भैया-भाभी उनकी छोटी-छोटी इच्छाओं का इतना ध्यान रखते कि कब दिन बीता उन्हें याद भी न रहता। सुख-सुविधा के सरोवर में आकण्ठ डूबे थे वे। सुन्दर पत्नी और बच्चे के साथ वे परिवार में मग्न रहते, बहुत हुआ तो वे बड़े भाई दलपतिशाह और भाभी दुर्गावती के साथ सप्ताह में एकाध दिन बिताया करते, पर जब भी दलपतिशाह राजकाज की बात करते तो चन्द्रशाह को कोई न कोई आवश्यक कार्य याद आता और चल देते अपने महल की ओर। दलपतिशाह ने सारे प्रयास किए कि चन्द्रशाह को राज्य की जिम्मेवारी दी जाए पर उन्हें थोड़ी बहुत ही सफलता मिली थी। दलपतिशाह ने राजा बनने के बाद अधिकांश समय सिंगौरगढ़ में बिताना प्रारम्भ कर दिया था और अब वे वर्ष में केवल चार-पाँच बार ही गढ़ा में आते थे अतः राज्य की नियमित सूचनाएँ जो पुराने समय से गढ़ा में एकत्रित होती थीं, चन्द्रशाह को ही सिंगौरगढ़ तक पहुँचाना पड़ता था पर यह कोई कठिन कार्य न था।

चन्द्रशाह की यह छवि थी कि वे पूरी तौर पर भाई और भाभी की हर इच्छा को शिरोधार्य करते हैं तथा उन्हें राज्य से कुछ लेना देना नहीं है। महल के सदस्यों में पैठ चुकी थी परन्तु साधारण जनता को इससे कुछ लेना देना नहीं था और न ही सेना को। गढ़ा की सामान्य जनता के लिए वे एक साधारण ऐशो आराम की जिन्दगी गुजर करने वाले व्यक्ति थे। जनसाधारण में उनकी श्रेष्ठ छवि न बन पाने का कारण उनकी बदनसिंह के साथ निकटता भी थी। बदनसिंह यद्यपि राजघराने का करीबी व्यक्ति था परन्तु उसमें वे सारे दुर्गण थे जो आम राजघराने के बिगड़ैल लोगों में होते हैं। वह दुर्विनीत परन्तु बेहद चालाक व्यक्ति था। जनसामान्य में उसके प्रति घृणा थी। चन्द्रशाह की राजकीय कार्यों में अरुचि, लोगों के बीच में उसके निकम्मेपन के रूप में अधिक जानी जाती थी। कुल मिलाकर चन्द्रशाह को प्रजा कान का कच्चा, कुसंग में रत ऐसा निकम्मा व्यक्ति मानती थी जिसमें न तो बुद्धि है और न ही कोई प्रतिभा।

रामचेरी पिछले कुछ दिनों से रात-दिन काम में व्यस्त थी। उसने महारानी दुर्गावती और वीर नारायण को एक क्षण के लिए भी नहीं छोड़ा था। दोनों को ही वह जिद कर थोड़ा बहुत दूध फल खिला पाती।

महाराज दलपतिशाह के सभी मृतक संस्कार होने के पश्चात् महाराज के महल में एक अन्तरंग बैठक में विधवा महारानी दुर्गावती, राजमाताएँ पद्मावती देवी एवं सुमन देवी, कुँवर चन्द्रशाह के अतिरिक्त राजपुरोहित महेश ठक्कुर, पूर्व दीवान भोजसिंह कायस्थ, वर्तमान महामन्त्री आधारकायस्थ, निकट सम्बन्धी बदनसिंह तथा राज्य के सर्वसम्मानित व्यक्ति मान ब्राह्मण एकत्रित हुए। यह बैठक राजमहल के गोपनीय प्रकोष्ठ में हुई जिसमें किसी भी बाहरी व्यक्ति का प्रवेश निषेध रखा गया। चूँकि बालक राजकुमार वीर नारायण अपनी माँ के बगैर बहुत देर तक नहीं रह सकते थे अतः रामचेरी को वीर नारायण के साथ बैठक में आने की अनुमति दी गई थी। कक्ष के चारों ओर कड़ा पहरा था और उससे भी कड़ा पहरा महल के चारों ओर लगाया गया।

इस बैठक की आवश्यकता राज्य के निवृत्त पूर्व दीवान भोजसिंह कायस्थ की

अगुआई में बुलाई गई। वे संग्रामशाह के काल में राज्य के दीवान थे और अब उनकी उम्र सत्तर वर्ष के लगभग हो चुकी थी। कृशकाय श्वेत श्मश्रुयुक्त दृढ़-निश्चयी चेहरे से वे गढ़ा कटंगा की राजनीति के भीष्म पितामह थे। वर्षों तक राजनीति में रहनेवाले पूर्व दीवान ने राज्य का नमक खाया था और वे नहीं चाहते थे कि राजा के असामयिक निधन के पश्चात् राज्य में रिक्तता आ जाए कि दुष्ट शक्तियाँ राज्य पर अधिकार जमा लें। वर्तमान महामन्त्री आधारसिंह कायस्थ जो स्वयं अत्यन्त दूरदर्शी और विलक्षण व्यक्ति था भोजसिंह कायस्थ की राजनैतिक क्षमताओं को जानता था। भोजसिंह कायस्थ ने ही राज्य के अत्यन्त प्रतिष्ठित नागरिक मान ब्राह्मण को इस गोपनीय किन्तु अतिविशिष्ट बैठक में बुलाने का निश्चय किया था। आधारसिंह को समझते देर न लगी थी कि वयोवृद्ध भोजसिंह कायस्थ ने राज्य के हित में किसी धार्मिक या बौद्धिक विवाद को तुरन्त हल करने के उद्देश्य से मान ब्राह्मण को बुलाना उचित समझा है। राजनीति की बिसात में कभी-कभी धर्म और परम्परा के मोहरों से भी अप्रत्याशित हार या जीत हो जाती है।

सारे दिन बैठक चली, जब भी बालक वीर नारायण माँ के पास जाने का हठ करते वह उन्हें ले जाकर छोड़ देती और फिर कुछ समय बाद आकर फिर ले आती। यह आना, जाना कितने बार हुआ उसे याद नहीं। महामन्त्री ने एक और जिम्मेवारी रामचेरी को सौंप दी थी कि कोई भी परिचारक या परिचारिका कक्ष में किसी भी कार्य से न आए, यहाँ तक कि धनंजय भी। धनंजय को प्रकोष्ठ से काफी दूर खड़े रहना था ताकि वह समय-समय पर जल इत्यादि की व्यवस्था कर रामचेरी के माध्यम से प्रकोष्ठ में भेज सके। प्रकोष्ठ के बन्द होने पर भी आवाजें दूर तक सुनाई देतीं। कभी क्रोध पूर्ण कभी क्षोभपूर्ण पर शब्द समझ न आते। धनंजय ने समझने के सारे प्रयास किए पर सब व्यर्थ।

सुबह से चलती हुई बैठक शाम तक चली। रामचेरी ने फल और मेवे पहुँचाए पर शायद ही किसी को खाने की इच्छा थी। कक्ष में रखे शीतल जल को जब भी वह लोगों के सामने रखती, लोग उसे चुपचाप पी लेते।

बैठक समाप्त होने के बाद एक-एक कर सब लोग निकले। सबसे पहले निकले चन्द्रशाह, वे घबराए हुए से थे। उनके एकदम पीछे राजमाता सुमति और उनको सहारा देते हुए कुटिल मुस्कान लिए बदनसिंह। फिर निकले महामन्त्री आधारसिंह जिनके चेहरे पर स्पष्ट रूप से सन्तोष के भाव थे। राजपुरोहित महेश ठक्कुर कुछ खिसियाए से दिख रहे थे और मान ब्राह्मण मानो अपनी उत्तेजना को अब भी दबा रहे हों। अन्त में निकले भोजसिंह कायस्थ। उनके साथ थी शोकाकुल राजमाता पद्मावती और किंचित अप्रसन्न मुद्रा में दुर्गावती। सभी लोग एक-एक करके सीढ़ियों से उतरकर निचली मंजिल में जा चुके थे, तब भोजसिंह कायस्थ कुछ देर रुके और जाते-जाते कहने लगे : "महारानी, महाराजा संग्रामशाह ने जिस साम्राज्य को अपने रक्त से सींचकर बनाया था, दलपतिशाह महाराज ने जिसे इतनी प्रसिद्धि और समृद्धि दी, उसे हम कुछ अदूरदर्शी लोगों की अन्धी आकांक्षाओं की बलि नहीं चढ़ने देंगे। इस राज्य में महाराजा के आँख

मूँदते ही भीतर और बाहर की दुष्ट शक्तियाँ राजसिंहासन पर कठपुतलियाँ बैठालना चाहती थीं, यह हमें खबर मिल चुकी थी पर इस पवित्र सिंहासन पर राज्य का असली वारिस ही बैठेगा और उसकी रक्षा करेगी साक्षात् दुर्गा।"

दुर्गावती ने सिर झुका लिया और केवल इतना कहा : "जिस राज्य के आप जैसे दूरदर्शी और देशभक्त सपूत हों वह राज्य किसी भी समस्या से जूझ लेगा।"

वृद्ध भोजसिंह कायस्थ यह बतलाना न भूले कि राज्य पर असामयिक विपदा का पहाड़ पड़ते ही जहाँ दुष्ट शक्तियों ने भी हर स्तर पर उनसे निपटने की रणनीति बना ली थी, इसीलिए सारी प्रजा को महल के सम्भावित षड्यन्त्रों से अवगत करा दिया गया था और जनता जनार्दन ने सत्य का साथ देने का फैसला ले लिया है। वृद्ध भोजसिंह कायस्थ ने बतलाया कि वे तो प्रजा की आकांक्षाओं के प्रतिनिधि मात्र हैं।

रात्रि हुई

रामचेरी अपने पति धनंजय के पास बैठी थी। दोनों की आँखों से नींद उड़ी हुई थी। धनंजय ने करीब आकर रामचेरी से पूछा : "रामचेरी, तू तो बीच-बीच में कुमार को लेकर कक्ष में जाती रही है, बता क्या बात हुई।"

रामचेरी : "पूरी बात तो मैंने भी नहीं सुनी, बीच में दो बार कुछ देर के लिए दोपहर में कुमार सो गए थे अतः मैं उनको लेकर उनके कक्ष में थी, फिर भी अधिकतर बातें सुनी हैं और मैं उसे वैसा ही बतलाने की कोशिश करूँगी, उन्हीं की भाषा में।"

रामचेरी ने बतलाना प्रारम्भ रखा।

औपचारिकता के पश्चात् बात प्रारम्भ की राजपुरोहित ने। कहा : "मान्यवर, हमारे धर्म और हमारी परम्परा के अनुसार स्त्री का धर्म परिवार चलाना है, पति और पुत्र की देखभाल करना है। यदि परिवार सुखी है तो समाज सुखी है, राज्य सुखी है। यही नीति कहती है। महारानी की उम्र मात्र छब्बीस वर्ष है। इस उम्र में वैधव्य एक गहन दुखदाई स्थिति को निर्माण कर रहा है, फिर भी मैं चाहूँगा कि वे शोक का शमन करें। शेष जीवन अल्पवय पुत्र की शिक्षा-दीक्षा में लगाएँ तथा प्रभु स्मरण करें, राज्य को चाहिए कि अल्पवय राजपुत्र वीर नारायण की देखरेख और शिक्षा-दीक्षा में किसी प्रकार की कमी न हो।"

भोजसिंह कायस्थ : "हाँ, राजपुरोहित जी, हम सभी इस बात से सहमत हैं कि राजपुत्र वीर नारायण की देखरेख और शिक्षा-दीक्षा में किसी भी प्रकार की कमी न हो।"

बदनसिंह : "बीच में बोलने के लिए क्षमा करें, जब बात धर्म और परम्परा की चल रही हो तब मैं आप सबको याद दिलाना चाहूँगा कि गोंड समाज में वैधव्य के पश्चात् नारी के लिए कुछ और भी रास्ते विदित हैं जिनमें से वह किसी एक को चुन सकती हैं।"

दुर्गावती कुछ आश्चर्य से राजमाता की ओर देखती हैं।

राजमाता पद्मावती उत्तर देने के स्थान पर अश्रुपात करने लगती हैं परन्तु विमाता

सुमति सहज भाव से कहती हैं : "हमारे समाज में विधवा होने के पश्चात् स्त्री न तो सदैव के लिए सामाजिक सम्मान खोती है और न ही दाम्पत्य सुख, यदि वह चाहे तो दूसरा विवाह कर सकती है। तो विवाह का पहला हक उसके देवर का होता है।"

दुर्गावती क्रोध से विमाता सुमति और देवर चन्द्रशाह की ओर देखकर कह उठती हैं : "अपनी दुख की इस घड़ी में भी मैं किसी भी समाज की परम्परा की अवमानना नहीं करना चाहती। मैं स्वयं गोंड राज्य की कुलवधू हूँ, परन्तु परोक्ष में इतना सब कहने के पहले उस व्यक्ति की रुचि-अरुचि और पृष्ठभूमि को तो ध्यान में रखना आवश्यक है ताकि अनर्गल वार्ता न बढ़े। मैं गोंड समाज के लिए ही नहीं मनुष्य मात्र के लिए उन सम्बन्धों के आदर्श पर विश्वास रखती हूँ जो श्री राम ने स्थापित किए थे, जिनमें भाभी का स्थान केवल माँ का होता है, उससे कम नहीं।"

राजपुरोहित : "महारानी, दुर्गावती का एकाकी जीवन का निर्णय भारतीय परम्परा के अनुकूल है।"

बदनसिंह : "हम यहाँ दो परस्पराश्रयी समस्याओं के निपटारे के लिए विचार कर रहे हैं, पहला यह कि दलपतिशाह जी के निधन से उपजी रिक्तता का सामना उनका परिवार कैसे करे और दूसरी समस्या यह कि महाराज श्री दलपतिशाह जी के निधन से उपजी गढ़ा कटंगा की रिक्तता को कैसे भरा जाए। जहाँ तक मैं समझ सका हूँ छोटी राजमाता ने गोंड परम्परा का विधान बतलाकर दोनों समस्याओं के एक हल की ओर इशारा किया था परन्तु व्यक्ति की इच्छा का भी पूरा महत्त्व है और उनका सम्मान करते हुए महारानी दुर्गावती का एकाकी रहने का निर्णय हम सभी को मान्य है। वे एकाकी रहें एवं अपने पुत्र की शिक्षा-दीक्षा में रुचि लेकर उनकी परवरिश करें, राजकोष इस हेतु उन्हें मुँह माँगा खर्च दे, इस पर भी दो मत नहीं है।"

भोजसिंह कायस्थ : "फिर समस्या क्या है? यदि दुर्गावती राजकुमार की संरक्षिका होकर उनका लालन-पालन करती हैं?"

बदनसिंह : "समस्या है और वह यह कि अल्पवयस्क वीर नारायण तो राजकाज चला नहीं सकते, फिर यदि राजसिंहासन पर उन्हें बैठा भी दिया जाए तो उसका क्या अर्थ है? राजकाज के सुचारु रूप से चलने के लिए सिंहासन के उत्तराधिकार की समस्या का निर्णय होना चाहिए।"

चन्द्रशाह : "पुरोहित जी, ऐसी परिस्थिति में आपका क्या मत है? मैं नहीं जानता परन्तु मेरी समझ में आदरणीय भाई साहब की असामयिक मृत्यु से राजसिंहासन के खाली होने पर राजकाज चलाने के दो ही विकल्प हो सकते हैं। पहला विकल्प नए उत्तराधिकारी को खोजने का है और दूसरा विकल्प राज्य के उत्तराधिकारी अल्पवयस्क राजा को सिंहासन पर बैठाने का है। दूसरे विकल्प की स्थिति में शासन चलाने की जिम्मेवारी राजकुल के वयस्क व्यक्ति को सौंपनी होगी।"

बदनसिंह : "कुँवर जी का कथन वैसे तो ठीक है पर पुरोहित जी तो राजविधान के भी ज्ञाता हैं और धर्म के भी। अतः उनसे हम स्पष्ट पूछना चाहेंगे कि दोनों विकल्पों

में से कौन सा विकल्प चुना जाए।''

मान ब्राह्मण : ''पुरोहित जी कुछ निर्णय दें इसके पहले मैं कुछ बोलना चाहता हूँ, शब्द मेरे हो सकते हैं पर मेरी कही बात जनता की बात होगी, आपने मुझे जनता के प्रतिनिधि के रूप में यहाँ आमन्त्रित किया है। यह भी ध्यान रखें कि गढ़ा कटंगा के इतिहास में जनता की रुचि का बड़ा महत्त्व रहा है। उसने अविवेकी निर्णयों को सदैव चुनौती दी है और वह उसमें विजयी भी रही है।''

इतना कहकर मान ब्राह्मण ने आधारकायस्थ की ओर उँगली उठाकर कहा : ''जो मैं कहने जा रहा हूँ उसकी खबर महामन्त्री को भी है, ध्यान से सुनें, गढ़ा कटंगा की प्रजा केवल दलपतिशाह के पुत्र वीर नारायण को ही राजसिंहासन पर देखना चाहती है किसी दूसरे को नहीं।''

इतना कहकर मान ब्राह्मण ने अपनी बात पूरी की। राजनैतिक दृष्टि से मान ब्राह्मण ने अद्वितीय निर्भीकता का परिचय दिया था।

भोजसिंह कायस्थ ने राजपुरोहित की ओर देखा और कहा : ''राजपुरोहित अपना मत देने की कृपा करें।''

राजपुरोहित गहरे विचार में पड़ गए, बोले : ''मुझे तो एक ही रास्ता दिखलाई दे रहा है वह यह कि राजकुमार वीर नारायण का राज्याभिषेक किया जाए और उनके संरक्षक का पद उनके चाचा कुँअर चन्द्रशाह को सौंपा जाए। मैं समझता हूँ इस पर किसी को आपत्ति नहीं होनी चाहिए।''

बदनसिंह और चन्द्रशाह के मुख पर मुसकान की रेखा खिंच गई, पर तभी दुर्गावती का स्वर गूँजा। उन्होंने ऊँचे स्वर में कहा : ''आपत्ति है पुरोहित जी, घोर आपत्ति है मुझे। मेरे पति की मृत्यु के पश्चात मेरे पुत्र के प्रति यह राजनैतिक कुचक्र क्यों? वीर नारायण जन्मनः इस राज्य का राजा है, उस पर विवाद क्यों? क्यों आवश्यकता पड़ रही है एक 'संरक्षक' पद की, अरे राजा तो सारी प्रजा का संरक्षक होता है, उसका संरक्षक कैसा? यहाँ कूटनीति का खेल मत खेलिए। जब इस राज्य की प्रजा वीर नारायण को अपना राजा मानती है तब विकल्पों की बात क्यों हो रही है?

राजा अल्पवयस्क हो या कि वृद्ध, क्या अन्तर पड़ता है? जब प्रजा उसके साथ है, प्रशासन उसके साथ है। बालक के संरक्षक उसके पिता या माता ही हो सकते हैं, मैं अभी जीवित हूँ, अपने पुत्र पर किसी गैर का संरक्षण मैं कभी स्वीकार नहीं करूँगी।''

रानी दुर्गावती ने आगे कहना जारी रखा : ''पुरोहित जी, मुझे राजसिंहासन में कोई रुचि नहीं है, न ही मुझे राजमहल में कोई रुचि है पर मैं कायरता वश अपने पुत्र के नैतिक अधिकार को दूसरों के हड़पने के लिए छोड़ दूँ, मुझसे यह अपेक्षा न रखें। यह क्यों मान लिया जाता है कि नारी शासन सूत्र नहीं सँभाल सकती। ध्यान रहे, स्त्री जब अपनी क्षमताओं का प्रमाण देती है तो पृथ्वी में भूचाल आ जाता है। महामन्त्री, आप जैसे कुशल प्रशासक के रहते गढ़ा कटंगा राज्य की नियति को क्षुद्र स्वार्थ नियंत्रित नहीं

कर सकेंगे। मैं इस राज्य की राजमाता होने के नाते यह घोषणा करती हूँ कि कल प्रातःकाल महाराज वीर नारायण का राज्याभिषेक राजपुरोहित द्वारा एक सादे समारोह में सम्पन्न होगा, महामन्त्री जी सम्पूर्ण व्यवस्था करें।''

इस तरह रामचेरी ने राजमहल में हुई सारी चर्चा के सूत्रों को जोड़कर अपने ढंग से अपने पति धनंजय को सुना दिया।

रामचेरी की बात सुनकर धनंजय ने धीरे से पूछा : ''रामचेरी, क्या इस वार्ता में महामन्त्री आधारसिंह लगभग चुप ही रहे?''

''हाँ, यह आश्चर्य की बात है।'' रामचेरी ने कहा।

धनंजय ने कहा : ''मुझे ठीक पता लग चुका है कि महामन्त्री ने ही मान ब्राह्मण को इस बैठक में शामिल कराया, उन्होंने ही सारे राज्य में कड़ी सैन्य व्यवस्था कर रखी है ताकि कल प्रातः कहीं कोई उपद्रव न हो।'' रात्रि में ही राजकुमार के राज्याभिषेक की मुनादी दी गई।

दूसरे दिन यद्यपि गढ़ा का राजदरबार भरा हुआ था परन्तु दरबार में विचित्र-सी शान्ति व्याप्त थी। दरबार में तीन वर्षीय वीर नारायण का राज्याभिषेक वैदिक मन्त्रों के उच्चारण के साथ सम्पन्न किया गया। राजपुरोहित ने सारी रस्मों को सादे कार्यक्रम में पूरा किया।

राज्य के सारे महत्त्वपूर्ण व्यक्ति जो महाराज की त्रयोदशी के लिए आए थे अब भी गढ़ा में ही थे क्योंकि सभी को कुछ घटित होने की सम्भावना या आशंका थी। सभी राज्याभिषेक में पहुँचे।

बदनसिंह भी मौजूद था परन्तु कुँअर चन्द्रशाह नहीं पहुँच सके थे।

समारोह के पश्चात् प्रजा ने राजा वीर नारायण की जयकार के साथ राजमाता दुर्गावती की जयकार के नारे लगाए। सेना के प्रमुख, महामन्त्री एवं जनप्रतिनिधियों ने राजा के सिंहासन के बगल में एक और आसन लगवाया और दुर्गावती से वहाँ बैठने की प्रार्थना की। दुर्गावती के वहाँ बैठने पर पुनः दुर्गावती के जयकार से समूचा समाचार गुंजित हो गया।

एक-एक कर अधीनस्थ राज्यों के राजाओं एवं राज्य के उच्चाधिकारियों ने अल्पवयस्क राजा के प्रति अपनी निष्ठा दोहराई।

दुर्गावती ने सभी के प्रति अपनी कृतज्ञता प्रकट की और कहा कि उसका जीवन गढ़ा कटंगा के लिए समर्पित है। सभा का समापन हुआ।

घर लौटकर रामचेरी धनंजय से बतला रहा था कि गुप्तचर सूचना के अनुसार चन्द्रशाह रात्रि में ही अपने विश्वस्त अनुचरों एवं परिवार के साथ चाँदा राज्य में शरण लेने भाग गया है। रामचेरी राजपुरुषों के चरित्रों पर आश्चर्य व्यक्त कर रही थी। चन्द्रशाह को उकसानेवाला बदनसिंह दुर्गावती की जयकार सबसे आगे बढ़कर कर रहा था। राजपुरोहित ने पूरी एकाग्रता से वीर नारायण का राज्धाभिषेक किया और महामन्त्री ने कुछ न बोलकर भी सब कुछ सम्पन्न कर दिया।

राजा वीर नारायण का दरबार

राज्याभिषेक के एक पखवाड़े बाद राजा वीर नारायण के दरबार का आयोजन किया गया। आधारसिंह ने राजमाता दुर्गावती को कुछ राजनैतिक सलाह दी। वस्तुतः वीर नारायण का राज्याभिषेक शीघ्रता में हुआ था यद्यपि अधिकतर करद राजा पहुँच चुके थे परन्तु अब भी कुछ ऐसे थे जो किसी बड़े परिवर्तन की आशंका कर रहे थे। राजनीति में ऐसी आशंका अस्वाभाविक नहीं थी। अल्पवयस्क राजा के गद्दी पर बैठते ही दिवंगत राजा के छोटे भाई का राज्य से बाहर चले जाना नाना प्रकार की अटकलों को जन्म दे रहा था। गढ़ा राज्य अब कोई छोटा-मोटा राज्य नहीं था। दूर-दराज के करद राजा और प्रजा अब भी यह जानने का प्रयास कर रहे थे कि राज्य की वास्तविक बागडोर किसके हाथ में है। महामन्त्री आधारसिंह यह जानते थे कि राज्य में असमंजस की स्थिति नहीं होनी चाहिए अतः उन्होंने बावन गढ़ों के समस्त राज्याध्यक्षों को स्वयं राजधानी पहुँचने के लिए राजा वीर नारायण के नाम से आज्ञापत्र भेजा था।

इस समय यद्यपि रानी की आयु मात्र छब्बीस-सत्ताईस वर्ष की ही थी परन्तु वक्त ने उसे बहुत कुछ सिखला दिया था। वैसे भी दलपतिशाह के साथ सदैव ही राजनैतिक मसलों पर विस्तृत चर्चा करती थी और मतान्तर की स्थिति में अपना पक्ष दृढ़ता से रखती थी। दुर्गावती शस्त्र और शास्त्र दोनों ही विधाओं में निष्णात थी। कम उम्र होने पर भी वह दलपतिशाह के समय से ही राजनैतिक सलाहकारों की बातें गम्भीरतापूर्वक सुनने की आदी थी। विवाह के पश्चात् गोंडवाना में रहते लगभग एक दशक बिता चुकी थी। जहाँ इस अवधि में रानियाँ रत्नों, आभूषणों और नृत्य की बारीकियों में पारंगत होती हैं वहाँ दुर्गावती ने राजनैतिक समझ, कूटनीति, दरबार के राजपुरुषों तथा सैन्याधिकारियों की राजनिष्ठा और योग्यता को गहराई से समझा था। दुर्गावती दलपतिशाह के साथ राजदरबार में स्वयं बैठती थीं अतः उसे बावनगढ़ के राज्याध्यक्षों के सम्बन्ध में पर्याप्त जानकारी थी, उनमें से अनेक को वह न केवल नाम से जानती थी वरन् उसे उनके खानदानों तक के विवरण का ज्ञान था।

महामन्त्री आधारसिंह को यह खबर थी कि राजपुरोहित ने भले ही ऊपरी तौर पर राजभक्ति दिखलाते हुए वीर नारायण का राज्याभिषेक सम्पन्न करा दिया हो पर वे व्यक्तिगत तौर पर किसी विधवा स्त्री को राज्य प्रमुख नहीं देखना चाहते थे, उन्होंने अपना मन्तव्य बहुत ही गोपनीय रखा था फिर भी वह किसी तरह महामन्त्री तक पहुँच ही गया। राजपुरोहित ने भी राजघराने में ही अपना जीवन व्यतीत किया था अतः वे यह खूब जानते थे कि बदलती हुई स्थिति में कैसा व्यवहार करना चाहिए। ऊपरी तौर पर वे भी दुर्गावती के समर्थक थे।

महामन्त्री आधारसिंह ने पन्द्रह दिन का पर्याप्त समय दिया था ताकि कम समय का बहाना न बनाया जा सके। इस अवधि में राज्य के सबसे दूर कोने तक खबर पहुँचाई जा सकती थी और वहाँ से सम्बन्धित व्यक्ति गढ़ा तक पहुँच भी सकता था।

यद्यपि दलपतिशाह अपने परिवार के साथ सिंगौरगढ़ में ही रहते थे और समय-

समय पर ही गढ़ा आते थे परन्तु दलपतिशाह की दुखद मृत्यु गढ़ा में होने से सारा परिवार गढ़ा में ही रुक गया। न केवल वीर नारायण का राज्याभिषेक गढ़ा में हुआ अपितु खास दरबार भी गढ़ा में बुलाया गया था।

दरबार के एक दिन पूर्व दलपतिशाह के निजी कक्ष में, जहाँ बैठकर वे राजकार्य करते थे तथा सर्वोच्च अधिकारियों के साथ बैठते थे, अब उनका विशाल चित्र लगा था। उनके आसन पर दुर्गावती बैठी थीं। बालक महाराज को बाहर रामचेरी दुलार रही थीं। दुर्गावती के सामने महामन्त्री आधारसिंह, मान ब्राहम्ण और अर्जुनसिंह बैस बैठे हुए थे। बैठक का विषय था कि बदली हुई राजनैतिक परिस्थिति में विरोधी तत्त्वों से किस प्रकार निपटा जाए।

दुर्गावती : "बदलती हुई राजनैतिक परिस्थितियों में लोगों के विचारों में और निष्ठा में परिवर्तन आना स्वाभाविक है, जैसा कि मुझे सूचित किया गया है कि आज सभी करद राज्यों के राज्याध्यक्ष आ चुके हैं, उनमें से कितनों में बागी तेवर हैं, यह मैं महामन्त्री जी से सुनना चाहूँगी।"

आधारसिंह : "राजमाता, मेरी जानकारी के अनुसार जो दो-चार बागी तेवर के करद राजा भी थे, उनके भी हौसले पस्त हो चुके हैं क्योंकि उन्हें यहाँ पर आकर चन्द्रशाह और बदनसिंह की असलियत पता चल चुकी है।"

दुर्गावती : "चन्द्रशाह की क्या खबर है?"

आधारसिंह एक पत्र बढ़ाते हुए : "राजमाता, यह राजकीय पत्र चान्दा के शासक ने भेजा है, जिसमें कहा गया है कि महाराज संग्रामशाह की चान्दा के शासक कर्णशाह से प्रगाढ़ मैत्री रही है। स्वर्गीय महाराज दलपतिशाह की मृत्यु पर उन्होंने शोक जताया है और कहा है कि गढ़ा कटंगा और चान्दा राज्य के बीच सद्भाव सदैव वैसा ही रहेगा जैसा महाराजा संग्रामशाह के समय था। उन्होंने यह भी लिखा है कि गढ़ा राज्य के राजकुमार चन्द्रशाह ने उनके यहाँ शरण ली है, इसे अन्यथा न समझा जाए क्योंकि चान्दा के महाराज के रिश्ते में चन्द्रशाह और स्वर्गीय दलपतिशाह का एक सा स्थान है। पत्र के अन्त में नए महाराज वीर नारायण के उन्नति की कामना की गई है।" दुर्गावती ने स्वयं भी पत्र पढ़ा, फिर पूछा : "शायद कर्णसिंह कौंडियाशाह ही हैं।"

आधारसिंह : "सही पहचाना राजमाता आपने।"

दुर्गावती को याद आया दलपतिशाह कर्णसिंह के प्रशंसक थे, वे उनके सम्बन्धी भी थे।

दूसरे दिन का राजदरबार विशिष्ट प्रयोजन को लेकर लगाया गया था, यह प्रयोजन सफल हुआ। अन्य किसी भी राज्य की तरह थोड़े बहुत आलोचक यहाँ भी थे पर कुछ कहने की हिम्मत किसी की न थी क्योंकि तब उन्हें राजक्रोध नहीं जनाक्रोश का सामना करना पड़ता।

दुर्गावती ने धीरे-धीरे शासन पर सफलतापूर्वक अपनी पकड़ बढ़ाई, इसके लिए उसने कठिन श्रम किया, उसने वह सब कुछ सीखा जो एक सफल राजा के लिए

आवश्यक होता है।

कहाँ तो राज्याभिषेक के समय कुछ विद्वानों के मस्तिष्क में ही सही यह विचार आया था कि क्या एक अबला राजनीति के रथ की वल्गा थाम सकती है जिसमें अनियन्त्रित होकर दौड़ने में माहिर शक्तिशाली घोड़े जुते हों परन्तु दुर्गावती ने राज्य की बागडोर इतनी सफलता से थामी कि देखनेवालों ने दाँतों तले उँगली दबा ली। एक वर्ष में ही सम्पूर्ण राज्य में दुर्गावती निर्विवाद रूप से गढ़ा-कटंगा राज्य की सर्वोच्च शक्ति के रूप में प्रतिष्ठित हो गई। जनसामान्य उसे माँ दुर्गा का अवतार कहते न अघाता।

तस्मै श्री गुरुवे नमः

दुर्गावती को उनके महल में उनकी सखी और सेविका रामचेरी ने सूचना दी कि राज्य का चर कुछ सूचनाएँ देना चाहता है। दुर्गावती ने प्रकोष्ठ से बाहर निकलकर आसन ग्रहण किया और पूछा : "ऐसी कौन-सी खबर है जो वह उनको तुरन्त सुनाना चाहता है।"

चर ने उत्तर दिया : "अन्नदाता, राज्य में एक साधुओं का दल आया है, सुना है उनके मुखिया की बड़ी मान्यता है, वे राज्य के आशाग्राम में अग्नि के लिए निकले पर उन्हें ग्राम के किसी भी गृहस्थ ने अग्नि प्रदान नहीं की।"

दुर्गावती ने चर से पूछा : "अग्नि प्रदान करना तो गृहस्थों का धर्म है फिर लोगों ने ऐसा आचरण क्यों किया?"

चर ने उत्तर दिया : "अन्नदाता, ग्रामीणों में से कुछ लोगों ने कहा कि अग्नि माँगने वाले दक्षिणात्य द्राविड़ ब्राह्मण हैं अतः उनको अग्नि नहीं दी जाऐगी।"

दुर्गावती ने पूछा : "फिर क्या हुआ, इससे तो उन्हें कष्ट हुआ होगा?"

चर ने कहा : "अन्नदाता, सुना है साधुओं का मुखिया दुखी होकर किसी और जगह चला गया। मैंने गाँव में यह भी सुना है कि साधु के जाने के बाद वहाँ आग रूठ गई है और अब गाँव के किसी भी घर में आग जलाए नहीं जल रही है। जिस तरह साधु को आग न देकर गाँववालों ने उन्हें भगवान को चढ़ाने के लिए प्रसाद न बनाने दिया अब उसका वैसा ही फल गाँववाले भुगत रहे हैं, उनके बच्चे भी खाना खाने को तरस रहे हैं।"

दुर्गावती ने पूछा : "साधुओं के मुखिया का नाम क्या था?"

चर ने दिमाग पर जोर डालते हुए सोचते हुए, धीरे से कहा : "शायद विट्ठल महाराज, वे एक सौ सन्तावन शिष्यों सहित मूंगीपट्टन से आए हैं।"

दुर्गावती के मस्तिष्क के तार झंकृत हो गए। मन में सोचा, "कहीं ये विट्ठल वही तो नहीं है? महान वैष्णव महाप्रभु वल्लभाचार्य के सुयोग्य पुत्र। विट्टलनाथ के साथ यह घृणित बर्ताव और वह भी उसके स्वयं के राज्य में।"

दुर्गावती ने बिना समय खोए चर के द्वारा विश्वास पात्र रक्षकों को अपने अश्व सहित तुरन्त उपस्थित होने का आदेश दिया।

दुर्गावती के मस्तिष्क में अनेक चमत्कार युक्त घटनाओं के वृतान्त कौंधने लगे।

श्वसुर महाराजाधिराज संग्रामशाह पर काल भैरव की कृपा का आख्यान जब भी वे सोचतीं रोमांचित हो जातीं पर साथ ही एक प्रश्न भी उठता कि प्रतापी महाराज जो रणकौशल में अप्रितम थे, क्यों अपने काव्य में अथवा अपने आदर्श के रूप में आनन्द कन्द कृष्ण का स्मरण करते। अपने ग्रन्थ की समाप्ति पर 'श्री नन्दनन्दन चरणारविन्दास्वादलुब्ध मधुप' लिखते हुए स्वयं को नन्दनन्दन के चरणरूपी कमलों के पराग रूपी दर्शन का भ्रमर क्यों कहते हैं? जहाँ एक महाराजा श्री कृष्ण चरणों को स्मरण कर धन्य भाग्य मानता है, वहीं एक संसार से विरक्त तापस वल्लभाचार्य के शिष्य भी उन्हीं श्रीकृष्ण के ध्यान को विश्व का सर्वोपरि कर्म मानते हैं, ऐसा क्यों? राजा और रंक में ऐसी कौन-सी आध्यात्मिक समानता है जहाँ प्रकृति भी अपने सारे नियम तोड़ती दिखलाई देती है।

रानी दुर्गावती अपने भवलोक में कहीं मग्न थीं कि सेवकों ने अपनी हाजिरी दी। सजा हुआ अश्व तैयार था। रानी ने बिना समय खोए तुरन्त वीरोचित राजसी परिधान धारण किए, और अपने सेवकों सहित हवा के साथ बात करनेवाले अश्व पर सवार होकर वनों को लाँधती हुई आशा ग्राम पहुँची। वहाँ पर सारे ग्रामीण लज्जा से सिर झुकाए खड़े हो गए। दुर्गावती के चरों ने तब तक यह पता लगा लिया था कि साधु दल पास के ही एक छोटे से ग्राम के पास रुका है। रानी की अगुआई में सभी ग्रामवासी साधुओं के पास पहुँच गए।

रानी को आशा ग्राम में आकर निश्चित रूप से पता चला कि तिरस्कृत किए गए महात्मा स्वामी विट्ठलनाथ जी ही थे, स्वामी विट्ठलनाथ महाप्रभु वल्लभाचार्य के पुत्र। वल्लभ महाप्रभु की ख्याति सम्पूर्ण भारत में थी। रानी दुर्गावती उन्हें परम् वैष्णव के रूप में जानती थीं। उनके पुत्र का तिरस्कार, वह भी उनकी आज्ञानी प्रजा के द्वारा! रानी की समझ में नहीं आ रहा था कि वह अपनी प्रजा के इस अनुचित व्यवहार की क्षमा कैसे माँगे।

रानी ने कुछ दूर पर ही अपना अश्व छोड़ दिया और अपने अनुचरों सहित पैदल बढ़ीं। दूर से देखा कि एक विशाल वटवृक्ष के नीचे एक अलौकिक दिव्य पुरुष शान्त मुद्रा में मधुर कंठ से हरि नाम का भजन कर रहा है। उसके सामने उसके शिष्य पंक्तिबद्ध बैठकर भजन की पंक्तियाँ दोहरा रहे हैं।

बहुत दिन जीवो पपीहा प्यारो।
वासन रैन नांव लै बोलत, भयो बिरह ज्चर कारो।।
आपु दुखित पर दुखित जान जिय, चातक नांव तुम्हारो।
देखो सकल विचारि सखी जिय, बिछुरन कौ दुख न्यारो।।
जाहि लगै सोई पै जानै, प्रेम बान अनियारो।
सूरदास प्रभु स्वाति बूंद लगि, तज्यौ सिंधु खारो।।

सारे वातावरण में एक दिव्य निर्मलता है। रानी भी अपने सेवकों सहित कुछ दूर

पर बैठ गई।

रानी दुर्गावती ने ध्यान से देखा कि युवा स्वामी विट्ठलनाथ के नेत्र बन्द हैं। वे गाए जा रहे हैं। वे भजन में पूरी तरह तल्लीन हैं। उन्होंने न तो रानी को देखा और न ही उनके सेवकों को परन्तु शायद भजन के अन्तिम पदों का ही गायन हो रहा था। रानी को प्रतीत हुआ मानो कानों में अमृत घोल दिया गया हो। वे सीधे तनकर करबद्ध होकर बैठी भजन के गूढ़ार्थ पर विचार करती रहीं।

भजन समाप्त हुआ। विट्ठलनाथ भक्तिरस में कुछ ऐसे डूबे थे कि कपोलों पर अश्रुधारा बह रही थी। वे आसपास के सारी स्थितियों से मानो कहीं दूर थे। जब नेत्र खोले तो विस्मित हुए। ऊँचे आसन पर बैठे विट्ठलनाथ ने दुर्गावती का दमकता हुआ चेहरा देखा, लगा कि साक्षात् दुर्गा ही सामने आकर बैठी हैं। वे समझ गए कि गोंडवाना की विख्यात महारानी स्वयं ही उपस्थित हुई हैं। दुर्गावती ने खड़े होकर करबद्ध निवेदन करना चाहा परन्तु वे कुछ कह पातीं इसके पूर्व ही विट्ठलनाथ ने उन्हें आशीर्वाद देते हुए कहा :

"देवि, शास्त्र में कहा गया है–'कुपुत्रे जायेत् क्वचिदपि कुमाता न भवति' आपकी प्रजावत्सलता की ख्याति तो सुनी थी परन्तु आज स्वयं देखने का अवसर मिला। आप स्वयं को दोषी मत मानिए, नटखट नन्दनन्दन की लीला है," और उठकर उन्होंने दुर्गावती का सम्मान करते हुए आसन प्रदान किया।

दुर्गावती ने किंचित दुख भरे स्वर से कहा : "महात्मन्, आपकी अर्चना में हमारे व्यवहार से व्यवधान हुआ, मैं अपनी प्रजा की ओर से क्षमायाची हूँ।"

विट्ठलनाथ रानी की सदाशयता से प्रभावित हुए और उनके द्वारा दुबारा दिए आशीर्वचन के साथ ही सब कुछ सामान्य हो गया। रानी दुर्गावती से वार्ता करने पर विट्ठलनाथ जी ने यह जान लिया कि वे असाधारण शक्ति की धनी महारानी से मिल रहे हैं। रानी ने वार्ता के दौरान उनसे धर्म और राष्ट्र से सम्बन्धित ऐसी शंकाएँ रखीं जिन्हें युग पुरुष के मुख से ही सुना जाने की अपेक्षा होती है। विट्ठलनाथ ने कहा : "सत्यनिष्ठ व्यक्ति की अन्तर्रात्मा ही उसे सत्य-असत्य के भेद से परिचित करा देती है–'सतां हि संदेह पदेषु वस्तुषु प्रमाण अन्तःकरण प्रवृत्तयः।'" विट्ठलनाथ ने गीता में कृष्णार्जुन संवाद के माध्यम से कृष्णभक्ति का उपदेश दिया।

विट्ठलनाथ से रानी दुर्गावती ने कुछ दिन और रुकने का अनुरोध किया। वे गढ़ा के समीपवर्ती ग्राम में रुके। रानी दुर्गावती प्रतिदिन जाकर श्री हरि के अवतारों और भगवान कृष्ण की लीलाओं पर विट्ठलनाथ जी के प्रवचन तथा उनकी भक्तिमयी काव्य रचनाओं को सुनतीं जिनका सस्वर पाठ होता। एक दिन विट्ठलनाथ जी के शिष्य ने दुर्गावती को कृष्णभक्ति परक यह पद सुनाया :

'प्रीति न काहु कि कानि बिचारै।
मारग अपमारग विथकित, मन को अनुसरत निवारै।।

ज्यों पावस सलिला जल उमगति, सनमुख सिन्धु सिधारै।
ज्यों नादहि मन दिए कुरंगनी, प्रगट पारधी मारै।।
(जै श्री) 'हित हरिबंस लग सारंग ज्यों सलभ सरीरहिं जारै।
नाइक निपुन नवलमोहन बिनु कौन अपनपौ हारै।'

दुर्गावती ने पद के अर्थ गाम्भीर्य से प्रभावित हो पूछ ही लिया था कि उन्होंने सूरदास जी के पद तो सुने थे पर हितहरिवंश जी कौन हैं। उस पर विट्ठलनाथ जी के शिष्यों ने बतलाया कि कृष्ण भक्ति के अनन्य गायकों को विट्ठलनाथ जी ने जिन भक्तिकवियों को सर्वोच्च माना है उनमें हितहरिवंश जी भी एक हैं।

दुर्गावती के युग में राजनीति का साधारण जनजीवन से कोई विशेष सम्बन्ध नहीं था। राजतन्त्र में यह स्वाभाविक भी था। राजा के जीतने और हारने से राजपरिवार तथा कुछ नगर श्रेष्ठियों को ही फायदा या नुकसान होता था। साधारण किसान, आरण्यक या नागरिक तो आक्रान्ताओं की क्रूरता से परेशान थे। इस क्रूरता का आधार राष्ट्रीय नहीं था, दूसरे शब्दों में यह क्रूरता विदेशी होने के कारण उतनी नहीं थी जितनी विधर्मी होने के कारण थी।

दुर्गावती के काल में 'स्वराज्य' से अधिक महत्त्व सुराज का था। इसी तरह साधारण नागरिक 'स्वदेश' से अधिक 'सुदेश' में रहना चाहता था।

दुर्गावती को यह भलीभाँति ज्ञात था कि उन्हें अपने देश को 'सुदेश' बनाना है और उनका राज्य सुराज का समानार्थी हो। दुर्गावती की राजनैतिक चेतना प्रबुद्ध थी। भारत में नीति को ही धर्म का अंग माना जाता था। उन्हें समकालीन राजाओं की संकीर्ण मनोवृत्ति का पूरा ज्ञान था और हो भी क्यों न उनके पिता आर्यावर्त के सबसे प्रसिद्ध और अभेद्य दुर्ग कालिंजर के दुर्गपति होते हुए भी अपने दुर्ग की रक्षा न कर सके जबकि आक्रान्ता स्वयं ही अपनी तोप से घायल होकर अकृतिम साँसे गिन रहा था। उनके पिता को परिवार सहित अपनी बलि देनी पड़ी थी। यह एक अकेली घटना न थी। भारत के सभी क्षेत्रों में यदि कहीं कमी थी तो ऐसे लोगों की जो आक्रामक यवनों की नीति और धर्म का सही मूल्यांकन कर पाते। यह सम्भव भी न था क्योंकि तब धर्म की राह दिखलानेवाले पुरोहित हिन्दुओं को शिव और विष्णु के पौराणिक आख्यानों में दोनों देवताओं की आपसी शत्रुता, छल या शक्ति प्रदर्शन की गाथाएँ रुचि लेकर सुनाते अथवा श्रमण इस बात पर दार्शनिक उपदेश करते कि चीवर धारण करने या न करने से अर्हत् और अरिहन्त में कभी न पट सकनेवाला अन्तर पैदा हो जाता है। भृगुवंशी ब्राह्मण यदि परशुराम को विष्णु का अवतार मानकर दुष्ट सहस्रार्जुन और हैहय क्षत्रियों के वध की कथाएँ सुनाते तो आत्रेय ब्राह्मण सहस्रार्जुन को भी विष्णु का ही स्वरूप निरूपित करते। हिन्दू समाज में शंकराचार्य की समन्वयात्मकता के स्थान पर पान्थिक विश्वासों का बोलबाला हो चला था।

महाप्रभु वल्लभ ने हिन्दुओं की कुंठित होती हुई आस्था और तलवार की धार को

देखा था। उन्होंने सारे भारत में कृष्ण भक्ति की अलख जगा दी थी। उन्होंने एक ऐसी सम्पूर्ण उपासना की पद्धति हिन्दू समाज के सामने रखी जिसमें भगवान् कृष्ण को अद्वैत ब्रह्म का साक्षात् स्वरूप माना गया। भगवान कृष्ण के लोकरंजक और लोकरक्षक दोनों रूपों की मान्यता थी, इस नई उपासना पद्धति में। यदि राधावल्लभ कृष्ण का चरित्र जनमनोरंजनकारी था तो वह भव भय बन्धन हारी भी था। दुर्गावती राजकार्यों से समय निकाल विट्ठलनाथ जी से श्रीमद्भागवत् की कथा से उन प्रसंगों पर अवश्य चर्चा करतीं जो समकालीन हिन्दू समाज की आवश्यकता थे। विट्ठलनाथ जी यद्यपि युवा ही थे पर ज्ञान के सागर थे। श्रीमद्भागवत् कथा सुनाते समय विट्ठलनाथ जी ने कहा :

यं प्रव्रजंतमनुपेतमुपेत कृत्यम्।
द्वैपायनो विरहकातर आजुहाव।।
पुत्रेति तन्मयतया तरवोऽभिनेदुः।
तं सर्वभूत हृदयं मुनिमानतोऽस्मि।।

श्रीमद्भागवत् के प्रसंगानुसार शुकदेव को जन्म लेते ही वन की ओर प्रस्थान करते देख पुत्र की ममता से प्रेरित महर्षि व्यास 'पुत्र-पुत्र' कहते उनके पीछे दौड़े। इस पर मार्ग के वृक्षों ने उनके उद्बोधन पर व्यंग किया।

विट्ठलनाथ जी ने उम्र को ज्ञान प्राप्ति के लिए बाधक न मानने का आग्रह किया और बतलाया कि अकेली विद्वत्ता ही ज्ञान प्राप्ति के लिए काफी नहीं है।

दुर्गावती ने विट्ठलनाथ से अनेक प्रश्नों के सटीक उत्तर पाए थे उन्हें लगा कि कम उम्र होने पर भी श्री विट्ठलनाथ उनके गुरु बनने योग्य हैं।

एक दिन दुर्गावती ने विट्ठलनाथ जी से दीक्षा लेने की इच्छा प्रकट की। विट्ठलनाथ जी ने उन्हें बतलाया कि असली गुरु तो श्रीकृष्ण ही हैं 'कृष्णं वन्दे जगद्गुरुम्' पर वे उन्हें श्रीकृष्ण जी की प्रेरणा से ही दीक्षा देंगे और इस तरह रानी दुर्गावती ने विट्ठलनाथ जी का शिष्यत्व ग्रहण किया। रानी दुर्गावती के साथ रामचेरी ने भी विट्ठलनाथ को अपना गुरु मान लिया।

रानी दुर्गावती ने विट्ठलनाथ को 108 ग्राम दान में दिए। विट्ठलनाथ जी ने इन्हें विद्वान् ब्राह्मणों में बाँट दिया। रामचेरी ने एक दिन युवा गुरु के सम्बन्ध में चर्चा करते हुए दुर्गावती से उनके विवाह की बात सोचने के लिए कहा परन्तु दुर्गावती ने जैसी हरि इच्छा कहकर बात टाल दी।

कुछ दिनों बाद दुर्गावती के महल में रामचेरी दुर्गावती के पास एक षोडस वर्षीय सुन्दर कन्या के साथ आई। दुर्गावती ने कन्या को देखा, सर्वांग सुन्दर थी यह कन्या।

दुर्गावती ने रामचेरी से पूछा : "कौन है ये कन्या?"

रामचेरी : "पद्मावती है नाम इसका।"

दुर्गावती : "बड़ी सुन्दर है और अपने स्वरूप से ही सुशील लगती है, क्यों लाई हो मेरे पास?"

रामचेरी : "महारानी जी, मैं आपसे पहले भी निवेदन कर चुकी हूँ कि हमारे गुरु विट्ठलनाथ जी राजकुमार वीर नारायण से कुछ अधिक उम्र के तो हैं ही और अब वे विवाह योग्य हैं। वे गुरु पद पर हैं पर विवाह संस्कार तो किसी न किसी शिष्य या शिष्या के माध्यम से ही होगा। पद्मावती हमारे परिचित गढ़ा के प्रतिष्ठित पंडित वीरभद्र जी की कन्या हैं। वीरभद्र जी तो अपनी साधनाओं में लगे रहते हैं। नक्षत्रों का एक मन्दिर बनवा रहे हैं। उसकी ईंट केवल पुष्य नक्षत्र में जोड़ी जाती है। वर्षों से मन्दिर बन रहा है, कब तक बनकर तैयार होगा कोई नहीं जानता। पद्मावती उनकी इकलौती कन्या है। वह तो पंडित जी की प्रतिष्ठा बड़ी है अतः सीधा पत्तरा लगातार पहुँचता रहता है। खाने-पीने की कमी कभी नहीं हुई। पुत्री की माता भी स्वर्गवासी हो चुकी है। पिता-पुत्री दोनों को इस लोक से ज्यादा दूसरे लोकों की चिन्ता है। पद्मावती इतनी सुन्दर होने पर भी न तो गहनों के प्रति आसक्ति रखती है और न ही सुख-सुविधा पर, तो मैंने सोचा यदि गुरु जी से इसका विवाह हो जाए तो क्या खूब रहेगा।"

दुर्गावती (ध्यान से पद्मावती को देखती हुई) बोली : "पद्मा, क्या इस विवाह में तुम्हें या तुम्हारे पिता को आपत्ति तो नहीं होगी?"

रामचेरी : "महारानी जी, मैंने इसके और इसके पिता के मन को पहले से टटोल लिया था, आप बात बढ़ाएँ।"

विट्ठलनाथ जी ने दुर्गावती का दुबारा गढ़ा आने का प्रस्ताव स्वीकार कर लिया था। रामचेरी ने पंडित वीरभद्र को मना लिया। वैसे भी उन्हें कोई विशेष आपत्ति नहीं थी परन्तु जब उन्होंने सुना कि स्वयं महारानी इस विवाह को सम्पन्न कराएँगी तो उनकी आँखों से प्रसन्नता के आँसू छलक आए।

विट्ठलनाथ जी नियत समय पर गढ़ा पधारे। वे दुर्गावती के आग्रह को टाल न सके, उनका गढ़ा में शास्त्रोक्त विधि से विवाह सम्पन्न हुआ। दुर्गावती ने गढ़ा में विष्णुताल के निकट सभी सुविधाओं से सम्पन्न एक मकान बनवा दिया जिसमें नवदम्पति सुखपूर्वक रहने लगा।

विष्णु ताल वैष्णवों का मानो तीर्थ ही बन गया। विट्ठलनाथ जी यहाँ अपने पिता जी के लिखे हुए लगभग तीस ग्रन्थों में से कृष्ण भक्ति सम्बन्धी आख्यानों पर चर्चा करते, जिनमें से कुछ तो गहन दार्शनिक भी थे। वल्लभाचार्य जी के अणुभाष्य, पूर्व मीमांसा भाष्य और तत्त्वदीप निबन्ध, जहाँ गम्भीर चिन्तक भक्तों की ज्ञान पिपासा शान्त करते, वहाँ उनकी भागवत टीका जनसामान्य को आह्लादित करती। विट्ठलनाथ जी की वाचनशैली सभी वर्गों के भक्तों के अनुकूल थी।

दुर्गावती अपने व्यस्त कार्यक्रम में से जब तब समय निकालकर विट्ठलनाथ जी का वचनामृत पान करती। विट्ठलनाथ जी परिवार सहित दुर्गावती के आग्रह पर लगभग तीन वर्षों तक उसके राज्य में रहे परन्तु उनका सम्बन्ध मथुरा और वृन्दावन से लगातार बना रहा। इसी बीच दुर्गावती ने मथुरा में उनके पुत्रों और परिवार के लिए सात भवनों का निर्माण करवा दिया, जिन्हें सतघरा कहा जाने लगा।

विट्ठलनाथ जी की प्रतिभा को दुर्गावती ने पहिचाना था। विट्ठलनाथ अपने समय के महान चिन्तक और कृष्ण उपासक माने गए। उन्होंने जिन-जिन स्थानों को पवित्र किया, वे आगे चलकर बैठक जी के नाम से प्रसिद्ध हुईं। गोस्वामी विट्ठलनाथ जी ने 'अष्टछाप' की स्थापना की जिसमें आठ मूर्धन्य कृष्ण भक्त कवियों को स्थान दिया गया।

विट्ठलनाथ जी के पश्चात् अन्य बहुत से विद्वान दुर्गावती के राज्य में आए और सम्मानित हुए, सभी ने दुर्गावती के शासन की प्रशंसा की। जिस तरह विट्ठलनाथ जी का गढ़ा प्रवास प्रसिद्ध है उसी प्रकार मधुकर भट्ट का प्रवास भी उल्लेखनीय है। गढ़ा राज्य में दुर्गावती के समय पधारने वाले विद्वानों का विवरण निम्नलिखित श्लोक में मिलता है :

वर्षे बाण रसा रसेन्दु मिलिते श्री मद्गढ़ा पत्तने
रम्ये नर्मदा कोटितीर्थ मिलिते दुर्गावती पालिते।
मुंगीपट्टनतोऽथा मधुपुरी श्री रंगकालेश्वरात्
सयाताः किलदाक्षिणात्य बिबुधा सार्थ शतंसप्त च।।

रानी दुर्गावती ने इस तरह से गोंडवाना में श्रेष्ठ नागरिकों के बसाने की पहल की। भगवान कृष्ण के जिन उपदेशों से केवल विद्वान ही लाभान्वित होते थे वह ज्ञान सामान्यजन के लिए उपलब्ध होने लगा।

सदाप्रजापालन सावधाना

पूर्णिमा की रात्रि घिरने को है। सारे जंगल की मानो फिजा ही बदल रही है, जहाँ यह सघन वन पूरे दिन शान्त रहता है, वहीं सूर्य के डूबने से कुछ पहले ही मानो वह करवट बदलकर आँखे खोलने लगता है। दिन भर की शान्ति की बाद पशुओं की आवाजें और पक्षियों की चहचहाट वन में नया रंग भर देती है। पक्षी अपने नीड़ की ओर आ रहे होते हैं और कोटरों में स्थित अपने शावकों से मिलने को आतुर दीख पड़ते हैं। वहीं कालेमुख के बन्दर दिन भर की चहलकदमी के बाद दौड़कर वृक्षों की ऊपरी शाखाओं में चढ़ रहे होते हैं। मृगशावक झरनों से पानी पीकर अपने झुंड की ओर कुलांचे भरते हुए बढ़ रहे होते हैं। विशाल शाल वृक्षों के नीचे महाकाय गौरों (वन्य वृषभों) का झुंड चरकर जुगाली कर रहा है, तभी कहीं एक ओर से कँपा देनेवाली गर्जना सुनाई देती है। वनराज व्याघ्र अपनी उपस्थिति की घोषणा कर रहे हैं। सभी वनचर सावधान होकर नाले का रास्ता छोड़कर भाग रहे हैं, शायद वनराज का आगमन इसी रास्ते से हो। नाले के समीपवर्ती भूमि बदलती है जिसमें अनेक कंद-मूल पैदा होते हैं। वन में जंगली शूकरों का झुंड इन्हीं स्थानों पर रहता है। शूकरों का दल निश्चिन्त होकर जहाँ इन दलदली क्षेत्रों में अपने थूथनों से कुरेदकर जड़ों को खाने का आनन्द ले रहा है, वहीं कुछ दूर यूथपति विशालकाय शूकर दल की रक्षा में चौकन्ना खड़ा है, वह पहले ही भरपेट खा चुका है। इस यूथपति शूकर के तीक्ष्ण अर्धचन्द्राकार दाँत मानो चमचमाती हुई कटारें हैं जिनसे वह किसी भी पशु को फाड़कर फेंक सकता है। व्याघ्र की गर्जना सुनकर सारा शूकर दल दौड़कर दूर जलीय वनस्पतियों के झुरमुट में छुप जाता है। व्याघ्र की आवाज कुछ और तेज हो जाती है, शायद वह अपनी माँद से बाहर निकल आया है।

रानी दुर्गावती के गोंडवाने का अधिकांश हिस्सा सघन वनों से भरपूर था, जिनमें वन्य पशुओं की भरमार थी। व्याघ्रों की भी संख्या बहुत अधिक थी। एक नाले से दूसरे नाले तक पहुँचते-पहुंचते कभी एक और कभी दो या उससे भी अधिक व्याघ्र दिख जाएँ तो आश्चर्य न था।

इन्हीं वनों में अरण्यकों का भी निवास था जो दुर्गावती की प्रिय प्रजा थे। गोंडवाने में बड़े ग्रामों की संख्या कम थी और जो भी नगर थे वे गढ़ी या गढ़ों के आसपास बसे हुए थे। आरण्यक गोंड, बैगा, परजा और अगरिया छोटे-छोटे गाँवों में रहते थे। गाँव कभी भी खाली कर दिए जाते थे। गाँव बसना, कुछ वर्षों तक बसे रहना और फिर

उनका उजड़ जाना, यह अधिसंख्य गाँवों की नियति थी। वे ही गाँव स्थाई थे जिनके आस-पास कृषि योग्य पर्याप्त भूमि होती थी।

रानी दुर्गावती अपने विशाल गजराज सरमन पर बैठकर राज्य के प्रमुख नगरों की व्यवस्था को देखने गढ़ा-कटंगा से मंडला की ओर जा रही थीं। सरमन था तो पर्वताकार हाथी पर रानी दुर्गावती से वह घुल-मिल गया था जैसे एक छोटा बच्चा अपनी माँ से स्नेह पाकर उसका अनुगामी रहता है। वस्तुतः विवाह के तुरन्त बाद दुर्गावती को उनके श्वसुर संग्रामशाह ने एक गजशावक अपनी पुत्रवधू को भेंट में दिया था। सरमन दुर्गावती के हाथ से खिलाए गए फलों के बिना तृप्त न होता, यह उसका महावत बखूबी जानता था। सरमन की पीठ पर महावत के अतिरिक्त विशाल स्वर्णजटित हौदा लदा था जिस पर वीरोचित पुरुषवेश में दुर्गावती, उनकी प्रिय सखी और सेविका रामचेरी तथा विश्वासपात्र सेवक रामधन थे। हौदे में फल, जल की तुबियाँ धनुष और भरे हुए तूणीरों के साथ भाले और तलवारें भी रखी थीं।

सरमन हाथी के आगे-आगे चार अश्वारोही चल रहे थे और पीछे सात हाथियों का दस्ता, जिसमें गोंड सेना के चुने हुए धनुर्धर बैठे थे, सभी के पास भाले और तलवारें भी थीं। हाथियों के दस्ते के पीछे पाँच बैलगाड़ियाँ थीं जिनमें खाद्यान्न, तथा शिविर से सम्बन्धित सारी सामग्री थी और सबसे पीछे इक्कीस घुड़सवारों का वह दस्ता था जिसमें गोंड सेना के सबसे अच्छे तलवार बाज थे। सात हाथियों में से एक हाथी पर स्वयं हाथी खाना के प्रमुख अर्जुन सिंह बैस थे, उनके पास दो भरमा बन्दूकें और बन्दूकों में प्रयुक्त होनेवाली गोलाबारूद थी।

अर्जुनसिंह बैस एक योग्य प्रशासक भी थे, उनका सूचना तन्त्र काम कर रहा था। उनके काफिले की खबर प्रत्येक कोस में तैनात हरकारे अगली चौकी तक पहुँचा देते। प्रत्येक चौकी तीन कोस पर थी। प्रत्येक चौकी में रानी का काफिला रुकता। वहाँ पर आसपास के गाँव के लोग पहले से ही प्रतीक्षारत होते। रानी हाथी से उतरकर सीधे जनता से मिलती, फरियाद सुनतीं और निराकरण करतीं। प्रत्येक चौकी में रानी से और अधिक रुकने का आग्रह किया जाता क्योंकि सामान्यतः ये गाँव अन्य ग्रामों की तुलना में बड़े होते थे। दुर्गावती कुल उतनी ही देर रुकना पसन्द करतीं जितनी देर में वे सुचित्त होकर प्रजा की बात सुन सकें साथ ही साथ के लश्कर के पशुओं हाथियों, घोड़ों और बैलों को चारा पानी मिल सके, उन्हें थोड़ा विश्राम भी मिले इसका ध्यान रखा जाता।

सरमन हाथी के हौदे पर बैठी रामचेरी ने दुर्गावती से कहा : "हुजूर, शाम होने को आई लगता है, पास में कोई बड़ा गाँव नहीं है, कहीं ऐसा न हो किसी छोटे गाँव में ही शिविर लगाना पड़ जाए।"

दुर्गावती : "रामचेरी, अगर शिविर लगाना भी पड़े तो क्या बुरा है, हमें ऐसे मौके कब मिलते हैं जब हम अपने आरण्यक बन्धुओं के बीच रह सकें।"

तभी रामधन ने जो चारों ओर सर्तकता से देख रहा था महावत को रुकने का आदेश दिया।

दुर्गावती ने प्रश्नवाचक नजर से उसे देखा।

रामधन ने कहा : "हुजूर, ठाकुर दादा ने रुकने का संकेत किया है। ठाकुर दादा से तात्पर्य अर्जुनसिंह बैस से था। तुरन्त ही छह हाथियों को पीछे छोड़ता हुआ अर्जुन सिंह बैस का हाथी सरमन के बगल में आकर खड़ा हो गया। अर्जुनसिंह ने रानी दुर्गावती से कहा : "रानी माँ, रात्रि होने में अधिक देर नहीं है, यदि आज्ञा दें तो पास के ग्राम में डेरा डाला जाए।"

रामचेरी ने रानी से निवेदन किया : "रानी माँ, आपने तो मध्याह्न के बाद से जल ग्रहण भी नहीं किया है, क्योंकि भोजन बनने में कुछ समय लग जाएगा और आपने आज दिन भर फलाहार के सिवा कुछ ग्रहण भी तो नहीं किया है।" दुर्गावती यह सुनकर केवल मुस्करा दीं।

बिना मौसम के बादल घिर आने से आज शाम कुछ जल्दी ही घिर आई थी। गाँव के पास ही एक समतल मैदान पर देखते ही देखते शामियाना तन गया। सबसे बीच में दुर्गावती का शामियाना, जिसमें चार कक्ष थे, सभी आवश्यक सुविधाएँ इस छोटे से डेरे में थीं। मुख्य शामियाने के चारों ओर सैनिकों की गश्त थी। रामचेरी का शामियाना सबसे निकट था। ठाकुर दादा की चौकस व्यवस्था थी। संध्याकाल में निवृत्त होकर दुर्गावती ने साथ लाए शालिग्राम भगवान के विग्रह की अपराह्न पूजा-अर्चना सम्पन्न की और वे शामयाने के मन्त्रणा प्रकोष्ठ में बैठने के लिए जैसे ही आगे बढ़ीं कि उन्हें स्त्रियों का रुदन सुनाई दिया। ऐसा लगा कि कुछ लोग तम्बू के मन्त्रणा प्रकोष्ठ में आना चाहते हैं परन्तु उन्हें प्रहरी रोक रहे हैं।

महारानी ने आवाज देकर रामचेरी को बुलाया। रामचेरी दौड़ी हुई आई और बोली : "हुजूर, भोजन तैयार है, आपको बुलाने ही आ रही थी, दरअसल मशालों की व्यवस्था में कुछ समय लग गया।"

दुर्गावती : "मैं भोजन की बात नहीं कर रही हूँ, बाहर जाकर देखो क्या मामला है, शायद कुछ स्त्रियाँ रो रही हैं। मैं मन्त्रणा प्रकोष्ठ में हूँ।" रानी दुर्गावती मन्त्रणा प्रकोष्ठ में रखी हुई एक ऊँची पीठिका पर बैठ गईं।

यह जानकार कि रानी प्रकोष्ठ में आ चुकी हैं, अर्जुनसिंह बैस और लश्कर के सात-आठ अधिकारी भी वहाँ पहुँच गए। सभी ने दुर्गावती को प्रणाम कर भोजन ग्रहण करने का निवेदन किया।

दुर्गावती ने कहा : "मैंने अभी बाहर कुछ स्त्रियों के रोने की आवाज सुनी है, प्रहरियों ने उन्हें बाहर रोक रखा है, उन्हें पहले पेश करो।"

ठाकुर दादा : "रानी माँ, बाहर दरअसल पूरा गाँव ही खड़ा है। मैं समझाकर आया हूँ, वे आश्वस्त है। आप भोजन करने के उपरान्त उनसे मिल लें।"

दुर्गावती : "यह ठीक है कि आपने उन्हें आश्वस्त कर दिया है पर रोती हुई औरतों के आसुँओं के रहते भोजन तो क्या मुझसे पानी भी नहीं पिया जा सकेगा।"

दुर्गावती ने ठाकुर दादा की एक न सुनी और चूँकि पूरा गाँव ही इकट्ठा हो गया था अतः वे स्वयं शामियाने से बाहर मैदान में आ गईं। तुरन्त ही दोनों ओर दो मशालची

आकर खड़े हो गए और रानी के चार अंगरक्षक नंगी तलवार लिए उनके चारों ओर खड़े हो गए। ठाकुर दादा ने सबसे बैठने को कहा।

दुर्गावती के सामने दो दुखियारी स्त्रियाँ थीं जिनके पति किसी नरभक्षी व्याघ्र का निवाला बन गए थे। दुर्गावती को आश्चर्य हुआ कि इतने सघन वन में जहाँ इतना अधिक शिकार हो, वहाँ शेर का नरभक्षी होना आश्चर्यजनक ही था।

गाँववालों ने सोचा था कि शायद कोई बहुत बूढ़ा या अपाहिज शेर उनके आसपास के जंगल में आ गया है, पर जिन लोगों ने शेर देखा था और उसके पंजों के निशान देखे थे उससे न तो वह वृद्ध लग रहा था और न अपाहिज। सबसे दिलचस्प बात यह थी कि शेर का प्रत्यक्ष देखा गया वर्णन एक-सा न था। जब ठाकुर दादा ने दोनों घटनाओं के प्रत्यक्षदर्शियों से गहन पूछताछ की तो ऐसा लगा कि दोनों शेरों के हुलिया वर्णन में काफी अन्तर है।

एक प्रत्यक्षदर्शी एक महिला थी, जिसके पति को शेर उसके सामने ही उठाकर ले गया था। यह शेर उस महिला के वर्णन के अनुसार एक भारी भरकम विशाल गलमुच्छों वाला नर शेर था।

अन्य प्रत्यक्षदर्शी चार युवक थे। उन युवकों के वर्णन से ऐसा प्रतीत हो रहा था मानो प्रत्यक्षदर्शी छरहरे शरीरवाली चमकदार पीले रंग की शेरनी का वर्णन कर रहे हों।

दुर्गावती ने रोती हुई पहली स्त्री से पूछा : "तुम्हारा पति कब और कैसे शेर के द्वारा मारा गया?"

पहली स्त्री : "अन्नदाता, मैं और मेरे पति सुबह नाले के किनारे मछली पकड़ने जा रहे थे, वहाँ कुछ तीतर भी मिल जाते हैं। तब सूरज नहीं निकला था। वे नाले के किनारे-किनारे जा रहे थे कि उन्हें कुछ दिखलाई दिया। उन्होंने झुककर पत्तियों को हटाकर देखा तो वहाँ एक बड़ा बनैला सुअर मरा पड़ा था, मैं पीछे बेरी तोड़ती चल रही थी इसलिए काफी पीछे रह गई थी, पर वे दिखलाई दे रहे थे। उस मरे हुए सुअर को देखकर वे जोर से चिल्लाकर मुझसे कुछ कहना चाह रहे थे कि न जाने कहाँ से एक भारी बाघ निकला और उन्हें मुँह में दबाकर पलक झपकते जंगल में गायब हो गया। रोती पीटती जब मैं गाँव आई तब सारे गाँववाले आवाज करते निकले पर एक झाड़ी में उनकी अधखाई लाश ही मिली। मैं तो लुट गई।"

दुर्गावती ने सारी घटना ध्यान से सुनी। उन्होंने फिर पूछा : "उस मरे हुए बनैले सुअर का क्या हुआ, उसे किसने मारा था?"

गाँववालों ने बतलाया, उस भारी बनैले सुअर को गाँववालों ने नहीं मारा था वरन् उसका शिकार तो किसी शेर ने ही किया था क्योंकि उसकी गर्दन पर शेर के दाँतों के निशान थे।

रानी को सारा माजरा समझते देर न लगी। प्रकट में कुछ न कहकर उन्होंने दूसरी पीड़ित महिला से पूछा : "तुम्हारे साथ क्या हुआ?"

दूसरी महिला ने रोते हुए अपनी व्यथा को कहना प्रारम्भ किया : "हुजूर, मेरा भाग्य तो उस समय फूटा जब मेरे पति चैतूबैगा के पास सारे गाँववाले आए और उस नाहर

की डाढ़ बाँध देने को कहा। सबने इतना जोर दिया कि मेरा मरद इस बात को टाल न सका और वह गाँव के चार जवानों के साथ जंगल में जड़ी लेने गया और उसी समय उन चारों के सामने ही नाहर ने मेरे मरद के प्रान ले लिए।''

चैतूबैगा के साथ जाने वाले चारों युवक वहीं सिर झुकाए खड़े थे, दुर्गावती ने उनकी ओर देखा और घटना के बारे में पूछा।

चारों ने कहा : ''हुजूर, हम सब दोपहर में साथ-साथ थे। हम सबके हाथ में कुल्हाड़ी भी थी, चैतू के हाथ में भी कुल्हाड़ी थी, उसे एक जड़ी भी तोड़नी थी। जब भी वह जड़ी तोड़ने जाता था तो किसी को साथ नहीं ले जाता था अतः हम चारों को उसने जंगल में महुए के पेड़ के नीचे बैठने को कहा और खुद सामने की झुरमुट में चला गया। झुरमुट से हम बहुत दूर नहीं थे, परन्तु हमने देखा कि कुछ देर बाद एक नाहर वहाँ से छलाँग लगाकर बाहर कूद रहा है। हम सभी को आशंका हुई और हम सब वहाँ जब पहुँचे तो देखा कि चैतू मरा पड़ा है। उसकी गर्दन टूट गई थी और कुल्हाड़ी दूर पड़ी थी, परन्तु खून वगैरह विशेष नहीं था।''

ठाकुर दादा ने इन वर्णनों को सुनकर रानी से कहा : ''शायद अधिक डर के कारण शेर के वर्णन में यह विसंगति आई है।''

दुर्गावती कुछ सोचने में तल्लीन थीं। फिर, उन्होंने आज्ञा दी कि इसी समय हाँके की तैयारी की जाए क्योंकि दोनों घटनाओं का क्षेत्र बहुत विस्तृत नहीं है।

रामचेरी और अन्य सभी ने दुर्गावती से भोजन या जलपान लेने का बहुत आग्रह किया पर सब व्यर्थ, उन्होंने बिना समय गँवाए कुछ और शस्त्र लिए। रामचेरी को भी साथ में लेने से उन्होंने मना कर दिया, केवल एक अंगरक्षक रामधन को हौदे में बैठने की इजाजत मिली। महावत ने तुरन्त ही सरमन हाथी को लाकर खड़ा कर दिया। दूसरे सारे महावतों को रानी ने हाथियों को तैयार करने के लिए आज्ञा नहीं दी, केवल अर्जुनसिंह बैस अपने हाथी पर दो सैनिकों के साथ बैठे।

शिविर में सुरक्षा के लिए पर्याप्त सैनिक छोड़ दिए गए। हाँका में नाले के एक सिरे से मशाल लेकर लोग आगे बढ़े। हालाँकि अब तक चन्द्रमा का प्रकाश फैल चुका था। गाँववालों के हाथों में कुल्हाड़ियाँ थीं और ढपले बजाकर जोर-जोर से आवाज की जा रही थी। जो थोड़े से सैनिक साथ में थे उनके पास भाले थे। कुछ लोग जोर से अन्य क्षेत्रीय वाद्य भी बजा रहे थे।

लोगों की पंक्ति के एक ओर रानी दुर्गावती अपने सरमन हाथी पर सवार थी तो दूसरी ओर अर्जुनसिंह बैस अपने हाथी पर सवार थे। जैसे-जैसे आगे बढ़े, ऊबड़-खाबड़ जमीन और वन्य पशुओं की भगदड़ से पंक्ति की लम्बाई बढ़ती चली गई। आधी रात तक दोनों हाथियों की दूरी बहुत अधिक हो गई।

सरमन हाथी अचानक एक बड़े वृक्ष के नीचे जाकर जोर-जोर से चिंघाड़ने लगा। रानी ने ऊपर देखा, एक भारी-सा गुलबाघ वृक्ष की नीची डाल से हाथी की ओर देख रहा है। दुर्गावती ने धनुष सँभाला और उसकी ओर बाण चलाना चाहा पर तब तक

गुलबाघ लम्बी छलाँग लगाकर दूसरे वृक्ष पर कूद गया और आँखों से ओझल हो गया। रानी ने सधा हुआ बाण नीचे कर लिया।

दुर्गावती अभी भी आदमखोर के बारे में सोच रही थी, आश्चर्य था, कि एक शेर के दो अलग वर्णन कैसे। तभी एक विचार कौंधा, कहीं दो शेर तो नहीं। यह तो तय था, एक शेर आदमखोर था जिसने निरभै गोंड़ का आधा शव खा लिया था पर चैतूबैगा को मारनेवाला शेर क्या वही था, शायद नहीं, उसने चैतू को मारा अवश्य पर खाने का प्रयास नहीं किया। शेर आदमखोर हुआ क्यों, शायद इसलिए कि वह जंगली सुअर का शिकार करने में आहत हो गया था और जब गोंड उसके शिकार के पास पहुँचा तो उसने इसे व्यवधान समझा और निरभै गोंड को मार दिया, घायल तो था ही अतः इस नए शिकार के मांस का भक्षण कर लिया। क्या चैतूबैगा का शिकार करने वाला ही व्याघ्र था, हो भी सकता है। चार लोग पास में थे, शायद इसलिए भाग निकला हो। रानी इसके पहले भी आदमखोर शेरों का शिकार कर चुकी थी। ऐसे मौके कम होते हैं पर आदमखोर को छोड़ने का अर्थ अनगिनत आदमियों की मौत है।

रानी ने देखा चन्द्रमा काफी ऊपर चढ़ गया है। वन में घूमते दो घड़ी से अधिक समय हो चुका है।

अचानक रानी के दाहिनी ओर चल रहे हाँका के लोगों में भगदड़ मच गई। सरमन हाथी ने जोर से चिंघाड़ लगाई और एक ओर घूमकर सूँड़ ऊपर उठा ली, तभी रानी ने देखा कि एक शेर ने बिजली गति से हाथी के ऊपर छलाँग लगाने को उठता है। रानी ने तुरन्त अचूक निशाना लगाया और तीर सनसनाता हुआ शेर के कन्धे और गले के बीच घुस गया, परन्तु इससे वह और अधिक भयानक हो उठा और पलक झपकते छलाँग लगाकर हाथी के सिर के पास आ बैठा। उसके भीषण प्रहार से सरमन महावत का अंकुश नीचे जा गिरा और महावत पीड़ा से चिल्ला उठा। शेर की दहकती हुई आँखें और भयानक जबड़े रानी के एकदम करीब थे। दुर्गावती ने हौदे पर रखे विशाल भाले को हाथ में उठाया और बिजली की गति से भाला शेर के मुँह के भीतर घुसा दिया। भाले का तीक्ष्ण फलक शेर के मुँह में सांघातिक रूप से घुस चुका था पर शक्तिशाली शेर ने पूरी शक्ति लगाई और भाला बीच से ही टूट गया। दुर्गावती ने उसे छोड़ते हुए तुरन्त पास में रखी हुई तलवार से वार किया। इस बार से शेर नीचे जा गिरा और तब तक क्रोधित सरमन ने उस पर पैर रखकर उसे कुचल दिया। यह सब कुछ ही क्षण में हो गया। इसी समय सरमन और अधिक तेजी से चिंघाड़ा। यह हाथी की विजय ध्वनि होनी थी पर यह करुण ध्वनि थी। ऐसा लगा कि सरमन अपने पिछले पैरों को टेक रहा है। हाथी द्वारा शेर को पैरों से दबाने के बाद होनेवाली यह एक अस्वाभाविक सी प्रतिक्रिया थी। रानी ने तभी देखा कि हौदे के पीछे बैठा रामधन हौदे में दुबकने का प्रयास कर रहा है और एक भारी भरकम शेर उसको ठीक उसी प्रकार दबोचना चाहता है जैसे बिल्ली चूहे को दबोचती है। सरमन का पिछला भाग शेर के वजन से झुक गया था और हाथी के पिछले पैरों में शेर के पंजों से शायद घाव हुए थे इसीलिए सरमन

विजय ध्वनि की जगह अर्तनाद कर उठा था। दोनों ओर से दो शेरों के आक्रमण यही उन क्षणों का सत्य था। दुर्गावती ने तलवार के जिस एक प्रहार से सामने वाले शेर को धराशायी किया था उससे दुगनी शक्ति लगाकर उन्होंने दोनों हाथों से तलवार पकड़कर शेर की गर्दन पर भीषण प्रहार किया। प्रहार सटीक था, तलवार शेर की मजबूत गर्दन में काफी भीतर तक धँस गई थी, जिसे रानी ने वहीं छोड़कर हौदे पर रखा दूसरा भाला उठाया, परन्तु उसकी आवश्यकता न पड़ी। शेर की गर्दन पर लगे वार ने उसकी जीवनी शक्ति समाप्त कर दी थी। रानी ने भाले से शेर का अर्ध मृत शरीर नीचे गिरा दिया। रामधन अब भी थर-थर काँप रहा था। महावत की जाँघ में शेर का पंजा लगा था अतः उससे रक्तस्राव हो रहा था, परन्तु उसने अपने सिर फैंटे को उतारकर जाँघ को कसकर बाँधा। महावत के हाथ में अंकुश न था फिर भी सरमन हाथी बिना महावत के आदेश के पूरी तत्परता से दोनों गिरे हुए शेरों से सौ कदम दूर जाकर इस तरह खड़ा हो गया ताकि वह दोनों पड़े हुए शरीरों को ठीक ढंग से देख सके। सरमन हाथी अब तक दोनों शेरों की अन्तिम साँसों को चलते देख रहा था। वह लगातार चिंघाड़े जा रहा था। यह हाथी की स्वाभाविक प्रतिक्रिया थी।

दुर्गावती जानती थी कि अनेक बार मृत समझ लिए जानेवाले शेर वस्तुतः मृत नहीं होते। इस अवस्था में पड़े हुए शेर साक्षात् मौत के वाहक ही होते हैं, अतः उन्होंने अंकुश उठाने के लिए महावत को हाथी से नीचे न उतरने दिया।

हाथी की चिंघाड़ ने वन की स्तब्धता भंग कर दी थी। हाँके वाले लोग मशाल लिए उसी ओर आते दिखे पर उनसे भी शीघ्र अर्जुनसिंह अपने हाथी पर आते दिखलाई दिए। चन्द्रमा के प्रकाश में उन्होंने दो विशालकाय शेरों को पड़े हुए देखा। उनके हौदे में बैठे सैनिकों को भी यह मालूम था कि यदि उन शेरों में जरा भी प्राण शेष हैं तो एक बड़ा खतरा पैदा हो सकता है अतः उन्होंने हाथी पर से ही बाणों से दोनों शेरों को बींध डाला।

दुर्गावती रात्रि के तीसरे पहर अपने शामयाने में पहुँची जहाँ रामचेरी उनका बेसब्री से इन्तजार कर रही थी। देर रात तक शिकार की बातें चलती रहीं। रानी ने साथ में चल रहे वैद्य से महावत के घावों की मरहम पट्टी कराई। साथ ही रात में ही सरमन के घावों पर भी लेप लगाया गया, हालाँकि ये घाव साधारण थे। रात्रि में जलपान कर रानी बहुत थोड़े समय के लिए ही सो पाई कि सुबह हो गई। गाँववालों की भी अँधेरी रात समाप्त हो चुकी थी।

दूसरे दिन जब दोनों शेरों के शव लाए गए तब उनमें से भारी शेर के अगले पैर के ऊपर एक बड़ा-सा घाव था जो भर चला था। यह घाव उसे बनैले सुअर के शिकार के समय लगा था। दूसरा शेर वस्तुतः शेरनी थी, वह नरभक्षी नहीं थी। दुर्गावती ने रामचेरी को बतलाया कि शेर और शेरनी वस्तुतः साथ ही रहते थे और इसीलिए उन दोनों ने मिलकर सरमन हाथी पर आक्रमण किया था।

रानी दुर्गावती की रुचि कभी भी शिकार में न थी परन्तु वह आदमखोरों से प्रजा के संकट को दूर करने के लिए वीरतापूर्वक उनका संहार करती।

प्रजावत्सला

महारानी दुर्गावती ने राज्य की समस्याओं को करीब से समझा था। अन्य राज्यों के विपरीत अकालों और सुकालों का गोंडवाना के जीवन में बहुत फर्क पड़ता था। वे जानती थीं कि अकालों से ऐसे समय में भी वनोपजों से पेट भरने लायक खाद्य पदार्थ मिल ही जाते थे परन्तु ऐसी स्थिति में नगरों और बड़े ग्रामों में संकट उत्पन्न होने लगता था। यह अलग बात थी कि यह संकट अब तक कभी भी जानलेवा नहीं हुआ था। समस्या के मूल में राज्य की सुव्यवस्था के लिए स्थाई सैनिकों एवं राजकर्मचारियों की संख्या अब बढ़ चुकना था। भारत के अन्य क्षेत्रों की तरह यद्यपि गोंडवाना में भी सभी के पास स्वयं की जमीनें थीं परन्तु अब राजधानी में फलों तथा दुग्ध पदार्थों की आवश्यकता कई गुनी बढ़ गई थी। पहले की तुलना में पालतू पशुओं की संख्या अब राजधानी के चारों ओर पहले से कई गुनी अधिक थी। गायें, भैंस, गदहे, खच्चर और घोड़ों के अतिरिक्त हाथियों की संख्या दिनोदिन बढ़ रही थी। ये सभी समाज की आवश्यकता एवं प्रतिष्ठा से जुड़ गए थे। गढ़ा प्रसिद्ध पशु मंडी के रूप में विख्यात हो गया था। प्रशासन की चुस्त व्यवस्था के कारण मध्यम वर्ग की जनसंख्या बढ़ रही थी, जिसके रहने के लिए नए-नए पक्के मकान बनवाए जा रहे थे। इन सबकी वृद्धि का अर्थ था और अधिक जल की आवश्यकता।

राज्य में अब ऐसे जलाशय या अन्य स्त्रोतों की आवश्यकता थी जो राजकीय सेना एवं नगरीय जनसंख्या के पेयजल की आपूर्ति वर्ष भर कर सके, जिससे पालतू पशुओं को पर्याप्त जल उपलब्ध हो सके, जिससे फलोद्यानों और पालतू पशुओं को चारा मिल सके तथा जिससे बड़ी संख्या में आ रहे व्यापारिक काफिलों की बैलगाड़ियों और यात्रियों को भी पर्याप्त जल मिल सके। संग्रामशाह ने संग्रामसागर नामक विशाल तालाब को बनवाकर दूर-दृष्टि का परिचय दे दिया था। परन्तु संग्रामशाह के बनवाए संग्रामसागर की क्षमता से अब और अधिक जल की आवश्यकता थी।

दुर्गावती अपने दरबार में जनसामान्य से उनकी समस्याएँ पूछतीं और स्वयं निरीक्षण कर तथ्यों का पता लगातीं एवं उसके निराकरण में देर न करतीं। पिछले कुछ समय से गढ़ा कटंगा में सभी वर्गों के थोड़ी जमीन वाले कृषक गर्मियों में आस-पास के गाँवों से बड़ी संख्या में आ जाते क्योंकि राजधानी में नित नए भवनों का निर्माण होने से बड़ी संख्या में मजदूरों की आवश्यकता पड़ रही थी। इन मजदूरों, कारीगरों, दस्तकारों,

पशुपालकों तथा हाथियों के व्यापारियों को अतिरिक्त जल की आवश्यकता थी।

राजा वीर नारायण का दरबार।

युद्धकाल हो या शान्तिकाल हर वक्त हर समस्या को सुलझाने के लिए राजसिंहासन के बाजू में बैठी दुर्गावती तत्पर रहती। उन्होंने गढ़ा कटंगा राज्य की जल सम्बन्धी आवश्यकताओं पर विचार किया था, अतः आज दरबार में उस पर पूरा विचार होना था, साथ ही निष्कर्षों पर पहुँचने पर उन उपायों को अमली जामा पहिनाने की भी कार्ययोजना बनाई जानी थी।

दुर्गावती : "नगर के सभी गणमान्य नागरिकों और जनता के विभिन्न वर्गों के प्रतिनिधियों से हमने जल समस्या को ध्यान से सुना है और हमने निर्णय लिया है कि इस समस्या को हल करने में जो भी धन व्यय होगा उसे राजकोष से व्यय किया जाएगा। यह समस्या कैसे हल की जाए इस पर उपस्थित जन अपने विचार रख सकते हैं।"

धीरे-धीरे एक के बाद एक अनेक वक्ता खड़े हो गए। अनेक सुझाव आए, अनेक लोगों के नाम आए जो इस कार्य में रुचि लेते थे। ऐसे लोगों के नाम आए जो विभिन्न योजनाओं में अपनी योग्यताओं को साबित कर सकते थे।

दुर्गावती : "आप सबने हमें बहुमूल्य सुझाव दिए इसके लिए आप सभी को अनेकशः धन्यवाद। हम राज्य की ओर से धन साधनों की कमी नहीं होने देंगे परन्तु जनसाधारण के कर्त्तव्य की ओर भी मैं ध्यान देना चाहूँगी वह यह कि जल समस्या दो एक माह में हल कर दी जानेवाली समस्या नहीं है, इसमें कुछ वर्ष लग सकते हैं और आप सबको एक लम्बी अवधि तक रुचि लेकर कार्य करने की आवश्यकता होगी। मैं यह कह सकती हूँ कि जल समस्या के निराकरण से हमारी प्रजा और राज्य और अधिक समृद्ध होगी। बहुत ही शीघ्र इस दिशा में कार्य प्रारम्भ हो जाएगा।"

यह सुनकर समूचे राजदरबार में प्रसन्नता की लहर दौड़ गई, लोगों ने महारानी की घोषणा का स्वागत किया।

वास्तविकता यह थी कि घोषणा के पूर्व ही महारानी ने सारी समस्या पर पूरा विचार कर लिया था। कोषाध्यक्ष से इस कार्य पर होनेवाले व्यय पर भी विचार-विमर्श कर लिया था। उनके मस्तिष्क में कार्ययोजना तय थी परन्तु वे प्रजा की पूरी बात सुनकर ही अपनी कार्ययोजना को अन्तिम रूप देना चाहती थीं।

रानी दुर्गावती का मन्त्रणा कक्ष–

आज महारानी ने राज्य के उच्चतम पदस्थ व्यक्तियों को आमन्त्रित किया है जिसकी जिम्मेवारी महामन्त्री आधारसिंह को दी गई है। वे अधिकारियों सहित समय पर उपस्थित हो गए। महारानी की निजी सेविका तथा परिवार के कुछ अन्य महत्त्वपूर्ण सदस्य जिनमें उनके देवर चन्द्रशाह भी इस बैठक में पहुँचे।

दुर्गावती ने सभी उपस्थित लोगों को सम्बोधित कर कहा : "राज्य की जल समस्या के सभी पहलुओं पर राजदरबार में विचार-विमर्श के पश्चात् हमने इस समस्या के हल

के लिए दो स्तरों पर कार्ययोजना तय की है। मैंने स्वंय कुछ विशेषज्ञों की सहायता से इस समस्या को समझने का प्रयास किया है। हमारी योजनाएँ दो तरह की होंगी। प्रथम स्तर की योजनाएँ अल्पकालिक होंगी ताकि जनता को शीघ्र ही लाभ मिलना प्रारम्भ हो जाए तथा दूसरे स्तर की योजनाएँ दीर्घकालिक होंगी।

आप लोगों से मैं पूछना चाहूँगी कि इन्हें स्वेच्छा से सम्पन्न करने की जिम्मेवारी कौन लेगा?"

आधारसिंह : "महारानी जी, आप जिसे भी आज्ञा देंगी वह इस कार्य को सम्पन्न करेगा परन्तु मेरी जानकारी के अनुसार यदि प्रथम वर्ग की योजनाओं का कार्यभार पंडित महारक्ष को सौंपा जाए तो उचित होगा। महारक्ष जी यद्यपि सेना के अधिकारी हैं परन्तु उनकी शिक्षा-दीक्षा राजपूताने में हुई है। उन्होंने शस्त्र विद्या के अतिरिक्त अनेक विद्याएँ सीखी हैं सिवा पौरोहित्य के।"

दुर्गावती : (कुछ आश्चर्य से) "महारक्ष पंडित ने पौरोहित्य कर्म क्यों नहीं सीखा, वह तो ब्राह्मणों का प्रथम कर्त्तव्य है।"

आधारसिंह : (कुछ मुस्कुराते हुए) "यह तो आप उन्हीं से पूछिए।"

दुर्गावती ने प्रश्नवाचक मुद्रा में उनकी ओर देखते हुए पूछा : "पंडित जी?"

महारक्ष : "महारानी जी, क्षमा करें, ब्राह्मणों का प्रथम या द्वितीय कर्त्तव्य पौरोहित्य नहीं, यह आपके सम्बोधन से ही स्पष्ट है, ब्राह्मण का एक मात्र कर्त्तव्य है पाण्डित्य प्राप्त करना अथवा ज्ञान की एक या एक से अधिक विधाओं में विशेषज्ञता प्राप्त करना, यही कारण है कि परशुराम या द्रोणाचार्य पूजा-पाठ करानेवाले पुरोहित नहीं थे। यह अवश्य है कि जनमानस को ईश्वर के प्रति निष्ठा सिखाना और धर्ममार्ग पर चलने के लिए प्रेरित करना ब्राह्मणों के कर्त्तव्य हैं। परन्तु इसके लिए पौरोहित्य कर्म अनिवार्य हो ऐसा नहीं है।"

दुर्गावती : "तब तो पुरोहित वर्ग आपसे प्रसन्न रहेगा, मुझे सन्देह है।"

महारक्ष : "निष्ठावान पुरोहित तो प्रसन्न रहेंगे, परन्तु दान-दक्षिणा के माध्यम से धनोपार्जन की वृत्ति रखनेवाले पुरोहित तो मेरे 'क्षत्रिय कर्म' के वैसे भी आलोचक हैं परन्तु उससे भी अधिक मेरी आलोचना उन लोगों द्वारा की जाती है जो स्थापत्य विद्या को केवल इसलिए शूद्रों को सौंप चुके हैं क्योंकि उसमें शारीरिक श्रम और सेवा भावना दोनों ही हैं, जबकि तथ्य यह है कि इस विद्या का भी विकास ब्राह्मणों द्वारा ही किया गया था।"

दुर्गावती : "तब तो आप सुदूर राजस्थान से आए हुए कारीगरों के शिल्पज्ञान की परीक्षा लीजिए एवं मुझे बतलाइए कि उन्हें कौन-सा कार्य सम्पन्न कराना है।"

महारक्ष : "जो आज्ञा महारानी जी, मैं अगले सप्ताह तक उन सभी के ज्ञान एवं कार्य क्षमता की परीक्षा लेकर आपको सूचित करूँगा।"

आधारसिंह : "महारक्ष जी, सैनिक ढंग से उनकी परीक्षा लीजिए, सेना में भी तो आप ही अधिकारियों का चयन करते हैं।"

दुर्गावती : "महामन्त्री, दीर्घकालिक योजनाओं के सम्बन्ध में आपका क्या विचार है?"

आधारसिंह : "महारानी जी, महारक्ष जी से अगले सप्ताह अल्पकालिक योजनाओं का विवरण लेने के पश्चात् ही दीर्घकालिक योजनाएँ बनाना उचित होगा।"

महामन्त्री की बात का सभी ने समर्थन किया। महारानी ने एक सप्ताह बाद सभी को पुनः उपस्थित होने का निर्देश दिया तथा स्थान गढ़ा राज्य के किले के बाहर एक छोटा मैदान महारक्ष ने समय, तिथि की मुनादी पिटवा दी थी, तदनुरूप अनेक लोग महारक्ष से मिलने आए थे। महारक्ष मैदान में बैठे थे परन्तु चार सशस्त्र सैनिक उस स्थान पर तैनात थे। रानी दुर्गावती की आज्ञा थी कि दूर देशों से भी उचित पारिश्रमिक और रहने की सुविधाएँ देकर राज्य में ऐसे विशेषज्ञ कारीगरों को राज्य में रहने के लिए प्रेरित किया जाए जिससे राज्य की जलसमस्या हल हो सके। शर्त यह होगी कि उन्हें अपनी जानकारी गोंडवाना के कारीगरों को बाँटनी होगी। गोंडवाना की शान्ति और प्रशासन व्यवस्था सुदूर राजस्थान तक पहुँच चुकी थी अतः वहाँ से आए जल विशेषज्ञ कारीगरों ने महारानी द्वारा अधिकृत दरबार के महारक्ष ब्राह्मण से वार्ता करनी प्रारम्भ की।

"हुजूर, हम ऐसी बावड़ी बनाते हैं जिससे भूमि के जल स्तर को अधिक प्रभावी रूप से संरक्षित किया जा सकता है।" राजस्थानी कारीगरों के मुखिया ने कहा।

"बावड़ियाँ तो हमारे यहाँ इसके पहले भी बनाई जाती रहीं हैं, इसमें विशेषता क्या है।" महारक्ष ने पूछा।

मुखिया का उत्तर था : "इसमें सबसे बड़ी विशेषता यह है कि जहाँ अन्य बावड़ियों और कुओं में ग्रीष्मकाल में जलस्तर नीचे क्रमशः गिरता चला जाता है, वहाँ इन बावड़ियों में जल स्तर या तो स्थिर रहता है या फिर कुछ बढ़ भी सकता है पर गिरता कभी नहीं है?"

"यह तो तुम प्राकृतिक नियमों के विरुद्ध बात कर रहे हो। ग्रीष्मकाल में कुओं का सूखना एक प्राकृतिक नियम है। जल स्तर का स्थिर रहना या बढ़ना प्राकृतिक नियमों के विपरीत बात है, क्या कोई जादू या अनुष्ठान से यह स्थिति तुम बनाते हो।" महारक्ष ने शंका जतलाई।

मुखिया का उत्तर था : "नहीं, नहीं, ऐसा कुछ नहीं है, ऐसी बावड़ी बनाने के लिए सिर्फ कला और प्रकृति की गहरी समझ की आवश्यकता है।"

महारक्ष ने इसे और समझाने को कहा : "इसमें प्रकृति की समझ क्या है, और कैसी है?"

मुखिया का उत्तर था : "कुओं तथा बावड़ियों में जो जल एकत्रित होता है वह पृथ्वी की भीतरी स्तरों में एकत्रित जल ही है। कुआँ या बावड़ी खोदने पर उस शैल स्तर का जल एकत्रित हो जाता है। जैसे-जैसे गर्मी बढ़ती है, जल वाष्पीकरण के कारण उड़ता है और जल स्तर नीचा हो जाता है, परन्तु कुछ ऐसे स्थल होते हैं जो अनेक शैल स्तरों के मिलन-बिन्दु होते हैं। अब यदि इन बिन्दुओं पर कुएँ या बावड़ी खोदी जाए

तो एक से अधिक स्रोत से पानी आते रहने के कारण ग्रीष्मकाल में भी वाष्पीकरण की तुलना में अधिक जल एकत्रित हो जाता है और जल स्तर नीचे नहीं गिरता।''

परन्तु उन बिन्दुओं का कैसे पता चले जहाँ एक से अधिक शैल स्तर मिलते हैं।

मुखिया ने रुककर फिर कहा : ''यही तो विशेषज्ञता है, हमने अपने बाँस के उपकरणों और अनुभव के आधार पर ऐसे केन्द्र खोजने की विद्या विकसित की है जिसमें लगभग हमेशा ही हमें सफलता मिली है।''

महारक्ष का नया प्रश्न था : ''किन्तु जल स्तर रुकना तक तो बात गले में उतरती है परन्तु जल स्तर का बढ़ना तो समझ से परे है।''

मुखिया ने बात साफ की : ''आप सही कहते हैं, हमारे द्वारा बनाई नब्बे फीसदी बावड़ियों में जल स्तर घटता नहीं है पर कुछ जगह वह बढ़ते देखा गया है यह भी प्रकृति का ही करिश्मा है।''

मुखिया ने समझाया : ''इसमें दो तथ्यों को बारीकी से समझना आवश्यक है–पहला यह कि किसी विशेष जगह में बरसात में जल स्तर कहाँ तक है और कुआँ उस क्षेत्र में कहाँ खोदा जा रहा है। सिद्धान्त के तौर पर हर जगह जमीन में ऊँचाई और निचाई होती है, यदि ऐसे क्षेत्र में अपेक्षाकृत ऊँची जगह कुआँ खोदा जाएगा तो वहाँ ग्रीष्मकाल में कुआँ सबसे अधिक सूखेगा परन्तु यदि वह उस क्षेत्र के सबसे निचली जगह पर खोदा जाए जहाँ जमीन के भीतर के शैल स्तर मिल रहे हों तो ग्रीष्मकाल में स्थिति उलट जाएगी।''

महारक्ष ने समस्या रखी : ''तुम्हारा कहना यदि हम मान भी लें तो राज्य में जहाँ भी हम ऐसा कुआँ या बावड़ी खुदाना चाहें तो क्या खुद सकेगी।''

मुखिया ने समझाने का प्रयास किया : ''आपका क्षेत्र काफी उँचाई-निचाईवाला है अतएव अधिकतर स्थानों में तो ऐसी बावड़ियाँ बन सकती हैं पर सभी स्थान उसके लिए उपयुक्त होंगे ऐसा नहीं है। एक बार ऐसी बावड़ी बन जाने दीजिए फिर उसके उपयोग के लिए योजना बनाइए, आखिर जल की आवश्यकता है तो सभी जगह।''

अब महारक्ष का प्रश्न था : ''दूसरी बात जो तुमने 'कला' की कही वह क्या है, कुआँ-कुआँ होता है, बावड़ी बावड़ी, वह कोई स्मारक या मन्दिर तो है नहीं जिसमें किसी कला की आवश्यकता पड़े। कला से सम्बन्धित हर चीज अधिक खर्चीली हो जाती है और उसका उपयोग सदैव ही नगण्य होता है।''

मुखिया ने कुछ सोचकर कहा : ''मैं समझता हूँ कि या तो मेरा शब्द चयन गलत है अथवा कला शब्द को लेकर ही कोई भ्रान्ति है। जो हो हमारा कला से तात्पर्य स्थापत्य से है अर्थात् यह बावड़ी से अपनी योजना और आकार में भिन्न होगी, तभी वह ग्रीष्मकाल के तीव्र सूर्यताप से संचित जल को वाष्पीकृत होने से रोक पाएगी।''

महारक्ष की उत्सुकता जगी : ''क्या आप अपनी इस प्रस्तावित 'कला' के स्वरूप का थोड़ा और विवरण देंगे।''

मुखिया ने उत्साहित होते हुए कहा : ''अवश्य, इस बावड़ी के दो भाग होंगे। एक

भाग में कुआँ होगा जो लगभग पच्चीस हाथ लम्बा और पच्चीस हाथ चौड़ा वर्गाकार आकृति का होगा, इसकी गहराई कम-से-कम पच्चीस से तीस हाथ होगी जो कि अलग-अलग जगहों पर अलग हो सकती है। जल स्तर तक पहुँचने के लिए सीढ़ियाँ होंगी। सबसे नीचे की सीढ़ी से अन्तिम सीढ़ी तक पहुँचने की ऊँचाई भूमि तल तक होगी। बावड़ी की कुछ सीढ़ियाँ जलमग्न रहेंगी। बावड़ी के एक ओर तीन मंजिल भवन होगा जो कि साधारण मौसम में रहनेवाले जल स्तर से प्रारम्भ होगा। इस भवन में एक के ऊपर एक तीन विशाल बरामदें होंगे। इस तरह भूमि स्तर पर एक ओर से नीचे उतरने के लिए सीढ़ियाँ होंगी, उसके ठीक सामने भूमि स्तर पर एक बरामदा युक्त भवन होगा, इसी बरामदे के नीचे ही क्रमशः दो बरामदे और होंगे। भूमि स्तर पर सीढ़ियों और उसके सामनेवाले भवन के दोनों ओर पाँच हाथ ऊँची दीवारें होंगी।

महारक्ष कुछ सोचते हुए बोले : ''यह तो काफी खर्चीला कार्य है। ऊपर के भवन तथा भीतर दो स्तरों के बरामदों का क्या प्रयोजन है? साथ ही भू-स्तर पर दोनों ओर ऊँची दीवारों की भी क्या आवश्यकता है? पालतू पशुओं को रोकने के लिए इससे आधी ऊँचाई की दीवार ही काफी है।''

मुखिया ने विवरण दिया : ''मैं बावड़ी से सम्बन्धित भवन सम्बन्धी उपयोगिता को बतलाना चाहूँगा। वर्तमान में बनी बावड़ियों की तुलना में ये बावड़ियाँ अधिक गहरी हैं अतः जल लेकर आनेवाली पनिहारिनों को बीच में अपने भरे हुए पात्र रखकर विश्राम की आवश्यकता होगी क्योंकि ग्रीष्मकाल में थोड़ी चढ़ाई भी व्यक्ति को बहुत अधिक थका देती है।

''इसी तरह अनेक अवसरों पर पनिहारिनों की भीड़ काफी अधिक बढ़ जाती है, उस स्थिति में नीचे के दो बरामदे रहने पर प्रजा सुविधा से इन बरामदों में प्रतीक्षा कर सकती है, इस प्रकार कभी भी जल भरने में आपाधापी नहीं होगी।

''भूमि स्तर पर एक प्रकोष्ठ का प्रावधान इसलिए रखा गया है कि वहाँ पर एक व्यक्ति को तैनात किया जा सके जो यह निगरानी रखे कि जल को गन्दा तो नहीं किया जा रहा है साथ ही वह सीढ़ियों और निचले बरामदों की स्वच्छता का भी ध्यान रखेगा।

''बगल की दो दीवारों की ऊँचाई अधिक सप्रयोजन है। जानवर बावड़ी में न गिरें, यह तो है ही परन्तु बावड़ी के जल के वाष्पीकरण को कम करने में ये बड़ी सहायक होंगी।''

महारक्ष ने और भी अनेक प्रश्न पूछे। बाहर से आए हुए कारीगरों ने हर प्रश्न का उत्तर दिया, उसके बाद महारक्ष ने दो दिनों तक उनसे प्रायोगिक दक्षता के लिए छोटे-छोटे कार्य दिए जिन्हें कारीगरों ने ठीक ढंग से सम्पन्न किया।

एक सप्ताह बाद रानी दुर्गावती के मन्त्रणा कक्ष में आज भी वही सभी लोग थे जो पिछले सप्ताह उपस्थित थे। सभी को जानने की उत्सुकता थी कि महारक्ष जिन व्यक्तियों से मिले थे उनकी क्षमता और योग्यताएँ क्या हैं और वे राज्य के लिए कितनी उपयोगी हैं।

महारक्ष ने सारे अनुभव को विस्तार से समझाया साथ में यह भी बतलाया कि बाहर से आए हुए कारीगर क्षेत्रीय कारीगरों को प्रशिक्षण के साथ-साथ अपना सहयोगी बना कार्य सिखलाएँगे।

दुर्गावती : "यह अच्छी सूचना है।"

आधारसिंह : "महारक्ष जी, प्रथम चरण में उन स्थानों पर बावड़ियाँ बनवाइए जहाँ गर्मी में पानी की प्राप्ति सबसे अधिक हो, यदि ये स्थान कुछ दूर भी होंगे तब भी उनसे फायदा ही मिलेगा क्योंकि आवश्यकता पड़ने पर पानी की ढुलाई की व्यवस्था की जा सकेगी। आसपास के वृहत्तर क्षेत्र में बावड़ियाँ कहाँ और कैसे खोदी जाएँ इसकी रूपरेखा भी तैयार की जाए।"

दुर्गावती : (महारक्ष से) "क्या इनकी विशेषज्ञता का उपयोग हमारी दीर्घकालिक योजनाओं में भी हो सकता है?"

महारक्ष : "अवश्य, मैंने एक सप्ताह का समय माँगा था परन्तु कुओं और बावड़ियों से सम्बन्धी उनके ज्ञान और अनुभव का परीक्षण तो मैंने दो दिनों में ही कर लिया था। उनसे वार्ता करने पर पता चला कि जलस्रोतों और भूमितल के नीचे के जल के प्रवाह के सम्बन्ध में उनकी जानकारी का उपयोग और भी अधिक किया जा सकता है अतः मैंने राजधानी के चारों ओर चार कोस की दूरी के क्षेत्र में जल संग्रहण के लिए उचित स्थानों के निर्धारण में उनकी विशेषज्ञता का उपयोग किया।"

दुर्गावती : "उससे क्या निष्कर्ष निकला?"

महारक्ष : "उन्होंने राजधानी के उत्तर-पूर्व में लगभग दो कोस दूर एक विशाल मैदान को चुना है जहाँ एक विशाल सरोवर का निर्माण किया जा सकता है। उस सरोवर के समीप ही एक दूसरा छोटा सरोवर भी होगा जो जलाधिक्य के समय उसकी सतह को सामान्य रखेगा। इन दोनों सरोवरों की जल सतह को नीचे न गिरने देने के लिए अनेक छोटे-छोटे तालाब बनाने की उन्होंने सिफारिश की है जो या कि पहाड़ियों के तुरन्त नीचे हैं अथवा जहाँ बहुत ही सघन वन हैं। इस तरह तालाबों का एक पूरा संकुल यदि बन जाता है तो राजधानी में सदैव ही जल आवश्यकता से अधिक ही रहेगा।

दुर्गावती : "इसका अर्थ यह है कि हम मदनमहल की पहाड़ियों के नीचे बहनेवाले झरनों को बाँध दें।"

महारक्ष : "ऐसा ही है, महारानी।"

दुर्गावती : "किन्तु गर्मियों में आनेवाली व्यापारिक बैलगाड़ियों एवं पालतू पशुओं के लिए क्या इसी संकुल से जल लिया जाएगा।"

महारक्ष : 'महारानी जी, इनकी राय में जलस्रोतों से उस हेतु भी पर्याप्त जल मिल सकेगा परन्तु उन्होंने चार कोस दूर एक संकुल बनाने का सुझाव दिया है जो राजधानी के उत्तर-पूर्व में इस जल क्षेत्र संकुल से पर्याप्त दूरी पर है। उनकी राय में दूसरा जल स्रोतों का जल संकुल यदि बन जाता है तो अनेक पीढ़ियों तक इस क्षेत्र में जल की

कमी नहीं रहेगी, दूसरे जल क्षेत्र संकुल से सिंचाई कर अनेक फसलें पैदा की जा सकेंगी।''

दुर्गावती : ''महामन्त्री इस बृहद योजना के सम्बन्ध में आपका क्या विचार है?''

आधारसिंह : ''महारानी जी, विचार उत्तम है। हमारी दृष्टि से पहले राजधानी के समीप वाले जलस्त्रोत संकुल पर कार्य किया जाए और फिर दूसरे जल स्रोत संकुल पर।''

महारक्ष : ''मेरा विचार है कि प्रस्तावित केन्द्रीय सरोवर का नाम 'रानीताल' रखा जाए क्योंकि यह इस क्षेत्र के लिए सबसे बड़ा वरदान होगा।''

इस प्रस्ताव का सभी लोगों ने समर्थन किया।

रामचेरी जो ध्यान से पूरी योजना सुन रही थी उसने कहा कि 'रानीताल' के समीप बननेवाले तालाब की खुदाई के व्यय को वह स्वयं वहन करना चाहती है क्योंकि उसके पास जो कुछ भी है वह समाज हित में अर्पित करना चाहती है। रामचेरी के इस विचार की सभी ने प्रशंसा की। इससे उत्साहित होकर आधारसिंह ने महारानी से आज्ञा माँगी कि दूसरे बड़े संकुल के मुख्य तालाब के बनने का खर्च स्वयं व्यक्तिगत रूप से वहन करेंगे।

रामचेरी और आधारसिंह की घोषणाओं के पश्चात् तो तालाबों का व्यय उठाने के लिए राजपरिवार के अन्य सदस्यों ने भी पेशकश की।

दुर्गावती लोगों के उत्साह से अत्यन्त प्रसन्न हुईं और घोषणा की : ''राज्य के लिए यह पर्याप्त है कि सभी ने इस योजना में उपेक्षित रुचि दिखलाई और सहभागिता की पेशकश की, परन्तु राज्य किसी भी स्तर पर धन की कमी न होने देगा।''

इसके पश्चात् जिन लोगों ने जिन छोटे-बड़े जलाशयों में अपनी रुचि दिखलाई थी दुर्गावती ने उन लोगों को उन जलाशयों के बनाने का पूरा दायित्व सौंप दिया। कुछ ही समय में नगर के कुछ श्रेष्ठ भी आगे आए और उन्हें भी इस कार्य में हाथ बँटाने की स्वतन्त्रता दी गई।

कुछ वर्षों में गढ़ा कटंगा राज्य में पचास से अधिक छोटे-बड़े तालाब बना दिए गए। सबसे बड़ा केन्द्रीय तालाब दुर्गावती के नाम पर 'रानीताल' रखा गया। समीपवर्ती दूसरा तालाब दुर्गावती की सेविका रामचेरी के नाम पर 'चेरीताल' रखा गया तथा कुछ दूर पर बनाए गए जलस्रोत संकुल के केन्द्रीय सरोवर का नाम 'आधारताल' रखा गया। पचास तालाबों में से अधिकांश के नाम उन लोगों ने चुने जिन्हें उस तालाब के निर्माण का दायित्व दुर्गावती ने सौंपा था।

उदारता की मीमांसा

हिन्दुस्तान की बादशाहत पाने के बाद अकबर ने अपने राज्य के चारों ओर बसे राज्यों का जायजा लेना प्रारम्भ किया। उसी तारतम्य में बादशाह ने आवश्यक निर्देश देकर अपने दरबार से दो विश्वासपात्र हिन्दू विद्वानों को गढ़ा राज्य को देखने के लिए भेजा। ये विद्वान थे गोप महापात्र और नरहरि महापात्र। गोप महापात्र तत्कालीन राजनीति के ऊँचे जानकार थे। बादशाह ने सारी योजना गुप्त रखी। रानी दुर्गावती के दरबार में भी जानकारों की कमी न थी। गढ़ा राज्य के दीवान आधारसिंह अपनी कुशाग्र बुद्धि के लिए सम्पूर्ण मध्य भारतीय राजवाड़ों में प्रख्यात थे। आधारसिंह को समझते यह देर न लगी कि अकबर के दोनों विद्वानों का आगमन किसलिए हुआ है? गढ़ा राज्य में दोनों विद्वानों का खूब आदर सत्कार हुआ। गोप महापात्र योजना के तहत वापस दिल्ली चले गए। नरहरि महापात्र अपने समय के उद्‌भट विद्वान तो थे ही परन्तु भाषा के समर्थ कवि भी थे। अकबर के दरबार में रहते हुए भी वे अपने धर्म और संस्कृति के प्रति सजग थे। उन दिनों कवि कर्म में अतिशयोक्ति अलंकार का होना तो कविता की पहिचान ही थी परन्तु इन अलंकारों के प्रयोग के पीछे की मानसिकता यह साबित करती थी कि कवि मूलरूप से चापलूस है, अश्लीलता का पोषक है, भक्त है या कि सत्यान्वेषी है। उन दिनों शृंगारिक कविताओं का बड़ा बोलबाला था क्योंकि भारतीय काव्य परम्परा मे शृंगार को रस राज माना जाता है। नरहरि कवि रससिद्ध कवि थे और उन्होंने उसका कुछ उपयोग जनकल्याण में भी किया था। एक बार बादशाह अकबर के दरबार में उन्होंने एक ऐसी कविता पढ़ी जिसमें मुगल राज्य में गायों के वध की करुण कहानी थी। दरबारे आम में अकबर ने कविता को ध्यान से सुना और उसे विचार आया, क्यों न इस कविता की भावना को दरबारे आम में ही पुरस्कृत कर दिया जाए और हिन्दुओं की धार्मिक भावना के प्रति सम्मान दिखलाया जाए। अकबर ने कवि नरहरि को पारितोषिक देते हुए अपने राज्य में गौबध पर प्रतिबन्ध लगा दिया। इस घटना से अकबर अब तक का सबसे धर्मसहिष्णु बादशाह माना जाने लगा। नरहरि की भी हिन्दू समाज में प्रतिष्ठा बढ़ी।

नरहरि कवि की युगान्तकारी रचना यह थी :

अरिहु दन्त तृन धरै, ताहि न मारत सबल कोई।
हम सन्तन तृन चरहि, बचन उच्चरहि दीन होई।।

अमृत पय नित स्रवहीं, बच्छ मरि थंबन जावहिं।
हिन्दुहि मधुर न देहि, कटुक तुरकहि न पियाब हैं।।
कह कवि नरहरि अकबर सुनो, विनवत गऊ जोरे चरन।
अपराध कौन मोहि मारियत मुयेहु चाम सेवई चरन।।

नरहरि की प्रतिष्ठा सभी हिन्दू राज्यों में बढ़ी। उन दिनों गढ़ा कटंगा राज्य भी हिन्दुओं की संस्कृति का विशिष्ट केन्द्र था अतः यहाँ के निवासियों को उनकी रचनाएँ सुनने की स्वाभाविक उत्सुकता थी।

नरहरिदास का गढ़ा राज्य में जिस तरह का सम्मान हुआ उससे वे अत्यन्त प्रसन्न थे अतः उन्होंने कुछ और समय गढ़ा राज्य में बिताया। किसी भी कवि के लिए बिना किसी मानसिक चिन्ता या क्लेश के साथ समय व्यतीत करने का अर्थ सर्जना के लिए भी उचित वातावरण का मिलना माना जाता है, ऐसा ही वातावरण नरहरि कवि को मिला।

वस्तुतः नर्मदा तट के राजाओं की बहुत प्राचीन परम्परा रही है कि वे अपने राज्य में बाहर से रससिद्ध कवियों को अपने यहाँ आमन्त्रित करते रहे हैं। नरहरि कवि नर्मदा तट पर आए हुए प्राचीन सभी कवियों की रचनाओं से अवगत थे।

गोंड साम्राज्य की राजधानी में एक दिन गोंड राज्य का राजदरबार भरा हुआ था। किशोर वीर नारायण सिंहासन पर बालसुलभ चितवन से राजदरबार को देख रहा था। राजसिंहासन के एक ओर धाय और दूसरी ओर विशाल कदकाठी का मजबूत सेवक अल्प वय राजा पर नजर रखे हुए था। पास ही दूसरे सिंहासन पर दुर्गावती बैठी हुई थीं। गौर वर्ण, दमकता चेहरा, लम्बी कदकाठी की महारानी ने वैधव्य झेला था अतः उनके शरीर पर नार्योचित अलंकरण नहीं थे। वैधव्य ने उनके सौन्दर्य को मानो कठोर कर दिया था। रूपसी दुर्गावती का स्वरूप उनके तेजोमय मुख के कारण वीररस का ही संचार करता था। उनके वस्त्रों में भी नारी परिधान सैनिक परिधान में आवेष्ठित थे। उनकी वाणी में ओज और निर्भीकता थी।

राजदरबार पूरी तौर से भरा हुआ था। एक ओर राज्य के सभी मन्त्रिगण एवं सेना प्रमुख बैठे थे जिनमें आधारसिंह प्रधानमन्त्री की पीठिका पर विराजमान थे। सैन्य प्रमुखों में अर्जुनसिंह बैस, मियाँ भिखारी रूमी तथा अन्य सभी रानी के आदेश की प्रतीक्षा में थे।

राजदरबार के दूसरी ओर अन्य प्रतिष्ठित लोग बैठे थे, उन्हीं में नरहरि भी बैठे हुए थे।

दरबार की औपचारिकताएँ सम्पन्न हुईं और दुर्गावती ने घोषणा की : "सभासदो, हमारे राज्य में कुछ समय रहकर श्रेष्ठ कविताओं का प्रणयन कर साहित्य निधि की श्री वृद्धि कर कवि नरहरि आज हमसे विदा ले रहे हैं, इस वेला में हम उनका सम्मान करते हैं।

राजकवि नरहरि इस सम्मान से अभिभूत हो गए। रानी दुर्गावती ने उन्हें स्वयं शाल, श्री फल एवं सोने के सिक्कों से भरी हुई एक रजत मंजूषा भेंट की जिसे दो परिचारक कठिनाई से उठाकर राजसभा में लाए थे।

राजसभा में दुर्गावती के इस दान से सभी ने उन्हें हृदय से साधुवाद दिया।

इसके बाद नरहरि कवि से बोलने को कहा गया। कवि नरहरि आत्मविभोर हो गए थे फिर प्रकृतिस्थ होकर बोले : ‘‘भारत वर्ष के जिन राज्यों का मैंने भ्रमण किया उनमें गढ़ा राज्य सुख, शान्ति और समृद्धि के लिए अग्रणी है और इसका सारा श्रेय महारानी दुर्गावती को है जो प्रजा का पुत्रवत पालन करती हैं। उनका पूरा समय यह विचार करने में जाता है कि प्रजा की उन्नति किस प्रकार हो। मैंने इतने कम समय में महारानी के द्वारा गढ़ा राज्य में जल प्रबन्धन के कार्य देखे उससे मैं चमत्कृत हूँ। वे अपना कोष और अपनी शक्ति निरन्तर प्रजा की समृद्धि के कार्यों में लगा रही हैं। उनके बनवाए हुए विशाल जलाशयों को देखकर मैं चमत्कृत हूँ, उन्होंने जिन बावन जलाशयों की योजना को सफल बनाया है वह अद्वितीय है। हमारे धर्म में लोकपालों को जनकल्याण का देवता कहा गया पर महारानी के कार्यों को देखकर तो यही लगता है कि इस देश में लोकपालों की आवश्यकता नहीं है। लोकपाल अथवा अन्य देवता भी अपनी स्तुति से प्रसन्न होते हैं परन्तु मैं भरी सभा में यह कहना चाहूँगा कि जब मैंने इस राज्य में कुछ समय रहकर काव्य रचना की आज्ञा माँगी और उस समय महारानी की उदारता के सन्दर्भ में जब उन्हें कुछ पंक्तियाँ सुनानी चाहीं तो उन्होंने मेरे इस निवेदन पर विराम लगाते हुए मुझसे वचन लिया कि वे नर्मदा तट पर रहकर मनचाही काव्य रचनाएँ करें परन्तु वे व्यक्ति विशेष की प्रशंसा परक न हों। आश्चर्य है इस प्रकार की विरक्ति। लोग तो अपनी छोटी-छोटी उपलब्धियों पर समूचा काव्य ग्रन्थ लिखवाते हैं परन्तु धन्य हैं देवि दुर्गावती जिन्होंने यश की इच्छा जैसी महान इच्छा को भी जीत लिया है। मैंने जब भी भारत के बादशाहों की तरह उनके दैनन्दिनी लिखने की प्रेरणा दी तब सदैव ही उन्होंने कहा कि धन और श्रम की भाँति विद्या का भी उपयोग लोककल्याण में ही होना चाहिए न कि व्यक्ति की आकांक्षाओं की पूर्ति में। आप भूलकर भी यह न समझें कि देवी दुर्गावती कला की मर्मज्ञता को महत्त्व नहीं देतीं, यह मैं इसलिए नहीं कह रहा हूँ कि उन्होंने मुझे मेरी कल्पना से भी अधिक धन देकर पुरस्कृत किया गया है अपितु मैंने जब यहाँ आकर एक बार देवी दुर्गावती से काव्य चर्चा की तो उन्होंने स्वयं नर्मदा एवं नर्मदा तट से सम्बन्धित प्राचीन कवियों की वार्ता की। देवी दुर्गावती के राज्य में नर्मदा के पावन सुहावन तट का वर्णन मैं अपनी पीढ़ी से पूर्व के कवि की रचना ‘नलचम्पू’ से आपको सुनाना चाहूँगा :

‘वीचीनां निचयाःस्पृशन्ति जलदानुद्गन्धि सौ गन्धिका
नृत्यत्केकि कदम्बकानि विकासद्वीरून्धि रोधान्सि च।

धत्ते सैकतमुन्नमन्मदकल क्रौंचावली सारसा
नस्याः पद्म परागपिंगपयसः सेव्यं च सिन्धोर्न किम्।।'

(भावार्थ : उत्तम गन्धवाले कमलों से पूर्ण तरंगों का समूह मेघों को छू रहा है। तट पर कदम्ब वृक्षों के नीचे मोरों का झुण्ड नाच रहा है। लताएँ खिल रही हैं, रेतीले किनारों पर सारस और चक्रवाक कूज रहे हैं, कमलों के परागों से पीले हुए जलवासी इस नर्मदा नदी की कौन-सी वस्तु सुन्दर और सेवनीय नहीं है।)''

कविवर ने कविता सुनाने के पश्चात् कहा : ''इस कविता को सुनाने का मेरा अभिप्राय यही है कि नर्मदा की सम्पूर्ण घाटी में रानी दुर्गावती के राज्य की सुख और शान्ति का लाभ जिस तरह प्रकृति उठा रही है उसी तरह राज्य के प्रकृतिपुत्र भी उसका उपभोग करें।''

सारे दरबार ने नरहरि कवि से जाते समय अपनी एक रचना सुनाने को कहा, नरहरि कवि ने प्रसन्नचित्त इस कविता को कहा :

'कनक तुला मन मुदित, दान दिय जो ग्रन्थन मनि।
सत सहस्र गोलच्छ देत, विधि सहित सुद्ध मनि।।
बसुरथ, गज रथ, असन, ग्राम कहइ कौन कवि।
बहुरि प्रकट, कवि करन, सत्य हरिश्चन्द्र, प्रात रवि।
तेहि हत्थ मुकुति अरु भगति दोऊ, कह नरहरि तंह संचरिय।
दुर्गावती मात समत्थ की, कहु विधि पटतर करिया।।'

नरहरि कवि का यह छप्पय लोगों ने बहुत सराहा, गढ़ा राज्य में तो मानो वह हर व्यक्ति की ज़ुबान पर चढ़ गया।

रानी दुर्गावती की आज्ञा से कवि नरहरि को एक हाथी का जोड़ा भी प्रदान किया गया। हाथियों के लिए गढ़ा राज्य भारत में प्रसिद्ध था। कवि नरहरि को जाते समय राज्य की सीमा तक पूरी सुरक्षा प्रदान की गई और वे प्रसन्नचित्त होकर वापस लौट गए।

नरहरि कवि के लौट जाने के बाद जहाँ रानी दुर्गावती की काव्य मर्मज्ञता की प्रशंसा होने लगी, वहीं उनके द्वारा कवि को दिए गए पारितोषिक को भी सराहा गया परन्तु इसके साथ कुछ प्रवादों को भी इससे हवा मिली। कुछ आलोचक ने तथा कुछ जन्मजात चापलूसों ने दी गई पारितोषिक राशि को बढ़ा-चढ़ाकर प्रचारित करना प्रारम्भ किया और तब यह कथित राशि एक लाख सुवर्ण मुद्रा तक हो गई। राजदरबार भला इस प्रचार का क्यों खंडन करता, उससे तो राज्य की समद्धि और रानी की दानशीलता का ही प्रचार हो रहा था, यह समझ थी उच्च अधिकारियों की जिन्हें दी गई राशि की सही जानकारी थी।

नरहरि कवि को दिया गया पारितोषिक रानी दुर्गावती का मात्र निजी निर्णय न था

उन्होंने प्रधानमन्त्री आधारसिंह से बातचीत कर ही कविराज को दो हाथी और स्वर्णमुद्राएँ दी थीं। आधारसिंह देशहित में बादशाह अकबर के कृपापात्रों से मधुर सम्बन्ध रखना चाहते थे ताकि दिल्ली बादशाह और गढ़ा राज्य के बीच अनजाने में भी किसी प्रकार की कटुता या गलतफहमी न बढ़े।

परन्तु जनसाधारण को राज्य की कूटनीतिक बारीकियाँ कभी पता नहीं होतीं। सामान्य जन केवल बाहरी व्यवहार से ही अपना मत बनाता है और इसीलिए राज्य के कवियों को लगा कि यह एक अच्छा अवसर है जब राज्यकोष से विपुल धन प्राप्त किया जा सकता है। फिर क्या था, जब भी राजदरबार भरता, कवि अपनी-अपनी काव्य प्रतिभा के अनुरूप कविताएँ राजदरबार में जाकर सुनाने लगे। सभी कवि तो प्रतिभा सम्पन्न होते नहीं हैं अतः रानी दुर्गावती के वैभव का वर्णन होता। इन सभी को कुछ न कुछ दक्षिणा स्वरूप राजकोष से मिल जाता। अन्त में रानी ने राजपुरोहित को अधिकृतकर इस काव्य प्रवाह पर रोक लगाई ताकि 'चाहे जैसी' कविता राजदरबार में सुनने, सुनाने का प्रचलन बन्द हो।

राजा दलपतिशाह के शासनकाल के समय से ही गढ़ा कटंगा राज्य के राजपुरोहित महेश ठक्कुर थे। महेश ठक्कुर गम्भीर व्यक्ति थे एवं शास्त्रों में उनकी गहरी पैठ थी। इनसे बढ़कर उनमें यह गुण भी था कि वे यजमान की अभिरुचि को भी खूब समझते थे।

दुर्गावती भागवत धर्म की अनुयायी थीं। कृष्ण की परमात्मा के रूप में आराधना करती थीं और इसीलिए वे प्रतिदिन श्रीमद्‌भागवत्‌ की कथा राजपुरोहित महेश ठक्कुर से श्रवण करतीं। दुर्गावती तीक्ष्ण मेधा सम्पन्न ऐसी यजमान थीं जिनकी विलक्षण बुद्धि को भगवान्‌ कृष्ण की लीला के मर्म को आत्मसात्‌ करने में देर न लगती। भगवान कृष्ण की लौकिक और अलौकिक लीलाओं के गूढ़ार्थ को समझने में उन्हें अत्यन्त आनन्द की अनुभूति होती।

महेश ठक्कुर भी ऐसे यजमान को पाकर धन्य थे। वे प्रतिदिन अपने संचित ज्ञानकोष से उत्तम सन्दर्भ निकालकर श्रीमद्‌भागवत्‌कथा को और अधिक श्रवणीय बनाते, यह कथावाचकों की पुरानी परम्परा थी। कथावाचन के साथ-साथ पंडितगण नीतिवाक्य सम्बन्धी सूक्तियाँ और अन्तःकथाओं की विवेचना भी किया करते थे। उद्‌देश्य सदैव ही यही रहता कि यजमान की धर्म के प्रति और अधिक रुचि बढ़े। परन्तु एक दिन महेश ठक्कुर को दूरस्थ सगोत्रीय की मृत्यु का समाचार मिला और वे इस मानसिक स्थिति में नहीं थे कि वे स्वंय जाकर प्रवचन कर सकें, अतः उन्होंने अपने शिष्य रघुनन्दनराय को अपने स्थान पर प्रवचन हेतु भेज दिया।

रघुनन्दनराय युवा व्यक्ति थे, उनका काव्यशास्त्र पर असाधारण अधिकार था। जब उन्हें रानी को श्रीमद्‌भागवत्‌ सुनाने का अवसर मिला तो उन्होंने मान लिया कि वे अपनी प्रतिभा से रानी को प्रभावित कर लेंगे और उन्हें कम से कम एक हाथी तो दान में मिल ही जाएगा पर व्यासपीठ पर बैठकर उन्होंने जब पहली बार महारानी को इतने समीप

से देखा तो कवि हृदय पुरोहित महारानी के अनिर्वचनीय सौन्दर्य को देखकर असहज हो गए। कृष्ण की लीला के शृंगारिक वर्णन करते समय उनकी बुद्धि और भावना में द्वन्द्व होने लगा। इस घड़ी में भी वे जानते थे कि उनकी असंयत मनोदशा किसी भी सूरत में प्रकट नहीं होनी चाहिए, अतः उन्होंने काव्यालंकारों से लदी भाषा के माध्यम से अपना बोलना जारी रखा। असंयत और क्लिष्ट भाषा पर शीघ्र ही महारानी ने आक्षेप किया। युवा रघुनन्दनराय पर मानो घड़ों पानी पड़ गया। मन को कहीं गहरे चोट लगी। निराश रघुनन्दन कवि गढ़ा राज्य छोड़कर बस्तर चले गए। बस्तर के राज्य में उनका स्वागत हुआ। रघुनन्दन कवि ने बस्तर नरेश की प्रशंसा में अपनी सारी काव्य शक्ति लगा दी। बस्तर नरेश अपनी प्रशंसा सुनकर पुलकित हो गए और जब उन्हें पृथ्वी का इन्द्र ही मान लिया गया तो उन्होंने भी कवि को प्रसन्न करने के लिए सात हाथियों का पूरा झुंड ही दान में दे दिया। इन हाथियों में एक श्वेत हाथी भी था।

हाथियों का दान प्राप्त करते ही वे सोचने लगे, कहाँ वे एक हाथी प्राप्त करने की आशा से दुर्गावती के पास गए थे, और कहाँ अब उन्हें हाथियों का पूरा झुंड ही मिल गया है। प्रसन्नता की चरम सीमा में वे सोचने लगे कि उनके हाथियों को देखकर तो रानी दुर्गावती भी आश्चर्यचकित हो जाएगी। ऐसा सोचते हुए उनके मानस पटल पर यह कविता फूट पड़ी :

'प्रातर्भूत कदंबिनी परिवृदश्ष्कि् तमः शंकया
दिक्चक्रं परतो मुधैव चकिता चक्रित्वभालोक से
श्री मद्वस्तभूमहेन्द्र वदनां भोजप्रसादोदया
दायाते रघुनंद ने गजघन्टाघटाखः श्रूवते।।'

(अर्थात् जिस तरह मेघों से अँधेरा छा जाता है उसी प्रकार हाथियों के जत्थे से अन्धकार होगा, ऐसा अँधेरा मत कर। हे रानी, चारों ओर चकित होकर क्यों देख रही हो। बस्तर महाराज के प्रसन्न होने से दान प्राप्त करके रघुनन्दनराय के आने पर हाथियों के घन्टों को मेघ की गर्जना मत समझना।)

रघुनन्दन कवि अपनी काव्य प्रतिभा के बल पर हाथियों का समूह लेकर गढ़ा पहुँचे। इसके पहले भी बस्तर राज्य से गढ़ा राज्य हाथी क्रय करता रहा था, वस्तुतः गढ़ा राज्य यद्यपि अब हाथियों के क्रय-विक्रय का बड़ा केंद्र था पर हाथी गढ़ा मंडला के पूर्व में रतनपुर और दक्षिण में बस्तर से ही लाए जाते थे।

रघुनन्दनराय बस्तर के राजा से प्राप्त सात हाथियों के साथ गढ़ा पहुँचे। इन सात हाथियों में से एक हाथी श्वेत रंग का था। ऐसे हाथी को अत्यन्त मंगलकारी माना जाता था। रघुनन्दन राय ने गढ़ा राजदरबार में दुर्गावती की प्रशस्ति के साथ ही वह श्वेत हाथी उन्हें भेंट कर दिया। दरबारी नियमों के अनुसार रानी ने हाथी के मूल्य से भी अधिक मूल्य की राशि रघुनन्दन राय को दी क्योंकि वे राजपुरोहित के शिष्य थे।

गढ़ा लौटने के पश्चात् जब भी रघुनन्दन राय राज दरबार जाते अपने को सदैव

ही असहज पाते और कुछ दिनों बाद ही उन्होंने गढ़ा राज्य छोड़ने का निर्णय लिया। उनके इस निर्णय से उनके सगे सम्बन्धी आश्चर्यचकित थे। उन्होंने बस्तर के राजा से प्राप्त छह हाथी भी राज्य के महंतों को दान में दे डाले।

रघुनन्दनराय अपना भाग्य आजमाने अकबर के दरबार में पहुँचे। दूरदर्शी कूटनीतिज्ञ बादशाह अकबर के दरबार में उनका भरपूर स्वागत हुआ।

धनलिप्सा की राजभक्ति

रानी दुर्गावती के मन्त्रणा कक्ष में महामन्त्री आधारसिंह, गुप्तचर प्रमुख वीरेन्द्रसिंह और राजकुमार वीर नारायण मन्त्रणा कर रहे हैं। गुप्तचर प्रमुख राज्य के राजपुरोहित महेश ठक्कुर के देश छोड़ने से सम्बन्धित विस्तृत सूचना दे चुके हैं, वस्तुतः इसके पूर्व भी इस विषय पर चर्चा हो चुकी थी परन्तु अब राजपुरोहित दो एक दिनों में ही विदा लेनेवाले हैं।

दुर्गावती : "महामन्त्री, राज्य के लिए यह प्रसन्नता की बात तो नहीं है कि राज्य के राजपुरोहित देश छोड़कर अन्यत्र जाने का मन बना चुके हैं।"

आधारसिंह : "यह दुखद तो अवश्य है, परन्तु अप्रत्याशित नहीं। हम सभी को किसी न किसी रूप में इसकी सूचना तो थी ही।"

दुर्गावती : "तो क्या महेश ठक्कुर के राज्य छोड़ने का कारण आपको पूर्व ज्ञात था।"

दुर्गावती : "महामन्त्री, अनुमान से ही तो कारण का पता लगाया जा सकता है?"

आधारसिंह : "महारानी जी, यह सत्य है, पर बिना सुनिश्चित कारण का अनुमान कोरा अनुमान भी हो सकता है।"

दुर्गावती : "परन्तु, अब जब हमें सुनिश्चित सूचना मिल चुकी है कि महेश ठक्कुर राज्य छोड़ना चाहते हैं तब हमें उसका कारण जानना आवश्यक है क्योंकि वे राज्य के साधारण व्यक्ति तो नहीं हैं। उनके राज्य छोड़ने का अर्थ है राज्य की अनेक गुप्त सूचनाओं का बाहर जाना।

जहाँ तक मैं देखती हूँ उनके सम्मान में राजपरिवार ने कभी कहीं कोई कमी नहीं दिखलाई। उनको महल में सदैव ही सम्मान से आसन दिया जाता रहा है। पुरुषोत्तम मास में सदैव ही उनका श्रीमद्भागवत का प्रवचन होता रहा है और जहाँ तक मुझे स्मरण है उनकी दक्षिणा में कभी भी कमी नहीं की, जो दक्षिणा स्वर्गीय महाराज के समय में दी जाती थी वह बाद में भी यथावत् रखी गई। राजमाता ने उन्हें विष्णुपुर ग्राम की जागीर दी थी वह भी उन्हीं के पास है, फिर ऐसा क्या हुआ कि उन्हें राज्य छोड़ने का निर्णय लेना पड़ा?"

आधारसिंह : "उन्होंने राज्य छोड़ने का निर्णय क्यों लिया यह तो कल हम उन्हीं से सुनेंगे। विद्वान व्यक्ति हैं इसलिए जब वे देश छोड़ने का कारण बतलाएँगे तो ऐसा

होगा जिसमें सहज विश्वास हो सके। विद्वान पुरुषों को अपने प्रत्येक कार्य की, फिर चाहे वह कैसा भी हो, को युक्ति सम्मत बनाने की कला में प्रवीणता प्राप्त होती है।" आधारसिंह कुछ क्षण रुके, परन्तु फिर उनके योगदान का आकलन करते हुए बोले : "महेश ठक्कुर की विद्वता से हम सभी परिचित हैं। सरस्वती तो मानो उनकी जिह्वा पर विराजमान रहती हैं। उनके द्वारा रचित ग्रन्थों से साहित्य की श्री वृद्धि हुई है और हमारे गोंड राज्य को, जो दूसरे देशों में अनपढ़ और असंस्कृत लोगों के राज्य में प्रसिद्ध था, उन्होंने उसे नई पहिचान भी दी है। अब दूर-दूर तक गढ़ा कटंगा के राजा विद्याव्यसनी तथा विद्वानों के संरक्षकों के रूप में विख्यात हैं। ऐसा व्यक्ति कारण कुछ ऐसा बतलाएगा जो साधारण सोच से हटकर हो।"

दुर्गावती : "यह तो ठीक है, प्रत्येक व्यक्ति अपने कर्म-अकर्म सभी की व्याख्या अपने हित में रखकर ही करता है तथा उसको न्यायोचित ही बतलाता है परन्तु विद्वानों से क्षीर-नीर विवेकी होने की अपेक्षा की जाती है।"

आधारसिंह : "यही सत्य है, महारानी जी, विद्वान पुरुषों में क्षीर-नीर के विवेक की शक्ति तो रहती है पर वे क्षीर-नीर विवेक का प्रयोग अपने जीवन में बहुत ही कम करते हैं। क्षीर-नीर विवेकी होकर अपने जीवन में भी उसी के अनुरूप आचरण करने वाले विद्वान साधु पुरुष होते हैं परन्तु सभी विद्वान साधुता की सीमा प्राप्त कर लें यह सम्भव नहीं होता। सरस्वती की कृपा भी इन्हें साधारण व्यक्तियों की लालसाओं, दम्भ, कुंठाओं, कुटिलताओं और प्रपंचों से नहीं बचा पाती और ये उद्‌भट् विद्वान अपने व्यक्तित्व में कहीं बहुत बौने होते हैं। छोटी-छोटी बातों को भी सही परिप्रेक्ष्य में समझ पाना इनके लिए मुश्किल होता है।"

दुर्गावती : "महामन्त्री, अपनी बात को कुछ और अधिक स्पष्ट करें।"

आधारसिंह : "महारानी जी, आपको याद होगा कि इन्होंने अपने शिष्य रघुनन्दन राय के लिए आपसे राजदरबार में प्रतिष्ठित पद देने के लिए याचना की थी। इस हेतु अपने शिष्य की विद्वता की इन्होंने जिन शब्दों में तारीफ की थी, उसे तो दरबार के अन्य लोग आज भी नहीं भूले हैं। मुझसे भी इन्होंने इस सम्बन्ध में वार्ता की थी पर मैंने स्पष्ट ही कह दिया था कि इस सम्बन्ध में महारानी ही स्वयं निर्णय लेती हैं।"

"मुझे जहाँ तक यह स्मरण है कि रघुनन्दन राय को यहाँ कोई विशिष्ट पद देने के सम्बन्ध में जब आपने कोई रुचि नहीं दिखलाई तब वे बस्तर गए और बस्तर राजघराने से प्राप्त हाथियों में से एक श्वेत हाथी उन्होंने आपको भेंट किया।

"रघुनन्दन राय को उम्मीद थी कि शायद उनके काव्य सामर्थ्य से प्रभावित हो आप उन्हें कुछ और नहीं तो राजकवि का ही पद दे दें परन्तु आपने श्वेत हाथी भेंट में स्वीकार करने के पश्चात् हाथी के मूल्य से कहीं बहुत अधिक स्वर्ण देकर हिसाब चुकता कर दिया। रघुनन्दन राय ने यहाँ से चलकर अकबर के दरबार की राह पकड़ी जहाँ उन्हें ठौर दिया गया। हमारे सूत्रों ने यह सुनिश्चित रूप से बतलाया कि रघुनन्दन राय से महेश ठक्कुर का लगातार पत्र सम्पर्क है। यह पत्र सम्पर्क सामान्य गुरु-शिष्य सम्बन्ध

से कुछ अधिक संकेत दे रहा है।''

गुप्तचर प्रमुख वीरेन्द्रसिंह ने महारानी को चिन्तित देख आगे कहना प्रारम्भ किया : ''महारानी जी, चिन्तित न हों, आवश्यक नहीं कि महेश ठक्कुर का गढ़ा-कटंगा से प्रयाण देश के लिए अहितकारक ही होगा। मैं आपको विश्वास दिलाना चाहूँगा कि हमारी पूरी प्रजा, पूरी सेना और पूरा राजदरबार एक जुट है, आपके साथ है, शेष हम महेश ठक्कुर की जुबानी ही राजदरबार में सुनेंगे।'' परन्तु दुर्गावती की चिन्ता कुछ और थी। प्रकट में उन्होंने वीरेन्द्रसिंह एवं आधारसिंह की बातों से सहमति जतलाई और उन्हें विदा किया। शाम हो रही थी और उनकी पूजा का समय हो गया था।

आज रात्रि होने के कुछ देर बाद ही दुर्गावती अपने शयनकक्ष में जाकर अपने पलंग पर लेटीं, तब उन्हें एक के बाद एक पुरानी घटनाएँ याद आने लगीं और वह उन घटनाओं के तार जोड़ने का प्रयास करने लगीं। सेविकाओं ने पूछा : ''महारानी, तबियत तो ठीक है?''

दुर्गावती : ''हाँ, तबीयत ठीक है, विश्राम चाहती हूँ।''

किन्तु यह साधारण बात न थी। परिश्रमी रानी दिन भर की सारी व्यस्तताओं के बावजूद कभी भी शीघ्र पलंग पर न लेटतीं। पलंग पर लेटी हुई वह सोचने लगीं–

''रघुनन्दन राय को मैं कैसे भूल सकती हूँ। जब वह पहली बार श्रीमद्‌भागवत की कथा सुनाने आया था, मलमास या पुरुषोत्तम मास में महेश ठक्कुर ने अपनी जगह उसे भेजा था शायद यह सोचकर कि काव्यशास्त्र में निष्णात उनका कवि हृदय शिष्य भगवान कृष्ण के चरित्र की हृदयग्राही कथा प्रस्तुत करेगा परन्तु वह तो मेरे सामने बैठकर मुझे ही निर्लज्ज-सा निहारने लगा। परन्तु मेरी भृकुटि को तनते देख उससे अर्थ का अनर्थ होने लगा। बिना सन्दर्भ के ही कृष्ण-राधा का प्रसंग निकाला उसने और तब मुझे उसे सन्दर्भहीनता तथा अर्थ विचलन का दोष बतलाना पड़ा। किसी पुरुष की नजर क्या कह रही है वह स्त्री न समझे, यह कैसे सम्भव है, फिर चाहे वह रानी हो या दासी। काव्य रस में डूबकर कुछ कहने और लम्पटता के वशीभूत कुछ कहने के अर्थ को भी नारी अपनी सहज बुद्धि से खूब समझती है। महेश ठक्कुर का यह शिष्य कितना भीरु है इसे समझते मुझे उस दिन देर न लगी थी जब मेरे यह कहने मात्र पर कि आपकी भगवद्‌कथा मलमास के मनोविकारों को धोनेवाली होनी चाहिए न कि मानव मन के अधम विचारों को प्रकट करनेवाली। वह थरथर काँप उठा था। मैंने श्रेष्ठ गुरु के शिष्य की पहली मूर्खता को क्षमा कर दिया था। परन्तु मैं उस व्यक्ति के चरित्र को ठीक ढंग से नहीं समझी थी, उसे अपनी काव्य प्रतिभा का शायद बहुत घमंड है, तभी तो वह बस्तर राज्य तक गया और वहाँ से लाए हुए हाथियों में से एक श्वेत हाथी मुझे भेंट किया। मुझे प्रभावित करना चाहता था वह। इस भेंट पर सबसे अधिक शाबाशी देने वालों में महेश ठक्कुर ही थे। मैं क्या करती, मुझे भेंट स्वीकार करनी पड़ी और मैंने अपने कर्त्तव्य के अनुसार हाथी के मूल्य से कहीं अधिक स्वर्ण देकर राजसिंहासन का गौरव रखा। महामन्त्री की यह सूचना चिन्ताजनक है कि अब वह दिल्ली के युवक

बादशाह के दरबार में है, यदि वह प्रशंसामूलक कविताएँ लिखकर बस्तर नरेश से प्रचुर धन प्राप्त कर सकता है तब मुगल दरबार में शृंगारी कविताएँ लिखकर तो बहुत कुछ प्राप्त करने का प्रयास करेगा। मेरी चिन्ता यह है कि कहीं यह बहुत कुछ गढ़ा कटंगा के राज्य के हित का क्षय करनेवाला न हो।

इस व्यक्ति के हितेच्छु हैं महेश ठक्कुर, क्या उनका यह सम्बन्ध मात्र गुरु-शिष्य का है या इससे भी अधिक कुछ और, ईश्वर जाने।''

दुर्गावती शायद विचारों में खोई रहती तभी किसी की आवाज ने उनके विचार को भंग कर दिया। यह प्रेमपूर्ण आवाज उनके पुत्र वीर नारायण की थी। चौदह वर्षीय किशोर वीर नारायण को अस्वस्थ होने के कारण महारानी ने साँयकालीन पूजा करने के उपरान्त भोजन के लिए मना कर दिया और विश्राम हेतु अपने शयन कक्ष में चली गईं।

''माँ, क्या तबियत ठीक नहीं लग रही है?'' वीर नारायण ने पूछा।

''अरे, नहीं बेटे ऐसा कुछ नहीं है। आज भोजन की इच्छा नहीं है और फिर मैं सो भी तो नहीं रही हूँ, विश्राम ही तो कर रही हूँ।'' दुर्गावती ने उत्तर दिया।

''तो फिर आप राजपुरोहित के जाने की खबर से शायद अधिक चिन्तित हो गई हैं। परन्तु जब आधार चाचा, वीरेन्द्र चाचा और परिवार के सभी लोग आपके साथ हैं फिर तो आपको चिन्तित होने की आवश्यकता नहीं है।''

वीर नारायण को इस छोटी उम्र में भी राजनैतिक गतिविधियों के यथार्थ को समझना आवश्यक हो गया था।

दुर्गावती को आधारसिंह ने एक विशेष पत्र भेजा। आज का यह पत्र अलग था। यह वह पत्र था जिसकी अपेक्षा तो की जा रही थी परन्तु जिसके मिलने पर प्रसन्नता नहीं होनी थी।

दुर्गावती ने पत्र को पढ़ा। अधिक कुछ न पढ़ने को था और न सोचने को अतएव उन्होंने अपनी स्वीकृति लिखकर राजमोहर अंकित कर दी।

आज गढ़ा कटंगा के राजदरबार में विशेष चहल-पहल थी। सभी सभासद मौजूद थे। नगर के सभी गणमान्य व्यक्ति भी मौजूद थे। यथा समय तथा राजकीय औपचारिकताओं के पश्चात् राजदरबार प्रारम्भ हुआ। सिंहासन पर किशोर अवस्था के महाराज वीर नारायण विराजमान थे। पास ही दूसरे आसन पर उनकी माता दुर्गावती बैठी थीं।

राजसभा की औपचारिकताओं के पश्चात् महेश ठक्कुर के सेवानिवृत्ति पर राजाज्ञा सुनाई गई। उन्होंने राजपुरोहित पद को त्याग दिया था और अब स्वदेश जाना चाहते थे। दुर्गावती ने महाराज की ओर से सेवानिवृत्ति की सखेद स्वीकृति दे दी थी। पूर्व राजपुरोहित ने राजसभा में बोलने की अनुमति माँगी जो उन्हें प्रदान की गई।

महेश ठक्कुर खड़े होकर स्वस्ति वाचन करते हैं और फिर कहना प्रारम्भ करते हैं : ''गढ़ा कटंगा राज्य के महाराजाधिराज कुमार वीर नारायण यशस्वी हों, महारानी दुर्गावती

जिनके सुशासन से गोंड राज्य की श्री एवं समृद्धि में स्पृहणीय वृद्धि हुई है उनका कल्याण हो। गढ़ा राज्य के मानवीय सभासदों एवं उपस्थित सभी नागरिकों को मेरा आशीर्वचन फलित हो। मैं आज सभी लोगों से विदा लेने की आकांक्षा से राजदरबार में उपस्थित हुआ हूँ। मुझ पर स्वर्गीय महाराज दलपतिशाह, वर्तमान महाराज कुमार वीर नारायण, राजमाता पद्मावती देवी एवं वर्तमान गढ़ा कटंगा की सर्वस्व परम आदरणीया देवी दुर्गावती का सदैव ही वरद हस्त प्राप्त रहा है, उन सबका मैं ऋणी हूँ। आप सबका भी जिन्होंने सदैव मुझे सम्मान का पात्र समझा, किन्तु मुझे अब लगता है कि मेरी नियति मुझे अपने प्रिय स्थान गढ़ा से बाहर ले जाना चाहती है अतः मैं एक बार पुनः महाराज कुमार, राजसभा एवं नगरवासियों से विदा लेने की आज्ञा चाहता हूँ। मैं आशा करता हूँ कि आप मुझे अपनी स्मृति में स्थान देते हुए मुझे मेरी नियति के अनुरूप यहाँ से बाहर जाने की मेरी अन्तिम इच्छा मान रखेंगे।"

अवरुद्ध गले से यह कहकर महेश ठक्कुर अपने आसन पर बैठ गए।

कुछ कानाफूसी हुई परन्तु उनके जाने की बात सभी राजपुरुषों को किसी न किसी रूप में ज्ञात थी, अतः आश्चर्य किसी को भी न था। नगर के कुछ सम्भ्रान्त परिवारों को अवश्य उनके जाने से फर्क पड़ता था परन्तु अधिकतर उनके जाने से किसी न किसी रूप में लाभान्वित ही होनेवाले थे। राजपुरोहित की सारी जमीन-जायदाद की देखरेख और उसकी आय पर राजपुरोहित के अपने लोगों की नजर थी। उन्हें यदि डर था तो केवल यह कि कहीं सारी सम्पत्ति राजसत्ता की न हो जाए।

महेश ठक्कुर ने चतुरता से राजदरबार में गढ़ा छोड़ने की अनुमति माँगी थी। इसमें किसी कारण का जिक्र नहीं था। राजसभा में वे यह तो कह नहीं सकते थे कि वे अपने शिष्य रघुनन्दन राय के आमन्त्रण पर गढ़ा छोड़ना चाहते थे।

महेश ठक्कुर ने भले ही अपनी बात बहुत ही सन्तुलित ढंग से कही थी परन्तु राजदरबार में प्रश्न न उठते यह सम्भव नहीं था फलतः सभासदों ने महारानी की आज्ञा लेकर महेश ठक्कुर से प्रश्न पूछने प्रारम्भ कर दिए। महेश ठक्कुर को उत्तर देने ही थे।

दरबार के खजांची ने पूछा : "पंडित जी, जब आप यहाँ से सपरिवार ही जा रहे हैं तब आपकी जमीन-जायजाद कौन देखेगा?"

महेश ठक्कुर ने सारी जिन्दगी राजदरबार में ही काटी थी और वे राजदरबार में पूछे गए प्रश्नों की अहमियत जानते थे, फिर उन्होंने जाने के पहले सभी सम्भावित प्रश्नों के उत्तर सोच रखे थे, अतः बोले : "हमारा वंश मिथिला का है। मैं दरभंगा जाना चाहता हूँ अपने परिवार के साथ रहने। गढ़ा मेरी कर्मभूमि है पर पारिवारिक दायित्व का निर्वहन करना प्रत्येक व्यक्ति का आवश्यक कर्त्तव्य है। जहाँ तक यहाँ की भूमि या अचल सम्पत्ति का प्रश्न है, उसकी देखरेख मेरे शिष्य करेंगे। मैंने सभी को उचित मार्ग निर्देश दे दिया है फिर गढ़ा राज्य के सुशासन पर मेरा पूरा विश्वास है। मेरी अनुपस्थिति में यदि राज्य हित में कभी उसकी आवश्यकता हो तो उसका अभिलेख भी मैं तैयार कराकर नगर श्रेष्ठि के पास जमा करा चुका हूँ। वैसे मेरे भाई दामोदर तो यहाँ हैं ही, भले ही स्वभाव

से विरक्त हों पर उनकी उपस्थिति से हमारी कमी नहीं खलेगी।''

चारों ओर से 'धन्य हो' की ध्वनि आने लगी परन्तु आधारसिंह सोचने लगे, ''सम्पत्ति कैसे बची रहे उसका ज्ञान चेलों और अब राज्य को भी नैतिकता का पाठ पढ़ाकर बढ़िया कोशिश की है पंडित ने।'' परन्तु ऊपर से वे कुछ न बोले।

तभी अनन्त दीक्षित जो कि राजा दलपतिशाह के भी बड़े विश्वासपात्र थे, बोले : ''महेश जी, आपके जाने से राज्य में निरन्तर हो रहे यज्ञों तथा अन्य धार्मिक गतिविधियों पर प्रभाव पड़ेगा, यदि आप रुकने पर पुनर्विचार करें तो राज्य के धर्माचरण के हित में होगा।''

महेश ठक्कुर भीतर से तनिक भड़क गए पर उन्होंने ओढ़ी हुई गम्भीरता को बनाए रखा। उन्होंने इस प्रश्न के उत्तर में अनेक लोगों पर एक साथ व्यंग करने का अच्छा मौका देखा।

महेश ठक्कुर : ''दीक्षित जी, गढ़ा कटंगा में धर्माचरण अपने उस स्तर तक पहुँच चुका है, जिसकी केवल कल्पना ही की जा सकती है। महाराज संग्रामशाह ने यज्ञ कराए और उनके पश्चात् स्वर्गीय महाराज दलपतिशाह ने भी विशाल यज्ञ कर यज्ञ परम्परा को नई ऊँचाई प्रदान की परन्तु वर्तमान में शायद यज्ञों की आवश्यकता नहीं है। पूर्व में किए गए यज्ञों के पुण्य यथेष्ट हैं। परन्तु जैसा कि सर्वविदित है कि मैं सदैव ही यज्ञों का समर्थक रहा हूँ, यह एक ध्रुव सत्य है। मेरा यह प्रयास रहेगा कि जहाँ भी रहूँ वहाँ पवित्र यज्ञाग्नि में आहुति देता रहूँ। मैं जहाँ भी रहूँगा मेरा आशिष तो गढ़ा राज्य पर रहेगा ही।'

बदनसिंह : ''पंडित जी, इस अकिंचन की भी कभी याद कीजिएगा। जहाँ तक हम समझते हैं, आप जैसा विद्वान बहुत समय तक अपने पितृस्थान में अकेला नहीं बैठा रहेगा। ऐसा कौन-सा राजा है जो आपको अपने दरबार में बैठाना न चाहता हो। विप्रवर, आप की महिमा को साधारण व्यक्ति तो समझ ही नहीं सकते। मैं अपना भाग्य सराहता हूँ कि मुझे गढ़ा दरबार में आपकी विद्वता और ज्ञान का अमृत चखने को मिलता रहा।''

महेश ठक्कुर : ''बदनसिंह तुम क्या कहना चाहते हो, यह मैं नहीं समझ पा रहा हूँ, पर मेरा स्नेह तुम्हारे ऊपर सदैव ही रहा है और आगे भी रहेगा।''

दुर्गावती और आधारसिंह महेश ठक्कुर के शब्दों का निहितार्थ समझ रहे थे। प्रधानमन्त्री होने के नाते उसने महेश ठक्कुर के एक महायज्ञ का प्रस्ताव टाल दिया था क्योंकि उस यज्ञ में काफी व्यय होने की सम्भावना थी। ऐसे ही यज्ञ स्वर्गीय दलपतिशाह ने भी कराया था। दलपतिशाह के द्वारा कराए गए एक यज्ञ के ऋत्विज महेश ठक्कुर ही थे। बहुत स्वर्ण मुद्राएँ खर्च हुई थीं इस महायज्ञ में। महेश ठक्कुर ने यज्ञ के बाद मिली प्रचुर दक्षिणा से प्रसन्न होकर दलपतिशाह को 'महाराज' का विरुद प्रदान कर दिया। यह आश्चर्य की बात थी क्योंकि महाप्रतापी संग्रामशाह ने स्वयं को केवल 'राजा' के विरुद पर सन्तुष्टि जता दी थी। पंडित जी ने बालक राजा वीर नारायण के ग्रहों की शान्ति हेतु इस यज्ञ को कराना चाहा था। महामन्त्री सोच रहे थे।

"महारानी यज्ञों की पक्षधर हैं। फिर भी राज्य की परिस्थितियों को देखते हुए इस समय इतना धन खर्च करने में हिचक रही थीं। राजनीति में छवि आवश्यक है, वे यज्ञ विरोधी छवि नहीं बनने देना चाह रहीं थीं। मेरी समझ में महारानी की हिचक स्वाभाविक थी और इस पर मैंने जो प्रशासनिक निर्णय लिया उससे पंडित जी के भीतर ही भीतर कहीं गहरी चोट खाई थी। पंडित जी यज्ञ के लिए एक दो वर्ष भी प्रतीक्षा नहीं करना चाह रहे थे। उनका प्रस्ताव टालना ही था पर मुझे लगा कि मैंने राज्य हित में ही यह निर्णय लिया था।"

दुर्गावती को भी यज्ञ का सन्दर्भ याद आया। वह सोचने लगी, "रघुनन्दन राय इस बात से काफी रुष्ट था कि नरहरि कवि को राजकोष से उनकी काव्य प्रतिभा के लिए बहुत अधिक धन दिया गया। उसे क्या मालूम था कि यह धन राज्य के हित में कूटनीति और काव्य प्रतिभा दोनों पर विचारने के बाद ही दिया गया था। हर बात राजपुरोहित को भी बतलाई नहीं जा सकती अतः यह बात राजपुरोहित को भी ज्ञात न थी। परन्तु कान के कच्चे महेश ठक्कुर को असामयिक महायज्ञ का सुझाव रघुनन्दन राय ने ही दिया होगा। राजकोष से वे भी उतना ही धन चाहते थे जितना नरहरि कवि को मिला था।"

आधारसिंह यह जानते थे कि महेश ठक्कुर अब गढ़ा राज्य में नहीं ठहरेंगे फिर भी उन्होंने जाने के लिए कटिबद्ध पंडित महेश ठक्कुर से कहा : "महेश जी, आप क्षमा करें कि मुझे अब आपके जाने के निर्णय के बाद आपको नाम लेकर सम्बोधित करना पड़ रहा है। मुझे तो आपको राजपुरोहित जी कहने की आदत ही है, क्या यह सम्भव नहीं है कि आप अपने निर्णय पर पुर्नविचार करें। राज्य को आप जैसे मूर्धन्य विद्वान और पुरोहित की सदैव आवश्यकता है। महारानी तथा राजदरबार यह चाहता है कि महाराज वीर नारायण के विवाह के उपरान्त वे भी अपने पितामह तथा पिता के जैसा ही महायज्ञ करें, जिसका पौरोहित्य आप सँभालें?"

चतुर महेश ठक्कुर समझ गए कि महामन्त्री कहीं उनकी पुरानी कमजोरी पर हाथ रख रहे हैं अतः सतर्क होकर बोले : "महामन्त्री जी, मैं गढ़ा राज्य छोड़ अवश्य रहा हूँ परन्तु उनकी सेवा में सदैव ही स्वयं को गौरवान्वित महसूस करूँगा, वैसे यज्ञ के लिए ही क्यों जब कभी भी आप किसी भी कार्य के लिए राजा आदेश करेंगे, मैं उपस्थित हो जाऊँगा।"

यह कहकर महेश ठक्कुर चुप हो गए।

दुर्गावती ने कुछ भी बोलना उचित न समझा। औपचारिकता पूरी की गई। राजा वीर नारायण ने उन्हें यथेष्ट वस्त्र और दक्षिणा देकर उनकी प्रशंसा के दो शब्द कहे, और सभा समाप्त हुई। महेश ठक्कुर के जाने पर मानो एक युग का पटाक्षेप हो गया।

धर्मपरायणा

दुर्गावती के द्वारा शासन सूत्र हाथ में लेने के पश्चात् कुछ लोगों को यह आशंका होने लगी कि अब उनका राज्य में उतना सम्मान नहीं रहेगा। ऐसे वे लोग थे जिनकी गढ़ा कटंगा राज्य के प्रति निष्ठा निहित स्वार्थों के कारण थी। गढ़ा कटंगा में ये वे परिवार थे जो पहले संग्रामशाह और बाद में दलपतिशाह की प्रशंसा कर राज्य में उनका यशोगान कर भरपूर प्रतिष्ठा प्राप्त कर चुके थे। दुर्गावती के द्वारा शासन सूत्र ग्रहण करते ही ऐसे लोगों के मन में अपने भविष्य के प्रति शंका पैदा हो गई और फिर वे कोई न कोई बहाना बना गढ़ा कटंगा से अन्यत्र जाने लगे।

गढ़ा कटंगा राज्य के राजपुरोहित महेश ठक्कुर का नाम इनमें सर्वोपरि था। महेश ठक्कुर के जाने के पश्चात राजपुरोहित का स्थान रिक्त हुआ। प्रजा सोचने लगी कि दुर्गावती शायद महेश ठक्कुर के जाने से सम्भवतः सम्पूर्ण ठक्कुर परिवार को ही कहीं राज्य से निकाला न दे दें अथवा स्वयं ठक्कुर परिवार के सदस्य ही कहीं सबके सब एक साथ राज्य न छोड़ दें परन्तु जन सामान्य की यह आशंका निर्मूल साबित हुई।

दुर्गावती ने महेश ठक्कुर के जाने के बाद जब उनके भाई दामोदर ठक्कुर को राजपुरोहित पद सँभालने के लिए आमन्त्रित किया तो उन्होंने यह गरिमामय पद कृतज्ञता पूर्वक ग्रहण किया। दुर्गावती दामोदर ठक्कुर की धार्मिक दृढ़ता को जानती थीं। दामोदर ठक्कुर अब तक दुर्गावती को 'बहूरानी' शब्द से सम्बोधित करने के आदी थे। दुर्गावती भी अब तक उन्हें अपने स्वर्गीय पति का अनुसरण करते हुए उन्हें 'पंडित जी' कहती थीं परन्तु राजपुरोहित बनने के पश्चात् उन्होंने उन्हें आचार्य कहना प्रारम्भ कर दिया। दामोदर ठक्कुर अभी भी दुर्गावती को वैयक्तिक चर्चा के समय 'बहूरानी' शब्द से ही सम्बोधित करते किन्तु जहाँ परम्परा का निर्वाह करना होता वहाँ वह उन्हें 'राज्य श्री दुर्गावती' कहकर सम्बोधित करते।

कहाँ तो दामोदर ठक्कुर राजदरबार में आने को सदा ही अनिच्छुक रहते थे परन्तु अब धर्मप्राण दुर्गावती से धर्म चर्चा करना उन्हें बड़ा अच्छा लगता।

दुर्गावती के लिए परम विद्वान् महेश ठक्कुर पुराण वाचक पुरोहित ही थे परन्तु दामोदर ठक्कुर से वार्ता कर वह धर्म की बारीकियों पर विचार कर सकती थीं।

दुर्गावती दामोदर ठक्कुर को जब भी बुलातीं दामोदर ठक्कुर समझ जाते कि अब उन्हें धर्म की किसी गुत्थी को सुलझाना है।

राजमाता दुर्गावती का निजी कक्ष

दुर्गावती राज्य की धार्मिक संस्थाओं को राजकोष से दी जानेवाली सहायता का लेखा-जोखा राज्य के कोषाध्यक्ष से ले रही थीं साथ ही उन्हें यह भी निर्देशित कर रही थीं कि राजकोष से दी जानेवाली सहायता का पूरा लाभ संस्थानों को मिल रहा है इस पर पूरा ध्यान रखा जाए, तभी महारानी की बाल्यसखी और अब उनकी निजी सहायक रामचेरी आती है।

रामचेरी : "महारानी, आज अपने राज्य के ही बहुत से भक्तजन आपको आमन्त्रित करने आए हैं। वैष्णवों का एक बड़ा आयोजन होने जा रहा है, उसमें यह भी सुना है कि वृन्दावन से बहुत से सन्त आए हैं। राज्य के वैष्णव भक्त जन चाहते हैं आप आयोजन का श्रीगणेश करें तथा आए हुए सन्तों का सम्मान करें।"

दुर्गावती : "यह तो मेरे लिए सौभाग्य की बात है परन्तु आयोजन की रूपरेखा क्या है?"

रामचेरी : "अगले एक पखवाड़े तक हमारे गढ़ा के ही सन्त चतुर्भुजदास अपनी भक्ति रचनाओं के द्वारा कृष्णभक्ति के रस की धारा बहाएँगे। आश्चर्य यह है कि वृन्दावन से आए हुए सन्त उनकी वाणी सुनने के लिए ही पधारे हैं, उसके आगे की भी एक अन्तःकथा है।"

दुर्गावती : "यह तो आश्चर्य ही है क्योंकि कृष्णभक्ति रस के पान के लिए तो लोग वृन्दावन जाते हैं, फिर भी यदि साधु सन्त इतनी दूर से यात्रा करके यहाँ आए हैं तो हम उनकी सेवा में कोई कोर-कसर रहने न देंगे।"

रामचेरी : "जब से विट्ठलनाथ जी का आगमन हुआ है तब से गढ़ा कटंगा राज्य वैसे भी कृष्णभक्तिमय हो गया है। आपकी उदारता से तो राज्य के सभी धर्मों के भक्तगण आह्लादित हैं।"

दुर्गावती : "वृन्दावन से साधु यहाँ आ गए पर हमें किसी ने खबर भी न की। अन्यथा हम उनका द्वार पर जाकर स्वयं ही स्वागत करते, और हाँ, जैसा कि तुमने अभी कहा वह साधुओं के सम्बन्ध की अन्तःकथा क्या है?"

रामचेरी : "इन साधुओं के आने पर एक ऐसी घटना हुई जो मैं आपको इसलिए बतलाना चाहती हूँ जिससे आपको यह पता चले कि जिस व्यक्ति की भक्ति रचनाएँ सुनने साधु आए हैं वह है कौन और कैसा है?"

दुर्गावती : "हाँ, मैं अवश्य ही उनके बारे में सुनना चाहती हूँ।"

रामचेरी : "वे भक्तपुरुष हैं चतुर्भुजदास।"

दुर्गावती : "नाम सुना है, भक्त हैं, यह भी जानती हूँ पर और विशेष कुछ नहीं।"

रामचेरी : "मेरी कही जानेवाली अन्तःकथा उन्हीं से सम्बन्धित है। एक घटना सुना रही हूँ। वृन्दावन से आती हुई साधुओं की एक टोली अभी हाल ही में जब हमारे राज्य के भीतर आ गई तब उन्हें खेत मिले। चलते-चलते उन्हें भूख लगी सो उन्होंने गेहूँ की बालें और चने के बूट एक खेत से तोड़ना प्रारम्भ कर दिए। खेत में रखवाली कर रहे

खेत के मालिक के परिजन थे, उन्होंने साधुओं को ऐसा करने से मना किया और बतलाया कि यह खेत चतुर्भुजदास जी का है, तब तो उन्होंने उस खेत को और अच्छी तरह उजाड़ दिया। यह बात भागकर रखवालों ने चतुर्भुजदास जी को बतलाई तो वे भी दौड़े-दौड़े खेत गए और प्रसन्न होकर साधुओं से बोले, "मेरा बड़ा सौभाग्य है कि आज मेरा खेत साधुओं के काम आ सका।" वे सन्तों को निमन्त्रण देकर घर लाए और उनका अतिथि सत्कार किया।

दुर्गावती : "धन्य हैं ऐसे भक्तजन, अब मुझे आश्चर्य नहीं है कि ऐसे भक्तजनों की वाणी का अमृत आश्चर्य नहीं है कि ऐसे साधारण लोग ही नहीं साधु सन्त भी आ रहे हैं।"

रामचेरी : "मैंने सुना है कि हमारे गढ़ा के चतुर्भुजदास जी की ख्याति एक कृष्ण भक्त के रूप में सारे देश में फैल रही है।"

दुर्गावती : "यह बहुत अच्छी खबर है क्योंकि इससे ज्ञात होता है कि हमारे राज्य की प्रजा की मानसिकता धर्म की ओर बढ़ रही है। हमारे लिए यह सौभाग्य की बात है।"

रामचेरी : "जहाँ आप जैसी धर्मपरायण शासक हों वहाँ का समाज धार्मिक न हो यह कैसे सम्भव है?"

"क्या प्रजा यह नहीं जानती कि आज के समय में जहाँ शासक मारक अस्त्र-शस्त्रों और सैन्य बल खड़ी करने में जनता की गाढ़ी कमाई लगा रहे हैं, जिसका अन्त सिवाय खून-खराबे के अलावा और कुछ नहीं है, वहाँ आप सामान्य जनता में भक्तिभाव के माध्यम से प्रजा में सच्चरित्रता जैसे गुणों के विकास में तत्पर हैं। आप साधारण जन को भी सच्चरित्र बनाकर मनुष्यता के उच्च धरातल पर ले जाने के लिए प्रयासरत हैं।"

दुर्गावती : (अनसुना करते हुए) "यह तो बतला कि इस आयोजन में कृष्ण भक्ति के किस भाव की प्रधानता है क्योंकि आज कल भगवान कृष्ण की भक्ति भी अनेक भावों से की जा रही हैं।"

रामचेरी : "वह मैं क्या जानूँ, आपने तो मुझसे शास्त्रीय प्रश्न पूछ लिया, यदि मैं ऐसे प्रश्नों का उत्तर दे सकती होती तो शायद मैं यहाँ न रहकर अब तक वृन्दावन वास कर रही होती।"

दुर्गावती : (हँसकर) "हाँ, तुझे तो इस बात में अधिक रुचि रहती है कि किस भक्त का विवाह कैसे कराया जाए? और किस मन्दिर में सदाव्रत प्रारम्भ किया जाए।"

रामचेरी : "महारानी, यदि मैं ही सब प्रश्नों के उत्तर दे दूँ तो फिर राजपुरोहित की पढ़ी हुई पोथियाँ कब काम में आएँगी। आपके सामने तो ऐसा वैसा पंडित तो जुबान ही नहीं खोल सकता। कृष्ण भक्ति की गहराई आपसे अधिक जाननेवाले हैं कितने?"

दुर्गावती : "चल बस कर, मैं जब भी कहीं ऐसे समारोहों में जाती हूँ तब पूरी जानकारी लेकर ही जाती हूँ इसीलिए मैंने जिज्ञासा की।"

रामचेरी : "ठीक समझें तो ले जाइए साथ में राजपुरोहित जी को अन्यथा जाने

के पहले उनसे इस सन्दर्भ में चर्चा तो कर ही लीजिए।"

दुर्गावती : "ठीक है, राजपुरोहित जी को बुलवाइए।"

दुर्गावती का बुलावा पाकर राजपुरोहित दामोदर ठक्कुर थोड़ी ही देर में दुर्गावती के महल में पहुँचते हैं जहाँ उनको सादर भीतर ले जाया जाता है तथा उचित आसन प्रदान किया जाता है।

तत्पश्चात् दुर्गावती उनसे बतलाती हैं कि उन्हें आज ही एक धार्मिक कार्यक्रम के शुभारम्भ समारोह में जाना है और इसलिए वे जाने के पहले कुछ प्रश्न पूछना चाहती हैं जिन्हें शंका निवारण भी समझा जा सकता है।

दामोदर ठक्कुर : "धर्म के सम्बन्ध में आपकी जिज्ञासाएँ मेरे लिए भी प्रसन्नता बढ़ानेवाली होती हैं। मैं अपना मत देना चाहूँगा पर कह नहीं सकता कि वह धर्माचार्यों को कितना मान्य होगा। आप प्रश्न पूछें।"

दुर्गावती : "आचार्य हमारे गोंडवाना में आनेवाले अनेक भक्त वैष्णव हैं परन्तु उनकी भक्ति में भिन्नता देखती हूँ और मेरी देखी जा रही यदि भिन्नता वास्तविक है तो फिर सभी वैष्णवों में समानता क्या है?"

दामोदर ठक्कुर : "बहूरानी, भगवान कृष्ण की पूजा और आराधना के सम्बन्ध में हम पहले भी चर्चा कर चुके हैं। वासुदेव पूजा को स्वीकार करनेवाला सात्वत धर्म वैष्णव भावना का अर्थात् विष्णु पूजा का समर्थक धर्म है। इस धर्म के उपास्य देव वासुदेव (कृष्ण) हैं। श्रीमद्‌भागवत पुराण के अनुसार

'यत् यत् ब्रह्म परं सूक्ष्मशून्यं शून्य कल्पितम्
भगवान् वासुदेवेति यं गुणन्ति हि सात्वता'

इस धर्म में परमात्मा के अवतार का विधान है और भगवान वासुदेव की उपासना नररूप में की जाती है। महाभारत के भीष्म पर्व में भीष्म ब्रह्म पुरुष परमेश्वर की प्रार्थना करते हुए इस रहस्य का उद्‌घाटन करते हैं। भीष्म वासुदेव कृष्ण को अवतार मानकर उनकी भक्ति की कामना करते हैं। कृष्ण की अनन्य भक्ति को सात्वत कहा गया है साथ ही उनके पर्यायवाची शब्द के रूप में एकान्तिक शब्द का भी प्रयोग अनेक प्राचीन ऋषियों ने किया है।

(फिर थोड़ा रुककर)

मैंने पहले भी कहा है कि अनेक वैष्णव आचार्य यथा रामानुजाचार्य, श्री मध्वाचार्य, श्री विष्णुस्वामी आचार्य, श्री वल्लभाचार्य, श्री निम्बकाचार्य ने वैष्णव धर्म की व्याख्या करते समय वेदान्त संयुक्त भक्ति अथवा भक्ति संयुक्त वेदान्त से भक्ति का रूप स्थिर किया तदन्तर प्रेम लक्षणा भक्ति का विस्तार किया। इस तरह सभी आचार्यों ने जो एक ही विषय को अर्थात् भक्तिस्वरूप को अपनी-अपनी व्याख्याएँ दीं, वह तो हुई भिन्नता जो केवल बाह्य है तथा प्रेमलक्षणा भक्ति का विस्तार करना हुआ सभी आचार्यों की विवेचना में अन्तर्निहित समानता।"

दुर्गावती : "आचार्य, आपने तात्विक स्तर पर वैष्णव धर्म के अन्तसम्बन्ध की तो व्याख्या कर दी पर जो हमारे अपने समय में अनेक वैष्णव भक्त स्वयं को 'चतुः सम्प्रदायों' में से किसी एक का अनुगामी मानने पर आग्रह करते हैं वह क्या है?"

दामोदर ठक्कुर : "इस प्रकार का आग्रह भक्ति की सहज और सरल धारा को कुंठित करने के नासमझ आग्रह हैं, उसे अनजाने में संकीर्ण बना देने के प्रयास हैं। वास्तविकता यह है कि हमें इन्हीं आचार्यों को जिनके नाम मैंने आपको गिनाए, भक्तिमार्ग के हमारे युग के प्रवर्तक मानना चाहिए परन्तु अब कुछ भक्त भक्ति की उत्पत्ति को कतिपय देवताओं के साथ जोड़कर न जाने क्या सिद्ध करना चाहते हैं।"

दुर्गावती : "कौन से देवता हैं यह?"

दामोदर ठक्कुर : "कुछ वैष्णव जनों के द्वारा भक्ति मार्ग का प्रवर्तन श्री, ब्रह्म, रुद्र और सनकादि ऋषियों के द्वारा कहा जाने लगा है। ये चारों देवता सम्प्रदाय संस्थापन के निमित्त कभी धराधाम पर अवतीर्ण हुए और उन्होंने अपने किसी विशिष्ट सिद्धान्त का प्रतिपादन कर अपने नाम से सम्प्रदाय प्रवर्तित किया। ऐसा कोई प्रमाण न होने पर भी धार्मिक विश्वास में प्रमाण कोटि में बैठाने का प्रयास लगभग सफल हो चुका है। इन चारों देवताओं के नाम वैदिक साहित्य तथा परवर्ती पुराणादि साहित्य में उपलब्ध होते हैं, किन्तु इनके साथ किसी मत विशेष या सम्प्रदाय विशेष का उल्लेख कहीं नहीं मिलता। देवताओं के नामों को सम्प्रदायों के साथ किस युग में जोड़ा गया इसका भी कोई ऐतिहासिक प्रमाण नहीं है। अतः 'चतुः सम्प्रदाय' जैसे वर्ग कल्पना प्रसूत ही हैं। मैं पद्मपुराण के उस श्लोक को उद्धृत करना चाहूँगा जिसे 'चतुः सम्प्रदाय' का आधार प्रमाण माना जाता है :

'सम्प्रदाय विहीना तो मन्त्रस्ते निष्फला मताः।
अतः कलौ भविष्यन्ति चत्वारः सम्प्रदायिनः।।
श्री ब्रह्म रुद्र सनक वैष्णवाः क्षितिपावनाः।
चत्वारस्ते कलौ देवि सम्प्रदाय प्रवर्तकाः।।

परन्तु यह श्लोक सभी विद्वान प्रक्षिप्त मानते हैं। मेरी दृष्टि से यदि चार सम्प्रदाय कोई हो सकते हैं तो वे क्रमशः रामानुज का 'विशिष्टाद्वैतवाद', मध्वाचार्य का 'द्वैतवाद', विष्णुस्वामी का 'विशुद्ध द्वैतवाद' और निम्बार्क का 'द्वैताद्वैतवाद' अन्य कोई नहीं।

दुर्गावती : "आचार्यवर, ठीक है, हम सम्प्रदाय विशेष की चर्चा से विरत हों परन्तु मुझे यह तो जानना चाहिए कि जहाँ मुझे बुलाया गया है उन कृष्ण भक्तों की उपासना के स्वरूप को किसने निर्धारित किया है और वह है किस तरह का?"

दामोदर ठक्कुर : "भगवान कृष्ण की लीलाभूमि होने के कारण मथुरा, वृन्दावन, गोवर्धन, गोकुल, नन्दगाँव और बरसाना इत्यादि नगरों का महात्म्य तो पुराणों में वर्णित है ही परन्तु इस ब्रजमंडल का पुनः उदय अभी कुछ ही वर्षों में हुआ है। हम धन्य भाग्य हैं कि हमारी अपनी सदी में वल्लभाचार्य जी और उनके अष्टछाप के भक्तकवियों ने

ब्रजमंडल में निवास कर स्वयं को तो धन्य किया ही। भक्तिरस की सरिता वहाँ बहाकर हमारे लिए भी मुक्ति का द्वार उन्होंने खोला है।"

दामोदर ठक्कुर कुछ सोचने लगे फिर बोले : "जहाँ आप जा रही हैं उस वैष्णव सम्प्रदाय का समारोह सेवक जी के द्वारा आहूत है। उस वैष्णव सम्प्रदाय के प्रमुख श्री हितहरिवंश जी हैं। उनके पुत्र जिनका नाम वनचन्द्र जी था अब हितहरिवंश जी की गद्दी के उत्तराधिकारी हैं। वनचन्द्र जी ने गद्दी पर बैठने के बाद अपना नाम वनमाली रख लिया। इन्हीं वनमाली जी की प्रेरणा से पिछले कुछ वर्षों से इस सम्प्रदाय की भक्तिधारा को जन-जन तक पहुँचानेवाले भक्तों में हमारे गढ़ा के स्वामी चतुर्भुज दास भी हैं। चतुर्भुजदास जी के समान ही हितहरिवंश जी के पन्थ के विशिष्ट भक्त श्री दामोदरदास जी हैं, जो सेवक जी के नाम से विख्यात हैं।"

दुर्गावती : "इसका आशय यह हुआ कि हमारे राज्य में दो परम वैष्णव भक्त हैं जिनकी ख्याति दूर-दूर तक है। क्या दोनों विप्र आपस में सम्बन्धी भी हैं?"

दामोदर ठक्कुर : "मैंने तो ऐसा ही सुना है। अभी आपके प्रश्न का आधा भाग शेष है, वह यह कि आपने पूछा था कि इनकी कृष्ण उपासना किस तरह कुछ विशिष्ट है? इसका उत्तर यह है कि इस सम्प्रदाय में कृष्ण की उपासना राधा के साथ की जाती है।"

दुर्गावती : "अर्थात् जहाँ मैं आज जा रही हूँ वहाँ का पन्थ हितहरिवंश जी द्वारा प्रणीत है जिसमें राधा जी को प्रधानता दी गई है।"

दामोदर ठक्कुर : "हाँ, यही है।"

दुर्गावती : "राधा-कृष्ण का अभेद तो अनेक भक्तों ने कहा है, कृष्ण के साथ राधा की आराधना तो सभी जगह की जाती है। परन्तु इस सम्प्रदाय के राधा तत्त्व में नया क्या है।"

दामोदर ठक्कुर : "कृष्ण भक्तों के लिए राधा स्वयमेव आराध्य हैं यह एक सीमा तक ही सच है। वस्तुतः कृष्ण भक्तों ने अपनी-अपनी भक्ति का केन्द्रीकरण कर दिया है। उदाहरण के लिए स्वयं वल्लभाचार्य के पुत्र जब कृष्ण भक्ति का उपदेश देते हैं तो उनके सामने नटखट नन्द किशोर का बालगोपाल रूप प्रधानता से रहता है। अन्य रूपों की वे अनदेखी करते हों ऐसा नहीं है पर उनके कृष्ण बालगोपाल ही हैं। हितहरिवंश जी की भक्ति की धुरी राधा हैं। इस पन्थ में राधा जी को ही गुरु माना गया है। राधा उनकी गुरु हैं और इष्ट भी हैं। इसके पीछे चमत्कारिक घटनाओं का वर्णन भी किया जाता है। उनके अनुयायियों ने ऐसे बहुत से पद लिखे हैं जिनसे स्पष्ट होता है कि राधाजी ने उन्हें स्वयं गुरुमन्त्र दिया था। कुछ पंक्तियाँ इस प्रकार हैं :

एक दिवस सोवत सुख लह्यो, श्री राधे सुपने में कह्यो।
द्वार तिहारे पीपर जो है, ऊँची डार सघन में सो है।।
तामैं अरुन पत्र इक न्यारो, जामैं जुगल मन्त्र है मारौ।
लेहु मन्त्र तुम करहु प्रकास, रसिक जनन की पुजिवहु आस।।

हितहरिवंश जी स्वयं किसी सांसारिक गुरु पर विश्वास नहीं रखते थे इसीलिए उन्होंने लिखा भी है :

'लिखन्तु भुजमूलतो न खलु शंखचक्रादिकं
विचित्र हरिमन्दिरं न रचयन्तिभालस्थले,
लसत्तुलसि मालिकां दधति कंठ पीठेन वा
गुरोर्भजन विक्रमात् क इह ते महाबुद्धयः।।

विधि निषेध के भँवर जाल में न फँसकर हितहरिवंश जी ने एक ऐसे गुरु की शरण पकड़ी थी जो इस संसार से ऊपर था। कोई भी सांसारिक गुरु उन्हें विधि निषेध के चक्र से बाहर निकलकर न जाने देता।

दुर्गावती : "जैसे कि मैंने कृष्णभक्ति सम्बन्धी प्रवचन सुने हैं, उनसे तो मुझे लगता है कि हितहरिवंश जी की कृष्ण भक्ति और माधवभक्ति सिद्धान्त लगभग एक ही हैं, वे भी तो ऐसा ही कुछ कहते हैं।"

'आराध्यौ भगवान ब्रजेशतनयस्तदधाम वृन्दावनं,
रम्याकाचिदुपासना ब्रजवधूवर्गेण या कल्पिता।'

दामोदर ठक्कुर : "हाँ, बहुत कुछ साम्य है लेकिन इस सिद्धान्त पर दोनों में बारीक भेद है और यह भेद उनके विग्रह में भी दिखलाई देता है। हितहरिवंश जी के सम्प्रदाय में राधाजी का विग्रह न होकर 'गद्दी सेवा' है किन्तु माधव गौड़ेश्वर सम्प्रदाय के मन्दिर में श्रीकृष्ण के एक ओर राधा और दूसरी ओर चन्द्रावली की मूर्ति रहती है।"

दुर्गावती : "इसका अर्थ यही है कि हितहरिवंश जी ने अपनी भक्ति का मूलाधार 'राधाप्रेम' माना है।"

दामोदर ठक्कुर : "इस सम्प्रदाय का सब कुछ राधाप्रेम ही है। इस प्रेम को अद्वय युगल स्वरूप समझा जाता है। प्रिया-प्रियतम या श्याम और श्यामा में नित्यभाव से विद्यमान यह प्रेम ही रस रूप होकर प्रस्फुटित होता है। हितहरिवंश जी ने स्पष्ट कहा है कि सांसारिक विषयवार्ता तो कोटि-कोटि नरकों के समान घृणित है अतः इसे बन्द करो। श्रुतिकथा में भी श्रम व्यर्थ है और हमें तो इस राधा प्रेम के सामने कैवल्य से भी भय प्रतीत होता है :

'अलं विषय वार्तया नरक कोटि वीभत्सया,
वृथा श्रुतिकथाश्रमो वत विभेमि कैवल्यतः
परेश भजनोन्मदा यदि शुकादयः किं ततः,
परे तु मम राधिकापद रसे मनो मज्जुत।

दामोदर ठक्कुर : "ॐ वासुदेवाय नमः।" कहकर चर्चा को विराम देते हैं।

दुर्गावती : "आचार्य, यद्यपि मैं चाहती हूँ कि आप भी हमारे साथ इस समारोह

में उपस्थित हों, पर मैं आपसे आग्रह ही कर रही हूँ, यदि आप की इच्छा हो तभी आप चलिए।''

दामोदर ठक्कुर : ''बहूरानी, चूँकि यह राजाज्ञा नहीं है इसलिए आप यह मानकर चलिए कि मुझे समारोहों में, फिर वे चाहे कोई भी क्यों न हों, जाने की इच्छा कभी नहीं होती।''

दुर्गावती : ''ठीक है, मैं प्रारम्भिक सत्र में तो पहुँचूँगी, सम्भवतः अन्तिम में भी पहुँचूँ परन्तु बीच के सत्रों में व्यस्तता के कारण सत्संग का सुख न उठा पाऊँगी।''

यह सुनकर दामोदर ठक्कुर महारानी को नमस्कार कर उनसे विदा लेते हैं।

नियत समय पर

दुर्गावती भक्तों के इस सम्मेलन में पहुँचती हैं जहाँ उनका उपस्थित जन करतल ध्वनि से स्वागत करते हैं। दुर्गावती भक्तों द्वारा दिए गए निर्दिष्ट स्थान पर बैठ जाती हैं। वे अपने अंगरक्षकों को दूर खड़ा होने के लिए कहती हैं। समारोह की औपचारिकताओं के पश्चात् दुर्गावती सभागत भक्तों का स्वागत करती हैं तदन्तर भक्ति संगीत की कुछ रचनाओं की प्रस्तुति होती है। दूर-दूर से आए भक्तजन गढ़ा निवासी चतुर्भुजदास जी के वचनों को सुनने के लिए एकत्रित हुए हैं।

दामोदरदास जी मानो सहजता की प्रतिमूर्ति ही हैं। वे स्वयं दुर्गावती के पास आकर उनका स्वागत करते हैं और बतलाते हैं कि वहाँ पर एकत्रित होनेवाले सभी उपस्थित भक्तगण यद्यपि वैष्णव भक्त हैं तथापि उनमें से अनेक ब्रजभूमि के प्रसिद्ध सन्त श्री हितहरिवंश जी के अनुयायी हैं। वे समीप आकर दुर्गावती का अभिवादन करते हैं।

दुर्गावती : ''आपको महान गुरु का आश्रय मिला, यह केवल परमप्रभु की कृपा से ही सम्भव है।''

दामोदरदास : ''आपका कथन सत्य है, गढ़ा कटंगा राज्य अपनी कृष्णभक्ति के लिए सम्पूर्ण भारत में जाना जा रहा है। आज से कृष्णभक्ति सम्बन्धी भजन और वार्ता प्रारम्भ हो रही हैं। हम आपसे जानना चाहते हैं कि कृष्ण भक्ति विषयक किस तत्त्व की चर्चा आज आप स्वयं तथा उपस्थित जन समुदाय को सुनवाना चाहती हैं।''

दुर्गावती : (प्रसन्न होकर) ''यदि आप मेरी इच्छा सुनना चाहते हैं तो मैं चाहूँगी कि आप हितहरिवंश जी के वचनामृत से सत्र प्रारम्भ करें।''

दामोदरदास : ''धन्य हैं आप, आप से बढ़कर गुरु की महिमा कौन समझता है। अब आप सभी गुरुदेव द्वारा प्रवर्तित भगवान के प्रति उस प्रेम के सम्बन्ध में सुनें जो संयोग और वियोग की दोनों अवस्थाओं की तीव्रता को समाहित किए हुए है, परन्तु यह वह प्रेम है जो केवल राधा जी की कृपा से प्राप्त हो सकता है।''

यह कहकर श्री दामोदरदास जी ने आँखें बन्द कर सर्वप्रथम हितहरिवंश की गम्भीर वाणी में प्रार्थना की—

'श्रीमद्व्यासकुले कलौ करुगाया भृंगायमानात्सतः,
श्री राधापति पादपद्म मधुरा भोदेव तीर्णरसम्।
वन्दे घ्रापयितुं निगूढ़तर मप्यात्मोक्ति रश्मिस्फुटम्,
दूरा क्षिप्त समस्त लोक तिमिरं वैया'िकं भास्करम्।।

फिर दामोदरदास जी ने आगे कहा : "विधि निषेध से युक्त नाना कर्म मनुष्य को संसार में भ्रमित करते हैं। कर्म के साथ भक्ति का मेल नहीं है अतः भक्त को प्रेम की अनुभूति करनी है। यह प्रेम विलक्षण प्रेम है।"

अलौकिक प्रेम में विरह मिलन की विलक्षण दशा को समझाने के लिए गुरु हरिवंश जी ने लौकिक प्रेम का उदाहरण देकर स्फुट वाणी में दो कुण्डलियाँ लिखी हैं। इन कुण्डलियों में संसार में प्रसिद्ध दो वर्गों के प्रेमियों के उदाहरण देकर इस विषय पर प्रकाश डाला है। सारस युगल के लिए प्रसिद्ध है कि ज्योंही उनमें से एक का विछोह होता है दूसरा उसके विरह में तड़प-तड़प कर प्राण गँवा देता है। चक्रवाकों का भी प्रेम अद्भुत है। चकवी प्रियतम से बिछुड़ने के बाद रात भर वेदना सन्तप्त रहती है और देव के इस विधान को सहकर प्रभात होने तक प्रियतम से मिलने की बाट जोहती है।

हरिवंश जी ने प्रेम की इस दशा का बड़ी ही सुन्दरता से वर्णन किया है। चकवी (या चकई) की इस दशा को देखकर व्यंग करता हुआ सारस कहता है : "हे चकई, प्रिय वियोग के बाद भी तेरे शरीर में प्राण व्यर्थ ही रहते हैं, तुझे अपने जीवन पर लज्जा क्यों नहीं आती? विरह में जीवित रहना क्या किसी सच्चे प्रेमी को शोभा देता है?"

चकई प्राण जु घट रहै पिय बिछुरन्त निकज्ज।
सर अन्तर, अरु काल निशि, तरफ तेज घन गज्ज।।
तरफ तेन घन कज्ज लज्ज तुहि बदन न आवै।
जल बिहून करि नैन और किय भाय बितावै।।
हित हरिवंश विचारे याद अस कौन जु चकई।
सारस यह सन्देश प्राण घट रहै जु चकई।।

सारस की इस व्यंगोक्ति में विरह भाव पर गम्भीर आक्षेप छिपा है जो प्रेम में वियोग की कल्पना नहीं सह सकता। सारस की दृष्टि में चकई का विरह दशा में जीवित रहना प्रेम का दम्भ करना है, उसकी दृष्टि में चकई का प्रेम कहीं न कहीं अपूर्ण है तभी तो विरह में भी वह जीवित रहकर मिलन की आकांक्षा को सहेजती है।

यह है प्रेम का एक पक्ष, दूसरा पक्ष चकई का है। उसकी दृष्टि से विरह में जीवित रहना प्रेम की न्यूनता नहीं वरन् प्रेम की परिपूर्णता ही है। सारस के इस व्यंग बाण का उत्तर चकवी देती है कि सरित के दूसरे कल पर जाकर रात्रि भर विरह वेदना को सहकर और प्रेमाग्नि के सन्ताप का अनुभव करके जीवित रहना ही प्रेमोन्माद का परिचायक है। प्राण देने से प्रेमों के प्रति मर्मस्पर्शी अभिव्यक्ति का अवसर ही नहीं मिलता।

अतः चकई की उक्ति है :

सारस सर बिछुरन्त को जौ पल सहय शरीर।
अगिन अनंग जु तिय भूखै तो जानै पर पीर।।
तौ जाने पर पीर धीर धरि सकहि वज्र तन।
मरत सारसहि फूटि पुनि न परचौ जु लहत मन।।
हित हरिबंश विचारि प्रेम विरहा बिन वा रस।
निकट कंत नित रहत मरम कह जानै सारस।।

परन्तु जहाँ सारस और चक्रवाक दोनों की प्रेमानुभूति बहुत ही गहरी हैं वहाँ प्रभु के प्रति प्रेम इनसे भी कहीं ऊपर की अनुभूति है क्योंकि सारस पत्नी केवल सम्प्रयोग जन्य रस का ही अनुभव करती है और चकवी विप्रयोग जन्य अनुपम रस का आस्वादन करती है परन्तु वह भी विप्रयोग काल में सम्प्रयोग जन्य रसास्वादन से वंचित रहती है। परन्तु नित्य निकुंज में श्री निकुंजजेश्वरी को अपने प्रियतम परम् प्रेमास्पद श्री ब्रजराज किशोर के साथ सारस पत्नी की तुलना में शत कोटि गुणित दिव्य सम्प्रयोग जन्य रस की अनुभूति होती है और साथ ही चकवी की अपेक्षा शत कोटि गुणित अधिक विप्रयोग जन्य तीव्र ताप के अनुभव के पश्चात् पुनः दिव्य रसानुभूति होती है। यही इसकी विशेषता है। युगल किशोर श्री राधावल्लभ के नित्य मिलन में वियोग की कल्पना नहीं है परन्तु इस मिलन में प्रेम की क्षीणता नहीं प्रत्युत मिलन की उसी न्यूनता का स्वाद है जो वियोग के बाद मिलता है।

श्री दामोदरदास जी इस विवेचना को जारी रखते हुए आगे कहते हैं कि "हमारे प्रेम तत्त्व में अन्य वैष्णव मतों से कुछ अलग विशेषता है। गुरुदेव हितहरिवंश जी ने इस न्यूनता को पहचाना है। इस प्रेम की नवीनता यह है कि स्वयं कृष्ण राधा प्रेम के लिए लालायित होकर राधा की अर्चना वन्दना करते हैं। कान्ता शिरोमणि राधा अनिन्द्य सुन्दरी एवं समस्त गुणों से उपेत होने के कारण कृष्ण के लिए भी आराध्या बनी रहती हैं।

मंजुल कलकुंज देश, राधा हरि विशद देश
राका नभ कुमुद बन्धु, शरद यामिनी।।

शरद पूर्णिमा की रात्रि में राधाकृष्ण सुन्दर वेश धारण कर वन विहार कर रहे हैं। कृष्ण नायक हैं और राधा नायिका हैं। भक्तजनों के लिए राधाकृष्ण अवलम्ब हैं।

राधाकृष्ण का मिलन नित्य है फिर भी एक पल तो क्या एक विपल के लिए भी वे एक-दूसरे से दूर नहीं हैं।

प्रेम तत्त्व ही समस्त संसार में व्याप्त है वही जीव को आराध्य के प्रति उन्मुख रखता है। हितहरिवंश जी ने प्रेम की तीव्रता को व्यक्त करने के लिए वह क्षण चुना है जब एक पल के लिए केश लट के नेत्र के सामने आ जाने से दर्शन की बाधा को विरह

की तीव्र वेदना कहा है।

कहा कहौं इन नैननि की बात।
ये अलि प्रिया वचन अम्बुज रस अति आतुर अकुलात।
जब जब रुकत पलक सम्पुट लट अति आतुर अकुलात।
लम्पट लव निमेष अन्तर के अलप कलप सत सात।
श्रुति पर कंज, दगंजन कुच विच मृगमद है न समात।
(जै श्री) हित हरिवंश नामि सर जलचर जांचत सांवल गात।

प्रिय के अति निकट रहने पर भी प्रेमोत्कर्ष के कारण प्रेमी की वियोगदशा की जो अनुभूति होती है वही प्रेम वैचित्त्य है। इस प्रेम का पूर्ण परिपाक जुगल प्रेम (राधाकृष्ण) में होता है।''

श्री दामोदरदास जी ने जुगल प्रेम की व्याख्या करते हुए प्रेम रस की वर्षा की। कितना समय बीत गया किसी को पता भी न चला। सबका ध्यान तब टूटा जब उन्होंने अन्त में 'वृषभानु नन्दिनी की जय' के साथ अपना आख्यान समाप्त किया।

प्रवचन की समाप्ति की पश्चात् दुर्गावती अपने महल की ओर लौटीं परन्तु उनके मन में भक्ति की इस विधा पर प्रश्न उठने लगे। वे सोचने लगी—हमने ध्यान और भक्तिभाव से धर्मचर्चा सुनी। 'हित चौरासी' में से श्री दामोदर दास जी ने भले ही कृष्ण-राधा प्रेम-प्रसंग के द्वारा आध्यात्मिकता का सन्देश दिया हो परन्तु जनसाधारण जब बिना विवेचना के इन प्रसंगों को स्मरण करेगी तब क्या वह उतनी ही भक्तिरस में डूबी रहेगी जितनी अभी थी, यह प्रसंग वे भुला नहीं पा रही थीं :

'सुरत नीवी निबन्ध हेत प्रिय माननी प्रिया की,
भुजनि में कलह मोहन मची
सुभग श्री फल उरज पानि परषत रोष,
हुंकार गर्व दृग भंगि दृग मामिनी लची।
कोक कोटिक रमस रहसि हरिवंश हित,
विविध कल माधुरी किमपि नाहिन बची।
प्रणय मम रसिक ललितादि लोचन चषक,
पिबत मकरन्द सुख राशि अन्तर सची।

(सुरत रस के लिए उद्यत कृष्ण के नीवी बन्धन खोलने पर राधा कृष्ण के साथ मनोहर कलह रचती हैं। राधा के सुभग श्रीफल के सदृश उरोजों के स्पर्श करने पर वह रोषपूर्ण हुंकार, गर्व एवं भ्रूभंगिमा के साथ झुक जाती है अर्थात् अनखा जाती है। हितहरिवंश कहते हैं कि इस एकान्त के आनन्द विलास रूप मिलन में कोटि-कोटि कोक की विविध एवं सुन्दर मधुरिमाओं में से कोई एक भी न बची। स्नेहमयी, ललिता आदि सखियाँ अपने नेत्रों का पान पात्र बनाकर इस नित्य विहार रस का पान करते हुए अपने

हृदय में अमित आनन्द की मकरन्द राशि को संचय करने लगी।)

दुर्गावती स्वयं परम भक्त थीं पर वे भगवान कृष्ण के उस लोक रंजक स्वरूप की उपासिका थीं जिसमें या तो श्रीकृष्ण बाल गोपाल हैं या कि खलदल गंजन चक्रपाणि हैं।

दुर्गावती राजकीय व्यस्तताओं के फलस्वरूप चाहकर भी पखवाड़े के अन्तिम दिन प्रवचन में नहीं पहुँच पाईं।

दुर्गावती को समय-समय पर दामोदरदास जी की रचनाएँ सुनने या पढ़ने मिलती रहीं। उन्हें यह जानकर प्रसन्नता हुई कि दामोदरदास जी अब दूर-दूर तक 'सेवक जी' के रूप में प्रसिद्धि पा चुके हैं।

कुछ समय बाद जब दुर्गावती को भक्तजनों द्वारा सेवक जी विरचित यह पद सुनाया गया तो उन्हें लगा कि कहीं उनके मन की ही बात इस पद में कह दी गई है।

'धर्म रहित जानी सब दुनी, म्लेच्छनि भार दुखित मे दिनी
धनी और दूजौ नहीं।
करी कृपा मन कियौ विचार, श्रुति पथ विमुख दुखित संसार
सार वेद विधि उद्धरी।
सब अवतार भक्ति विस्तरी, पुनि रस रीति जात उद्धरी।
कर्‍यौ धर्म अपनी प्रकट।।

दुर्गावती को देश की दशा और व्यथा दोनों ही ज्ञात थीं। हिन्दू समाज में जागरण लाने का कार्य अपने-अपने ढंग से भक्त कवि कर रहे थे। एक निराश हो रहे समाज की व्यथा को सभी उबारना चाह रहे थे।

कुछ दिनों बाद जब राजकाज से अवकाश मिला तो दुर्गावती ने राजपुरोहित दामोदर ठक्कुर को बुलाया। दामोदर ठक्कुर दूरदर्शी थे, वे जानते थे कि कृष्ण भक्ति के आयामों में दुर्गावती कहाँ असहज हो सकती हैं। एक कर्मठ कुशल प्रशासक और वैधव्य का जीवन व्यतीत कर रही दुर्गावती को प्रणय-प्रसंग, चाहे वे दैवीय या आध्यात्मिक ही क्यों न हो, कितने रास आएँगे इसका ज्ञान उन्हें मानो पहले से ही था।

दामोदर ठक्कुर दुर्गावती के मन्त्रणा कक्ष में पहुँचे और वार्ता प्रारम्भ हुई। दुर्गावती : ''आचार्यवर, जहाँ तक मुझे याद है, गुरुदेव विट्ठलनाथ जी ने सद्यः सम्पादित 'शृंगार मंडन' ग्रन्थ में रस मार्ग का निर्देश किया है। जहाँ तक मैं समझ पा रही हूँ ब्रज में श्रीकृष्ण की नरलीला है। चारों भावों अर्थात् दास्य, सख्य, वात्सल्य और मधुर के लीलारस की परिणति कृष्णभक्ति है। मधुर भाव में वात्सल्य से अधिक ममता है। श्री राधा आदि ब्रज गोपीगण मधुर भाव के परिकर हैं। गुरुदेव ने इससे इतर शृंगारिक भक्ति को कठिन माना है और इसीलिए सम्भवतः उन्होंने कहा भी है :

'प्रार्थयेरसिकास्वैरं पश्यन्त्विदमह र्निशम्
एतद्रासानभिज्ञः माद्राक्षी दपि वैष्णव।।

दामोदर ठक्कुर : "हाँ, शृंगार परक भक्ति मार्ग को कठिन इसलिए बतलाया गया है क्योंकि सभी साधारण भक्तों के लिए यह सम्भव नहीं है कि वे आध्यात्म के उस स्तर तक पहुँचें जहाँ इस प्रकार की भक्ति का सही स्वरूप अनुभूत हो। परन्तु जो पहुँच सकते हैं या पहुँच चुके हैं उनके लिए कोई रोक नहीं है। इसे हम कुछ इस ढंग से भी कह सकते हैं—'नित्यविहार' सभी वैष्णव सम्प्रदायों में मान्य उपासना या चिन्तन है जिसमें चार अंग हैं—श्री राधा (प्रिया), श्रीकृष्ण (प्रियतम), सहचरी (समाज) और धाम वृन्दावन। वृन्दावन जो भूतल पर स्थित होकर भी सर्वोपरि है, नित्य एकरस और प्रेम से ओतप्रोत है का स्वरूप सभी वैष्णव भक्तों में एक है पर सभी के सम्बन्ध में जब हम गहरे उतरते हैं तो भिन्नता दिखती है।"

दुर्गावती : "मुझे तो हमारे गुरु श्री विट्ठलनाथ जी की भक्ति पद्धति भाती है।"

दामोदर ठक्कुर : "मेरी दृष्टि से भी वह आपके लिए पूर्ण श्रेयस्कर है। मैं देख रहा हूँ कृष्णभक्ति की अनेक शाखाएँ आपके राज्य में पल्लवित हो रही हैं।"

दुर्गावती : "यदि धर्म प्रेममय हो तो इससे बढ़कर और क्या होगा।"

दामोदर ठक्कुर : "वही तो सद्धर्म है।"

लुटेरों को सबक

शेरशाह के मरने के बाद अफगान शक्ति में बिखराव आने लगा। अफगान सैनिक अपनी जाँबाजी के लिए हिन्दुस्तान भर में मशहूर थे। हिन्दुस्तान में उनके जैसा बढ़िया घुड़सवार मुश्किल से मिलता। यही अफगान घुड़सवारों के दस्ते अब हिन्दुस्तान की बदलती सियासी फिजाँ में नए ठौर ढूँढ़ रहे थे। एक अच्छी खासी अफगान घुड़सवारों की सेना ने मालवा के लिए दस्तक दी तो सुलतान ने तुरन्त ही इस सेना को अपनी फौज का हिस्सा बना लिया।

सुलतान बाजबहादुर अपनी रंगीनियों के लिए मशहूर थे क्योंकि उनका हरम हमेशा खूबसूरत और जवान औरतों के लिए खुला रहता था। हालात ये थे कि सुलतान के हरम में इन औरतों में कितनी जायज बेगमें थीं और कितनी नाजायज इस पर अक्सर कट्टरपन्थी मौलवी टीका टिप्पणी करते रहते। कारण यह था कि किसी भी औरत की खूबसूरती नफासत और शायरी या संगीत में हुनरमन्दी सुलतान की बेगम बनने के लिए काफी मानी जाती। सुलतान ने हिन्दू और मुसलमान जैसी मजहबी दीवारें अपनी माशुकाओं के लिए तोड़ दी थीं। सुलतान इस हिसाब से तरक्की पसन्द इनसान थे कि वे हिन्दू औरतों को अपनी बेगम बनाते समय उन्हें इस्लाम कबूल करवाने में कभी कोई जबरदस्ती न करते मगर कट्टरपन्थी मौलवी को सुलतान के इस नजरिए पर ऐतराज था। वे ऐसे विवाहों को ज़िना मानते और खूलेआम सुलतान की इस हरकत को ज़लील करार देते। मगर सुलतान थे कि अल्लाह की खिदमत में मोहब्बत में वे कोई फर्क न देखते। मोहब्बत में खुदा के इस बन्दे ने अपने को हुस्न, इश्क, शायरी और संगीत में पूरा डुबो दिया था। और वह इसमें तभी तक डूबा रह सकता था जब तक खजाना लबालब भरा हो।

मालवा की जमीन हिन्दुस्तान की सबसे उपजाऊ जमीनों में से एक है और मालवा का सूबा अपनी समृद्धि के लिए हजारों सालों से विख्यात भी रहा है। पर जब अय्याशी की कोई सीमा न हो तब कितना बड़ा खजाना भी कम पड़ सकता है, तब उसे भरने के लिए किसी भी सही या गलत कार्य को करना जरूरी हो जाता है। कुछ ऐसा ही हुआ बाजबहादुर के साथ कि इस बहादुर सुलतान ने अपने पूर्वी राज्य गढ़ा कटंगा को तब लूटने का मन बनाया जब उसके राजा की मृत्यु हो चुकी थी। राजगद्दी पर एक बालक राजा के रूप में बैठा था और एक विधवा माता उसकी संरक्षिका बनकर राज्य

को सुचारू रूप से चला रही थी।

इस बहादुर सुलतान को जो कि अपने समय का सहृदय, गुणज्ञ और यशस्वी व्यक्ति माना जाता है, इस बात पर जरा भी शर्म या झिझक महसूस नहीं हुई कि वह प्रजा को पुत्रवत् मानकर शासन करनेवाली एक विधवा रानी पर आक्रमण करने जा रहा है। इसका कारण शायद यही था कि स्वप्नदर्शी बाजबहादुर को पूर्वानुमान था कि समकालीन इतिहास लेखक उसकी राजलिप्सा को काफिरों को हिदायत देनेवाली मुहिम करार देंगे। उसे मालूम था कि अगर वह रखैलों और वेश्याओं को कलामर्मज्ञों के रूप में स्थापित कर सकता है तो फिर उसके द्वारा गोंडवाने की विधवा रानी और उसके बेटे को कत्ल करने पर चापलूस इतिहासकार उसके इस कृत्य को उसके जमाने की राजनैतिक आवश्यकता कहकर उसकी धीरललित छवि को निश्चित ही बरकरार रखेंगे। परन्तु यदि इतिहास के लेखक इस्लामिक विचारों के हुए तब तो वे उसे उस मसीहा के रूप में प्रतिष्ठित करेंगे जिसने ज्ञान की मशाल जाहिल और गँवार की अँधेरी दुनिया में जलाई और लिखेंगे इस मशाल को रोकनेवाले हर बाजू को बाजबहादुर ने काटकर फेंक दिया।

मालवा के सुलतान बाजबहादुर ने जब गढ़ा कटंगा राज्य को लूटने की इच्छा अपने वजीर से कही तो वह खुशी से उछल उठा। उसे लगा कि कम से कम सुलतान ने काफिरों के एक राज्य को खत्म करने का फैसला कर एक सवाब का काम तो किया। देर आयद दुरुस्त आयद। बाजबहादुर का चाचा फतह खाँ जो कि मालवा की सेना का सेनापति भी था, इस जंग-ए-ऐलान से बहुत खुश हुआ।

उसके लिए यह एक ऐसा मौका था जिसमें वह सोचने लगा कि बिना खास मशक्कत के वह एक बड़ी फतह हासिल करनेवाला है। जंगली गोंडों की क्या बिसात कि वे सोलहवीं सदी की मजबूत घुड़सवारों की फौज की कुछ देर भी सामना कर सकें।

मालवा की शस्यश्यामला भूमि में पौषमाह का पंचमी का दिन

मालवा का सुलतान बाजबहादुर राजधानी सारंगपुर से दस कोस पूरब की ओर अपने हाथी पर बैठा कुछ सोच रहा था। उसके साथ मालवा के चुने हुए घुड़सवारों की फौज थी। सुलतान ने सोच रखा था कि गढ़ा कटंगा के गोंडों को शिकस्त देने में उसकी यह सेना काफी होगी। इन हजारों सैनिकों में एक हजार तो अफगान घुड़सवार सैनिक थे। बाजबहादुर को उसके चाचा फतह खाँ ने पूरा यकीन दिला दिया था कि मालवा के जाँबाज घुड़सवारों की सेना जंगली मुल्क के किलों के रखवालों को बातों बात में घुटने टेकने के लिए मजबूर कर देंगे। जंग करनी पड़ेगी इसकी उम्मीद न के बराबर थी।

बाजबहादुर ने जंग के ऐलान के पहले सारी सियासी बातों का जायजा लिया था। गढ़ा कटंगा की गद्दी पर मरहूम दलपतिशाह का नाबालिग लड़का बैठा था पर असली हुकूमत उसकी बेवा माँ दुर्गावती के हाथ में थी। दलपतिशाह का भाई चान्दा में किसी और की मातहती में वक्त काट रहा था इसलिए गढ़ा कटंगा के शाही घराने का कोई हिमायती राजा कहीं दूर तक देखने में नहीं आ रहा था। बाजबहादुर के वजीरों ने

मुक्तलिफ सलाह दी थी कि गढ़ा कटंगा के इतने बड़े राज्य को चलाने का हक किसी बेवा को नहीं होना चाहिए। सुलतान बाजबहादुर के सलाहकारों की यह पक्की सलाह थी कि सुलतान को गढ़ा कटंगा के गोंड राज्य को मालवा के तरक्कीपसन्द राज्य में मिला लेना चाहिए यह एक धार्मिक काम भी होगा क्योंकि गोंड़ राजाओं के समान ही उनकी रियाया भी जाहिल है। बाजबहादुर का चाचा जो सुलतान का प्रमुख सेनापति भी था, नहीं चाहता था कि गढ़ा कटंगा जैसे जंगली इलाके की हुकूमत हासिल करने के लिए सुलतान को खुद जंग में जाना चाहिए पर सुलतान बाजबहादुर इस बात पर इत्तिफाक रखता था कि सुलतान के जंग-ए-मैदान में पहुँचने से फौज का हौसला बुलन्द होता है इसलिए बाजबहादुर ने चाचा फतह खाँ की सलाह को नज़र अन्दाज करते हुए जंग में खुद चलने का ऐलान दिया। कड़ाके की ठंड थी पर घोड़ों की विशाल सेना के बीच पाँच हाथी भी चल रहे थे। इन हाथियों के हौदे चाँदी के थे और उन पर रेशमी चादरें बिछी हुई थीं। हौदे इस तरह थे कि उनमें बैठनेवालों को धूप और ठंडी हवा से बचत हो। ये युद्धक हाथी नहीं थे वरन् सुलतान की राजसी यात्रा में निकलनेवाले खूब खाए पिए मस्त हाथी थे। सबसे बड़े हाथी के हौदे पर सुलतान शानदार कपड़े पहनकर बैठा हुआ था। चारों ओर के चार हाथियों में से दो हाथियों पर बादशाह की दो नई नवेली बेगमें अपनी बाँदियों के साथ थीं। एक हाथी पर बादशाह का चाचा फतह खाँ था तथा पाँचवें हाथी पर सुलतान जनानखाने की खास तवायफ सायरा अपने साजिन्दों के साथ चल रही थी। मालवा से जब सुलतान के लश्कर ने पूरब की ओर कूच किया तब सिपहसालार को तवायफ और साजिन्दों का लश्कर के साथ नागवार लगा था परन्तु सुलतान बाजबहादुर न केवल इश्क मिजाज थे वे हुनरमन्दों के बड़े कद्रदान भी थे और उनका मैदान-ए-जंग को भी देखने का नज़रिया भी खास था। फतह खाँ के पास हालाँकि लश्कर की कमान थी पर वे अपनी बेगम को चाहकर भी न ला सकते थे क्योंकि इसकी उन्हें सुलतान से इजाजत मिलती, इसकी कम उम्मीद थी। चाचाजान की तवायफ सायरा से नज़दीकी भले ही सुलतान बाजबहादुर ने गौर न की हो मगर वह सल्तनत के सारे खास लोगों की जानकारी में थी।

फौज आगे बढ़ रही है। सुलतान बाजबहादुर जब हाथी के हौदे पर बैठे हुए चारों ओर का नज़ारा देख रहे हैं। उन्होंने अपने हौदे में अपने एक अंगरक्षक के अलावा एक हरदिल अजीज सेवक को भी बैठा रखा है जो उन्हें समय-समय पर पान के बीड़े और एक जाम पकड़ा देता है। सुलतान की जुबान से कभी-कभी खुद-ब-खुद किसी शायर की नज़्म निकल पड़ती है।

हौदे पर खिदमतगार ने सुलतान को जाम पेश करते हुए कहा : "हुजूर, आपने अब तक शिकार में एक से एक जंगली जानवरों का शिकार किया है पर इतना महफूज शिकार शायद आप पहली बार कर रहे हैं जिसमें आपके हाथ बगैर उठाए शिकार हो जाता है। शिकार भी ऐसा कि जिससे खजाना लबालब भर जाए।" सुलतान खुश हुए और मुस्कुराते हुए जाम ले लिया। खिदमतगार कहे जा रहा था : "हुजूर की अगुवाई

में लश्कर आते देखकर तो सारे जंगली गोंड जंगल में भाग चुके होंगे, हमें मिलेगा कौन?''

यह सुनकर सुलतान और अधिक खुश हुए।

सुलतान जंग के पहले रायसेन के किले में रुककर चाँदनी रात में संगीत का आनन्द लेना चाह रहे थे। वे वहाँ कुछ समय के लिए रुक गए।

गढ़ा कटंगा राज्य में

दुर्गावती को गढ़ा कटंगा के राज्य के सारे सूत्र अपने हाथ में लेने के बाद, महाराज दलपतिशाह के निधन के पश्चात् राज्य में स्वाभाविक रूप से होनेवाले अन्तर्कलहों को सुलझाने में धैर्य से काम लेना पड़ा। इसके साथ ही उन्होंने बिना समय खोए राज्य की आर्थिक समृद्धि और सामाजिक प्रगति की दिशा में हो रहे कार्यों की गति को कई गुना अधिक तेज कर दिया, परिणामतः उन्हें अपनी सारी शक्ति राज्य के रचनात्मक कार्यों में लगानी पड़ी इसका परिणाम यह हुआ कि बदलते परिप्रेक्ष्य में जहाँ गढ़ा कटंगा राज्य अपने इतिहास में सबसे सशक्त आर्थिक शक्ति बनकर उभर आया वहाँ सैन्य शक्ति में वह कितना सशक्त हो पाया था इसका आकलन करना कुछ कठिन कार्य था।

दुर्गावती यह जानती थीं कि विनाशकारी शक्तियाँ सदैव ही शान्तिपूर्ण समाजों को तबाह करने की जुगत में रहती हैं। सुसंस्कृत और सम्पन्न किन्तु अशक्त राज्य का कभी भी कोई भविष्य नहीं रहा है परन्तु राज्य को सैन्य दृष्टि से केवल राजा ही शक्तिशाली नहीं बना सकता। अपने पिता के गढ़ कालिंजर के पतन को वह भुला नहीं पाती थी जो कि श्रेष्ठ अस्त्रों की मार से पराभूत हुआ था, तब तोपों से आक्रमण हुआ था और यवन सेना मुख्य रूप से अश्वारोहियों की सेना थी, यद्यपि साथ में पैदल सैनिक भी थे। उस युद्ध में यवन सेनापति अपनी ही तोपों का शिकार हो गया था परन्तु बिखरी हिन्दू शक्ति उसका कोई फायदा न उठा सकी थी। दुर्गावती ने अपनी सेना की कमजोरियों और शक्ति को भलीभाँति जाँचा-परखा था।

गढ़ा की सेना में अश्वारोहियों का दल बहुत बड़ा नहीं था। प्रमुख सेना या तो हाथियों की थी या फिर पैदल सैनिकों की। सेना के इन्हीं दो अंगों पर गढ़ा कटंगा का भविष्य सुरक्षित था। राज्य की अश्वारोही सेना का नियन्त्रण मान ब्राह्मण के हाथ में था। अश्व सेना मुख्य रूा से दो कार्य करती थी। पहला कार्य, उसका सैन्य सन्देशों को भेजते हुए व्यूहरचनाओं में सहायता करना और दूसरा कार्य, आकस्मिक आक्रमण या पदाति अथवा हस्तिवाहिनी को सहायता देना था।

गढ़ा कटंगा की सभी सेनाओं के नियमित सेनापति दूल्हासिंह थे परन्तु वे मुख्य रूप से तलवार चलानेवाले सैनिकों की टुकड़ियों को नियन्त्रित करते थे। बच्छराज मुख्य रूप से धनुष-बाण चलानेवाली सेना को नियन्त्रित करते। यह सेना पहले बाणों से वर्षा करती और पास में आने पर भाला और बरछी से युद्ध करती थी। गजसेना का नियन्त्रण अर्जुनसिंह बैस के हाथ में था। चक्रमणि कलचुरि राजगोंड सेना के हरावल दस्ते का

प्रमुख था, जो कि आक्रमण में सर्वप्रथम अपनी टुकड़ी के साथ दुश्मन सेना से टकराता था। चक्रमणि के पास पूर्ण प्रशिक्षित सेना की टुकड़ी रहती थी। चक्रमणि स्वयं भी अनेक शस्त्रों से युद्ध करने में पारंगत था। महारक्ष ब्राह्मण दुर्गावती के निजी रक्षकों की टुकड़ी का नायक था, इसका काम सरमन हाथी के चारों ओर अभेद्य रक्षा कवच बनाकर चलना था। महारक्ष ब्राह्मण कदकाठी में विशालकाय था तथा उसमें इतनी अधिक शक्ति थी कि यदि वह हाथी की जंजीर को पकड़ ले तो हाथी भी आगे नहीं बढ़ सकता था। भाला फेंकने में उसका कहीं कोई सानी नहीं था।

दुर्गावती सदैव ही अपनी सेना की टुकड़ियों का निरीक्षण करती परन्तु उन्हें यह बात सदैव खलती कि गढ़ा कटंगा की नियमित सेना में बहुत कम सैनिक हैं। इनमें भी शस्त्रों का उचित प्रशिक्षण प्राप्त सैनिक और भी कम थे। वस्तुतः लगभग सारी गोंड सेना खेतिहर किसानों के युवा व्यक्तियों की सेना थी। सभी युवक खेती के दिनों में अपने-अपने ग्रामों में चले जाते। उन्हें बुलवाने और एक जगह एकत्रित करने के लिए पर्याप्त समय लगता। दुर्गावती ने नियमित सेना बढ़ाने के लिए जब भी सोचा तभी सेना प्रमुखों से यही उत्तर मिलता कि आवश्यकता पड़ने पर अतिशीघ्र ही सैनिक एकत्रित हो जाते हैं। स्पष्ट तौर पर दुर्गावती और सैन्य प्रमुखों के बीच 'शीघ्रता' की समय सीमा में पर्याप्त अन्तर था। दुर्गावती ने जहाँ सेना की इन कमियों को देखा वहाँ यह भी गौर किया कि सभी सैनिकों में राज्यनिष्ठा और कर्त्तव्यनिष्ठा कूट-कूट कर भरी हुई है। साथ ही आवश्यकता पड़ने पर ये सैनिक लगभग शून्य आवश्यकताओं के साथ युद्ध कर सकते हैं। गोंड सैनिक बिना थके घंटो युद्ध कर सकते थे, यह उनकी सबसे बड़ी विशेषता थी।

दुर्गावती ने सुदूर ग्रामों तक अखाड़ों का प्रबन्ध कर दिया था जिनमें नियमित रूप से तलवार और भाले चलाना सिखलाया जाता था। इससे सेना की शस्त्र चालन सम्बन्धी गुणवत्ता बढ़ी थी। जहाँ तक बाण सन्धान का प्रश्न था उसमें गोंड सैनिकों का कोई सानी नहीं था।

हस्तिसेना के हाथियों के परिचारक तो पर्याप्त थे परन्तु हाथी पर बैठकर श्रेष्ठ शस्त्र सन्धान करनेवालों की संख्या सीमित थी, यद्यपि अर्जुनसिंह बैस स्वयं हस्तिशास्त्र के ज्ञाता थे और उन्होंने हाथियों की चिकित्सा तथा प्रशिक्षण में पूरी रुचि सदैव ही रखी थी। उन्हीं ने दक्षिण भारत के उत्तम गजवैद्य और प्रशिक्षकों को राज्य में जीवनयापन के साधन उपलब्ध कराए थे। राजमाता के हाथी श्रवण की देखरेख तो विशेष रूप से की जाती थी। श्रवण इतना चतुर था कि राजमाता के हर इशारे को मनुष्य के बालक की भाँति समझता था। दुर्गावती अपना अधिकतर समय सिंगौरगढ़ में ही बितातीं यद्यपि राजधानी अब भी गढ़ा में ही थी पर दुर्गावती ने राज्य के तीन किलों में शक्ति का विभाजन कर दिया था। अब गढ़ा कटंगा राज्य का कोष नर्मदा तट से कुछ दूर चौगान या चौरागढ़ में रखवा दिया था। राज्य के कोषकार और एक छोटी सैन्य टुकड़ी चौरागढ़ में रहती। गढ़ा अब भी व्यापार की सबसे बड़ी मंडी थी। इसके साथ ही गढ़ा में ही

हाथियों की सेना को मुख्यतः रखा जाता था। गढ़ा के किले से एक कोस उत्तर में दुर्गावती ने पुराने हाथीखाने को नया रूप दिया था। इसके पास ही एक विशाल तालाब था जिसे सूपाताल कहा जाता था। इसी में गढ़ा कटंगा के हाथी प्रतिदिन स्नान करते। आसपास के सघन वनों से इन हाथियों के लिए विशाल मात्रा में खाद्य सामग्री एकत्रित की जाती। इस कार्य हेतु प्रत्येक हाथी के लिए एक महावत तथा एक सहायक नियुक्त किया गया था। हाथियों को नित्य अन्न देने की व्यवस्था थी जिस पर गढ़ा का कोषाध्यक्ष स्वयं नजर रखता क्योंकि हाथी अपने नित्य के भोजन की छोटी-सी कमी को पसन्द नहीं करते और वे उग्र होकर महावत या परिचारक को रौंदने में पीछे नहीं हटते। दुर्गावती की चाक चौबन्द व्यवस्था में यह ढिलाई सम्भव नहीं थी।

उधर सिंगौरगढ़ में भी एक हाथियों की छोटी सेना मौजूद रहती। वस्तुतः रानी दुर्गावती को हाथी की सवारी ही सबसे अधिक प्रिय थी। यूँ कभी-कभी वे घोड़े पर सवार होकर भी यात्रा करतीं।

दुर्गावती के हाथी का नाम यद्यपि श्रवण था पर उसे साधारण बोलचाल भाषा में सरमन कहा जाता था। दुर्गावती को जब यह सरमन हाथी भेंट किया गया था उस समय यह पूर्ण वयस्क भी नहीं था, परन्तु दुर्गावती की व्यक्तिगत देखरेख में अब वह सबसे ऊँचा युवा हाथी हो गया था। इसकी देखरेख विशिष्ट रूप से की जाती थी ताकि यह अति स्थूल न हो सके। साथ ही इसे युद्ध कौशल सम्बन्धी प्रशिक्षण दक्षिण भारत के प्रशिक्षक से दिया जाता था। श्रवण दुर्गावती का मानो परम आज्ञाकारी सेवक था। दुर्गावती उसे पुत्रवत स्नेह करती। जब तक अपने हाथ से उसे केले की घौर न खिला देती तब तक यह विशाल गजराज महावत के कहने पर दुर्गावती से दूर न जाता। दुर्गावती के काल तक चतुरंगिणी सेनाओं का समय समाप्त हो चुका था। भारत के अन्य राजाओं की प्रमुख शक्ति अब अश्वशक्ति थी। पिछले दो एक दशकों से भारत के बाहर से आग्नेयास्त्र भी आ चुके थे, बड़ी तोपें तथा भारी भरकम भरमार बन्दूकें। इन्हें दुर्गावती ने अपने शैशवकाल में भी अपने पितृगृह में देखा था। इन अस्त्रों को कुछ गिने-चुने विशिष्ट सैनिक ही चला पाते परन्तु अधिकतर सैनिकों के लिए यह अस्त्र संहारक तो थे परन्तु जब इन अस्त्रों को सीखने की बात आती तो अधिकतर इससे कन्नी काटते। तलवार, भाला और तीरकमान अब भी युद्धों में खुलकर प्रयोग में लाए जाते।

दुर्गावती के पास विक्रय के लिए भरमार बन्दूकें शस्त्रों के व्यापारी लाए थे। दुर्गावती ने कुछ बन्दूकें क्रय भी कीं तथा अपनी सेना के गुल्मनायकों से इन अस्त्रों को सीखने के लिए प्रेरित भी किया परन्तु अधिकांश सैनिक यह मानते थे कि वनों के उनके अपने क्षेत्र में जितनी देर में वे भरमार बन्दूक भरकर एक बार चलाएँगे उतनी देर में वे कम से कम पाँच बाण छोड़ सकते हैं।

एक बार दुर्गावती ने अपने कुछ विशिष्ट गुल्मनायकों की उपस्थिति में भरमार बन्दूक के प्रयोग से शेर का शिकार सफलतापूर्वक कर दिखलाया परन्तु सैनिकों ने दुर्गावती का अनुसरण करने के स्थान पर उनके कौशल की तारीफ कर अपने कर्त्तव्य

की इतिश्री कर ली। ऐसा नहीं कि इस दिशा में किसी ने कोई प्रयत्न ही नहीं किया, इक्के-दुक्के प्रयास हुए पर आधे मन से किए गए ये प्रयास बहुत सफल नहीं हुए। उन सैनिकों को पारितोषिक देने की पेशकश की गई जो भरमार बन्दूक से सटीक निशाना लगाएँ पर बहुत थोड़े ही सैनिकों ने इसमें रुचि ली। कुछ ने सही निशाने लगाए भी परन्तु जब वन में जंगली सुअर को बन्दूक से मारने की स्पर्धा की गई तब अधिकतर सैनिक अपनी निशानेबाजी में चूक कर गए और इसके पहले कि वन्य शूकर इन बन्दूक धारियों को धराशायी कर देते समीपस्थ हाथी पर सवार सैनिकों ने हाथियों की सहायता से उनकी रक्षा की।

पौष माह की अष्टमी का दिन राजा वीर नारायण का राजदरबार

राजसिंहासन पर अल्पवयस्क राजा वीर नारायण विराजमान हैं। पास ही विशेष पीठिका पर राज्य की सूत्रधार राजमाता दुर्गावती बैठी हैं। राजदरबार में राज्य के केवल विशिष्ट जनों को आमन्त्रित किया गया है, यह राजसभा की खास बैठक है। राजसभा प्रारम्भ होने की औपचारिकताओं के पश्चात् दुर्गावती : "महामन्त्री, आज की सभा आमन्त्रित करने का हेतु बतलाने का कष्ट करें।"

आधारसिंह राजसभा में उपस्थित सभी लोगों को सम्बोधित करते हुए : "महाराज वीर नारायण के यशस्वी शासन ने जहाँ राज्य की प्रजा को सुख और समृद्धि प्रदान की है, वहीं हमारे पड़ोसी राजाओं में से कुछ को हमारी उन्नति उनकी आँख की किरकिरी रही है। महाराज दलपतिशाह के स्वर्गवास के बाद भी राज्य की प्रजा में सन्तोष और शान्ति का वातावरण हमारे कुछ पड़ोसी राज्यों को नागवार गुजर रहा है। पहले तो उन्होंने कूटनीति से राज्य में अशान्ति फैलाने की कुचेष्टाएँ कीं परन्तु उनके प्रयास विफल कर दिए गए। अन्त में हमारे दुश्मनों ने हमें नेस्तनाबूद करने के लिए हम पर युद्ध थोप दिया है। हमारी सूचना के अनुसार मालवा का सुलतान युद्ध के इरादे से हमारी सरहदों की ओर बढ़ रहा है। गढ़ा कटंगा राज्य के किसी भी व्यक्ति ने मालवा के किसी भी व्यक्ति को या उस राज्य को किसी भी प्रकार का नुकसान कभी नहीं पहुँचाया है। हम शान्तिपूर्ण ढंग से जीनेवाले लोग हैं परन्तु हमारी स्वतन्त्रता के दुश्मन हमें जीने भी नहीं देना चाहते। सुलतान ने आज तक हमसे कभी कोई शिकायत नहीं की। फिर भी उनका अपनी सेना के साथ हमारी सीमा की ओर बढ़ना हमारे लिए स्पष्ट तौर पर युद्ध का आमन्त्रण है। आप सभी से यह निवेदन है कि इस कठिन घड़ी में अपना धैर्य न खोते हुए राज्य की रक्षा हेतु एकजुट होकर राजमाता के निर्देशों के पालन के लिए कृतसंकल्प हों, आगे की योजना के लिए मैं राजमाता से प्रार्थना करूँगा।"

यह कहकर आधारसिंह अपने स्थान पर बैठ गए। राजसभा में मिश्रित प्रतिक्रिया स्पष्ट तौर पर दिखलाई देने लगी। कुछ लोग सुलतान को उसकी बदनीयती के लिए कोसने लगे तो सेना के प्रमुख अधिकारियों के हाथ क्रोध से तलवार की मूठ पर जा पड़े परन्तु वे चुप ही रहे।

दुर्गावती : "गढ़ा राज्य के वीरो, राज्य मद से चूर दुश्मन ने हमारे लिए कोई विकल्प नहीं छोड़ा है। हमारी मातृभूमि रूपी मन्दिर के आँगन के पवित्र जवारों को खाने के लिए महिषासुर के ये वंशज मदान्ध होकर दौड़ते आ रहे हैं। वे नहीं जानते कि गढ़ा राज्य का हर नवयुवक उनके लिए मातृभूमि की देवी का सिंह साबित होगा। दुर्गावती आह्वान करती है हर युवक को कि इस युद्ध को विजयादशमी बना दें। इन आक्रामक मदान्ध महिषों की इतनी बलि मातृदेवी को चढ़ाएँ कि आगे आनेवाले वर्षों में अन्य सुलतानों की नजर भी हमारे राज्य की ओर न उठ सके।"

सभी सैन्य प्रमुख : "राजमाता की जय हो। हमारे रक्त की अन्तिम बून्द के रहते कोई भी आक्रमणकारी गढ़ा कटंगा राज्य की सीमा का उल्लंघन न कर पाएगा!"

दुर्गावती : "आप सभी की देशभक्ति एवं वीरता के भरोसे हम किसी भी दुश्मन का मुकाबला करेंगे। हमने अपनी रणनीति पर विचार किया है और शीघ्र ही उसे सैन्य प्रमुखों के सम्मुख प्रस्तुत किया जाएगा।"

आधारसिंह : "हमें प्राप्त सूचना के आधार पर सुलतान अपनी सेना के साथ हमारी सीमा तक लगभग 10 दिनों में पहुँच सकेगा, फिर चाहे वह नर्मदा तट पर चौरागढ़ के पास हो या कि विन्ध्याचल पर गढ़ा कोटा के पास हो।"

दुर्गावती : "हमारे राज्य की सीमा पर किस दिशा से आक्रमण की अधिक आशंका है, क्या आपको कुछ पता चला? उसे चौरागढ़ पर आक्रमण के लिए रायसेन पहुँचने के बाद दक्षिण की ओर मुड़कर फिर नर्मदा के किनारे-किनारे आगे बढ़ना होगा तभी वह चौरागढ़ पर आक्रमण कर सकेगा परन्तु सीधे ही चलकर गढ़ाकोटा के रास्ते से सिंगौरगढ़ पर धावा कर सकता है।"

आधारसिंह : "राजमाता, आपका कथन सत्य है। घुड़सवारों की सेना लेकर सम्भवतः वह नर्मदा लाँघना पसन्द न करे, फिर वह जानता है कि चौरागढ़ का युद्ध निर्णायक नहीं होगा अतः वह सिंगौरगढ़ पर ही आक्रमण की योजना बना रहा होगा। फिर भी जब तक वह रायसेन से आगे नहीं बढ़ता, उसके मन्तव्य का पता लगाना मुश्किल होगा। मैंने इस जानकारी के लिए चर नियुक्त कर दिए हैं। रायसेन से आगे बढ़ते ही हमें उसके आगे बढ़ने के रास्ते के सम्बन्ध में पूरी जानकारी हो जाएगी।"

पौषमास की एकादशी का दिन

दुर्गावती ने गढ़ा से अधिकांश गजसेना को सिंगौरगढ़ बुला लिया था। दुर्गावती ने प्रधान सैन्याधिकारियों से भावी रणयोजना पर विचार करने के लिए सिंगौरगढ़ में गोपनीय बैठक बुलाई। इसमें सेनापति दूल्हासिंह, सेनानायक बच्छराज, मानब्राह्मण और अर्जुनसिंह बैस के अतिरिक्त महामन्त्री आधारसिंह भी मौजूद थे। एकादशी होने के कारण दुर्गावती ने आज व्रत रखा था, फिर भी उन्होंने राजकार्यों को निपटाने के पश्चात् आज ही अपनी युद्ध योजना को सेना प्रमुखों के सामने रखना आवश्यक समझा था। सेना प्रमुखों को राजमाता के एकादशी उपवास का संज्ञान था अतएव वे नहीं चाहते

थे कि इस अवस्था में राजमाता अतिरिक्त श्रम करें परन्तु दुर्गावती ने यह कहकर कि : "आक्रमण धार्मिक आचारों के लिए नहीं रुकता अतः हर पल का पूरा प्रयोग होना चाहिए इसलिए आज ही चर्चा के लिए बैठक आमन्त्रित की जाती है।"

दुर्गावती ने गढ़ा कटंगा के पाँचों अतिविशिष्ट लोगों के सामने अपनी युद्ध योजना रखते हुए कहा : "हिन्दू युद्ध विज्ञान में युद्ध का संचालन सेनापति के निर्देश में होता है। सेनापति ही सेना के सभी अंगों के शीर्ष दिशा-निर्देशक होते हैं तथा उनकी बनाई युद्ध योजना पर ही अमल किया जाता है। महाभारत काल से ही यह परम्परा चली आ रही है। कौरवों की सेना में एक से बढ़कर एक वीर योद्धा थे परन्तु सम्पूर्ण युद्ध में पहले भीष्म, फिर द्रोण, फिर कर्ण, फिर शाल्व सेनापति होते रहे। मेरे यह कहने का तात्पर्य कुल यह है कि नियमित तौर पर हमारे सेनापति दूल्हासिंह हैं। वे युद्ध क्षेत्र के सबसे अधिक अनुभवी व्यक्ति भी हैं, परन्तु मानब्राह्मण, बच्छराज और अर्जुनसिंह बैस भी हमारे लिए उतने ही उत्तरदाई व्यक्ति हैं। उनका रणकौशल भी श्रेष्ठ है अतः मैं चाहती हूँ कि युद्धयोजना की चार नीतियों में चारों का बराबर सहयोग रहे।"

आधारसिंह : "राजमाता आप निश्चिन्त होकर चारों में से किसी एक को इस युद्ध का सेनापति निर्धारित कर सकती हैं। जैसा कि आपने स्वयं कहा, महाभारत युद्ध में भीष्म, द्रोण, कर्ण और शाल्व के रहते जब राजकुमार दुर्योधन को सेनापति बनने की आवश्यकता न हुई तब यदि हमारे नियमित सेनापति दूल्हासिंह के स्थान पर अन्य तीन व्यक्तियों में से किसी को इस युद्ध हेतु यदि आप सेनापति का पद देना उचित समझती हैं तो आपकी यह आज्ञा सभी को शिरोधार्य होगी।"

दुर्गावती : "पर आप महाभारत के युद्ध से कुल इतनी ही बात ग्रहण कर रहे हैं कि सभी सेनाप्रमुख ऊँच-नीच का विचार त्याग कार्ययोजना पर अमल करें। मैं चाहती हूँ कि इस युद्ध का संचालन मैं स्वयं करूँ?"

सभी उपस्थित जनों ने एक साथ आश्चर्य से कहा : "आँऽय? परन्तु क्यों? हम शत्रु को ठीक वैसा ही सबक सिखलाएँगे जैसा आप चाहती हैं, युद्ध भी आपकी कार्ययोजना के अनुसार ही लड़ा जाएगा।" सभी उद्विग्न हो गए थे।

दुर्गावती : "आप शान्त रहें, आपकी वीरता, रणकौशल या युद्ध की कार्ययोजना में अमल कर सकने की क्षमता पर मुझे रंच भर भी अविश्वास नहीं है?"

दूल्हासिंह : "फिर क्या समस्या है, राजमाता?"

दुर्गावती : "समस्या है, सिद्धान्त की। बाजबहादुर ने असहाय पिताओं और भाइयों की पुत्रियों और बहनों को रखैल बनाकर हिन्दू जाति का जो अपमान किया है उसके इस कृत्य का मैं उसे सबक सिखाना चाहती हूँ। भारत की नारी द्रोपदी नहीं है कि जिसका जब भी चीरहरण हो तब वह केवल ईश्वर की ओर देखे और स्वयं कुछ न करे। भारत की आदर्श नारियों में यदि सीता और द्रोपदी हैं तो सर्वपूज्या चामुण्डा और दुर्गा भी हैं। यदि मैं अपने राज्य के निरीह पुरुष या स्त्री की रक्षा के लिए वन्यपशुओं का शिकार कर सकती हूँ तो अपनी मातृभूमि की रक्षा के लिए इन नरपशुओं का शिकार

क्यों न करूँगी।''

महामन्त्री और सभी सैन्य प्रमुख अपनी आँखों से दुर्गावती को अब तक अनेक नरभक्षी व्याघ्रों का वध करते देख चुके थे। दुर्गावती ने ऐसे व्याघ्रों का वध किया था जिन्होंने पलक झपकते लम्बी चौड़ी कदकाठी वाले शिकारियों को सहज में ही उठा लिया था, वह भी जब वे अपना शस्त्र ही सँभाल रहे थे। दुर्गावती ने अपनी सम्पूर्ण युद्ध योजना चारों सैन्य प्रमुखों को समझाई और महामन्त्री आधारसिंह पर आन्तरिक व्यवस्था का भार सौंप दिया।

गढ़ा कटंगा राज्य में प्रवेश के पहले सुलतान बाजबहादुर और उसके साथियों ने यात्रा का पूरा लुत्फ उठाया। रास्ते भर महफिल जमती रहीं, जाम छलकते रहे। रायसेन के किले में रुकने के बाद सीधे ही बढ़ने का निर्णय लिया गया। खबर दुर्गावती तक पहुँच गई। सुलतान रास्ते भर रात में शिविर लगाते। देर रात तक सुलतान सायरा की शेरों शायरी सुनते, संगीत का आनन्द उठाते और फिर तय करते किस बेगम के साथ रात गुजारनी है। वहाँ चाचा फतह खाँ मौका पाकर देर रात सायरा के तम्बू में चुपके से जा पहुँचते और अलसुबह वहाँ से अपने तम्बू में पहुँच जाते।

मालवा राज्य की सीमा में घुड़सवारों की यह सेना जिधर से निकलती वहाँ उसका इस्तकबाल होता, अमीर उमरा भेंटे नजर करते। अन्त में गढ़ा कटंगा की सीमा प्रारम्भ हुई, चारों ओर जंगल। छोटे-मोटे गाँव जहाँ धनुष-बाण लिए गोंड या ढोर चराते लोग दिखने लगे। अधिकतर ग्रामों में पहले ही सूचना पहुँच जाती कि एक विशाल घुड़सवार सेना आ रही है। गाँव के गाँव खाली होने लगे। सेना को इससे कोई फर्क नहीं पड़ रहा था क्योंकि उसके पास पर्याप्त रसद थी।

गढ़ा-कटंगा की सीमा में

सेना को अल्पविश्राम के लिए रोक दिया। सुलतान बाजबहादुर ने चाचा फतह खाँ को तलब किया उनका हाथी और सायरा का हाथी कुछ आगे निकल गए थे। वे वापस लौटे। तब तक सुलतान बाजबहादुर और उनकी दोनों बेगमें अपनी बाँदियों के साथ नीचे उतर गईं। चाचा फतह खाँ और सायरा ने भी हाथी लौटाए। सुलतान को नीचे खड़ा देखकर स्वयं भी शीघ्रता से हाथी से उतरे।

सुलतान बाजबहादुर : ''चचा जान, हमें इत्तिला दी गई है कि हम गोंडवाने में काफी अन्दर तक आ चुके हैं, ताज्जुब है कि कहीं कोई गोंड सैनिक नहीं दिखा, मगर यहाँ से गोंडों का एक किला कुल दो कोस दूरी पर है, क्यों न उसे फतह कर वहाँ रात गुजारी जाए।''

फतह खाँ : ''बजा फरमाया हुजूर ने, मैं तो कहता हूँ शाम की नमाज वहीं अता की जाए।''

सुलतान बाजबहादुर : ''फिर क्या है, किले को जाकर घेर लो, यदि किले का दरवाजा बन्द हो तो कुछ ले देकर खुलवा लो, रात वहीं काट लेंगे।''

फतह खाँ : "जी हुजूर, आप यहीं तशरीफ रखें, आपके साथ बेगमें हैं, उनकी हिफाजत के हिसाब से यह जगह माकूल है। मैं आपकी खिदमत में पाँच सौ अफगान घुड़सवारों को छोड़कर जा रहा हूँ, बाकी पाँच सौ हमारे साथ हैं, खुदा न खास्ता अगर कोई जंग हुई तो वे ही निपटा लेंगे।"

फिर हँसते हुए सुलतान बाजबहादुर से कहते हैं : "जंग और मोहब्बत को हल्के से नहीं लेना चाहिए।"

सुलतान बाजबहादुर : "ठीक है चचा जान, तुम जंग को हल्के से मत लो, मैं मोहब्बत को हल्के से नहीं ले रहा हूँ।" यह कहकर सुलतान ने अपनी दोनों बेगमों की ओर नजर डाली। दोनों बेगमों के शर्माने के अन्दाज पर सुलतान न्योछावर हो गए।

फतह खाँ ने तुरन्त घुड़सवारों की सेना के नायकों को बुलाया। एक नायक इनमें अफगान घुड़सवारों की सेना के दो सिपहसालार थे। एक का नाम शम्स खाँ मियाना और दूसरे का नाम मुबारक खाँ बलूच था। इन दोनों के पास पाँच-पाँच सौ घुड़सवार अफगान सैनिकों के दस्ते थे। शम्स खाँ ने जब उनसे पूछा कि उनमें से कौन बेगमों और सायरा की हिफाजत के लिए पीछे रुकेगा, तो वे दोनों ही भड़क गए।

शम्स खाँ : "हमने शमशीर चलाने के लिए सुलतान की नौकरी की है, जनानों की गुलामी के लिए नहीं, उसके लिए तुम्हारी फौज में बहुत से हिजड़े मौजूद हैं।"

बात बढ़ गई, फतह खाँ को यह नागवार गुजरा कि दो टके के फौजी उससे इस बदसलूकी से बात करें अतः वह सीधे सुलतान के पास गया। फतह खाँ ने अर्ज किया : "हुजूर, गुस्ताखी माफ हो, आपके द्वारा रखे गए ये अफगान फौजी अपना फर्ज भूल गए हैं और मेरी हुक्म उदूली पर आमदा हैं।"

यह कहकर चाचा फतह खाँ ने सुलतान को सारी बात बतलाई। सुलतान ऐसे मौके पर किसी भी बात को तूल नहीं देना चाहता था जबकि किले पर आक्रमण करना हो, पर वह स्वयं जानता था कि ये अफगान सैनिक जान पर खेलने वाले लोग हैं अतः उसने युक्ति से दोनों को यह कहकर समझाया कि सुलतान की हिफाजत करना तो सबसे बड़ी वीरता है।

अन्त में तय हुआ कि दोनों नायकों की आधी-आधी सेना अर्थात् पाँच सौ घुड़सवार सुलतान और बेगमों की हिफाजत में रहे और शेष युद्ध में जाएँ। दोनों को सुलतान की सेवा में ठहरने के लिए कहा गया। युद्ध प्रिय अफगान नायकों को यह ठीक न लगा परन्तु फिर भी गिरे मन से उन्होंने सुलतान का हुक्म माना।

गढ़ाकोटा के पास नदी सर्पाकार बहती है। उसके दोनों कगारों पर सघन वन हैं। दुर्गावती ने इन वनों का बखूबी प्रयोग किया। उनका यह रणकौशल था कि उन्होंने अपने आठ सौ हाथियों की सेना को नदी के समानान्तर वनों में छुपाकर इस ढंग से खड़ा किया कि नदी के पार के मैदान में उनकी आहट न सुनी जा सके।

किले का मार्ग निरापद छोड़ दिया गया। किले के चारों ओर भी वन था।

उधर फतह खाँ ने अपने कुछ पैदल सैनिकों को किले की ओर भेजा। पैदल सैनिकों

ने दूर से किले को देखा और आस-पास कहीं कोई सैनिक हलचल न देख वापस जाकर सूचना दी कि शायद गोंड किला खाली कर भाग गए हैं।

फतह खाँ खुशी से झूम उठा, उसने सुलतान से आक्रमण की आज्ञा माँगी। सुलतान ने कहा कि बहुत जल्दी शाम होनेवाली है यदि उचित समझो तो कल सुबह किले पर कब्जा कर लेना क्योंकि सेना को किले में जाने के लिए पूरे दो कोस चलना होगा। परन्तु फतह खाँ ने सुलतान को कल तक रुकना समय की बरबादी बतलाते हुए शाम को ही कूच करने की इच्छा जतलाई।

सुलतान भी निश्चिन्त ही थे अतः उन्होंने आज्ञा दे दी।

सुलतान की सेना के घुड़सवार आगे बढ़ते हुए जैसे ही जंगलों के सीमा में प्रविष्ट हुए वैसे ही उन्होंने वहाँ हाथियों की लम्बी कतार को अपने सामने पाया। कम होती हुई रौशनी में जंगलों की झुरमुटों में हाथी पर्वतों की भाँति लग रहे थे। हाथी पर बैठे सैनिकों ने घुड़सवारों पर अन्धाधुन्ध तीरों की वृष्टि की। इतने पास हाथियों को देखकर घोड़े बिदकने लगे और ज्यादातर सवार घोड़ों की पीठ से नीचे गिरकर हाथियों द्वारा रौंद दिए गए।

इसी आपाधापी में फतह खाँ की छाती में हाथी से फेंकी गई बरछी लगी और वह वहीं मारा गया। गोंडों ने उनके शव को उठाकर एक हाथी के ऊपर लटकाकर जोरदार तूर्यनाद किया।

जैसे ही सुलतान की सेना ने देखा कि उनका सेनापति खेत रहा, घुड़सवारों में भगदड़ मच गई।

सबसे पहले भागनेवाले घुड़सवारों ने सुलतान को फतह खाँ के मारे जाने की सूचना दी और बतलाया कि सेना के पैर उखड़ चुके हैं। सुलतान बाजबहादुर ने भी अपनी बेगमों और सायरा को तेज घोड़ों पर बैठाया और स्वयं सबसे तेज़ घोड़े पर बैठकर पश्चिम की ओर भागा।

पीछे से आवाजें आ रही थीं कि गोंड अपनी हाथी सेना के साथ पीछा कर रहे हैं।

बाजबहादुर को इतना वक्त मिल गया था कि वह अपनी जान बचाकर सफलतापूर्वक भाग सके। उसे मालूम था कि तेज से तेज दौड़नेवाला हाथी भी उसके साधारण घोड़ों को दौड़ने में मात नहीं दे सकेगा। उसके साथ पाँच सौ जाबाज अफगान घुड़सवारों की सुरक्षा भी थी। सुलतान और उसके रक्षकों ने घोड़ों को तब तक दौड़ाया जब तक उनमें दौड़ने का दम था परन्तु इतने में वे जंग के मैदान से कोसों दूर आ चुके थे। अब रात भी इतनी हो चुकी थी कि यदि अब वे पूरी रात यहाँ रुक भी जाएँ तो खतरे से बहुत दूर थे।

दुर्गावती का सरमन हाथी सबसे तेज भागता हुआ सुलतान के डेरे पर पहुँचा, उसके चारों ओर उसके अंगरक्षक हाथियों और घुड़सवारों की पंक्तियाँ थीं। रानी की यह इच्छा थी कि जिस हाथ से उसने इतने शेरों को मारा है उसी हाथ से वह इस नराधम का

वध करे। परन्तु रानी की यह इच्छा पूरी नहीं हुई।

सुलतान के उजड़े डेरे पर पहुँचकर रानी दुर्गावती हाथी से उतरीं। उनके साथ उनकी अंगरक्षक सेना थी जिसकी कमान मानब्राह्मण के हाथ थी। दुर्गावती को सामने देख सुलतान बाजबहादुर की सेना के लगभग एक सौ पचास गैर सैनिक लोग उनके पैरों तले गिरकर प्राणों की भीख माँगने लगे। ये सभी सुलतान की सेना के साथ चलनेवाले भृत्य थे। इनमें अधिकतर तो रसोइए थे, अनेक घोड़ों की तीमारदारी करने वाले थे, कुछ हाथियों की देखरेख करनेवाले थे। इसी तरह इनमें कुछ भिश्ती और जर्राह भी थे, ये सभी बैलगाड़ियों में चलते थे और उन्हीं बैलगाड़ियों में रसद के अलावा फौज की दीगार जरूरत का सामान भरा हुआ होता था। दुर्गावती ने इन सभी को प्राणों की भीख दी और मानब्राह्मण से कहा कि इन निरपराधों पर किसी प्रकार की जोर जबरदस्ती न की जाए और न ही इन्हें किसी प्रकार का दंड दिया जाए।

तभी चक्रमणि कलचुरी वहाँ अपनी टुकड़ी के साथ पहुँचे और उन्होंने दुर्गावती को बतलाया कि युद्ध समाप्त हो चुका है। उन्होंने बतलाया कि दुश्मन की लगभग एक तिहाई सेना तो मारी जा चुकी थी।

चक्रमणि ने महारानी से आदेश लिया कि बाजबहादुर की सेना के उन घोड़ों को पकड़कर सिंगौरगढ़ भिजवा दिया जाए जो जख्मी नहीं हुए हैं। शेष घोड़े पैदल सैनिकों को निजी उपयोग के लिए दे दिए गए।

अब तक शाम हो चुकी थी। गोंड सेना के अन्य सेना प्रमुख आ चुके थे। दुर्गावती के पास आकर सबने दुर्गावती का विजय घोष किया। दुर्गावती अब कल के भयावह दृश्य की कल्पना कर रही थीं क्योंकि सारा नदी का पाट और कगारे लाशों से पटी पड़ी थीं। वन्य पशुओं ने चारों और चिल्लाना प्रारम्भ कर दिया था।

दुर्गावती ने दूल्हासिंह से कहा कि दूसरे दिन सुबह से मृतकों के शवों को दफनाने का काम प्रारम्भ कर दिया जाए और इसके लिए बन्दी बनाए गए सैनिकों, सुलतान की परिचारक सेना के लोगों तथा कुछ मजदूरों की सेवाएँ ली जाए। यह कहकर सेना को वापस सिंगौरगढ़ लौटने का आदेश दिया गया।

सिंगौरगढ़ में सात दिन तक उत्सव चलता रहा। गोंड सैनिकों ने रात-रात भर जी भर कर मद्यपान किया और नृत्य किए, यह उनकी परम्परा थी।

अजेय शौर्य

विजयादशमी का त्योहार सम्पूर्ण गढ़ा कटंगा में विशेष उत्साह के साथ मनाया जाता है, उसके कारण गढ़ा राज्य के तीन केन्द्रों में शस्त्र चलाने की स्पर्धाएँ आयोजित होती हैं। राज्य के तीनों बड़े नगर में युद्ध के नगाड़े बजाए जाते।

सन् 1561

गढ़ा कटंगा राज्य की राजधानी यद्यपि गढ़ा थी परन्तु दुर्गावती के समय में सिंगौरगढ़ और चौरागढ़ को भी राज्य के प्रमुख गढ़ों का दर्जा मिल चुका था और इनका महत्व गढ़ा से कम न था। गढ़ा में गजसेना का मुख्यालय था। प्रतिवर्ष विजयादशमी को राज्य नए हाथी खरीदकर गजसेना में शामिल करता और अश्वारोही सैनिकों की स्पर्धाएँ होती थीं।

सिंगौरगढ़ तो मानो सैनिक छावनी ही थी, इसलिए जहाँ गढ़ा नगर में विजयादशमी को गजसेना नगर भ्रमण के लिए निकलती या अश्वसेना के करतब चौरागढ़ में दिखलाए जाते वहीं सिंगौरगढ़ में शस्त्र चालन की विशाल स्पर्धाएँ आयोजित की जातीं। दुर्गावती स्वयं शस्त्र चालन स्पर्धाओं को देखतीं जो विजयादशमी से प्रारम्भ होकर दीपावली तक चलती रहती थीं। सारे राज्य के अखाड़ों से धनुष-बाण, भाला और तलवार चलानेवाले युवक अपना जौहर दिखलाने सिंगौरगढ़ आते। यहाँ आते समय उन्हें ज्ञात होता था कि उत्तम शस्त्र चालन पर वे राज्य की सेना में स्थान पा सकेंगे। श्रेष्ठ शस्त्र चालकों को पारितोषिक भी दिया जाता। पूरे बीस दिन तक उनके रुकने और भोजन की व्यवस्था शासन की ओर से की जाती थी। ऐसी ही प्रतियोगिताओं का निरीक्षण कर रही दुर्गाबती ने महामन्त्री आधारसिंह से पूछा :

''महामन्त्री, हम दो सप्ताह की अवधि में कितने पैदल सैनिक इकट्ठा कर सकते हैं।''

आधारसिंह : ''हम सैनिकों को राज्य के बावन गढ़ों में से एकत्रित करते हैं। प्रत्येक गढ़ में उन गावों से सैनिक पहुँचते हैं जिनमें अखाड़े हैं। कुछ गावों में जहाँ अखाड़े नहीं हैं वहाँ भी अच्छे धनुष-बाण चलानेवाले हैं, उन्हें बुला लिया जाता है। चूँकि सभी गढ़ों में ग्रामों की संख्या बराबर नहीं है इसलिए कुछ गढ़ों से अधिक तो कुछ गढ़ों से कम सैनिक आते हैं फिर सभी गावों में लड़ाके-गोंड नहीं हैं। किसी गाँव

में यदि पाँच परिवार हैं तो किसी में सौ, सभी गाँव भी एक से नहीं हैं, अतः अनिश्चय की स्थिति रहती है।"

दुर्गावती : "फिर भी यदि हमें अभी ही सैनिकों की आवश्यकता पड़ जाए तब क्या होगा?"

आधारसिंह : "राज्य की नियमित सेना तो बहुत कम है, वह आपसे छिपा नहीं है। अभी किसान खेती से मुक्त हैं तो काफी सैनिक मिल सकते हैं पर यही स्थिति गर्मियों में नहीं रहती।"

दुर्गावती : "यह हमारी बड़ी समस्या है।"

आधारसिंह : "इस समस्या का हम शीघ्र ही हल ढूँढ़ेंगे।"

दुर्गावती : "हम एक बार मालवा के सुलतान बाजबहादुर के आक्रमणों को विफल कर चुके हैं। उस युद्ध में उसका चाचा फतह खाँ मारा गया, क्या आपको नहीं लगता कि वह हम पर फिर और अधिक ताकत से आक्रमण नहीं करेगा?"

आधारसिंह : "ऐसी आशंका तो है?"

दुर्गावती : "उसी आशंका के चलते हमने अपनी गणसेना के सैनिकों को नियमित सैनिक बनाने का निर्णय ले लिया है पर राज्य के पास एक बड़ी पैदल सेना होना नितान्त आवश्यक है।"

आधारसिंह : "पैदल सेना के लिए बोवाई और कटाई के मौसम तथा तीव्र गर्मी के मौसम को छोड़कर काफी सैनिक एकत्रित किए जा सकते हैं।"

दुर्गावती : "कुछ विशिष्ट समय में सैनिकों की अनुपलब्धि अच्छा संकेत नहीं है क्योंकि यदि दुश्मन ने हमारी असुविधा भाँप ली तो कठिनाई हो सकती है।"

आधारसिंह : "महारानी जी, फिर भी मैं अपने अनुभवों के आधार पर कह सकता हूँ कि हमारे यहाँ विजय यात्राएँ साधारणतः बरसात के बाद अर्थात् विजयादशमी से प्रारम्भ होती हैं और ग्रीष्म काल आते-आते समाप्त हो जाती हैं क्योंकि तब सर्वत्र पानी के लिए त्राहि मची होती है, फिर भीषण गर्मी में हाथियों का चलना भी कठिन हो जाता है।"

दुर्गावती : (कुछ सोचते हुए) "हम चाहते हैं कि आपके पूर्वानुमान सही रहें। फिर भी बाजबहादुर के दूसरे आक्रमण के सम्बन्ध में आपका क्या अनुमान है?"

आधारसिंह : "यदि इस वर्ष उसने आक्रमण का निर्णय लिया होगा तो इसी माह में या अगले दो माह के भीतर ही उसका आक्रमण होगा।"

दुर्गावती : "हमें आक्रमण कितने दिन पहले पता चल सकता है।"

आधारसिंह : "मोटे तौर पर दस से पन्द्रह दिन पूर्व।"

दुर्गावती ने मन ही मन सोचा कि इस वर्ष के शरद् या वसन्त तक बाजबहादुर के आक्रमण की आशंका अधिक है परन्तु यदि आक्रमण न भी हो तो तैयारी रखनी होगी।

रायसेन दुर्ग से पूर्व की ओर का क्षेत्र–पौष माह की ठंड का मौसम

इस बार बाजबहादुर घुड़सवारों के अतिरिक्त एक बड़ी पैदल सेना लेकर चला था। उसने पिछले युद्ध से सबक लिया था।

सुलतान सोच रहा था, "पिछले युद्ध में उसे बगैर ठीक ढंग से लड़े ही इसलिए शिकस्त मिली क्योंकि चचा फतह खाँ ने घुड़सवारों को जंगली इलाकों में ज्यादा तरजीह दी थी और पर्याप्त पैदल सेना न होने से जंग चल ही नहीं पाई फिर चचा जान ने भी अतिरिक्त जोश में आकर लड़ाई छिड़ने से पहले ही मान बैठे थे कि उनकी फतह पक्की है।"

इस बार बाजबहादुर सफलतापूर्वक गढ़ाकोटा से आगे बढ़ चुका था। जहाँ उसकी सेना को शिकस्त मिली थी। इस बार उसे पूरे इलाके में कहीं कोई चुनौती नहीं मिली। उसने भी टोही पैदल टुकड़ियों की सहायता से फूँक-फूँककर कदम रखा था। वह चाहता था कि सीधे सिंगौरगढ़ को जीतकर गढ़ा कटंगा के राज्य के दो हिस्से कर दें। सिंगौरगढ़ और उसकी सेना के बीच अब केवल व्यारमा नदी और उसके तट पर बसा नोहटा नगर था।

नोहटा कलचुरियों के काल का पुराना नगर था। यहाँ पर कलचुरी महारानी नोहलादेवी ने एक सुन्दर मन्दिर बनवाया था। इस मन्दिर से कुछ दूर पश्चिम में व्यारमा नदी बहती है। नदी का पाट चौड़ा है पर वर्षाकाल को छोड़कर नदी में पानी कम मात्रा में रहता है। ज्यादातर पाट पत्थरों और रेत से भरा रहता है। इस नदी को जाड़े के दिनों में कुछ स्थानों पर पैदल पार किया जा सकता है। यहाँ पर दोनों ओर ऊँची-ऊँची कगारे हैं और चारों ओर सघन वन हैं। नदी भी वक्रता लिए हुए है।

दुर्गावती को जब सुलतान की योजना का पता चला तो उसने दोनों कगारों पर पाँच-पाँच सौ हाथी इतनी दूरी पर वनों में खड़े कर दिए ताकि उनकी आवाज नदी तक न पहुँचे। हाथियों के आगे कगारीय वनों के वृक्षों में धनुष-बाण लिए सैनिक बैठ गए। दुर्गावती ने हरावल सेना को अपने साथ किले के पास रखा तथा मानब्राह्मण को आदेश दिया कि सुलतान की सेना की गतिविधियों की हर पल की जानकारी उन्हें मिलती रहे। सुलतान ने इस बार आक्रमण में पूरी सतर्कता बरती। उसकी सैनिक टुकड़ियों ने धीरे-धीरे नोहटा नदी का खतरनाक पाट पार किया। पैदल सैनिक जब नोहटा नगर में पहुँचे तब वहाँ सन्नाटा छा गया। दुकानदारों ने दुकानें पहले से ही बन्द कर दी थीं। इसके बाद घुड़सवारों ने नदी को पार करना प्रारम्भ किया।

स्थिति यह हुई कि सुलतान की सेना के तीन हिस्से हो गए। पैदल सैनिकों के सभी दस्ते अपने नायकों सहित व्यारमा पार कर मैदान में पहुँच गए। घुड़सवार नदी के चौड़े पाट को पार करने लगे और अपने अंगरक्षकों के साथ सुलतान पीछे हाथी में बैठकर चलता गया। इस बार वह एक ही हाथी लाया था।

दोपहर का समय था क्योंकि सुलतान शाम होने का इन्तजार नहीं करना चाहता था।

दुर्गावती की अपनी व्यूह रचना इस बार दूसरी थी। व्यारमा नदी के दोनों तटों पर कुछ दूरी पर जंगलों में हाथियों के चार दस्ते खड़े किए गए थे, प्रत्येक दस्ते में सौ-सौ हाथी थे।

जैसे ही अधिकांश घुड़सवार नदी के विशाल पाट और कगार में पहुँचे वैसे ही दोनों दिशाओं से हाथियों की चार पंक्तियों ने घुड़सवारों को घेर लिया। ये घुड़सवार अब किसी भी दिशा में नहीं भाग सकते थे हाथियों पर महावत के अलावा दो-दो योद्धा बैठे थे जिनमें से एक लगातार तीर चला रहा था तो दूसरा बड़े भालों और तलवारों से घुड़सवारों पर प्रहार कर रहा था। देखते ही देखते सारी घुड़सवार सेना हाथियों के पैरों द्वारा कुचल दी गई।

वहाँ पैदल सेना जैसे ही मैदान पर पहुँची उस पर गोंडों की पैदल और घुड़सवार सेना ने भीषण आक्रमण कर दिया। सुलतान की पैदल सेना कुछ देर तो वीरता से लड़ी परन्तु पीछे से कोई सहायता न मिलने पर उसके पैर उखड़ गए।

सुलतान को युद्ध की विषम परिस्थिति का जैसे ही ज्ञान हुआ वह हाथी से उतरा और उसने शम्स खान तथा मुबारक खान को हाथियों से दूर किन्तु तेजी से आगे बढ़ते हुए दस्ते को दिखलाया। बाजबहादुर जिस क्षेत्र में खड़ा था, बहुत बड़ा मैदान था अतः बहुत दूर से आते हुए हाथियों को देखने में उसे कोई कठिनाई न हुई क्योंकि दिन का समय था। अब इस जगह खड़े रहना व्यर्थ था।

हाथियों के दस्ते से बाणों की बौछार का खतरा था। गोंडों की पैदल सेना का एक दल हाथी सेना के पीछे आता हुआ दिखलाई दिया। इसकी अगुवाई सेनापति दूल्हासिंह कर रहा था जो खुद घोड़े पर सवार था। दूल्हासिंह के साथ पैदल सेना की सुरक्षा के लिए एक छोटा घुड़सवारों का दस्ता था। गोंडों के पास उत्तम कोटि के घोड़े नहीं थे फिर भी पैदल सेना की सुरक्षा पंक्ति का काम वे कर लेते थे।

सेनापति दूल्हासिंह ने जब दूर सुलतान के ध्वज से युक्त शिविर देखा तो उसने अपने सौ घुड़सवारों को पूरी गति से शिविर की ओर धावा करने की आज्ञा दी। इस तरह सेनापति दूल्हासिंह पदाति सेना और गजसेना से आगे बढ़ गया।

बाजबहादुर ने जब गोंड घुड़सवारों को आगे बढ़ते देखा तो उसने अपने अफगान अंगरक्षकों की सेना को आदेश दिया कि वह गोंड घुड़सवारों का सामना करें।

आनन-फानन में शम्स खाँ मियाना और मुबारक खान ने अपने घुड़सवारों के साथ मोर्चाबन्दी कर ली। दोनों फौजदार अपनी रणनीति के अनुसार धीरे-धीरे आगे बढ़े। उधर सुलतान के अंगरक्षक अजीज खाँ को भाँपते देर न लगी कि जंग उतनी ही देर चल पाएगी जब तक गोंडों का फौजी दस्ता घुड़सवारों के पास तक नहीं पहुँच जाता पर उसमें समय ही कितना लगेगा, यह सोचते ही उसे अपनी मौत साफ दिखलाई देने लगी। सुलतान बाजबहादुर देख रहा था कि उसकी अंगरक्षक सेना ने मोर्चाबन्दी कर ली है। उसके दोनों फौजदार बहादुर हैं, इसका उसे विश्वास था परन्तु दूर से आते हुए हाथियों से वह आतंकित था, तभी शेख अजीज ने पास आकर धीरे से कहा : "हुजूर,

वक्त क्यों जाया कर रहे हैं, इन अफगानों को अपना जौहर दिखलाने दीजिए, आप महफूज रहे तो हम एक बार फिर गोंडवाना पर फतह हासिल करने की कोशिश करेंगे।''

सुलतान अब तक भौंचक था। अब उसे सच्चाई का एहसास हुआ और दोनों ने एक दूसरे की ओर देखा। दोनों वक्त का तकाजा समझ चुके थे। दोनों ने अपने-अपने घोड़ों के मुँह पश्चिम की ओर मोड़े और ऐड़ लगा दी।

केवल अजीज खाँ ने बहुत दूर जाने पर पीछे मुड़कर देखा, पर वहाँ कोई नहीं था। यहाँ जंग के मैदान में सुलतान की आखिरी सेना के दोनों फौजदारों ने गोंड घुड़सवारों से जमकर युद्ध किया। शम्स खाँ और मुबारक खाँ की शमशीर के आगे गोंड सैनिक न टिक सके। मुबारक खाँ सीधे दूल्हासिंह से जा भिड़ा। दूल्हासिंह भारी कद काठी का राजगोंड था, उसने तलवार के प्रहार से मुबारक खाँ के घोड़े को आहत कर दिया परन्तु उस स्थिति में भी मुबारक खाँ घोड़े से नहीं गिरा और थोड़ी देर में दूल्हासिंह को तलवार की अनेक चोटें लगीं, शुक्र था कि अब तक कोई सांघातिक प्रहार नहीं लग पाया था। मुबारक खाँ भी जख्मी हो गया था पर उतना नहीं जितना दूल्हासिंह। दूल्हासिंह रक्त से तरबतर होने के बावजूद भी तलवार चलाए जा रहा था। दूसरी ओर शम्स खाँ की तलवार ने गोंड सेना के घुड़सवारों को एक-एक कर नीचे गिराना जारी रखा। थोड़ी देर में ही गोंडों का आक्रमण लगभग विफल होता दिखलाई दिया पर तभी हाथियों का एक दस्ता दिखलाई दिया। इस दस्ते की कमान स्वयं दुर्गावती के हाथ में थी। वह सरमन हाथी पर बैठकर स्वयं सुलतान से लड़ने का विचार लेकर आगे बढ़ रही थी। पचास हाथियों की इस गजवाहिनी के साथ दो हजार पदाति सैनिक भी थे। रानी के साथ वाले हाथी में महारक्ष ब्राह्मण था जो दुर्गावती का अंगरक्षक था।

जैसे ही हाथियों का दल युद्ध में रत घुड़सवार सेनाओं के पास पहुँचा वैसे ही हाथी सैनिकों ने महारानी की जोरदार जयध्वनि की। अफगान सेना के घोड़े भड़के परन्तु सैनिकों ने हौसला नहीं छोड़ा।

रानी दुर्गावती ने महारक्ष से कहा : ''देखो, घुड़सवार सेना मैदान में कितनी सक्षम है।''

महारक्ष ने महारानी से सहमति जताई।

तभी महारक्ष ने देखा कि सेनापति दूल्हासिंह रक्त से लथपथ हो चुके हैं और अब वे शायद देर तक युद्ध न कर पाएँ अतः उसने महावत से उस ओर हाथी को मोड़ने को कहा। जैसे ही हाथी दोनों युद्धरत घुड़सवारों के पास पहुँचा वैसे ही महारक्ष ने मुबारक खाँ की ओर एक भाला फेंका। सनसनाता हुआ भाला सीधे सवार और घोड़े के बीच में घोड़े की गर्दन में गहरा घुस गया। इससे घोड़ा जो पहले से ही आहत था इस बार नहीं सँभल सका और सवार समेत नीचे जा गिरा। उसके नीचे गिरते ही दूल्हासिंह अपने घोड़े से कूदा और गिरे हुए मुबारक खाँ के गले में तलवार अड़ा दी। दूल्हासिंह बिना समय गँवाए उसका सिर काट लेना चाह रहा था परन्तु तब तक दुर्गावती का हाथी भी पहुँच चुका था। दुर्गावती ने दूल्हासिंह से गिरे हुए अफगान का सिर न

काटने को कहा और उसे बन्दी बना लेने को कहा। तुरन्त वैसा ही हुआ। दूसरी ओर पूरी जोर-शोर से लड़ते हुए शम्स खाँ को अब तीन ओर से हाथियों द्वारा घेरा जा चुका था। उसके द्वारा आहत गोंड सैनिक उसे हाथियों से कुचलवा देने को चिल्लाने लगे। शम्स खान ने हाथियों पर तलवार से प्रहार किए पर उससे हाथियों को कोई विशेष चोट नहीं लगी। इतना अवश्य हुआ कि एक क्रुद्ध हाथी ने उसके घोड़े को बुरी तरह रौंद दिया और उसे सूँड से लपेटकर पटकने का उपक्रम कर ही रहा था कि महारक्ष ने चिल्लाकर महावत से उसे ऐसा करने को रोका, हाथी ने इसके बावजूद उसे पटक दिया और इससे शम्स खान के पैरों की हड्डी टूट गई और वह निःसहाय हो गया।

दोनों फौजदारों के गिरते ही महारक्ष ने सभी अफगान सैनिकों से हथियार डाल देने को कहा। सभी ने आज्ञा का पालन किया। तब तक गोंडों के पैदल सैनिक आ चुके थे, उन्होंने सभी अफगान सैनिकों को बन्दी बना लिया।

दुर्गावती ने आज्ञा दी कि किसी भी अधमरे सैनिक की हत्या न की जाए उन्हें नोहटा के शिविर में ले जाया जाए और उनकी चिकित्सा गढ़ा कटंगा के आहत सैनिकों के समान ही की जाए, तथा भोजन व्यवस्था में भी दोनों में कोई भेद न रखा जाए। दुर्गावती की आज्ञा का अक्षरशः पालन किया जाता था। अतः सभी बन्दी अफगान सैनिकों और उनके दोनों फौजदारों की चिकित्सा ठीक ढंग से की गई। राज्य के बैगाओं की चिकित्सा ने चमत्कार किया। जड़ी-बूटियों के प्रभाव से अधिकतर घायल सैनिकों के प्राण बच गए।

सिंगौरगढ़ किले के मैदान में

प्रातःकाल सिंगौरगढ़ के किले के भीतर के विशाल मैदान में आज दुर्गावती सभी सैन्याधिकारियों सहित आ चुकी हैं। गढ़ा से महामन्त्री आधारसिंह भी आ चुके हैं। आज युद्धबन्दियों के भाग्य का फैसला है। यह तय हुआ है कि युद्ध बन्दी अफगान फौजियों में से केवल फौजदार शम्स खाँ बिलोच और मुबारक खाँ को बन्दियों के प्रतिनिधि के तौर पर बुलाकर उन्हें उनके किए की सजा सुनाई जाए।

नियत समय पर सभी सैन्याधिकारी अपने-अपने स्थानों पर बैठ गए। रानी दुर्गावती ने राज्य की सैन्य प्रमुख की हैसियत से अपना आसन ग्रहण किया। पास ही महामन्त्री बैठे।

इसके पहले दोनों अफगान फौजदारों को बुलाया जाए, रानी दुर्गावती ने अपने सैन्याधिकारियों से खुली वार्ता करना उचित समझा।

दुर्गावती : "अर्जुनसिंह जी, इस युद्ध में हमने गजसेना का क्या पूर्ण सफलतापूर्वक प्रयोग किया है। आपकी क्या राय है इस सम्बन्ध में?"

अर्जुनसिंह बैस : "यह हमारी किसी भी विशाल सेना के विरुद्ध दूसरी बड़ी सफलता है, इस युद्ध में हमारा एक भी हाथी नहीं मारा गया परन्तु लगभग सौ हाथियों को चोट लगी है पर वे सांघातिक नहीं है।"

दुर्गावती : "तब हम क्या मानें कि गजसेना का समय अभी समाप्त नहीं हुआ, हमें तो सिकंदर-पौरव के युद्ध से लेकर अभी हाल में हुए पानीपत के युद्ध तक निर्णायक हार का कारण गजसेना ही बतलाया जाता है, आपका क्या अनुभव है?"

अर्जुनसिंह बैस : "मेरा अनुभव कहता है कि दोनों ही बातों में सत्यांश है। हाथियों का युद्ध में सही प्रयोग ही युद्ध जिता सकता है और आज के समय में ऐसा प्रतीत होने लगा है कि सघन वनों में जहाँ घोड़े सरपट न दौड़ सकते हों वहाँ अब भी हस्तिसेना का कोई मुकाबला नहीं है। जहाँ तक 'निर्णायक युद्धों' की बात है वहाँ हर युद्ध कुछ न कुछ पराजयों को, यदि सबसे बड़ी पराजयों का दर्जा दिया जाए तो, गजसेना अवश्य ही व्यर्थ है। परन्तु यदि गजसेना के द्वारा विजयों का विवरण एकत्रित किया जाए तो निश्चित ही गजसेना सम्बन्धी भ्रान्तियाँ दूर हो जाएँगी। अनेक स्थानों पर यदि गजारूढ़ सेनापति भी युद्ध क्षेत्र में खेत रहे हैं।"

दुर्गावती : "तब क्या हम यह माने कि गजसेना पर हमारी पूर्ण निर्भरता उचित है।"

अर्जुनसिंह बैस : "गजसेना के अध्यक्ष के नाते तो मैं यह कह सकता हूँ कि हमारे पहाड़ी और वन्य राज्य में गजसेना प्रभावी रहेगी यदि उसका प्रयोग चतुराई से किया जाए तो।"

दुर्गावती : (सेनापति दूल्हासिंह की ओर देखते हुए) "सेनापति, आपकी शारीरिक स्थिति अब कैसी है, चिकित्सा तो ठीक चल रही है? आपकी चोटों को ध्यान में रखकर हमने आज भी आपको विश्राम की सलाह दी थी, पर जब आप आ गए हैं तब इस युद्ध के तथ्यों को मैं आपके द्वारा सुनना चाहूँगी।"

दूल्हासिंह : "महारानी, हमने आपकी युद्ध योजना के अनुसार ही कार्य किया। युद्ध में घटनाएँ भी वैसी ही घटीं जैसी अपेक्षित थीं। दुश्मन की सारी फौज घाटी में चारों ओर घिर गई और हमने किसी को भी जीवित भागने का मौका नहीं दिया। पहले युद्ध में दुश्मन की फौज भाग गई थी इसलिए उसने दुबारा आक्रमण करने का साहस किया। इस बार हमने उनकी सारी ताकत नेस्तनाबूद कर दी है और अब वे अपने राज्य की सुरक्षा पर ध्यान देंगे। दूसरों पर आक्रमण करना अब उनके बलबूते में नहीं रहा।"

दुर्गावती : "शायद मैंने कुछ अधिक उतावली से काम लिया वरना हमारा लक्ष्य तो बाजबहादुर को जीवित पकड़ने का था।"

दूल्हासिंह : "परन्तु दोनों अफगान फौजदारों और उनकी टुकड़ी ने तो मानो दीवार ही खड़ी कर दी और उनकी सुरक्षा में कायर सुलतान भाग निकला। जितना दुख सुलतान के न पकड़ सकने का है उतना ही अपनी अश्वशक्ति के नाश होने का है जिसकी जिम्मेदारी पूरी तौर से दोनों अफगान फौजदारों को है। मैं आपसे प्रार्थना करूँगा कि इन पर दया न करते हुए इन सभी को मौत के घाट उतारने की आज्ञा दें।"

दुर्गावती : "आततताइयों को दण्ड देना राज्य का कर्त्तव्य है परन्तु युद्धबन्दियों से उनका पक्ष पूछा जाना न्यायोचित होगा।"

दुर्गावती ने यह कहकर दोनों सैनिकों से दोनों युद्ध बन्दी अफगानों को पेश करने की आज्ञा दी। थोड़ी ही देर में जंजीरों से जकड़े हुए दोनों अफगान फौजदार हाजिर किए गए। दोनों के शरीर में पट्टियाँ बँधी हुई थीं और अब एक सप्ताह के उपचार के बाद वे अपेक्षाकृत स्वस्थ थे।

दुर्गावती ने आधारसिंह से कहा : "महामन्त्री, इनसे आप इनके कृत्य के बारे में सफाई माँगे।"

आधारसिंह : (एक की ओर देखकर) "तुम्हारा नाम?"

बन्दी फौजदार : "शम्स खाँ।"

आधारसिंह : (दूसरे फौजदार से) "तुम्हारा नाम?"

दूसरा बन्दी फौजदार : "मुबारक खाँ।"

आधारसिंह : "तुम दोनों को गढ़ा राज्य के विरुद्ध युद्ध करने के अपराध में बन्दी बनाया गया है, क्यों न तुम्हें मृत्यु दंड दिया जाए?"

शम्स खाँ : "यदि जंग-ए-मैदान में लड़ना गुनाह है, यदि अपने मालिक के हुक्म को मानना और जंग में उसकी हिफाजत के लिए लहू बहाना गुनाह है तो हमारे सिर को कलम कर दिया जाए।"

आधारसिंह : "क्या तुम और तुम्हारे घुड़सवार सुलतान बाजबहादुर के लश्कर में इसलिए शामिल नहीं हुए कि तुम काफिरों को कत्ल कर नेक काम करो ताकि यदि जीतो तो तुम मालामाल हो जाओ और यदि जंग में हलाक हो जाओ तो तुम्हें जन्नत मिले।"

मुबारक खाँ : "आपकी कही आधी बात सच हो सकती है, यह जंग हमने या हमारे सिपाहियों की मर्जी से नहीं हुई। इस जंग का फायदा या नुकसान भी हमारे सुलतान को होना था। हम तो बस नमकहलाली में यकीन रखते हैं। जीते जी जिसका नमक खाया उसकी हिफाजत हमारा फर्ज है, हाँ, अगर इस फर्ज को पूरा करते-करते हमें मौत मिलती है तो यकीनन खुदा हमारे ऊपर मेहरबान होगा।"

दोनों बन्दी : "अल्लाह का करम हमारे साथ है क्योंकि हम ईमान पर चलनेवाले अल्लाह के बन्दे हैं। हम आपसे अपनी बेगुनाही की भीख नहीं माँगेगे, पर पिछले एक हफ्ते से हमने देखा है कि इस मुल्क की नर्म दिल मलिका ने इन्सानियत की जो मिसाल पेश की, उसके हम शुक्रगुजार हैं। उन्होंने हमारे साथियों के जख्मों की जैसी तीमारदारी कराई और हम सबकी हिफाजत का खयाल रखा उसे हम मरते दम तक नहीं भूलना चाहते। आपके मजहब में हमारे लिए जो सजा मुकर्रर हो उसे हम लोग हँसते-हँसते कुबूल करेंगे।"

आधारसिंह ने देखा कि महारानी बन्दियों के एक-एक शब्द को ध्यान से सुन रही हैं इसलिए उन्होंने महारानी से पूछा कि क्या वे बन्दियों से कुछ पूछना चाहेंगी। दुर्गावती ने स्वीकारात्मक सिर हिलाया।

दुर्गावती ने पूछा : "शम्स खाँ, जैसा कि तुमने कहा कि तुमने सुलतान बाजबहादुर का नमक खाया है, तो उस नमक की कीमत तुम्हें कब तक चुकानी है?"

शम्स खाँ : "मलिका-ए-गढ़ा, अपनी आखिरी साँस तक। जब तक जान है तब तक हर सैनिक को नमक की कीमत चुकानी पड़ती है, यह तो सभी जानते हैं।"

दुर्गावती : "ठीक है, पर यदि हम तुम्हें छोड़ दें तब तुम सुलतान के नमक की कीमत किस तरह चुकाओगे?"

शम्स खाँ : "मलिका, आप मेरी बात पर गौर करें, आपके सैनिकों ने जब मुझे बन्दी बनाया था तब मेरे शरीर में कोई ताकत नहीं बची थी, यदि मुझे आपने दवा और तीमारदारी मुहैया न कराई होती तो मैं और मेरे साथी कब के मर चुके होते। इस तरह अब मेरे और मेरे साथियों पर किसी सुलतान का कोई कर्ज नहीं बचा। यह जिन्दगी जितनी देर तक हम जी रहे हैं आपकी मेहरबानी के द्वारा मिली हुई जिन्दगी है।"

दुर्गावती : "मुबारक, यह तो ठीक है कि हमारे जर्राहों ने और हकीमों ने तुम्हें बचा लिया परन्तु उस माटी का क्या जिसकी हिफाजत की उम्मीद तुमसे की जा रही थी, मेरा मतलब मालवा की जमीन से है।"

मुबारक खाँ : "मुआफी दें, मलिका, हमारा वतन तो हिन्दुस्तान से भी बहुत दूर है और फिर जब हम हिन्दुस्तान में आ गए हैं तब हमारा ईमान उस मालिक के साथ है जिसका हम नमक खा रहे हैं।"

दुर्गावती ने महामन्त्री आधारसिंह की ओर देखा और पूछा : "इनके कथन का क्या अर्थ लगाया जाए।"

आधारसिंह : (कुछ सोचते हुए) "यदि आप इन्हें क्षमादान दे दें तो ये गढ़ा कटंगा की सेना में भी काम कर सकते हैं, मेरा ऐसा अनुमान है।"

दुर्गावती : "क्या इन यवनों को सेना में रखना उचित होगा? और फिर क्या ये विश्वसनीय होंगे।"

आधारसिंह : "महारानी, भारत का राजनैतिक परिदृश्य तेजी से बदल रहा है। जब यवनों की सेना में हिन्दू सैनिक भरती हो रहे हैं तो हमारी सेना में भी यवन सैनिक हो सकते हैं। रही विश्वसनीयता की बात, तो वह हमारे व्यवहार पर भी निर्भर है। विश्वास तो ह्दय जीतने जैसी बात है, फिर हमारे कुल और धर्म के लोग भी हमारे प्रति कितने विश्वसनीय हैं, इसे तो आप भी अनुभव करती हैं। मेरी सलाह है कि हमें एक नया कदम उठाना चाहिए, इनसे यवन सेना के व्यूहों और उनकी विशेषताओं के बारे में भी जानकारी हमें हो सकेगी।"

दुर्गावती : (कुछ सोचते हुए) "हमें आपकी बात में सचाई दिखलाई दे रही है, आप इनसे आगे बात कर सकते हैं।" यह कहकर रानी दुर्गावती वहाँ से चली गईं।

आधारसिंह : "शम्स खाँ और मुबारक खाँ, क्या हम इस बात पर विश्वास कर सकते हैं कि तुम दोनों के जो ख्याल हैं वही तुम्हारे अन्य अफगान साथियों के हैं जो यहाँ नहीं हैं पर जो स्वास्थ्य लाभ कर रहे हैं।"

शम्स खाँ : "बेशक, हम सभी यही सोचते हैं।"

आधारसिंह : "यदि ऐसा है, तो तुम सभी लोग गढ़ा कटंगा की फौज में क्या भरती

होना चाहोगे?"

शम्स खाँ : "हाँ, जरूर, अगर हमें वही तनख्वाह और सुविधाएँ दी जाती हैं जो हमें मालवा में दी गई थीं।"

आधारसिंह ने शम्स खाँ, मुबारक खाँ और उसके पूरे घुड़सवार दस्ते के सैनिकों को उचित वेतन की व्यवस्था की। अब उस दस्ते को दूल्हासिंह के अधीन काम करना था। दूल्हासिंह भी ऐसे जाँबाज सैनिकों को पाकर प्रसन्न हुआ। महामन्त्री महारानी का आशय भाँप चुके थे अतः जब उन्होंने महारानी से अन्तिम स्वीकृति माँगी तो वह उन्हें तुरन्त प्राप्त हो गई।

गोंड राज्य को शम्स खाँ और मुबारक खाँ जैसे बहादुर सिपाही ही नहीं मिले उसे इन दोनों के जरिए दूसरे लड़ाके अफगानों को भी बुलाने में सहायता मिली। भारत में अफगानों और मुगलों के युद्ध अन्तिम चरण में थे। अब अफगान सैनिकों के पास भी बहुत अधिक विकल्प नहीं थे इसलिए जहाँ भी उनकी बहादुरी सराही जाती वे वहाँ जाने लगे। इसी क्रम में घुड़सवार सैनिकों के दो बहुत बड़े दस्ते, जिनके मालिक खान जहान डाकित और मियाँ भिकारी रूमी थे, गढ़ा कटंगा की फौज में शामिल हो गए।

वीरगति

गर्मियों के दिनों में वैसे तो हर साल गोंडवाना के जंगल गर्मी से दहक उठते हैं पर इस वर्ष ज्येष्ठ (जून) माह में सूर्य मानो आग उगल रहा था। सारे वन मानो सूर्य की भीषण गर्मी में दग्ध हो उठे हैं। गोंड, बैगा, परजा आदिवासी जो वैसे भी दिन भर अपनी झोपड़ियों से बाहर रहते हैं, गर्मियों में तो उनका पूरा समय किसी नदी या जंगली नाले के किनारे किसी वृक्ष की छाया में कटता है। गोंडवाना में यह मौसम बरसात की प्रतीक्षा करने का होता है जब गोंड किसान अपने खेतों को जोतकर तैयार करने की सोचने लगते हैं। यह वह समय होता है जब गोंड अपने वन्य ग्रामों में आषाढ़ की पहली बरसात की प्रतीक्षा करते हुए अपनी झोपड़ियों की मरम्मत कर रहे होते हैं। इन दिनों जीवन अधिक कष्टप्रद होता है अतः गोंड युवक अपने घरों से दूर पहाड़ों की कन्दराओं के वनों तक चले जाते हैं। शेष दुनिया तो क्या परिवार से भी उनका नाता टूटा-सा रहता है।

सिंगौरगढ़ का किला–हिजरी 971 (1564 ईस्वी)

दुर्गावती नित्यप्रति की भाँति आज भी सरमन हाथी पर सवार होकर निकलीं। दूसरे हाथी पर उनका बीस वर्षीय पुत्र वीर नारायण भी साथ में था। सिंगौरगढ़ से प्रतिदिन ग्रीष्मकाल में वे राज्य का भ्रमण करने निकलती थीं। वस्तुतः ग्रीष्मकाल में नित्यप्रति ही प्रातःकाल वह अकेले अथवा राजकुमार के साथ बाहर निकलतीं और किसी एक दिशा में आगे बढ़कर प्रजाजनों से मिलकर मध्याह्न तक वापस लौट आतीं।

आज उन्होंने उत्तर पश्चिम की ओर प्रस्थान किया था। उनके साथ गिने-चुने अंगरक्षक ही थे। नोहलेश्वर मन्दिर में रुककर उन्होंने भगवान शिव का अभिषेक किया। उसके बाद जब वे मन्दिर प्रांगण में बैठीं तब घबराए हुए पुजारी के साथ इस ग्राम के कुछ व्यापारियों ने हाथ जोड़कर रानी और राजकुमार से कुछ निवेदन करने की आज्ञा माँगी।

वीर नारायण ने तुरन्त ही सभी से एक-एक कर अपनी बात कहने के लिए आज्ञा दी। वीर नारायण भीषण ताप से उत्तप्त मौसम के कारण किसी अनपेक्षित संकट का अनुमान लगा रहे थे।

दुर्गावती के सम्मुख आने पर उपस्थित लोगों में से एक ने कहा : "राजमाता, हमें अनर्थ की आशंका हो रही है। दमोह के पास मुगल सैनिकों की एक छावनी प्रतिदिन खतरनाक ढंग से नित्यप्रति बढ़ रही है। प्रतिदिन रात्रि होते-होते न जाने कितने नए

सैनिक इस छावनी में आते जा रहे हैं।"

दूसरे ने कहा : "घुड़सवारों की संख्या भी नित्यप्रति बढ़ती जा रही है।"

तीसरे ने कहा : "मैंने आँखों से एक विशाल तोप को ऊँटगाड़ी में लाए जाते हुए देखा है, कहा यह जा रहा है कि और भी तोपें पीछे आ रही हैं।"

अन्त में सभी ने एक स्वर में कहा : "राजमाता, हो न हो हम पर किसी भी दिन आक्रमण होनेवाला है।"

वीर नारायण : "यह सेना का जमाव कितने दिनों से हो रहा है?"

नागरिक : "हमने तो सैनिकों की बढ़ती हुई संख्या पर पिछले पखवाड़े में ही ध्यान दिया था।"

वीर नारायण : "क्या सैनिक गतिविधियों के बढ़ने के साथ दमोह के क्षेत्र के लोगों को कोई असुविधा नहीं हुई।"

नागरिक : "जी बिलकुल नहीं, पूरी फौज ने नगर से दो कोस दूर डेरा डाला है। इतनी बड़ी सेना होने पर भी मुगल सेनापति ने किसी भी सैनिक को छावनी से बाहर निकलने पर पूर्ण नियन्त्रण रखा है। कुछ सैन्य अधिकारी दमोह के बाजार में आकर मुँह माँगे दाम देकर खाद्य सामग्री और दूसरा सामान छावनी ले जाते हैं।"

वीर नारायण : "यह कैसे सम्भव है, यदि सेना बहुत बड़ी है तो हमारे राज्य से ही बड़ी तादाद में रसद जाती रहे और हमें पता न हो, यह कैसे सम्भव है।"

नागरिक : "महाराज, सम्भव है, हमने सुना है कि सेना अपनी पूरी रसद अपने साथ लेकर चल रही है। वह कुल उतनी ही अतिरिक्त रसद यहाँ से प्राप्त कर रही है जितनी उसे सुविधापूर्वक मिल जाए। ईंधन के लिए जंगलों से लकड़ी मिल ही जाती है। पानी उनके भिश्ती ऊँटगाड़ियों द्वारा दूर-दराज के गहरे कुओं से लाते हैं। दमोह नगर के पास में रहते हुए भी उनकी कोई गतिविधि नगर में नहीं है।"

वीर नारायण : "परन्तु सीमा पर रहनेवाले हमारे प्रहरी घुड़सवारों का क्या हुआ?"

नागरिक : (भयार्त होकर) "महाराज, क्षमा करें, हमने सुना है उन सबका शाही सेना ने अपहरण कर लिया है।"

दुर्गावती ने शान्त भाव से धैर्यपूर्वक नागरिकों की पूरी बातें सुनीं और कहा : "आप लोगों को भय करने की आवश्यकता नहीं है। जिस तरह हमने इसके पहले भी आक्रमणकर्ताओं को अपने राज्य से निकाल बाहर किया था, इस बार भी हम वहीं करेंगे, किन्तु आप सबको हिम्मत से काम लेना होगा।"

दुर्गावती एवं वीर नारायण नौहटा के नागरिकों को सान्त्वना देकर शीघ्र ही सिंगौरगढ़ लौटे। रास्ते भर दोनों के मन में सैकड़ों प्रकार के विचार आते जाते रहे। वीर नारायण सारे रास्ते यह सोचता रहा कि उसका खुफिया तन्त्र एक ही झटके में ध्वस्त हो गया और उसे पता ही न चला। दुर्गावती मन ही मन यह सोच रही थी कि किस तरह इस आसन्न संकट पर विजय प्राप्त की जाए। आज नोहटा में प्रजाजन के बीच पूरी दोपहर ही बीत गई थी अतः सिंगौरगढ़ पहुँचते-पहुँचते शाम हो चली।

दुर्गावती के शाम को सिंगौरगढ़ के पहुँचने से पहले ही संग्रामपुर में तो मानो राजपुरुषों का मेला-सा लग चुका था। इन राजपुरुषों में महामन्त्री आधारसिंह, सेनापति दूल्हासिंह, गजसेना प्रमुख अर्जुनसिंह बैस, महारक्ष ब्राह्मण, मान ब्राह्मण, शम्स खाँ, मियाना इत्यादि राजमाता और महाराज की प्रतीक्षा कर रहे थे, उनके साथ ही अनेक सैन्य नायक भी मौजूद थे। संग्रामपुर के निवासियों को यह भनक भी न लग सकी थी कि अचानक गढ़ा कटंगा के सारे प्रमुख लोग यहाँ पर एकत्रित क्यों हो गए हैं, वह भी इस भीषण गरमी में।

सभी लोग आपस में कुछ कहते और चुप हो जाते। प्रयास यह था कि प्रजाजन को आपसी चर्चा की भनक भी न लगे, सभी के चेहरों पर तनाव और क्रोध स्पष्ट ही दिखलाई दे रहा था।

शाम होने से एक प्रहर पूर्व ही पश्चिम से पूर्व की ओर दो गजराजों पर दुर्गावती, वीर नारायण एवं उनके पैदल चल रहे अंगरक्षकों को देख संग्रामपुर में एकत्रित होकर रास्ता देख रहे गढ़ा कटंगा के विशिष्ट जनों को कुछ शान्ति महसूस हुई। आधारसिंह राजमाता को संग्रामपुर में पास आते देख वहीं कुछ वार्ता करना चाहते थे परन्तु दुर्गावती ने वीर नारायण से कहा कि वह सबको लेकर तुरन्त सिंगौरगढ़ के किले के मन्त्रणा कक्ष में एकत्रित हों।

दुर्गावती की आज्ञा का पालन हुआ। सूर्य डूबने के पहले ही सभी विशिष्टजन मन्त्रणाकक्ष में पहुँच गए, सभी बैठकर दुर्गावती की प्रतीक्षा करने लगे। दुर्गावती के कक्ष में प्रवेश करने के पहले कक्ष में समुचित प्रकाश की व्यवस्था कर दी गई।

दुर्गावती और वीर नारायण मन में बहुत व्यग्र थे पर वे पहले लोगों की सुनना चाहते थे। संक्षिप्त औपचारिकता के पश्चात् दुर्गावती ने आधारसिंह से पूछा : "महामन्त्री, अकस्मात् आप सबका यहाँ पहुँचना कैसे हुआ?"

आधारसिंह : "राजमाता, यहाँ उपस्थित सभी लोग राज्य के उन प्रमुख लोगों में से हैं जिनके सामने मुझे राज्य पर आकस्मिक आए संकट को कहने में कोई संकोच नहीं है, क्योंकि इस संकट का सामना हम सभी को मिलकर करना है। जैसे ही मुझे इस संकट की निश्चित खबर मिली मैंने सेनाप्रमुखों के साथ यहाँ बिना समय गँवाए आना उचित समझा।"

वीर नारायण : "महामन्त्री, आकस्मिक संकट कैसा, क्या हम किसी ऐसे संकट से अनभिज्ञ थे जो हम पर आ सकता है? यदि ऐसा है तो क्या हमारी यह बड़ी कमजोरी नहीं है?"

आधारसिंह : "महाराज, आपके प्रश्न का उत्तर हाँ और न दोनों में है।"

वीर नारायण : "वह कैसे?"

आधारसिंह : "हाँ, इस तरह की आशंका से हम सभी अवगत थे और इस सम्बन्ध में मैंने राजमाता से समय-समय पर चर्चा भी की है और इस सन्दर्भ के तथ्य न आपसे छिपे हैं और न अन्य किसी से।"

वीर नारायण : "महामन्त्री, बात को स्पष्ट करें।"

आधारसिंह : "पिछले तीन या चार वर्षों से राज्य के चारों ओर जो घटनाएँ घट रही हैं उसे जनसामान्य जानता हो न जानता हो उससे बहुत फर्क नहीं पड़ता पर राजघराने और राज्य के सभी प्रमुख लोगों को इन घटनाओं का संज्ञान था। कुछ वर्ष पहले हमारे दुश्मन बाजबहादुर को मुगल सेनापति आधम खाँ ने जिस बुरी तरह से पराजित किया और मालवा राज्य की औरतों के जिस्म और दौलत जिस तरह लूटी उसके बारे में हम सबको ठीक-ठीक पता है। मालवा की लूट कितनी बेरहम और बेशर्मी से की गई कि खुद मुगल दरबार के इतिहासकार को उस पर ऐतराज हुआ और अन्त में शहंशाह अकबर को भी अपने सिपहसालार की दरिन्दगी नागवार गुजरी और उन्होंने तुरन्त मालवा जाकर उसे माकूल सजा दी। कहने का तात्पर्य यह कि पहले जहाँ हमारा दुश्मन एक सूबाई सुलतान था उसकी जगह अब हिन्दुस्तान का बादशाह हो गया है।"

आधारसिंह : (कुछ रुककर) "जहाँ एक ओर हमारा एक सामान्य दुश्मन अब और अधिक बड़ा हो गया वहीं हमारे उत्तर-पूर्वी सीमा भी अब ध्वस्त हो चुकी है। पीढ़ियों से हमारे परम मित्र बांधवेश को शंहशाह अकबर की सेना ने परास्त कर दिया है, इसकी भी हमको खबर है। इस तरह उत्तर और पश्चिम में हमारे राज्य की सीमाएँ दिल्ली के बादशाह की सीमाओं से जा मिली हैं। समूची उत्तर-पूर्वी दिशा हमारे लिए अनजान जगह हो गई है। मित्रों के रहने पर हमें उन राज्यों की गतिविधियों का पता भी नहीं चलता। जो कुछ पता चलता है वह सीमान्त की घटनाओं के द्वारा ही और तब तक देर हो जाना अस्वाभाविक नहीं है।"

वीर नारायण : "इसका अर्थ तो यह हुआ कि हम जहाँ किसी भी युद्ध की तैयारी से दूर हैं वहाँ शत्रु पूरी तैयारी कब और कैसे कर चुका हमको उसका संज्ञान ही नहीं है। क्या ऐसी ही लापरवाही से हम अपने पूर्वजों द्वारा संस्थापित राज्य की रक्षा कर सकेंगे, हमने क्यों ठोस प्रयास नहीं किया इस दिशा में।"

आधारसिंह : "महाराज, ऐसा नहीं है, हमने प्रयास लगातार ही किए हैं पर शायद सफलता हमारे भाग्य में नहीं थी।"

वीर नारायण : (आश्चर्य से) "परन्तु प्रयास हुए और हमें उसकी भनक भी न पड़ी, इसका क्या कारण है, महामन्त्री?"

"इसे तो मेरे बजाए राजमाता ठीक ढंग से समझा सकती हैं।" कहकर आधारसिंह ने दुर्गावती की ओर देखा जो चिन्तित मुद्रा में सब कुछ सुनते हुए भी कुछ सोच रही थीं।

वार्तालाप के इस व्यवधान पर उन्होंने बोलना उचित समझा।

दुर्गावती : "महामन्त्री जी ने जिस ओर इशारा किया है उसे मैं स्पष्ट करना चाहती हूँ। हमारे ऊपर यह संकट आकस्मिक भले ही नया दिखता हो परन्तु उसके बीज तीन चार वर्ष पहले ही पड़ चुके थे। दिल्ली का बादशाह जो कि अभी नवयुवक ही है स्वभावतः महत्त्वाकांक्षी व्यक्ति है। पानीपत के युद्ध में केवल खुशकिस्मती ने उसे

असम्भव विजय दिला दी। हेमचन्द्र की पराजय के बाद वह चुप नहीं बैठा उसने अपने युद्ध सम्बन्धी निर्णय लिए और हमारे उत्तरी और पश्चिमी राज्यों में अब मुगल पताका फहरा रही है। हमारे राज्य से गए हुए कुछ राजदरबारी और हमारा पुराना शत्रु बाजबहादुर बादशाह अकबर के आश्रय पात्र हैं। इन्होंने हमारे राज्य की समृद्धि की इतनी तारीफ की कि अकबर हमारे राज्य को लूटने का बहाना चाहता है। बहाना साफ है कि अकबर दक्खिन की ओर अपने राज्य का विस्तार करना चाहता है और इसके लिए वह हमें रौंदना आवश्यक समझता है।''

मान ब्राह्मण : (सभा में बोलने की आज्ञा पाकर) ''राजमाता, सुलतान हो या बादशाह, ये हैं तो सब यवन ही, उनका मकसद हिन्दू राज्यों को इस देश की धरती से मिटाना है। रही बात बाजबहादुर से युद्ध की तो उसकी जड़ में मुगलों और अफगानों की वह दुश्मनी है जिसके तहत् शेरशाह सूरी ने इसी बादशाह अकबर के पिता हुमायूँ को हिन्दुस्तान से निकाल बाहर किया था। इस मुश्किल घड़ी में हम सब राजमाता के साथ हैं और हम एक बार फिर वही करिश्मा कर दिखलाएँगे जो हम बाजबहादुर के साथ युद्धों में कर चुके हैं।''

वीर नारायणं : ''पंडित जी, यह ठीक है हम युद्ध के लिए तैयार हैं पर हमने अपने इतने बड़े शत्रु से निपटने के लिए पहले कुछ किया है क्या, यह भी जानना आवश्यक होगा।''

आधारसिंह : (वीर नारायण की ओर देखकर) ''महाराज, हर राज्य की भाँति हमारे राज्य में भी पड़ोसी राज्यों से राजनैतिक चर्चा करने के लिए ऐसे लोग हैं जो हमारी बात पड़ोसियों तक और पड़ोसियों की बात हम तक पहुँचाते हैं। राज्य की सुरक्षा को ध्यान में रखते हुए ऐसे व्यक्तियों का संज्ञान केवल राज्याध्यक्ष तक ही हमारे यहाँ रखा गया है और अब तक राजमाता ने केवल मुझे ही इस विषय पर चर्चा के अधिकार दिए थे। मैं सारी बातें राजमाता को बतलाता रहा हूँ। राजमाता बहुत ही शीघ्र आपको यह दायित्व सौंपना चाहती थीं किन्तु उनका विचार था कि आपके विवाह के उपरान्त ही यह जटिल कार्यभार आपको सौंपें। वे नहीं चाहती थीं कि आपको प्रसन्नता और आनन्द के महीनों को इस चिन्ता की ज्वाला में झुलसा दिया जाए।''

वीर नारायण : (दुखी स्वर में) ''मैंने माता जी से कितनी बार कहा है कि मैं उस उम्र से पहले कतई विवाह की सोचूँगा भी नहीं जब तक मैं अपने पिता की उस उम्र को प्राप्त नहीं कर लेता जिसमें उन्होंने विवाह किया था और उसके लिए अभी भी तीन या चार साल शेष हैं।''

महारक्षब्राह्मण : ''वह तो ठीक है महाराज, परन्तु राजमाता के पास विवाह प्रस्तावों की इतनी संख्या हो चुकी है कि वे भी क्या करें।''

वीर नारायण : ''जब रणभेरी बजनेवाली हो तब विवाह की बात बेमौसम की शहनाई है। बन्द करें विवाह की इस चर्चा को। महामन्त्री यह तो बतला ही दें कि कौन से राजनैतिक प्रयास हुए इस युद्ध की आशंका को टालने के लिए?''

आधारसिंह : ''प्रयास हुए, अनेक प्रयास हुए परन्तु वे सब निष्फल हुए। हमें इन प्रयासों की निष्फलता के सम्बन्ध में हर प्रकार की जानकारियाँ मिलती रही हैं। हम बतलाना चाहेंगे कि राजमाता भलीभाँति जानती रही हैं कि दिल्ली के बादशाह से युद्ध करना कोई हँसी खेल नहीं है। दिल्ली के बादशाह की सेनाओं की शक्ति का उन्हें पूरा अनुमान है इसलिए हमने प्रयास किए कि युद्ध को हर हालत में रोका जाए। हमारे सूत्रों की एक सूचना के अनुसार बादशाह ने पूरी तरह से यह मन बना लिया है कि गढ़ा राज्य को रौंद दिया जाए। दूसरी सूचना यह है कि हमारे शान्ति प्रयास पूरी तौर से इसलिए निष्फल और निष्प्रभावी रहे हैं क्योंकि बादशाह का एक विश्वासपात्र सूबेदार आसफ खाँ नहीं चाहता कि बादशाह राजनैतिक वार्ता के आधार पर गढ़ा कटंगा राज्य को फतह करने का विचार छोड़ दें। आसफ खाँ अपनी इस जिद में बादशाह की भी बहुत परवाह नहीं करता। हमें बतलाया गया है कि इस राज्य के कुछ हितचिन्तकों ने जब बादशाह को सन्धि करने के लिए प्रेरित किया तब बाजबहादुर और उनके साथियों ने गढ़ा कटंगा के राजकोष का बढ़ा-चढ़ाकर बादशाह के सामने वर्णन किया। आसफ खाँ ने दकन का रास्ता पाने के लिए बादशाह को इस राज्य पर चढ़ाई करने को प्रेरित किया फिर दरबार में उपस्थित मौलवियों ने आसफ खाँ की दलील का साथ दिया और काफिरों को मारकर अपना कर्त्तव्य पूरा करने की सलाह भी बादशाह को दी। स्थिति यह बनती गई कि जहाँ बादशाह आधे-अधूरे मन से शायद गढ़ा कटंगा पर देर-सबेर आक्रमण करता वहाँ आसफ खाँ ने स्वयं कमान सँभाल बादशाह की राज्यों के जीतने की इच्छा को परवान चढ़ा दिया।''

वीर नारायण : ''तब तो यह युद्ध हम पर थोप दिया गया।''

दुर्गावती : ''नहीं, राज्यों पर युद्ध थोपे नहीं जाते, वे सुविचारित होते हैं। राज्यों की स्वतन्त्रता किसी की कृपाकांक्षी नहीं होती उसे बनाए रखना राज्य की प्रजा और राजा पर निर्भर होता है। लुटेरों को इससे वास्ता नहीं होता कि वे एक शरीफ व्यक्ति को लूट रहे हैं या बेईमान को। लूटने के लिए किसी नियम या कायदे की जरूरत नहीं होती, वह तो निरंकुश और नृशंस मानसिकता का प्रतिफल है। मैं कुल इतना कहना चाहती हूँ कि हमारे सारे सम्भव राजनैतिक प्रयास असफल हो चुके हैं और अब हमें हिन्दुस्तान के बादशाह के एक अदने से सिपाही के सामने अपने आत्मसम्मान को उसकी जूतियों के तले रखना है या फिर स्वतन्त्रता और सम्मान की रक्षा के लिए प्राणों की बाजी लगाना है। आप सभी अपना मन्तव्य निर्भीक होकर कहें।''

दुर्गावती की बात सुनकर उपस्थित सभी वीरों की आँखों से अंगारे झरने लगे। सभी ने एक ही स्वर में स्वतन्त्रता और अपनी आनबान की रक्षा के लिए युद्ध का समर्थन किया। दुर्गावती ने सभी के इस समर्थन का स्वागत करते हुए कहा : ''युद्ध का हमने निर्णय तो ले लिया है पर हमारे पास समय कम है। किसी भी समय पर आक्रमण हो सकता है, उस सम्बन्ध में हमें तुरन्त क्या करना है। इस पर विचार करना है। साथ ही यह भी सम्भव है कि आगे काफी समय तक हम सब इस तरह न बैठ पायें अतः

शत्रु पर आक्रमण की एक सुनिश्चित योजना भी तय कर ली जाए ताकि हम उस योजना के अनुरूप अपने सैन्य बल को श्रेष्ठतम उपयोग कर सकें। मैं उपस्थित सभी लोगों से उनके विचार सुनना चाहूँगी ताकि युद्ध योजना में कभी कोई कमी न रह पाए।''

आधारसिंह : ''इसके पहले कि सैन्य गतिविधि के निर्णय लिए जाए। मैंने अब तक प्रशासनिक तौर पर जो कुछ भी हो सकता था उसे पूरा कर लिया है और उसका वितरण आप सभी को देना चाहूँगा। पहली बात तो यह है कि अब तक हमारी सबसे बड़ी शक्ति गजसेना गढ़ा में एकत्रित हो चुकी होगी। इस समय हमारे पास लगभग एक हजार से अधिक युद्धक हाथियों की फौज एकदम तैयार है। प्रत्येक हाथी के साथ एक महावत हौदे पर, एक योद्धा तथा हाथी के साथ भूमि पर चलनेवाला सिपाही रहेगा। हौदे पर यथेष्ट बाण, और भाले रखे गए हैं। मान पंडित के द्वारा राज्य में संचालित सभी अखाड़ों से गढ़ा में सैनिक इकट्ठा होकर हमारी प्रतीक्षा कर रहे हैं, उनकी संख्या लगभग दस हजार है।''

दुर्गावती : ''महामन्त्री, शत्रुपक्ष की शक्ति के बारे में क्या कुछ अन्दाज मिला।''

आधारसिंह : 'हाँ राजमाता, परन्तु विश्वसनीय नहीं, आसफ खाँ ने यह हल्ला कर रखा है कि वह पचास हजार फौज के साथ आक्रमण कर रहा है इसके पीछे उसका मन्तव्य हमारे मनोबल को तोड़ना है फिर भी सेना काफी है इसमें सन्देह नहीं। मुख्य बात उसकी सेना में तोपों का होना है। पिछले कुछ वर्षों में तोपें युद्ध की निर्णायक शक्ति साबित हुई हैं अतः इनसे कैसे बचा जाए इस पर ध्यान रखना आवश्यक होगा।''

दुर्गावती : ''महामन्त्री ने हमारी सैन्यशक्ति को गढ़ा में एकत्रित कर उचित कार्य किया है। युद्धों में सेना का संख्याबल महत्त्वपूर्ण तो है परन्तु उससे भी बढ़कर आवश्यक बात है अपनी सेना का प्रभावी उपयोग। अब हम सेना के प्रमुख नायकों से अपनी युद्ध योजना स्पष्ट करने को कहते हैं।''

दूल्हासिंह : ''मेरा मत तो यह है कि हम आज ही सिंगौरगढ़ को छोड़ दें क्योंकि समतल जमीन पर होने के कारण किले की प्राचीर या दरवाजे को तोपों की सहायता से तोड़ने में बहुत समय नहीं लगेगा तथा यहाँ रुककर हाथी सेना को गढ़ा से यहाँ बुलाना भी खतरे से खाली नहीं है। दुश्मन को यदि इसकी भनक लगती है तो वह तोपों के सहारे मजबूत मोर्चाबन्दी कर सकता है।''

इतना कहकर दूल्हासिंह चुप हो गए।

दुर्गावती ने अर्जुनसिंट बैस की ओर देखा।

अर्जुनसिंह बैस : ''राजमाता, हमने जिस तरह मालवा की फौजों के साथ युद्ध किए थे क्यों न उसी तरह व्यूह रचना की जाए।''

दुर्गावती : ''वह तो ठीक है, पर ऐसी व्यूह रचना सिंगौरगढ़ के पास केवल हिरन नदी के पार की जा सकती है, परन्तु आप भी देख रहे हैं कि हिरन के दोनों ओर विशाल समतल मैदान हैं। इन मैदानों में हमारे हाथी तोपों का सबसे सरल निशाना बन जाएँगे।''

दुर्गावती ने युद्धनीति के हिसाब से सिंगौरगढ़ का किला छोड़ दिया।

कुछ दिनों बाद गढ़ा के पास

गोंड सेना के हाथियों के दो दस्ते पास की पहाड़ियों के नीचे तैनात थे। इनके साथ ही पहाड़ियों पर शेष सेना ने मोर्चा बाँध लिया था।

दुर्गावती चाहती थी कि इस छोटे मैदानी क्षेत्र में जैसे ही आसफ खाँ के घुड़सवार आक्रमण करें वैसे ही उन्हें तीन ओर से हाथियों और पैदल सेना के द्वारा घेर लिया जाए।

आसफ खाँ युद्ध क्षेत्र का कच्चा खिलाड़ी न था वह हर हालत में अपने साथ लाए हुए तोपखाने का इस्तेमाल करना चाहता था। वह किसी भी हालत में पहाड़ियों के पास जाकर घिरना नहीं चाहता था। तोपखाना न आने पर भी मैदान में अपने घुड़सवारों और विशाल पैदल सेना पर उसे पूरा भरोसा था।

स्थिति यह बनी कि आसफ खाँ न आगे बढ़ा और न ही पीछे हटा। वह गोंडों के आक्रमण की प्रतीक्षा करने लगा। रानी के लिए यह आवश्यक था कि आसफ खाँ और अधिक पूर्व की ओर बढ़े ताकि उसे पहाड़ियों का सहारा मिल सके। शाम होते-होते दुर्गावती के सामने युद्ध का यही विकल्प रह गया था कि वह छोटे-मोटे आक्रमण कर आसफ खाँ को हटने के लिए मजबूर करे क्योंकि यदि वह ऐसा न करती तो तोपखाना आने पर आसफ खाँ सीधे गढ़ा नगर पर आक्रमण कर उसे ध्वस्त कर देता।

शाम होते-होते दुर्गावती का यह प्रयास सफल होने लगा जब अँधेरे में गोंड सैनिक मुगल सेना के करीब जाकर बाण वर्षा करने लगे। अँधेरे में घुड़सवारों को खुले मैदान में हाथियों की सेना के सामने झौंकना बुद्धिमानी न थी अतः आसफ खाँ ने कुछ और पूर्व की ओर मोर्चा सँभाला, वह धीरे-धीरे पीछे हटा। इस झड़प में न तो गोंड सेना को और न ही मुगल सेना को कोई बड़ी हानि उठानी पड़ी। दोनों सेनाएँ अपनी-अपनी रणनीति में किसी हद तक सफल थीं।

23 जून 1564

दुर्गावती निर्णायक युद्ध की ओर बढ़ रही थीं, आसफ खाँ का तोपखाना मीलों दूर था। दुर्गावती ने अपनी पैदल सेना को चार भागों में बाँट दिया। प्रत्येक सैन्य दल का एक स्वतन्त्र नेता था जिसे पूर्व रण योजना के अनुसार तो कार्य करना ही था परन्तु ये सेनानायक बदलती हुई परिस्थितियों में युद्ध व्यूह में परिवर्तन भी कर सकते थे। इन चार सैन्य दलों के नायक क्रमशः दूल्हासिंह, व्याघ्र राज या बग्घराज (बच्छराज) और वीर नारायण थे। तीनों सेना के सर्वश्रेष्ठ घोड़ों पर बैठे थे। चौथी सेना गजसेना थी, उसके भी तीन भाग कर उसे पैदल सेना के पीछे रखा गया ताकि हाथी अचानक आक्रमण होने की दशा में पीछे हटते हुए अपनी ही सेना को न रौंद दे। गजसेना के तीनों दलों का नियन्त्रण अर्जुनसिंह बैस ने तीन फौजदारों को सौंपा और वह अपने हाथी पर सवार होकर सेना के एक छोर पर युद्ध की गतिविधियों पर ध्यान रखने लगा।

सेना के दूसरी छोर पर दुर्गावती स्वयं सरमन हाथी पर बैठकर युद्ध का संचालन करने रणक्षेत्र में पहुँच गई। उसके दाहिने ओर उसका प्रमुख अंगरक्षक महारक्ष ब्राह्मण

अपनी टुकड़ी के साथ तैयार था। घुड़सवार के दस्तों को, जिनका नियन्त्रण शेख भिकारी रूमी, शम्स खाँ मियानी, मुबारक खाँ, खान जहान डाकित, चक्रमणि कलचुरी और कानुर कल्याण के पास था। रानी के दोनों ओर रानी की आज्ञा के लिए सन्नद्ध हो गए।

दुर्गाव्रती यह अच्छी तरह समझ रही थी कि आसफ खाँ पूर्व की ओर गौर नदी के पास तक सहजता से बढ़ सकता है। उसके बाद गौर नदी यद्यपि उथली नदी है उसे वह पार करने के स्थान पर गौर के दूसरी ओर पहाड़ियाँ थीं, जहाँ से उसकी सेना अधिक प्रभावी ढंग से लड़ सकती थीं।

दूसरी ओर आसफ खाँ ने चाण्डाल भाटा की झड़प के बाद जैसे ही गोंड सेनाओं को पीछे हटते देखा उसने फौरन ही अपनी सेना का हरावल दस्ता जिसमें दो हजार घुड़सवार और पैदल सेना थी तुरन्त गढ़ा की ओर बढ़ने का निर्देश दिया और सावधान किया कि वह सीधे गढ़ा में प्रवेश न करे बल्कि मुख्य सेना के आने तक गढ़ा की उत्तरी सीमा को पूर्ण नियन्त्रण में ले ले। आसफ खाँ की इस सेना को कोई प्रतिरोध नहीं मिला और उसने गढ़ा से दो कोस दूर उत्तर में गढ़ा पहुँचने के रास्ते बन्द कर दिए। दुर्गावती शत्रु से कुछ इसी प्रकार की रणनीति की आशा कर रही थी। उसका चाण्डाल भाटा में शक्ति प्रदर्शन का उद्देश्य यही था कि जितना भी सम्भव हो शत्रु सेना विकेन्द्रित हो जाए। वह जानती थी कि गढ़ा पर आक्रमण नहीं होगा क्योंकि उसने चाण्डाल भाटा में अपनी शक्ति दिखलाई थी। दुर्गावती ने अपनी सेना का निरीक्षण किया और तत्पश्चात् उसने हाथियों के तीनों दलों को तीन पहाड़ियों की ओट में आज्ञा मिलने तक रुकने को कहा।

सुबह की दो घड़ियाँ बीतते-बीतते कुछ दूर पर मुगल पैदल सैनिकों की पंक्ति बढ़ती दिखलाई दी। दुर्गावती ने आक्रमण का आदेश दिया और दूल्हासिंह की पैदल सेना का दल मुगलों की सेना से जा भिड़ा। भयंकर युद्ध होने लगा, तभी शत्रु पक्ष के पैदल सेना को मजबूती देने के लिए एक ओर से घुड़सवारों का दल आते हुए दिखलाई दिया परन्तु इसके पहले वे गोंड सेना पर आक्रमण कर पाएँ अफगानों की घुड़सवार टुकड़ियों ने उन्हें बीच में ही रोक लिया। अफगान घुड़सवार मुगलों की अश्वसेना की रणनीति को बहुत अच्छी तरह से समझते थे। एक प्रहर में ही अधिकांश मुगलों की अश्व सेना के सिपाही मारे गए।

दुर्गावती की यह आशंका सच निकली कि मध्याह्न में पैदल सेना पर दुबारा आक्रमण होगा। यह एक बड़ी सेना द्वारा आक्रमण था जिसे अब तक आसफ खाँ ने दोपहर के बाद उपयोग करने का निर्णय लिया था। दुर्गावती ने व्याघ्रराज से मोर्चा सँभालने के लिए आदेश दिया। व्याघ्रराज अपनी सेना के साथ समराण में कूद पड़ा। भयंकर युद्ध चल रहा था तभी सेना के दूसरी ओर घुड़सवारों की भारी सेना मैदान की ओर आती दिखलाई दी। रानी के पास चक्रमणि और कानुर कल्याण के ही दो घुड़सवारों के दल शेष थे। इन दो की संख्या इतनी नहीं थी कि आती हुई विशाल अश्ववाहिनी को रोका जाए। आसफ खाँ की यह सबसे बड़ी चतुराई भरी चाल थी। ऐसे ही अवसर

पर हस्ति सेना का प्रयोग होना था। दुर्गावती स्वयं कोई आज्ञा दे पाती इसके पहले ही हाथियों का एक दल वहाँ पहुँच गया और उसने घुड़सवारों को आगे बढ़ने से रोक दिया। रानी ने तुरन्त वीर नारायण को आवाज देकर हाथी के दूसरे दल को पहले दल के साथ लड़ने के लिए भेजने को कहा। हाथियों का दूसरा दल जब युद्ध स्थल पर पहुँचा तब तक वहाँ प्रशिक्षित हाथी हजारों घोड़ों का सामना कर रहे थे और उन पर बैठे हुए सैनिक अश्वारोहियों को तीरों और भालों से भेद रहे थे। युद्ध चरम सीमा पर था। तभी दोपहर के पश्चात् मौसम बदला। तेज आँधी और तूफान चलने लगा, चारों ओर धूल ही धूल दिखने लगी।

दुर्गावती स्वयं सरमन हाथी पर बैठी थीं, आगे बढ़ीं और वीर नारायण से कहा कि इसी वक्त दुगनी ताकत से हमला करो। वीर नारायण की पदाति सेना आगे बढ़ी और स्वयं वीर नारायण वीरता से युद्ध करने लगा। जब तक तूफान शान्त हुआ मुगल सेना पलायन करते हुए दिखी। शम्स खाँ, मियाना और मुबारक खाँ अपने घोड़े दौड़ाते हुए रानी के पास आए और सूचना दी कि दाहिनी बाजू के मुगल घुड़सवार मैदान छोड़ चुके हैं, परन्तु तभी शेख भिकारी रूमी दो और घुड़सवारों के साथ आते दिखलाई दिए, उन्होंने आते ही कहा : "अल्लाह का करम हम पर है, दुश्मन भाग खड़ा हुआ।" परन्तु यह कहते-कहते वे घोड़े पर ही गिर गए। शम्स खाँ और दूसरे लोगों ने तुरन्त उन्हें घोड़े से उतारा वे बेहोश हो गए थे क्योंकि उन्हें बहुत से घाव लगे थे।

दुर्गावती ने उन्हें तुरन्त पीछे ले जाने को कहा जहाँ प्राथमिक उपचार की व्यवस्था थी।

दुर्गावती ने मुबारक खाँ से कहा कि वह घुड़सवारों की सेना को हाथियों के दल के आगे ले जाकर उनकी सहायता करे। मुबारक खाँ फौरन घुड़सवारों का दल लेकर युद्ध के बाईं ओर बढ़ा जहाँ युद्ध अब भी अपनी चरम सीमा पर चल रहा था। गोंड सेना के घुड़सवारों को देखकर मुगल घुड़सवारों का हौसला पस्त हो गया और वे भागने लगे। मुबारक खाँ ने देखा कि मुगल घुड़सवारों का पीछा करते हुए आगे कुछ दूरी पर एक हाथी पर चारों ओर से घुड़सवार भालों से आक्रमण कर रहे हैं, जब और अधिक ध्यान से देखा तो लगा कि हाथियों के फौजदार अर्जुनसिंह बैस को घेर लिया गया है।

मुबारक खाँ अपने घुड़सवारों के साथ जब तक वहाँ पहुँचा तब तक मुगल घुड़सवार भाग चुके थे। मुबारक खाँ ने सही देखा था, हाथी अर्जुनसिंह बैस का ही था। उनका महावत मारा जा चुका था और वे वीरगति को प्राप्त कर चुके थे।

पैदल युद्ध का भी निर्णय हो चुका था। वीर नारायण ने गोंड सेना में नई जान भर दी थी। मुगल सेना पीछे हट रही थी तभी वीर नारायण को कन्धे पर एक बाण लगा पर वे पीछे नहीं हटे।

वे घोड़े पर बैठे हुए सैनिकों को युद्ध के लिए प्रोत्साहित करते रहे, तभी उन्हें दूसरा बाण लगा जो उनकी जाँघ में घुस गया, वे कराह उठे पर उनके हाथ से तलवार नहीं छूटी। व्याघ्रराज ने जैसे ही राजा की यह हालत देखी बैसे ही वह उनके पास आ गया।

व्याघ्रराज समझ गया था कि अब युद्ध नीति के अनुसार शत्रु की पैदल सेना को भागने का मौका देना ठीक होगा क्योंकि शाम तक की लड़ाई में गोंड सेना भी थक चुकी है और व्याघ्रराज ने विजयी तुरही बजवा दी। उधर दूल्हासिंह ने भी एक निश्चित दूरी के बाद मुगल सेना को खदेड़ना बन्द कर दिया।

शाम हो गई, आज का युद्ध समाप्त हो गया था। मुगल सेना अपने शिविरों में लौट गई जहाँ उसकी सेना के सेनापति विजयी होने की खबर सुनने को बेताब थे। परन्तु इस करारी अप्रत्याशित हार ने आसफ खाँ को और अधिक बौखला दिया।

दुर्गावती के खेमे में

दुर्गावती के खेमे में सन्नाटा छा गया। अर्जुनसिंह बैस वीरगति को प्राप्त हो चुके थे। सभी सैनिकों को टुकड़ियों में एकत्रित होने को कहा गया।

हाथियों को एक कतार में खड़ा किया गया।

दुर्गावती : (सभी सेनापतियों एवं सैनिकों की ओर देखकर) "आज हमारी गोंड सेना के गजसेनाध्यक्ष ने अपनी कर्त्तव्यनिष्ठा का उज्ज्वल उदाहरण प्रस्तुत करते हुए युद्ध में वीरगति पाकर उस गौरव को प्राप्त किया है जिसकी चाह हर देशभक्त को रहती है।"

यह कहकर दुर्गावती ने सम्मानसूचक अपने सिर का शिरस्त्रण उतारकर नीचे रखा और ईश्वर से प्रार्थना की। इसके उपरान्त उनके शव को अन्तिम संस्कार के लिए तुरन्त ले जाया गया।

दुर्गावती ने जब वीर नारायण को देखा तो वे स्तब्ध रह गईं, पूछा : "पुत्र, तू ठीक तो है न?"

वीर नारायण जो अब तक किसी प्रकार खड़ा था, साथ खड़े सेनानायकों द्वारा सँभाल लिया गया अन्यथा वह गिर जाता।

युद्ध के साथ चल रहे बैगाओं (वैद्यों) ने तुरन्त उसके शरीर से अस्त्रों के फलक निकाले और प्रमुख बैगा ने चिकित्सा प्रारम्भ की।

दुर्गावती : "वैद्यराज, इनकी हालत के बारे में बतलाइए।"

बैगा (वैद्य) : "चिन्ता न करें, हमारी औषधियों से ये निश्चित स्वस्थ हो जाएँगे परन्तु इन्हें अब पूर्ण विश्राम की व्यवस्था करते हैं। हमारे राजवैद्य पंडित शिवशंकर शीध्र ही आ रहे हैं।"

वीर नारायण : (कराहते हुए) "नहीं, मुझे कुछ खास नहीं हुआ है मैं स्वस्थ हूँ।" यह कहकर वह अचेत हो गए।

दुर्गावती ने बैगा की ओर पुनः देखा परन्तु तब तक बैगा ने कुछ जड़ी-बूटियाँ पीसकर वीर नारायण के मुँह में डाल दीं। कुछ का रस नाक से डाला और शरीर पर लगे घावों पर औषधीय पत्तों का लेप कर दिया।

इनका आश्चर्यजनक परिणाम निकला। वीर नारायण की पीड़ा समाप्त सी हो गई,

वे जागरूक हो गए, परन्तु बैगा ने उन्हें उठने से मना कर दिया।

दुर्गावती को सान्त्वना मिली कि पुत्र खतरे से बाहर है यद्यपि वह युद्ध में अभी भाग न ले सकेगा।

दुर्गावती के अनेक सेनापतियों को युद्ध में घाव लगे थे। सभी की चिकित्सा की जा रही थी परन्तु इन सबसे अधिक रक्तस्राव मियाँ भिकारी रूमी का हो चुका था। बैगा ने इन्हें भी विश्राम की सलाह दी। चिकित्सा से इनके स्राव पर नियन्त्रण हो चुका था।

दुर्गावती को यह सन्तोष अवश्य हुआ कि शेष सेना नायकों में से कोई भी सांघातिक रूप से घायल नहीं हुआ। उन्होंने सामान्य उपचार के पश्चात् सभी को भोजन करने को कहा और उनसे कहा कि भावी रणनीति की चर्चा के लिए वे उसके शिविर में उपस्थित हों। यह कहकर दुर्गावती अपने शिविर की ओर रवाना हो गई।

उधर सभी सैनिक भोजन के लिए उस स्थान पर चले गए जहाँ उनके लिए भोजन का प्रबन्ध था। बैगाओं का एक दल वहाँ भी चिकित्सा के लिए मौजूद था जो भोजन के पहले दवा देता या पट्टी करता।

सैनिकों के परिजनों ने जब यह सुना कि युद्ध में वे विजयी हो गए हैं तो वे अपने-अपने घरों से जितनी भी उपलब्ध देशी सुरा थी ले आए और भोजन के पश्चात् सैनिकों ने उनका थोड़ा-थोड़ा पान किया। फिर क्या था वे अपने मन के राजा हो गए और उत्साह में नाचने गाने लगे।

दुर्गावती के शिविर में

दुर्गावती ने सभी सैन्याधिकारियों से आज के युद्ध पर अपनी विवेचना प्रस्तुत करने को कहा ओर युद्ध की भावी रणनीति बतलाने को कहा।

दूल्हासिंह : "राजमाता, हमारे पास समय कम है। सबसे पहले महाराज को गढ़ा भेजा जाए जहाँ वे आराम कर सकें, यह हमारा मत है फिर हम युद्ध की योजना बनाएँ।"

चक्रमणि : "राजमाता, हम दूल्हासिंह की सलाह से सहमत हैं परन्तु गढ़ा कितने दिन सुरक्षित है इसे कौन जानता है? वह तब जब मुगल फौज से युद्ध ही चल रहा हो।"

कानुर कल्याण : "मेरी सलाह तो यह है कि पहले युद्ध की पूरी रूपरेखा तय की जाए ताकि उसके अनुसार महाराज को आराम की जगह दी जाए।"

दुर्गावती : "आप सभी ने मेरे मन की ही बात कही है। युद्ध का तो यह पहला चरण है, हमें दूसरे चरण की बात करनी है। दूसरे चरण की भी हमारे पास समय सीमा है, वह यह कि दुश्मन के खेमे तक उनकी तोपें न पहुँच पाएँ। तब तक यदि हम उन पर पूरी शक्ति के साथ आक्रमण कर दें तो हमारी विजय सुनिश्चित है।"

शम्स खाँ कुछ बोलना चाहते हैं पर दूसरी ओर से अचानक हो रहे शोर से उनकी बात उस शोर में दब जाती है।

दुर्गावती : (तेज आवाज में) "देखिए, यह आवाज कहाँ से आ रही है।"

आवाज सुनकर शिविर का प्रहरी भीतर आकर सिर झुकाकर कहता है : "राजमाता, यह अपनी सेना के सिपाहियों के गाने-बजाने और नाचने की आवाज है।"

दुर्गावती : "यह बे-मौसम शहनाई क्यों बज रही है?"

दूल्हासिंह : "गोंडों में दस्तूर है कि विजय के पश्चात् की खुशी में खान-पान के साथ नृत्य-गान अवश्य होता है।"

दुर्गावती : "परन्तु कैसी विजय?"

चक्रमणि : "सैनिकों ने यह मान लिया है कि मुगल सैनिक हारकर भाग गए हैं। वे भागते हुए मुगल सैनिकों की तलवारें, भाले इत्यादि लेकर युद्ध से लौटे थे।"

सैनिकों की नृत्य, वाद्यों की धुनों की आवाजों से शिविर में ऊँची आवाज में बोलना आवश्यक हो गया है।

दुर्गावती : "हमें सैनिकों को समझाना होगा कि मुगल सैनिकों का पीछे हटना रणनीति है। हमें विजय अभी भी प्राप्त करनी है।"

चक्रमणि : "राजमाता, वह तो हम सैनिकों को समझा लेंगे, परन्तु आप हमें निर्देशित करें कि हमारी योजना क्या है।"

दुर्गावती : "शम्स खाँ, तुम कुछ बोल रहे थे अतः अपनी बात पूरी करो।"

शम्स खाँ : "राजमाता, मुगल सेना ने बहुत-सी लड़ाइयाँ जीती हैं और शायद यह पहला मौका होगा जब किसी ने उन्हें इतनी बड़ी शिकस्त दी हो और जैसा कि आपने फरमाया कि हमारे पास उतना ही वक्त है जब तक उनका तोपखाना उन तक नहीं पहुँचता है अतः हमें उसी वक्त के भीतर जंग की योजना बना लेनी चाहिए।"

दुर्गावती : "हमारी सूचना के अनुसार जिस रफ्तार से तोपखाना आ रहा है वह कल सुबह तक मुगल छावनी तक पहुँच जाएगा। मुझे नहीं लगता आसफ खाँ तोपखाना पहुँचने के बाद एक क्षण भी अपने शिविर में रुकेगा। मुगल सेना बिना समय खोए हम पर आक्रमण करेगी।"

तभी गढ़ा से आधारसिंह और भोजसिंह कायस्थ, रामचेरी एवं कुछ राजघराने के सदस्यों तथा अपने कुछ अंगरक्षकों के साथ आ जाते हैं और सभी दुर्गावती को प्रणाम कर बैठ जाते हैं।

दुर्गावती : "हम आपकी प्रतीक्षा कर ही रहे थे।"

आधारसिंह : "मेरे मना करते हुए भी दादा (भोज) आ गए। हमने सुना कि अर्जुनसिंह ने वीरगति प्राप्त की है। ईश्वर उनकी आत्मा को शान्ति दे। हमने यहाँ आकर महाराज को स्वयं देखा, उन्हें काफी चोट लगी हैं, यही हाल कुछ रूमी जी का भी है।"

दुर्गावती : "हाँ, अर्जुनसिंह जी ने परमगति पाई। अब हम यही निर्णय करना चाहते हैं कि वीर नारायण को कहाँ भेजा जाए क्योंकि गढ़ा अब सुरक्षित नहीं है।"

आधारसिंह : "आपका कथन सही है, यदि मेरी सलाह मानें तो आप महाराज को गढ़ा के बजाए चौरागढ़ भेज दें। यदि घायल रूमी, जो कि युद्ध करने की स्थिति में नहीं

हैं, उनके साथ चले जाएँ तो ठीक होगा।''

भोजसिंह कायस्थ : ''यह तो ठीक है पर युद्ध की अगली योजना क्या है यदि वह स्पष्ट हो तो आगे के कदम और भी अधिक विचारकर उठाए जा सकते हैं।''

दुर्गावती : ''उसी के सम्बन्ध में हम निर्णय लेना चाहते हैं। कल सुबह तक तोपखाना मुगल शिविर तक पहुँच जाएगा, हम उसके पहले उन पर आक्रमण करना चाहते हैं।''

आधारसिंह : ''इसका अर्थ है कि अभी कुछ देर बाद रात्रि में ही आक्रमण की योजना है।''

दुर्गावती : ''हाँ, यदि हमारे सभी सैन्य प्रमुख तैयार हों तो हम समय नहीं खोना चाहते।'' सभी सैन्य प्रमुख एक स्वर से : ''हम सभी पूरी तरह से तैयार हैं।''

इसी समय चारों ओर मशाल जलाकर प्रकाश कर लिया जाता है।

दुर्गावती : (दूल्हासिंह से) ''सेनापति, युद्ध में घायल हाथियों की संख्या कितनी होगी और अब गजसेना का पूर्ण नियन्त्रण कौन कर रहा है?''

दूल्हासिंह : ''राजमाता, केवल पाँच हाथी ही विशेष घायल हुए हैं, उन्हें अत्यन्त घायल सैनिकों के साथ गढ़ा भेज दिया गया है। गजसेना में तीन नियन्त्रक हैं जो अर्जुनसिंह ने नियुक्त किए थे। वैसे वे तीनों मुझसे ही अब आज्ञा प्राप्त कर रहे हैं।''

दुर्गावती : ''ठीक है, आप सभी सैन्याध्यक्ष महामन्त्री के साथ इसी समय पैदल सैनिकों को पंक्तिबद्ध कर हमारी आज्ञा सुनाएँ ताकि हम रात्रि में ही शत्रु पर आक्रमण कर सकें। अश्वसेना के सभी प्रमुख भी जाकर सैनिकों को हमारी आज्ञा से अवगत कराएँ।''

महामन्त्री आधारसिंह : ''क्या रात्रि में युद्ध के लिए सैनिक तैयार होंगे।''

दुर्गावती : ''सैनिक का धर्म और कार्य युद्ध करना है। वह कब और कहाँ है इसकी चिन्ता उसे नहीं होनी चाहिए, न ही इसका विचार उसे करना चाहिए।''

सभी सैन्य प्रमुख, जिस ओर से नाच-गाने और संगीत की आवाजें आ रही थीं, उस ओर बढ़े। तब तक दुर्गावती भोजसिंह कायस्थ तथा रामचेरी को साथ लेकर वीर नारायण के शिविर की ओर बढ़ीं जहाँ उन्हें लिटाकर रखा गया था।

रास्ते में दुर्गावती ने रामचेरी से कहा : ''रामचेरी, एक बार फिर तुझे वीर नारायण की जिम्मेवारी दे रही हूँ, मैं युद्ध क्षेत्र में रहूँगी। उसकी चिकित्सा ठीक ढंग से हो ध्यान रखना।''

रामचेरी : ''महारानी, एक दो दिन की तो बात है, आप बिलकुल निश्चिन्त रहें। राजकुमार शीघ्र ही स्वस्थ हो जाएँगे, फिर राजवैद्य शिवशंकर तो साथ हैं ही।''

रामचेरी पहले की भाँति दुर्गावती को महारानी और अब महाराज पद पर प्रतिष्ठित वीर नारायण को राजकुमार ही कहती आ रही है। वीर नारायण राजा होकर भी रामचेरी को छोटी माँ कहकर पुकारता है।

दुर्गावती, रामचेरी और भोजसिंह कायस्थ को अपने शिविर में देख वीर नारायण

उठकर बैठ गया। युद्ध क्षेत्र में रामचेरी को देख उसे प्रसन्नता हुई। रामचेरी का पति धनंजय वीर नारायण के साथ ही था, वह अब उनका अंगरक्षक है। रामचेरी के पुत्र इन दिनों ननिहाल में थे।

दुर्गावती ने रात्रि में अपनी युद्ध की योजना वीर नारायण को बतलाई। वीर नारायण ने ध्यान से सारी बातें सुनीं।

दुर्गावती ने कहा : "रात्रि के आक्रमण में हाथियों का सही उपयोग किया जा सकेगा क्योंकि उस समय मुगल सैनिक घोड़ों पर सवार भी नहीं हो पाएँगे और हाथियों की सेना उन्हें घेर लेगी।"

वीर नारायण : "यह ठीक वैसी ही रणनीति होगी जैसी रणनीति ने हुमायूँ को भागने पर मजबूर कर दिया था।"

तभी शिविर के बाहर लोगों की आहट हुई।

दुर्गावती और भोजसिंह कायस्थ बाहर निकले। देखा आधारसिंह के साथ सारे सेनानायक सिर झुकाए खड़े थे।

दुर्गावती ने पूछा : "ऐसा क्या हुआ है कि आप कुछ नहीं कह पा रहे हैं?"

आधारसिंह : "सारे सेनानायकों ने अपनी-अपनी सैन्य टुकड़ियों को जब अलग-अलग होकर खड़े होने को कहा तब नाच-गाने में मस्त सैनिकों ने उनके आदेश की अनदेखी कर दी। बहुत मुश्किल से जब उन्हें किसी तरह खड़ा करके रात्रि में युद्ध करने के लिए तैयार होने को कहा गया तो लगभग सारे सैनिकों ने रात में लड़ने से इनकार कर दिया।"

दुर्गावती : "किन्तु ऐसा क्यों?"

आधारसिंह : "यह तो सेनाओं के अधिकारी ही बतला सकते हैं।"

यह कहकर उन्होंने सेना नायकों की ओर देखा।

दूल्हासिंह : "राजमाता, सभी सैनिक इस समय थके हुए हैं, शायद इसलिए।"

मुबारक खाँ : "केवल इसलिए नहीं, अधिकांश ने शराब पी है।"

भोजसिंह कायस्थ : "पर वह यहाँ युद्ध स्थल में उन्हें मिली कैसे?"

महारक्ष ब्राह्मण : "बहुत सरलता से, शाम को जब यहाँ भोजन आया तब उसके साथ शराब भी आ गई।"

आधारसिंह : "शायद इसलिए कि बहुत थके और चोट खाए सैनिक उससे स्फूर्ति प्राप्त करते हैं।"

शम्स खाँ : "परन्तु यहाँ तो उलटा हो रहा है, शराब के नशे में वे हुक्म उदूली कर रहे हैं।"

भोजसिंह कायस्थ : "राजमाता, कठोरता से काम लिया जाए, आज का युद्ध कल के लिए नहीं टाला जा सकता है।"

दुर्गावती : "मद्यप सिपाहियों तथा आधे-अधूरे संकल्प को लेकर लड़नेवाले सिपाहियों से युद्ध नहीं जीता जा सकता। जहाँ शत्रु इतना प्रबल हो वहाँ तो हर सिपाही

को लपलपाती अग्निशिखा होना चाहिए पर यहाँ तो वे राख से ढँके अंगारे हो रहे हैं। देश की सुरक्षा के लिए युद्ध करने की तीव्र इच्छा उनमें होनी चाहिए। हर हालात में जीतने का संकल्प होना चाहिए उनमें।''

दूल्हासिंह : ''राजमाता, हम सब युद्ध करना चाहते हैं, यदि आप केवल एक बार सैनिकों को सम्बोधित कर दें तो सभी सैनिकों में पुनः जोश आ जाएगा।''

दुर्गावती : ''मैं अवश्य प्रयत्न करूँगी।''

दुर्गावती सभी सेनानायकों तथा आधारसिंह एवं भोजसिंह कायस्थ के साथ सैनिकों के बीच पहुँचती हैं।

सेनानायकों के जाने के बाद वहाँ नाच गाना पहले ही बन्द हो चुका था, दुर्गावती को आते देख सारे सैनिक सावधान हो गए।

दुर्गावती : (सभी सैनिकों से) ''गढ़ा कटंगा राज्य के वीरो, आज तुम लोगों ने जिस पराक्रम का परिचय दिया है वह अद्वितीय है। शक्तिशाली मुगल सेना के पैर उखड़ चुके हैं पर उन्हें राज्य से बाहर निकालना है, उसके लिए अभी रात्रि में ही जितना शीघ्र हो सके हमें आक्रमण करना है। क्या तुम लोग तैयार हो? यही वह समय है जब हम अपने शत्रु पर निर्णायक विजय प्राप्त कर सकते हैं।''

सारी सेना में सन्नाटा छा जाता है केवल इक्के-दुक्के सैनिक जोर से चिल्लाकर कहते हैं : ''हम अभी युद्ध करने के लिए तैयार हैं।'' पर यह संख्या नगण्य है। शेष सैनिक शान्त हैं।

दुर्गावती : (जोश के साथ) ''क्या मैं मौन को युद्ध की स्वीकृति का लक्षण मानूँ?''

हजारों सैनिकों के कंठ से एक स्वर निकलता है : ''राजमाता, कल फिर हमारी वीरता को देखिए आज की अपेक्षा हम सुबह दूनी ताकत से लड़ेंगे। हमें रात्रि का विश्राम चाहिए।''

अब कुछ कहने या सुनने को शेष न था।

हताश और दुखी दुर्गावती अपने सैन्य प्रमुखों के साथ वीर नारायण के पास पहुँची। वीर नारायण दुर्गावती को चिन्तित देख विचलित होने लगा परन्तु दुर्गावती ने उसे धैर्य धारण कराया।

दुर्गावती ने सभी सैन्य प्रमुखों से कहा : ''हमें हिम्मत न हारते हुए अपनी रण योजना को नया रूप देना होगा। कल सुबह जब शत्रु के पास तोपखाना होगा तब हमारे लिए हाथियों की सेना को बचाना ही एक बड़ी समस्या हो जाएगी अतः मैं आज्ञा देती हूँ कि दो सौ हाथी मण्डला के जंगलों की ओर प्रस्थान करें और शेष एक हजार हाथी महाराज वीर नारायण के साथ चौरागढ़ की ओर बढ़ें। अश्वारोही सैनिकों का एक दल, जिसके नायक रूमी हैं, वह भी चौरागढ़ जाएँ।''

दुर्गावती ने रामचेरी को गले से लगाया। इस पर रामचेरी चौंक गई। उसने कहा : ''महारानी यह क्या?''

दुर्गावती ने कहीं दूर सोचते हुए कहा : ''प्यारी सखी, अब जब हम मिलेंगे तब

शायद हम स्वर्गीय आनन्द उठा रहे होंगे।''

रामचेरी अवाक् सी सुनती रह गई पर तभी दुर्गावती ने आज्ञा दी। अब तक उनका स्वर बदल चुका था। उन्होंने कहा कि वह बिना समय खोए अपने पति और पुत्रों के साथ वीर नारायण के साथ चौरागढ़ चली जाए।

देखते ही देखते हाथियों की पंक्तियाँ बादलों के समान पहाड़ियों की राह में विलीन होने लगीं। वीर नारायण न चाहते हुए भी एक हाथी पर बैठा दिया गया। वह एक छोटी सेना के साथ वहाँ से चला गया।

दुर्गावती ने मियाँ भिकारी रूमी और भोजसिंह कायस्थ से कहा : ''गढ़ा कटंगा का भविष्य आपको सौंप रही हूँ। आप भी वीर नारायण के साथ ही अश्वारोही सेना के साथ चौरागढ़ पहुँचे।''

मियाँ भिकारी रूमी ने कहा : ''जब राज्य को हमारी सबसे बड़ी जरूरत है तब हमें जंग के मैदान से आप मुँह मोड़ने को कह रही हैं। पठान का जमीर पशोपेश में है पर आपका हुक्म सर आँखों पर। मैं आपको यकीन दिलाता हूँ कि इस पठान के जिस्म में जब तक खून का आखिरी कतरा बचेगा तब तक महाराज को कोई छू भी न सकेगा।''

दुर्गावती पठान के इन शब्दों से अभिभूत हो गईं। तभी अस्सी वर्ष के भोजसिंह कायस्थ सामने आए और कहने लगे : ''बेटी, तू सचमुच दुर्गा है, मेरे बाल तलवारों की वार झेलते हुए ही सफेद हुए हैं। मैंने तेरी जैसी बहादुर बच्ची न देखी है न सुनी है। शायद तुम जैसी बच्ची कभी इस दुनिया में पैदा होगी भी मुझे सन्देह है। युद्ध का अन्त हम समझ चुके हैं। हम कोशिश करेंगे कि राजगोंड वंश का चिराग हमेशा रौशन रहे।''

यह कहकर भोजसिंह कायस्थ चले गए और उनके साथ ही गए आधारसिंह गढ़ा कटंगा राज्य के महामन्त्री।

इन्हीं सब तैयारियों में आधी रात हो गई। दूर सैनिक छावनी में कुछ लोग अब भी नाच गा रहे थे, पर लगता था कि बहुत से सैनिक थककर सो चुके थे।

रात्रि का तीसरा प्रहर

दुर्गावती एवं उसके सैन्याधिकारियों की आँखों में दूर-दूर तक नींद न थी। सभी पहाड़ियों के किस कोने से किस तरह आगे बढ़ा जाए इस पर वार्तालाप कर रहे थे।

तभी रात्रि में जोर से बिजली कड़की और बादल घुमड़ने लगे। गोंडवाना में आषाढ़ का पहला सप्ताह हर साल एक-सा नहीं जाता। कभी-कभी तो आषाढ़ तक वर्षा नहीं होती और कभी-कभी बैसाख के माह में नवतपा समाप्त होते-होते बूँदाबाँदी प्रारम्भ हो जाती है। परन्तु कभी भी वर्षा का प्रारम्भ तेज अँधड़ या तेज बारिश से न हुआ हो, ऐसा नहीं सुना गया। बारिश की तिथियाँ तो बदलती रहती हैं परन्तु उसकी तेजी और उसका स्वरूप हजारों वर्षों से वही है।

बिजली कड़कने के साथ ही आसमान में बादलों की सघनता दिखलाई देने लगी।

काले बादलों के समूह मानो हाथियों की सेना आसमान में दौड़ने लगी हो। कुछ देर बाद दुबारा फिर बिजली कड़की। अबकी बार वह कई गुनी तेज थी, लगा इन्द्र ने वज्र ही पटक दिया हो और इसके साथ ही मूसलाधार बारिश प्रारम्भ हो गई। भीषण ग्रीष्म के बाद की पहली तेज वर्षा परन्तु यह वर्षा पूरे घंटे भर होती रही।

वर्षा थमी तब तक जंगली मुर्गों ने बाँग देना प्रारम्भ कर दी। सेनानायकों ने सैनिकों को तैयार होने को कहा। अजीब से इस मौसम में सभी सैनिक तैयार हुए। सबने शस्त्र उठाए और सेनानायकों की आज्ञा के अनुसार घाटी में उतरने लगे।

दुर्गावती का हाथी सरमन उनके पास लाया गया। महावत ने गुड़ और रोट तैयार कर लिए थे। सरमन सामने दुर्गावती को पाकर महावत के हाथ से भोजन ग्रहण नहीं कर रहा था। दुर्गावती ने इसे लक्ष्य किया और स्वयं उठकर सरमन के पास जाकर उसके कानों को प्रेम से छुआ और अपने हाथों उसे गुड़ और रोट खिलाया। कुछ बड़ के पत्ते भी पड़े थे जिन्हें सरमन ने खाने के बाद चखा।

सुबह की पौ फूटने के साथ ही दुर्गावती सरमन के हौदे पर बैठ गईं। महारक्ष अपनी टुकड़ी सहित हाथी के आगे-आगे चलने लगा। शम्स खाँ और मुबारक ने हाथी के पीछे अपनी सेना के घुड़सवारों को रखा। दुर्गावती देख रही थी, उत्साही पैदल सैनिक अपने भाला या तलवार लिए पहाड़ियों से उतरकर नाले के रास्ते से आगे बढ़ रहे थे।

दुर्गावती सोच रही थी कि प्रकृति का भी क्या नियम है? जिन यवन सैनिकों ने कभी उनके पिता के परिवार को नेस्तनाबूद कर दिया था आज वही यवन सैनिक इस समय प्राणपण से उसकी और उसके पुत्र के प्राणों की रक्षा के लिए अपनी जान की बाजी लगाने पर तुले हैं जबकि उसके अनेक सगे रिश्तेदार इस युद्ध से कन्नी काट चुके हैं।

वह अनेक विचारों में मग्न आगे बढ़ ही रही थी कि एक ओर से भारी आवाज करता हुआ तोप का गोला सामने की पहाड़ी पर फूटा। उसने देखा कि अनेक गोंड सैनिकों के परखच्चे उड़ गए हैं। तभी दूर दूसरा धमाका हुआ, उसे समझते देर न लगी कि कहीं दूसरा गोला भी फट चुका है।

दुर्गावती का हाथी सरमन जिस जगह से बढ़ रहा था वह सँकरी जगह पानी बरसने के कारण अब नाला-सा बन गई थी। यह नाला आगे चलकर एक बड़े नाले में मिलता है, यह दुर्गावती को ज्ञात था। नर्रई नाला था आगे।

परन्तु इसी समय पास की पहाड़ी से मुगल सैनिक उतरने लगे। दुर्गावती ने धनुष उठाया और आक्रमणकारियों को निशाना बनाना प्रारम्भ कर दिया परन्तु तभी दूसरी पहाड़ी से तीरों की बौछार आई। महारक्ष चिल्लाया : "राजमाता बचिए" परन्तु तब तक एक तीर सनसनाता हुआ उसके गले के पास घुस गया।

दुर्गावती ने असह्य पीड़ा को सहते हुए तीर को खींचकर बाहर निकाल दिया और अपने उत्तरीय से घाव को बाँधकर रक्त को रोकने का प्रयास किया। तभी उसने देखा कि सरमन को चारों ओर से मुगल सैनिकों ने घेर लिया है और उस पर लगातार भालों और तलवारों से प्रहार कर रहे हैं। सरमन क्रोधित हो हमलावरों को सूँड़ से उठाकर पटक

रहा था और अनेक को पैरों से रोंद रहा था। यह सब कुछ तेजी से हो रहा था। दुर्गावती ने धनुष उठाकर तीरों से एक-एक हमलावर पर निशाना साधा और सभी हमलावर खेत रहे।

चारों तरफ मुगल सैनिकों की भीड़ को रानी ने देखते ही देखते साफ कर दिया। परन्तु दुर्गावती का यह शौर्य भादों के काले मेघों के बीच कुछ देर तक दिखनेवाले सूर्य का सा था।

तभी रानी ने सामने की पहाड़ी से मुगल सैनिकों की संख्या को टिड्डी दल के समान उतरते देखा। गोंड सैनिकों की फसल को उन्होंने लगभग चट कर डाला था। मुगल सैनिक ऐसा लग रहे थे मानो बर्र के छत्तों से बर्र क्रोधित होकर टूट रहे हों। एक-एक कर गोंड सैनिकों की संख्या जहाँ घटती जा रही थी वहाँ मुगल सैनिक एक के बाद एक नए दस्ते ऐसे टूट रहे थे मानों बर्रो के नए-नए छत्ते युद्ध क्षेत्र में फेंके जा रहे हों।

तभी दूर फिर तोप की आवाज गूँजी। दुर्गावती का हाथी सरमन नाले के पानी में सँभलकर चल रहा था। दुर्गावती ने जिस ओर से आवाज आई थी उस ओर देखा, आसमान में सैनिकों के शवों के चीथड़े उड़ते दिखलाई दिए। उस ओर रानी ने स्पष्ट देखा कि गोंड सैनिक इस भीषण प्रहार से आतंकित होकर पीछे हटने लगे हैं।

रानी ने देखा कि अनेक मुगल सैनिक पहाड़ी से उतरकर उसकी ओर बढ़ रहे हैं। उनका सामना अंगरक्षक महारक्ष और उसके दो चार बचे हुए साथी कर रहे हैं। महारक्ष अकेला ही चार-पाँच सैनिकों से लड़ रहा है मानो वह पानी के सैलाब को रोकना चाह रहा हो। तभी मुबारक खाँ घोड़े पर आता हुआ दिखलाई दिया। उसके साथी अफगान सैनिक सभी रक्त से नहा गए थे। वे लगता था रानी से कुछ कहना चाहते थे। मुबारक खाँ और महारक्ष ने कुछ पलों के लिए मैदान मुगल सैनिकों के शवों से पाट दिया। कुछ क्षणों के लिए उस सौ गज के घेरे में केवल मुबारक खाँ, महारक्ष और उनके इने-गिने सैनिक बचे। उन्होंने दुर्गावती के महावत गनु से चिल्लाकर कहा : "वक्त खत्म हो गया है, दूल्हासिंह, शम्स खाँ और बग्घराज खेत रहे हैं, तुम सरमन को मंडला के जंगलों की ओर मोड़ दो।"

परन्तु तभी मुगल सैनिकों का एक दस्ता फिर आ पहुँचा और घायल मान ब्राह्मण और मुबारक खाँ ने नए जोश से फिर लड़ना प्रारम्भ कर दिया।

गनु (महावत) : "राजमाता, आपको काफी चोट लग चुकी है। आपके शरीर से बहुत रक्त बह रहा है। आप आज्ञा दें तो सरमन को मंडला के जंगलों की ओर मोड़ देता हूँ क्योंकि मान ब्राह्मण और मुबारक खाँ ने सामने वाली पहाड़ियों के बीच के रास्ते पर कब्जा कर लिया है पर वे बहुत देर तक उस कब्जे को कायम न रख पाएँगे।"

दुर्गावती ने दृढ़तापूर्वक केवल इतना कहा : "शरीर में रक्त की आखिरी बूँद तक रहते मैं युद्ध करूँगी।"

रात्रि की वर्षा के फलस्वरूप पहाड़ी रास्ते नालों में बदल गए थे। रानी को अब तक पता चल चुका था कि वह यदि उसी रास्ते से आगे बढ़ती है तो उसे नर्रई नाले

को पार करना पड़ेगा जो बारिश से भारी उफान पर है।

तभी दुर्गावती ने देखा कि पहाड़ी पर कुछ और सैनिक उसकी ओर बाणों से निशाना साध रहे हैं। उसने बिना समय खोए उनके बाणों का उत्तर देना प्रारम्भ किया और दुर्गावती के चलाए हुए बाणों से एक-एक कर पहाड़ी पर से मुगल सैनिक पके फलों के समान नीचे गिरने लगे परन्तु तभी मुगल सैनिकों के चलाए तीरों में से एक तीर सनसनाता हुआ दुर्गावती की आँख में गहरे जा घुसा।

दुर्गावती पर यह दूसरा सांघातिक वार था, खून का दूसरा फौवारा फूट पड़ा। दुर्गावती के हाथ से धनुष नीचे गिर गया और उन्होंने महावत से कहा : "मेरा अन्त आ चुका है, पर नहीं चाहती कि मरने के बाद मेरा शरीर मुगलों के अपवित्र हाथों लगे, गनु, तू मेरी आज्ञा मान और मेरी आत्मा को इस शरीर से मुक्त कर, यह मेरी आज्ञा है।"

गनु महावत जिसे दुर्गावती अपने हाथी सरमन के समान पुत्रवत् स्नेह करती थी, क्या करता। वह अश्रुपात करने लगा।

रानी ने तुरन्त झपटकर महावत की कमर में लटकी कटार खींच ली और पलक झपकते ही उससे उन्होंने अपनी इहलीला समाप्त कर ली।

महावत भौंचक-सा देखता रहा। कुछ क्षणों के लिए उसके हाथ-पैर सुन्न पड़ गए। वह अचेत-सा हो गया था। अविश्वास से वह रानी के मृत देह को देख रहा था।

गढ़ा कटंगा राज्य की जीवन्त शौर्य की लौ बुझ चुकी थी।

महावत की जैसे ही चेतना लौटी उसका मस्तिष्क दुर्गावती के अन्तिम शब्दों में झनझना उठा : 'मरने के बाद मेरा शरीर मुगलों के हाथ न लगे। महावत ने सरमन हाथी को जोर से आवाज दी : "भाग, तेजी से भाग।" और बिजली की तरह भागते हुए हाथी को युद्धस्थल से वनों की ओर मोड़ दिया। सरमन भागता रहा, तब तक जब तक उसके शरीर में थोड़ी भी शक्ति रही।

मूक प्राणी सरमन मानो यह जान चुका था कि वह अब मातृविहीन हो गया है। उसने युद्ध क्षेत्र को दूर बहुत दूर कहीं छोड़ दिया था। सरमन ने अपने जीवन की सबसे तेज दौड़ दौड़ी थी। इतनी तेज कि वह उसके जीवन की आखिरी दौड़ थी। सरमन को भी जल्दी थी अपनी माता से मिलने की जो उसे अब उस लोक में ही मिल सकती थी।

सरमन थककर बैठ गया। पास के गाँव के कुछ लोगों ने सरमन को भागते देख लिया था। अतः बहुत थोड़े से ग्रामीण एकत्रित हो गए। उन्होंने दुर्गावती की मृत देह हौदे से उतारी और तुरन्त ही उसका पास ही में चिता जलाकर दाह-संस्कार कर दिया। जब वे लौटकर बैठे हुए हाथी की ओर बढ़े तब लोगों ने देखा कि वह सामने जलती हुई चिता को एकटक देख रहा था। उसके बाद जब तक लोग उसके पास तक पहुँचते उसका शरीर निश्चेष्ट होकर एक ओर झुकने लगा और वह एक ओर पूरी तरह से लुढ़क गया। ग्रामीणों ने पास ही एक विशाल गड्ढा खोदकर उसमें उसे दफन कर दिया परन्तु उसके पहले उन्होंने उसके शरीर से दर्जनों तीर और टूटे हुए भालों के फल निकालकर बाहर रख दिए।

पंचम् सर्ग

वीर नारायण

पुरन्दरे भूवलस्यं तस्मिन्नस्त
प्रयाते तनयं त्रिवर्षम्।
दुर्गावती राज्यपदेऽभ्यषिञ्चत्।। 19।।

(रामनगर शिलालेख का 19वाँ श्लोक)

अर्थ : पृथ्वी वलय (हाथ में पहिनने के कड़ा) को इन्द्र के समान शासन करनेवाले, अपने पति (राजा दलपतिशाह) के अस्त हो जाने पर दुर्गावती ने तीन वर्ष के पुत्र श्री वीर नारायण को राज्य के पद पर अभिषिक्त किया।

वीर नारायण

स्वतन्त्र गढ़ा कटंगा के अन्तिम राजा वीर नारायण अपने पिता की असामयिक मृत्यु के कारण शैशवावस्था में ही अपनी माता दुर्गावती द्वारा सिंहासनारूढ़ कराए गए।

तीन वर्ष के वीर नारायण को सिंहासन पर बैठाकर दुर्गावती ने शासनसूत्र अपने कुशल हाथों में ग्रहण किया। कालान्तर में जब वीर नारायण ने किशोरवय को प्राप्त किया तब वे स्वयं भी राजकाज देखने लगे। रामनगर का शिलालेख इसका वर्णन (श्लोक 23 में) कुछ इस प्रकार करता है :

सहैव गृहणन् स करेण राज्ञां तदूर्जितमं विश्वविसारि तेजः।
विदेशतारुण्यमनन्तकीर्तिः श्री वीर नारायण नामधेयः।।

अर्थात् अनन्त कीर्तिवाले वीर नारायण नाम के राजा ने तरुणता प्राप्त की। उन्होंने अपने हाथों से (कर, किरण) राजाओं को ग्रहण किया और अपनी किरणों से (करों से) विश्व में तेज का विस्तार करके अन्धकार को समाप्त किया।

वीर नारायण ने किशोरावस्था में ही अनेक युद्ध देखे थे। आसफ खाँ के साथ हुए युद्ध में उन्होंने अपनी माता दुर्गावती के साथ नर्रई के युद्ध का संचालन भी किया और इस युद्ध के पहले दिन वे घायल हुए। दुर्गावती ने उन्हें सुरक्षित रूप से चौरागढ़ भिजवा दिया। नर्रई के युद्ध के अन्तिम दिन दुर्गावती वीरगति को प्राप्त हुई। कुछ महीनों पश्चात् आसफ खाँ ने चौरागढ़ पर आक्रमण किया जहाँ युद्ध करते हुए उनका स्वर्गारोहण हुआ। इस समय उनकी आयु बीस वर्ष भी नहीं थी।

वीर नारायण ने इस उम्र में भी जिस असाधारण वीरता और चारित्रिक दृढ़ता का उदाहरण प्रस्तुत किया था उसकी प्रशंसा तो मुस्लिम इतिहासकारों से कभी भी अपेक्षित न थी। परन्तु उनकी वीरगति प्राप्त करने के पश्चात् हुई घटनाओं का ऐतिहासिक तथ्यों के विरुद्ध लेखन भी उनसे अपेक्षित न था।

जौहर

गोंडवाना में बरसात का मौसम शेष भारत की ही तरह चार माह का होता है परन्तु भारत के हर क्षेत्र की बरसात अलग ढंग की है। यदि राजपूताने में वह बहुत कम है तो बंगदेश में बहुत अधिक। गोंडवाना की बरसात यद्यपि गंगा के मैदानी भाग से मिलती जुलती है परन्तु उसमें एक फर्क है, वह यह कि गोंडवाना में जाती हुई बरसात भी कई बार नदी, नालों में इतना पूर ला देती है कि इन्हें पार करने के लिए घंटों इंतजार करना पड़े। सैनिक अभियानों में यह ध्यान रखने योग्य बात है। यही कारण है कि वास्तविक बरसात का समय भले ही तीन महीने से अधिक न हो उसे चौमासा कहा जाता है, यह बरसात की अधिकतम सीमा है। आसफ खाँ को चौरागढ़ विजय की कोई जल्दी नहीं थी। वह नहीं चाहता था कि उसके अगले अभियान में उसकी सेना को कहीं रुकना पड़े।

इस तरह चौमासे के दिन बीतने लगे।

गढ़ा से पश्चिम दिशा में नर्मदा नदी के दक्षिणी तट पर एक ऊँची पहाड़ी पर चौरागढ़ का मजबूत किला है। चौरागढ़ की चढ़ाई बहुत कठिन है। चौरागढ़ का किला गढ़ा कटंगा राज्य के लिए वही महत्त्व रखता है जो राजपूतों के लिए चित्तौरगढ़ और चन्देल राजाओं के लिए कालिंजर का है।

अलाउद्दीन के द्वारा चित्तौरगढ़ की फतह के बाद इन गढ़ों की दुर्भेद्यता समाप्त हो चुकी थी। अब यह माना जाने लगा था कि यदि सेना प्रशिक्षित हो, देर तक घेराबन्दी कर सके और सैनिकों के प्राणों की परवाह न करे तो पर्वतीय दुर्गों को जीतना कठिन अवश्य है पर असम्भव नहीं। वहीं दुर्गों में बन्द होकर रण करने की नीति अब पुरानी पड़ चुकी थी। कम से कम आसफ खाँ के लिए तो वह अब कोई विशेष मायने नहीं रखती थी क्योंकि उसने बुन्देलखण्ड के किलों को फतह करने में विशेषज्ञता हासिल कर ली थी। यद्यपि आसफ खाँ को मालूम था कि कठिन चढ़ाई वाले किलों को जीतने के लिए बारूदी सुरंगों का प्रयोग किया जा सकता है पर अभी भी इनका प्रयोग प्रयोगावस्था में ही था। दूसरी बात यह भी थी गोंडवाना में जहाँ अभी बन्दूकें और तोपों का प्रयोग भी अनूठा ही था वहाँ बारूदी सुरंगों के प्रयोग की बात सोचना निरर्थक ही थी।

चौरागढ़ का किला

चौरागढ़ के किलों में अनेक महल हैं। बहुत से महल खाली भी हैं। केवल एक महल में राजा वीर नारायण और राज्य की महिलाएँ रुकी हैं। कुछ परिचारिकाएँ भी हैं। बहुत दिनों बाद आज वीर नारायण अपने महल के बाहर एक तख्त पर बैठा था। उसके पास ही एक ओर रूमी और दूसरी ओर वृद्ध भोजसिंह कायस्थ बैठे थे। आसपास के गाँवों से करीब एक हजार गोंड तथा अन्य जातियों के युवक जिन्होंने युद्ध के बारे में सुना था, यहाँ राजा के सामने गोंड सेना में भरती होने को आए थे। ये वे युवक थे जो गोंड राज्य की रक्षा अपने प्राणपन से करना चाहते थे।

वीर नारायण : (रूमी की ओर देखकर) "आप आज और आगे आनेवाले युवकों को युद्ध का प्रशिक्षण दिलवाने का कार्य करें।"

रूमी : "हाँ महाराज, गढ़ा से कुछ घायल सैनिक आपके साथ ही हाथियों पर ले आए गए थे, वे भी अब स्वस्थ हो चुके हैं अतः हम महलों के बाईं ओर तालाब के किनारे कनातें लगवा देते हैं साथ ही एक खाली महल में अस्त्र-शस्त्र इत्यादि रखने का भी इन्तजाम कर देते हैं। महल के बरामदों में तब तक सैनिक रुक सकेंगे।"

यह कहकर रूमी ने अपने साथी अफगान सरदार से कहा कि वह इन युवकों को बतलाए हुए स्थान पर ले जाकर इनके रुकने की व्यवस्था करें।

सारे युवक वहाँ से ले जाए गए।

तभी वैद्यराज शिवशंकर और धनंजय दवा लेकर आ जाते हैं। वीर नारायण : (उनकी ओर देखकर) "अब फिर दवाएँ किसलिए? आपने ही तो कहा था कि हम स्वस्थ हैं।"

वैद्यराज : "हाँ महाराज, घाव तो भर गए हैं, आपका सामान्य स्वास्थ्य भी ठीक है परन्तु यदि आप इन दवाओं को कुछ और दिन ले लें तो शरीर में स्फूर्ति रहेगी।"

वीर नारायण : "शरीर स्वस्थ है तो स्फूर्ति वैसे भी आ जाएगी।"

वैद्यराज : "महाराज, ऐसा ही हो परन्तु हम आयुर्वेद में मस्तिष्क की शान्ति के लिए भी औषधि देते हैं क्योंकि इस समय आपका तन और मन दोनों ही पूर्ण स्वस्थ होने चाहिए।"

वीर नारायण : "जैसी आपकी इच्छा।"

तभी रूमी कुछ कहने की इजाजत माँगते हैं।

वीर नारायण : "हाँ, हाँ अवश्य, आप जो कहना चाहते हैं अवश्य कहिए, यहाँ कोई गैर नहीं है, इनके सामने ही कहिए।"

रूमी : "महाराज, आपने युद्ध के लिए यदि कोई योजना बनाई हो तो हमें बतलाएँ ताकि हम उस पर बेहतरी से अमल करने की दिशा में काम करना प्रारम्भ कर दें।"

वीर नारायण : "इस दिशा में कार्य तो आपने प्रारम्भ कर ही दिया है। नए सैनिकों की भरती का कार्य हमारी योजना का ही अंग है। हम चाहते हैं कि अधिक से अधिक

सैनिक हमारी सेना में हों, हमने आसपास के इलाकों में इसकी मुनादी भी पिटवा दी है।"

रूमी : "लेकिन हमें सैनिकों की जितनी आवश्यकता है उससे हमारे पास सैनिकों की संख्या बहुत कम है, क्या और कोई तरीका नहीं है हमें अपना सैन्य बल बढ़ाने का?"

वीर नारायण : (सोचते हुए) "राज्य पर घोर संकट है और इसीलिए अभी कुछ युवक हमारी सेना में भरती होने के लिए आए हैं। उम्मीद करते हैं कि यह संख्या प्रतिदिन उत्तरोत्तर बढ़ेगी।"

रूमी हिचकिचाहट के साथ कुछ कहते-कहते रुक जाता है परन्तु वीर नारायण इसे ताड़ लेता है और कहता है : "आप कुछ कहना चाहते हैं तो कहिए, भले ही कितना भी अप्रिय क्यों न हो, क्योंकि युद्ध में हर किस्म की बात पर गौर करना चाहिए।"

रूमी : "जब हम गढ़ा से कूच कर रहे थे तब आधारसिंह जनाब भोजसिंह कायस्थ को कुछ मशविरा दे रहे थे वह मेरे ख्याल में आगे की जंग की नीति के बारे में था।"

वीर नारायण भृत्य से उन्हें बुलवा लेते हैं।

भोजसिंह कायस्थ आकर राजा से बुलाने का कारण पूछते हैं, इस पर वीर नारायण उनसे पूछते हैं कि जब वे गढ़ा से चले थे तब क्या महामन्त्री ने कोई युद्ध सम्बन्धी सलाह उन्हें दी थी।

भोजसिंह कायस्थ : "महामन्त्री ने सलाह तो नहीं दी थी पर युद्ध नीति सम्बन्धी एक विचार सामने रखा था।"

वीर नारायण : "वह क्या था?"

भोजसिंह कायस्थ : "महामन्त्री का सोचना था कि यदि आप स्वस्थ होते ही चौरागढ़ से सारा खजाना लेकर राज्य की सीमा में पश्चिम की ओर चले जाएँ तो आप सतपुड़ा के घने जंगलों में स्वयं को सुरक्षित रख सकते हैं। आपके पास हाथियों की फौज है अतः आपको तो खतरा होगा नहीं। यह जरूर है कि सघन वनोंवाले उस बृहद् प्रदेश में यदि मुगल सेना आपका पीछा करने का विचार करती है तो भारी भरकम मुगल सेना भोजन पानी के लिए मोहताज हो जाएगी। उन पहाड़ों में आज तक कोई बड़ी सेना पहुँची ही नहीं है। यहाँ तक कि वर्षों पहिले अलाउद्दीन भी उस रास्ते को बचाकर ही गया था। आप सारी फौज के लिए हाथियों पर खाद्य सामग्री लदवा लें, यह खाद्य सामग्री महीनों के लिए काफी होगी। इस तरह सिंगौरगढ़ की ही तरह उसे चौरागढ़ में भी कुछ हाथ न लगेगा। सिंगौरगढ़ से वह गढ़ा इसलिए बढ़ा कि गढ़ा राजधानी है पर सतपुड़ा के पश्चिमी पहाड़ों से लेकर महादेव की पहाड़ियों तक सिर्फ जंगल ही जंगल हैं।" यह कहकर भोजसिंह कायस्थ चुप हो गए।

वीर नारायण : "भागने से क्या होगा, भागने को तो अपने प्राण बचाकर बाजबहादुर भी भागता रहा। मुगल सेना से हारकर भी भागा पर नौ महीनों में उसे आत्मसमर्पण करना पड़ा।"

रूमी : "दोनों प्रकार के पीछे हटने में फर्क है महाराज, बाजबहादुर सिर्फ अपनी जान बचाकर भागा था, आप युद्ध की नीति की तहत पीछे हटेंगे। आपके पास ताकत और दौलत दोनों हैं। यदि आप अपनी फौज के साथ रोजाना 20 कोस भी चलें तो एक हफ्ते में पहाड़ों के उस मुकाम पर आप पहुँच जाएँगे जहाँ आप महफूज रहेंगे। मौका पड़ने पर आप फिर आक्रमण कीजिए ठीक वैसे ही जैसे बादशाह अकबर के पिता हुमायूँ ने हिन्दुस्तान से बाहर रहने के बाद किया था।"

वीर नारायण : "हमें तो पीछे हटने के नाम से ही नफरत है। हम युद्ध में अपने दुश्मन से लड़ना चाहते हैं केवल लड़ना। फिर जो होना हो वह हो। वैसे आपकी निजी सलाह क्या है?"

रूमी : "हमने तो जिस दिन अपने हाथ में शमशीर ली थी उसी दिन से हर दिन को हमने अल्लाह की मेहर माना है। अल्लाह ने हमें पचास साल से ऊपर जीने का वक्त दिया हमारे लिए बहुत है। हमें तो इस बात का फख्र है कि हम एक बहादुर राजा के साथ हैं। हम कुल इतना कह सकते हैं कि हमारे जीते जी हमारे राजा के जिस्म को मुगलों की शमशीर न छू पाएगी।"

वीर नारायण : (भोजसिंह कायस्थ से) "आप हमारे बुजुर्ग हैं, आपकी क्या सलाह है?"

भोजसिंह कायस्थ : "महाराज, मेरी उम्र तो पूरी हो चुकी है इसलिए मेरा विचार नवयुवकों के लिए कितना उपादेय है नहीं कह सकता पर मैंने अपनी जिन्दगी में वीरों का एक क्षण कायरों के सौ सालों से बढ़कर माना था। आज तो जो आपकी आज्ञा होगी उसे हम पूरा करेंगे। कम से कम मरते समय ही सही, यह देह आत्मसम्मान की रक्षा करने के काम तो आएगी, यह मेरे लिए सन्तोष की बात है।"

धनंजय सामने देखता है कि रामचेरी कुछ लेकर आ रही है। रामचेरी : (वीर नारायण से) "बेटा, तुम्हारे लिए व्रत किया था, अब तुम स्वस्थ हो गए हो, यह प्रसाद ले लो।"

वीर नारायण : "कौन-सा व्रत रखा था?"

रामचेरी : "वैद्यराज शिवशंकर रोज आते ही थे, वे पंडित भी हैं, सोचा उनसे श्रीमद्भागवत् सुन लूँ। वे रोज श्रीमद्भागवत सुनाते रहे हैं। आज समापन हो गया। यहाँ कोई आयोजन नहीं रख सके, आत्मशान्ति के लिए थी यह कथा।"

यह कहकर रामचेरी चली जाती है।

वीर नारायण को याद आया, उसकी माँ दुर्गावती प्रतिवर्ष इन्हीं दिनों श्रीमद्भागवत की कथा सुना करती थीं।

वीर नारायण को श्रीमद्भागवत की कथा के प्रारम्भ की कथा बहुत अच्छी तरह याद थी। कलियुग के प्रभाव से अर्जुन के पौत्र परीक्षित को सात दिनों के अन्दर मृत्यु का शाप और श्री शुकदेव द्वारा परीक्षित को कहे गए वचन कि मनुष्य ने जिस दिन जन्म लिया उसी दिन उसका साथ मृत्यु से हो गया। सात दिनों में कम से कम यह

तो निश्चित है कि अभी सात दिन जीवन के शेष हैं यदि यह न भी पता हो तब भी यह मानकर कि मृत्यु कभी भी आ सकती है मनुष्य को ईश्वर के चरणों की भक्ति करनी चाहिए। मृत्यु का क्या डर जब वह एक दिन आनी ही है फिर चाहे वह दिन कोई भी क्यों न हो।

जब मृत्यु से भय नहीं तब कर्त्तव्य के प्रति क्यों न स्पष्ट विचार हों। उसने जो बिना युद्ध किए राजकोष शत्रु को न सौंपने का निर्णय लिया है वह वीरोचित है।

वीर नारायण देख रहा था कि आज भी थोड़ी सख्या में सही, मातृभूमि पर शीश चढ़ाने के लिए युवक उसकी सेना में भरती होने आए थे, वे भी तो अपनी माताओं के पुत्र थे।

चौरागढ़ का युद्ध

सितम्बर, 1564 ई.

तीन माह की वर्षा के पश्चात् आसमान से बादल छँटने लगे थे। इक्का-दुक्का ही काले बादल अब दिखलाई पड़ रहे थे, ऐसी स्थिति में अब चौरागढ़ पर आक्रमण की सम्भावनाएँ बढ़ गईं।

एक दिन शाम को जब वीर नारायण अपने सलाहकारों के साथ बैठे थे तभी गढ़ के मुख्य दरवाजे के कुछ पहरेदारों ने पाँच नाचने वालियाँ (क्षेत्रीय भाषा में बेड़नें या बेड़नियाँ) तथा उनके साथ दो बाजा बजानेवालों को पेश किया। बरसात के बाद इन नाचने-गानेवालों के दल सारे मध्य भारत में निकल पड़ते हैं और हवेलियों तथा गढ़ियों में नाच-बजाकर बख्शीश लेते हैं जिससे उनका वर्ष भर का खर्चा चलता है। इन औरतों के नाकनक्श तीखे होते हैं साथ ही नैतिकता के पाठ इन लड़कियों को कभी नहीं पढ़ाए जाते अतः इनकी दुनियादारी की समझ औसत महिलाओं से कई गुनी अधिक होती है। नाचने-गाने के अलावा ये स्वाँग भी अच्छा रचती हैं। यदि एक पल में इनकी आँखों से झर-झर आँसू बह सकते हैं तो दूसरे पल इनकी वही आँखें लोगों को मादक बनाकर घायल कर सकती हैं। नौ रसों की नौ पल में अभिव्यक्ति इनके पेशे की जरूरत भी है।

वीर नारायण के सामने जब इन्होंने जोर-जोर से बाजा बजाकर गाना और नाचना प्रारम्भ किया तो राजा को यह सब बेसुरा लगा। तभी रामचेरी किसी काम से वहाँ अपने पति धनंजय से मिलने आ गई। रामचेरी ने इन नर्तक मण्डली को देखा तो लौटनी लगी परन्तु वीर नारायण ने रामचेरी से कहा, चूँकि वह इस समय गम्भीर विचार-विमर्श कर रहे हैं इसलिए वह इस नृत्य मण्डली को रनिवास में ले जाएँ। वीर नारायण नहीं चाहते थे कि भिक्षा की आशा में चौरागढ़ की कठिन पहाड़ी चढ़ाई में चढ़कर आनेवाली थकी हुई इस नृत्य मण्डली को खाली हाथ वापस किया जाए। उन्होंने रामचेरी से कहा कि वे अन्य महिलाएँ आज रात इस मण्डली का नृत्य स्वाँग देख उन्हें महल के बाहर रुकने दें। वैसे भी चौरागढ़ में अनेक महल भी खाली पड़े थे।

देर रात तक वार्ता के पश्चात् जहाँ महाराज वीर नारायण तथा अन्य लोग वार्ता में मशगूल थे। वहाँ रनिवास में बहुत दिनों बाद मनोरंजन का अवसर मिला था। रामचेरी ने देखा कि ये नर्तकियाँ गजब की खूबसूरत हैं। उनमें से दो जिनकी उम्र पन्द्रह-सोलह वर्ष होगी, उनका तो कहना ही क्या था। रामचेरी ने स्वाँग के लिए कुछ राजसी कपड़े दे दिए और उन्हें बनाव श्रृंगार की सामग्री दे दी ताकि राजा-रानियों का स्वाँग (नृत्य नाटिका) खेला जा सके। रामचेरी के दिए पुराने राजसी वस्त्रों में दोनों कम उम्र बेड़िनों का रूप खिलकर सामने आ गया। लगा कि वास्तविक राजकुमारियाँ ही हों। फिर क्या था देर रात तक नृत्य-संगीत चलता रहा।

राजा वीर नारायण तथा अन्य लोग अपने-अपने महलों में सो गए। प्रहरियों को छोड़कर सारे सैनिक भी अपने-अपने स्थानों में सो गए।

प्रातःकाल मुर्गे ने बाँग दी और प्राचीर पर घूम रहे प्रहरियों ने देखा कि पहाड़ी से एक योजन दूर धूल उड़ रही है। उसने तुरन्त जाकर धनंजय को खबर दी। बदहवास धनंजय ने तुरन्त रूमी और भोजसिंह कायस्थ को जगाया। सभी दौड़कर प्राचीर पर खड़े होकर देखने लगे। सूर्योदय होने को था परन्तु यह स्पष्ट दिखने लगा था कि पूर्व की ओर से शत्रु सेना ही पहाड़ी की ओर बढ़ रही है।

समय न खोते हुए रूमी ने सैनिकों को जगाकर उनसे तुरन्त युद्ध के लिए तैयार होने को कहा। सैनिक नित्यकर्म के बाद युद्ध की तैयारी करने लगे। किले की छावनी में युद्ध की तुरही बजा दी गई।

जब भोजसिंह कायस्थ महाराज वीर नारायण के महल में पहुँचे तो उन्होंने देखा, महाराज उठ चुके हैं और कक्ष से बाहर अपने अंगरक्षकों के साथ खड़े हैं। उनके अंगरक्षकों ने उन्हें पहले ही जगा दिया था।

महाराज ने भोजसिंह कायस्थ से कहा : "हम अपने सभी सलाहकारों से यहीं वार्ता करेंगे। हमने स्थिति का निरीक्षण कर लिया है। इस ऊँची पहाड़ी के नीचे पहुँचने और फिर ऊपर चढ़ने में शत्रु को अभी कम से कम एक प्रहर का समय लगेगा। किले के दरवाजे बन्द तो थे ही प्राचीर पर सैनिक टुकड़ियों को बढ़ा दिया गया है।"

अब तक सुबह हो चुकी थी, दूर दुश्मन के घुड़सवारों की ध्वजाएँ दिखलाई देने लगीं।

महाराज वीर नारायण अपने सलाहकारों से बातें कर ही रहे थे कि रामचेरी वहाँ पहुँच गई। उसे उसके पति ने सब कुछ बतला दिया था। वह स्वयं भी किले की प्राचीर से शत्रु की समुद्र के समान विशाल सैन्यशक्ति को देख चुकी थी। रामचेरी ने आते ही कहा : "पुत्र, युद्ध में तैयार होने के पहले स्नान करो ताकि मैं तुम्हारी माँ के स्थान पर तुम्हारी आरती कर सकूँ।"

महाराज ने महल में जाकर स्नान किया और भगवान कृष्ण का ध्यान किया। जब वे सैन्य वेश में बाहर आए तो रामचेरी ने उनकी आरती उतारी और आशीर्वाद दिया। वैद्यराज शिवशंकर ने स्वस्तिवाचन के साथ उनकी दाहिनी भुजा पर रक्षासूत्र बाँधा।

इसके बाद रामचेरी ने कहा : "महाराज, महाप्रसाद तैयार हो रहा है, आप किन्हीं दो लोगों को भेजें ताकि उसमें अमृत मिलाया जा सके।" यह कहकर रामचेरी ने एक पोटली भोजसिंह कायस्थ को सौंप दी और वह वापस रनिवास चली गई।

भोजसिंह कायस्थ सारी बात समझ चुके थे। उन्होंने कहा, "महाराज, आप 'रूमी' को हमारे साथ कर दें, हम सारा कार्य सम्पन्न कर देंगे। आप अपने अश्व पर बैठकर सैनिकों के पास पहुँचें, वे शस्त्र धारण कर रहे होंगे। आप उन्हें युद्ध का निर्देश दें।"

भोजसिंह कायस्थ और रूमी बीस सैनिकों के साथ रनिवास पहुँचे। रनिवास में एक बड़े कक्ष में सभी महिलाएँ एक पंक्ति से बैठी थीं। भोजसिंह कायस्थ ने रनिवास महल में घुसते समय रूमी से कहा कि वह जितनी शीघ्र हो सके महल के भीतरी बरामदे में विशाल चिता बना दे और इसके लिए पाकशाला में रखी सारी लकड़ी को उठाकर ठीक ढंग से जमवा दें और उसमें आग लगवा दें ताकि आग ठीक ढंग से सुलग जाए। रूमी ने सैनिकों की सहायता से यह कार्य सम्पन्न किया।

कुछ देर बाद पुनः जब भोजसिंह कायस्थ वहाँ पहुँचे तब उन्होंने देखा कि सभी महिलाएँ पूर्ववत एक पंक्ति में बैठी हैं। रामचेरी का मुँह मानो पत्थर का हो गया था। दो सैनिकों को दरवाजे के बाहर खड़ा कर दिया गया। रामचेरी भोजसिंह कायस्थ को लेकर पाकशाला पहुँची, वहाँ पर कड़ाही में महाप्रसाद बना रखा था। पास ही उतनी ही कटोरियाँ थीं जितनी कि महिलाएँ थीं। रामचेरी ने अपने हाथों कटोरियों में थोड़ा-थोड़ा प्रसाद रखा और भोजसिंह कायस्थ से कहा कि वह स्वयं प्रत्येक कटोरी में अमृत मिलाए। यह अमृत और कुछ नहीं संखिया था। प्रत्येक कटोरी में इतना संखिया मिलाया गया जितने में एक स्त्री तो क्या दस स्त्रियाँ भी दम तोड़ दें। विशाल थाल में अमृत मिले प्रसाद की कटोरियाँ आ जाने पर उसने भोजसिंह कायस्थ से कहा कि वे स्वयं सब को एक-एक कटोरी प्रसाद वितरित करे और सबसे कहा गया कि इस प्रसाद का भक्षण सबको जब कहा जाए तब एक साथ ही करना है।

सबसे पहले प्रसाद की कटोरी रामचेरी ने उठाई और उसके बाद सब स्त्रियों ने। भोजसिंह कायस्थ के 'जै भवानी' कहने के साथ ही सबने वह प्रसाद गले से नीचे उतार लिया।

क्षण भर में सारी महिलाएँ निश्चेष्ट होकर गिर गईं। पंक्ति में सबसे पहले गिरी हुई रामचेरी ने टूटती श्वास के साथ कहा : "दुर्गा, मैं भी आ रही हूँ।" अन्य महिलाओं के मुख से भी अस्फुट शब्द निकले और थोड़ी देर में सब कुछ शान्त हो गया। एक डरावनी निस्तब्धता छा गई सारे महल में।

पास ही के बरामदे में विशाल चिता में आग धधकने लगी थी। रूमी अपने सिपाहियों के साथ आए और उन्हें आज्ञा दी कि सभी मृत और अर्धमृत शरीरों को अग्नि के हवाले करें।

देखते ही देखते सारी स्त्रियों को चिता में रख दिया गया। ऊपर से कुछ और लकड़ियाँ डाल दी गईं। चिता धू-धू कर जलने लगी, यहाँ तक कि भवन के दरवाजे और

चौखट जलकर गिरने लगे। यह जौहर था। मुसलमानों के आक्रमणों के बाद के भारत में हिन्दू स्त्रियों के स्वाभिमान और सतीत्व की रक्षा का अन्तिम मार्ग।

भोजसिंह कायस्थ और रूमी सैनिकों के साथ महाराजा से मिलने चल पड़े।

जब महाराज वीर नारायण सैनिकों को निर्देश दे रहे थे और दूसरी ओर जौहर हो रहा था उसी बीच बेड़नियाँ और उनके साथी किले के पिछले हिस्से की ओर भागे किन्तु वहाँ इतना तीव्र ढलान था कि उसे देखकर उन्हें साक्षात् मौत ही नजर आई।

उस वृक्षों से भरे ढलान में कुछ बेड़नियाँ और उनके साथी तो उतर गए पर दो कम उम्र खूबसूरत बेड़िनें, जिन्होंने रात में किए गए स्वाँग के राजकुमारियों के कपड़े भी न बदले थे डर कर लौटीं और उसी महल में छुप गईं जहाँ जौहर हुआ था। इस लोमहर्षक दृश्य को देखकर उन्हें बेहोशी आ गई।

महाराज वीर नारायण सैनिकों को युद्ध का निर्देश दे चुके थे। जितने अधिक से अधिक शत्रुओं को मौत के घाट उतारा जा सके, यही निर्देश था। अब तक भोजसिंह कायस्थ और रूमी भी अपने-अपने घोड़ों पर बैठकर शस्त्र लेकर आ चुके थे। वीर नारायण ने दोनों को ही युद्ध में न जाने के लिए कहा परन्तु दोनों ही युद्ध में जाने को कटिबद्ध थे। वीर नारायण इस युद्ध में गजसेना की व्यर्थता देख रहे थे अतः उन्होंने हाथियों को किले की गजशाला में ही रहने दिया। गजसेना के सैनिक तुरन्त ही पैदल सेना में आ मिले।

प्राचीर पर रक्षा कर रहे सैनिक महाराज के पास आए और कहने लगे : "महाराज शत्रुसेना आधी पहाड़ी तक चढ़ चुकी है तब हमें क्या किले में रहकर उनका सामना करना है या सिंहद्वार खोलकर उन पर आक्रमण करना है?"

वीर नारायण : "आक्रमण होगा, हम आक्रमण करेंगे" और घोड़े पर सवार होकर वीर नारायण आगे बढ़े सिंहद्वार खोल दिया गया। रणभेरी बजा दी गई। वीर नारायण के नेतृत्व में सेना वीरता से लड़ी और जब तक अन्तिम सैनिक मारा नहीं गया तब तक गोंड वीरों ने युद्ध जारी रखा।

अब सब कुछ समाप्त हो चुका था, चारों ओर केवल मुगल सैनिक थे जो चौरागढ़ के किले से लेकर पहाड़ी के नीचे के शिविर तक फैले हुए थे। उन्हीं में से कुछ ने जाकर आसफ खाँ से कहा : "हुजूर, जंग में हमारी फतह हो चुकी है।"

लूट का माल

चौरागढ़ युद्ध के चार दिन बाद

आसफ खाँ ने युद्ध में फतह पाने के बाद सेना की एक टुकड़ी को किले के चारों ओर सुरक्षा के लिए तैनात कर दिया ताकि चौरागढ़ का सम्भावित खजाना कड़ी सुरक्षा में रहे। आसफ खाँ ने सख्त हिदायत दी कि कोई भी व्यक्ति चौरागढ़ के महलों में प्रवेश न करे।

पहले दिन युद्ध के बाद शाम हो जाने तक आसफ खाँ और उसके साथी मुहब्बिब अलीखाँ, मुहम्मद मुराद खाँ, वजीर खाँ, बाबाई काकशाल नाजिर बहादुर और आक मुहम्मद छावनी में मौज करते रहे। दूसरे दिन आसफ खाँ ने लाशों को ठिकाने लगाने का काम पास के गाँवों से पकड़े गए लोगों को सौंपा। सैनिकों की निगरानी में युद्ध में मृत मुसलमान सैनिकों को दफन कर दिया गया और दूसरे सैनिकों के शव रास्ते से हटवाकर गड्ढों में डलवा दिए। कुल मिलाकर दो दिनों में सारे इलाकों को लाशों की बदबू से दूर करने के इन्तजाम कर दिए। तीसरे दिन शाम तक यह काम हो पाया।

चौथे दिन सुबह की नमाज अता करने के बाद आसफ खाँ अपने साथ थोड़े से विश्वासपात्र सैनिकों को लेकर किले में प्रविष्ट हुआ। शेष पूरी सेना और सहायक सेनापतियों को उसने छावनी पर ही छोड़ दिया। यद्यपि कुछ सेनापतियों ने किले में साथ जाने की इच्छा जाहिर भी की परन्तु उसने चतुराई से यह कहते हुए सबको निरुत्तर कर दिया कि वह स्वयं ही एक बार सारी स्थिति को देखकर सबको ऊपर चलने की दावत देगा। इस बात में उसके भाई वजीर खान ने आसफ खाँ का समर्थन किया तो सभी वहाँ रुक गए।

चौथे दिन जब आसफ खाँ किले के अन्दर दाखिल हुआ तो उसने पाया कि किले की चार दीवारियों पर उसके सैनिक मुस्तैदी से पहरा दे रहे हैं। उनको भी महलों में घुसने पर रोक थी। बाहरी प्राचीर छोड़कर उन्हें भीतर भी नहीं जाना था। आसफ खाँ यह जानता था कि एक बार किले से आक्रमण हो जाने के बाद किले में सिवा औरतों के कोई नहीं बचता। यही कुछ सोचते हुए वह जैसे ही किले के भीतर कुछ दूर बढ़ा उसे धुआँ निकलता दिखलाई दिया। उसने साथ आए सैनिकों से आग सुलगती उस इमारत को घेर लेने को कहा। वह केवल अपने दो अंगरक्षकों के साथ इस महल में भीतर घुसा जिसमें अब भी धुआँ निकल रहा था।

जैसे ही वह बरामदे की ओर बढ़ा वह यह देखकर हैरान हो गया कि एक विशाल गोलाकार चिता जलकर ठंडी हो चुकी है जिसमें अनेक लाशें पूरी तरह जल चुकी हैं। कुछ लाशों के हाथ या पैर बाहर अधजले पड़े थे जिनसे यह जाहिर हो गया था कि यहाँ जौहर किया गया है। आसफ खाँ जौहर का अर्थ समझता था। यह स्त्रियों का एक ऐसा अग्निप्रवेश था जिसमें जीवित बचने की कहीं कोई गुंजाइश नहीं होती थी। हो भी कैसे स्त्रियाँ अपने सतीत्व और आत्मसम्मान की रक्षा के लिए ही तो जौहर करती थीं। आसफ खाँ ने ध्यान से देखा कि जब आग पूरी धधकी थी तब उसने इमारत की उस शहतीर को भी जला दिया था जिस पर छत का एक हिस्सा सधा था। आग के जलने से इमारत के एक ओर का भाग ध्वस्त हो गया था। वह उस ओर कुतूहल वश आगे बढ़ा पर वह यह देखकर दंग रह गया कि वहाँ पर दो निहायत खूबसूरत और कम उम्र औरतें भय से सिकुड़कर छुपी बैठी हैं। उसने दोनों से गरजकर बाहर आने को कहा। वे दोनों डरते सहमते बाहर आ गईं। आसफ खाँ ने उनके शरीर पर राजसी वस्त्र देखे पर वह हैरानी में पड़ गया कि जौहर में ये औरतें कैसे बच गईं, इसलिए उसने कड़ककर पूछा : "तुम दोनों कौन हो? सच बतलाओ, नहीं तो तुम दोनों को अभी मौत के घाट उतार दिया जाएगा।"

दोनों ने क्या उत्तर दिया यह तो ठीक समझ में नहीं आ सका क्योंकि दोनों ने तीन दिनों से खाना नहीं खाया था और न पानी पिया था परन्तु उनकी बोली और सम्बोधन से आसफ खाँ यह समझ गया कि ये कौन हैं? तभी उसके दिमाग में एक विचार कौंधा कि क्यों न इन दोनों को गढ़ा कटंगा राजघराने से सम्बन्ध कर यह कहानी गढ़ दी जाए कि जौहर के चार दिन बाद भी दो राजघराने की औरतें कुदरत के चमत्कार के कारण बच गईं। यह कहानी उसके लिए फायदेमन्द थी क्योंकि हर जंग के बाद जवान और खूबसूरत औरतों को शहंशाह की खिदमत में पेश करना मुगल सेनापतियों के लिए अब दस्तूर बन चुका था। आसफ खाँ ने दोनों की ओर फिर गौर से देखा और पाया कि दोनों बेइन्तहा खूबसूरत हैं।

ज्यादा वक्त बरबाद करना बेकार था इसलिए उसने उन दोनों से पूछा : "हम तुम्हें या तो शहंशाह की खिदमत में भेज सकते हैं या हम तुम्हें ऐसे दोजख में भेज सकते हैं कि जहाँ तुम्हें तड़पा-तड़पाकर कुत्तों की मौत दे दी जाएगी।"

दोनों औरतों ने उस हालत में भी जिस अदा से आसफ खाँ के पैर पकड़े उससे वह बेहद खुश हो गया। उसने उनसे कहा : "तुम्हें सिर्फ इतना याद रखना है और उसके मुताबिक अपने को पेश भी करना है कि तुम दोनों में से एक दुर्गावती की बहन हो और दूसरी राजा वीर नारायण की मंगेतर। तुम दोनों इसी वक्त से हमेशा के लिए अब जो हम कह रहे हैं वह हो जाओ। तुममें से एक जो अपने को दुर्गावती की बहिन बतलाएगी उसका नाम होगा कमलावती और दूसरी अपने को राजा पूरागढ़ की बेटी कहेगी। वह अपने को वीर नारायण की मंगेतर कहेगी। वह यह भी कहेगी कि शादी की रस्म बहुत ही जल्दी होनेवाली थी।"

दोनों बेड़नियाँ जो भूख से बेहाल थीं, यह सुनते ही उनकी भूख गायब हो गई, वे बेहद खुश हो गईं। अब उन्हें अपनी जिन्दगी में एक ऐसा स्वाँग करना था जिसकी उन्होंने कल्पना भी न की थी।

आसफ खाँ आश्वस्त था क्योंकि दोनों बेड़नियों ने राजसी कपड़े पहन रखे थे और उनकी भाषा एक दम गोंडवाने की थी। यह सब कुछ क्षणों में ही समझ और समझा दिया गया।

आसफ खाँ ने बाहर आकर अपने अंगरक्षकों को बुलाया और उन्हें भी उसने वही कहानी सुनाई जिसे वह प्रचारित करना चाहता था।

आसफ खाँ ने उन दोनों को एक अंगरक्षक की सुरक्षा में छोड़ बाकी महल की ओर कदम बढ़ाए। शीघ्र ही उसे एक महल में अनेक ताले लगे दिखलाई दिए, जो उसके अंगरक्षकों ने सरलता से तोड़ दिए। इस महल के एक कमरे में कुछ सीढ़ियाँ उतरकर नीचे एक लौह कपाट लगा था जिसे तुड़वाने में कुछ वक्त लगा पर यहीं गढ़ा कटंगा की अकूत दौलत रखी थी। यही खजाना था जिसकी चाह में योजनाएँ बनाई थीं और वह सफल भी हुआ था।

आसफ खाँ ने इन सारी वस्तुओं को व्यवस्थित ढंग से गिनवाया। वहाँ पर उसे अलाउद्दीन खलजी के समय की असर्फियों से भरे सौ बड़े घड़े मिले। संग्रामशाह के शासन के सोने और चाँदी के सिक्कों की विशाल राशि मिली। इसके अतिरिक्त ठोस सोने और चाँदी की सिल्लियों का विशाल ढेर मिला और मिले इसके साथ ही रत्नजटित स्वर्ण की अनेक ठोस मूर्तियाँ तथा हजारों दुर्लभ वस्तुएँ जो विगत एक सौ वर्ष से यहाँ लगातार लाकर रखी जा रही थीं। यह इतना धन था कि आसफ खाँ जिसकी सपने में भी कल्पना नहीं कर सकता था।

आसफ खाँ ने इतना सारा धन देखकर तुरन्त अपने भाई वजीर खाँ को बुलाया। वजीर खाँ ऊपर किले में जा पहुँचा, सारी दौलत देखकर वजीर खाँ यह समझ चुका था कि इतनी दौलत से कोई भी सैनिक सुलतान बन सकता है। वह अपने भाई के स्वभाव से अच्छी तरह परिचित था। वह यह समझ चुका था कि उसका भाई आसानी से इतनी दौलत को अपने हाथ से निकलने न देगा परन्तु अभी कोई बखेड़ा न प्रारम्भ हो इसका विचार करते हुए उसने आसफ खाँ को सलाह दी कि सारा खजाना यथावत वहीं रखा जाए परन्तु इस बात को साथ वाले सेनापतियों से छुपाया न जाए।

आसफ खाँ ने सोचकर यह पाया कि सलाह वाजिब थी अतः दोनों भाइयों ने खजाने पर की सुरक्षा और अधिक कड़ी कर दी। इसके बाद दोनों भाइयों ने हाथियों की पूरी सेना देखी जिसका युद्ध में तोपों के डर से प्रयोग ही नहीं हुआ था। आसफ खाँ की सेना को जिसके पास तोपे थीं इन हाथियों ने और अधिक मजबूती दे दी थी।

किले के महलों का मुआइना करने के बाद दोनों भाई आसफ खाँ और वजीर खाँ नीचे उतरकर सैनिक छावनी में आए। उनके साथ दो खूबसूरत कम उम्र औरतें थीं। वजीर खाँ ने दोनों औरतों और खजाने के बारे में अन्य सेनानायकों को बतलाया।

उसी रात सभी सेनापतियों की बैठक में—

आसफ खाँ : "अल्लाह की मेहरबानी से हमने जंग में फतह पा ली है। इस फतह से हमें जो भी माले तैयब मिला है उसकी आप सबको जानकारी वजीर खाँ दे चुके हैं। हम चाहते हैं कि बादशाह सलामत को जीत का तोहफा जल्द से जल्द पेश करें। यह हमारा फर्ज है। हम जो तोहफा उन्हें पेश करने जा रहे हैं उसकी हिफाजत पूरी तौर से आपको रखनी है। माले गनीमत में हमें दो हुस्न की मलिकाएँ मिली हैं जिन्हें हमने आलमपनाह की खिदमत में तुरन्त भेजने का फैसला किया है और इस काम का जिम्मा हम उन सारे सिपहसालारों को देना चाहते हैं जिनकी सेवाएँ बादशाह सलामत ने हमें जंग जीतने के लिए सौंपी थीं। हम इस जंग की जीत के तोहफे के रूप में बादशाह सलामत को दो सौ हाथी भी भेज रहे हैं।"

आसफ खाँ ने बिना समय खोए, अकबर ने जिन सैनिक अधिकारियों को इस युद्ध में आसफ खाँ के साथ भेजा था उन घुड़सवार टोलियों के साथ आगरा वापस भेजने का निर्णय लिया जो बादशाह के प्रति पूरी तौर से समर्पित थे। इस तरह दो औरतों को उनके परिचय-पत्र और दो सौ हाथियों के साथ एक बड़ी सेना आगरा वापस हो गई। अब भी आसफ खाँ के पास गोंडवाना की अकूत दौलत, तोपें, हजारों घुड़सवार नौ सौ हाथी और एक बहुत बड़ी पैदल सेना थी। उसने उन तत्त्वों से सहज ही छुटकारा पा लिया जो बादशाह अकबर के कट्टर समर्थक थे।

आसफ खाँ की इस रईसी ने बादशाह के प्रति भी उसकी मुरव्वत खत्म कर दी थी। अब वह स्वयं को सियासत का उस्ताद मानने लगा था। उसकी नजर में युवा बादशाह मामलों का मुब्तदी था और इस तरह उसने बादशाह की हुक्म उदूली में पहला कदम उठाया। वह स्वयं बादशाह की सेना में नहीं पहुँचा और गोंडवाना की बादशाहत के सपने देखने लगा। परन्तु ऊपरी तौर पर उसने गढ़ा की सूबेदारी सँभाल ली।

एक साल भी नहीं बीता होगा कि अकबर के एक अमीर और उसके भाई ने बादशाह के खिलाफ बगावत की। उस जगह के जागीरदार मजनू खाँ ने गढ़ा के सूबेदार आसफ खाँ से दोनों बगावतियों खानजमान और बहादुर खान के खिलाफ सहायता माँगी। आसफ खाँ थोड़ी सेना गढ़ा में छोड़कर अपनी पुरानी जागीर कड़ा की ओर चला गया और चौरागढ़ की लूट का कुछ हिस्सा मजनू खाँ को भेज दिया तथा कुछ हिस्सा अपने सैनिकों में बाँट दिया। यहाँ जब सम्राट अकबर जौनपुर गया तब आसफ खाँ ने गढ़ा की लूट में से कुछ बहुमूल्य तोहफे अकबर को भेंट किए। सम्राट अकबर ने उसके अब तक के सारे गुनाहों को माफ कर दिया और उसे विद्रोही खानजमान के विरुद्ध कूच करने का आदेश दिया।

परन्तु मुजफ्फर खाँ और उसके साथियों ने अकबर से अर्ज किया कि उसे दी गई भेटें तो लूट का एक मामूली-सा हिस्सा है। पूरी दौलत तो आसफ खाँ ने डकार ली है।

किन्तु अकबर से की गई शिकायत का पता आसफ खाँ को पता चल गया और वह डरकर अपने भाई वजीर खाँ के साथ गढ़ा कटंगा की ओर भागा। इसी वर्ष एक

बादशाह की फौजों ने आसफ खाँ को पराजित कर दिया और बहादुर खान ने उसे बन्दी बना लिया परन्तु उसके भाई वजीर खाँ ने धोखे से हमला कर उसे छुड़ा लिया और दोनों भाई गढ़ा भाग गए।

सन् 1566

शहंशाह अकबर अपनी फौज के साथ मिर्जा हकीम को सबक सिखाने जब उत्तर की ओर जा रहा था तब लाहौर में आसफ खाँ का भाई वजीर खाँ उससे मिला। उसने शहंशाह से अपने भाई के गुनाहों को माफ करने की भीख माँगी। अकबर ने इस अवसर पर माफी बख्शना बेहतर समझा। इस तरह आसफ खाँ दो वर्ष बाद फिर कड़ा मानिकपुर पहुँच गया। लूट का अधिकांश भाग बादशाह को नजर करना पड़ा। गढ़ा की देखभाल का काम अकबर ने एक कम काबिल सूबेदार मेंहदी कासिम खाँ को सौंप दिया। यह आसफ खाँ का दुर्भाग्य ही था कि किस्मत ने उसे दो विजयों का सेहरा पहनाया। आसफ खाँ का असली नाम अब्दुल मजीद था जो कि एक महत्त्वाकांक्षी व्यक्ति था। अकबर की साम्राज्यवादी नीति के लिए बहुत उपयुक्त था यह व्यक्ति। इसने पहले रीवा के राजा रामचन्द्र को पराजित कर गढ़ा कटंगा राज्य की उत्तरी सीमा के पीढ़ियों से चले आ रहे रक्षा कवच को भेद डाला और बाद में उसने वे सारे हथकंडे अपनाए ताकि गढ़ा कटंगा राज्य की दिल्ली के बादशाह से कोई सन्धि न हो सके। आसफ खाँ शब्द अपने मूल अर्थ में एक प्राचीन नाम है। आसफ खाँ हजरत सुलेमान का एक वजीर था जो बहुत ही बुद्धिमान और निपुण था। अकबर के इस सूबेदार में वे गुण कितने थे इस पर इतिहासकारों में मतभेद है।

स्वतन्त्रता का अन्त

आगरा (सन् 1575)

महेश ठक्कुर अभी भी मुगलबादशाह अकबर की पुरानी राजधानी आगरा में एक शानदार हवेली में रह रहे हैं। नौकर-चाकरों और धन-दौलत की कोई कमी नहीं है। पिछले कुछ दिनों से सोच रहे हैं कि नई राजधानी फतेहपुर सीकरी चले जाएँ परन्तु प्रतिदिन जाने की और वहाँ रुकने की सुविधा होने पर भी वह इसलिए वहाँ रहने नहीं पहुँचे लेकिन सप्ताह में तीन दिन वहाँ जाना हो जाता है। आज महेश ठक्कुर फतेहपुर सीकरी से ही लौटे हैं।

सुमन : (आगवानी करते हुए) "आज आप बहुत निराश दिख रहे हैं।"

यह कहकर वह महेश ठक्कुर को बैठाती है और पीने को जल देती है।

महेश ठक्कुर : "नहीं, ऐसा कुछ नहीं है, मैंने जो मार्ग चुना था उसमें यह सब कुछ अपेक्षित ही था, नया कुछ भी नहीं है सुमन, कुछ भी नहीं।" कहते हुए पूरा लोटा खाली कर देते हैं।

सुमन : "नहीं स्वामी, मैं भी आपकी व्यथा को सुनना चाहती हूँ। पहले आराम से बैठ जाएँ, मैं पानी लाती हूँ।" महेश ठक्कुर पत्नी के पास रखी चौकी पर आकर बैठ जाते हैं।

महेश ठक्कुर : "सुमन, व्यथा जैसी कहीं कोई चीज नहीं है, पर कभी कुछ हो जाता है। भले ही वह तथ्यमय हो लेकिन मन दुखी हो ही जाता है।" यह कहते हुए सुमन का हाथ पकड़ लेते हैं।

सुमन : "क्या हुआ है, दरबार में?"

महेश ठक्कुर : "शहंशाह आज बड़े प्रसन्न थे। उन्होंने दरबार के बाद दीवाने खास में मुझसे एक चौबीस-पचीस वर्षीय नवयुवक से मिलवाया, जिसे मैं जानता तो था क्योंकि वह दरबार में आता रहता था, और कहा कि यह व्यक्ति जिसका नाम अबुल फज्ल है उसे शाही इतिहास के लेखन का कार्य सौंपा गया है। इस कार्य के लिए उसे बहुत से सहायक और पर्याप्त धन दिया जा रहा है। बादशाह ने कहा था कि वे चाहते हैं कि अबुल फज्ल का लिखा इतिहास आइने के मानिन्द साफ और हकीकत की सही तस्वीर बतानेवाला हो।"

सुमन : "फिर क्या हुआ?"

महेश ठक्कुर : "अबुल फज्ल दरबार की भाषा को खूब समझता है अतः दरबार के बाद जब मैं उत्सुकतावश उससे पूछ बैठा कि शहंशाह ने अब से बारह-तेरह वर्ष पहले गोंडवाना राज्य को जीता था, क्या उसके सम्बन्ध में कुछ लेखन हुआ?"

इस पर उसने सोचते हुए कहा : "आप हमारे साथ शाही किताबघर चलें, उसी के एक भाग में हमारा कार्य हो रहा है।" इसके बाद हम लोग शाही किताबघर पहुँचे।

महेश ठक्कुर : "किताबघर तो नाम है, पूरा महल ही है, उसके एक हिस्से में तो किताबें भरी पड़ी हैं और दूसरी ओर आधे महल में दसियों लेखक, वर्तनीकार, चित्रकार और न मालूम कौन-कौन लोग बैठे हुए थे।"

सुमन : "आश्चर्य है, एक निरक्षर बादशाह को विद्या में इतनी रुचि।"

महेश ठक्कुर : (अनसुनी करते हुए) "हाँ, यह विचित्र बात है। मैं तुम्हें आगे की घटना सुनाना चाहता हूँ। अबुल फज्ल उन बहुत से लेखकों को लाँघते हुए मुझे एक ओर ले जा रहा था, परन्तु तभी मैंने पूछ लिया कि इतने सारे लेखक और वर्तनीकार सब मिलकर कैसे काम करते हैं?"

सुमन : "बहुत से लोग मिलकर एक ही काम? वास्तव में आश्चर्य की बात है।"

महेश ठक्कुर : "हाँ, यह आश्चर्य की बात थी परन्तु अबुल फज्ल ने बताया कि उसे दो पुस्तकों का संकलन करना है। जिनका नाम उसने क्रमशः 'आइने अकबरी' और 'अकबरनामा' दिया है। इनमें से अकबरनामा बादशाह का जीवनवृत्त है।"

सुमन : "परन्तु, यह छोकरा तो अभी नौकरी में लगा है जबकि शहंशाह को वर्षों राज करते हो गए हैं फिर वह शहंशाह के उनके बचपन का वृत्तान्त कैसे लिखेगा या तैयार करवाएगा?"

महेश ठक्कुर : "अबुल फज्ल ने शहंशाह के अब तक के जीवन के लिए एक अलग लेखक रखा है जो सारी उपलब्ध सामग्री को एकत्रित कर रहा है। शहंशाह के पिता हुमायूँ और उनके पिता या शहंशाह के पितामह बाबर की जीवनी के लिए अलग लेखक हैं।"

सुमन : "जब इतने सारे लेखक होंगे तो उनमें लेखन में एकरसता कैसे आएगी।"

महेश ठक्कुर : "आएगी, अवश्य आएगी, क्योंकि यह लेखन अनेक स्तर पर होगा। अन्तिम स्तर पर एक ही विद्वान उसे लिपिबद्ध कराएगा। पैसे लेकर काम करनेवाले विद्वानों की राज्य में कमी नहीं है।"

सुमन : "खैर, आप अपनी बात बतलाइए।"

गोंडवाने से आपको क्या लेना-देना था, जब आपने वह राज्य छोड़ ही दिया है। सुमन ने कुछ व्यंग से कहा। और वह उठने लगी। महेश ठक्कुर ने सुमन का हाथ छोड़ दिया।

महेश ठक्कुर : "मेरी मातृभूमि न सही मेरी पहली कर्मभूमि तो थी ही वह और वहाँ की साहित्यिक साधना के फलस्वरूप मैं यहाँ तक पहुँचा, अतएव एक याद तो है

ही जो मिटाए नहीं मिटती।''

सुमन : ''एक पीढ़ी की अधिक याद मत करें पण्डित जी, आज की उपलब्धियों पर गर्व करें।'' यह कहकर सुमन ने फीकी हँसी हँस दी।

महेश ठक्कुर उठकर दूसरे कक्ष में चले गए।

कुछ दिनों बाद, महेश ठक्कुर के भवन में

भृत्य सूचना देता है कि कविवर रघुनन्दन राय आए हैं।

महेश ठक्कुर भृत्य को आज्ञा देते हैं कि उन्हें भीतर ही ले आओ। भीतर आते समय दूर से ही रघुनंदन राय गुरुजी को उच्च स्वर में प्रणाम करते हैं और आकर महेश ठक्कुर और सुमन के चरण-स्पर्श करते हैं। वे उन्हें बैठने के लिए आसन देते हैं और रघुनन्दन राय बैठ जाते हैं। रघुनन्दन राय अत्यन्त प्रसन्न हैं।

महेश ठक्कुर : ''कहो रघुनन्दन, दरबार के क्या हाल हैं, मैं विगत एक सप्ताह से दरबार पहुँच ही नहीं सका।''

रघुनन्दन राय : (आदर से) ''यदि आप नहीं भी गए तो मैं वहाँ प्रतिदिन ही था।''

महेश ठक्कुर : ''वह तो ठीक है पर राजदरबार में न जाने के कारण कौन किस तरह का अर्थ ले ले और फिर यह अर्थ किस तरह अनर्थ होकर बादशाह तक पहुँचे क्या कहा जा सकता है।''

रघुनन्दन राय : ''गुरुवर, रघुनन्दन राय के रहते वैसा कुछ भी नहीं हो सकता है। आपके आशीर्वाद से पूरा दरबार मुझे आपका प्रतिनिधि मानता है।''

महेश ठक्कुर : ''रघुनन्दन, यह तो तुम्हारी विनम्रता है। तुमने अपनी प्रतिभा के बल पर ही दरबार में अपनी जगह बनाई है। मैं तो पूरी तरह से ऊब गया हूँ अब दरबारी जीवन से। यद्यपि गढ़ा कटंगा में भी मैं राजदरबार में ही था पर यहाँ बात और है। यहाँ पर लगता है हमने बारह वर्ष का वनवास पूरा कर लिया है अब हमारा वक्त यहाँ पूरा हो गया है।''

रघुनन्दन राय : ''गुरुवर, व्यग्र न हों, आपकी इच्छा के अनुसार मैंने बादशाह सलामत से अर्ज कर आपको प्रदान की गई जागीर के स्वत्वाधिकार के सभी आवश्यक आदेश प्राप्त कर लिए हैं। अब यदि आप चाहें तो अपना अधिक समय मिथिला में व्यतीत कर सकते हैं। अब आप दरभंगा की जागीर के सबसे बड़े अधिकारी और बादशाह सलामत के प्रतिनिधि हैं। अब आप अपनी मातृभूमि में विशिष्ट व्यक्ति के रूप में प्रतिष्ठित हो चुके हैं।''

महेश ठक्कुर : ''रघुनन्दन, राजकाज, जमीन-जायदाद के पीछे छिपी सचाइयों ने मुझे इन सबसे विरक्ति-सी पैदा कर दी है।''

रघुनन्दन राय : ''वह तो मैं देख ही रहा हूँ, आप भी देखिए। आज से वर्षों पूर्व आपके ज्ञान से प्रभावित हो गुणज्ञ बादशाह सलामत ने जब आपसे ही पूछा था कि आप पारितोषिक के रूप में क्या चाहेंगे तब आपने ही तो एक उच्च पद पर अपनी मातृभूमि में जाने की इच्छा प्रकट की थी।''

महेश ठक्कुर : "तब बात और थी, मेरे सोचने का नजरिया भी शायद और था।"

रघुनन्दन राय : "परन्तु गुरुवर, शहंशाह की उदारता तो देखिए कि वे अपने वचन को भूले नहीं, पिछले वर्ष ही तो उन्होंने मिथिलांचल पर विजय प्राप्त की थी और कुछ ही महीनों में उन्होंने आपके नाम जागीर कर दी। इतना ही नहीं, शहंशाह ने आपको जागीर देने का वचन जो दिया था, उसे भी निभाया। पिछले आठ साल की अवधि से जब मिथिला बादशाह सलामत के अधिकार में नहीं था, आपको दी जाने वाली दक्षिणा याद रखी और वह आपको भेजी जा रही है। इस तरह आप भले ही आज से वास्तविक जागीरदार बनें हों हम तो आपका अधिकार आठ साल पहले से ही मानेंगे। हमने तो निश्चय किया है कि हम एक ऐसा शिलालेख अवश्य लगवाएंगे जिसमें पूर्व तिथि से आपके अधिकार की घोषणा स्पष्ट रूप से लिखी जाए, बस उपयुक्त अवसर की प्रतीक्षा है।"

महेश ठक्कुर : "मैंने जागीर की इच्छा अवश्य प्रकट की थी परन्तु अब मुझे उसमें रुचि नहीं रही।"

रघुनन्दन राय : "गुरुवर, आप जैसा निस्पृह व्यक्ति तो मैंने कभी देखा भी नहीं है इसीलिए तो बादशाह सलामत ने जब आपको जागीर दी और आपने उसमें अनिच्छिा दिखलाई तो मैंने उसे बादशाह सलामत से यह कहकर अपने लिए माँग ली थी कि मैं अपने गुरुदेव को सही वक्त पर मना लूँगा।"

महेश ठक्कुर : "रघुनन्दन, तुमने जो किया ठीक ही किया होगा, परन्तु अब मैं राजदरबार में रहने का इच्छुक नहीं हूँ।"

रघुनन्दन राय : "गुरुवर, आप जब चाहें और जितने समय चाहें मिथिला में रहिए परन्तु प्रमुख अवसरों पर जब राजदरबार अपने सेवकों से यह अपेक्षा रखता है कि वह उपस्थित रहें, तब अवश्य कष्ट करें, मैं आपकी सेवा में सदैव हूँ, आपको यहाँ की सूचनाएँ मिलती रहेंगी।"

सुमन : "बेटे रघुनन्दन, कुछ फलाहार करके जाओ।"

रघुनन्दन फलाहार के लिए रुकते हैं और महेश ठक्कुर बैठक की ओर बढ़ते हैं क्योंकि राजकाज से आए कुछ व्यक्तियों को नौकरों ने वहाँ बैठा दिया था। उस समय जब महेश ठक्कुर और रघुनन्दन राय बात कर रहे थे।

सुमन : (रघुनन्दन राय से) "दरबार में कोई अबुल फज्ल और बदायूँनी नाम के कोई व्यक्ति हैं क्या?"

रघुनन्दन राय : "हाँ, हाँ अवश्य हैं और थोड़े दिनों में ही अबुल फज्ल तो बादशाह सलामत का विशेष प्रियपात्र बन गया है (थोड़ा रुककर) और ऐसा हो भी तो क्यों न उसका पिता और बड़ा भाई सभी तो शहंशाह की सेवा में हैं। बदायूँनी भी कोई गैर नहीं है। ठेठ मुल्ला है पर बादशाह सलामत की नजरों में उसकी शख्सियत कोई खास नहीं है, हालाँकि अरबी और फारसी का बड़ा ज्ञाता है वह।"

सुमन : "क्या करते हैं ये लोग दरबार में?"

रघुनन्दन राय : (हँसते हुए) "हुए तो थे दोनों अश्वशाला के अधिकारी के रूप में भरती पर दोनों हुनरमन्द हैं इसलिए शंहशाह ने दोनों को लिखने-पढ़ने के बड़े काम सौंपे हैं।"

सुमन : "हुनरमन्द, तो तुम भी क्या कम हो, तुम्हें कोई ऐसा काम अब तक क्यों नहीं सौंपा गया।"

रघुनन्दन राय : "माता, एक तो हम अरबी-फारसी जानते नहीं, अतः उस प्रकार का काम हम कर नहीं सकते। दूसरे जब थोड़े से कवित्त लिखने सें प्रचुर धन की दक्षिणा मिल रही हो तब कुछ और करने की क्या जरूरत।"

सुमन : "रघुनन्दन, मैं अबुल फज्ल के और बदायूँनी के बारे में उतना जानना चाहती हूँ जितना तुझे मालूम हो।"

रघुनन्दन : "माता, तो सुनिए फिर अबुल फज्ल और बदायूँनी का वृत्तान्त।"

यह कहकर वे अपनी इतिवृत्तात्मक शैली में बोलने के लिए मन में पूरी बात को बैठाते हैं। फिर कुछ सोचते हुए कहते हैं : "कोई एक साल से कुछ ही अधिक समय हुआ होगा कि शहंशाह जलालुद्दीन मुहम्मद अकबर के दरबार में एक सुन्दर युवा व्यक्ति जिसकी उम्र लगभग 23 वर्ष की थी, हाजिर हुआ। उस समय मैं भी शहंशाह के दरबार में मौजूद था। यह बात पुरानी नहीं है। शहंशाह अकबर आगरा से फतेहपुर सीकरी के भृत्य राजप्रासाद में आ चुके थे। अबुल फज्ल के पिता का नाम शेख मुबारक है। उसके बड़े भाई प्रसिद्ध कवि फैजी हैं। फैजी बादशाह के दरबार के सम्मानीय कवि हैं और उनकी गिनती बादशाह के सबसे अधिक प्रिय पात्रों में होती है जिन्हें नवरत्न के नाम से जाना जाता है। लगभग उन्हीं दिनों जब अबुल फज्ल आए तब एक और युवा व्यक्ति, जिसकी उम्र लगभग 34 वर्ष थी, बादशाह के दरबार में उपस्थित हुआ था। इसका नाम बदायूँनी था। हम बदायूँनी से पहले भी मिल चुके थे। उसी तरह अबुल फज्ल के लिए बदायूँनी कोई नया व्यक्ति नहीं था वरन् वह उसे अपने बचपन के वर्षों से जानता था। जानना भी क्या वह उससे खूब अच्छी तरह परिचित था। बदायूँनी अबुल फज्ल से उम्र में 11 वर्ष बड़ा है। दोनों में परिचय का कारण यह है कि बदायूँनी ने अपनी काफी शिक्षा आगरा में अबुल फज्ल के पिता शेख मुबारक से ही पाई थी। बादशाह में दूसरों के गुणों को पहचानने की अद्वितीय क्षमता है इसलिए बादशाह सलामत ने बहुत थोड़े से दिनों में पहिचान लिया कि अबुल फज्ल ही वह व्यक्ति है जिसमें इतिहास लेखन की क्षमता के साथ-साथ अद्भुत साहित्यिक दृष्टि है तथा वह किसी भी विषय को बड़ी सहजता से उसके सही परिप्रेक्ष्य में समझ सकता है।

ऐसा हो भी क्यों न, जिसका बड़ा भाई हमारे समय का नामी गिरामी कवि हो, उसके छोटे भाई में उस जैसी न सही पर फिर भी उत्कृष्ट साहित्यिक प्रतिभा होनी तो लाजमी है। फैजी और अबुल फज्ल दोनों एक ही विद्वान पिता के पुत्र हैं जिन्होंने अबुल फज्ल को वही संस्कार दिए जो उन्होंने फैजी को दिए थे। अबुल फज्ल को ज्ञान की

बारीकियों को उसी तरह समझाया गया था जिस तरह बादशाह सलामत के नवरत्न फैजी को।

यही कारण है कि मात्र 23 वर्ष का अबुल फज़्ल बहुत ही शीघ्र बादशाह को अपनी प्रतिभा से प्रभावित करने में सफल हुआ। उसका गुरुभाई या पिता का शिष्य बदायूँनी ग्यारह वर्ष बड़ा होते हुए भी बादशाह को उतना प्रभावित न कर सका यद्यपि विद्वता की कमी उसमें भी नहीं है। गुणग्राहक बादशाह अकबर ने अबुल फज़्ल के साथ ही बदायूँनी को भी लेखन का अवसर दिया।

अबुल फज़्ल ने अपनी असाधारण प्रतिभा से बादशाह की प्रशंसा एवं विश्वास अर्जित किया जितनी औरों को शायद पूरी जिन्दगी खिदमत करने पर भी नसीब न हो।

बादशाह सलामत ने अबुल फज़्ल को दो महान कार्य सौंपे हैं। दोनों तवारीख से सम्बन्धित हैं। इन कार्यों में पहला कार्य अकबर की अपनी निजी जीवनी से सम्बन्धित है, इसे नाम दिया गया है 'अकबरनामा' और दूसरा कार्य अकबर के दरबारी कामकाज और नियमों से है जिसे नाम दिया गया है 'आइन-ए-अकबरी'।

इस तरह अबुल फज़्ल बादशाह सलामत का जीवनी लेखक बन गया है। अक्सर जीवनी लेखक उस व्यक्ति के अन्तरंग हो जाते हैं जिसकी जीवनी वे लिख रहे होते हैं। यही कुछ हो रहा है अबुल फज़्ल के साथ भी, जीवनी लेखक से अब वह बादशाह सलामत की जिन्दगी का हमराज भी बनने की राह पर है। यूँ तो बदायूँनी और अबुल फज़्ल को पहले घोड़ों की देखरेख जैसा साधारण काम मिला था परन्तु एक वर्ष के भीतर ही अबुल फज़्ल की पैनी नजर रंग लाई। वह यह समझने में माहिर हो गया कि बादशाह किस चीज को महत्त्वपूर्ण समझता है और किसे गैर महत्त्वपूर्ण। साथ ही वह बादशाह के वैचारिक रुझान को समझने में भी सफल रहा। उसके विपरीत उससे ग्यारह वर्ष उम्र में बड़ा बदायूँनी मूल रूप से कट्टर धार्मिक नजरिए का व्यक्ति है। उसका दृष्टिकोण पूरी तरह इस्लामिक है और वह बादशाह का करीबी न हो सका।

जब (1575 ई. में) अबुल फज़्ल और बदायूँनी को लेखन का कार्य मिला तो बदायूँनी ने स्वयं को दिए गए कार्य को घृणित माना। अब जबकि बादशाह दूसरे धर्मों में भी रुचि लेने लगा है। उन्होंने बदायूँनी को महाभारत के अनुवाद का कार्य सौंपा। यह कार्य चार वर्ष में सम्पन्न होना था। बदायूँनी शानदार फारसी भाषा लिख सकता है और उसका राजभाषा पर असाधारण अधिकार है। परन्तु बदायूँनी द्वारा महाभारत के अनुवाद कार्य उपेक्षित रहा और इस उपेक्षा के बदले में उसे भी उपेक्षा ही मिली।

बदायूँनी चूँकि उम्र में बड़ा है इसलिए उसे बादशाह के शासनकाल की प्राथमिक जानकारियाँ अधिक हैं, कुछ इसलिए भी कि वह दरबार में दाखिल होने से पहले बादशाह के सिपहसालारों की संगति में काफी रहा है। आधमखाँ के साथ तो वह मालवा फतह की मुहिम में सेना के साथ ही गया था। उसे वहाँ बहुत कुछ नागवार लगा था पर यह तो जंग में होता ही रहता है। अबुल फज़्ल अभी तक किसी जंग

में नहीं गया परन्तु आगे जाएगा जरूर क्योंकि बादशाह के दरबार में पूरा सम्मान का हकदार वही व्यक्ति होता है जो जंग में भी अपने दो-दो हाथ दिखला सके। बहरहाल अभी तो अबुल फज्ल के हाथ में कलम है तलवार नहीं। अबुल फज्ल जहाँ अपने काम को तव्वजो देता है, वहाँ हमें तो यह लगता है कि बादशाह के दिए काम में बदायूँनी तवालत कर रहा है। परन्तु हमें इस सबसे क्या लेना-देना।'' यह कहकर रघुनन्दन राय चुप हो गए।

सुमन : ''मेरी समझ में तो यही आ रहा है कि अबुल फज्ल बादशाह का नहीं वरन् भारत का ही इतिहास लिखेगा।''

रघुनन्दन राय : (कुछ आश्चर्य से) ''माता, आपने तो बड़ी दूर की बात कही, इस लेखन में हमारा सीधा तो नहीं परोक्ष योगदान रहेगा।''

सुमन : ''वह कैसे?''

रघुनन्दन राय : ''बादशाह सलामत ने एक फरमान निकाला है जिसमें उन सब लोगों को अबुल फज्ल तलब कर सकेगा जो पिछले दस वर्षों से मुगल सल्तनत के किसी भी हिस्से की जानकारी रखते हों, जाहिर है कि गुरुवर और मुझे गोंडवाना के सम्बन्ध में तलब किया जा सकता है।''

सुमन : ''मुझे तो लगता है तुम लोगों के बजाय बादशाह अपने सिपहसालार आसफ खाँ के बयान और उसके द्वारा दी गई जानकारी पर अधिक भरोसा करेगा।''

रघुनन्दन राय : ''यह तो मैंने सोचा ही नहीं था।''

कुछ दिनों बाद

अबुल फज्ल के किताबघर में महेश ठक्कुर तशरीफ लाए हैं, उन्हें वहाँ आने की दावत दी गई है।

कुछ देर बाद जब अबुल फज्ल अपने कार्य से निवृत्त हुआ तब उसने महेश ठक्कुर की ओर देखा और निहायत आदर से और उनके सामने कुछ हस्तलिखित सामग्री रख दी फिर कहने लगा : ''पंडित जी, आप इस पर एक नजर डाल लें ताकि हम इसे अन्तिम रूप दे सकें, जहाँ कोई गुंजाइश हो हमें जरूर बतलाएँ।''

महेश ठक्कुर ने हस्तलिखित सामग्री पढ़ी। उन्हें उस लेखन में कहीं-कहीं कुछ तल्ख लगा पर चुप रहे। पूरा पढ़ने के पश्चात् वे बोले : ''मैं इस लेखन में कुछ एक जगहों पर अपनी सलाह देना चाहूँगा।''

अबुल फज्ल : ''इसीलिए आपको यहाँ आने की दावत दी गई है, आप बेहिचक अपनी राय या मशवरा दीजिए, अगर वह जायज होगी तो हम उस पर जरूर अमल करेंगे।''

महेश ठक्कुर : ''गोंड राजाओं की पीढ़ियों में राजाओं के नामों में मतभेद है।''

अबुल फज्ल : ''मतभेद है तो रहने दीजिए, क्या जरूरत है उन लोगों के बारे

में ज्यादा छानबीन की। हम अपने मातहतों और दुश्मनों के जाती मामलों को जानने में अपना वक्त बरबाद करें इससे हमें क्या हासिल होगा। हाँ, दूसरी बात भी कहिए।''

महेश ठक्कुर : ''इसमें दुर्गावती को चापलूसी पसन्द कहा गया है, क्या यह कुछ अधिक नहीं है।''

अबुल फज्ल : ''वह तो उसके दानपत्रों से जाहिर है, फिर हमने जो कुछ लिखा है वह आपके शागिर्द रघुनन्दन राय की राय लेकर ही लिखा है। हमने उन्हें भी यहाँ आने का न्यौता दिया था। हमने उनके नजरिए की कद्र की है। यह भी याद रखें, हमारा मकसद दुश्मनों की तारीफ करना नहीं है।''

महेश ठक्कुर : ''जहाँ तक हमें मालूम है कि युद्ध के समय राजा वीर नारायण की न तो शादी का कोई प्रस्ताव था और न ही उसकी कोई मंगेतर थी। अब आप ही सोचिए कि क्या दुर्गावती की माँ और उसकी पुत्री का कभी एक ही नाम हो सकता है?''

अबुल फज्ल : ''पंडित जी, उस वक्त आप आगरा में बादशाह सलामत की सेवा में थे, गोंडवाना में नहीं थे। हमने जो कुछ लिखा है वह जमीनी हकीकत है। आसफ खाँ जिसने वहाँ जाकर जंग जीती थी और जिसने दो औरतों को बादशाह सलामत की खिदमत में वहाँ से भेजा था, हमने उसकी बात पर यकीन किया है। अब अगर माँ-बेटी का नाम एक ही है तो उसमें हमारा क्या कुसूर?''

महेश ठक्कुर के मस्तिष्क में एक क्षण के लिए दुर्गावती की धर्मपरायणता, दानशीलता और तेजस्विता कौंध गई पर उन सब गुणों का इस लिखित इतिहास में कहीं कोई चिह्न भी न रहेगा, यह समझते हुए वे मन ही मन दुखी हो गए। वे चाहकर भी कुछ न कर पा रहे थे, इसकी उन्हें ग्लानि हो रही थी।

महेश ठक्कुर के घर में

रघुनन्दन राय और गुरुपत्नी की बातें खत्म हुई थीं कि बैठक से लौटकर भीतर की ओर आ गए। आते हुए (उन्होंने हँसते हुए) पूछा : ''भई, क्या चर्चा हो रही है, कहीं गढ़ा कटंगा के पुराने दिनों की बातें तो प्रारम्भ नहीं हो गईं?''

रघुनन्दन राय : ''हाँ गुरुवर, पूरी तौर पर तो नहीं पर कहीं कुछ सन्दर्भ जरूर आया।''

महेश ठक्कुर : ''अबुल फज्ल ने हमसे मिलना चाहा है।''

सुमन : ''अरे, आपको तलब किया गया है? पर किसलिए।''

महेश ठक्कुर : ''तलब नहीं किया गया है, सूचना भेजी है कि अगले सप्ताह जब भी मुझे समय हो मैं किताबघर में थोड़ा समय उन्हें दूँ।''

रघुनन्दन राय : ''मुझे भी बुलाया था, अधिक समय नहीं लिया उन्होंने, आप का भी अधिक समय व्यय नहीं होगा।''

इतना कहकर रघुनन्दन राय ने विदा ली।

एक सप्ताह बाद

महेश ठक्कुर अबुल फज़्ल से मिलने जा रहे हैं। रास्ते में मन ही मन सोचते जा रहे हैं— "अबुल फज़्ल शहंशाह की जीवनी में गोंडवाना विजय पर लिखेगा पर वह आज ग्यारह वर्ष से अधिक समय के बाद उन तथ्यों को लिखेगा जो साधारण जनमानस में तो कब के मिट चुके होंगे। यहाँ तक कि उस समय के प्रबुद्ध लोग भी जीवित होंगे, उनको भी कितने तथ्य याद होंगे क्योंकि परिस्थितियाँ बदलते सारी घटनाओं और व्यक्तियों के सन्दर्भ बदल जाते हैं। यह इतिहासकार तो उस समय दस बारह साल का बच्चा रहा होगा जब गोंडवाना की घटनाएँ हुई थीं। उसके पहले के इतिहास को तो क्या जानता होगा क्योंकि किसी ने वैसा लिखने की कोशिश ही नहीं की थी।"

तभी किताबघर आ गया, महेश ठक्कुर जब लेखन कक्ष में गए तो वह देखकर चकित हो गए कि अबुल फज़्ल सैकड़ों हस्तलिखित पत्रों और अन्य सामग्री को वर्गीकृत करता हुआ लेखकों को न केवल दे रहा है वरन् क्या लिखा जाना है और किस तरह लिखा जाना है इसको भी पूरी तरह से समझा रहा है।

वे एक आसन पर बैठ गए क्योंकि अबुल फज़्ल बेहद व्यस्त था। नौकरों ने बतलाया कि वे रोज दो-दो प्रहरों तक बिना थके काम करते रहते हैं।

अबुल फज़्ल जो अब भी बहुत-सी दूसरी पांडुलिपियों में उलझा था महेश ठक्कुर की ओर मुखातिब हुआ और कुछ सोचते हुए बोला : "पंडित जी, बेशक गढ़ा कटंगा की रानी दुर्गावती बहादुर थी, पर उसका स्वतन्त्र राज्य मुगल सल्तनत के लिए एक रोड़ा था जिसे बादशाह सलामत को हटाना जरूरी था।"

इसके बाद वह कुछ रुककर बोला : "हम तो खैर उस रानी की वीरता के कद्रदान हैं पर आप ही देखिए हमारे दरबार के दूसरे मशहूर लेखक का उनके प्रति क्या नजरिया था।" यह कहकर उन्होंने एक कागज महेश ठक्कुर को दे दिया जिसमें वह नकल थी जिसमें दुर्गावती के युद्ध के अन्तिम क्षणों के बारे में बदायूँनी ने लिखा था।

महेश ठक्कुर को पढ़ते समय लगा कि पढ़ा-लिखा आदमी भी क्या इस घटिया दर्जे की सोच रख़ सकता है। उनका सिर घूम गया। तभी उन्होंने सुना अबुल फज़्ल कह रहा था। "पंडित जी, हम हर तालिमयाफ्ता से सहमत हों यह हमारे लिए जरूरी नहीं।"

अपनी बात कहकर अबुल फज़्ल ने बदायूँनी का लिखा हुआ मजमून दूसरी ओर रखवा दिया। महेश ठक्कुर अबुल फज़्ल की बात का अर्थ ठीक ढंग से समझ चुके थे कि यदि वह बदायूँनी की बात पर यकीन नहीं करता तो उनकी बात पर भी उसके लिए यकीन करना जरूरी नहीं।

महेश ठक्कुर घर लौट आए, सुमन उनका रास्ता ही देख रही थी। वे बेहद थके से नजर आ रहे थे। सुमन ने उन्हें जल लाकर दिया और धीरे से पूछा : "आप बहुत क्लान्त हैं, क्या स्वास्थ्य ठीक नहीं है?"

महेश ठक्कुर : "नहीं, मैं ठीक हूँ।" इसके बाद वे चुप्पी साध गए। सुमन जानती थी मन की व्यथा बाँट देने से कम हो जाती है इसलिए उसने महेश ठक्कुर से जिद

कर सारी बातें जान लीं। फिर धीरे से बोली : "क्या ये लोग इस निरक्षर बादशाह को केवल इसीलिए हमारे युग का सबसे बड़ा वीर नहीं बना देंगे कि उसने केवल किस्मत और चालाकी से अनेक राजाओं को पराजित कर दिया है, क्या उसे केवल इसलिए धर्मज्ञ नहीं साबित किया जाएगा कि उसके हरम में हर धर्म और जाति की सैकड़ों औरतों को ताकत या छल के जरिए पकड़ मँगाया गया है और क्या ये लोग युद्ध में मारे जानेवाले वीरों की शिरों को मीनारों में खड़ा करने की अपनी राक्षसी हरकत को अपनी वीरता और परम्परा का चोगा नहीं पहनाएँगे। स्वामी, बादशाह की हर बदनीयती को उसकी बुद्धिमानी बतलाई जाएगी और उसकी हर कमजोरी को उसकी सादगी। आप गोंडवाने की वीर और स्वाभिमानी रानी के इस इतिहास के चित्रण के लिए चिन्तित न हों। आपकी चिन्ता से कुछ होनेवाला भी नहीं है। यदि आगे की पीढ़ियाँ क्षीर-नीर-विवेकी होंगी तो वे इतिहास की घटनाओं का विश्लेषण सही सन्दर्भों में स्वयं कर लेंगी परन्तु यदि हमारी पीढ़ियाँ हमारी तरह राजाश्रित विद्वानों की तरह हुईं तब तो वे विदेशियों का चरणामृत लेंगी। उनके चरित उनके लिए आदर्श होंगे तब भारत की संस्कृति के लिए सिर कटानेवाले वीरों को मूर्ख, पुरातनपन्थी और निर्वीर्य कहा जाएगा और शायद तब लोग आज की लिखी इन पुस्तकों की झूठी और तोड़ी-मरोड़ी सूचनाओं को सार्वकालिक सत्य मानकर इस जूठन से उन नई कृतियों का सृजन करेंगे और अपने युगों में इन्हीं अहंकारी और क्रूर नाराधम बादशाहों को श्रेष्ठनररत्न साबित कर देंगे।"

महेश ठक्कुर : "सुमन, तुम तो मुझसे भी अधिक विचलित हो। पर क्यों? सोचो शहंशाह ने जजिया कर खत्म कर दिया, हिन्दुओं से रोटी-बेटी का सम्बन्ध स्थापित किया। एक यवन बादशाह से और क्या उम्मीद करती हो इस जमाने में जबकि हिन्दुस्तान ही नहीं हिन्दुस्तान के बाहर भी ऐसे इस्लामी बादशाहों का राज्य है जिनमें दूसरे धर्म का आदमी एक दिन भी जीवित नहीं रह सकता है।"

सुमन : "स्वामी, इस ढंग से सोचने का प्रयास क्यों नहीं करते कि जालिम बादशाहों में यह कुछ कम जालिम है। युद्धों के बाद मृतक वीरों के शरीरों से यज्ञोपवीत निकलवाकर उनको तुलवाने की बात तो आपको याद होगी, आप भी एक यंज्ञोपवीत धारण किए हुए हैं। क्या अर्थ निकलता है इससे स्वयं से पूछिए। आप इस पर ही तो लट्टू हैं न कि इसने बहुत से हिन्दू राजाओं को ऊँचा पद दिया है पर वह पद उनकी बेबसी में दिया गया पद है। वहाँ बेटियों और बहनों को उसने खरीदा है। उसने अपनी किसी बहन या बेटी को हिन्दुओं को नहीं दिया और आप जरा हमारी उस परम्परा को भी तो देखिए कि यहाँ सैकड़ों हिन्दू राजाओं ने सूफियों, इरानियों और न जाने कौन-कौन से धर्मों के लोगों को आश्रय देकर इसे परम्परा बना दिया, कितना तुच्छ है यह सब उसके सामने।"

महेश ठक्कुर : "सुमन, चुप भी हो जा, जरूरी नहीं तू जो सोचती है वही सच हो। तू अधीर है, स्त्रियों की प्रकृति अधीर होती है, हम शीघ्र ही मिथिला चलनेवाले हैं।"

सुमन : "स्त्री में सबसे अधिक सहन करने की क्षमता होती है, पर मुझे उस सब पर विश्वास करने को मत कहें जिसे मेरी आत्मा मानने को तैयार ही नहीं है। यदि आपकी पोथियों में बाबर, हुमायूँ और अकबर का विद्वानों द्वारा तैयार किया गया सच है तो हमारे हृदय की किताब में वीर संग्रामसिंह, उदात्त दलपतिशाह और परम स्वाभिमानी दुर्गावती का सच है, सदैव से अनलिखा पर हमारे द्वारा देखा और समझा गया।"

महेश ठक्कुर : (सोचते हुए उठ जाते हैं) "हम कुछ भी कहें, कहीं जाएँ या कुछ भी करें पर सत्य एक ही है, वह यह कि अब हमारी स्वतन्त्रता का अन्त हो चुका है, शायद हम स्वतन्त्र चेता नहीं रहे।"

परिशिष्ट

परिशिष्ट 1 : टिप्पणियाँ

परिशिष्ट 2 : ग्रन्थ सूची

परिशिष्ट-1

टिप्पणियाँ

प्रथम सर्ग

1. संग्रामशाह के पूर्ववर्ती राजा (अध्याय 1 के सन्दर्भ में)

सर्ग में संग्रामशाह के पूर्ववर्ती जिन राजाओं की चर्चा की गई है उनका विवरण रामनगर के शिलालेख में इस प्रकार है :

रामनगर के शिलालेख का पाठ

श्री गणेशायनमः। श्री सुन्दर चित्रकर्मा जयति।
इत्यं भावेन केनापि सर्वज्ञाताय विप्लवे।
स्वमन्त्रेणैव कतिधा भवते भवते नमः।।1।।

अर्थ : श्री गणेशाय नमः उनकी जय हो जिनके कर्म विचित्र और सुन्दर हैं। आपको प्रणाम। आप जो कि अपनी मन्त्रशक्ति से, विभिन्न प्रकार से तथा संकट के समय किसी भी रूप से अभिभूत होते हैं। इस प्रकार सब के द्वारा जाने जाते हैं।

यादवरायः क्षितिभृद्बभूव गुणनीरधिगढ़ा देशे।
सूनुर्माधवसिंहस्तस्य यतोऽभूज्जगन्नाथः।।2।।

अर्थ : गढ़ा देश में, गुणों के समुद्र यादवराय राजा हुए। उसका पुत्र माधवसिंह। उसका पुत्र जगन्नाथ।

अजनित्ततो रघुनाथस्तस्य सुतो रुद्रदेव इत्यासीत्।
तस्य विहारी सिंहः सुनुर्नरसिंहदेव इति तस्य।।3।।

अर्थ : उसका पुत्र रघुनाथ हुआ। उसका पुत्र रुद्रदेव था। उसका पुत्र बिहारीसिंह। उसका पुत्र नरसिंहदेव।

तनयोऽस्य सूर्यभानुस्तस्य सुतो वासुदेव इत्यभवत्।
गोपालसाहिरस्मात्समजनि भूपालसाहिहरतः।।4।।

अर्थ : उसका पुत्र सूर्यभानु। उसका पुत्र वासुदेव हुआ। उसका पुत्र गोपालसाहि हुआ। उससे भूपालसाहि हुआ।

तस्माद्गोपीनाथ स्ववस्तु नृपरामचन्द्र इत्यासीत्।
सुरतान-सिंह-नामा सूनुरभूद्रामचन्द्रस्य।।5।।

अर्थ : उससे गोपीनाथ उसका पुत्र रामचन्द्र हुआ। रामचन्द्र का पुत्र सुरतानसिंह नाम का था।

हरिहर देवस्तनय स्यस्यासीत् कृष्णदेव इति तस्य।
अजनि जगत्सिंहोऽस्माद्यस्माद्भवन्महासिंह।।6।।

अर्थ : उसका पुत्र हरिहरदेव था। उसका कृष्णदेव था। उससे जगतसिंह पैदा हुआ। उससे महासिंह हुआ।

तस्माद्दुर्जनमल्लोऽभूद्यशः कर्णस्तताऽभवत्।
प्रतापादित्य इत्यस्माद्यशचन्द्रस्तताऽजान।।7।।

अर्थ : उससे दुर्जनमल्ल हुआ। उससे यशःकर्ण हुआ। उससे प्रतापादित्य हुआ। उससे यशचन्द्र हुआ।

तस्य मनोहर-सिंहःसुतोऽस्य गोविन्द सिंह इत्यासीत्।
अस्मातु रामचन्द्र स्तस्मात्कर्णोऽथरत्नसेनोऽतः।।8।।

अर्थ : उसका मनोहर सिंह। उसका गोविन्द सिंह था। उससे रामचन्द्र। उससे कर्ण। उससे रत्नसेन।

कमलनयन इत्यभूद पुष्मान्नरहरिदेव-नृपस्तु तस्य सूनुः।
समजनि तनयोऽस्य वीरसिंहस्त्रि भुवन-रायमसूतयः सुपुत्रम्।।9।।

अर्थ : उससे कमलनयन। उसका पुत्र राजा नरहरिदेव था। उसका पुत्र वीरसिंह हुआ। उसने सुपुत्र त्रिभुवनराय को उत्पन्न किया।

तस्मात्पृथ्वीराज-स्ततोऽभवद् भारतीचन्द्र।
तनयोऽस्य मदनसिंह स्ततस्त्वभूद् उग्रसेत इति।।10।।

अर्थ : उसका पृथ्वीराज। उससे भारतीचन्द्र हुआ। उसका पुत्र मदनसिंह था। उससे उग्रसेन हुआ।

रामसाहिः सुतोऽस्यासी ताराचन्द्र-स्ततोऽभवत्।
अभुदुदय-सिंहो-ऽमाद् भानुमित्र हुआ।। 11।।

अर्थ : उसका पुत्र रामसाहि था। उससे ताराचन्द्र हुआ। उससे उदयसिंह हुआ। उससे भान मित्र हुआ।

तस्य भवानीदास स्वनयस्तस्याथ शिवसिंह।
हरिनारायणनामा सुतोऽस्य तस्य तु सबलसिंहः।। 12।।

अर्थ : उसका भवानीदास। उसका पुत्र शिवसिंह था। उसके पुत्र का नाम हरिनारायण था। उसका सबलसिंह था।

राजसिंहस्सुतोऽस्यासीत् दादीराय-स्ततऽजनि।
गोरक्षदासः पुत्रोऽस्यार्ज्जुनसिंहमसूतयः।। 13।।

अर्थ : उसका पुत्र राजसिंह था। उससे दादीराय उत्पन्न हुआ। उससे गोरक्षदास। उसने अर्जुनसिंह को जन्म दिया।

आसीत्सूनुस्तस्य संग्रामसाहि र्विद्विट् तूलस्तोम कल्पात्तवहिः।
विश्वव्याप्ते यत्प्रतापप्रकाशे मध्याह्नार्को विस्फुलिंगी वभूव।। 14।।

अर्थ : उसका पुत्र संग्रामसाहि था। उसके शत्रु कपास के पुंज के समान थे। वह उनके लिए प्रलयकारी अग्नि के समान था। उसके प्रताप के प्रकाश के विश्व में व्याप्त होने के कारण दोपहर का सूर्य भी निस्तेज-सा हो गया।

2. गोंड

गोंड शब्द का 'गोंड' रूप में भी उच्चारण होता है परन्तु अँग्रेजी भाषा में उसे 'गोण्ड' बना दिया गया है। अँग्रेजी में गोंड या गोंड शब्द का सही उच्चारण सम्भव नहीं है।

3. राजगोंड

इस पुस्तक में जिन राजगोंड शासकों का वर्णन है वे साधारण गोंड ही थे 'राज' शब्द उपसर्ग मात्र है। इस पुस्तक के इस राजवंश को गढ़ा कटंगा या गढ़ा मंडला का गोंड राजवंश कहा जाता है।

4. राजगोंड राजाओं की पीढ़ियाँ

गढ़ा-कटंगा के राजगोंड राजाओं की विभिन्न मतों के अनुसार क्रमशः 63, 64 और 65 पीढ़ियाँ मानी जाती हैं। नरहरिशाह दो बार राजा हुआ था और वह ही अन्तिम राजा

था। जनवरी, सन् 1783 ई॰ के बाद गढ़ा मण्डला पर मराठों का राज्य हो गया था, जून 1784 ई॰ में राजा बन्दी बनाया जा सका।

द्वितीय सर्ग

(अध्याय 6 से 13 तक में प्रयुक्त विशिष्ट शब्दों, नामों इत्यादि के विवरण)

1. रामनगर का शिलालेख

(मंडला जिले में रामनगर नामक स्थान पर है।)

2. भैरव

वर्तमान समय में भैरव का यह स्थान बाजनामठ कहलाता है। बाजनामठ मूलतः संग्रामशाह ने बनवाया था, परन्तु अब यहाँ पर आधुनिक मन्दिर है तथा इसके परिसर के चारों ओर जबलपुर नगर की कालोनियाँ हैं। आज भी मनौती के लिए सैकड़ों लोग प्रति मंगलवार एवं शनिवार को बाजनामठ जाते हैं। कुछ दशक पूर्व तक यहाँ बलि भी चढ़ाई जाती थी परन्तु अब यहाँ पर केवल नारियल इत्यादि का प्रसाद चढ़ता है।

21वीं सदी में भी प्रतिवर्ष अग्रहायण मास की कृष्णपक्ष की अष्टमी का दिन नर्मदा नदी की घाटी की प्राचीन कलचुरी सभ्यता की याद दिलाती है। त्रिपुरी में सैकड़ों वर्ष से अब तक भैरवी एवं भैरव पूजा अनवरत रूप से चल रही है। कृष्णपक्ष की यह अष्टमी भैरव अष्टमी के नाम से विख्यात है। आज भी हजारों लोग इस मन्दिर में जाकर 'भैरव बाबा' के दर्शन करते हैं और याद करते हैं उस कापालिक और गोंड साम्राज्य के प्रतापी राजा संग्रामशाह की जिन्हें भैरव की कृपा से जीवनदान मिला और कापालिक को मृत्युदंड।

इस घटना का उल्लेख स्लीमेन ने अपनी पुस्तक 'रेम्बलस एंड रिकलेक्शंस ऑफ एन इंडियन ऑफिशियल'(1844) के पृ. 625-626 में किया है।

भैरव से वरदान पाने का उल्लेख 'गढ़ेशनृपवर्णनम्' श्लोक 27 पृ. 195 (जी. व्ही. भावे द्वारा नागपुर युनि. जर्नल नं. 6, 1940, पृ. 181-201 में प्रकाशित)।

3. आम्हणदास देव

मध्यप्रदेश के दमोह जिले से 15 मील दक्षिण पूर्व स्थित ठर्रका ग्राम में मिले दो सती लेखों (क्रमशः सं. 1570 और सं. 1571 अर्थात् सन् 1513 और 1514 ईस्वी) में महाराज श्री राजा आम्हणदास के शासन का उल्लेख है। आम्हणदास नाम लोक व्यवहार में अमानदास, आमनदास और आमणदास हुआ परन्तु सिंहासन पर बैठने के बाद उसका नाम 'महाराजा श्री आम्हणदास देव' हुआ। आम्हणदास ने अपना नाम 'संग्रामशाह' रख लिया परन्तु यह नाम उसके सिक्कों में 'संग्रामसाहि' के रूप में अंकित है।

4. भाठ

बघेलखण्ड की उत्तर मध्य कालीन राजधानी, इसे बाद में रीवा कहा गया। बघेल राजाओं की राजधानी अँग्रेजों के काल में 'विन्ध्यप्रदेश' की राजधानी हुई, वर्तमान में यह मध्यप्रदेश का प्रमुख नगर एवं सम्भागीय मुख्यालय है। भाठ के राजाओं को बांधवेश भी कहा जाता है। बांधवेश का अर्थ वैसे तो श्री राम के अनुज लक्ष्मण से लिया जाता है परन्तु कहा जाता है रीवा राज्य का बांधवगढ़ किला लक्ष्मण जी का था अतः यह नाम रीवा के राजाओं के साथ भी जुड़ गया।

5. दिल्ली के सुलतान से सम्बन्ध

आम्हणदास के सम्बन्ध दिल्ली के सुलतान इब्राहीम से बड़े सौहार्द्रपूर्ण थे। तारीख-ए-सलातीन-ए-अफगाना से ज्ञात होता है कि इब्राहीम लोदी के तख्तेनशीन होने के बाद उसका भाई जलाल भागकर मालवा गया किन्तु जब वहाँ के शासक महमूद खलजी से उसे सहायता न मिली तो वह गढ़ा कटंगा गया। वहाँ गोंडों ने उसे कैद कर सुलतान को सौंप दिया।

6. संग्रामशाह की स्वर्णमुद्रा

आम्हणदास ने संग्रामशाह का विरुद धारण करने के पश्चात् सोने का सिक्का चलवाया। उसके सोने के सिक्के पर 'संग्रामसाहि' अंकित है। महामहोपाध्याय वा. मि. मिराशी के अनुसार यह सिक्का संवत् 1588 (सन् 1531 ईस्वी) का है। (मिराशी, संशोधन मुक्तावलि (सर तिसरा) 1958 में 'गोंड राजांची नाणी' पृ. 211-12)।

संग्रामशाह का एक सोने का वृत्ताकार सिक्का ब्रिटिश म्यूजियम में है जो संवत् 1600 (या सन् 1543 ईस्वी) का है।

7. कालंकर पाठक

यह ऐतिहासिक व्यक्ति हैं। इनके दो पुत्र माधव एवं गोसाईंदास थे। गढ़ेशनृपवर्णन संग्रह श्लोकाः के एक श्लोक के अनुसार संग्रामशाह (अर्जुन पुत्र) के समय माधव व्यक्ति को मन्त्री पद दिया गया था।

एनल्स ऑफ दि भंडारकर ओरियन्टल रिसर्च इंस्टीट्यूट 28, 263 श्लोक 20 में माधव को सर्वे पाठक का प्रपौत्र कहा गया है। परम्परा के अनुसार सर्वे पाठक गढ़ा राज्य संस्थापक यादव राय के अमात्य थे।

8. भोजसिंह कायस्थ

संग्रामशाह के दीवान का नाम भोजसिंह कायस्थ था। अबुल फज्ल ने तिरस्कार करते हुए उनको 'भोजकैथा' कहा है। उन दिनों कायस्थों को अपमानित या उसके प्रति अपशब्द कहने के लिए 'कैथा' शब्द का प्रयोग किया जाता था जो बीसवीं सदी के

प्रारम्भिक दशकों तक भी उक्त सन्दर्भ में प्रयुक्त होता रहा।

तृतीय सर्ग

1. अध्याय 17 'अप्रत्याशित' के सन्दर्भ में

'गढ़ेशनृपवर्णनम्' के नीचे उद्धृत किए गए श्लोक के अनुसार किसी उमरखान रुहिल्ला ने सिंगौरगढ़ पर घेरा डाला था। इसका विवरण अबुल फज्ल या अन्य किसी मुसलमान इतिहासकार की रचना में केवल इसलिए नहीं मिलता कि इस वर्णन से मुगल साम्राज्य के विषय में कोई आवश्यक जानकारी प्रकाश में आती।

रस गज तिथि युक्ते हायने भूद् गढ़ेशे।
नृप दलपतिसाहिः सिंह दुर्गे स्थितिर्मिद्।
वलय उमरखानों भून्नवाबो रुहिल्ला।
वरमति सचिवोऽस्याधार कायस्थ धीरः।।

2. साहित्य प्रेमी दलपतिशाह

दलपतिशाह साहित्य प्रेमी राजा था। दरबारी कवि केशव लौगाक्षि ने दलपतिशाह की आज्ञा से 'नृसिंह चम्पू' नामक काव्य की रचना की। इस रचना का दूसरा नाम 'प्रहलाद चम्पू' भी है। इस काव्य के चालीसवें श्लोक में वह दलपतिशाह की उस आज्ञा का वर्णन करता है जिसके पालन में कवि ने यह चम्पू रचा।

शूरश्श्रीमदुमापति दलपति गोविन्द भक्ति प्रियः।
श्रीमत् केशव पण्डितो वितनुते चम्पूतदीयाज्ञया।।

यहाँ पर दलपतिशाह को उमापति कहा गया है। 'उमा' शब्द 'दुर्गा' का भी बोधक है।

नृसिंह चम्पू नाम की रचनाएं कुछ अन्य लेखकों ने भी लिखी थीं परन्तु केशव लौगाक्षि उर्फ केशवभट्ट द्वारा रचित यह चम्पू गढ़ा राजदरबार में लिखा गया था।

3. 'दलपत'

दलपतिशाह ने अपने नाम पर सात या आठ गाँव अपने राज्य में बसाए थे। दलपतिशाह को दलपत के नाम से भी पुकारा जाता था, यही कारण है कि इन ग्रामों के नाम दलपतपुरा या दलपतपुर है।

चतुर्थ सर्ग

(अध्याय 22 सदाप्रजापालन सावधाना में वर्णित कथानक के सन्दर्भ में)

1. गोंडवाना में नरभक्षी शेरों का आतंक

21वीं सदी में शेर के शिकार की भयावहता की कल्पना शायद कठिन है क्योंकि बीसवीं सदी की आधुनिक दूरबीनों से लैस बन्दूकों को धारण कर शेर को मारना हत्या ही हो गया था। इस प्रकार के शिकार में मनुष्य और शेर का आपस में कहीं कोई सामना नहीं होता। शिकारी आराम से निरापद जगह में बैठकर गोली दागता है और शेर ढेर हो जाता है।

पर उन दिनों की बात और थी जब भाले, तीरकमान तलवार या भरमार बन्दूकों से भी शेर का सामना किया जाता था। उन दिनों पृथ्वी के सबसे फुर्तीले और शक्तिशाली जानवर या वनराज को पुराने जमाने के हथियारों से लैस होकर चुनौती देना आत्महत्या करने जैसा ही था। शेर का सामना करने के लिए उन दिनों हथियार का सहारा एक साधारण उपादान से अधिक कुछ न था। उससे अधिक आवश्यकता होती थी व्यक्ति की शारीरिक क्षमता और मानसिक दृढ़ता की।

पलक झपकते बन्दूक धारियों या पुराने शस्त्रों से लैस शिकारियों को नरभक्षक शेर हाँका लगानेवालों के बीच से वैसे ही उठा ले जाते थे जैसे बिल्ली चूहे को उठा ले जाती है। व्याघ्र के दो सौ पाउंड शक्ति वाले पंजे की शक्ति इतनी होती है कि एक ही वार से मनुष्य का सिर धड़ से उसी तरह तोड़कर फेंक सकता है जिस तरह हम मूली को तोड़ते हैं।

गोंडवाने में वनों की बहुलता के कारण शेर भी बहुत थे। साही के डंक लगने से अथवा जंगली शूकर से युद्ध करते समय घायल हुए युवा शेर भयानक नरभक्षी साबित होते। उन दिनों उन्हें मारने के लिए कुशल एवं बलशाली शिकारियों की आवश्यकता होती और जो प्रचुर धन मिलने की आकांक्षा से ही अपने प्राण संकट में डालकर शेर का सामना करते। यह कार्य कितना खतरनाक होता था इसका गोंडवाने में दुर्गावती के अनेक दशक पश्चात् घटी घटनाओं से पता चलता है। दुर्गावती की कुछ पीढ़ियों पश्चात् गढ़ा मण्डला का शासक निजामशाह हुआ। दुर्गावती से लेकर निजामशाह तक के समय में गोंडवाना की परिस्थितियों में विशेष अन्तर नहीं आया था। निजामशाह के गढ़ा मंडला राज्य में एक रामगढ़ तालुका था। यहाँ एक नरभक्षी शेर ने अनेक लोगों का मार डाला। दिन दहाड़े नरभक्षी लोगों को उठाकर ले जाता। लोगों ने उसे अनेक पारंपरिक तरीकों से मारने के प्रयास किए पर हर प्रयास में एक आदमी शेर की बलि चढ़ जाता। शेर का इतना आतंक बढ़ा कि राजा निजामशाह को इस आदमखोर शेर को मारने के लिए भारी इनाम की घोषणा करनी पड़ी। गढ़ा राज्य के पड़ोसी क्षेत्र महोबा के दो माने हुए शिकारियों ने इस नरभक्षी शेर का

सामना करने की हिम्मत दिखलाई। ये दोनों शिकारी सूपा चरखारी गाँव के मोहन सिंह और मुकुटमन थे। ये कुछ दिनों पहले ही निजामशाह की सेना में भरती हुए थे। दोनों शरीर से हृष्ट-पुष्ट और सभी हथियार चलाने में पारंगत थे। निजामशाह से दोनों ने आदमखोर शेर को मारने की इजाजत चाही। निजामशाह ने सारी व्यवस्थाओं के साथ दोनों शिकारियों को वन में भेजा। दोनों को शेर के शिकार का पूर्व अनुभव था पर आदमखोर शेर की बात कुछ और ही होती है। शेर का सामना होने पर दोनों ने वीरता दिखलाई पर मुकुटमणि को शेर ने मार डाला। मोहनसिंह का भरपूर तलवार का वार शेर पर हुआ पर शेर ने उसे भी घायल कर दिया, तब तक हाँके वाले पहुँच गए। शेर भागा और बाद में मृत पाया गया। मुकुटमणि को प्राण गँवाने पड़े। मोहनसिंह काफी समय बाद चोटों से उबरा। प्रजावत्सल राजा निजामशाह ने इस वीरता के बदले इन वीरों को एक जागीर दे दी।

राजा की इतनी कृपा भी उन दिनों प्रजावत्सलता का महान उदाहरण मानी गई। रानी दुर्गावती ने भी अनेक नरभक्षी शेरों को अपने प्राणों की बाजी लगाकर यमलोक भेजा था।

(अध्याय 23 प्रजावत्सला में वर्णित विवरण के सन्दर्भ में)

2. रानी दुर्गावती के द्वारा गढ़ा-कटंगा में निर्मित तालाब

रानी दुर्गावती द्वारा गढ़ा-कटंगा राज्य में निर्मित अनेक तालाब स्वतन्त्रता के पश्चात् तक उपयोगी रहे, तदन्तर अनेक तालाबों को पाटकर उनमें नगर कालोनियाँ या अन्य भवन निर्मित कर लिए गए। ये सभी वर्तमान में जबलपुर नगर निगम सीमा में हैं। कुछ तालाबों का विवरण इस प्रकार है :

1. रानीतालाब : अब यहाँ रानी दुर्गावती स्टेडियम, एक श्मशान घाट एवं अनेक कालोनियाँ हैं। तालाब नाममात्र को बचा है।
2. चेरीताल : नाममात्र को तालाब बचा है। शेषभाग पर मकान हैं।
3. भ्रमरताल : अब यहाँ पर एक विशाल बगीचा है जिसमें दुर्गावती की गजारूढ़ प्रतिमा है। अब यह भँवरताल कहलाता है।
4. सूपाताल : इस तालाब के संरक्षण के प्रयास किए जा रहे हैं।
5. हाथीताल : दुर्गावती की गजसेना के लिए प्रयोग में लाए जाने वाले इस तालाब पर अब जबलपुर नगर की सबसे पुरानी 'ऐरावत कालोनी' बन चुकी है।'

रानी दुर्गावती का पितृगृह

अबुल फज्ल के अनुसार दुर्गावती राठ और महोबा के चन्देल राजा सालवाहन की पुत्री थी। इस कथन से अधिकतर इतिहासकार सहमत नहीं हैं।

(ब) सन्दर्भ ग्रन्थ

अंग्रेजी

करमबेलकर : केटलाग ऑफ संस्कृत मेन्युस्क्रिप्ट्स इन दि नागपुर यूनिवर्सिटी लायब्रेरी।

चेटरटन : दि स्टोरी ऑफ गोंडवाना, 1916

बोस, एन. एस. : हिस्ट्री ऑफ चन्देलाज़, 1956

विल्स सी. यू. : दि राजगोंड महाराजाज ऑफ दि सतपुड़ा हिल्स, 1923।

स्मिथ, विन्सेन्ट : अकबर दि ग्रेट मुगल, 1958।

स्लीमेन : रेम्बल्स एन्ड रिकलेक्शंस ऑफ एन इंडियन ऑफिशियल, 1844।

तिवारी, एस. के. : 'दि राजगोन्डस' 1996।

शर्मा, आर. के. एंड एस. के. तिवारी : 'ट्राइबल हिस्ट्री ऑफ सेन्ट्रल इंडिया, 2000।

हिन्दी

अग्निहोत्री, गुरुरामप्यारे : रीवा राज्य का इतिहास, 1922।

अग्रवाल, रामभरोसे : गढ़ा मण्डला के गोंडराजा, 1961।

जैन, बालचन्द्र : उत्कीर्णलेख, 1961।

नगर निगम, जबलपुर : रानी दुर्गावती, 1965।

प्रसाद, ईश्वरी : भारतीय मध्ययुग का इतिहास, 1955।

पाठक, गणेशदत्त : गढ़ा मण्डला का पुरातन इतिहास, 1905।

मिश्र सुरेश : गढा के गोंड राज्य का उत्थान और पतन, 1986।

●●●